Helene Sommerfeld

Le tempeste della vita

LA DOTTORESSA

Traduzione di
Sofia Dilaghi

GIUNTI

Titolo originale:
Die Ärztin. Stürme des Lebens

Questa è un'opera di fantasia. Ogni riferimento a fatti accaduti e a persone esistenti o realmente esistite è puramente casuale.

www.giunti.it

Via Bolognese 165 – 50139 Firenze – Italia
Via G. B. Pirelli 30 – 20124 Milano – Italia

Prima edizione: luglio 2022

Se tutto a un tratto me lo trovassi davanti,
Apriti cielo, spalancati terra, che farei?
Il suo capo prezioso prenderei tra le mani
E bacerei nei solchi dei miei baci antichi
I suoi occhi, le labbra, i capelli, le guance.
Cosa facevo mai, senza di te?
Le sue fossette, rughe di rabbia e di sorrisi.
Come ho potuto resistere, senza di te?

Ricarda Huch (1864-1947)

FAMIGLIA PETERSEN

RICARDA "RICA" (1863) medico
KARLA (1842) sua madre
ROSAMUNDE "ROSEL" (1865) sua sorella
GUSTAV (1840) suo padre

FAMIGLIA VON FREYSTETTEN

FRIEDMAN (1864) marito di Rosel
LUISE (1842) sua madre
RAIMUND (1838) suo padre
HENRIETTE (1842) sua zia
FLORENTINE "FLORA" (1862) sua sorella

FAMIGLIA KÖGLER

GEORG (1850) marito di Ricarda
RUPERT (1848) fratello di Georg
MAGDALENA (1851) moglie di Rupert
MARIANNE (1873) loro figlia

ALTRI PERSONAGGI

KATHARINA HENRIETTE "HENNY" (1890) figlia di Ricarda
SIEGFRIED THOMASIUS (1860) medico
HILDE THOMASIUS (1877) sua sorella
KÄTHE HAUSMANN (1843) medico
ELEONORE SINGER "LORE" (1864) amica di Ricarda
KUMARI KALLSTADT (1864) amica di Ricarda

Quell'unica rosa rossa

Aprile 1890

A quanto pareva, le rose rosse come la passione erano malviste. Dovevano essere rosa pallido come l'amore ancora innocente, o addirittura bianche come il puro buonsenso. Ricarda osservava pensierosa quei mazzi sontuosi, mentre attraversava l'atrio per raggiungere i salottini di prova. Le rose a gambo lungo, disposte in grandi vasi di cristallo, decoravano gli immensi spazi di *Beauté – L'atelier della sposa elegante* nella Friedrichstrasse, poco lontano dal viale Unter den Linden. I commessi distinti spiegavano le pregiate stoffe di fronte alle clienti altolocate del negozio. Venivano serviti tè, caffè e pasticcini, e l'aria era satura delle fragranze di diversi profumi femminili.

A un tratto Ricarda scovò davvero una rosa rossa, l'unica di tutto il negozio. Sembrava una promessa, nel suo esile vaso posto sopra un pianoforte dal quale le leggiadre mani di un uomo in frac tiravano fuori, come per magia, una musica tenue per dissipare il nervosismo delle signore. In effetti, lo slogan del miglior negozio di abiti da sposa della capitale era: "Da sposa, una donna deve sentirsi come una regina che ha tutto il mondo ai suoi piedi". Sull'amore, neanche una parola. Del resto neanche Ricarda era arrivata all'ultima prova del suo abito da sposa per amore.

«Adesso un sorriso ti donerebbe» disse la contessina nel salotto di prova, prendendo posto su una poltrona di velluto rosso sistemata trasversalmente dietro a Ricarda. Con la schiena dritta come un fuso e un accenno di sorriso sul volto, scrutava Ricarda attraverso lo specchio emanando tutta la sua antica nobiltà.

«Vostra madre ha ragione, signorina» confermò la sarta affaccendata attorno al punto vita di Ricarda, che doveva rimanere immobile. Il magnifico abito confezionato su misura le calzava come un guanto.

Ricarda avrebbe voluto correggere la sarta, ma poi ci ripensò. La contessina aveva insistito per pagare l'abito da sposa, motivo per cui aveva scelto anche l'atelier e lo stile in cui sarebbe stato realizzato. Ricarda non avrebbe mai potuto permettersi un abito così spudoratamente caro, avendo appena concluso i suoi studi di medicina.

«Per una sposa il momento di sorridere arriva solo dopo aver ricevuto il bacio del suo sposo» scherzò Käthe, facendo un occhiolino complice a Ricarda.

Alla fine le mie due dispensatrici di consigli materni sono riuscite a fare di me una sposa, pensò Ricarda, decidendosi a sfoderare un sorriso pur non avendone nessuna voglia. Quel matrimonio era una soluzione di ripiego. Anche se Ricarda pensò che non servisse a niente continuare a ricordarlo.

Eppure non poteva fare a meno di ammirare la delicata stoffa in cui era avvolta. Non era semplicemente un abito da sposa, era un vero capolavoro. Il tulle arricciato e illuminato da minuscoli strass lasciava intravedere appena le spalle e il seno, sottolineando la sua femminilità. Le maniche erano ampie nella parte superiore e strette sull'avambraccio per mettere in risalto la sua vita sottile. La gonna in seta e damasco aveva un taglio semplice e finiva in un corto strascico. Ricarda trovava esagerato il bianco candido che era stato scelto, avrebbe trovato più adatte le tonalità dell'avorio. Così, con la sua carnagione chiara e i capelli corvini, somigliava un po' a Biancaneve.

Le bastò un'altra occhiata alle rose per ricordarsi che la sua non era certo una favola che diventava realtà. Al contrario: per poter compiere questo passo aveva dovuto sacrificare un grande amore. Si chiamavano "Matrimoni di convenienza", giacché nonostante il romantico sfarzo dell'atelier *Beauté*, la maggior parte dei matrimoni si ritrovavano poi a dover germogliare sul terreno arido della realtà.

Ricarda posò lo sguardo sul suo ventre. Ormai era al quarto mese.

«Nessuno si accorgerà di niente» le sussurrò, dopo essersi avvicinata, la contessina, alla quale non sfuggiva niente. Il forte sentore di sandalo del suo profumo austero dominava su tutto il resto, come al solito. Poi aggiunse, alzando un po' la voce: «Sei magnifica, Rica».

«Potete ritenervi fortunata ad avere una figlia così graziosa, signora» osservò la sarta continuando ad appuntare il corpetto con gli spilli.

Nessuno le aveva ancora spiegato che Henriette Von Freystetten non era affatto la madre della sposa. Ma la contessina, che non aveva figli suoi, sembrava apprezzare quel temporaneo ruolo materno.

«Noi donne non dovremmo fare affidamento sul nostro aspetto» sentenziò la contessina in quel suo tono che a tratti poteva risultare un po' pedante. «La bellezza sfiorisce ma l'istruzione resta, come dico sempre io. Ricarda ha appena conseguito una laurea in medicina.»

La sposa si sentì in imbarazzo per questa osservazione, ma la sarta, con uno spillo tra le labbra, stava già ribattendo: «Questa è senz'altro una buona cosa, prima del matrimonio».

La contessina la osservò perplessa. A quanto pareva, la sarta non si rendeva conto che Ricarda aveva ottenuto una laurea in medicina, cosa che in Germania non era ancora possibile. Käthe sembrava divertita e si teneva una mano davanti alla bocca per non scoppiare a ridere. In realtà, una laurea in medicina era l'ultima cosa che poteva essere utile a una giovane sposa.

Ricarda aveva concluso i suoi studi a Zurigo due mesi prima, e l'unica cosa che avrebbe voluto fare era iniziare a esercitare la professione di medico. E invece stava per sposarsi e da quel momento sarebbe dipesa dalla benevolenza del suo sposo, che avrebbe anche potuto impedirle di lavorare. Per legge il marito decideva riguardo la vita della propria moglie.

«Ahi, accidenti» sfuggì a Ricarda quando la sarta la punse inavvertitamente con uno spillo, chiedendole subito scusa con aria spaventata.

Ricarda ebbe l'impressione di conoscere il motivo del suo improvviso malessere. Quella rosa solitaria sul pianoforte. Era come il peso che le gravava sulla coscienza. Perché le ricordava l'uomo che non avrebbe sposato la settimana successiva.

Ricarda fece un respiro profondo per calmarsi. Si udì distintamente un "crac". Era saltata una delle cuciture appena approntate.

«Ti ho letto in faccia quanto ti è pesata questa prova d'abito» disse poco dopo Käthe con un sorriso, mentre prendeva Ricarda a braccetto. Le tre donne uscirono insieme dall'atelier.

«Io avevo l'impressione che se la stesse godendo, Käthe. Non è così, Ricarda?» disse la contessina.

Non era il caso di contraddire la sua generosa benefattrice. Käthe fece a Ricarda un altro occhiolino amichevole.

Le due donne erano per Ricarda un'insegnante e un'amica del cuore materne, che l'avevano presa sotto le loro ali protettrici quando era ancora una ragazzina. Con i loro quarantasette e quarantotto anni, sia Käthe sia la contessina avrebbero potuto benissimo essere sua madre. Ricarda aveva appena compiuto ventisette anni, un'età alla quale una donna faceva presto a finire nel novero delle poco appetibili. Ma Ricarda, avendo l'esempio di quelle due donne che affrontavano la vita da nubili per dedicarsi alla professione medica nel loro studio in Unter den Linden, non si era mai sentita "scartata". Riteneva che la massima libertà di una donna consistesse nella possibilità di essere un medico.

Le tre donne passeggiavano lungo il viale Unter den Linden, dove le foglie verde chiaro rifrangevano tremanti la tenue luce di maggio.

Quanto mi mancherà Berlino, pensò Ricarda con un sospiro. «Cosa farò mai, a Monaco?»

«Ti sposerai e farai il bambino» rispose secca la contessina. «Non si può tornare indietro, Rica».

«Sì, lo so, contessina.» Ancora con questo appellativo formale! La sua benefattrice non le aveva mai proposto di passare al tu, come invece aveva fatto Käthe anni prima.

«Riguardo a Monaco, dalle una possibilità. E soprattutto dalla a Georg» disse Käthe, la cui famiglia era originaria della città sull'Isar. «Georg ti ama. Sarà in grado di leggere in volto ogni tuo desiderio».

Ricarda annuì in silenzio. Era certa che il suo futuro marito le avrebbe reso la vita il più facile possibile. I sentimenti contrastanti che provava nei confronti di quel matrimonio, infatti, non riguardavano Georg. Riguardavano lei stessa, che molto tempo prima aveva promesso il proprio cuore a un altro uomo.

Erano passati solo pochi giorni da quando aveva incontrato Siegfried di fronte alla casa della contessina. Come fosse caduto dal cielo. Mentre lei camminava a braccetto dell'uomo che avrebbe sposato di lì a poco. Ricarda era convinta che Siegfried stesse lavorando come medico nelle colonie africane. Si era sentita talmente sopraffatta dalle circostanze che non l'aveva neanche salutato. Lui si era limitato a levarsi il cappello, sorpreso. Poco dopo, nell'appartamento della contessina, aveva scoperto il gigantesco mazzo di rose rosse che aveva portato ed era stato solo in quel momento che aveva capito: Siegfried era tornato per lei. Ma era arrivato troppo tardi. La sua decisione di sposare Georg era già stata presa, perché il tempo stringeva. Era stata troppo impaziente? Avrebbe fatto meglio ad aspettare Siegfried?

Si portò una mano sul ventre in un gesto automatico. Come avrebbe reagito, sapendo della sua gravidanza? Avrebbe dimostrato la stessa generosità con la quale l'aveva accolta Georg?

Ricarda avrebbe dato qualsiasi cosa pur di aprirsi con le sue accompagnatrici. Ma non poteva, perché era il cugino di Käthe che stava per sposare. E tutte le rose rosse erano state fatte sparire quella stessa sera, come se non fossero mai esistite. Ricarda aveva colto il segnale: per la contessina e Käthe, Siegfried apparteneva al passato. Doveva dimenticarlo. Il presente apparteneva a Georg.

Ed eccolo, infatti, venir loro incontro, come per dare enfasi ai suoi pensieri.

Georg portava il bastone da passeggio con la disinvoltura dell'uomo di mondo. Superava Ricarda di mezza spanna, nonostante lei fosse piuttosto alta per essere una donna. Indossava un elegante completo scuro con un panciotto dal quale pendeva la pesante catena d'oro di un orologio da taschino. Georg sollevò il cappello per salutare, mostrando i capelli che all'alba dei suoi quarant'anni iniziavano a diradarsi. All'occhiello aveva una rosa bianca, che sfilò per porgerla a Ricarda.

In quei giorni Georg si stava facendo ricrescere la barba che portava quando Ricarda lo aveva conosciuto. Una volta lei aveva accennato al fatto che la barba si intonasse meglio alla sua bella presenza rispetto ai baffoni che aveva iniziato a portare. Quella era la conferma del fatto che lui avrebbe fatto qualsiasi cosa, pur di piacerle.

Georg Kögler discendeva da una ricca famiglia di produttori di birra di Monaco, cosa che Ricarda riteneva si desumesse anche dal suo aspetto. Nonostante tutto, però, lui non si era mai seduto sugli allori e si era fatto un nome anche per conto suo, come avvocato. Ma soprattutto, Georg era un uomo di gran cuore. Un uomo sul quale si poteva fare affidamento. Una roccia dietro alla quale proteggersi dalle mareggiate della vita. Le diede questa sensazione anche in quel momento, mentre le porgeva il braccio.

«Come te la sei cavata?» La sua voce armoniosa aveva un tono malizioso.

«Io bene, la povera sarta un po' meno!» Ricarda scoppiò a ridere. «Al primo respiro profondo è saltata la cucitura.»

«Meglio lì che in chiesa» rispose lui con un sorriso.

«E tu?» domandò Ricarda. «Dove sei stato mentre io giocavo a fare il manichino?»

«Ho visitato Berlino. Questa città mi piace sempre di più» rispose lui. «Credo che ci torneremo spesso.»

«Questo mi fa molto piacere, ma che cosa vuoi dire?»

«Appena torniamo a Monaco parlerò con mio fratello, ma penso che dovremmo affiliarci a un birrificio di qui.»

Però! Per lei un abito e per lui una fabbrica di birra… D'altra parte Ricarda sapeva che lui non era solo un giurista, ma anche un ambizioso uomo d'affari. Suo fratello Rupert invece era il birraio, e dunque l'esperto.

L'usciere aprì il portone d'ingresso della casa della contessina in Unter den Linden. Lei, Käthe, Ricarda e Georg entrarono. E di nuovo Ricarda pensò che anche quella piccola villa di città, che un tempo era stata la sua casa, stava per entrare a far parte del suo passato una volta per tutte. Ma per il momento, la stanza che la contessina le aveva assegnato c'era ancora. La stanza di quando lei, la figlia tredicenne di un giardiniere, era arrivata nella capitale dalla campagna brandeburghese. Un'altra svolta decisiva nella sua vita, alla quale non aveva opposto alcuna resistenza.

«Scusatemi. Vorrei ritirarmi un momento» disse Ricarda.

«Non ti senti bene?» le domandò Georg con uno sguardo di sincera preoccupazione. «Ti facciamo portare un tè, va bene?»

«Grazie.» Ricarda andò in camera sua, si sfilò le scarpe e si lasciò cadere sul letto che aveva ospitato tanti dei suoi sogni. Stranamente, tra questi non c'era mai stato il sogno di una vita matrimoniale. Ci faceva caso soltanto adesso.

Andrà a finire bene? Io una donna sposata? Doveva andare bene per forza.

Fantasmi del passato

Maggio 1890

Straziato dal dolore, il drago disteso in terra spalanca le fauci piene di denti e allarga invano le sue ali. Il male non ha via di scampo, nel suo cuore è appena affondata la lancia di un cavaliere dallo sguardo deciso.

Ricarda, in piedi accanto a Georg per dirgli il suo sì, era talmente affascinata dall'imponente pala d'altare davanti a sé che a malapena riuscì a distogliere lo sguardo. Non sapeva che la chiesa barocca, riccamente decorata con marmo chiaro e oro del paesino di Bogenhausen, alle porte di Monaco, fosse consacrata a San Giorgio, l'uccisore del drago. Quell'immagine la attirava soprattutto perché le pareva che calzasse a pennello con il ruolo che Georg aveva avuto nella sua vita. Era giunto in suo aiuto come un eroe dall'armatura scintillante.

Un singhiozzo sommesso alle spalle la riportò alla realtà. Sulle panche dietro di loro erano sedute centinaia di persone venute per partecipare alle sue nozze con Georg. E Ricarda aveva riconosciuto subito il singhiozzo che proveniva dalla prima fila. Per sua madre Karla, una fervida cattolica figlia di spagnoli, si stava avverando il sogno di una vita: finalmente si sposava anche la figlia maggiore. La sorella di Ricarda, Rosamunde, che tutti chiamavano semplicemente Rosel, aveva sigillato quel legame per la vita quasi lo stesso giorno di tre anni prima, solo che lo aveva fatto in una chiesa evangelica del Brandeburgo. Ricarda era certa che, almeno in questo, aveva dato una soddisfazione a sua madre. Mentre riguardo agli studi in medicina, la pragmatica cuoca Karla aveva sempre nutrito dei dubbi. Chi mai si sarebbe fatto curare da un medico donna…?

Per accertarsi che sua madre stesse bene, Ricarda lanciò un'occhiata fugace indietro. Rosel, che le stava passando un fazzoletto, intercettò il suo sguardo e le rivolse un sorriso di incoraggiamento.

Rosel era molto diversa da lei: aveva ereditato i capelli biondo rame del padre e i lineamenti morbidi della madre. E poi aveva un'indole spensierata. Accanto a Rosel erano sedute la contessina e Käthe, che ovviamente era anche una delle testimoni. Accanto a lei c'era Lore, l'amica di Ricarda fin dai tempi della scuola. Ma il suo volto era come impietrito. A Ricarda bastò quell'occhiata fugace per leggerle in faccia la sua incomprensione: Lore non capiva come mai in quella chiesa ci fosse Georg in piedi accanto a lei. Invece di Siegfried.

«Ricarda Petersen, te lo chiedo davanti a Dio» stava dicendo il prete. «Vuoi tu prendere Georg Kögler come tuo sposo, promettendo di essergli fedele sempre, nella gioia e nel dolore, in salute e in malattia, e di amarlo e onorarlo ogni giorno della tua vita, finché morte non vi separi?»

Sul volto di Georg c'era l'ombra di quel sorriso che Ricarda aveva ormai imparato a conoscere così bene. Un sorriso che era lì per infonderle coraggio. *Fidati di me, ce la faremo.*

«Dunque rispondi di sì» disse il prete.

«Sì» rispose Ricarda.

Georg le infilò delicatamente l'anello al dito.

Il bacio con cui Ricarda suggellò il suo consenso sapeva più di buonsenso che di passione. Certo, dentro di sé nutriva un sentimento di gratitudine e di affetto, ma quello che avrebbe desiderato provare era amore. Perché Georg era un uomo che meritava amore e lei non avrebbe mai voluto negarglielo.

Georg le aveva promesso che sarebbe stato un matrimonio in piccolo. Ricarda non conosceva quasi nessuno della sua famiglia e non aveva amici a Monaco. Non poteva certo immaginare cosa intendessero, nella famiglia di Georg, con un matrimonio "in piccolo"! Mentre i due sposi lasciavano la chiesa e raggiungevano la carrozza nuziale sotto un tetto di ghirlande fiorite, ad accompagnarli c'erano le grida di giubilo delle centinaia di persone che gremivano la piazza antistante la chiesa: «Dio benedica gli sposi!».

Il vetturino si tolse il berretto e fece loro un inchino profondo: «Tanti auguri di cuore, signor Consigliere di Giustizia!». Poi con un gesto galante aiutò Ricarda a salire in carrozza. «Signora Consigliera di Giustizia, che la mano di Dio vi protegga sempre!»

Signora Consigliera di Giustizia. Era bastato un semplice "sì" a trasformare una dottoressa in qualcosa di completamente diverso. Insieme all'uomo, aveva sposato anche il titolo.

Georg salutò gli astanti con la mano. Durante una visita all'immenso complesso del birrificio, Georg le aveva detto che la fabbrica della sua famiglia contava più di mille impiegati.

«Che bella coppia!» esclamò una donna in tono esagitato. La verità era semplice: se il padrone della fabbrica era contento, anche i suoi dipendenti lo erano.

«Ti senti almeno un po' felice?» chiese Georg.

«È una magnifica giornata per sposarsi» disse lei. Sotto una volta di foglie verde chiaro, la carrozza adorna di nastri e fiori bianchi sussultava lungo la strada sterrata che costeggiava l'Isar.

Sulla riva opposta del fiume si estendeva la città, sovrastata dai due campanili gemelli del duomo.

«Ti ringrazio, Georg.»

«Sono io che ringrazio te per voler condividere la tua vita con me.» La guardò con occhi innamorati.

La carrozza raggiunse il cortile ombreggiato dai giovani castagni della birreria all'aperto del *Regio Birrificio Kögler*. Le bandiere blu e bianche – i colori della casa reale – sventolavano nella mite brezza di maggio e anche qui la coppia di sposi fu accolta da ovazioni festanti. Un'orchestra di ottoni suonava a tutto volume, intonando una fanfara mentre Ricarda e Georg scendevano dalla carrozza.

«E questo lo chiami un matrimonio in piccolo?» domandò Ricarda ridendo.

«A un matrimonio in grande partecipa il principe reggente in persona!» le gridò allegramente Georg cercando di sovrastare il rumore circostante.

Ricarda non aveva idea di cosa fosse un «principe reggente», ma l'istinto le diceva che era comunque meglio restare sul "piccolo". Le cose erano già abbastanza complicate, come aveva sottolineato lo sguardo indignato della sua amica Lore. Era decisamente arrivato il momento di darle qualche spiegazione.

Nella sala riccamente addobbata di fiori, con il suo maestoso soffitto a volte sorretto da colonne in stile romano, la pista da ballo e l'orchestrina erano circondate da tavoli apparecchiati a festa. Ma Ricarda aveva come la sensazione di essere un'ospite al suo stesso matrimonio, giacché non aveva potuto partecipare in nessun modo alla scelta degli allestimenti. Aveva pianificato e organizzato tutto la cognata di Georg, Magdalena, moglie di suo fratello Rupert e seconda testimone di Ricarda insieme a

Käthe. Mentre suo marito aveva l'aspetto di un orsacchiotto bonario, Magdalena, una signora in carne e con l'abito tradizionale bavarese come la maggior parte delle altre donne presenti, sembrava sempre in uno stato di tensione interiore.

Purtroppo, solo durante il viaggio in treno da Berlino a Monaco Georg aveva rivelato a Ricarda che Magdalena era la sorella della sua prima moglie, morta molti anni prima. Lì per lì Ricarda non aveva dato peso alla cosa, ma adesso si rendeva conto che Magdalena non avrebbe mai smesso di paragonarla alla sua defunta sorella. La disposizione dei tavoli – anch'essa organizzata dalla cognata – prevedeva che la coppia di sposi stesse al tavolo con i Kögler, mentre la sua famiglia, che aveva viaggiato fin lì dalla lontana Prussia, era stata relegata al tavolo accanto.

Solo a Käthe, anch'essa una Kögler, Magdalena aveva concesso un posto al tavolo degli sposi. Dopo mangiato, Käthe domandò a Ricarda in via confidenziale: «Ma che ha fatto Lore? Ha una faccia da funerale...».

Anche Lore, come Ricarda, aveva imparato le basi del mestiere di infermiera da Käthe e dalla contessina. Le due amiche si raccontavano tutto fin dai tempi della scuola. Per questo Lore era stata la prima a venire a sapere dell'amore – all'inizio tanto fragile – di Ricarda per lo studente di medicina Siegfried. Neanche la separazione dovuta al trasferimento a Zurigo di Ricarda per motivi di studio era riuscita ad allontanarle. Al contrario: era stata Lore ad accompagnare Siegfried a Zurigo per mantenere una parvenza di decoro.

Ma la loro intimità aveva subìto una frattura. Quando, all'inizio di quell'anno, gli eventi erano precipitati, la sua amica si trovava a Berlino, mentre lei era a Zurigo. Ricarda aveva semplicemente tentato di non sprofondare nel vortice in cui era finita e si era decisa a raccontare a Lore del matrimonio solo qualche settimana prima, forse anche perché immaginava che l'amica non avrebbe approvato la decisione.

Con un misto di felicità al rivederla e senso di colpa, Ricarda si sedette accanto a Lore al tavolo della sua famiglia. «Grazie di aver affrontato il lungo viaggio fino a qui» disse, passandole un braccio intorno alla vita in un gesto di grande confidenza.

Nonostante l'occasione di festa, Lore indossava un semplice abito nero con delle sobrie finiture di pizzo bianco. *È l'unica donna presente a indossare un abito più adatto a un funerale che a un matrimonio*, pensò Ricarda. I folti capelli biondo scuro erano stretti in una crocchia severa che accentuava i suoi lineamenti morbidi.

«Oh, Rica. Hai sempre fatto tutto in modo diverso da noi» disse con un sorriso tirato, mentre gli occhi le si riempivano di lacrime. La stessa reazione che aveva avuto quando Ricarda le aveva detto di voler sposare Georg.

«Ti prego, sii almeno un po' felice per me» disse Ricarda.

«Lo sono.» Lore tentò invano di asciugarsi le lacrime. «Georg è così…» Si interruppe, lasciando Ricarda a pendere dalle sue labbra per conoscerne il giudizio. «Diverso» disse, alla fine. «Diverso dall'uomo che pensavo avresti sposato.»

Abbiamo bisogno di uomini adatti a noi. Ricarda sentì le parole dell'amica riecheggiarle nella mente. Erano passati otto anni. E quella era stata una dichiarazione di guerra al mondo degli uomini. Era stato come pretendere che nevicasse in piena estate. In realtà erano le donne a doversi adattare agli uomini, ma nessuna delle due aveva voluto piegarsi a questa regola. Probabilmente agli occhi dell'amica Ricarda aveva rinnegato questo obiettivo comune.

«Non farti ingannare dal suo aspetto, Lore» disse. «Imparerai a conoscerlo. E ti piacerà. Lui è…»

In quel momento l'orchestrina intonò un'altra fanfara. Un complesso di ottoni, quando vuole, sa come interrompere ogni possibile conversazione. Il cerimoniere, responsabile dell'atmosfera in sala, invitò gli sposi sulla pista da ballo. Lore aveva appena afferrato la mano di Ricarda, che si trovò costretta a ritrarla.

Tutti gli occhi erano puntati sulla sposa, che non poté fare altro che sorridere e ballare con suo marito. Lasciando l'amica da sola con le sue domande.

Ricarda volteggiava sul parquet della sala da ballo del Birrificio Kögler addobbata a festa. Grazie a Dio la fase peggiore della gravidanza, durante la quale aveva sofferto di nausee costanti, era passata. Gli uomini si davano il cambio per danzare a turno con la sposa, come voleva l'antica tradizione. Dopo aver fatto un primo ballo con Georg, adesso era il padre a condurla elegantemente sulla pista.

Gustav Petersen era venuto dalla lontana Rügen, affrontando il viaggio più lungo di tutti gli invitati al matrimonio. Da quando, tre anni prima, lui e sua madre si erano separati – pur senza divorziare ufficialmente – Ricarda non lo aveva più visto. Il ballo offrì loro l'occasione di parlare indisturbati e il padre le raccontò di aver aperto un vivaio sull'isola.

«Il tuo Georg mi sembra un uomo rispettabile» disse. «Ma sono rimasto sorpreso dalla tua scelta.»

Pur sapendo benissimo che non era l'unico, Ricarda chiese: «Perché, papà?».

«Sei sempre stata una ribelle, Ricarda. Mi aspettavo che scegliessi un uomo simile a te.»

Ricarda rise. «In effetti Georg avrebbe una vita più facile con un'altra donna!»

Il padre si unì alla sua risata, poi tornò serio. «Non credi che Berlino ti mancherà?»

«Certo» ammise lei. Aveva vissuto a Zurigo per anni, ma solo a Berlino si era sentita a casa. «Ma ogni cosa ha il suo prezzo, non è vero?»

Gustav Petersen annuì. «Ti auguro molta felicità, Rica.»

La musica finì. Era stato il loro primo ballo insieme. «Non avevo idea che danzassi così bene» disse Rica mentre il padre la riportava al suo posto, al fianco di Georg.

In quell'istante, gli ottoni dell'orchestrina intonarono una marcia vivace e tutti quelli che erano seduti si alzarono e batterono le mani a tempo, guardando con impazienza verso l'ingresso della sala da ballo. Entrò un uomo di quasi settant'anni, magro e con un sorriso gentile incorniciato da una folta barba; era vestito in alta uniforme e camminava affiancato da due ufficiali.

«E lui chi è?» sussurrò Ricarda a suo marito.

Georg sorrise, lasciando trasparire tutto il suo orgoglio. «Alla fine è diventato un matrimonio in grande. Lui è il principe reggente.»

Il monarca salutò gli ospiti con un'aria più divertita che lusingata. «Mio caro Kögler, vi faccio i miei più sinceri auguri per il vostro matrimonio» disse appena terminata la musica.

«Vostra Altezza, che onore! Grazie. Posso presentarvi la mia sposa. La Dottoressa Ricarda Kögler.»

L'istinto di Ricarda le suggerì di piegarsi in un inchino profondo, mentre sentiva nascere dentro di sé un profondo senso di gratitudine. Georg l'aveva presentata con il suo titolo accademico. L'inchino le riuscì, anche se dubitava che il risultato fosse sufficientemente solenne.

«Una dottoressa!» Il principe reggente le baciò la mano. «E in che cosa vi siete laureata?»

«In medicina, Vostra Altezza.»

«Mio caro Kögler, adesso non può accadervi niente di male. Avete sposato un medico. Allora prendetevi buona cura di vostro marito, figliola. Vi auguro il meglio, nella nostra bella Baviera! Ora, se permettete, devo sottrarvi il marito per qualche istante.»

Georg le fece l'occhiolino e rivolse contemporaneamente un cenno all'orchestrina perché riprendesse a suonare. Poi i due uomini lasciarono la sala fianco a fianco, come due vecchi amici.

«Non è insolito che il re partecipi a un matrimonio?» domandò Ricarda.

Käthe rise. «Monaco non è Berlino. Qui ci si conosce di persona. È come un grosso paese. E poi lui non è il re, ma solo il suo rappresentante. Il vero erede al trono è debole di mente. È una triste storia, ma forse è proprio il fatto di non dover diventare re a rendere Luitpold un po' diverso.»

«Il principe reggente è un dono del cielo!» si immischiò Rupert, avvicinandosi. «Cognata, concederesti un ballo anche a me?»

A Ricarda il fratello di Georg, Rupert, era piaciuto fin dal loro primo incontro. Se Georg, di due anni più giovane, era un uomo che sembrava non perdere mai la calma, per scuotere suo fratello Rupert non sarebbe bastato un terremoto. Eppure quell'uomo imponente scivolava sulla pista da ballo con eleganza sorprendente. E intanto le raccontava con partecipazione del nipote di Luitpold, Ludovico II, morto quattro anni prima. Era a lui, il cosiddetto "re delle fiabe", che i Kögler dovevano l'onore di poter fregiare il nome della loro azienda con l'epiteto "Regio".

«Da quel momento il birrificio è cresciuto esponenzialmente» disse, mentre un signore gli dava dei colpetti sulla spalla per fargli intendere di volerlo sostituire nella danza con la sposa.

Ricarda sollevò la testa e sentì il sangue gelarsi nelle vene alla vista degli occhi beffardi dell'uomo con il quale era costretta a danzare, se non voleva creare uno scandalo.

«Ma cosa vi salta in mente!» Non appena fu relativamente sicura che nessuno potesse sentirla, Ricarda aggredì Giacomo Cossata d'Aperi con una rabbia quasi incontrollabile. «Presentarsi alle mie nozze, è una vergogna!»

«Siete sempre così sgarbata, dottoressa» disse lui scuotendo il capo con aria offesa. «Eppure ai tempi di Zurigo eravamo buoni amici!»

Buoni amici? Ai tempi di Zurigo?

Erano passati appena quattro mesi da quando lui l'aveva violentata a Zurigo. I pochi istanti in cui si era avventato su di lei per le scale avevano cambiato la sua vita per sempre. Il figlio che le cresceva in grembo era il frutto di quella violenza.

Denunciare lo stupratore alla polizia? Né Ricarda né tantomeno le sue consigliere, la contessina e Käthe, avevano preso in considerazione l'idea. Trattandosi della parola di Ricarda contro la sua, Ricarda in quanto donna non avrebbe avuto alcuna chance di vincere. Una donna nubile e incinta valeva, agli occhi della società, quanto una prostituta. Per questo Georg si era trasformato nel cavaliere che aveva salvato la sua reputazione di donna rispettabile.

«Insomma, che cosa ci fate qui?» ansimò Ricarda.

«La Contessa Florentine mi ha chiesto di accompagnarla. Ovviamente non potevo negarle questo favore. In fondo, a Zurigo eravamo come una grande famiglia.»

Ricarda sentì che stava per scoppiare di rabbia. Per quanto possibile, finché aveva vissuto nella villa di Florentine a Zurigo aveva sempre cercato di evitare Cossata.

Quel giorno Ricarda aveva appena intravisto Florentine Von Freystetten, la nipote della contessina, motivo per cui la comparsa di quest'uomo era stata per lei una sgradevolissima sorpresa. Ovviamente era stata costretta a invitare Florentine. Con un accompagnatore. Qualsiasi altra soluzione sarebbe stata un affronto. In effetti Florentine non sapeva niente dello stupro, ma il fatto che Ricarda non avesse simpatia per Cossata non poteva essere sfuggito neanche a lei. Purtroppo la sensibilità d'animo non era mai stata il suo forte e questa ne era la prova evidente.

«La Contessa ha detto che avrei dovuto portare un po' di charme. In effetti Monaco mi pare un tantino provinciale, a voi no?»

«L'unico luogo adatto a voi, comunque, è la discarica» sibilò Ricarda allontanandogli bruscamente la mano che era scivolata un po' troppo in basso.

La sua impertinenza lo fece scoppiare in una sonora risata. «Da quanto ho visto, fate parte dell'alta società» disse. «Persino il principe reggente è venuto per una visita di cortesia. Vostro marito dev'essere molto facoltoso.»

Dove vuole andare a parare?, pensò Ricarda. «Voi avete già la vostra oca e non aspettate certo che arrivi Natale per spennarla» sibilò Ricarda.

Cossata si stava divertendo moltissimo. «Magnifico, dottoressa! Quando vi infervorate così, riaccendete in me il sentimento di un tempo.»

«Lasciatemi!» Ricarda tentò di liberarsi, ma non aveva fatto i conti con la sua forza, nonostante avessero smesso da un pezzo di muoversi al ritmo del valzer.

«Signore, credo sia ora che io faccia un altro ballo con la mia sposa» disse Georg, che era spuntato improvvisamente dietro

Cossata. Era un po' più alto di lui e le sue spalle erano più larghe. Per fortuna il giro di valzer era giunto al termine.

«Mi serve una pausa» disse Ricarda prendendo il braccio di Georg.

Non appena ebbero lasciato la pista da ballo, Cossata disse: «Dottoressa, non volete presentarmi vostro marito?».

«No» rispose lei decisa.

«A quanto pare, mia moglie non gradisce la vostra presenza. Vi prego di lasciare la festa» disse subito Georg.

Per un attimo la maschera di finta cortesia abbandonò il volto di Cossata. Poi sorrise. «Non ci penso nemmeno. Sono qui con la Contessa Florentine Von Freystetten. Mi ha chiesto lei di accompagnarla.»

Nel frattempo, quell'insolito scambio di battute aveva attirato l'attenzione di molti ospiti, che si avvicinarono formando un semicerchio intorno a Ricarda e ai due uomini.

«In questo caso, chiederò alla contessina se le cose stanno davvero così» disse Georg con voce ferma.

«Mi state accusando di essere un bugiardo?»

«Questo lo state dicendo voi» rispose Georg pacato.

Cossata si portò una mano al petto con fare drammatico. «Il mio nome è Giacomo Cossata d'Aperi. Discendo dall'antica nobiltà lombarda.»

«Potete discendere da chi volete. Ma non siete gradito né a mia moglie, né a me» ribatté Georg.

Il capannello di curiosi si faceva sempre più fitto. Si avvicinò il fratello di Georg, Rupert, seguito da Käthe a sua volta fiancheggiata dalla contessina. Questa, a differenza di Käthe, conosceva Cossata di vista per averlo incrociato una volta alla villa di sua nipote. Però Ricarda aveva raccontato a entrambe che era stato lui a violentarla. Invece lui aveva generosamente accettato il mistero attorno alla paternità del bambino. Adesso che il conflitto si era improvvisamente riacceso, Ricarda ebbe la sensazione che Georg, con la sua sensibilità, avesse intuito il ruolo di Cossata nella vita della moglie.

Ricarda sentiva il sudore scivolare sulla pelle. E in quel preciso istante, sentì il calcio. Sussultò e si portò istintivamente la mano al ventre. Il bambino si era mosso per la prima volta! Georg passò un braccio attorno a Rica con fare protettivo.

«Oh, capisco» disse Giacomo Cossata d'Aperi strascicando le parole e sfoderando un sorriso inquietante.

«Accompagnatelo fuori» disse Georg in tono pacato.

Rupert e altri due uomini afferrarono l'uomo e lo scortarono sgarbatamente alla porta.

«Avrete presto mie notizie!» gridò Cossata d'Aperi prima di scomparire dalla vista di Ricarda.

Nei cinque anni della sua formazione, Ricarda aveva assistito a diversi parti e alla fine ne aveva anche gestito qualcuno in autonomia. Eppure nessuna di quelle donne le aveva raccontato dello straordinario momento in cui la futura madre riceve per la prima volta un saluto da parte della vita che le cresce dentro. Ed era incredibile che avesse avvertito il primo calcetto proprio nel momento in cui il litigio con Cossata d'Aperi si era inasprito. Sembrava quasi che il piccolo provasse gli stessi sentimenti della madre: rabbia e indignazione.

Quanto le sarebbe piaciuto essere sola per potersi concentrare su ciò che le stava capitando. Invece cercò di darsi un contegno e lasciò che quel momento prezioso scivolasse via, mentre le si faceva incontro la sua amica Lore. «Stai bene, Rica?»

«Che scimmione presuntuoso» rispose Ricarda sforzandosi di sorridere.

«Non parlavo di quello» disse Lore, che in qualità di infermiera aveva già assistito a numerosi parti. «Ti sei toccata la pancia in modo strano.»

«Non è niente.»

Ricarda non aveva raccontato dello stupro nemmeno a Lore, prima perché si vergognava e poi per la decisione piena di conseguenze che aveva dovuto prendere: nessuno doveva scoprire chi fosse il vero padre del bambino. Doveva crescere come figlio di Georg, senza portarsi addosso il peso del passato.

Tornò Rupert, che posò le mani sulle spalle degli sposi per tranquillizzarli. «Ogni matrimonio come si deve ha il suo piccolo scandalo!» esclamò allegro rivolgendosi al capannello di gente, e tutti quanti risero sollevati.

«Cugino Rupert, andiamo a ballare» lo invitò Käthe, scomparendo con lui sulla pista da ballo.

Ricarda vide la contessina prendere posto a un tavolo un po' in disparte, dove era seduta anche sua nipote Florentine. A quanto pareva, Flora non aveva seguito fuori Cossata d'Aperi. In realtà, anche Ricarda sarebbe dovuta andare da Flora, ma le mancavano le forze per farlo.

La moglie di Rupert, anche lei seduta accanto a Georg, si era chinata verso di lui e gli sussurrava qualcosa all'orecchio con aria insistente. Fino a quel momento, Ricarda aveva avuto ben poco a che fare con Magdalena Kögler. Lei se ne stava quasi sempre a casa a occuparsi dei due figli. Se aveva fatto da seconda testimone a Ricarda era solo per questioni pratiche. Lore, che Ricarda avrebbe voluto come testimone più di ogni altra, era di confessione ebraica e dunque impossibilitata a svolgere quel ruolo.

A un tratto Georg sbottò: «Ma Magdalena, tu vedi i fantasmi!»

La cognata si ritrasse con un'espressione offesa.

«Che succede?» chiese Ricarda al marito.

«Magdalena è convinta che mi si potrebbe sfidare a duello. Che sciocchezza. Balliamo, piuttosto! Non ho nessuna intenzione di farmi rovinare questo matrimonio.»

La baciò sulla guancia e lei si lasciò portare via. Non appena Ricarda si abbandonò al ritmo della musica, il bambino smise di dare pugni.

Ora che erano soli e indisturbati, Georg avrebbe potuto chiederle chi fosse l'uomo che l'aveva fatta reagire con quel furore. Ma non lo fece. E lei avrebbe dovuto raccontarglielo, ma era ancora profondamente convinta di voler proteggere la creatura che portava in grembo. Almeno finché le era possibile.

Käthe aveva consigliato a Ricarda un caffè accogliente nella Amalienstrasse, vicino all'Università di Monaco, per la sua chiacchierata chiarificatrice con Lore. Come ogni volta che c'era qualcosa di importante da discutere, le due amiche ordinarono cioccolata calda.

Lore andò subito al punto: «Ricordi quando qualche settimana fa siamo andate sull'Isola dei Pavoni e mi hai detto che tra te e Siegfried era finita? Mi hai fatto arrovellare il cervello sul perché. Bastava che mi dicessi: aspetto un figlio da un altro uomo. Tu sei mia amica. Se me lo avessi spiegato, ti avrei capita.» Dagli occhi di Lore traspariva delusione e un pizzico di rabbia. «Non si dicono bugie alla propria migliore amica, quando si tratta di cose così importanti.»

Ricarda annuì in silenzio. Se solo fosse stato semplice come credeva Lore.

«Non dici niente, Rica?» Lore le prese la mano che teneva appoggiata sul tavolo. L'altra proteggeva il ventre. «C'è qualcosa che non va. Cos'è successo? Ci siamo sempre fidate l'una dell'altra.» La voce di Lore era carica di comprensione, il suo sguardo dolce.

L'amica era stata la prima a sapere che si era innamorata dello studente di medicina Siegfried Thomasius. E non ne aveva mai fatto parola con nessuno. Ma il segreto di quel bambino non era forse molto più difficile da mantenere, dato che coinvolgeva una persona che non è in grado di proteggersi da sola?

«Volevo sposarmi, prima di condividere con tutti la bella notizia» disse Ricarda cercando di risultare il più disinvolta possibile.

Un velo di delusione adombrò il volto di Lore. Sentiva che era una bugia. Per un attimo, Ricarda fu tentata di rimangiarsi la menzogna. Ma poi rinunciò.

«Si vede che mi sono sbagliata sul tuo conto» disse Lore con gli occhi scintillanti di rabbia. «Hai preferito un uomo ricco e capace di spazzare via ogni ostacolo dal tuo cammino a uno sconosciuto medico militare.»

«Non è vero!» esclamò Ricarda turbata.

«E com'è orgoglioso di te, il tuo Georg. L'ha subito spiattellato anche al buon reggente… la sua moglie dottoressa. Oh, Ricarda, non ti rendi conto a che gioco stanno giocando? Tu per loro non sei altro che un accessorio.»

Com'erano crudeli le parole dell'amica. No, Ricarda non era affatto un orpello di Georg, di questo ne era certa. Anche lei si era sorpresa dell'orgoglio con il quale l'aveva presentata, ma non le aveva fatto altro che piacere il fatto che avesse sottolineato il suo titolo accademico.

«Ad ogni modo» disse Lore schiarendosi la voce «anch'io ho qualcosa da raccontarti.»

«Di' un po', hai fatto entrare un uomo nel tuo cuore?» domandò Ricarda. Ma non ci credeva nemmeno lei, quella notizia non era compatibile con il tono di voce ancora carico di delusione.

Lore la guardò esterrefatta. «No! Ma come ti viene in mente?»

«Be', sarebbe una bella cosa, no?»

«Non tutti sono zelanti come te, nelle questioni di cuore.»

Quella stoccata la punse nel vivo.

«Ho incontrato Siegfried» disse Lore.

Per un attimo Ricarda temette che le si sarebbe fermato il cuore. «Ah» riuscì solo a dire.

«Gli ho raccontato il motivo per cui venivo a Monaco.» Il suo sguardo vagò in direzione della finestra affacciata sulla strada.

«Davvero?» sussurrò Ricarda, sentendo il bambino sferrare calci e pugni nella sua pancia. «E come ha reagito?»

«Perché, ti interessa?»

Ricarda abbassò lo sguardo. «No, non ho il diritto di interessarmi. Hai ragione.»

«Comunque ti dirò lo stesso come ha reagito. È rimasto impassibile. Come se non gli importasse. E quando gli ho fatto notare che era un ottimo incassatore, mi ha detto che aveva avuto un po' di tempo per metabolizzare la cosa, perché la contessina gli aveva già detto che ti saresti sposata a maggio.» Lore si asciugò una lacrima.

Oh, santo cielo, pensò Ricarda. Quindi lei gli aveva spezzato il cuore e la contessina gli aveva inferto il colpo di grazia. E Henriette sapeva essere terribilmente decisa. Nessuno aveva spiegato a Siegfried i motivi per cui Ricarda lo aveva rifiutato, quando era ricomparso all'improvviso a Berlino dopo aver trascorso anni a servire lo stato come medico militare nelle colonie tedesche.

«Non dire a Siegfried come stavano le cose tra di voi è stato un atto di codardia, Ricarda» disse Lore a voce bassa ma ferma. «Mentre io ti ho sempre ritenuto una persona coraggiosa.»

«Le cose non sono andate come dici tu, Lore. Siegfried mi aveva mandato una lettera dall'Africa dicendo che sarebbe tornato in Germania cinque mesi dopo. E che allora ci saremmo sposati, se avessi accettato, ma...»

«Mi ha raccontato tutto» la interruppe Lore. «Gli hai inviato un telegramma. Con una sola parola: no. A quel punto Siegfried è salito sul primo mercantile infestato di ratti per venire da te. Dall'Africa occidentale è arrivato in Germania in sole tre settimane, pur di riaverti. Ti compra un gigantesco mazzo di rose per riconquistarti e tu gli passeggi accanto in Unter den Linden tutta contenta, al braccio di un altro uomo. E non gli dici nemmeno buonasera. Rica, ma che razza di persona sei?»

In realtà quella sera la voce interiore di Ricarda l'aveva persino incoraggiata a correre per andare a riprendersi l'amore della sua vita. Ma alla fine era rimasta. Era rimasta al fianco di Georg, che non le aveva mai chiesto niente. Che si era limitato a dirle che sarebbe stato al suo fianco nonostante tutto, perché l'amava. E lei aveva ceduto alla sua generosità, anziché rimanere nella sua condizione incerta ad attendere un uomo con il quale era fidanzata da anni ma che non le era mai stato accanto perché costretto a viaggiare per il mondo.

Il bambino nella pancia di Ricarda continuava a sferrare pugni e calci. Riusciva a malapena a star ferma sulla sedia, da quanta nausea aveva. Ma per quanto la sua decisione dovesse risultare spietata agli occhi di Lore, rimase salda sulla sua posizione.

Lore appoggiò dei soldi sul tavolo. «Non sarei dovuta venire al tuo matrimonio. È stato un errore. Io non ti capisco. Sei cambiata, non ti fidi più di me. Viste le circostanze, non credo che abbia senso mantenere la nostra amicizia. Mi dispiace.» Si alzò. «Sì, mi dispiace proprio tanto per noi due. Ci siamo sempre volute bene.» Si precipitò verso l'uscita.

Ricarda la fissava senza riuscire a muoversi. Non capiva. Perché la sua amica reagiva con tanta violenza? «Lore, non te ne andare. Non così, ti prego!»

Gli altri ospiti la fissarono. Ricarda ignorò i loro sguardi e corse dietro a Lore, che stava già salendo su una vettura. Ricarda alzò una mano per farle cenno, gridando: «Lore, aspetta!»

Ma la carrozza era già ripartita.

Ricarda attraversava il quartiere Maxvorstadt per tornare alla sua nuova casa a passi lenti e con la testa ingombra di pensieri. Camminava come una sonnambula. Pensava al suo primo incontro con Lore nella scuola di Lucie Crain. Le impressioni nuove, la gente della grande Berlino, così diversa da quella del suo paesino natio, nella campagna brandeburghese. Lore, in particolare, si era posta in modo talmente ostile, che mai avrebbe pensato un giorno di diventare amica sua. Poi era arrivato il quattordicesimo compleanno di Lore, il punto di svolta. Un ruolo importante l'aveva svolto Kumari, la ragazzina con la mamma di Ceylon e il padre tedesco che commerciava leoni ed esseri umani dall'Africa. Le tre ragazze erano state a lungo così inseparabili da condividere l'aspirazione a diventare infermiere. Fino a che Kumari non era partita per Ceylon e Ricarda per Zurigo, essendo stata l'unica delle tre amiche a studiare medicina.

Devo assolutamente scrivere a Kumari, stava pensando Ricarda. *Sono sicura che lei e Lore si scrivono spesso. Magari può fare da mediatrice. Ma cosa le dovrei scrivere? Le stesse bugie che ho detto a Lore? O forse a lei, che adesso vive con i suoi due figli nella lontana Africa Orientale Britannica e che certo non vedrà il mio bambino tanto presto, posso azzardarmi a dire la verità?*

Rientrava di malavoglia alla villa dei re della birra, una proprietà immensa che era un monumento alla ricchezza. Lo specchio che Lore le aveva messo davanti mostrava forse la vera immagine di quello che era diventata?

Il suo segreto le era costato l'amicizia con Lore. Chi altro avrebbe perso, pur di tenere nascosta la violenza che aveva subìto?

Nonostante tutte le strade del quartiere fossero parallele o perpendicolari, Ricarda era riuscita a perdersi completamente. Si ritrovò di fronte a un edificio con tre grossi archi nei quali statue di uomini dallo sguardo bellicoso erano vegliati da due leoni di pietra. Tra i leoni salivano delle scale sulle quali Ricarda si lasciò cadere scoraggiata.

Le passò accanto una vecchia signora grassa con in mano un cesto. Ricarda non le fece caso, ma la donna si fermò davanti a lei e la guardò in faccia. «Cosa vi succede, signora?» domandò. «Avete un'aria così triste.»

«Non so dove sono» disse Ricarda mentre gli occhi le si riempivano di lacrime.

«Questa è la Feldherrnhalle. Dove volete andare?»

«Karolinenplatz. Dove vive mio marito» rispose lei, pulendosi il naso.

«Ma ci vivete anche voi, no?» disse la donna accennando un sorriso. «Ecco, prendete questo mazzolino e portatelo al vostro tesoro.» Il suo cesto era pieno di mughetti. «E mentre tornate da lui annusate i mughetti, ancora e ancora. Andrà tutto bene, basta avere coraggio.»

Ricarda entrò nella Villa Kögler con in mano il grazioso mazzolino. Nel frattempo si era fatta l'ora di pranzo, e ogni giorno alle dodici in punto tutta la grande famiglia si riuniva per mangiare. A volte arrivavano a venti commensali, che si riunivano da ogni angolo della città. A quell'ora i domestici correvano indaffarati su e giù per l'atrio.

A un tratto Ricarda si trovò di fronte la signora Zeilinger. «Signora Consigliera di Giustizia! Menomale che siete arrivata, finalmente! I signori sono tutti nel salone!»

Ricarda udì le voci che parlavano le une sulle altre. Prese fiato ed entrò. All'improvviso calò un silenzio spettrale e tutti sembravano fissare il mazzolino di mughetti che teneva in mano, che a un tratto le sembrò ridicolmente piccolo. Ai piedi di Georg, di fronte al camino, erano accucciati i suoi due cani. Max era un cane da ferma tedesco a pelo corto color cioccolato, mentre Moritz era un bassotto a pelo lungo castano chiaro. Non appena Ricarda mise piede nel salone, si alzarono entrambi per correrle incontro.

«Cos'è successo?» domandò Ricarda. «La signora Zeilinger era agitatissima.»

«Sono stato sfidato a duello» disse Georg impassibile.

«Santo cielo!» esclamò Ricarda raggiungendo il marito al camino. «Ma è terribile.»

Magdalena Kögler, la cognata di Ricarda, scattò in piedi dalla sua poltrona di velluto. «Ed è tutta colpa tua. Questa era una casa pacifica, prima del tuo arrivo.»

Rupert, il marito di Magdalena, si morse la lingua, mentre fu Georg a redarguirla: «Pretendo che ti scusi immediatamente con Ricarda, Magdalena».

«Scusa» borbottò Magdalena. «Mi sarà pur concesso di avere un brutto presentimento.»

«Chi ti sfida a duello?» domandò Ricarda.

«Come se tu non lo sapessi!» si infervorò di nuovo Magdalena.

Georg passò a Ricarda una busta color avorio decorata da uno stemma svolazzante. Aveva un aspetto nobile e miserabile allo stesso tempo. Subito sotto, redatto con lettere arcuate, il nome del mittente: Giacomo Cossata d'Aperi.

Quel nome bastò a richiamarle alla memoria la sgradevole scenata avvenuta durante la festa di matrimonio. *Avrete presto mie notizie.*

In quel momento si precipitò nel salone Bernhard Althuber, con le falde del cappotto che si agitavano dietro di lui. Era il socio di Georg nello studio legale, nonché testimone di nozze. I due uomini si abbracciarono battendosi reciprocamente sulla spalla. Bernhard era legato ai due fratelli Kögler da un'amicizia che durava da anni. Era un uomo alto, portava i capelli cortissimi, un paio di occhiali dalle lenti tonde e la montatura di metallo: un via di mezzo tra un intellettuale e un uomo d'azione.

«No, Georg,» disse accalorato «non puoi lasciarti coinvolgere in questa cosa! Io ti conosco. So che non ti tireresti mai indietro di fronte a una simile provocazione. Ma dovrai passare sul mio cadavere!»

«Quello vuole il mio, di cadavere, non il tuo.»

Ricarda non si era ancora abituata all'umorismo talvolta molto aspro di Georg.

Bernhard le baciò la mano con galanteria. «Non preoccuparti, Ricarda. Rimedieremo a tutto. Georg non ha mai dato direttamente del bugiardo a quest'uomo. Lo hanno sentito tutti. Quindi non c'è alcun motivo per un duello.»

«Dipende» lo contraddisse Georg altrettanto pacatamente. «Lo dici tu stesso. Siamo noi che l'abbiamo sentito. Ma se lui trovasse degli ospiti che affermano il contrario, per me sarebbe un problema.»

«Questi espedienti sono proprio il tuo forte!» Bernhard scoppiò a ridere. «Ma non tutti sono così esperti in materia.»

A un tratto a Ricarda tornò in mente un incontro tra lei, Lore e Kumari all'Hotel de Rome in Unter den Linden, a Berlino. Kumari le aveva letto la mano. *Ci sono tre uomini che svolgono un ruolo importante nella tua vita*, le aveva predetto. *Uno è completamente sbagliato.*

E poi aveva profetizzato: *Su questa linea qui vedo incombere su di te un grosso problema che ha a che fare con l'uomo sbagliato della tua vita. Devi fare molta attenzione nei prossimi tempi.*

Il respiro di Georg era lento e tranquillo. Di tanto in tanto si girava sull'altro fianco, per poi tornare completamente immobile.

«Neanche tu riesci a dormire?» domandò Ricarda a bassa voce. Gli si avvicinò e posò la testa sul suo petto. «A cosa pensi?»

«A niente.»

«Non voglio che affronti il duello.»

«Devo farlo, Rica.»

Lei si alzò di scatto. «E perché?»

«Perché solo così ti lascerà in pace.»

«A me?» domandò lei. Allora non si era sbagliata. Georg sapeva chi era Cossata. O almeno aveva il sospetto di cosa fosse accaduto tra loro, anche se la sua discrezione gli impediva di dirlo espressamente.

«Sì che mi lascerà in pace, Georg» disse Ricarda per fargli capire di aver compreso la sua allusione. Poi aggiunse, fermamente convinta: «Lascia che me ne occupi io. Troverò un'altra soluzione». Ci aveva riflettuto tutto il giorno.

Georg le passò una mano sui folti capelli scuri. «No, Rica. Non voglio che tu prenda alcuna iniziativa. Io sono tuo marito. Sta a me proteggerti.»

«Ma potrai farlo solo se rimani in vita, Georg.» Si chinò su di lui e lo baciò con passione. Mentre nella sua mente prendeva forma un piano.

Ricarda entrò con passo deciso nella hall dell'Hotel Vier Jahreszeiten, domandò della contessina Florentine Von Freystetten e dopo aver raggiunto la sua suite bussò brevemente alla porta.

«Dottoressa! Entrate pure.»

A quell'ora del mattino – erano le nove e mezzo – Giacomo Cossata d'Aperi indossava una vestaglia di seta che si era palesemente appena buttato addosso, anche se l'aveva chiusa in vita.

«No, grazie» disse lei concisa. «Dite a Florentine che l'aspetto nella hall. Arrivederci.»

«Siete sempre così sgarbata!»

Col cuore a mille, Ricarda corse di nuovo giù per la maestosa scalinata ricurva. Mentre si concentrava a non inciampare nell'orlo del suo costoso abito, sentiva dentro di sé un turbinio di sentimenti.

Florentine e Cossata d'Aperi stavano insieme. Su questo non c'erano più dubbi. Ricarda si chiese se la cosa potesse andare a vantaggio del suo piano, che consisteva nel coinvolgere Florentine per far desistere Cossata d'Aperi dal suo intento. Era davvero arrivata al punto di dover implorare perché il delinquente che l'aveva violentata non uccidesse l'uomo che proteggeva lei e il bambino che portava in grembo?

Rica stava bevendo un sorso di caffè, quando vide Florentine scendere la scalinata in un abito frusciante. Era vestita dei colori della primavera – arancione pastello e verde chiaro, una nuvola di stoffa. Nei capelli ramati portava una rosa bianca, del resto aveva quasi sempre un fiore tra i capelli.

«Non abbiamo avuto tempo di parlare, Rica. Grazie di essere venuta.»

«Andiamo a fare due passi.»

Quando, poco dopo, stavano passeggiando all'ombra dei castagni del vicino parco della Residenza, Ricarda andò dritta al punto: «Sei a conoscenza dei piani del Signor Cossata d'Aperi?»

Avevano raggiunto un angolo appartato del parco e Ricarda era abbastanza sicura di essere al riparo da orecchie indiscrete. Perché era convinta che non stesse bene che due signore discutessero di una questione d'onore tra uomini.

«Di che piani stai parlando?»

«Del fatto che vuole sparare a mio marito.»

Florentine rimase impietrita per un attimo, prima di scoppiare a ridere. «Stai scherzando!»

«Niente affatto. Sono venuta a chiederti di farlo desistere.»

«Ma allora dici sul serio, Ricarda. Cos'è successo tra loro?»

«Davvero non ti ha detto niente?» Al suo cenno di no, Ricarda le raccontò della lite avvenuta durante il matrimonio.

«Proverò a far desistere Giacomo dal suo intento, te lo devo» rispose Florentine. Poi sorrise. «Ovviamente è anche nel mio interesse.»

Ricarda rimase sorpresa dalla rapidità con la quale aveva accettato. Per quanto non ci fosse alcun dubbio che Florentine fosse in debito con lei. In fondo era solo grazie a Ricarda se era ancora viva. La piccola cicatrice sopra l'occhio sinistro di Flora era per lei un costante richiamo al momento in cui l'aveva tirata fuori dal lago del castello Freystetten, dove Flora era precipitata per via di un buco nel ghiaccio. E al fatto che sua sorella Antonia era annegata nel tentativo di salvare Florentine.

«Giacomo ha sempre delle reazioni molto violente con te,

Ricarda» disse Florentine prendendola sottobraccio come se fossero vere amiche. «È così strano.»

Possibile che fosse davvero all'oscuro di tutto? Florentine era un enigma per lei. «Hai forse intenzione di sposare quell'uomo?» le domandò.

«Perché, per te sarebbe un problema?» ribatté brusca Flora.

Quel pomeriggio la signora Zeilinger, la governante, portò a Ricarda una lettera. «L'hanno consegnata per voi. Sembra una cosa urgente.»

Ricarda riconobbe subito lo stemma svolazzante di Cossata d'Aperi. Strappò in fretta la busta. *Ritira la sua rivendicazione*, pensò con il cuore che le batteva forte e già intenzionata a ringraziare Florentine. Poi lesse il contenuto della lettera e rimase senza fiato.

Egregia dottoressa, voi amate vostro marito e non volete che venga coinvolto in un duello. In quanto uomo d'onore, non posso acconsentire a una simile richiesta. Ma in virtù della sorta di amicizia che ci lega, voglio aiutarvi. A fronte di una donazione di diecimila marchi, dimenticheremo l'intera faccenda. Aspetto una vostra risposta entro domani a mezzogiorno. Il suo devoto Giacomo Cossata d'Aperi.

«Che farabutto!» sibilò Ricarda.

I numeri erano la sua passione e sapeva che un'insegnante guadagnava duecento marchi al mese, il che significava che quell'uomo pretendeva quattro anni di stipendio di un'insegnante per dimenticare il fatto che Georg gli aveva dato del bugiardo.

Cercò Käthe nella stanza di Villa Kögler che divideva con la contessina Henriette per il periodo del matrimonio. Dato che la contessina il giorno dopo sarebbe ripartita per Berlino, le due amiche avevano deciso di fare l'ultima visita a un museo e indossavano ancora gli abiti eleganti.

«Cosa devo fare?» domandò Ricarda dopo aver messo le due signore al corrente dei fatti. «Io non possiedo così tanti soldi.»

«Ma infatti non se ne parla. Pagherò io» disse Käthe con tono deciso. «La vita di Georg li vale tutti. Hai fatto la cosa giusta, Rica.»

«Dal punto di vista morale non è la cosa giusta, Käthe» protestò Ricarda.

La contessina Henriette scoppiò in una risata amara. «Che valore ha la morale se tuo marito ci rimette la vita? Secondo me il piano di Cossata era proprio questo. È un ricattatore.»

«Credo che Florentine voglia sposarlo, contessina» svelò Ricarda.

Henriette Von Freystetten si alzò in piedi di scatto. «Te l'ha detto lei?»

«Indirettamente.»

«Era quello che temevo. Era da tempo che volevo informarmi meglio sul suo conto. Stavolta lo farò senz'altro.» La contessina era fuori di sé dalla rabbia. «Käthe, ti viene in mente qualcuno che potrebbe scavare nel passato di questo miserabile soggetto?»

Käthe ci pensò su un istante, poi disse: «Bernhard. Chiederò a lui. Lasciamo Georg fuori da questa storia.»

«Da quale storia volete tenermi fuori?» Georg era in piedi sulla soglia della porta, che nella fretta Ricarda aveva dimenticato di chiudere. Entrò seguito dai due cani, vide la lettera con lo stemma vistoso nella mano di Käthe e gliela prese senza dire una parola. Dopo averle dato un'occhiata, scoppiò a ridere. «Che subdolo imbroglione! Be', stavolta ha fatto male i suoi conti. Ho proprio una gran voglia di spararagli.» Poi notò gli sguardi attoniti delle tre signore. «Käthe, tu sai che sono uno dei migliori tiratori del mio circolo. E tu, Ricarda, hai mangiato la selvaggina che ho abbattuto.» Mentre lo diceva, diede qualche pacca sul collo del suo Max e il cane da caccia lo guardò con occhi attenti. «Quel tizio non può battermi.»

La contessina si schiarì la gola. «Può darsi, Georg. Ma è altrettanto vero che non sapete se anche quest'uomo è un buon tiratore. Alcuni duelli risultano fatali anche se nessuno voleva che lo fossero. E vostra moglie porta in grembo un bambino.»

«Con tutto il rispetto, contessina. So quello che faccio.» Baciò Ricarda su una guancia. «Grazie, so che avevi buone intenzioni ed è proprio per questo che ti amo.» Poi si incamminò verso la porta. «La cena è servita. Ero salito a dirvi questo. Ci vediamo tra poco.» Poi aspettò che i due cani lo seguissero fuori e si chiuse la porta alle spalle.

La contessina si lasciò cadere su una poltrona. «Che incubo» disse con un filo di voce.

«Chi si mette contro Georg non sa cosa lo aspetta. Adesso vuole far fuori questo delinquente una volta per tutte» disse Käthe.

Ricarda uscì dalla stanza senza dire una parola, strappando la lettera in mille pezzi. Aveva commesso un errore, anche se nessuno glielo aveva fatto notare apertamente. Senza volere, aveva formalmente coinvolto Georg in quel duello.

Il duello

Giugno 1890

C'era qualcosa che non andava. Ancora nel dormiveglia, Ricarda stese un braccio e tastò la metà del letto accanto alla sua. Tutto a un tratto era completamente sveglia. Fuori era ancora buio. Accese la luce e guardò l'orologio. Erano passate da poco le quattro.

«Georg?»

Non c'erano neanche i cani. Max e Moritz se ne stavano sempre acciambellati davanti alla porta della camera. In vestaglia corse giù al pian terreno. C'era un silenzio assoluto. Anche lo studio era deserto. Ma nella penombra distinse due buste posizionate in bella vista sulla scrivania. Col cuore in gola si apprestò ad accendere la bella e desueta lampada a petrolio. Georg l'aveva ricevuta in dono da suo padre, l'impresario che in famiglia tutti chiamavano affettuosamente Nonno Rupert e che proprio cinquant'anni prima aveva fondato il Birrificio Kögler.

Non appena la luce tremolante glielo permise, Ricarda osservò meglio le due lettere. Su una c'era scritto "Per Ricarda" e sull'altra "Il mio testamento". Quest'ultima, a differenza dell'altra, era sigillata con la ceralacca rossa. In un primo momento Ricarda rimase talmente sciocccata da non riuscire a muoversi.

Erano passate tre settimane dalla vergognosa rivendicazione di Cossata d'Aperi. Ogni volta che gli aveva chiesto qualcosa sul duello, Georg aveva cambiato argomento, motivo per cui alla fine si era convinta che le cose in qualche modo si sarebbero sistemate da sole. Capì solo in quell'istante quanto si fosse sbagliata.

A te, Ricarda, mia moglie adorata! Questa lettera è stata scritta per non fartela leggere. Proprio così, perché tra un paio d'ore, una volta tornato dall'incontro, mi occuperò io stesso di strapparla in mille pezzi. In caso mi sbagliassi, tutto il resto è scritto nel mio testamento. Affronto questo duello perché Cossata d'Aperi ha calpestato il tuo onore di fronte a me. Con immortale amore, tuo marito Georg.

Calpestato il suo onore? Cossata era un bugiardo impostore! Che cosa poteva mai aver detto a Georg? E perché Georg non gliene aveva parlato? O si trattava forse delle regole non scritte che facevano ricorrere gli uomini al duello? D'altro canto, Georg aveva affermato di voler sparare a Cossata…

Dopo un primo momento di shock, accompagnato dai calci furiosi del bimbo dentro di lei, Ricarda si costrinse a ritrovare la calma. Nel frattempo si erano fatte le quattro e un quarto ed era ancora troppo buio perché due uomini potessero sfidarsi a duello. Quindi non era ancora troppo tardi. Doveva fare qualcosa. Ma cosa?

Poi le cadde lo sguardo sulla vecchia lampada. Nonno Rupert! Ma certo. Il vecchio era sicuramente contrario all'idea che il suo secondogenito – nonché indubbiamente il più intelligente dei suoi due figli – si facesse coinvolgere in un duello. Ma era il caso di buttare giù dal letto un uomo di settantadue anni?

Quali altre possibilità aveva? Il fratello di Georg, Rupert? Probabilmente era andato con lui. Magdalena? Impossibile. Nonostante la sua camera fosse al primo piano come quella di Rupert e dei bambini, la tendenza era quella di evitarsi il più possibile.

Käthe era tornata dalla contessina a Berlino, dando per scontato che non ci sarebbe stato nessun duello. Era convinta che alla fine Bernhard, il socio di Georg, glielo avrebbe impedito e che si sarebbe inventato una soluzione giuridica alternativa al duello per dirimere la questione.

Ricarda corse fuori dallo studio e si imbatté nella signora Zeilinger in vestaglia. «Signora Consigliera di Giustizia, posso aiutarvi?»

«Sapete a che ora è uscito mio marito?»

«Sarà stato una mezz'ora fa.»

«Dov'è andato? Ditemelo, è una questione di vita o di morte!»

La brava donna si fece il segno della croce. «Gesù, Maria! Non lo so.»

«Fate preparare una carrozza. Subito!»

Ricarda si precipitò su per le scale nell'ala laterale del palazzo, dove si trovavano le stanze di nonno Rupert. Bussò alla porta più forte di quanto avrebbe voluto.

«Avanti, purché tu venga in pace!» rispose da dentro la voce del vecchio. Sembrava molto allegro. «Buongiorno Ricarda, come mai tutto questo baccano?» le domandò il suocero.

Lei sventolò in aria la lettera. «Georg è andato al duello!» esclamò. «Dobbiamo impedirglielo.»

«È impazzito?» Nonno Rupert, con la cuffia da notte ancora in testa, si tirò su a sedere. «Di' alla signora Zeilinger che mi serve una carrozza.»

«L'ho già fatto. Sapete dove dobbiamo andare?» La forma di rispetto era d'obbligo, persino i due figli davano del voi al padre.

«Questo lo scoprirò di certo. Ma mettiamo in chiaro una cosa: vado da solo! Queste non sono faccende da donne!»

Ricarda non lo contraddisse, ma corse più veloce che poteva in camera sua per cambiarsi.

Gli uomini si occupano delle cose importanti, mentre noi donne possiamo solo stare a guardare, pensò furiosa. *Sta a me proteggerti*, le aveva detto Georg di recente. *Semmai deve proteggersi da se stesso*, pensò Ricarda.

Alla fine arrivò prima dell'anziano suocero davanti alla rimessa dove il vetturino Xaver stava imbrigliando il cavallo. A est il cielo iniziava a schiararsi. Il tempo stringeva.

«Buongiorno, Signora Consigliera di Giustizia» la salutò Xaver. «Dove volete andare a quest'ora del mattino? Siete forse in partenza?»

Il vetturino abbassò lo sguardo sulla borsa che Ricarda aveva con sé. Era una borsa di primo soccorso per medici che le aveva regalato Käthe.

«Non proprio, Xaver.» A un tratto le venne in mente una cosa. In una casa come quella, i domestici avevano la lingua lunga. «Mio marito vuole che lo raggiunga. Portatemi da lui. E subito.» Era un bluff. Avrebbe funzionato?

Xaver la guardò decisamente sorpreso. «Be', se dite che...»

In quell'istante sopraggiunse di corsa nonno Rupert, che incalzò Xaver con tono deciso: «Dove sono i miei ragazzi, Xaver? Portatemi immediatamente da loro». Poi guardò Ricarda. «E tu che ci fai qui? Ti ho detto che...»

«Io sono un medico» rispose Ricarda salendo in carrozza con fare determinato.

«Allora, Xaver, dove andiamo?» domandò il vecchio birraio seguendo Ricarda sulla carrozza.

«Bavariapark, Signor Cavaliere del Lavoro!»

«Allora sbrigati, Xaver» borbottò Nonno Rupert. Lanciò un'occhiata a Ricarda. «Certo che ha sposato una donna bella risoluta, il mio Georg.» Poi sorrise. «Però ti prego di restare in disparte quando saremo lì. Georg perderebbe la faccia, se qualcuno ti vedesse.»

La faccia? Io sono più in pensiero per la sua vita, pensò Ricarda.

La città era ancora addormentata mentre Xaver faceva volare il cavallo lungo le strade. Il sole che stava per sorgere emanava un bagliore rosso-dorato sempre più forte nel cielo azzurro pallido dell'alba. Finalmente Xaver condusse il cavallo attraverso un boschetto di magnifiche querce.

«Saranno sul prato al centro, Xaver. Andate più veloce» ordinò il vecchio birraio.

I sentieri erano stretti e sinuosi, e ogni volta che il vetturino prendeva una curva la carrozza slittava leggermente di lato. Non si vedeva anima viva. Si udiva solo lo scalpiccio degli zoccoli del cavallo e il cinguettio degli uccelli tra i rami degli alberi.

Lo sparo che squarciò il silenzio giunse così inaspettato che Ricarda sussultò. Il cavallo si spaventò e Xaver ebbe non poca difficoltà a riprenderne il controllo. Subito dopo, attraverso il querceto riecheggiò un secondo scoppio. Il cavallo, ormai indomabile, procedette galoppando alla cieca fino al prato centrale sul quale era sospeso uno strato di nebbia bassa. Nell'aria c'era odore di umidità e polvere da sparo. Si profilarono le sagome di alcuni uomini, più di quanti si aspettasse Ricarda. Avvicinandosi ancora un po', riuscì a contarne dieci o dodici.

«Fermatevi, Xaver» disse il vecchio Kögler.

A quel punto si udì un terzo sparo. Nel frattempo erano talmente vicini al gruppo di uomini che Ricarda poté riconoscere entrambi i duellanti distesi a terra.

Georg era stato colpito! Giacomo Cossata d'Aperi si contorceva con il volto contratto dal dolore. Non sembrò accorgersi della presenza di Ricarda, mentre i suoi secondi si davano da fare intorno a lui. Anche Georg era circondato da uomini, tra i quali si riconosceva distintamente la sagoma imponente di Rupert.

«Cosa diavolo fate?» tuonò il vecchio Kögler. «Fatemi passare!»

Ricarda, con la sua valigetta di pronto soccorso, seguì il patriarca furioso che si faceva strada tra gli astanti. Georg si premeva una mano sulla spalla sinistra.

«Cosa ci fate qui, papà?» domandò.

«Controllo se sei ancora vivo.»

«Sto bene» mormorò Georg.

«Stai fermo» disse Ricarda.

«Rica, come sapevi che eravamo qui?»

Senza rispondere alla domanda, Ricarda tagliò con mano esperta la giacca del frac che Georg indossava al pari di tutti gli altri presenti. Spostò con cautela la stoffa della camicia e della canottiera. E subito avvertì il liquido caldo che usciva sempre più copioso. Non riusciva a identificare bene la ferita nella luce incerta del sole appena sorto, ma dalla quantità di sangue che perdeva, era probabile che fosse coinvolta l'arteria. Se fosse riuscita a bloccare l'emorragia all'istante, se la sarebbe sicuramente cavata.

«Cosa state facendo?» tuonò una voce dietro di lei. «Io sono un medico, lasciate fare a me!»

Ricarda aprì la sua borsa. Tamponare, fasciatura compressiva, posizione di riposo: questi erano i rimedi da mettere in pratica per il momento. Ignorò la voce che proveniva da dietro le sue spalle e si concentrò su Georg.

«Fatevi da parte!» abbaiò la voce.

«Lascia stare, Alex, mia moglie sa quello che fa» disse Georg.

«Tua moglie non è certo un medico.»

«Eccome se lo è» ribatté Georg rivolgendo un sorriso a Ricarda.

Nel frattempo lei aveva finito di tamponare e stava preparando la fasciatura compressiva. «Rupert, aiutami. Premi il braccio di Georg contro il suo petto più forte che puoi, in modo che io possa legarglielo» disse in tono perentorio, ma composto.

Rupert si inginocchiò accanto a lei e disse: «Sono felice che ci sia tu a farlo, Ricarda. Alex non ci capisce niente. È solo un veterinario».

«E come mai è qui?»

«Georg era convinto che non sarebbe successo niente.»

Ricarda evitò qualsiasi commento. «C'è un ospedale chirurgico nelle vicinanze?» si limitò a chiedere.

«Portatemi nella Nussbaumstrasse, non è lontano» disse Georg.

«Dobbiamo fare in fretta» li ammonì Ricarda non appena ebbe finito di medicarlo. «Rupert, resta con Georg finché non vi avrò raggiunti.»

In carrozza c'erano solo tre posti. Suo cognato e suo suocero vi issarono il ferito. Il vecchio si sedette davanti accanto a Xaver e guardò giù verso di lei. Non disse nulla, ma i suoi occhi erano colmi di ammirazione. Ricarda chiuse la borsa e si guardò intorno in cerca della seconda carrozza di casa Kögler.

A un tratto le si avvicinò un uomo. «Ho sentito che siete un medico. Potete aiutare il Conte?»

«Quale Conte?» Ricarda guardò lo sconosciuto con aria sorpresa. Poi capì.

Ovviamente il primo impulso fu quello di indirizzare l'uomo verso il veterinario. Furono due i motivi per cui Ricarda non lo fece: il primo era che, essendo nuova a Monaco, voleva evitare che si spargesse la voce che da medico si era rifiutata di curare un uomo ferito. E il secondo le fu chiaro nel momento in cui abbassò lo sguardo su Cossata d'Aperi che si contorceva sull'erba umida: voleva godersi il momento.

«Sentite dolore?» domandò.

«Dottoressa, amica mia, aiutatemi. Sono ferito.»

«Basterebbe non incoraggiare gli altri a spararvi. Avete mai preso in considerazione la cosa?»

«Siete sempre spietata con me. La mia mano! Guardate!» Cossata d'Aperi le tese la mano destra insanguinata.

«Insomma, fate qualcosa!» esclamò uno dei presenti.

«Se volete fare il medico, dovete aiutarlo» gli fece eco un altro, indignato.

Controvoglia, Ricarda si inginocchiò accanto al suo violentatore e aprì la valigetta del primo soccorso. Ne estrasse una boccetta di alcol e il necessario per una fasciatura. «Tenetelo fermo» tagliò corto. Poi versò il liquido disinfettante sulla ferita. Cossata d'Aperi emise un breve grido e perse conoscenza.

Georg aveva mirato alla perfezione, come ebbe modo di notare Ricarda una volta stretta la parte alta del foro d'ingresso e aver fatto diminuire il sanguinamento. Aveva trapassato il polso da una parte all'altra. Probabilmente l'uomo avrebbe perso l'uso della mano destra per sempre. Fosse stato qualsiasi altro paziente, gli avrebbe steccato la mano per evitare quantomeno dei danni ulteriori. Ma in quel caso non ci pensò nemmeno.

«Non è una ferita letale» disse «ma deve andare in ospedale.»

Mentre si avviava anche lei verso la clinica con la carrozza di Georg, tentò di ricostruire la dinamica del duello. Era impossibile che Cossata d'Aperi avesse sparato per secondo, quindi Georg doveva aver colpito il suo avversario dopo essere stato ferito. Di conseguenza, era probabile che Cossata d'Aperi avesse intenzione di spararigli un colpo letale. Per fortuna aveva mancato il cuore di oltre un palmo. Ad ogni modo se ne poteva concludere che, se Georg era ancora vivo, era solo perché un angelo custode aveva vegliato su di lui.

Eppure Ricarda non riusciva a smettere di chiedersi perché mai Cossata avesse insistito con la sfida a duello, se il suo vero scopo erano i soldi di Georg. C'era solo una risposta possibile: a quanto pareva, Ricarda aveva sottovalutato la determinazione di suo marito, che in quel caso non era stata altro che un'immensa prova d'amore nei suoi confronti.

Georg posò il braccio intorno alla vita di Ricarda. «Ti piace?» le chiese.

«È magnifico» rispose lei.

Erano seduti sulla terrazza della baita di montagna di Georg, poco sopra Berchtesgaden. Max e Moritz, i due cani, se ne stavano acciambellati lì accanto. Di fronte a loro si estendeva il panorama delle Alpi bavaresi, con la neve che aveva abbandonato anche le cime più alte e il cielo azzurro ornato di nuvole che sembravano dipinte. Il lieve mormorio di un torrente che portava a valle l'acqua del disgelo si mescolava al suono dei campanacci delle mucche al pascolo.

Erano partiti da Monaco al mattino e arrivati alla baita, a millecinquecento metri di altezza, la sera stessa. Era una semplice casetta di legno con il tetto in scandole, aveva solo due stanze e un camino, mentre l'acqua fresca veniva pompata direttamente dal pozzo. Proprio come aveva sempre fatto Ricarda durante la sua infanzia a Freystetten, nel Brandeburgo. Di fronte a loro, sul tavolo della terrazza c'erano un boccale di birra per Georg e un bicchiere d'acqua per Ricarda.

«Quando la vita in città diventa troppo frenetica e rumorosa vengo qui. Finora ci ho portato solo Rupert e Bernhard; è il mio rifugio solitario.» Georg guardò verso l'orizzonte con aria sognante. «Quindi, se un giorno tu dovessi cercarmi, puoi sempre trovarmi qui.»

Non le disse se ci era venuto anche con la sua prima moglie Anna. In generale, non la menzionava mai quando erano insieme. Anna era morta ormai otto anni prima.

«Hai ragione, a chi serve una luna di miele quando c'è questo?» osservò Ricarda.

Georg la baciò. «Grazie per averlo detto. Ma una luna di miele te la regalo lo stesso. Peccato solo per come sono andate le cose con il duello.»

Nel frattempo erano trascorse due settimane precise. Su richiesta di Ricarda, Georg portava ancora il braccio sinistro legato al petto, perché sull'ultimo numero di una rivista medica che si faceva spedire a Villa Kögler aveva letto che un paziente con una lesione simile all'arteria aveva ricominciato a sanguinare a seguito della riapertura della ferita. Era necessario scongiurare quel rischio. Ricarda sapeva che Georg la riteneva eccessivamente scrupolosa, ma la cosa non l'avrebbe di certo fermata.

Ricarda si schiarì la voce prima di porre la domanda che le bruciava dentro. «Georg, perché ti sei battuto a duello? I diecimila marchi ti avrebbero fatto meno male di una pallottola nella spalla.»

Lui scoppiò a ridere. «Ne è valsa la pena. Quel delinquente non potrà più usare la mano destra.»

«Le cose sarebbero potute andare peggio.»

«In effetti lo avevo un po' sottovalutato» ammise Georg. «Ci eravamo accordati su due colpi ciascuno. Io gli ho fatto cadere l'arma di mano con il mio, ma lui l'ha raccolta e ha sparato di sinistra. Sono pochi gli uomini in grado di fare una cosa simile.»

«Che bugie ti ha raccontato sul mio conto?» lo incalzò Ricarda.

Suo marito rispose con voce ferma: «L'hai detto tu stessa, sono bugie. E non meritano che ci si spenda una sola parola. Tu sei mia moglie, è solo questo che conta.» Carezzò con dolcezza la sua pancia sempre più prominente. «E poi porti in grembo nostro figlio» aggiunse.

Ricarda gli posò la testa sulla spalla e rimase in ascolto del suono dei campanacci che si innalzava dalla vallata. Il piccolo dentro di lei dormiva. Ancora qualche mese e sarebbe cambiato tutto. Si rese conto di avere paura. Il muro di silenzio che aveva eretto sarebbe rimasto in piedi anche dopo che il bambino fosse nato? Sarebbe stata in grado di amare quel bambino per quello che era, senza ricordarsi costantemente chi fosse suo padre?

Un nuovo inizio

Ottobre 1890

La mite luce autunnale filtrava attraverso le foglie degli aceri disposti lungo la sponda dell'Isar. Al centro si erano già tinte di giallo e rosso tenue, mentre vicino al ramo conservavano il verde dell'estate recente. *Come un effimero tetto in filigrana*, pensò Ricarda. In quel momento avvertì la prima doglia, che la fece sussultare. Trovò subito il braccio di Georg a sostenerla.

«Credo che dovremmo tornare a casa» disse.

Georg prese sua moglie tra le braccia e la sollevò con leggerezza. La riportò con ampie falcate alla carrozza che li stava seguendo lungo la passeggiata.

Ricarda faceva respiri lenti e profondi. Proprio come aveva sempre detto alle centinaia di donne che aveva fatto partorire. Ma quella era la teoria mentre adesso toccava a lei, il che rendeva tutto diverso.

Il bambino si era già posizionato di testa e la pancia si era abbassata. Ricarda sentì che voleva uscire e allo stesso tempo ebbe paura che dopo il parto sarebbe stato tutto ancora più complicato. La sua pancia si contrasse di nuovo. Avrebbe voluto gridare ma si trattenne, stava respirando troppo in fretta. Si costrinse a tranquillizzarsi, ma senza successo. *Il corpo è più forte della mente*, pensò.

Poi si ruppero le acque, che le colarono lungo le gambe. I

molti strati del suo vestito lo nascondevano, ma Ricarda avvertiva distintamente il liquido tiepido scendere giù dal sacco che lo conteneva.

Ci siamo, pensò, *sto per diventare madre. Che io lo voglia o no.*

La contessina Henriette Von Freystetten se ne stava di fronte allo specchio della camera degli ospiti di Villa Kögler e si dava dei violenti colpetti sulle guance. Com'erano pallide. *Come quelle di una vecchia signora, che poi è quello che sono, con i miei quarantotto anni*, pensò.

La sua esistenza era volata via in un soffio, come foglie spazzate dagli alberi autunnali. Quante cose aveva ottenuto nella vita! Aveva lavorato come insegnante a Londra per imparare l'inglese. Era partita per l'America per studiare odontoiatria. E alla fine aveva preso una laurea in medicina generale a Zurigo.

Aveva trovato delle amiche, donne che la pensavano come lei e che la accompagnavano da una vita. Quasi tutte avevano rinunciato alle gioie dell'amore. Perlopiù si erano sentite forti per quella loro rinuncia, che aveva permesso loro di raggiungere l'agognata libertà. E poi la sua villa in Unter den Linden era un punto di incontro in cui le esponenti dell'alta società tessevano i loro intrighi contro il predominio maschile. I risultati erano sempre stati altalenanti e Henriette non si faceva alcuna illusione al riguardo.

Un marito al quale chiedere il permesso di esercitare la propria professione non sarebbe stato altro che un intralcio. Figli? Sì, certo. Ma senza un marito? Impensabile. Per un po' aveva creduto che Ricarda, che aveva portato a Berlino come sua protetta all'età di tredici anni, potesse essere la figlia che non aveva mai avuto. Ma si sbagliava.

Henriette si spazzolò i folti capelli che un tempo erano stati biondo scuro, ma che ormai ricordavano più la cenere che la luce del sole.

Forse il bambino che Ricarda portava in grembo rappresentava una nuova occasione per colmare la frattura che si era venuta a creare tra loro. Anche se non era riuscita a guadagnarsi l'amore incondizionato di Ricarda, forse le sarebbe andata meglio con il bambino che stava per nascere. Ma come si conquistava l'amore? Era una capacità che alla contessina sembrava non essere stata concessa, nonostante desiderasse con tutta se stessa arrivare alle persone con il cuore, anziché con la mente.

Henriette si voltò. Assorta com'era nei suoi pensieri, non aveva sentito Käthe bussare.

«Käthe! Ero completamente assorbita a pensare al motivo per cui sono qui» disse.

«Tra non molto quel motivo potrai tenerlo tra le braccia, mia cara. Rica ha le doglie.»

«Davvero? Siamo preparate?» domandò Henriette.

A Villa Kögler era tutto pronto per un parto in casa. In fondo, tutte le donne dell'alta società partorivano in casa.

«Sarà un gioco da ragazzi!» esclamò Käthe su di giri.

Henriette conosceva abbastanza la sua amica da sapere che usava quell'euforia per dissimulare la stessa sensazione che provava anche lei. Entrambe avevano fatto nascere molti bambini. E ogni volta si gridava al miracolo. E in un certo senso era vero. Perché una donna non mette mai tanto a rischio la propria vita come quando ne mette al mondo un'altra.

Ricarda aveva la bocca secca. Sapeva che stava respirando nel modo sbagliato ed era il motivo per cui aveva costantemente bisogno di bere. Quante cose sapeva! Ma tutta la grigia teoria non serviva a nulla. Quella era la vita reale e l'unica cosa che doveva fare era resistere, sopportare. E godersi il tempo tra una doglia e l'altra.

«A Zurigo una volta ho avuto una partoriente al tredicesimo figlio» disse Ricarda, mentre la contessina le tamponava il sudore dalla fronte. «Come fanno certe donne?»

«Non chiederlo a noi» rispose Käthe con un sorriso tirato. Neanche lei aveva figli, come la contessina.

«Io penso che me ne farò bastare uno» gemette Ricarda. «Da quanto tempo va avanti?»

«Ventisei ore» disse la contessina dopo aver dato un'occhiata all'orologio.

Ricarda era sollevata all'idea di avere al suo fianco due dottoresse così esperte. Eppure in quel momento non poté fare a meno di pensare alla sua amica Lore. Sarebbe stato bellissimo condividere con lei quell'esperienza. Non aveva più avuto sue notizie dopo il matrimonio. Aveva iniziato varie volte a scriverle una lettera, ma le risultava ancora più difficile mettere per iscritto ciò che non riusciva a esprimere nemmeno a voce.

«Il battito cardiaco è ancora buono?» domandò Ricarda.

«L'hai già chiesto mille volte» osservò la contessina con un sorriso, prima di chinarsi di nuovo sulla pancia di Ricarda. «Il battito è ancora stabile.»

«Ve lo leggo in faccia che siete dubbiosa» disse Ricarda.

«Abbiamo ancora tempo» decise Käthe.

Bussarono. Käthe andò alla porta della camera da letto e la aprì di uno spiraglio. «Georg, prima di impazzire, vai in ufficio e scrivi un atto o qualsiasi altra cosa che possa distrarti. Quando arriverà il momento, ti manderemo un messo.» Poi fece una breve pausa, prima di aggiungere: «Andrà tutto bene».

«Abbi cura di lei, Käthe» disse Georg in tono supplichevole mentre gli veniva richiusa la porta in faccia.

La prima moglie di Georg era morta di parto insieme al bambino. Ricarda non aveva mai fatto troppe domande su come fossero andate precisamente le cose.

Fu di nuovo assalita da una doglia e si abbandonò completamente al dolore. Era normale che un primo parto durasse tanto. Ricarda si aggrappava a questo pensiero. Alla fine sentì arrivare le doglie giuste per spingere. Ne fu sollevata, nonostante il dolore fosse ormai insopportabile. A quel punto le due dottoresse si divisero i compiti: Käthe respirava insieme a Ricarda per sostenerla durante le spinte, mentre la contessina teneva sotto controllo il progredire del parto.

«C'è qualcosa che non va. È bloccato» ansimò Ricarda.

«La testa continua a scivolare indietro» confermò la contessina.

«Provate a sentire se è il cordone ombelicale a trattenerlo, contessina. Il bambino è all'asciutto da troppo tempo ormai.»

«Käthe, scambiamoci di posto» disse la contessina.

Ricarda non ne fu affatto felice. Solo la vicinanza di Käthe le dava forza.

Ma Käthe come prima cosa corse alla porta di camera, l'aprì e gridò: «Andate a chiamare la levatrice. Ditele di venire subito!»

Avevano deciso di coinvolgere una levatrice esperta nel caso fossero emerse delle complicazioni.

Poi Käthe si mise a palpare con attenzione il bambino, ormai ben incanalato. Alla fine si tirò su e guardò Ricarda con un sorriso contratto. «La tua supposizione che fosse il cordone a impedire al bambino di nascere era corretta, Ricarda.»

In pratica, era probabile che il cordone ombelicale si fosse attorcigliato intorno al bambino. Stando ai manuali, in questi casi era necessario ricorrere al parto cesareo o al forcipe. In caso il bambino fosse già basso nel canale del parto, il cesareo non era più una via percorribile. Ricarda tentò di reprimere la paura.

Käthe posò lo stetoscopio sulla pancia di Ricarda, poi alzò lo sguardo. «Non possiamo più aspettare. Ricarda, dobbiamo usare il forcipe. Vuoi il cloroformio o no?»

Vivere il parto da sveglia soffrendo i dolori atroci del forcipe o abbandonarsi all'ovatta imbevuta di cloroformio, rinunciare al controllo e mettersi nelle mani delle due dottoresse?

Mentre Ricarda lottava con l'indecisione, il volto di Cossata d'Aperi riemerse dalla sua memoria come un demone. *Tu sei una donna ed è mio compito farti sentire tale*, le urlò addosso il suo volto mostruoso. Ricarda percepì di nuovo la violenza che le aveva fatto. E adesso stava facendo nascere suo figlio...

«Il cloroformio, Käthe.»

«Il polso di Rica è stabile?» domandò Käthe, concentrata al massimo sul parto.

Era passato molto tempo dall'ultima volta che le due amiche avevano fatto partorire insieme una donna. Doveva essere stato durante gli studi a Zurigo, rifletteva Henriette osservando il volto di Ricarda, narcotizzata dal cloroformio. Non doveva certo essere semplice mettere al mondo un figlio indesiderato. Per questo ammirava la determinazione di Rica. Le carezzò una guancia con dolcezza.

Si aprì la porta ed entrò la vecchia levatrice Traudl. Era un'amica di Käthe e nonostante la sua età, che Henriette stimava attorno ai settant'anni, aveva ancora un aspetto molto energico. Henriette, che aveva a cuore l'igiene più di ogni altra cosa, osservò Traudl mettersi un grembiule inamidato di fresco e lavarsi accuratamente le mani col sapone. Una cameriera entrò a cambiare l'acqua e lasciò di nuovo la stanza in silenzio.

Per un po' nessuno aprì bocca, poi Käthe disse: «Si sta lacerando. Provo a tagliarla.»

C'era da aspettarselo in un parto col forcipe, pensò Henriette. La tesi di laurea di Ricarda indagava proprio le infezioni neonatali in seguito a parti complicati.

«Traudl, voi pensate ad aspirare le vie aeree del bambino, non voglio che venga roteato» disse Henriette. In effetti, era pratica diffusa agitare il bambino in aria per farlo iniziare a respirare, cosa che portava però spesso a delle lesioni.

«Il cordone fa due giri intorno al collo, il bambino è già tutto blu» sussurrò Käthe. «Traudl, fa' del tuo meglio.»

«È una femminuccia!» esclamò la vecchia levatrice poco dopo, quando la creatura piena di capelli neri vide finalmente la luce.

Una bambina, dunque, pensò Henriette. Anche se al momento la sua sopravvivenza era ancora tutt'altro che certa.

Henriette sollevò una palpebra di Rica, le illuminò la pupilla e le misurò il polso flebile. Käthe intanto stava tirando fuori la placenta. C'era sangue dappertutto.

«Come sta la bambina?» domandò Henriette, mentre la levatrice le liberava le vie aeree e la riportava alla vita con movimenti delicati e decisi allo stesso tempo.

A un tratto riecheggiò un vagito, anzi non sembrò neanche un vagito, quanto piuttosto un'espressione di spavento per questo inizio di vita così improvviso.

«Buon Dio, ti ringraziamo» disse la levatrice recitando una preghiera alla quale si unì anche Käthe, senza smettere di ricucire Rica.

Le tende bianche si muovevano dolcemente davanti alla finestra aperta. Ricarda si perdeva nella loro leggerezza, sognava, dormicchiava. Nessuna incombenza, nessuna fretta, solo silenzio.

Le avevano tirato su la coperta fino al mento. Si sentiva talmente al sicuro, che non voleva far altro che starsene lì sdraiata senza muoversi. Di tanto in tanto percepiva delle voci attraverso la nebbia di cloroformio che le avvolgeva ancora i sensi, ma aveva come l'impressione che la cosa non la riguardasse.

Tornò in sé solo quando Käthe le si sedette accanto e le parlò con calma. «È una bambina?» domandò Ricarda sentendosi ancora impastata di sonno. «Sana?» fu la domanda immediatamente successiva.

«Diranno tutti che somiglia a te» disse Käthe.

Ricarda era ancora intontita, ma dalla voce di Käthe sentiva che non doveva preoccuparsi per la bambina. Eppure c'era qualcosa, adesso le riaffiorava alla mente. «Il cordone ombelicale» disse.

«Non devi preoccuparti, va tutto bene. Vuoi vedere tua figlia?»

Il cloroformio le aveva provocato la nausea e Ricarda sentì di non avere le forze di salutare la bambina. Ma poi disse: «Sì, portamela». D'istinto provò a mettersi seduta sul letto, ma il movimento le procurò una fitta di dolore.

«Resta sdraiata, Rica. Ho dovuto ricucirti una grossa lacerazione.»

A quel punto, Rica fu completamente lucida. Una lacerazione al perineo poteva infiammarsi facilmente e cicatrizzarsi male, cosa che avrebbe richiesto una lunga convalescenza a letto. Dolori. Inattività. Dipendenza da altre persone. Tutte cose che detestava.

Käthe rientrò con la bambina in braccio. La seguiva Georg con un mazzo di allegre rose gialle, ma rimase in disparte.

«Mettimela vicino» le chiese Ricarda. «Voglio guardarla.» Mentre esplorava con gli occhi quella creatura appena nata, tutto ciò che aveva intorno sembrò scomparire. Avevano trascorso insieme nove mesi, ma solo adesso si conoscevano davvero. Dopo che un sacco di altra gente l'aveva già salutata. Quest'idea le diede una sensazione di estraneità.

Davvero mi somiglia? In che cosa? I capelli? Anche suo padre ha i capelli scuri, pensò Ricarda. *Forse Käthe voleva solo essere gentile.*

Gli occhi aperti erano di un riflesso azzurrognolo. La neonata era tranquilla e Ricarda non provò il minimo desiderio di portarla al seno. Nonostante sapesse benissimo che il colostro è importante per i bambini appena nati. Si chinò sulla fronte di sua figlia per fare conoscenza con il suo profumo. Adorava l'odore particolare dei bambini appena nati, che parlava ancora dell'intimità instaurata tra madre e figlio durante la gravidanza. Ma l'unico odore che sentiva su sua figlia era quello della pulizia che segue il primo bagnetto.

Avvicinò un mignolo alla piccola, pensando di provocarle il riflesso della presa. Ma non successe niente. Anziché afferrarle il dito, la bambina chiuse gli occhi e iniziò a urlare. Ricarda si spaventò a sentire per la prima volta la voce stridula di sua figlia. Osservò il fagotto urlante accanto a sé come impietrita. Non sopportava la sua voce. La metteva a disagio. La disturbava.

Avrebbe voluto urlare a Käthe di portar via la bambina, ma si sentiva addosso gli occhi di tutti i presenti. Soprattutto quelli di Georg. Quella era sua figlia. O almeno avrebbe dovuto diventarla.

«Intanto riposa un po'» disse Käthe sollevando la piccola e salvando così la situazione. In poco tempo riuscì a calmarla.

«Grazie, Käthe» disse Ricarda.

Käthe le rivolse un sorriso stranamente estasiato e passò la neonata alla contessina, dicendo: «Rica e io abbiamo bisogno di qualche minuto da sole».

«È proprio carina» disse Henriette uscendo dalla stanza. Dopo un attimo di esitazione la seguì anche Georg.

Käthe si sedette sulla sedia accanto a Ricarda e le prese una mano. Per un po' rimasero in silenzio e Ricarda rifletté su come esprimere quello che aveva dentro. O se avrebbe fatto meglio a non dire niente. In fin dei conti, non si era neanche risvegliata del tutto dalla narcosi. Magari si sarebbe sistemato tutto. Ma il suo cuore le diceva che non era così.

«A me puoi dire tutto, Rica. Rimarrà tra di noi, lo sai. Cosa ti succede? Hai paura di non farcela? Sarebbe normale. Lo sai. Molte madri hanno questa paura, ma poi passa. Non obbligarti a fare niente. Datti tempo.»

«Sono felice di averti, Käthe» disse Ricarda con gli occhi che si riempivano di lacrime. Non poteva dire altro. Non adesso.

C'era voluta un'eternità a farla alzare per scegliersi il vestito. E ora la contessina era finalmente riuscita a convincerla a indossarlo, solo che Rica non si piaceva con quel verde scuro. Le sembrava già troppo doversi preparare di fronte al grande specchio del guardaroba di Villa Kögler. L'unica cosa che voleva era un po' di tranquillità.

«Siediti, iniziamo dai capelli.» La contessina le passò uno sgabello. «Sei così bella, Ricarda. La gravidanza ti ha reso più femminile, ti ha donato.»

Ricarda scoppiò in una risata amara. «Oh, contessina, siete gentile a dirlo, ma…» Poi si interruppe. «Io ho fallito. Non riesco ad allattare la bambina. Mi resta difficile anche volerle bene. Sono una madre degenere.»

«Ma no, non dire così. Sei molto coraggiosa» ribatté la contessina posandole una mano sulla spalla con fare rassicurante. «Ricordati sempre del motivo per cui hai deciso di tenere la bambina, anziché abortire. L'hai fatto perché ami la vita. Solo tenendo a mente questo renderai giustizia alla tua decisione. E questo vale per tutti noi, ovviamente, se vogliamo accogliere questa creatura senza pregiudizi.»

Le parole della contessina suonavano così empatiche. Ma Ricarda lottava con qualcosa che solo lei, in quanto madre, poteva sentire: «Non avevo idea di cosa si provasse a tenere in braccio un bambino concepito contro la propria volontà».

«Non si può tornare indietro. Tua figlia è nata, ha già due settimane e neanche un nome. Non si può andare avanti così, Ricarda. Devi fare uno sforzo.»

«È che non so come chiamarla. Fatemi qualche proposta voi.» I loro sguardi si incrociarono.

La contessina continuava a pettinare i capelli folti e scuri di Ricarda. «In effetti Käthe, tuo marito e io abbiamo avuto un'idea.» Si schiarì la voce, imbarazzata. «Come al solito è stata Käthe la forza trainante.»

Come sempre quando le tremava il mento, Ricarda capì che la sua mentore, solitamente così controllata, stava lottando con se stessa per non commuoversi.

«Io e lei ti vogliamo molto bene e nel nostro cuore c'è posto anche per tua figlia. Käthe e io vogliamo farle da madrine e darle i nostri nomi.»

A Ricarda parve una soluzione talmente ovvia e logica, che non riusciva a capire i sentimenti che agitavano il cuore della contessina. «Volentieri» si limitò a dire. Solo quando vide lo sguardo irritato di Henriette si rese conto di quanto inappropriata fosse stata la sua risposta. «Fare da madrina è una grande responsabilità» si affrettò ad aggiungere, senza comunque riuscire a sembrare più coinvolta. «Georg è d'accordo?» domandò poi, per distogliere l'attenzione dalla sua mancanza di interesse.

«Tuo marito vorrebbe che il nome di Käthe venisse per primo» rispose la contessina «visto che anche lei è una Kögler.»

«Quindi si chiamerebbe Katharina Henriette Kögler» ne dedusse Ricarda, considerando il nome di battesimo di Käthe. Che nome serioso! Ma forse era proprio questo che lo rendeva adatto a una figlia di cui Ricarda non sapeva ancora che fare.

Le assi vacillanti che gli operai avevano posato sul fango avrebbero dovuto facilitare l'accesso nel cantiere agli invitati alla festa di inaugurazione del tetto. Pioveva da giorni. Un tempo che si intonava perfettamente all'umore di Ricarda. Georg proteggeva la moglie con un ombrello, mentre lei, tenendosi al suo braccio, faceva del suo meglio per non scivolare sulle assi tenendosi allo stesso tempo un orlo del vestito.

Ormai erano sposati da sei mesi e Ricarda sperava che la nuova casa che Georg le aveva promesso fosse quasi finita. Ma ora che vedeva per la prima volta la dimora in cui avrebbero vissuto, le fu chiaro che ci sarebbe voluto ancora molto tempo.

Gli invitati, un gruppetto di familiari, amici e colleghi, strizzavano gli occhi e tentavano di ignorare la pioggerellina persistente per concentrarsi sul tradizionale discorso del capocantiere: «Noi uomini abbiamo costruito questa casa. Che il Signore la protegga dall'alto e le conceda gioia e prosperità. A questo brindo. Salute, Signor Consigliere di Giustizia e Signora».

L'uomo, con indosso l'abito tradizionale bavarese, bevve la sua birra e scaraventò il bicchiere vuoto sul muro della casa, come da antica tradizione. Georg si prodigò in un caloroso ringraziamento e lanciò a sua volta un bicchiere beneaugurante contro il muro. Poi tutti i presenti entrarono nella casa in costruzione con la felice prospettiva di trovarsi finalmente all'asciutto. Essendo la festa del titolare di un birrificio, i barili che stillavano il nettare giallo non mancavano di certo. Sul buffet erano esposti brezel, burro e altre leccornie bavaresi.

Ricarda si sentiva un'estranea e sorrideva per contrastare il vuoto che sentiva dentro. Il punto in cui si trovava, stava spiegando Georg, sarebbe presto diventato il salone. L'unica nota positiva era la prospettiva di non dover più vivere sotto lo stesso tetto dei suoi parenti.

Le si avvicinò sua cognata Magdalena, che aveva portato con sé i due figli. Marianne aveva appena diciassette anni, ma correva voce che l'anno successivo avrebbe sposato un commerciante di luppolo. Era una ragazza un po' seria, ma graziosa. Ricarda l'aveva in simpatia, per quanto le occasioni di averci a che fare fossero state poche.

«Dov'è Henny? Non l'hai portata con te, zia Rica?» le chiese Poldi, il fratello di cinque anni più piccolo.

Ricarda aveva ben poco a che spartire con quel ragazzino, il cui nome per esteso suonava Leopold Rupert. Lo trovava petulante, per quanto di aspetto gradevole. Era anche il cocco della sua mamma, che proprio in quel momento stava riprendendo la domanda del figlio formulandola in modo meno diretto.

«Io non ho mai avuto bisogno di una balia, per i miei figli» disse Magdalena, avendo cura di sottolineare il motivo per cui Poldi aveva posto la sua domanda. «Per questo sono cresciuti così bene.»

«A me piace Henny, è così tenera» si intromise Marianne.

«Certo che strilla parecchio. Però piace anche a me» aggiunse Poldi.

Henny. Com'è che le persone si aggiudicano un soprannome piuttosto che un altro? O succede piuttosto il contrario? Forse il nomignolo bavarese Kati non aveva avuto la meglio perché nella famiglia c'era già una Käthe piuttosto ingombrante? Ad ogni modo, anche Ricarda preferiva Henny. Le trasmetteva determinazione e dolcezza allo stesso tempo.

«Una casa bella spaziosa per voi tre» la punzecchiò Magdalena guardando l'imponente scalinata che dall'ingresso conduceva al primo piano.

«Zia Rica, tu vuoi avere tanti altri bambini, non è vero?» domandò Marianne, solitamente molto silenziosa.

«Ma il prossimo deve essere un maschio. Georg avrà pur bisogno di un erede» osservò acida la madre.

Ricarda decise di non portare avanti la conversazione. Qualsiasi cosa avesse risposto, avrebbe finito per irritare Magdalena ancora di più, questo era certo. Spostò invece la sua attenzione sul gruppo di invitati. A eccezione della famiglia, c'erano solo uomini e sembravano tutte personalità di spicco. A vederli così, Georg, Rupert e il vecchio fondatore del birrificio sembravano in ottimi rapporti con ognuno di loro.

«Si capisce già che sarà una casa magnifica.» Vicino a lei era comparsa Henriette Von Freystetten, che la prese a braccetto con confidenza. «Dovresti organizzarci dei salotti.»

Magdalena contrasse la bocca in una smorfia di disprezzo. «Qui a Bogenhausen? Questo è un paesino, non è neanche Monaco.»

La contessina rise. «Vivere significa credere nel futuro. Chi si ferma arriva poco lontano, si sa.»

«Be', la figlia del giardiniere ne ha già fatta parecchia di strada» sentenziò tagliente Magdalena.

Georg, che da bravo padrone di casa era sempre in movimento, si unì alle signore. «Questo sarà un posto di piacevole ospitalità.» Poi posò un bacio sulla guancia di sua moglie. «Rica ha imparato molto da lei, contessina.»

In quanto uomo illustre e in affari con il principe reggente,

Georg si aspettava che sua moglie gestisse la casa *in grande stile*, perché un giorno sarebbe dovuta diventare un punto di riferimento della vita mondana. E Ricarda sapeva benissimo cosa intendeva Georg: voleva la sua casa di Unter den Linden a Monaco. Ma la contessina era sempre stata un medico e un'anfitriona, mentre Ricarda doveva fare i conti anche con il ruolo di madre e moglie.

Georg aggiunse: «Quello che non vi ho detto è che il principe reggente vorrebbe che la strada dove abitiamo portasse il suo nome. Diventerà la strada più prestigiosa della città. E proprio qui accanto stanno per costruire il nuovo teatro, che aspettano tutti da tempo.» Georg era raggiante: «Monaco risplenderà. E noi vi staremo al centro, Rica!»

Ricarda provò un senso di vertigine di fronte al dinamismo e al desiderio di prestigio di Georg. Sarebbe stata all'altezza di tutto questo? E cosa avrebbe significato per il suo lavoro di medico? Prima del matrimonio Georg le aveva giurato che le avrebbe permesso di lavorare. In quella nuova casa ci sarebbe stato posto anche per il suo studio medico?

Georg era stato di parola. Al pianterreno erano previste due stanze per lo studio medico di Ricarda. Non che in quel cantiere riuscisse a immaginarsi che aspetto avrebbero avuto, ma nutriva la speranza di poter tornare presto al suo lavoro. Gli ammonimenti della contessina sull'amore per sua figlia le risuonavano in testa ancora adesso, alla fine di novembre. Ma in fondo non erano altro che belle parole. Oggi come allora, l'unica cosa che vedeva in quella neonata era una creatura che le precludeva la vita che si era costruita con tanta fatica. Immaginava un unico antidoto alla malinconia che la affliggeva: trovare una bambinaia e tornare al lavoro. In modo da non scaricare costantemente

tristezza.

Ma poi arrivò la sera in cu

andare avanti.

Georg doveva incontrare

richiesta di Ricarda, gli aveva

esercitare come medico a Mo

«Allora? Cos'ha detto?» d

appena si ritrovarono da soli nel salone di Villa Kögler.

«Di fatto, saresti il primo medico donna della città» iniziò Georg con grande cautela. «Il sindaco autorizzerà il tuo studio medico solo se farai un anno di formazione.»

«Non può dire sul serio! Io ho già studiato cinque anni e mi sono laureata» protestò Ricarda. Era arrabbiata, ma cercò di mantenere il controllo.

«Questo lo so, Rica. Gli ho anche raccontato della contessina e di mia cugina Käthe, che hanno entrambe il permesso di lavorare a Berlino usando il titolo "Dott. Med. a Zurigo", e che forse era possibile fare la stessa cosa qui a Monaco. Ma il sindaco ha detto di no. Che non gli interessa cosa fanno i Prussiani e che la Baviera è uno stato indipendente.» Georg si sforzò di sorridere. «Sappiamo entrambi che sono solo scuse. La verità è che i medici locali non hanno intenzione di tollerare una donna tra le loro fila. Mi dispiace.»

Era sincero, Ricarda glielo leggeva in faccia. Approfittando del fatto di essere soli nel saloncino, andò a sedersi vicino al marito, sul bracciolo della sua poltrona accogliente. Nonno Rupert non avrebbe apprezzato una simile confidenza. I coniugi dovevano attenersi all'etichetta anche in casa propria e finché non fossero andati a vivere per conto loro, dovevano sottostare a questa regola.

.«Possiamo avviare un procedimento giudi-
abilmente arriveresti a lavorare prima attenen-
ole del posto. Vedila così: sarà un modo per dimo-
llo che sai fare. Tutto qui. Pensi di poterlo accettare?»

on ho altra scelta» rispose lei. «Allora mi cercherò una cli-
a dove lavorare.» Le bastò guardare Georg, per capire quanto gli sarebbe piaciuto darle una mano. Ma lei voleva farcela senza l'appoggio del marito influente, e poi era curiosa di conoscere gli ospedali della città in cui avrebbe vissuto ed esercitato la professione di medico.

Quando suo cognato Rupert entrò nella stanza, Ricarda si sollevò dal bracciolo della poltrona di Georg e si liberò dal suo braccio che le cingeva la vita.

Rupert si fermò in mezzo alla stanza. «Ricarda, tu che sei un medico, puoi dare un'occhiata a Poldi?»

Käthe e la contessina erano tornate a Berlino, dove le aspettava il loro studio medico.

«Ma certo. Che cos'ha?»

Ogni volta che Ricarda vedeva suo nipote Poldi, si chiedeva come facesse a non stare mai un attimo fermo. Quel ragazzino di dodici anni era costantemente in movimento. Adorava spaventare le signore anziane sfrecciando loro accanto con la bicicletta e suonando il campanello. Ricarda lo riteneva un ragazzino viziato, un figlio di genitori ricchi che poteva fare tutto quello che voleva. Ma quando Rupert aprì la porta della stanza di suo figlio, Ricarda non vide altro che un corpicino apatico disteso nel letto, con accanto la madre preoccupata.

All'ingresso di Ricarda, Magdalena alzò gli occhi e le rivolse uno sguardo ostile. «Ti avevo detto di chiamare il medico» obiettò subito al marito.

«Ricarda è una dottoressa» rispose Rupert.

«Fammi almeno provare a capire cosa ha Poldi» disse Ricarda in tono conciliante, per quanto dentro di sé non si sentisse affatto bendisposta. Aveva già con sé la borsa del primo soccorso.

«Mi fa male la pancia qui, zia Rica. Fortissimo» disse il ragazzo tirando giù la coperta con naturalezza.

Magdalena si affrettò a ricoprirlo. Ricarda ignorò il gesto di quella madre intenta a proteggere il figlio dallo sguardo di una persona estranea. Rimase due passi indietro e fece al ragazzo qualche domanda sul dolore e sugli ultimi pasti che aveva fatto. «Ha la febbre?» domandò Ricarda. Era difficile arrivare a una diagnosi senza poter neanche toccare il paziente.

«È caldo, ma non so se ha la febbre. Da cosa dovrei capirlo?» domandò la madre.

Ricarda tirò fuori dalla borsa un tubicino di vetro con una punta argentata e lucida. Era un prodotto nuovo che si era fatta spedire di recente da un'azienda di Württemberg. A quanto pareva, era in grado di misurare l'esatta temperatura corporea di una persona in modo semplice e veloce. Il cosiddetto "termometro" le era costato una piccola fortuna e andava trattato con il massimo della cautela, perché la punta del sottile rivestimento di vetro conteneva mercurio.

Dopo che Ricarda le ebbe spiegato brevemente la funzione e il modo d'uso del termometro, Magdalena esclamò: «Per nessun motivo caccerai quell'affare in bocca a mio figlio!»

«Ma io voglio farlo» protestò il giovane ammalato.

Dieci minuti dopo, una volta che tutti i presenti ebbero osservato a lungo il moderno termometro, Rupert chiese: «Trentanove e mezzo. È tanto, vero?»

«Morirò, zia Rica?» domandò impaurito il paziente.

«Non si muore così in fretta. Fammi tastare la pancia.»

«Questo è troppo!» esclamò la madre indignata. «Rupert, di' qualcosa anche tu, per favore.»

Ricarda guardò il suo affabile cognato e si accorse di quanto fosse combattuto. Si sarebbe opposto a quella moglie dispotica per il bene di suo figlio?

«Ricarda ha studiato medicina per cinque anni» disse alla fine Rupert con il suo solito tono posato. «Sono sicuro che sa quello che fa.»

Senza aspettare la risposta di Magdalena, Ricarda iniziò finalmente a visitare il ragazzo. Premette dolcemente con le mani un palmo più in basso a destra rispetto all'ombelico. Poldi cacciò un urlo.

«Che stai facendo a mio figlio?» strillò Magdalena.

«Hai l'appendice infiammata» disse Ricarda rivolgendosi al paziente.

Magdalena balzò in piedi. «Poldi ha bisogno di un vero medico. Andrò io stessa a chiamarlo.» E se ne andò, piantando in asso Ricarda. Rupert si limitò ad alzare le spalle. Come se non avesse altra scelta che rimettersi alla decisione della moglie. E loro figlio con lui.

Senza una bambinaia che si occupasse di Henny non aveva neanche senso mettersi alla ricerca di un posto dove svolgere la sua formazione, questo Ricarda lo sapeva. Ne aveva da poco discusso al telefono con Käthe, quando si presentò alla porta di Villa Kögler una donna di circa quarant'anni. A Ricarda, Fanny piacque subito, sembrava una persona di cuore.

«Ho lavorato per vent'anni dalla stessa famiglia. Ormai i ragazzi non hanno più bisogno di me. Ed è giusto così» le raccontò quella donna dalle guance rosse e il sorriso ampio.

Henny stava dormendo nella sua carrozzina alta, un modello inglese. Ricarda era molto soddisfatta del sistema di molleggiamento a cinghie di cuoio, che con il suo dondolio favoriva il sonno di Henny.

«Segue la moderna alimentazione con biberon, a base di latte, semolino, farina e zucchero» spiegò Ricarda, preparandosi alla domanda sul perché fosse tra le pochissime donne che non allattava.

Si sentì sollevata quando Fanny sorvolò la questione, limitandosi a dire: «Questa cosa dovrete insegnarmela».

Di lì a poco, Henny si svegliò e si mise subito a piangere, dando alla bambinaia l'occasione di dimostrare di essere la persona giusta per loro. Ricarda si sentì sollevata nel vedere con quanto amore Fanny si occupava della neonata. Sua figlia era in buone mani e lei guadagnava un pezzetto di libertà. Ora non le restava che farne buon uso.

Nella città di Monaco, che cresceva a vista d'occhio, gli ospedali erano decisamente troppo pochi. Ricarda aveva già fatto colloqui nella maggior parte di questi, nella speranza di ottenere un posto per la formazione che le veniva richiesta. Ma nessuno voleva un medico donna. Neanche senza stipendio, che comunque non era previsto per i giovani medici. Anche quel giorno, fece ritorno a Villa Kögler di cattivo umore. Ci aveva sperato tanto, di ottenere un posto alla Regia Clinica Femminile vicino alla Porta di Sendling, dove invece non l'avevano neanche voluta ricevere. Doveva accettare il fatto che, senza una raccomandazione di Georg, non sarebbe mai riuscita a esercitare come medico a Monaco.

Sulle scale di casa incontrò Marianne, curata ed elegante come al solito. Ricarda le chiese notizie del fratello. «Ha un mal di pancia fortissimo e non riesce più a muoversi» rispose la sorella. «Credo che il dottore non sappia più cosa fare.»

«E tua madre cosa dice?»

La ragazza scrollò le spalle perplessa.

Ricarda aprì piano la porta di camera di Poldi. Era solo e riusciva a malapena a parlare. «Il dottore ha prescritto digiuno e impacchi caldi» disse con un filo di voce. «Mi sa che sto per morire.»

Stavolta Ricarda dovette dargli ragione. «Non permetterò che accada. Torno subito. Tu non scappare, eh» disse scherzando.

Dopo una breve riflessione, decise di scavalcare Magdalena e rivolgersi direttamente al patriarca.

Nonno Rupert si trovava nello studio e giocava a scacchi con un signore della sua stessa età. «Cos'è che ti angustia?» domandò, senza sollevare lo sguardo.

«Poldi dev'essere operato, signore. Ha un'appendicite acuta. Se non lo aiutiamo urgentemente, morirà.»

A quel punto il patriarca la guardò con aria seria. «Te ne esci sempre con queste emergenze, tu.»

«Solo quando è necessario» si limitò a rispondere lei.

«L'ultima volta avevi ragione. Oltretutto Poldi è l'unico discendente maschio dei miei figli.» Poi sorrise bonario. «A meno che tu e Georg non facciate ancora un piccolo sforzo.»

Ricarda ignorò l'allusione. «Mi date il permesso di portare il ragazzo in ospedale?»

«In quale vorresti portarlo? Non ce n'è uno che abbia una buona fama.»

«La clinica pediatrica al Goetheplatz» rispose Ricarda, tralasciando il fatto che c'era stata il giorno prima per motivi personali. La clinica, fondata solo pochi anni prima, le aveva fatto un'ottima impressione. Purtroppo però neanche lì avevano dimostrato interesse per una *presunta* dottoressa laureata a Zurigo.

Solo l'autorità del vecchio patriarca era riuscita a placare le proteste di Magdalena per il ricovero di Poldi all'ospedale. Ricarda, insieme a suo cognato Rupert, accompagnò il ragazzo che gemeva dal dolore alla clinica, dove ragguagliò un'infermiera sulla sua diagnosi.

«Avete fortuna, sta arrivando uno dei medici» rispose lei.

In quel momento, un giovane alto e dal cappotto svolazzante passò di corsa accanto a Ricarda e Rupert. «Sono già andato via!» esclamò in tono deciso.

Ricarda gli bloccò la strada. «Appendicite acuta. Mio nipote non supererà la notte» gli disse in tono pressante.

«Acuta, dite? E voi come fate a saperlo?»

«Mia cognata è medico» si intromise Rupert.

Il dottore osservò Ricarda incuriosito. «Adesso mi ricordo. Anch'io ho studiato a Zurigo. Voi non siete la collega che si è meritata le lodi sperticate del Professor Wyder?»

Il dottor Wyder, ginecologo, era stato il relatore della tesi di laurea di Ricarda a Zurigo.

«Vivo a Monaco, dottor…» rispose lei sforzandosi di ricordare il suo nome. Non aveva avuto quasi nessun contatto con i compagni di università maschi.

«Arno Habinghorst» disse il medico tendendole la mano. «Allora portiamo subito vostro nipote in sala operatoria.» Mentre camminavano lungo i corridoi della clinica, aggiunse: «Io ero due semestri avanti a voi».

«Mi dispiace, dottore. Ero molto concentrata sugli studi.»

«Non vi biasimo. Non vi rendevate neanche conto di quello che ci capitava quando ci trovavamo nelle vostre vicinanze.»

«Voi scherzate. Io ero una secchiona scialba.»

«Che non si accorgeva di tutti gli spasimanti che aveva intorno!» Il dottore scoppiò a ridere, aprì la porta della sala operatoria e accese la luce.

Rupert posò il figlio sul tavolo operatorio.

Dopo una breve visita, Habinghorst osservò: «Per la verità sarebbe necessaria un'operazione d'urgenza, ma al momento sono solo.»

«Non fate morire mio figlio, dottore» lo implorò Rupert.

Il giovane medico trasalì. «Certo che no!» Poi si rivolse a Ricarda: «Potete assistermi voi?».

«La mia laurea non viene riconosciuta qui.»

«Come mai? La mia sì.»

«Ma voi siete un uomo.»

Arno Habinghorst ebbe un moto d'indignazione. «Volete dirmi che qui a Monaco non potete lavorare, nonostante a Zurigo foste la più brava di tutti?»

Ricarda annuì.

«Ma si potrà pur fare qualcosa per cambiare le cose!»

«Potrei lavorare solo se facessi un altro anno di formazione in una clinica di Monaco.»

«Ma immagino che non siate disposta a farlo.»

«Ma sì che sono disposta. Solo che finora nessuno mi ha nemmeno voluto ascoltare» confessò Ricarda.

Nel frattempo erano comparse due infermiere in attesa di ordini dal giovane medico. «Preparate tutto il necessario per un'operazione d'urgenza. Mi assisterà la dottoressa Petersen» disse Habinghorst facendole l'occhiolino.

Mentre si aiutavano a vicenda a infilarsi i camici sterili e i moderni e ormai diffusi guanti in gomma, Ricarda disse: «A proposito, nel frattempo mi sono sposata e di cognome faccio Kögler».

Habinghorst alzò gli occhi al cielo. «Questa notizia mi rattrista molto.»

Ricarda si chiese come fosse possibile che non avesse mai fatto caso a quel collega così piacente. Ma ovviamente conosceva già la risposta: in tutti quegli anni non aveva avuto occhi che per Siegfried.

Quando, a tarda notte, l'operazione fu conclusa con successo e il piccolo Poldi fu riportato nella sua stanza, Habinghorst disse: «Domani torna il Professore. Gli chiederò di farvi fare l'anno di formazione qui da noi». Le fece di nuovo l'occhiolino. «Se me lo permetterete, potrei assistervi di quando in quando.»

Ricarda si sentiva esausta, ma felice. Aveva dimostrato di essere all'altezza del lavoro che aveva sempre sognato di fare. Forse era l'inizio di una nuova epoca.

Una festa al castello

Agosto 1891

I campi di cereali che si estendevano a perdita d'occhio nella campagna brandeburghese risplendevano di una calda luce dorata. Il sole illuminava quella terra fertile dal suo cielo azzurro. Ricarda adorava quel panorama. Nel vagone del treno spirava una tiepida brezza estiva. Quante volte, nel corso degli anni, aveva percorso il tragitto da Berlino a casa. E quasi ogni volta era stata animata da un sentimento diverso. Speranza, disgusto, felicità. Una tavolozza di emozioni colorata come il paesaggio e contraddittoria come il sentimento che la legava alla sua famiglia. Stavolta era partita da Monaco e per la prima volta viaggiava con una famiglia tutta sua.

Nel frattempo Henny aveva compiuto dieci mesi, sapeva stare seduta e prometteva di diventare una bambina precoce. Conosceva già due parole: "Anni", per chiamare la sua tata Fanny, e "Dada" per chiamare suo padre. Una parola per "mamma", invece, non faceva ancora parte del suo lessico. Ricarda sentiva di meritare quell'atto di incuranza, anche perché non era quasi mai in casa quando la bambina era sveglia. Ora la piccola se ne stava seduta sulle ginocchia di Georg e rideva guardando il padre che mimava i rumori della locomotiva. Un uomo di quarant'anni che si dedicava con passione a sua figlia era una rarità. Georg stava dimostrando con Henny la stessa forza d'animo con cui aveva lottato per conquistare lei. Osservandoli insieme, Ricarda si sentì inondare da un sentimento d'affetto. Georg si sentì addosso il suo sguardo e le sorrise.

Per Georg quella era la seconda visita al luogo in cui era cresciuta sua moglie. C'erano stati nell'aprile dell'anno precedente per presentarlo alla madre di Ricarda e a sua sorella Rosel con la sua famiglia. Nel frattempo, Rosel aveva avuto due gemelli che sarebbero stati battezzati quella domenica, in occasione della festa che la suocera, Luise Von Freystetten, organizzava ogni agosto per il suo compleanno.

«A che pensi?» domandò Georg ripassando Henny alla tata Fanny, che le diede una carota sbucciata per intrattenerla.

«Provo sempre dei sentimenti contrastanti, quando penso a Freystetten» disse Ricarda.

Georg la guardò con ogni sognanti. «Pensavo che crescere in un castello fosse come vivere in una favola.»

Ricarda si accorse che la bambinaia seguiva con interesse la conversazione.

«Io ero la figlia del giardiniere. La prospettiva era molto diversa» rispose. «Mio padre ha progettato il parco. Dobbiamo mostrarlo a Henny. In estate sul lago nuotano sempre le papere e i cigni.»

Per anni non era riuscita a pensare a quel laghetto concepito con amore da suo padre senza provare una fitta di dolore allo stomaco.

In quel momento le venne in mente che a Natale sarebbero stati quindici anni da quando sua sorella era annegata in quel lago. Adesso Tonja avrebbe avuto ventinove anni. Ricarda osservò Henny che ciucciava la sua carota. Decise che un giorno le avrebbe raccontato della zia alla quale non era stato concesso di diventare adulta.

Il castello sembrava un alveare. Ovunque si girasse, Ricarda notava ospiti mai visti prima e domestici assunti appositamente per la festa di Luise. Insieme a Georg, Henny e Fanny, salì le scale dell'ala laterale del castello, a lei così familiare. In quelle stanze un tempo aveva vissuto l'ormai defunto conte Franz, il precedente proprietario del castello. A metà delle scale incrociarono una cameriera carica di cuscini e biancheria da letto.

Ricarda stava per passare oltre, quando la riconobbe: «Hildchen? Sei proprio tu?».

La cameriera si fermò e le lanciò un'occhiata da dietro la pila di biancheria che trasportava.

«Oh, Rica!» esclamò poi la quattordicenne, facendo cadere tutto quello che teneva in mano per abbracciarla. «Non ti avevo vista. Sei già arrivata!» Hildchen la strinse forte a sé.

«Ma sei cresciuta ancora» disse Ricarda. «E come ti sei fatta bella! Stai bene? Sei in salute?»

«Ho molto da fare, ma mi piace. Non si organizzano feste tutti i giorni. Questa sarà bellissima.» Poi si voltò a guardare Henny. «È lei? È già bella grande. Posso prenderla in braccio?»

Henny, che a casa sua a Monaco si era abituata a stare con tanta gente diversa, era una bambina socievole e si faceva coccolare volentieri anche dagli sconosciuti.

Hildchen doveva riprendere subito il suo lavoro. «Dopo devo raccontarti una cosa!» disse, prima di riprendersi il carico di biancheria e sparire giù per le scale.

«Chi era?» domandò Georg sorpreso.

Quella che legava Ricarda a Hildchen era una storia lunga. «Te lo racconto un'altra volta.»

Il castello la riportava nel passato. Soprattutto le stanze messe a disposizione di Ricarda e della sua piccola famiglia. La camera gialla dalle molte finestre era appartenuta al padrone del castello; era morto in quella stanza, mentre Ricarda, allora tredicenne, era al suo fianco per leggergli un libro a voce alta.

Una delle alte finestre era aperta e faceva entrare l'aria estiva, ricordandole di quella volta che aveva tentato invano di aprirne un'anta per chiamare qualcuno che aiutasse il conte agonizzante. Mentre di sotto, nel parco invernale, la contessina era uscita per una cavalcata. Irraggiungibile. Le sue speranze erano naufragate in un attimo. In quel luogo la speranza e la disillusione erano state vicine come non mai.

Georg mise un braccio attorno alla vita di Ricarda e le dette un dolce bacio sulla guancia. «Ce la fai a sopportare tutto questo?»

Lei si voltò e posò la testa sulla sua spalla. «Non mi sarei mai aspettata che ci dessero proprio questa stanza.»

«Sei la sorella della contessa.»

«Sciocchezze» rispose Ricarda sorridendo. «Io qui sarò sempre la ragazzina che pensa troppo. Era così che mi chiamava mio padre.»

«Non lo sei solo qui.»

Ricarda lo guardò. «Tu trovi?»

Lui sorrise e scosse la testa. «Forse tuo padre non era abituato all'idea che una ragazza pensasse con la propria testa. Noi uomini siamo fatti così.»

«Tu non sei così, Georg. È questo che mi piace di te.»

Bussarono alla porta e da uno spiraglio sbucò la testa di Rosel. «Disturbo?» chiese.

Rosel aveva un aspetto graziosissimo, notò sua sorella senza alcuna traccia d'invidia. Aveva un abito rosa chiaro con guarnizioni di pizzo bianco, i folti capelli rossi raccolti in due spesse trecce chiuse a cerchio ai lati della testa, le guance pallide secondo la moda del momento, ma comunque leggermente arrossate. Il suo volto era raggiante, mentre attraversava l'enorme stanza per andare ad abbracciare Ricarda.

«Rica, sei semplicemente *superb*!» esclamò. Quella parola francese tanto di moda suonava strana in bocca alla sorella nata e cresciuta in quelle campagne.

«Anche tu, Rosel!» rispose Ricarda. «E così magra, è incredibile!»

Rosel studiò la sorella maggiore. «Neanche a te la gravidanza ha lasciato segni.»

Ricarda si schermì con un gesto della mano; era ben lontana dall'aver perso i chili in più. «Piuttosto, dai un'occhiata al risultato.»

«Il risultato?» Rosel scoppiò a ridere. «Il tuo umorismo diventa sempre più asciutto!»

Fanny tirò fuori Henny dalla culla che era stata allestita per lei e la passò a Rosel. La bambina indossava un vestito che costava quanto quello di una donna adulta.

«Ha i capelli di sua madre» disse Rosel. «E che tenerezza questa fossetta sul mento.» Osservò prima Ricarda e poi Georg, che però portava la barba. «Diventerà molto carina.»

«Ma è già carina» protestò Georg con una risata.

La fossetta sul mento. Ricarda non conosceva nessuno delle loro famiglie che l'avesse.

Henny iniziò a piangere e Fanny riprese la piccola dalle braccia di Rosel scomparendo con lei nella stanza accanto.

«Sei soddisfatta della tua bambinaia?» domandò la sorella, senza tuttavia aspettare la risposta. «Io sono felicissima di avere la mamma. È la miglior bambinaia possibile!»

«E tu, Rosel? Come ti senti nei panni di contessa?»

«Non bisogna pensare a chi si è. Bisogna agire e basta. Io la vedo in questo modo.» Rosel sorrise alla sorella. «Oggi abbiamo ospiti in tutte e quarantasette le stanze. Finalmente queste vecchie mura si riempiono di vita.»

Ricarda si era sempre chiesta quale fosse il senso di farsi costruire una dimora così grande. La sua futura casa a Bogenhausen avrebbe avuto otto camere da letto e non aveva il coraggio di pensare a quanto sforzo ci sarebbe voluto per mantenerle tutte in ordine.

Ma c'era un'altra domanda che le premeva molto di più e che la assillava fin da quando erano saliti sul treno a Monaco. «Ci sarà anche Florentine?»

Rosel scosse energicamente la testa. «Cosa ti viene in mente? Friedemann non ha ancora fatto pace con sua sorella. E non succederà mai, almeno finché sarà sposato con la figlia del giardiniere.» Rosel accompagnò il suo sarcasmo con una risata cristallina, come se il matrimonio tanto vituperato da Florentine non fosse il proprio.

Più tardi, le due sorelle si ritrovarono a passeggiare attorno alla grande aiuola rotonda di fronte al castello, mentre le carrozze continuavano ad arrivare per scaricare i loro ospiti. Rosel salutava e chiacchierava con tutti da esperta padrona di casa.

La casetta in cui erano cresciute Ricarda e le sue due sorelle era stata ripitturata di fresco. I noci piantati dal padre durante la loro infanzia erano carichi di frutti. Quel posto che un tempo le era parso tanto cupo adesso le dava un'impressione quasi romantica.

«I tuoi figli stanno sempre nella casa dei giardinieri?» domandò sorpresa Ricarda.

Rosel scoppiò a ridere. «Solo quando al castello c'è un trambusto come oggi. In quel caso stanno più tranquilli qui. Altrimenti rimangono con la nonna al castello.» Poi si aprì in un sorriso. «Del resto devono diventare dei conti, non dei giardinieri.»

A Ricarda piaceva la disinvoltura con cui la sorella ricopriva il proprio ruolo. Rosel era rimasta fedele a se stessa.

Le due sorelle trovarono la madre in giardino, seduta su una panchina sotto il vecchio melo, intenta a dondolare una carrozzina elegante simile a quella di Henny. Accanto a Karla Petersen, la nonna, era seduto con aria trasognata il nipotino Franz, di ormai due anni e mezzo. I capelli neri corvini di Karla, giunta a quarantanove anni suonati, erano ormai bianchi come la neve. Li teneva stretti in una crocchia sulla nuca.

Avvicinandosi, Ricarda sentì che la madre stava raccontando la fiaba della pappa dolce dei fratelli Grimm. «E il pentolino cuoceva la pappa e non voleva più smettere. La pappa riempì tutta la città e nessuno sapeva come cavarsela. E pensare che sarebbe bastato dire…»

«Fermati pentolino» intervenne il bambino con voce cristallina, stringendosi alla nonna. Poi si accorse della presenza della madre e disse tutto serio: «Il pentolino cucina sempre più pappa!».

Come può essere semplice la felicità, pensò Ricarda, posando un bacio sulla guancia della madre. Dopo la morte della sorella di Ricarda, Karla Petersen si era ammalata di tubercolosi e aveva finito per ossessionarsi con fantasticherie religiose. Ma ormai non era rimasto niente di quella donna. Sua madre aveva l'aspetto posato che può avere solo chi ha trovato il proprio scopo nella vita: nel suo caso, i nipoti.

«È il grande sogno di una cuoca avere pappa a sufficienza per tutti?» scherzò Ricarda.

Karla Petersen sorrise. «Al momento è la storia preferita di tuo nipote. Devo raccontargliela almeno due volte al giorno.»

Nella carrozzina dormivano due gemelli dall'aspetto molto sano. Erano quasi identici. Rosel si chinò su di loro: «Lui è Ferdinand, di cinque minuti più giovane di Friedrich.» Indicò una macchiolina rosa sulla fronte dell'altro bambino. «Questa ce l'ha solo Friedrich» spiegò.

Il piccolo iniziò a lamentarsi e Rosel lo attaccò al seno, mentre Ricarda raccontava del lavoro inaspettatamente piacevole che dall'inizio dell'anno svolgeva all'ospedale pediatrico.

La madre la lasciò parlare un bel po', prima di commentare: «E la tua, di bambina? Che ne è di Henny?».

«Sta crescendo benissimo» disse Ricarda.

Non le sfuggì affatto lo sguardo che si scambiarono la sorella e la madre. Era uno sguardo pieno di perplessità.

«Henny sta bene davvero» confermò Ricarda, pur sapendo benissimo che non era quello il punto.

«Sei cambiata, Rica» disse la madre.

«È che penso troppo.» Sapeva quanto si arrabbiava la mamma quando il padre le faceva questo rimprovero.

Stavolta però non rise, ma disse: «Forse non provi abbastanza affetto per la bambina perché lavori troppo».

Sarebbe più corretto dire il contrario, pensò Ricarda. *Lavoro troppo perché non provo abbastanza affetto per la bambina*. «Non appena avrò finito l'apprendistato, potrò portare Henny con me allo studio medico» rispose.

«Oh, Rica. Quando sei nata, tuo padre ci rimase malissimo che non fossi un maschio. Adesso viene quasi da pensare che tu voglia accontentarlo.»

«Che intendi dire, mamma?»

«Che vuoi vivere come un uomo, nonostante tu sia una donna.»

Sull'ampia terrazza del castello erano stati allestiti un numero incredibile di candelabri a più bracci che irradiavano una luce tenue e vagamente inquieta. Lo spettacolare programma della serata era appena terminato. Giocolieri, acrobati, una cantante solista, un caricaturista e uno spettacolo di pantomima avevano estasiato l'esigente pubblico proveniente per lo più da Berlino. Ricarda aveva sentito vari ospiti sussurrarsi che la festa d'estate della contessa Luise era di gran lunga la migliore tra tutte le altre feste della stagione. La contessa, che manteneva un aspetto piuttosto giovanile, svolazzava come una farfalla, raggiante e felice di godersi la sua serata.

Ricarda provava sentimenti contrastanti nei riguardi di Luise. La donna, senza dubbio graziosa, aveva distrutto il matrimonio dei suoi genitori, non c'era un altro modo di descrivere la questione. Ce l'aveva con se stessa per aver sempre guardato alla cosa con gli occhi ingenui di una bambina, mentre Rosel lo aveva capito subito: loro padre e la contessa Luise avevano avuto una relazione. Alla fin fine era stato quello il motivo per cui Gustav Petersen aveva dovuto lasciare il castello per tornare nella sua terra natia, a Rügen.

Ricarda tentava di ignorare Luise, ma non poteva fare a meno di chiedersi se la contessina Henriette fosse a conoscenza di quella relazione. In fin dei conti era l'amica più intima di Luise. Anche quella sera le due donne, all'incirca della stessa età, stavano passando quasi tutto il tempo insieme. In compagnia di Luise, Ricarda lo notava solo adesso, la contessina appariva distesa, affascinante, rilassata in modo inconsueto. Forse una parte di lei era davvero in grado di godersi la vita e di essere semplicemente un'esponente dell'aristocrazia benestante. Possibile che la distanza che Ricarda ancora percepiva nei confronti della sua benefattrice dipendesse dalla differenza di classe sociale?

«Non pensare così tanto» le disse Georg con un sorriso.

Con la testa appoggiata sulla spalla del marito, Ricarda si abbandonò alla musica dell'orchestra, che stava intonando un valzer. In quel momento passarono loro accanto Rosel e suo marito Friedemann, volteggiando. Ricarda conosceva il "giovane conte", come lo chiamavano in paese, fin da quando era piccolo e per lungo tempo non lo aveva preso sul serio. Nel frattempo, però, si era trasformato in un uomo imponente che dimostrava molti più anni dei suoi ventisette. A quanto pareva, la responsabilità delle tante persone che abitavano i suoi estesi possedimenti era un fardello pesante da portare. Al contrario del padre Raimund, che era caduto in disgrazia presso la famiglia per colpa delle sue scappatelle, Friedemann prendeva sul serio il compito lasciatogli in eredità dalle generazioni precedenti. Che Rosel avesse su di lui un'influenza positiva era evidente.

«Stai sorridendo. Sei felice?» domandò Georg.

«Ho partecipato tante volte a queste feste: quasi sempre come membro del personale, una volta come spettatrice. Ma non avevo mai ballato prima.»

«Quindi hai fatto un passo avanti.»

«Direi che ne ho fatti più di uno.» Ricarda ricostruì a ritroso il lungo percorso che era iniziato in quel luogo e che l'aveva portata a essere quella che era oggi: dottoressa, Consigliera di Giustizia, madre. Aveva modo di perseguire i suoi obiettivi perché aveva sposato un uomo comprensivo.

Poi lo sguardo le cadde su Hildchen, che se ne stava in piedi al bordo della pista da ballo con le braccia incrociate. Alla sorella di Siegfried era toccato l'ingrato compito di raccogliere i bicchieri di champagne vuoti, riunirli su un vassoio e portarli nella cucina nel seminterrato.

La mia vita sarebbe diventata come quella di Hildchen?, si chiese Ricarda. Hildchen, che non sarebbe mai sopravvissuta se Ricarda non l'avesse portata lì.

Georg aveva notato che Ricarda la fissava. «Cosa ti lega a quella ragazzina?»

Ricarda sospirò. «Hildchen viveva con la madre a Berlino, in un sottotetto. La fuliggine dei caminetti l'aveva fatta ammalare e rischiava di morire. Allora mi venne in mente di portarla da mia madre in campagna, per darle modo di rimettersi. Si è trovata talmente bene che alla fine è rimasta.» Ricarda era riuscita a omettere un aspetto essenziale della questione: che Hildchen era la sorella del suo fidanzato di un tempo, Siegfried Thomasius. Anzi, se non fosse stato per lei non si sarebbero neanche conosciuti.

«Lo dici in un modo!» Georg le scostò una ciocca di capelli dal volto. «La fai sembrare un'equazione matematica. Uno più uno fa due. Perché nascondi i tuoi sentimenti? E soprattutto, a chi li stai nascondendo? Tu hai salvato la vita di quella ragazzina, Rica. Non conosco nessun altro che abbia fatto una cosa simile.»

«Be', in un certo senso anche tu mi hai salvata.» Ricarda si strinse più forte a lui.

Ricarda si tirò su di soprassalto per il gran chiasso, convinta di trovarsi ancora nell'incubo che stava facendo. Nello stesso istante in cui si svegliò, aveva già dimenticato cosa stesse sognando. Accanto a lei, illuminato da una candela, c'era il volto di Hildchen.

«Rica, svegliati, presto! Friedrich non respira più.»

Ricarda saltò giù dal letto, afferrò la vestaglia e seguì Hildchen per le scale. Ma poi trattenne la ragazzina per una spalla. «Sveglia la contessina! Chiedile se ha una valigetta di primo soccorso e semmai dille di portarla. Corri!»

Ricarda non era in nessuno modo organizzata per gestire un'emergenza. Corse scalza verso la casetta del giardiniere, con i capelli sciolti e la vestaglia tenuta stretta davanti al petto. Spalancò la porta della casa in cui era cresciuta e che ora la madre divideva con Hildchen. L'illuminazione era ancora solo a gas e tutte le lampade della casa erano accese. Sua madre, anche lei in camicia da notte e con la chioma bianca raccolta all'indietro, teneva in braccio uno dei gemelli, mentre l'altro dormiva profondamente in un lettino. Franz, il figlio maggiore di Rosel, sembrava non esserci.

Ricarda si sedette accanto alla madre. «Dallo a me» le disse con dolcezza.

La donna le passò il neonato col "morso di cicogna" sulla fronte. Non era ancora del tutto freddo, ma lo era comunque troppo. Ricarda lo portò sotto la luce e gli aprì con cautela le palpebre, poi aprì le fasce in cui era avvolto, posò l'orecchio sul suo minuscolo torace e lo auscultò a lungo.

Sapeva di medici che affrontavano casi simili scuotendo il bambino o facendolo vorticare per l'aria, convinti di fargli tornare l'afflato vitale.

Il professore che dirigeva l'ospedale pediatrico di Monaco definiva questi metodi delle ciarlatanate. «Quando la morte è più veloce dell'uomo, il medico deve farsene una ragione» diceva sempre.

Nessuno può riportare in vita il piccolo Friedrich, è questa la terribile verità, pensò Ricarda sentendo già dei passi che si avvicinavano da fuori. Hildchen non aveva svegliato solo la contessina, aveva buttato giù dal letto anche i genitori del piccolo Friedrich.

«Cos'ha Fritzchen?» chiese Rosel precipitandosi incontro a Ricarda.

Poco dopo anche Henriette Von Freystetten aveva visitato il neonato. Ricarda fu grata alla sua mentore per assumersi la responsabilità di pronunciare la terribile frase: «Friedrich è morto».

«Perché, zia Jette?» domandò Friedemann smarrito.

La contessina guardò Ricarda. «Tu hai una spiegazione?»

Ricarda scosse la testa. «Alla clinica abbiamo avuto vari casi simili. Bambini che muoiono nel sonno. Ma non sappiamo il perché.»

«Cosa studi a fare tutte queste cose, se poi non lo sai!» gridò Rosel furiosa.

Ricarda non sapeva come rispondere alla disperazione della sorella. Essere dottoressa significava incontrare più domande che risposte.

Nel frattempo si era svegliato il gemellino di Friedrich e la nonna cercava di calmarlo con parole amorevoli, mentre lacrime calde le rigavano le guance. Eppure l'espressione di Karla Petersen rimase impassibile. *Che donna forte che è mia madre*, pensò Ricarda.

Sua sorella tentò di attaccare al seno il piccolo Friedrich senza vita. «Ti prego, Fritzchen, sono qui. Bevi. Vivi.» Alla fine Rosel fu costretta a rinunciare e si sedette vicino alla madre con gli occhi gonfi di lacrime. «Dovevamo battezzarlo tra poche ore» singhiozzò.

«Lo faremo comunque» disse la religiosissima Karla. «Fritzchen è un figlio di Dio. Vivo o morto che sia.»

Per la comunità di Freystetten i matrimoni e i battesimi erano le occasioni più festose per riunirsi in chiesa. *Entrambe le cerimonie prevedono che ci si vesta di bianco come simbolo di purezza*, pensò Ricarda, mentre prendeva posto su una delle strette panche della chiesina di campagna.

Ma nessuno, vestendosi quella mattina per la santa messa, poteva sapere che la morte aveva chiamato a sé un membro della comunità prima ancora che venisse battezzato. E questa morte prematura aveva posto anche i conti e i loro familiari di fronte alla domanda: cosa si indossa quando muore un bambino e nello stesso giorno un altro viene accolto all'interno della comunità?

La contessina Henriette aveva tagliato corto la discussione sentenziando: «Noi donne indosseremo il bianco come previsto».

E così se ne stavano sedute nelle prime file dell'ala della chiesa, destinata alle donne, con i loro abiti bianchi e piangendo come fossero a un funerale. Padre Gutschmid versò l'acqua santa prima sulla testa del defunto Fritzchen e poi su quella del fratellino Ferdinand. Mentre quest'ultimo veniva calmato dalla madre, il parroco invitò tutti i presenti a recitare un Padre Nostro per Fritzchen.

Hildchen era seduta accanto a Ricarda sulla panca. «Come sono vicine, la vita e la morte» sussurrò.

Hai proprio ragione, pensò Ricarda. Le tornò in mente la meridiana dipinta sulla parete di una casa del cortile in cui abitava Hildchen quando si erano conosciute. "Mors certa, hora incerta", recitava la scritta. La morte è certa, solo la sua ora è incerta. All'epoca Ricarda aveva appena iniziato a studiare il latino e aveva interpretato l'aforisma a modo suo: la vita è troppo preziosa per non lottare per lei.

La cerimonia del battesimo volgeva al termine. Rosel passò alla madre il piccolo Ferdinand e prese per mano Franz, il figlio maggiore.

In quell'istante la contessa Luise, che era seduta in prima fila vicino a Henriette, balzò in piedi. «Sei stata tu a uccidere Friedrich, non toccherai mai più nessuno dei miei nipoti!» disse a Karla Petersen, che un tempo era stata la sua cameriera, a voce talmente alta che tutti poterono sentirla.

Spaventata, Karla ubbidì all'ordine e consegnò il gemello sopravvissuto alla contessa, che lo prese in braccio con gesto alquanto goffo.

Henriette era giunta da neanche quarantott'ore nel posto che avrebbe dovuto chiamare casa ma che non sentiva più tale ormai da molti anni, che già si trovava a fronteggiare una situazione di rara complicazione.

«Zia Jette, tu sai quanta pazienza ho avuto con mia madre, ma quando è troppo, è troppo. La sua scenata in chiesa, davanti a tutta la comunità, è una cosa intollerabile.» Il conte Friedemann camminava su e giù per il suo studio, al pian terreno del castello. «Tu sei l'unica che può spiegare alla mamma che così non si può andare aventi. Nel profondo ha sempre avuto l'intenzione di seminare zizzania tra me e Rosel. E ora ha avuto la sfacciataggine di sfruttare la morte di Friedrich a questo scopo.»

Per quanto Henriette, la più anziana della famiglia, fosse completamente d'accordo con l'analisi di Friedemann, doveva anche fare i conti con l'amicizia che la legava a Luise da decenni. «Cosa ti aspetti che faccia, Friedemann?»

«La mamma deve andarsene.»

Henriette scosse la testa. «Sei arrabbiato e ne hai tutto il diritto. Ma… bandire tua madre dalla famiglia? E dove dovrebbe andare, Friedemann?» Proprio come lei, anche Luise stava per compiere cinquant'anni.

«Può tornare dove è cresciuta e dove vive ancora sua madre, zia Jette. Nonna Margarethe sarebbe felice di non dover stare più da sola nella grande casa di Charlottenburg.»

«Stai confondendo la vita familiare con una partita a scacchi, mio caro nipote.»

«Per questo lo sto chiedendo a te. Sei tu che tieni in mano le redini di questa famiglia» rispose Friedemann.

Henriette sorrise e decise che sarebbe stato più saggio chiudere lì la discussione. Friedemann aveva già bandito da Freystetten sua sorella Florentine, perché non aveva voluto prendere sul serio il suo ruolo di capofamiglia. E ora volevo farlo anche con sua madre? Questo era decisamente troppo.

Henriette andò alla stalla e si fece sellare un cavallo, una cavalcata nel parco l'avrebbe aiutata a distrarsi. Aveva quasi raggiunto la fine del lago, che si estendeva dal castello per varie centinaia di metri, quando vide Ricarda. Stava seduta nell'erba con la carrozzina accanto a sé, ma stranamente non era in compagnia né di Georg né della bambinaia. Facendosi più vicina, Henriette si accorse che la piccola Henny era seduta accanto alla madre e quella vista le procurò un tuffo al cuore per la felicità.

Squittendo di gioia, Henny batteva le manine sull'acqua per farla spruzzare. Il lago era tiepido e poco lontano nuotavano delle anatre e dei cigni. *Come sono pacifici i luoghi della mia infanzia*, pensò Ricarda, nonostante un grosso masso a pochi passi da lei testimoniasse la fallacia di quell'impressione.

"In memoria di Antonia. Natale 1876" era inciso sulla pietra bruna.

Ricarda carezzò la testolina della garrula Henny, chiedendosi fino a che punto una madre avesse davvero la possibilità di proteggere i suoi figli. Il giorno dopo il battesimo, la cerchia ristretta della famiglia aveva sepolto il piccolo Friedrich nel mausoleo comitale del cimitero di Freystetten. La cerimonia era stata breve e subito dopo Ricarda era corsa da Henny.

La contessina fermò il cavallo accanto a loro e Ricarda rimase seduta dov'era. In circostanze normali non lo avrebbe mai fatto, perché stando all'etichetta avrebbe dovuto alzarsi in piedi, a prescindere dalla confidenza che le legava. Ma in quel momento, lasciare che Henny continuasse a giocare indisturbata con l'acqua era la cosa più importante di tutte.

Si limitò ad alzare lo sguardo e a dire: «Che bello che venite a trovarci, contessina!».

La contessina scivolò con eleganza giù dal cavallo e andò a sedersi sulla pietra. «È bello vedervi stare insieme così.»

«Anche io mi sto godendo il momento.» Ricarda sorrise.

«Tempo fa mi dicesti che ti sentivi una madre degenere. Stai iniziando a cambiare idea?»

«Questo è il posto giusto per chiedersi cosa significhi essere una buona madre» osservò Ricarda. «La mia è stata una buona madre e adesso è una brava nonna. Non poteva fare niente per impedire la morte di sua figlia e del suo nipotino. Io come dottoressa avrei il compito di lottare per la vita e invece me ne sto qui ad accarezzare mia figlia, mentre da qualche parte muoiono dei bambini che avrei potuto aiutare.»

Henny si lasciò cadere di lato e Ricarda in un primo momento si spaventò, per poi capire che la piccola aveva solo voglia di gattonare.

«Se ragioni in questo modo temo che ti sentirai sempre insoddisfatta, sia nei confronti dei bambini che non puoi salvare, sia nei confronti della tua Henny» commentò la contessina. «Così ti sentirai sempre nel posto sbagliato, Ricarda. Se sei una madre, sii una madre.»

«Quando abitavo da voi in Unter den Linden, contessina, riuscivate a essere allo stesso tempo la donna che mi aveva preso come sua protetta, un'impegnatissima dottoressa e un'organizzatrice di salotti?» le domandò Ricarda.

La contessina le girò la sua stessa domanda: «Tu che ne pensi?».

«Che non ci riuscivate. Non mi avete dato modo di vivere la mia vita di ragazzina e di conquistare il mondo un pezzetto alla volta.»

Ricarda era convinta che la contessina si sarebbe arrabbiata, interpretando quelle sue parole come una forma di ingratitudine. Ma non fu così. «Può essere, Rica» si limitò a dire, invece. «All'inizio pensavo che non potesse essere poi tanto difficile prendersi cura di una ragazzina. Mi sbagliavo.»

Nel frattempo Henny si era avvicinata troppo al cavallo della contessina e Rica la tirò su con tale impeto da farla spaventare e scoppiare a piangere. A quel punto fece del suo meglio per cercare di calmarla, cosa che le riuscì soltanto una volta ripreso a passeggiare con Henny nella carrozzina.

«Trascorrere ogni giorno con una persona così giovane è una sfida che devi accettare come un'occasione di crescita personale. Io ho imparato questo, Rica. Anche se purtroppo era troppo tardi.» La contessina camminava accanto a madre e figlia, conducendo il cavallo a mano. «Dai a questa bambina la possibilità di essere amata. Sennò arriverai a un punto in cui sarà troppo tardi.» Si chinò sulla carrozzina e soffiò su Henny un bacio con la mano, prima di rimontare sul suo cavallo e andarsene.

Ricarda la guardò allontanarsi e si chiese ancora una volta come mai, in tanti anni che si conoscevano, la contessina non le avesse mai proposto di passare al più confidenziale "tu". Non era mai diventata una vera amica per lei. Per alcuni brevi periodi si erano avvicinate, ma poi la contessina aveva sempre finito per ritrarsi. Proprio come adesso.

Fece il giro del lago insieme a Henny, ripensando alle ultime parole della contessina: "la possibilità di essere amata". Le aveva pronunciate con grande leggerezza, ma non racchiudevano forse in sé tutta la profonda tristezza che sembrava aleggiare su Freystetten?

Ricarda guardò il volto della sua bambina, che nel frattempo si era addormentata. *La contessina ha ragione*, pensò. *Devo darti una possibilità.*

La madre di Ricarda era seduta all'ombra del melo e faceva un cappellino da neonato all'uncinetto. Hildchen era accovacciata su un poggiapiedi accanto a lei e pelava patate. *Che atmosfera tranquilla*, pensò Ricarda, felice di essere capitata nel momento giusto. Era finalmente ora che sua madre conoscesse un po' meglio Henny. Karla Petersen fu felice di quella visita e sequestrò immediatamente la bambina.

«Come sta vivendo mia mamma la morte di Friedrich?» domandò Ricarda a Hildchen appena rimasero sole. «È molto abbattuta?»

La ragazza annuì. «In realtà, Ferdinand dovrebbe essere qui con lei, adesso» disse. «Ma tua sorella dice che è meglio far calmare un po' le acque prima.»

Ricarda andò a prendere un secondo coltello per darle una mano a pelare le patate, come faceva sempre da bambina. «E tu, Hildchen? Che progetti hai?» domandò. «Vuoi rimanere a Freystetten?»

Lei alzò le spalle. «Qui è più bello che a Berlino.» A un tratto le si illuminò il viso. «Ma tra poco ci torno! Pensa un po', Siegfried si sposa tra due settimane! Volevo raccontartelo da quando sei arrivata.»

«Davvero?» ribatté Ricarda sentendo un turbinio di sentimenti contrastanti agitarle il cuore.

Non ho alcun diritto di sentirmi così, si rimproverò dentro di sé. Anche se quella conversazione con la sorella di Siegfried le stava riaprendo delle ferite che aveva impiegato tanto a curare. Ma non se la prese con Hildchen per la sua mancanza di tatto, in fondo lei non aveva mai vissuto la loro storia d'amore in prima persona.

«Anche Lore è felicissima» continuò lei.

«Perché Lore?» chiese Ricarda trattenendo il fiato.

«Lei e Siegfried sono fidanzati da quasi un anno. Non lo sapevi?»

«No.» Ricarda si sentì stordita, come dopo un colpo in testa. La sua migliore amica sposava il suo ex fidanzato? Dopo la scenata che aveva fatto in quel caffè a Monaco? Come poteva essere? Non le aveva forse rinfacciato di aver tradito il suo grande amore? «Dove si sposano? Mica a Berlino?» domandò completamente disorientata.

«Certo, e dove sennò? Siegfried lavora già da tempo all'Ospedale della Charité» rispose Hildchen, come se fosse la cosa più ovvia del mondo.

«Allora non è mai ripartito per l'Africa?» domandò Ricarda incredula. Quindi per Lore aveva mollato tutto dall'oggi al domani, ma per lei no…

«Rica, stai sanguinando!» gridò Hildchen. Fu solo allora che Ricarda si accorse di essersi tagliata inavvertitamente col coltello con cui stava pelando le patate.

A un tratto la sua ultima conversazione con Lore assumeva un significato completamente diverso. Finalmente tutto aveva un senso. La passione con cui Lore aveva difeso Siegfried e accusato lei… Era già innamorata di lui!

Per tutti quegli anni aveva condiviso con Lore i suoi sentimenti per Siegfried. "Credevo molto nel vostro amore" aveva singhiozzato l'amica quando Ricarda le aveva raccontato di aver rotto il fidanzamento con Siegfried."

Era stata tutta una farsa? No, si rifiutava di crederlo. Ma si ricordò di cosa le aveva detto Lore una volta: che avrebbe sposato un uomo solo se fosse stato adatto a lei. E che aveva avuto un amore infelice con un medico militare come Siegfried.

Non ho alcun diritto di essere gelosa, si rimproverò Ricarda. Eppure sentiva il cuore spezzarglisi nel petto.

«Di certo riceverai un invito anche tu» la rassicurò Hildchen ingenuamente. Lei stessa aveva conosciuto Lore a cinque anni, perché era stata sua paziente dopo essere quasi morta soffocata per la tosse da crup. E sapeva anche che Ricarda e Siegfried erano stati fidanzati, ma ancora non aveva idea della potenza devastante del sentimento amoroso.

«Mi fanno fare la damigella d'onore» disse la ragazzina orgogliosa.

Più tardi, mentre spingeva la carrozzina di Henny verso il castello, a Ricarda venne in mente una cosa. Un ricordo che la assalì come un pugno allo stomaco. Durante l'incontro all'Isola dei Pavoni, in cui aveva comunicato a Lore la fine del suo fidanzamento, le aveva anche consegnato un tesoro che non aveva avuto la forza di distruggere: una scatola contenente le lettere di Siegfried, l'anello di fidanzamento e un angioletto di legno. Date le circostanze, Lore avrebbe mantenuto la promessa di custodire la scatola per lei? O l'aveva già aperta da tempo?

La scelta di Florentine

Febbraio 1892

«Mi sarebbe piaciuto assistere a questo dramma» disse Florentine, aspirando dalla sigaretta turca che teneva infilata in un lungo bocchino argentato.

A Henriette non piaceva che sua nipote fumasse, tantomeno nel suo salotto in Unter den Linden. Tanto per cominciare, l'odore del fumo impregnava i suoi spessi tappeti per giorni. E poi quelle nuove sigarette che venivano prodotte a Dresda avevano un odore molto meno gradevole di quelle di San Pietroburgo che fumavano alcune amiche di Henriette.

«Ma come ti esprimi, Flora. Si tratta pur sempre della morte improvvisa del tuo nipotino Friedrich. I suoi genitori sono rimasti molto turbati. E anche tua madre.»

Florentine si alzò e si servì un bicchiere di cognac dalla credenza. Henriette la seguì con lo sguardo. Sua nipote sembrava aver preso qualche chilo. Erano passati quasi due anni dall'ultima volta che si erano incontrate, al matrimonio di Ricarda.

«Friedemann e la sua Rose» disse Florentine storpiando il nome della cognata di proposito «faranno sicuramente qualche altro figlio. E comunque gliene sono rimasti due. Sono ancora così giovani.»

«Flora, non ti sembrano cose fuori luogo da dire?»

«Trovo fuori luogo che mio fratello mi abbia impedito di partecipare alla festa di compleanno di mia madre.»

Non avreste fatto altro che litigare, pensò Henriette. «Eravamo tutti convinti che tu fossi in Costa Azzurra.»

«Lo sanno tutti che è ad agosto è invivibile lì, zia Jette. Fa troppo caldo.»

«E dove si trascorre quel periodo dell'anno, allora?» si informò Henriette.

«A Bordeaux fa più fresco e il vino è migliore.»

«Frequenti ancora il signor Cossata d'Aperi?» domandò la contessina senza tanti giri di parole.

Flora annuì.

«Come sta? È guarito dalla ferita riportata durante il duello?»

Florentine fissò la zia con uno sguardo che rasentava l'odio. «Me lo stai chiedendo sul serio, zia Jette?»

«E come altro dovrei chiedertelo, cara?»

«Mi ha molto stupita che in quell'occasione tu abbia preso le parti di quel birraio. Il Conte Giacomo era stato offeso e dunque era suo diritto ottenere un'ammenda.» Buttò giù un altro sorso di cognac e spense la sigaretta in una scodellina d'avorio che normalmente conteneva cioccolatini.

"Conte Giacomo", dunque erano questi i rapporti tra Flora e quel bugiardo criminale. L'investigatore privato che Bernhard Althuber aveva assoldato per suo conto aveva trovato ogni possibile nefandezza su quel presunto conte italiano, ma Henriette riteneva che non fosse ancora giunto il momento di divulgare quelle rivelazioni piccanti.

«Dunque il tuo Conte è tornato in salute» disse Henriette sottolineando il titolo nobiliare con velato sarcasmo.

«Sì. Talmente in salute che a maggio ci sposeremo a Zurigo» annunciò Florentine trionfante.

Henriette sussultò. «Tra tre mesi? Perché tanta fretta?» La contessina osservò di nuovo con attenzione i fianchi di sua nipote e si sentì mancare.

Considerate le informazioni che aveva raccolto su Cossata d'Aperi, il matrimonio con Florentine era fuori discussione. Henriette si accorse che la figlioccia la stava scrutando con attenzione. Doveva muoversi con grande cautela. «Avrei dovuto immaginare che il Conte era il tuo grande amore» disse con un sorriso di circostanza.

«Allora puoi capirmi, zia Jette.»

«Aspetti un figlio da lui, Florentine?» le chiese Henriette senza girarci intorno.

Florentine scoppiò in una risata che somigliava più a uno sbuffo di indignazione. «È la dottoressa, mia zia o la donna che è in te a chiederlo?»

«Tutte e tre saranno sempre dalla tua parte.»

«Allora comunica pure a tutte e tre che ci hanno visto giusto.»

Non posso permettere che Flora si leghi a un uomo simile, pensò Henriette, *devo dire a mia nipote che razza di mostro sta pensando di sposare.*

Ma così facendo avrebbe infranto la promessa fatta a Rica. Nessuno doveva venire a sapere della violenza che aveva subìto. Men che meno Flora con la sua lingua affilata. Ma se non lo avesse fatto, il destino, che già una volta aveva unito le vite di quelle due donne contro il loro volere, avrebbe giocato loro un altro terribile scherzo: i loro figli avrebbero avuto lo stesso padre. Era un dilemma per il quale Henriette doveva assolutamente trovare una via d'uscita. E al più presto.

Käthe era andata a Monaco da sola e quando era scesa dal treno alla stazione, Ricarda si impressionò nel vedere la sua amica tanto magra e pallida. Decise comunque di non darlo a vedere e si dimostrò semplicemente felice del suo arrivo.

Erano passate cinque settimane da quando le aveva telefonato per comunicarle quella visita a sorpresa, e nonostante fosse ormai inizio aprile, Monaco era ancora ricoperta da uno spesso strato di neve.

Si sedettero nella carrozza del birrificio, avvolgendosi nelle sue calde coperte. Käthe cominciò, come al suo solito, chiedendo come stessero Henny e Georg e se Ricarda si stesse abituando bene al suo nuovo ambiente.

«Il mio apprendistato volontario all'ospedale non mi ha portato grandi benefici. Ho aperto il mio studio medico due mesi fa e da allora ho avuto solo cinque pazienti. I loro mariti erano tutti amici di Georg e le hanno mandate da me per sciocchezze di poco conto. Per farmi una cortesia, in pratica.»

«Sì, lo so.» Käthe sospirò. «È per questo che me ne sono andata da qui.»

«Ti ringrazio di avermelo detto solo adesso.» Ricarda le diede un colpetto scherzoso sulla mano.

«Avrei forse dovuto scoraggiarti, Rica? Georg non può lasciare Monaco, quindi non potevi far altro che trasferirti qui. A Monaco progredisce tutto più lentamente che a Berlino, ma alla fine gli obiettivi si raggiungono. Vedrai» disse Käthe.

«I ritmi di Berlino sembrano averti divorata, Käthe. Hai l'aria esausta. Un po' della calma di Monaco ti farà bene.»

«È vero, mi serve una pausa.»

Käthe guardò fuori dalla finestra. La carrozza stava percorrendo la Prinzregentenstrasse, una strada ancora in via di costruzione ma ai cui lati erano già sorte diverse ville e imponenti case borghesi.

Seguendo un'ispirazione improvvisa, Ricarda disse: «Perché non rimani qui un paio di settimane? Potrei sostituirti io a Berlino.»

Käthe la guardò incredula. «Davvero lo faresti?»

«Io ti devo molto. Se in questo modo posso esserti di qualche aiuto...» Ricarda si interruppe scoppiando a ridere. «In realtà è puro egoismo! Mi manca Berlino e mi mancano le sfide di un vero lavoro.»

Il voltò di Käthe si illuminò, per poi rifarsi serio tutto a un tratto. «Se fosse solo per lo studio in Unter den Linden, potremmo anche cavarcela. Ma non posso piantare in asso la Biberti e la Solm.»

«Se pensi che mi faranno lavorare, dopo quello che è successo... Non posso essere io a decidere.»

Ricarda alludeva a un episodio accaduto molto tempo prima, quando aveva cercato di salvare Hildchen con una tracheotomia. All'epoca, nel piccolo ospedale di Franziska Biberti ed Emilie Solm, Ricarda lavorava solo come infermiera. All'ultimo momento Käthe aveva impedito che avvenisse il peggio, ma le due dottoresse non avevano più fatto avvicinare Ricarda alle loro pazienti.

«Ormai è acqua passata, Rica! Eri una ragazzina. È tutto perdonato e dimenticato. Nel frattempo sei diventata una dottoressa esperta.»

Ma Ricarda non era affatto sicura che le due dottoresse fossero dello stesso avviso.

Ricarda mostrò a Käthe le molte stanze della nuova residenza in cui viveva insieme a Georg, Henny e svariati domestici, ma la sua amica si interessò soprattutto allo studio medico. «È tutto così moderno» le disse con ammirazione dopo aver dato un'occhiata in giro ed essersi seduta su una sedia. «Ricarda, sono molto felice di poter parlare a quattr'occhi con te». Sospirò. «Non sono venuta nella mia città natale solo per riposarmi. Non volevo parlartene al telefono, ma sono qui per via di quell'uomo che non vogliamo neanche nominare.»

Ricarda aveva imparato da tempo a guardare sua figlia senza dover pensare a Cossata. Ma essere messa al cospetto di quel ricordo le riaprì una ferita tutt'altro che guarita. Käthe le confermò ciò che Flora le aveva già accennato quella volta al parco della Residenza: era davvero intenzionata a sposare quel delinquente. Il figlio che aspettava sarebbe stato un fratellastro di Henny.

«La contessina non può permettere che accada!» esclamò Ricarda orripilata.

«È per questo che sono qui, Rica. Ma la situazione è ancora più grave: un investigatore ha scoperto che Cossata in realtà è già sposato» disse Käthe. «Senza contare il fatto che ha già promesso il matrimonio a diverse donne, ma poi è sempre scomparso, mentre i figli restano.»

«Georg avrebbe dovuto ucciderlo» disse Ricarda con freddezza.

«È quello che ho detto anch'io» rispose Käthe con un sorriso amaro. «L'avvocato di Jette ha fatto una proposta che vorrei sottoporti personalmente.» Le si leggeva in faccia quanto le pesava dover compiere quella missione. «Chiede se puoi rilasciare una dichiarazione su ciò che è accaduto a Zurigo. Perché sarebbe importante avere più materiale possibile contro di lui. Altrimenti potrà essere accusato solo di bigamia e se la caverebbe con una multa. E comunque solo una volta che l'ufficiale di stato civile avrà ratificato il suo matrimonio con Florentine.»

Il che sarebbe un'umiliazione terribile per Florentine, pensò Ricarda. «E mi si chiede di impedirlo denunciandolo? Käthe, se non lo feci a suo tempo è perché la mia parola non sarebbe valsa niente contro quella di Cossata.»

«Ma bisogna pur fermare quel mostro, Rica.» Käthe fece un sospiro profondo. «Il mondo è pieno di uomini come lui. Se non facciamo niente, le cose resteranno come sono.»

Käthe aveva ragione da vendere! Ma se Ricarda avesse dato seguito a questa richiesta, prima o poi anche Henny ne avrebbe pagato le conseguenze.

È un prezzo che sono disposta a pagare, in nome della giustizia?, si chiese Ricarda.

Ricarda era tornata a Berlino ormai da tre settimane e lavorava in Unter den Linden prendendosi cura dei pazienti di Käthe. Dal momento che la contessina si era recata a Zurigo per le nozze di Florentine, Ricarda aveva preso in carico anche i suoi casi più urgenti, motivo per cui non le rimaneva il tempo di sostituire Käthe all'Ospedale Femminile gestito da Franziska Biberti ed Emilie Solm, come invece avrebbe voluto. Ma si era ripromessa di fare almeno una visita alle due dottoresse.

Decise di andare dalla casa in Unter den Linden alla Alte Schönhauser Strasse a piedi, come faceva sempre da ragazzina. La Biberti e la Solm avevano aperto il loro piccolo ospedale in un ex birrificio in quella via e Ricarda si godette la mezz'ora di passeggiata nel piacevole maggio berlinese. Osservò con occhi nuovi quella città vivacissima e rumorosa, in cui venivano costruite case a ogni angolo. Lungo il percorso del tram c'erano adesso i depositi delle aziende che producevano prodotti tessili a basso costo. I carri trainati da cavalli e i carretti spinti a mano intasavano molto più di prima le strade diventate ormai troppo strette. Berlino era una metropoli frenetica, ma la sua ruvida bellezza esercitava ancora un certo fascino su Ricarda.

Invece, nell'Ospedale Femminile il tempo sembrava essersi

fermato, nonostante la sua brulicante attività. Proprio come negli anni in cui Ricarda e le sue amiche Lore e Kumari vi avevano lavorato come infermiere, la coda delle pazienti arrivava fin sulla strada. Nessuna si lamentava, perché tutte erano felici di avere l'opportunità di essere aiutate. La maggior parte di loro era troppo povera per poter pagare le visite e le medicine, e solo chi poteva permetterselo dava qualche centesimo. Per questo mancavano i soldi per comprare strumentazioni più moderne.

La dottoressa Solm era via per delle visite a domicilio, per cui la Biberti non fece discorsi e chiese subito a Ricarda di prendere in carico qualche paziente. Dopo i loro trascorsi, non poteva esserci miglior offerta di pace per Ricarda, per quanto fosse complicato lavorare in quel piccolo ospedale con solo due stanzette per le visite. Si doveva improvvisare, proprio come quando ci aveva lavorato da ragazzina, imparando il mestiere da zero.

In quel momento, una donna vestita di stracci entrò nell'ospedale con in braccio una bambina urlante. La madre era più giovane di Ricarda, anche se i segni delle fatiche e delle privazioni la facevano sembrare più vecchia. Anche la bambina era sporca e vestita di stracci. Ricarda aveva imparato che con pazienti simili era meglio usare un approccio alla pari.

«Guariscila. Mi serve per lavorare» disse la madre sovrastando le grida della sua bambina.

Non era inconsueto che una bambina di quattro anni al massimo fosse già costretta a lavorare. Spesso le condizioni delle famiglie erano talmente miserevoli che serviva anche l'aiuto dei più piccoli.

Il padiglione auricolare della bambina era arrossato, caldo e gonfio, e perdeva pus. La piccola non voleva farsi toccare e sua madre se ne stava a brontolare lì accanto, senza rendersi utile in alcun modo. Ricarda le disse di uscire dalla stanza e chiese ad altre due pazienti di tenere ferma la bambina che si dimenava. Alla fine, usando una pinzetta, Ricarda riuscì a tirar fuori dal condotto uditivo un minuscolo sassolino, dietro al quale scoprì sporcizia, polvere di carbone, pus e il timpano rotto. La bambina urlava come un ossesso, mentre Ricarda tentava con grande cautela di tirare fuori tutto. Probabilmente la piccola si era cacciata tutta quella sporcizia nell'orecchio nella speranza di sopportare meglio il dolore.

A un tratto accanto alla bambina ricomparve la madre. «Stai zitta!» le urlò addosso, facendo il gesto di darle uno schiaffo.

«La picchi spesso sulla testa?» le domandò Ricarda dopo aver finito il trattamento e aver fasciato bene la testa della bambina.

«Quella non sente cosa le viene detto» rispose la donna.

«Da quell'orecchio non sentirà davvero più niente. Glielo hai distrutto» disse Ricarda. «Cerca di lasciarle almeno l'altro.» La madre la guardò astiosa e Ricarda disse l'unica frase che avrebbe potuto aiutare la bambina: «Se tua figlia non sente, lavorerà peggio e tu avrai meno soldi».

Imbronciata, la donna afferrò la figlia e uscì dall'ospedale. Ricarda non poteva fare altro che sperare nell'efficacia delle sue parole.

Alla fine di quella lunga giornata, Ricarda e Franziska si ritrovarono nel cucinotto dell'ospedale. «Non hai perso la capacità di comunicare con queste persone. Vediamo bambini picchiati dai genitori ogni settimana, ma non mi era mai venuto in mente di dare un simile consiglio.»

I lineamenti della dottoressa Biberti si erano fatti più duri e i capelli erano quasi completamente bianchi. Fece un profondo sospiro, prima di continuare: «Io e la Solm lottiamo contro i mulini a vento. Il lavoro non diminuisce, anzi continua a crescere. Questa città, che diventa ogni giorno più grande, non fa abbastanza per i malati che non possono permettersi un dottore». Le rivolse un sorriso triste. «Il mio unico desiderio è che il nostro lavoro un giorno diventi superfluo e che sia lo Stato a occuparsi dei più deboli.»

Quella sera Ricarda montò sul tram alla stazione Borsa e percorse col treno sopraelevato la fermata che la divideva dalla Friedrichstrasse. La contessina aveva avvisato con un telegramma che sarebbe rientrata quella stessa sera, per cui Ricarda si ripromise di tornare ad aiutare le due dottoresse qualche altra volta. Quanto si era lamentata, a Monaco, del troppo poco lavoro! La visita alle dottoresse dei poveri le aveva aperto gli occhi sulla fortuna che aveva avuto nella vita fino a quel momento. Il lavoro della Biberti e della Solm era una benedizione per le donne ammalate, ma stava letteralmente consumando le due dottoresse.

Non appena Malwine Merger, la governante, aprì la porta di casa, Ricarda avvertì subito nell'aria la fragranza aspra del costoso profumo della contessina. In effetti era nel suo studio e, nonostante l'accoglienza con due baci sulle guance, Ricarda capì immediatamente che qualcosa non andava.

«Questa umiliazione gliel'avrei risparmiata volentieri a Flora» disse la contessina.

«Se ho capito bene,» disse Ricarda tentando di riassumere il resoconto che aveva ricevuto «Florentine ha davvero sposato Cossata e appena l'ufficiale di stato civile ha ratificato l'atto hanno fatto irruzione due poliziotti?»

«Hanno portato via l'uomo che Flora aveva appena sposato sotto gli occhi di *tout* Zurigo.» Usando quella parola francese, la contessina le aveva fatto intendere che i testimoni del giorno più nero della vita di Florentine appartenevano tutti a quell'alta società alla quale la ragazza teneva tanto.

Cos'era peggio per Florentine? Il danno alla reputazione o il fatto che l'uomo che aveva voluto come marito fosse bigamo? A Ricarda dispiaceva un po' non essere stata presente per scoprire la risposta. Volendo avrebbe potuto esserci, dato che Florentine l'aveva addirittura invitata.

«Mi dispiace per Flora» disse Ricarda. «Come ha reagito?»

«Come tutti i Freystetten. Mantenendo il contegno» rispose la contessina con un sorriso tirato.

«Dev'essere stato difficile, in un momento come quello» osservò Ricarda.

«Avresti potuto evitare che accadesse» disse la contessina. «Se avessi acconsentito a denunciarlo, non avremmo avuto bisogno del matrimonio con Florentine per cogliere Cossata in flagrante.»

«Non ero disposta a sacrificare la felicità di mia figlia – la vostra figlioccia – per impedire a Flora di commettere un errore che lei stessa avrebbe potuto evitare» ribatté Ricarda con voce pacata ma decisa.

Gli occhi della contessina furono attraversati da uno scintillio minaccioso. «Le tue affermazioni sono piuttosto presuntuose, Ricarda.»

«A voi Cossata non è mai piaciuto, contessina. Perché non avete messo in guardia vostra nipote per tempo?»

«Non avevo niente contro di lui!»

Ricarda si sentì mortificata. La contessina faceva sempre di tutto per sminuirla. Ma ora era tempo di finirla. «In questo devo correggervi, contessina. Voi avevate la mia parola che lui mi aveva violentato. Mi avete creduto. Questo non contava niente? Avreste potuto mettere sul piatto della bilancia anche la vostra conoscenza dell'animo umano. Invece no, avete aspettato che un investigatore privato vi confermasse ciò che già si sapeva:

Cossata è un delinquente. E a quel punto volevate usare me per testimoniarlo. Io ho detto di no e adesso me lo rinfacciate. Cosa ci trovate di presuntuoso in tutto questo?» domandò Ricarda senza mai alzare il tono della voce. Non aveva fatto altro che esporre le cose per come erano andate. Si alzò in piedi. «Ho detto alla dottoressa Biberti che domani l'avrei sostituita tutto il giorno. Ha bisogno di un po' di riposo. Perciò adesso mi ritiro. Buona notte.»

Mentre apriva la porta per andarsene, comparve la signora Merger.

«Vostra nipote, contessina! È arrivata Florentine ed è scoppiata a piangere.»

Quando vide Florentine, Ricarda rifletté per un attimo se andare a salutarla. Dopo la discussione con la contessina, non avrebbe disdegnato l'idea di evitarla, ma vederla così, accartocciata in una delle immense poltrone del salotto, le fece provare un moto di compassione. Non aveva mai visto Flora in quello stato. Anche nei momenti di massima esaltazione, aveva sempre mantenuto il contegno di una contessina.

Non appena Ricarda e Henriette entrarono nella stanza, Flora si alzò. Con sua grande sorpresa, abbracciò Ricarda come se fossero buone amiche. Sembrava quasi che le si aggrappasse.

«Tua zia mi ha raccontato di Zurigo» disse Ricarda evitando di proposito la parola "matrimonio". «Quello che ti ha fatto è orribile.»

«Non potrò mai più farmi vedere a Zurigo» disse Florentine piangendo.

«Questo dipende da come gestirai la situazione» rispose Ricarda con fare obiettivo.

Flora la spinse via da sé. «Come puoi essere così fredda?

Sono stata ferita, delusa e ingannata. Come pensi che dovrei gestire tutto questo?»

La cicatrice sopra il suo occhio era arrossata. Quella piccola ferita ricordò a Ricarda che i loro due destini sarebbero rimasti legati l'uno all'altro probabilmente per sempre. Anche se in quel momento l'autocommiserazione di Florentine le risultava quasi intollerabile.

«Finché noi donne ci sentiremo delle vittime, gli uomini l'avranno sempre vinta, Flora. Dobbiamo dimostrare loro di essere forti. Tanto più nel momento in cui sembra che abbiamo perso» disse Ricarda.

Florentine scoppiò in una risata che suonava falsa. «E come dovrei fare, secondo te? Porto in grembo il suo bambino.»

In un primo momento la domanda colse Ricarda impreparata, ma poi le venne un'idea: «A Cossata interessano solo i soldi. Devi concedergli il divorzio solo dopo che sarà stato condannato per bigamia. In questo modo il bambino avrà un padre legittimo, perché risulterà concepito durante il matrimonio.»

Florentine le lanciò uno sguardo stupefatto. «Non credevo che sapessi ragionare in modo così scaltro!»

«Certe esperienze ti costringono a farlo» rispose Ricarda. Florentine era cresciuta sotto una campana di vetro e non aveva mai dovuto rispondere delle sue azioni. Ma ora Cossata era il loro nemico comune. Ed era proprio questo a unirle.

Henriette chiuse la porta dietro Ricarda. «Credo che il consiglio di Rica sia da prendere in considerazione» disse.

Florentine scosse la testa incredula. «Normalmente ci sarei arrivata da sola a un'idea simile, ma mi sento così scossa. E non solo perché ho sposato un delinquente… Pensa che prima sono rientrata in casa mia nella Behrenstrasse e ci ho trovato un sacco di uomini. E solo in pochi avevano qualcosa addosso. E in mezzo a loro c'era anche mio padre. Stava facendo un'orgia! Non ho mai visto niente di più disgustoso.»

Henriette credette di aver capito male. «Stai scherzando!» Carezzò i capelli biondo rame della nipote. Le donne incinte tendono a ingigantire i sentimenti, questo si sapeva. D'altra parte, però, suo fratello Raimund non aveva mai fatto mistero della sua predilezione per la compagnia maschile rispetto a quella femminile. E la cosa non l'aveva mai scandalizzata più di tanto. Quello che trovava scandaloso era il fatto che si divertisse con i suoi amici nell'appartamento della figlia.

«Rimani qui per un po', Flora» propose Henriette. Poi si affrettò ad aggiungere: «Parlerò con tuo padre, ma tu non raccontare a nessuno dell'accaduto».

Se si fosse venuto a sapere che intratteneva relazioni con altri uomini, Raimund sarebbe finito in carcere. Un omosessuale veniva punito in modo molto più severo di un uomo sposato contemporaneamente con due donne diverse.

Nell'Ospedale Femminile la tintura di mirra era sempre a portata di mano. «Aprite di nuovo la bocca» disse Ricarda usando il liquido per spennellare le gengive di una signora in carne. L'odore emanato dai denti guasti di quell'imbonitrice era quasi insopportabile. In realtà sarebbero stati da togliere tutti quanti, ma era impensabile farlo in quel piccolo ospedale e poi Ricarda non era abbastanza esperta in materia. Del resto quella donna non aveva i mezzi per rivolgersi a una dentista come la contessina. Ricarda la mandò via con un ultimo consiglio: «Non mangiate niente di piccante o di acido, la cosa migliore sarebbe limitarsi a bere liquidi freschi e non parlare».

Almeno era una paziente che poteva permettersi i dieci

centesimi della visita. Entrò subito la successiva donna che era in fila. Essendo la sua esperienza alla clinica ginecologica di Zurigo ormai lontana nel tempo, era da un pezzo che Ricarda non vedeva qualcuno trattato con impacchi di mercurio, l'unica terapia a disposizione dei medici per la cura della sifilide. *Persone come lei sono cadaveri ambulanti*, pensò Ricarda.

La paziente aveva la pelle grigiastra, i capelli radi e macchie disseminate su tutto il volto e il corpo. I suoi occhi spenti vagavano inquieti per la stanza. La cosa peggiore era che queste condannate a morte non solo erano ancora giovani, ma un tempo erano state persino belle.

«Dammi il laudano» gracchiò l'ammalata.

La tintura di oppio non era solo un rapido analgesico, ma aveva anche un effetto euforizzante. Il laudano costava poco ed era facile da reperire. Anche l'Ospedale Femminile ne aveva due grosse bottiglie in magazzino.

«Che ci vuoi fare?» le domandò Ricarda usando il linguaggio asciutto della strada.

«Devo lavorare.»

«Cosa fai?»

«Non lo vedi? Ci sono ancora dei tizi che pagano per me.»

«Vuoi il laudano per poter guadagnare soldi col tuo corpo. Ma così infetterai gli uomini. Che si ammaleranno e infetteranno altre donne. Ecco perché devi smettere di venderti» disse Ricarda.

«E di cosa vivo? Dovrei forse crepare?»

Ricarda sapeva che a una donna a quello stadio della malattia non restava molto da vivere, un paio di settimane, forse qualcosa di più. A Zurigo aveva conosciuto medici che lo dicevano chiaro e tondo alle loro pazienti, e alcune di loro andavano direttamente a buttarsi nel fiume. Altre volevano contagiare più uomini possibile per vendicarsi. Non esisteva un modo giusto di dire a una paziente che stava per morire.

In quel caso, Ricarda non aveva tempo per la compassione. Perciò dimise la prostituta terminale senza dirle la verità. Ed ecco che già accorreva una madre con in braccio il figlio affetto da colerina. La causa fu presto nota: il biberon con cui lo nutriva non veniva lavato per bene. Ricarda le spiegò pazientemente cosa doveva fare. Ma i suoi pensieri andarono a Henny, che era rimasta a Monaco affidata alle cure di Fanny. *È tempo che io torni a casa*, pensò mentre spiegava alla donna come curare la diarrea del figlio.

«È troppa roba!» obiettò la donna.

«Se il bambino non riesce a trattenere il cibo, non sopravvivrà a lungo» disse Ricarda.

«Stai scherzando?!» la aggredì la donna.

«Con la morte non si scherza, lei non lo troverebbe divertente» ribatté asciutta Ricarda.

La donna sospirò. «E va bene. Che devo fare?»

«Te lo scrivo. Sai leggere?»

«Sì, ora dovrei pure leggere!»

«Te lo scrivo lo stesso, sennò te ne scordi. Trovati qualcuno che sa leggere» disse Ricarda.

«Dài, muoviti» borbottò un'altra donna in fondo alla coda.

«E tu, che cosa ci fai qui?» sentì chiedere a un tratto Ricarda da una voce che le era molto familiare. Quando alzò gli occhi si trovò di fronte Lore.

Dalla felicità di rivedere la sua amica di un tempo, Ricarda avrebbe voluto saltare su e correre ad abbracciarla. Ma la sensazione amara del doppio gioco che aveva portato avanti la assalì come un fulmine. Aveva finto di indignarsi per le scelte amorose di Ricarda, mentre in segreto già puntava a prendersi Siegfried. Eppure una volta erano state amiche. Davvero non poteva esserci alcuna riconciliazione? O forse era venuta proprio per questo?

Ma il volto di Lore sembrava esprimere tutt'altro, era impassibile come una maschera. Sembrava decisa a non mostrare alcun sentimento. Nonostante la bella giornata di maggio, era vestita di nero come sempre.

«Volevo solo fare un saluto alla Biberti e alla Solm» disse, senza concederle neanche una parola gentile, dopo tanto tempo. Era come un'estranea. «Non ci sono?»

«La dottoressa Biberti aveva bisogno di un giorno di riposo» rispose Ricarda con freddezza, nonostante sentisse il cuore esploderle nel petto. «La dottoressa Solm è a fare le visite a domicilio.»

«Sei in città da molto?» chiese Lore.

«Da qualche settimana. Käthe non stava bene, è andata in Baviera a recuperare un po' di forze. In realtà sono qui per sostituirla. E tu? Lavori ancora alla scuola per infermiere di Vittoria?»

«Sono venuta a Berlino per i miei genitori. Mia mamma è morta all'improvviso.»

«Mi dispiace.»

«Sai che non eravamo più legate da tempo. E poi viviamo ad Amburgo da gennaio. Siegfried ha avuto un posto da ricercatore e insegnante in medicina tropicale e io un lavoro come infermiera» disse Lore.

Ricarda trovò che Lore non fosse mai stata così carina. Fece due conti e si rese conto che era sposata con Siegfried da dieci mesi. Che fosse incinta?

«Sono molto felice per lui. E anche per te, naturalmente.» Quanta poca convinzione in quella frase! Ricarda si vergognò di se stessa. D'altra parte, così come non poteva permettersi di fare a Lore una scenata per Siegfried, non aveva neanche le forze di perdonarla. Qualcosa tra loro era andato storto, questo era evidente. Sperò che un giorno sarebbero tornate a parlarsi come prima. In futuro, magari, quando le ferite si fossero rimarginate.

«Volete chiacchierare o volete curare la gente?» brontolò una paziente, trovando subito il consenso delle altre.

«Allora io vado» disse Lore. «Di' alle due… No, niente. Scriverò loro da Amburgo.» Per un attimo le labbra di Lore si incresparono in un sorriso. «La tua bambina sta bene?»

«Sì. La chiamano tutti Henny.»

«Scommetto che la contessina è la sua madrina.»

«Sì, insieme a Käthe. E tu? Hai avuto un bambino anche tu?» si affrettò ad aggiungere, sentendo la gola chiudersi per l'agitazione.

Lore scosse la testa in silenzio. «È stato bello… tornare qui.» Uscì dall'ospedale a passi svelti e Ricarda la seguì con lo sguardo. Avrebbe voluto mettersi a piangere.

Quando Ricarda dimise l'ultima paziente erano le otto di sera passate. I volti e le voci di quella giornata continuavano a riecheggiarle nella mente. Chiuse a chiave il piccolo ospedale e si incamminò lentamente per le stradine dell'ex birrificio. La sera era tiepida e lei pensava a Lore. Loro due e Kumari si sedevano spesso davanti all'ospedale a parlare. Delle pazienti, del futuro, di quello che sarebbero diventate.

E adesso? Lore era ad Amburgo, Kumari era ancora nell'Africa Orientale Britannica, e lei a Monaco. La vita le aveva fatte disperdere in ogni direzione.

Ricarda si fermò a osservare dei bambini che giocavano con delle biglie di legno. Probabilmente le avevano fatte con gli scarti di un falegname che aveva la bottega in uno dei molti cortili interni. E poi pensò alla gigantesca casa in Prinzregentenstrasse in cui viveva. Era un mondo così diverso. Lontano mille miglia da questo.

Siegfried e Lore ad Amburgo. Siegfried professore! Medicina tropicale, perfetta per lui. E così alla fine aveva smesso di viaggiare. Per Lore. Non per lei. O sarebbe stato disposto a cambiare la sua vita in modo così radicale anche per lei? Non lo avrebbe mai scoperto.

Risalì sul tram alla stazione Borsa e, mentre ripartivano, osservò il binario dal finestrino. Sulla banchina era appena arrivata una giovane coppia. Lei indossava un cappotto, lui un cappello. Ricarda li osservò meglio. Era lo stesso cappotto nero che un tempo indossava Lore. L'uomo alzò la testa e Ricarda poté vedergli il volto. Era Siegfried! Non era magro come un tempo e non portava più la barba, ma era lui. Lo avrebbe riconosciuto tra milioni di uomini.

Poi il tram uscì dalla stazione, portando Ricarda via con sé. Era sicura che lui non l'avesse vista.

Poco dopo, rientrando nella casa in Unter den Linden, sentiva la testa carica di pensieri opprimenti. Le aprì la porta la signora Merger. Nonostante l'ora tarda, le venne servita una cena della quale si limitò a spiluzzicare qualcosa. Poi squillò il telefono e, dopo aver risposto, la signora Merger disse: «Dottoressa, è vostro marito».

All'altro capo del telefono c'era un Georg entusiasta. «Vengo da te a Berlino, Rica. E poi ce ne andiamo insieme sul Mar Baltico. Finalmente recupereremo la nostra luna di miele» disse.

«Acca, acca!» La piccola Henny continuava a ripetere quella parola correndo più veloce che poteva verso le piatte e gentili onde del mare. Fanny, la bambinaia, le correva dietro e ogni volta la acciuffava in tempo per non farla bagnare. Non appena aveva sistemato la piccola sulla sabbia, a qualche metro di distanza, il gioco ricominciava al segnale della piccola Henny, che gridava: «Ancora!».

«Henny è molto avanti, per la sua età» disse Ricarda. «Sa già dire un sacco di parole.»

«Fanny si occupa di lei in modo eccellente» osservò Georg.

Ricarda era seduta accanto a lui su una poltrona di vimini lungo la vasta spiaggia della stazione balneare di Müritz. La seduta, pensata per riparare dal vento, era talmente stretta che due persone potevano stare molto vicine senza violare le regole del decoro in vigore anche per le coppie sposate.

Henny gorgogliava e rideva talmente tanto che era una gioia per gli occhi. Alla fine Ricarda non riuscì più a trattenersi. «Andiamo a giocare anche noi!» esclamò entusiasta. La maggior parte dei genitori non giocava con i propri figli, ma stavano seduti sulle poltroncine di vimini o passeggiavano lentamente con il parasole in mano. Ma a Ricarda era venuta una voglia improvvisa di scatenarsi con la figlia.

Per un po' Ricarda e Georg giocarono a non farsi prendere da Henny, per poi acciuffarla loro e farla volare in aria felice. Alla fine passeggiarono un po' con la piccola e Fanny lungo la spiaggia del Mar Baltico, finché non incontrarono uno di quei carretti-cabina di legno, con le loro grandi ruote immerse nell'acqua, a vari metri dalla riva. Ricarda realizzò il suo sogno di fare il bagno nel Mar Baltico. Nella cabina si tolse l'abito e indossò un costume da bagno che le copriva tutto il corpo. Scese la scaletta e si immerse lentamente nell'acqua. In un primo momento, rabbrividì. A giugno il mare era ancora freddo, nonostante si prospettasse un'estate molto calda. Dopo i primi istanti di paura, Ricarda si godette l'effetto rinfrescante dell'acqua.

Quella sera si sedette con Georg sulla grande veranda di legno del loro albergo. Il sole scompariva sotto il mare calmo, tingendolo di un rosso dorato.

«Che pace che dà questa vista. E che fortuna poterla ammirare» disse Ricarda entusiasta, senza saziarsi mai di quell'immagine di perfetta armonia.

Aveva alle spalle molte settimane di tensione di cui non riusciva a cancellare il ricordo. Come medico aveva cercato di essere di aiuto, ma spesso era arrivata troppo tardi. Quante persone avevano chiesto il suo aiuto, e alcune di loro tra poco non ci sarebbero state più. Aveva scelto di essere un medico per poter aiutare la gente. Ma nel frattempo aveva dovuto ammettere che talvolta era un'impresa impossibile. Doveva imparare ad accettarlo, anche se per il momento le sembrava un peso insostenibile.

«A cosa pensi?» le domandò Georg.

Lei scosse la testa senza dire niente, perché non voleva rovinare quel momento magico con i suoi racconti di miseria.

«Condividi con me quello che ti grava sul cuore. Forse in due sarà più facile portarne il peso.» I raggi del sole al tramonto giocherellavano con la barba di suo marito, tingendola di un rosso delicato. Ricarda provò un senso di calore. «Ma cosa ho fatto per meritarti?» chiese.

Georg le strinse la mano. «Eri così preoccupata che tra di noi non potesse funzionare.» Le rivolse un sorriso un po' sbarazzino.

«Se funziona, è grazie a te» rispose lei, dandogli un bacio. «Credi che ci cercherà ancora qualcuno, stasera?»

«No» rispose lui, tirandola a sé con dolcezza per farla alzare. Le sciolse i lunghi capelli scuri. «Profumi di mare.»

«Non sono mica una sirena.»

«Ma per fortuna sei mia moglie. Sei la cosa migliore che potesse capitarmi.»

Più tardi, quando la notte era calata ormai da tempo sul mare, Ricarda tornò sulla veranda della sua camera e osservò il cielo limpido e pieno di stelle. Ognuna di loro aveva un nome, anche se lei non ne conosceva neanche uno. Georg le si avvicinò, la abbracciò dolcemente da dietro e le mostrò le varie costellazioni. Ricarda sentiva il suo calore su di sé e lui la baciò teneramente. Rimasero a lungo stretti l'uno all'altra, ascoltando le onde che si infrangevano dolcemente sulla spiaggia. Ricarda provò per lui una vicinanza e un affetto che mai avrebbe sognato di raggiungere.

«Questa notte voglio ricordarla per sempre» disse Georg carezzandole con dolcezza i capelli e baciandole il collo.

«Sono sicura che non la scorderemo.» Ricarda si voltò e lo baciò con passione.

La gabbia dorata

Gennaio 1893

Nel cielo notturno sopra Monaco esplodeva un fiore infuocato dopo l'altro. Appoggiata a Georg, Ricarda si abbandonò al fascino dei fuochi d'artificio di San Silvestro. I girotondi scintillanti si susseguivano in cielo con il loro chiarore abbagliante. Georg e i suoi familiari accoglievano con giubilo ogni nuova figura pirotecnica che per un istante rischiarava la notte. *L'anno che sta iniziando porterà grandi cambiamenti*, pensò Ricarda, accarezzandosi la pancia appena arrotondata con aria sognante. Il bambino che portava in grembo stava dormendo.

Fino a quel momento era stata una gravidanza molto diversa dalla prima. Aveva avuto solo qualche sporadico episodio di nausea durante le prime settimane. Questo bambino le rendeva la vita semplice. Non scalciava come aveva fatto Henny. Per la maggior parte del tempo se ne stava tranquillo. Anche adesso lo era, in quella rumorosa notte di Capodanno. Aveva calcolato che sarebbe nato la terza settimana di aprile. Almeno stavolta non avrebbe dovuto attendere il parto nell'afa estiva, immobile e con le gambe gonfie.

Ricarda sapeva che Georg avrebbe desiderato un erede maschio. E non solo lui, ma anche tutta la sua grande famiglia. Marianne, la figlia di Rupert e Magdalena, aveva avuto la sua prima figlia. Nove mesi esatti dopo le nozze con il commerciante di luppolo Alois era venuta al mondo la piccola Sophie. Era dunque arrivato il momento di dare alla luce un altro Kögler maschio. Henny, con i suoi due anni e mezzo, era felicissima di ricevere un fratellino. Lasciava già alla finestra lo zucchero per la cicogna e ascoltava le storie che le raccontava la bambinaia.

Come si sarebbe inserita nella famiglia questa creatura così pacifica? Sarebbe stata una persona pacata come Georg o una natura inquieta come la sua, che non trovava mai pace?

Georg posò dolcemente una mano sulla sua, che riposava ancora sulla pancia. «Ti auguro un anno magnifico. Devi solo dirmi cosa posso fare per te e io smuoverò mari e monti per farti felice» le sussurrò all'orecchio non appena i fuochi artificiali cessarono e la notte riprese possesso della città.

Ricarda si voltò verso di lui e lesse amore, dolcezza e comprensione nel suo sguardo. Ma anche la speranza di avere un figlio maschio. Lui era cresciuto con un fratello, mentre Ricarda con due sorelle. Si chiese come sarebbe stato avere un figlio maschio. Avrebbe amato questo bambino più di quanto amava Henny? Ancora non riusciva a relazionarsi con sua figlia con totale disinvoltura. Preferiva dedicarsi al proprio lavoro e alle pazienti. Era un bene che potesse affidare Henny alle cure esclusive della bambinaia, che si occupava con amore di lei dalla mattina alla sera. In futuro la propria vita sarebbe stata più orientata al benessere dei figli? Avrebbe rinnegato la sua vocazione di medico?

Era una grigia giornata di gennaio. Henriette drizzò la schiena e sollevò il mento. In fin dei conti una contessina Von Freystetten manteneva il contegno anche se stava entrando nel carcere di Moabit. Quanto si era data da fare per evitare questa umiliazione a suo fratello Raimund e a tutta la famiglia! Come prima cosa, non appena, a inizio estate, Florentine le aveva raccontato delle scappatelle del padre, aveva assunto un avvocato. Questa battaglia in difesa della reputazione familiare era costata uno sproposito ai Freystetten. Henriette conosceva a memoria i titoloni dei giornali berlinesi che si erano susseguiti in una specie di gioco al rialzo. Quello che si stava concludendo era stato per lei un anno nero.

Il tutto era iniziato in modo innocuo. *Giochi segreti a palazzo*, recitava il titolo. Il nome di Raimund non veniva neanche citato. Ma poi si erano inanellate una batosta dopo l'altra. *Polizia interroga conte berlinese.* E ben presto la catastrofe si era abbattuta sul buon nome che un tempo era stato persino quello di un Cancelliere di Stato di Sua Maestà: il *Conte Freystetten fa scorrere lo champagne e cadere i vestiti.* Alla fine, non appena il titolo *Alte cerchie coinvolte nello scandalo* aveva diffuso il sentore che la cosa potesse coinvolgere la casa imperiale, Raimund era stato sbattuto in carcere. Il paragrafo 175 del Codice penale dell'Impero prevedeva la reclusione per il reato di *atti osceni e contro natura tra persone di sesso maschile.*

Un bel giorno Henriette si era ritrovata in salotto un giornalista che la signora Merger, sopraffatta ed esaurita, aveva lasciato entrare. Il reporter le aveva chiesto: «Contessina, eravate a conoscenza degli atti osceni perpetrati da vostro fratello?».

«E perché la cosa dovrebbe riguardarvi?» lo aveva stupidamente aggredito Henriette.

Quell'unico istante in cui aveva perso il controllo e che era riecheggiato all'infinito su tutti i giornali era costato alla dottoressa Freystetten la metà delle sue pazienti e la maggior parte delle signore che prima avrebbe potuto definire amiche. Aveva dovuto annullare molti dei suoi salotti, giacché erano in poche a volersi ancora avventurare nella casa in Unter den Linden. Del resto, il vortice dello scandalo avrebbe potuto risucchiare chiunque!

Henriette strinse più forte il cesto pieno di preziosissime arance e si fece accompagnare da un guardiano nella sala visite. L'aspetto del fratello le parve miserevole, nonostante facesse il possibile per darsi un contegno anche nella sua uniforme da detenuto a strisce grigie e nere. I suoi capelli, un tempo rossi fuoco, erano grigi come il ghiaccio e il suo pallore era spettrale. Si avventò avidamente sulle arance, lasciando che il succo gli colasse lungo il mento.

Quante volte Henriette si era arrabbiata con quel fratello di quattro anni più grande di lei. Ma quante volte ne era anche stata fiera. Non conosceva nessuno al quale importasse meno il giudizio degli altri. Purtroppo quella era la prova che un atteggiamento simile può risultare pericoloso.

«Hai aspettato un bel po', prima di venire a trovarmi» disse Raimund in tono di rimprovero, guardandola fisso negli occhi. «Sembri riposata.»

«L'apparenza inganna» rispose Henriette, per quanto Raimund ci avesse visto giusto.

Subito dopo la condanna, non avendo più alcuna prospettiva di vita sociale, Henriette era scappata da Berlino ed era rientrata solo adesso. L'eclettica Florentine aveva ospitato la zia nella villetta sul mare che si era comprata a Nizza per ritirarsi dopo le sue nozze sfortunate. La Costa Azzurra si era rivelato il posto ideale dove prendere le distanze dai problemi di Berlino.

«Sono venuta a darti una bella notizia: sei diventato nonno» disse Henriette.

Raimund scoppiò in una risata sprezzante e spostò di lato le bucce d'arancia. «Che bello.»

«In caso stessi per chiedermelo, è un maschietto. Florentine lo ha chiamato Victor» continuò Henriette, pur accorgendosi che il fratello, come al suo solito, non aveva alcun interesse per le questioni familiari. Per cui non si disturbò a raccontargli che era stata lei stessa a far nascere il bambino insieme a una levatrice del posto, e che la separazione da Cossata procedeva secondo i piani.

Raimund fissò le sbarre alla finestra e disse: «Non resisterò altri due anni in questo posto». Suo fratello aveva sempre amato le scenate melodrammatiche, ma Henriette sentiva che stavolta diceva sul serio. «Qualcuno ha tradito me e i miei amici. Chi è stato?» Sembrava volerla trapassare con lo sguardo. «È stata Florentine? Devo saperlo.»

L'accusa non era completamente campata in aria, considerato il forte rancore che Flora nutriva nei confronti del padre. In fin dei conti, anche parlando con sua zia aveva minacciato di denunciarlo. Ma Henriette non le aveva mai chiesto se fosse stata lei.

«Sei tu l'unico responsabile del tuo destino» rimproverò il fratello.

«Io ci morirò, qui dentro. È questo che vuoi, Jette?»

«Certo che no!» rispose lei indignata.

«Allora aiutami.»

Raimund tossì violentemente e Henriette rifletté sul fatto che era rimasto il suo unico fratello. Per quanto imperfetto fosse. Ma sarebbero bastate le sue conoscenze, minate in gran parte dai comportamenti di Raimund stesso, a tirarlo fuori dal carcere?

«È un maschio!» Era una giornata di fine aprile e nella voce di Käthe si percepiva una lieve sfumatura di trionfo.

Pochi istanti dopo Ricarda sentì il primo pianto di suo figlio. Aveva una voce forte e in un certo senso già familiare.

«Voglio prenderlo in braccio. Dammelo, per favore» disse Ricarda.

«Ma dottoressa, devo ancora pulirlo» protestò Traudl, la stessa levatrice che aveva fatto nascere anche Henny.

«Datemelo così com'è.»

Si portò al petto il neonato con il suo visino sgualcito dal parto e lo strinse forte tra le braccia.

«Benvenuto, piccolo Georg. Che gioia averti qui con me» disse con affetto.

Non appena lo aveva visto, le era venuto naturale chiamarlo Georg. Il frutto di un amore che era cresciuto sempre più dentro di lei, fino a esplodere in una vita tutta sua. Georg aveva pochissimi capelli rispetto a Henny e aveva un aspetto più gracile. Ricarda gli avvicinò un dito e lui lo strinse. Baciò teneramente la testolina di suo figlio e ne annusò il profumo. Era l'odore che più amava al mondo. Provava dei sentimenti così diversi da quelli che aveva provato alla nascita di Henny. Ricarda si vergognò della sensazione di immensa gioia che la riempiva e le scaldava il cuore. I dolori del parto sofferti nelle ultime ore erano già dimenticati ed era grata a Georg Junior per averle reso le cose tanto semplici. Dalla prima doglia al parto erano passate solo sei ore.

«Lo chiami Georg?» Käthe non riuscì più a contenere la felicità e strinse Ricarda tra le braccia. «Traudl, pulisci il piccolo Georg e portalo al Georg grande.»

Ricarda stava osservando Traudl che faceva il bagnetto al neonato, quando a un tratto sentì la testa vuota e un senso di vertigine. Käthe stava cercando di far uscire la placenta e le premeva sulla pancia. Ricarda fu attraversata da un dolore lancinante. Sentì gli occhi inondarsi di lacrime ed emise un grido.

All'improvviso non era più in grado di pensare lucidamente. Stava succedendo qualcosa e una parte di lei sapeva che non era niente di buono. Ma allo stesso tempo sembrava non avere alcuna importanza. Sapeva che la fase successiva al parto era rischiosa. Le donne potevano morire dissanguate. Ma questa evenienza non sembrava coinvolgerla in prima persona, non era altro che un dato puramente teorico.

«Dove sono Henny e Georg?» mormorò, con la sensazione di galleggiare nella luce, su una nuvola.

«Traudl,» sentì dire a Käthe con veemenza «vai subito a chiamare Fanny.»

Ricarda sentì che tutto intorno a lei sprofondava in una nuvola di cotone. Traudl rispose qualcosa, ma la sua voce le giunse ovattata, come se fosse molto lontana. E poi sentì una strana e debole voce interiore. Il parto era andato bene. Georg era al mondo, lo aveva visto e toccato. Adesso non doveva più pensare a niente.

«Rica, mi senti?»

Perché Käthe è così agitata?

«Rica, adesso devi restare con me. Parlami! Rica, di' qualcosa. Di' il mio nome!»

Tu sei Käthe.

«Parlami, Rica!»

Cosa dovrei dirti?

«Ti prego, Rica, resisti. Devi resistere, fallo per i bambini!»

Ma io sto resistendo. Sono solo molto stanca.

«Dottoressa, state sanguinando molto. Parlateci. Dovete parlare con noi. Mi sentite, dottoressa? Dite qualcosa.»

Sentì degli schiaffi sul viso. Un panno freddo e bagnato le frizionava la fronte e il petto. Ricarda avrebbe voluto aprire gli occhi per vedere chi la stava colpendo. Ma non vedeva niente.

La finestra era spalancata e le tende chiare si muovevano appena. Fuori gli uccellini cantavano. Accanto al letto c'era un grande mazzo di rose rosso chiaro. Quando Ricarda aprì gli occhi, non si rese subito conto di dove fosse.

«Amore?» La voce di Georg sembrava preoccupata. Era seduto vicino al letto e le stringeva forte la mano, quasi avesse paura che potesse scappare. Aveva il volto contratto dall'apprensione.

«Non ti senti bene?» gli chiese Ricarda sorpresa.

«Di certo non hai perso il tuo senso dell'umorismo» sussurrò Georg chinandosi su di lei e riempiendole il volto di teneri baci. «Sono quasi morto per la preoccupazione» mormorò, bagnando il volto di Ricarda con le sue lacrime.

«Cos'è successo?» gli chiese lei, mentre le immagini le riaffioravano pian piano nella mente. Il piccolo Georg. Käthe nel panico.

«Pensavamo che ti avremmo persa» sussurrò Georg.

«Invece sono qui» disse Ricarda con un sorriso. «Käthe sa quello che fa.»

«Sì, è proprio vero!» Georg tirò fuori uno dei suoi fazzoletti stirati di fresco e si asciugò le lacrime dal volto. «Ho avuto tanta paura di perderti» disse soffiandosi il naso con forza. «Käthe dice che sei di costituzione molto forte.» Le coprì la mano di baci.

Ricarda tentò di tirarsi su a sedere, ma era ancora troppo debole. «Quanto tempo è passato? Per quanto sono rimasta incosciente?»

«Non molto. Solo un paio d'ore. Non devi… Cioè, abbiamo già chiamato una balia.»

«Mandala via, Georg, ti prego. Voglio allattare io mio figlio.»

«Ma ne hai la forza?»

«L'avrò. Ne sono certa. E adesso fammelo portare, ha bisogno di me.»

«Come sei coraggiosa, amore.» Le dette un ultimo bacio veloce sulla fronte, prima di correre alla porta, spalancarla e gridare: «Giorgetto! Vuole Giorgetto!».

A Ricarda venne da sorridere. Giorgetto. Suonava molto tenero. Quell'uomo grande e grosso aveva tanta dolcezza dentro di sé.

Ed ecco che entrarono nella stanza Käthe con il neonato in braccio e Fanny con la piccola Henny per mano. Käthe le consegnò il piccolo Georg e Ricarda guardò di nuovo suo figlio. Era lavato e vestito. Profumava di neonato. Le piaceva il suo profumo.

«Henny, lui è il tuo fratellino» disse Ricarda. «Ancora è piccolo, ma un giorno sarà grande e forte come tuo padre. Fino a quel momento, dovrai badare a lui.»

Henny annuì con aria seria. «Sì, mamma.»

In quella calda giornata di giugno, la chiesa di San Giorgio, dove due anni prima Ricarda aveva detto sì a suo marito, era piena di gente. La famiglia di Georg si era raccolta intorno al fonte battesimale. I padrini erano suo fratello Rupert e il loro amico comune Bernhard, per cui il figlio di Ricarda avrebbe portato anche i loro nomi. Due uomini orgogliosi, che ora guardavano il bimbo tenuto sul fonte con un'espressione di immensa dolcezza. Per Henny, Ricarda aveva trovato due madrine di cui si fidava, mentre i padrini di Giorgetto erano stati scelti da Georg, anche se ovviamente Ricarda non li conosceva bene come Käthe e la contessina, che erano venute appositamente da Berlino per l'occasione.

«Ti battezzo con il nome di Georg Rupert Bernhard Kögler» disse il prete.

Il battezzando aveva ormai compiuto due mesi. Ricarda aveva impiegato un bel po' per rimettersi in forze. Dopo la grave emorragia che aveva avuto in seguito al parto, le era stato messo a disposizione tutto il meglio che la cucina e la cantina avevano da offrire.

Al braccio di Georg, Ricarda uscì dalla chiesa sulle gambe ancora traballanti e si godette il calore del sole sul viso. Arrivata in fondo alle scale stava per inciampare, ma Georg e Käthe si precipitarono insieme per sostenerla. Ricarda sorrise della sua goffaggine, di cui tutti conoscevano la causa. La sua circolazione non era ancora tornata a posto.

«Tra poco tornerai a essere la vecchia Rica» disse Käthe.

La "vecchia Rica" aveva affrontato tutte le avversità con la testardaggine e la sfrontatezza della gioventù. Aveva fatto spazio alla madre che era diventata e che doveva pensare a Henny e Giorgetto. E a Georg e alla sua famiglia.

In quel momento li raggiunse la cognata di Georg, Magdalena. «Com'è cresciuto, Giorgetto. Un battesimo a due mesi dalla nascita si può ancora fare» disse sfoderando un sorriso dolcissimo.

Magdalena prese a braccetto la figlia Marianne, che nel frattempo aveva compiuto vent'anni ed era di nuovo incinta. Avrebbe partorito il secondo figlio a meno di un anno dal primo.

«Magdalena non sembra se stessa, quando non può punzecchiarmi» scherzò Ricarda, anche se ovviamente si sentiva davvero ferita dalle continue frecciate contro di lei.

Poco dopo, la carrozza si stava già fermando davanti a casa loro e lo sguardo di Ricarda cadde sul cartello che la definiva "Dott. Med. a Zurigo". Di recente la comunità medica di Monaco aveva insistito affinché usasse quel titolo. Non esercitava come medico da inizio anno e adesso si era ritirata per allattare.

Le persiane della sua camera da letto al primo piano erano

accostate e il sole si infrangeva contro le loro lamelle di legno. Ricarda guardò il suo minuscolo bambino che beveva dal suo seno e schioccava beato la lingua, sospeso in una specie di interregno tra il sonno e la veglia. Senza che lei le avesse richiamate, le immagini del passato si sovrapposero all'armonia di quel momento. Volti di donne che aveva curato o fatto partorire. I professori ai quali aveva dovuto dimostrare che una donna era in grado di pensare esattamente quanto un uomo. Era stata una battaglia costante. E mentre combatteva, le sembrava di fare la cosa giusta. E adesso le sembrava altrettanto giusto non fare altro che aiutare i propri figli a diventare grandi.

Ricarda non si era accorta che stavano bussando, tanto era immersa nei suoi pensieri. Entrò Käthe, prese una sedia e si sistemò accanto a lei. «Ricarda, tra gli ospiti c'è un certo dottor Habinghorst che ha chiesto di te. Vuoi vederlo?»

Stava riflettendo proprio su questi due mondi, quello di madre e quello di medico, solo un secondo prima. E adesso Habinghorst era lì. Ricarda gliene fu molto grata. Il suo tirocinio all'ospedale pediatrico, tanto sgradito all'inizio quanto apprezzato poi, era ormai un lontano ricordo. Forse troppo lontano?

Il battesimo del piccolo Kögler era una specie di evento mondano, per cui il salone era pieno di gente. Con Käthe sempre al suo fianco, per Ricarda fu più semplice passare dalla tranquillità della sua stanza a quell'ambiente pieno di persone. Il suo ex compagno di studi a Zurigo, che all'epoca non aveva neanche notato, sembrava più maturo rispetto a quando lo aveva incontrato l'ultima volta nell'ospedale pediatrico dove aveva fatto il tirocinio.

«Che bella sorpresa rivedervi qui» disse Ricarda. Era come se la sua vita di prima le avesse inviato Habinghorst come un saluto dal passato.

«Anch'io mi stupisco sempre di quanto in questa città sembrino conoscersi tutti.» Habinghorst si mise a ridere. Era venuto per accompagnare la donna che aveva sposato da poco. «Mia moglie è la nipote del padrino.» Parlava di Bernhard, amico di Georg e suo socio allo studio legale. Le raccontò che non lavorava più all'ospedale pediatrico. «Aprono in continuazione nuove cliniche e quella in cui lavoro adesso cerca con urgenza dei medici competenti.»

«Io ho il mio studio qui in casa» si ritrasse lei.

Il collega le sorrise comprensivo. «Questo lo so, dottoressa. Ma se vi venisse voglia di una chiacchierata tra colleghi, venite a trovarci.»

Ricarda aveva esitato per qualche giorno, ma alla fine si era fatta accompagnare alla clinica privata di Schwabing, dove lavorava Habinghorst, perché aveva l'impressione che quell'incontro fortuito e inaspettato con il giovane dottore fosse un segno inviato dal destino.

Per quanto la sua vita al fianco di Georg e in quella magnifica casa fosse bella, iniziava a somigliare a una gabbia dorata la cui porta si apriva sempre più a fatica. In fondo che male c'era a informarsi sulla situazione della comunità medica di quella città, che le era rimasta estranea come il primo giorno. Anche se dentro di sé sapeva che era un pretesto. In realtà il suo unico desiderio era riprendere a lavorare come faceva a Berlino, dove tutto era cominciato, ovvero nell'Ospedale Femminile. Le persone soffrivano e le dottoresse le aiutavano. Com'era tutto logico e semplice, all'epoca. Certo, anche a Berlino avrebbe dovuto usare il titolo di "Dott. Med. a Zurigo", ma sulla Sprea nessuno le aveva mai messo tanti bastoni tra le ruote come sull'Isar.

«Proprio nell'ambito della ginecologia, con il nostro collega Täubner, ritengo che le vostre competenze cadrebbero su un terreno quanto mai fertile, gentile collega» aveva accennato Habinghorst con parole ampollose.

La stava accompagnando a visitare il nuovissimo edificio nella Arcisstrasse, dove il chirurgo Gerold Täubner aveva aperto la sua piccola clinica privata. C'erano solo una ventina di letti, occupati per lo più da pazienti chirurgici. Le donne con malattie infettive non venivano accettate, perché non c'era modo di tenerle separate dalle altre. In quel momento non avevano neanche una paziente.

«Non abbiamo nessuno che si intenda abbastanza di ginecologia» le spiegò Habinghorst. «Cosa ne pensate? Non vi andrebbe intanto di conoscere il fondatore della nostra clinica?»

Poco dopo, una delle suore in abito grigio tortora che lavoravano come infermiere aprì con aria solenne la porta della stanza del direttore della clinica.

«Il dottor Täubner vi aspetta.»

Il fondatore della clinica era un uomo alto, di circa quarantacinque anni. Quando Habinghorst gli presentò Ricarda, disse: «Kögler. Come il birrificio regio. Non sarà difficile da tenere a mente».

«In effetti mio marito è un membro della famiglia Kögler» disse Ricarda, pentendosi subito di quella precisazione affrettata.

E infatti sul volto di Täubner calò come un'ombra. «E allora perché volete lavorare?»

«Perché questo è il mio mestiere. Ho studiato a lungo per conquistarlo.»

«E dov'è che una donna può studiare medicina?» Sembrava molto sorpreso.

A quel punto a Ricarda fu chiaro che Habinghorst non aveva tastato a dovere il terreno prima, per quanto adesso si stesse esponendo per perorare la sua causa. «La dottoressa Kögler è stata un grande esempio per molti studenti, a Zurigo. E ho anche lavorato con lei all'ospedale pediatrico al Goetheplatz, dove ha svolto un lavoro egregio.»

Täubner si ritrasse dietro la sua scrivania. «È stato un piacere conoscervi» disse.

Ricarda, sbalordita, era certa che avrebbe aggiunto qualcosa, ma Täubner si limitò a sorridere in silenzio. A quanto pareva, la conversazione era finita. Ricarda lasciò la stanza con la sensazione di essere andata a schiantarsi contro un muro.

Dopo aver allattato e addormentato il piccolo Georg, Ricarda si sedette alla scrivania del suo studio. Era da troppo tempo che non scriveva alla sua amica Kumari, che viveva con la sua famiglia in una piantagione di tè dell'Africa Orientale Britannica. Ora che sentiva il cuore esplodere, decise di descriverle la sua vita a Monaco.

Non mi fraintendere, io amo mio marito. È bellissimo stare con lui e con i bambini. Ma a volte ho l'impressione di vivere solo a metà. Il medico col quale ho parlato oggi mi ha trattata come se fossi una racconta frottole o un'imbrogliona. Come medico non ho nessuna possibilità, in questa città.

Posò la penna stilografica e osservò le parole appena scritte. Si stava lamentando per qualcosa che per le donne della sua generazione era la normalità: il posto di una brava moglie era a casa. Tanto più la moglie del titolare di un birrificio.

Era ancora seduta sovrappensiero alla scrivania, quando

entrò Georg. «Sembri triste. Come posso aiutarti?» le chiese.

«Voglio andare con te a Berlino» rispose lei.

«Volentieri. Anzi, volevo proprio dirti che devo tornare nella capitale.»

Ovviamente Georg non poteva capire la vera natura della sua richiesta. Lui doveva andare a Berlino per lavoro, mentre lei avrebbe voluto lasciare per sempre la sua gabbia dorata

Come si mantiene il contegno

Settembre 1893

Fuori dai finestrini del treno scorreva il paesaggio variopinto di fine estate. A Ricarda era sempre piaciuto viaggiare, fin dalla prima volta che aveva preso un treno, a tredici anni. Lo associava sempre a una sensazione di curiosità per ciò che sarebbe successo. Henny, al contrario, non era affatto a suo agio durante i viaggi. Fanny la distrasse con i suoi giocattoli, finché non le venne sonno e si addormentò. Anche il suo fratellino Georg era sazio e soddisfatto. Ricarda gli teneva la mano e ascoltava trasognata il ritmo delle ruote del vagone sui binari.

«Tesoro, c'è una cosa che vorrei raccontarti» disse Georg con voce sommessa. Sembrava che ci tenesse a farlo adesso che anche Fanny si era appisolata. Ricarda lo guardò con attenzione. «Ho in programma l'acquisto di un bene immobile a Berlino.»

Ricarda si era abituata a quel linguaggio talvolta intriso di formalismi del marito che le dava l'impressione di essere sposata con uno studio legale. «È una cosa grossa?» domandò.

«Si tratta della casa in Unter den Linden.»

Ricarda sussultò. «Cosa? Compri il palazzo della contessina?» Ritrasse istintivamente la mano che teneva la sua. «E perché mai?»

Georg si schiarì la voce. «Non ti agitare, tesoro. La contessina potrà continuare ad abitarci. È proprio questo il punto.»

«Non capisco una parola, Georg. Perché dovrebbe venderla? Quella è casa sua, è il suo mondo. I suoi salotti, il suo studio medico!»

Georg rispose a bassa voce: «La cugina Käthe mi ha riferito che la contessina ha perso molto denaro e non ha quasi più pazienti.»

«Ma è terribile» disse Ricarda scioccata.

«È per via di suo fratello, il conte Raimund. Lo conosci?»

«Il conte rosso, noi lo chiamavamo così per i suoi capelli rosso fuoco. Un uomo strano, da bambina non mi piaceva. Ha ridotto il castello in uno stato pietoso e viveva a Parigi. Cosa gli è successo?»

E così Ricarda venne a sapere da Georg delle voci sulle orge tra uomini nelle quali era stato coinvolto persino il primo consigliere dell'imperatore. Forse addirittura Sua Maestà in persona, un'evenienza che Georg parafrasò con diplomazia: «Forse non è coinvolto solo il suo consigliere».

«Ma come ha fatto la contessina a perdere così tanti soldi a causa sua?»

«Come prima cosa, lo scandalo su suo fratello ha fatto scappare le sue pazienti.» Georg si schiarì la voce. «Poi ha provato a far uscire il fratello di prigione corrompendo alcune persone con molto denaro. Purtroppo il piano non ha funzionato e anzi ha portato con sé nuove complicazioni. Non so niente di più preciso. Solo che ha bisogno di molto denaro e alla svelta. E noi la aiuteremo.»

E così c'è un altro aspetto della contessina che non conoscevo, pensò Ricarda colpita.

«Vorrei che la casa in Unter den Linden venisse acquistata a tuo nome» continuò Georg.

«Quindi sarei io la proprietaria?» In quel caso sarebbe diventata la padrona di casa della contessina e i loro rapporti si sarebbero ribaltati. Quel pensiero le diede le vertigini. Lei, la figlia del giardiniere ed ex protetta della contessina, che in quella casa si era inchinata di fronte alla moglie del cancelliere del Reich, avrebbe dovuto ricalcare le grandi orme della sua mentore? «Non so se è una buona idea, Georg.»

«Credimi, è la cosa migliore. È stata un'idea di Käthe.»

«Dovevo immaginarlo» disse Ricarda riprendendo la mano di Georg e tornando a guardare fuori dal finestrino. Ma la sua pace interiore era ormai perduta.

La signora Merger aprì la porta con gli occhi arrossati di pianto. «Menomale che siete qui» disse la governante a Ricarda e Georg. «La contessina...» Si interruppe, poi ricominciò da capo. «La contessina è stata arrestata. Oddio, è una cosa terribile. Non so neanche cosa dire! Non possono mica farlo! Rinchiudere la contessina in prigione!»

Ricarda e Georg si scambiarono uno sguardo incredulo.

«Dov'è la dottoressa Hausmann?» domandò Georg.

«È dovuta andare a distendersi, signor Consigliere di Giustizia. È molto debole.»

«Quando è stata arrestata la contessina?» domandò Ricarda, che mai nella vita si sarebbe aspettata di dover porre una domanda del genere.

«Stamani all'alba. Saranno state le sei.»

Nel frattempo erano le otto di sera passate. Fanny era andata con i bambini in hotel. In realtà Ricarda aveva sperato di poter stare un po' insieme a Käthe e alla contessina, come ai vecchi tempi.

«Vado ad avvisare la dottoressa Käthe che siete arrivati» disse la signora Merger.

«Tu riesci a capirci qualcosa, Georg?» domandò Ricarda non appena la signora Merger li ebbe lasciati soli nel salone.

Lui la guardò turbato. «Avrei dovuto essere più sincero con te, riguardo alle difficoltà in cui si trovava la contessina. Ma non volevo farti preoccupare e, così come Käthe, pensavo che le cose si sarebbero sistemate e che saremmo riusciti a risparmiarle il peggio» disse affranto. «Ma ci sbagliavamo.»

Poco dopo arrivò Käthe, pallida, spettinata, anche lei gonfia di pianto. A Ricarda si spezzò il cuore nel vedere la sua amica in quelle condizioni. Le due si abbracciarono a lungo, poi Käthe disse: «Jette è così attenta di solito. Ma stavolta ha fatto un errore stupido».

Rispondendo alle loro caute domande, Käthe raccontò che la contessina aveva pagato troppo poco un funzionario, che a quel punto aveva usato le sue informazioni per ricattarla, minacciando di denunciarla per corruzione. «E alla fine qualcuno l'ha denunciata davvero. Un circolo vizioso senza via d'uscita.» Käthe si asciugò le lacrime dal viso.

All'improvviso a Ricarda venne in mente una cosa: «Ma dov'è Florentine in tutto questo?» La ricca nipote, infatti, avrebbe potuto aiutare sua zia a tirarsi fuori dai guai.

«Lei non ne sa niente.» Käthe sospirò. «In fin dei conti, anche lei ha passato un periodo difficile. Dopo la nascita del bambino, la separazione e lo scandalo del padre è scappata in America.»

«E suo figlio? L'ha portato con sé in quel lungo viaggio?»

«Victor è a Freystetten.»

Ricarda credette di aver capito male. «Ha mollato il bambino a mia sorella, dopo che l'ha sempre guardata dall'alto in basso?»

Käthe si strinse nelle spalle rassegnata. «Di certo Victor starà meglio lì.»

A Ricarda venne da sorridere. «Almeno a Freystetten non c'è più il rischio di annoiarsi.»

«La contessina avrà pure un avvocato» osservò Georg.

«Da quanto ne so io, non la rappresenta più» rispose Käthe.

Georg scosse la testa incredulo. «Sai dove l'hanno portata?»

«Oh, sì.» Gli occhi di Käthe si riempirono di lacrime. «Nello stesso posto in cui venni a trovare te, Rica.»

«Il carcere femminile?» Tutta questa faccenda aveva un che di ironico. Avrebbero umiliato la contessina come avevano fatto con lei, che si era dovuta spogliare nuda per limitare il rischio di pulci e pidocchi? Le avevano anche tagliato i capelli. Ricarda si sentì venir meno al solo ricordo.

«Georg, dobbiamo aiutare la contessina!» gridò.

Era una sensazione stranissima quella di rientrare nel carcere femminile nella Barnimstrasse dopo tanti anni. Certo, stavolta vi accedeva dall'ingresso dei visitatori, ma l'odore dei corridoi in cui riecheggiavano le grida spettrali delle detenute era esattamente lo stesso, così come la luce. Era poco più di una bambina quando l'avevano rinchiusa lì per quattro settimane solo perché un gendarme si era sentito offeso da lei.

«Finalmente vedo questo posto coi miei occhi» disse Georg. «Sai che quella volta, Käthe mi aveva mandato un telegramma per chiedermi aiuto? *Ricarda in carcere ingiustamente.* Non me lo scorderò mai.»

«Davvero l'hai fatto?» domandò Ricarda a Käthe. «Ma io non volevo nessun avvocato. Non volevo neanche uscire.»

«Eri una bambina cocciuta. Ma in un certo senso avevi ragione e lo dissi anche allora» disse Käthe.

«Tra queste mura ho assistito al mio primo parto.» La detenuta Wilma aveva dato alla luce un bambino e il giorno prima della sua esecuzione aveva chiesto a Ricarda di non dimenticarla mai. «Quell'esperienza mi ha cambiato la vita.»

«La contessina potrebbe non avere questa stessa ambizione» osservò Georg vagamente divertito, nonostante la tensione del momento.

Grazie al suo lavoro preliminare e ai contatti del suo socio Bernhard Althuber, il gruppetto giunto fin lì per salvare la contessina fu accolto dal direttore del carcere in persona. Dopo aver pagato un'ingente cauzione, i tre dovettero aspettare ancora un bel po' prima di veder comparire la contessina nell'anticamera del direttore.

Dritta, a testa alta e con lo sguardo ostinato. Proprio una "Sua Altezza", come dicevano i domestici al castello.

«Allora possiamo andare» disse la contessina senza batter ciglio. Poi lanciò un'occhiata all'orologio a pendolo. «L'appuntamento dal notaio è tra un'ora. Dovremmo farcela.»

Georg accennò un sorriso sotto i baffi, ma non disse nulla. Käthe si limitò a sospirare. Ricarda trovò ammirevole la capacità della contessina di mantenere il contegno anche in una situazione simile. Quella era una cosa che non si poteva certo imparare e purtroppo era quella stessa qualità che escludeva ogni possibile ringraziamento per l'aiuto ricevuto.

C'era anche un'altra cosa che concorreva al retrogusto amaro di quel momento. Ricarda si ricordò che poco dopo essere uscita di prigione, la contessina aveva dichiarato di fronte a tutte le signore riunite nel suo salotto che approvava la sua condanna, in nome dell'ordine e della giustizia. Ricarda aveva sempre ammirato la contessina senza riserve, ma a partire da quel momento qualcosa le si era spezzato dentro.

E io adesso dovrei diventare la proprietaria di casa sua?, si chiese Ricarda. Era uno scenario impossibile da immaginare.

Lei non avrebbe mai voluto condurre una vita come quella della contessina.

Quando la carrozza si fu fermata di fronte alla casa del notaio e il vetturino ebbe aiutato la contessina a scendere, Ricarda sussurrò all'orecchio di Georg: «Ti prego, fai intestare a te la casa in Unter den Linden. Io non la voglio.»

Georg rimase interdetto. «Sei sicura? Guarda che è un vero gioiello. È la zona migliore della città. Doveva essere il mio regalo per te.»

«Lo so. Ed è molto generoso da parte tua, Georg.» *Ma non è adatta a me, io non sono così*, avrebbe voluto dire. Ma poi guardò Georg e vide che lui aveva già capito.

Il suo volto si ammorbidì, sorrise. «Ti amo, Ricarda. Ci vediamo dopo in albergo.»

Henriette lasciò cadere il suo libro. Non riusciva a concentrarsi. Se ne stava avvolta in una coperta nonostante facesse un caldo ancora quasi estivo e fosse seduta in una zona riparata della terrazza di Freystetten. La sua attenzione era rivolta soprattutto alla piccola Henny. La bambina, che il mese successivo avrebbe compiuto tre anni, sembrava animata da un'energia infinita. Correva come un ragazzino attraverso il prato tagliato all'inglese che degradava dolcemente verso il lago. Franz, il nipote maggiore di Henriette, era più veloce nel gioco dell'acchiappino, ma Henny gli stava alle calcagna nonostante avesse due anni meno di lui.

«Ti prendo, ti prendo!» gridava Henny, al colmo della felicità. I nastri colorati che teneva nei folti capelli nero corvino si erano già sciolti da un pezzo.

Karla, la madre di Ricarda e Rosel, si dedicava anima e corpo al suo ruolo di nonna. In quel momento al castello c'erano cinque bambini piccoli e lei ne aveva sempre almeno uno in braccio o attaccato alla gonna. Anche adesso stava cullando il piccolo Victor per farlo addormentare. La nuova costellazione familiare di Freystetten si era fatta incredibilmente complicata. Nessuno all'infuori di Rica, Käthe e lei sapevano che Victor era il fratellastro di Henny. E le cose dovevano rimanere tali.

Ferdinand, il fratellino di appena due anni di Franz, voleva giocare insieme agli altri, ma non faceva che cadere. Henny si fermava, lo aiutava a rialzarsi e il gioco ricominciava. *Tutta sua madre*, pensò Henriette guardando in direzione di Ricarda, che se ne stava all'ombra, un po' in disparte, con il figlio minore. Il piccolo, che si era guadagnato il soprannome – infelice secondo Henriette – di Giorgetto, sembrava aver preso dal padre. Un giorno sarebbe diventato un bavarese forte e sano.

Al momento Henriette non aveva una grande stima del marito di Rica. Lo trovava un po' troppo interessato agli affari. Era generoso a farla abitare gratuitamente nella sua casa – o meglio la sua ex casa –, ma non c'era bisogno che acquistasse subito tutto l'edificio. Un prestito senza interessi sarebbe andato bene lo stesso. Se poi avesse intestato la proprietà a Ricarda, sarebbe stato il colmo! Per fortuna le aveva risparmiato almeno questa umiliazione.

Adesso che era lì al castello, si ritrovò a riflettere sulla possibilità di rimanerci per sempre. Ma scartò all'istante l'idea di una vita in campagna. Sarebbe appassita come un fiore senza acqua. La sua amica Luise viveva ormai da un anno con la sua anziana madre a Charlottenburg, mentre sua figlia Florentine era in America, irreperibile. Con chi avrebbe trascorso il suo tempo al castello? Con Rosel, la bella castellana che sapeva tutto di come si gestisce una casa e che un tempo era stata la sua cameriera? O magari suo nipote Friedemann? Un ex soldato che si era dato all'agricoltura? Lui era esperto in questi due settori, di cosa avrebbero parlato? Dell'abbondanza della sua raccolta di patate?

Friedemann, il nuovo capofamiglia, serbava ancora un tale rancore nei confronti del padre e delle sue frivolezze, che in sua presenza il nome di Raimund non si poteva neanche menzionare. Non appena Henriette si era resa conto di essere in difficoltà economiche, aveva subito chiesto consiglio a Friedemann. Ma in quel momento suo nipote non aveva denaro a sufficienza per rilevare la casa in Unter den Linden: «Mi dispiace, zia. Devo investire nel futuro di Freystetten». In un certo senso, Henriette lo capiva. Suo nipote era un uomo di campagna, per lui la vita di città non aveva alcun significato. Anzi, fin da piccolo aveva dovuto rendersi conto di quanto la vita dissoluta del padre, che spendeva tutti i suoi soldi a Parigi, rappresentasse una minaccia per Freystetten. Non c'era da stupirsi che si comportasse di conseguenza.

In quel momento Rica affidò il piccolo alla bambinaia, per poi dirigersi verso Henriette. «Tutti questi bambini sono più avvincenti di qualsiasi libro, non è vero, contessina?»

«Sì, mia cara, siete una generazione molto prolifica. Tempi d'oro per le dottoresse.» Henriette voleva fare una battuta, ma si accorse che Ricarda non riusciva neanche a sorriderne.

«Mi dispiace per quello che è successo a vostro fratello, contessina. Volevo che sapeste che mio marito e io non lo consideriamo affatto giusto. Ognuno dovrebbe poter avere una propria vita privata, senza che altre persone vi si immischino» disse Ricarda.

«Grazie, Rica. Vuoi sederti qui con me? O ti dà noia il sole?»

«No. Volentieri, contessina.»

Henriette si fece coraggio e disse ciò che fino a quel momento aveva taciuto: «Ventiquattr'ore di carcere non sono poi molto, se penso che tu ci hai resistito per ben quattro settimane. Ti ho pensato molto, seduta nella mia cella. Quella volta ho commesso un errore. L'ho capito solo ritrovandomi in quel posto in prima persona. Sono stata troppo dura nel giudicare le tue azioni. Il tuo senso di giustizia. Adesso, a distanza di tanti anni, devo dire di essere pentita per come ti ho trattato. Ti chiedo perdono.»

Henriette non avrebbe mai pensato che Ricarda sarebbe scoppiata a piangere a sentire quelle parole.

«Apprezzo molto, moltissimo, che lo diciate. Ci sono rimasta così male, all'epoca. Se Lore e Kumari non me lo avessero impedito, penso che avrei mollato tutto e sarei tornata a stare qui.»

«Sarebbe stato un peccato.» Henriette le passò uno dei suoi fazzoletti sempre profumati. «Di recente ho parlato con la Biberti e la Solm. Erano così entusiaste del tuo lavoro e della tua capacità di empatizzare con le pazienti.»

«E invece a Monaco è così difficile esercitare. Anzi, è impossibile. Credo che chiuderò lo studio. Non ha senso passare le giornate ad aspettare pazienti che non arrivano.»

«Trascorri di nuovo qualche settimana a Berlino. Puoi stare da me. Di pazienti non ne ho più molte, ma la Solm e la Biberti apprezzerebbero molto un aiuto da parte tua.»

A Ricarda si illuminò il volto.

Sul tavolo da pranzo del piccolo ma confortevole appartamento di Karla era posato un fascicolo con la copertina marrone. Ricarda ci aveva fatto caso solo quella sera, quando era andata a salutare la madre. Henny e il piccolo Georg erano sempre stati al centro della sua attenzione e anche nonna Karla aveva fatto di tutto per non far sentire Henny trascurata, dopo l'arrivo del fratellino.

Probabilmente Ricarda non avrebbe neanche mai notato

quella rivista poco appariscente, se a un certo punto Henny non avesse rovesciato un bicchiere d'acqua e lei avesse afferrato al volo il fascicoletto per appoggiarlo da qualche altra parte. A quel punto le era caduto lo sguardo sul titolo: *Rivista mensile di medicina militare tedesca*.

«E questa cosa ci fa qui?» le venne da chiedere.

Sentì i battiti del cuore accelerare. Siegfried era un medico militare. E sua sorella Hildchen viveva ancora con Karla Petersen.

Sua madre confermò subito i suoi sospetti: «L'ha portata il fratello di Hildchen una volta che è venuto a trovarla. Contiene un articolo scritto da lui. Hildchen è molto orgogliosa di Siegfried».

Sulla sanità nei protettorati tedeschi. Un contributo del capitano medico Dott. Siegfried Thomasius. Ricarda aprì la rivista, ma non riuscì a leggere molto.

«A quanto pare il fratello di Hildchen si è buttato a capofitto nel lavoro. Non fa che rimproverarsi per quello che è successo, quando invece non poteva farci niente.»

A Ricarda cadde la rivista di mano. «Per cosa non poteva far niente?»

«Per la morte di sua moglie.»

«Che stai dicendo?» Ricarda sentì il pavimento spalancarsi sotto i suoi piedi. «Lore è morta?»

«Lore. Giusto. Si chiamava così. Perché, tu conoscevi la cognata di Hildchen?» le domandò sua madre mentre sistemava il cappellino in testa a Giorgetto.

In effetti, negli anni della scuola e della formazione, durante i quali Lore aveva svolto un ruolo così importante nella sua vita, Ricarda aveva avuto ben pochi contatti con sua madre.

«Anche a Hildchen piaceva molto. È stata triste per mesi e mesi» continuò Karla.

«Di cosa è morta?» chiese Ricarda.

«L'epidemia di colera ad Amburgo. È successo l'anno scorso, in quell'estate così calda. Sono morte migliaia di persone di colera.»

Ho avuto un lavoro come infermiera, le aveva detto Lore durante il loro incontro all'Ospedale Femminile. Era stato un puro caso se si erano viste un'ultima volta. Un incontro così fugace.

La madre passò a Ricarda il piccolo Georg, appena cambiato. «È un bambino d'oro.» Solo allora si soffermò a guardare la figlia. «Sembri così triste, Rica. La conoscevi bene?»

Un tempo l'amavo come una sorella, pensò Ricarda *Avrei voluto dirle così tante cose. Un'infinità di cose.* Ma ormai era troppo tardi.

Il colera ad Amburgo? A Monaco non ne era neanche giunta notizia. Di fatto, non sarebbe venuta a sapere neanche della morte di Siegfried e realizzarlo per lei fu un vero shock. Le persone che un tempo per lei avevano significato tanto, se non tutto, potevano sparire da questa terra. Lei non lo aveva saputo e aveva continuato a vivere come se niente fosse.

Quando fu il momento di andare, baciò sua madre sulla fronte. «Ti voglio bene» disse, avviandosi con i bambini verso la porta.

«Credo sia la prima volta che me lo dici» rispose sorpresa sua madre.

«Papà, la mamma piange fortissimo» sentì dire Ricarda alla sua bambina.

Eppure non riusciva a fermare le lacrime. Da dottoressa sapeva che si trattava di un attacco isterico. I nervi si ribellavano, perché il cervello non era in grado di comprendere l'arbitrio della vita. Tentò invano di controllarsi. Di darsi un contegno. Georg era seduto da un pezzo sul suo letto, nella stanza gialla del conte Franz, e le carezzava teneramente la schiena. Questo suo attacco di malinconia e disperazione era per lui un fulmine a ciel sereno, anche se sapeva che per Ricarda erano sempre difficili le visite a Freystetten, dove ogni angolo nascondeva qualche fantasma del passato.

«Posso aiutarti in qualche modo, tesoro?» le domandò.

«Ora mi passa. Si dice che le lacrime purifichino.» Si tirò su a fatica e si asciugò il viso. «Sai, i medici non fanno altro che cercare di fregare la morte» disse. «Ma ci dimentichiamo che le nostre non sono che minuscole vittorie e che non potremo mai vincere la guerra. Lore era la mia migliore amica. Lo è stata per anni. Facevamo tutto insieme. E oggi ho scoperto che non c'è più, è morta mentre cercava di tener testa alla morte.»

In quel momento fu colta da un pensiero spaventoso. Cosa sarebbe successo se avesse sposato lei Siegfried? Anche lei si sarebbe trasferita con lui ad Amburgo? Avrebbe curato il colera al suo fianco? Si sarebbe contagiata anche lei? La maggior parte degli infettati finiva per morire…

Oppure ogni persona viveva il proprio destino, che non era trasferibile a nessun altro? E questo pensiero doveva rappresentare una consolazione o non faceva che peggiorare le cose?

«Tu non sei felice a Monaco» sentenziò Georg.

A Ricarda ci volle un momento per capire il collegamento tra le due cose. Ma poi le fu chiaro dove volesse andare a parare: lei non aveva amiche a Monaco, nessuna persona con cui confidarsi. E quella che un tempo aveva avuto a Berlino, adesso l'aveva persa.

«Non è colpa tua, Georg. Abbiamo deciso insieme di vivere nella tua città.» *La tua città.* L'aveva definita così senza pensarci. Eppure era vero. Dopo tre anni, Monaco le era ancora del tutto estranea.

«La contessina mi ha detto che ti farebbe bene lavorare all'ospedale delle sue amiche. Io sono d'accordo, Rica. Ho già inviato un telegramma a Bernhard. Mi sostituirà lui.»

Gli occhi di Ricarda si riempirono di nuovo di lacrime, stavolta di gratitudine. Tirò a sé il viso del marito e lo baciò teneramente.

Quando si trattava di auscultare un cuore, l'Ospedale Femminile si rivelava un luogo decisamente poco idoneo. Ricarda era concentratissima nel tentare di sentire quello di una paziente, nonostante ci fosse solo una tenda a separarle dal brulichio della clinica. Eppure non ebbe alcun dubbio sulla diagnosi: «Il tuo cuore è debole. Dovresti lavorare un po' meno duramente» disse alla sua paziente.

La donna non aveva ancora trent'anni, ma la vita non era stata generosa con lei. La sua pelle aveva un colorito azzurrognolo che dava il nome alla sua malattia, il cosiddetto "morbo blu". Si trattava di un difetto cardiaco che poteva portare all'abbassamento della pressione sanguigna, motivo per cui la donna era svenuta più di una volta senza alcun preavviso, come testimoniavano le sbucciature che si era provocata cadendo.

«Vorrà dire che mi metterò comoda sulla mia poltrona a godermi le giornate» rispose la paziente con la tipica ironia berlinese, sorridendo con la sua bocca quasi completamente sdentata.

L'unico modo per far sopravvivere altri cinque anni questa donna è il riposo, pensò Ricarda. Alle donne dell'alta società sarebbero stati raccomandati bagni a tutto il corpo, impacchi a mani e piedi o ginnastica respiratoria, oltre a una dieta ricca di latte e frutta. Niente di applicabile a quella paziente. «Evita alcol e caffè» disse Ricarda. «E se puoi, ogni tanto fai una passeggiata nel parco. Ci proverai, almeno?» Ricarda scostò la tenda di lato, segno che la visita era finita. «I tuoi figli hanno bisogno di te.»

Nella minuscola anticamera dove un tempo, quando erano poco più che adolescenti, lei e Lore accoglievano le pazienti, regnava un senso di irrequietezza. Una delle donne faceva molta fatica a rimanere in piedi, stava talmente male che le altre dovevano sostenerla. Una cosa notevole, considerando che in quei contesti era più facile vedere sgomitare per farsi largo piuttosto che prestarsi per sorreggere qualcuno. La donna era pallidissima e aveva il respiro accelerato. Ricarda l'accompagnò dietro una delle tende e l'adagiò su un lettino per sentirle il polso. Aveva già un sospetto, ma sapeva anche che pazienti come quella avrebbero confessato solo in caso di urgenza assoluta.

«Sei stata dalla mammana?» le chiese Ricarda. Le donne che procuravano gli aborti clandestini venivano chiamate anche "fabbricanti di angeli", una definizione che Ricarda detestava, perché sottintendeva che i feti rimossi avrebbero avuto in cielo una vita migliore di quella che aspettava loro sulla terra. La donna fece un debole cenno affermativo con la testa, confermando i sospetti di Ricarda. La risposta alla domanda successiva rivelò l'entità della catastrofe: «Ero al quinto mese».

Le donne che si sottoponevano all'operazione in uno stadio così avanzato della gravidanza erano passibili di pena. D'altra parte, quelle gestanti disperate e spesso poco istruite avevano bisogno delle "fabbricanti di angeli". Era un circolo vizioso. Nessuno denunciava queste donne, per cui continuavano a uccidere feti, e spesso anche le madri. Perché poteva succedere che dei frammenti di questi embrioni fatti a pezzi nell'utero rimanessero dentro, finendo per decomporsi e "corrodere" il sangue delle donne, come si diceva. Anche questa donna era in piena sepsi.

«Io non posso aiutarti, devi andare in ospedale.»

La donna si tirò su a sedere con le ultime forze. «No, non ci vado! Lì fanno troppe domande.»

Ma Ricarda non poteva dimettere la donna in quelle condizioni. Se non ci fosse andata di sua spontanea volontà, l'avrebbe fatta ricoverare contro il suo parere. Parlarne non avrebbe portato a niente.

Poiché non era raro che si verificassero casi simili, davanti alla clinica bighellonava sempre un ragazzino, che in caso di necessità fischiava con due dita e faceva accorrere il padre con un carro trainato a spalla con una tracolla.

Mentre la donna in fin di vita veniva caricata sul carro, tra le pazienti normalmente chiassose regnava un silenzio spettrale. Ricarda allungò una moneta all'uomo, che subito corse via lungo lo stretto vicolo. La meta la conosceva.

Ricarda guardò le altre donne in attesa e lesse la paura nei loro occhi. Lo stesso destino poteva capitare ogni giorno a chiunque di loro. Per un po' avrebbero tenuto la bocca chiusa.

«Chi è la prossima?» domandò Ricarda.

«Io» rispose una tra loro.

Nel suo caso si trattava di una semplice cicatrice guarita male. Ricarda le applicò una pomata, riscosse i soliti dieci centesimi e salutò la paziente. Stava già facendo buio, ma le pazienti in attesa erano ancora talmente tante che sarebbe stato impossibile visitarle tutte.

«Ancora due» gridò Ricarda. «Le altre dovranno tornare domani. Ricordatevi l'ordine in cui eravate. Domattina alle sette mi ritrovate qui.»

«Grazie, dottoressa» borbottò qualcuna delle donne costrette ad andarsene. Si allontanarono a testa bassa, ma nessuna protestò.

Quando Ricarda chiuse la clinica, intorno alle otto e mezzo, l'unico bagliore che illuminava la strada buia era il lampione a gas all'angolo. Sotto il lampione c'era un uomo e Ricarda riconobbe Georg solo una volta che si fu avvicinata.

«E tu che ci fai qui?» gli chiese sorpresa.

«Volevo vedere dove lavori. Ma è un posto sicuro questo?» ribatté Georg salutandola con un bacio sulla guancia.

Ricarda lo prese a braccetto e disse con voce sommessa: «Ho lavorato qui per anni e non ho mai sentito parlare di aggressioni. La gente del quartiere è molto unita e il loro modi bruschi sono solo una facciata.» Carezzò il tessuto pregiato del soprabito estivo del marito, dal quale faceva capolino la scintillante catenella dell'orologio da taschino. «Ma è comunque meglio se non vieni così agghindato, in questa zona.»

Insieme imboccarono la via per la stazione Borsa.

«Non hai mai avuto paura? Per queste strade si aggira un sacco di gentaglia» insistette Georg.

In quel momento una donna di strada gli si avvicinò ammiccante, nonostante avesse Ricarda al suo fianco. «Ciao, dolcezza! Se ti annoi, puoi sempre venire da me!»

Georg era scandalizzato: «In questo modo offendete mia moglie!».

Ricarda rise sotto i baffi. «Lascia perdere, tesoro» disse, tirandolo via. «In questa città ci sono migliaia di prostitute e tutte devono mangiare.»

«Mi meraviglia che tu abbia tanta comprensione per questa gente.»

«La gente fa di tutto quando è affamata. Lo faremmo anche noi.»

«Io no» protestò Georg.

«Hai mai avuto fame e niente da mangiare?»

Georg la guardò stupito. «No» rispose. «E a te è mai successo?»

Ricarda ripensò ai suoi anni di studi a Zurigo, dei quali lui non sapeva quasi nulla. In quel periodo doveva farsi bastare un unico pasto al giorno. E in effetti le bastava. *Ci basta così poco, quando è necessario*, pensò Ricarda prendendo il marito per mano e tirandolo in direzione del treno. Salirono su un vagone del tram, strapieno anche a quell'ora tarda.

«Cos'era successo alla signora che hai fatto portar via sul carro?» domandò Georg.

«Uno dei molti drammi ai quali assistiamo ogni giorno nella nostra clinica» rispose lei sovrastando il fragore del treno. Fuori dalla finestra brillavano le luci della grande città. Ricarda amava quel tragitto.

«Morirà?» domandò Georg.

In quanta bambagia sei cresciuto, mio salvatore, pensò Ricarda, limitandosi ad annuire.

«Sembri così serena, Rica. Ma io non ci credo che quei destini non ti sfiorino nemmeno.»

«Infatti lo fanno. Ma se non mi fossi costruita questo scudo protettivo, sarei già morta di compassione.»

Scesero sulla Friedrichstrasse e si misero a camminare nella serata ancora tiepida. La via brulicava di gente – a piedi, sui carri trainati da cavalli o con i carretti a mano –, il tram a cavalli suonava e gli strilloni gridavano le ultime notizie.

«Mentre ti osservavo lavorare ho avuto un'idea e le cose che hai appena detto la rafforzano» disse Georg. Quando furono all'angolo con Unter den Linden si fermò, nonostante la calca che avevano intorno. «Ti piacerebbe aprire uno studio medico per la gente che lavora?»

Ricarda non capì. «Intendi se voglio continuare a lavorare dalla Solm e dalla Biberti?»

«Non qui, Rica. Nel nostro birrificio, nel birrificio Kögler a Monaco. È quello il posto giusto per il tuo studio. Non la Prinzregentenstrasse. Dovevo essere cieco, per non averlo capito prima.»

Ricarda guardò suo marito, poi sorrise. «Ma è un'idea geniale, Georg. La migliore che tu abbia mai avuto!» esclamò.

«Be', quella di sposarti è stata ancora meglio» disse lui. A Ricarda piacque il sorriso malizioso che le rivolse nel dire quelle parole.

Sì, avrebbe trovato un nuovo lavoro. Niente più massaggi drenanti alle gambe di donne benestanti che la consideravano una ricca Consigliera di Giustizia in cerca di un passatempo. Un lavoro vero per gente in grado di apprezzare il suo impegno. E le famiglie delle molte lavoratrici del birrificio della famiglia di Georg l'avrebbero apprezzato. Ricarda ne era convinta. Finalmente aveva di nuovo un buon motivo per tornare a Monaco.

Inverno in anticipo

Ottobre 1895

Henny soffiò sulle cinque candeline disposte sulla sua torta al cioccolato spegnendole tutte in una volta e si guardò intorno trionfante. Ricarda, Georg, la bambinaia Fanny e il piccolo Giorgetto applaudirono.

«Adesso sono una bambina grande!» esultò Henny.

«Allora puoi tagliare da sola la tua torta di compleanno» disse Georg passandole un grosso coltello.

Henny rivolse uno sguardo interrogativo alla madre. Ricarda prese la sua manina e la aiutò a distribuire le fette.

«Papà, quanto rimarrai alla baita?» domandò Henny.

«Solo un paio di giorni.» Georg guardò le candeline spente, sorrise alla piccola e si corresse: «Cinque giorni. Pensi di poter resistere?».

«No!» esclamò Henny, fingendosi arrabbiata.

Ricarda nel profondo le dava ragione. Ogni anno, subito dopo il compleanno di Henny, Georg si ritirava nella sua baita vicino a Berchtesgaden per la stagione della caccia. Di solito ci restava una settimana, a volte qualcosa di più, ma mai oltre i dieci giorni. Tornava con una tale quantità di carne di cervo e capriolo che c'era bisogno di stoccarla nelle celle frigorifere del birrificio, sotto la birreria all'aperto. Ma soprattutto tornava con l'umore smagliante di un uomo orgoglioso di aver procacciato con le proprie mani il nutrimento per la sua famiglia.

«Il mio uomo delle caverne» lo prendeva in giro Ricarda, ogni volta.

Apprezzava la tenerezza che lui accumulava nei suoi confronti nei giorni di lontananza, così come l'ultima notte prima di partire per quel solitario soggiorno tra le montagne.

La luna quasi piena faceva filtrare la sua luce attraverso la finestra della camera da letto. Georg le tolse i capelli dalla fronte con dolcezza, poi rimase a fissarla per un po'. La luce della luna donava alla sua pelle uno strano chiarore. Il suo volto riluceva di un azzurro pallido che contrastava con la barba scura, che aveva fatto tagliare come ogni volta prima di partire per le montagne. Era un uomo straordinariamente bello. Il loro era stato quello che viene definito un matrimonio di convenienza, ma l'amore alla fine aveva trionfato. Ricarda aveva scoperto che i miracoli esistono, bastava interrogare i propri sentimenti.

«A volte penso che sarebbe bello avere un altro maschietto» disse Georg.

«Be', hai appena fatto del tuo meglio.» Ricarda sorrise e gli prese la testa per attirarlo a sé e baciarlo. «Ti amo.»

«Sei la cosa più straordinaria che mi sia mai successa nella vita.»

«Sciocchezze» si schernì lei, giocosa.

«Dico sul serio. Ho capito quanto eri speciale fin dalla prima volta che ti ho vista, nel salotto della contessina. A te non importa niente di cosa pensano gli altri. Fai solo quello che ritieni più giusto.»

«Ma dài, in questo momento sei obnubilato dall'amore! Ho combinato un bel po' di guai ostinandomi a valutare le cose secondo i miei criteri. È una malattia che contagia quasi tutti i medici.»

Lui la guardò con occhi innamorati e sorrise. «Tu sai prenderti in giro da sola. Non conosco nessun altro che riesca a farlo.»

«Se continui a rimpinzarmi con tutte queste frasi mielose, mi crescerà la pancia anche senza un piccolo Kögler dentro.» Ricarda lo strinse forte a sé.

«Davvero vuoi un altro figlio da me?» domandò Georg con lo sguardo pieno di passione.

«E da chi sennò, sciocchino!» Ricarda lo baciò. «Ma se preferisci, possiamo rimandare a quando sarai tornato dalla baita.»

Le sue mani le carezzarono dolcemente la pelle. «Sai che non amo rimandare.»

Nei quasi due anni di attività allo Studio Medico del Birrificio Kögler, Ricarda aveva avuto a che fare con due categorie di pazienti: ossa rotte e gravidanze, entrambe involontarie. Le cause delle fratture alle ossa erano varie, come le molte mansioni che si potevano svolgere nel birrificio più grande di Monaco. Agli uomini cadevano fusti su mani o piedi, alcuni cadevano dalla cassetta della carrozza perché tra una consegna di birra e l'altra non disdegnavano di farsene un goccetto. Una volta c'era stato un naso rotto per il pugno di un collega. Un paio di mesi dopo Ricarda stava parlando con una donna incinta, un'impiegata del reparto imbottigliamento, e il tizio a cui aveva curato il naso era seduto accanto a lei ed era l'uomo più felice di questo mondo. E così un caso dopo l'altro, tanto che in soli due anni aveva visto quasi tutti i dipendenti del Birrificio Kögler.

Quella mattina nello studio entrò una donna. Si premeva un fianco con la mano e aveva il volto contratto dal dolore. Avrà avuto una decina d'anni meno di Ricarda. «Ho una cosa strana, Madre Kögler.»

Erano in tanti a chiamarla così. All'inizio Ricarda si era arrabbiata, perché l'aveva interpretato come l'ennesimo pregiudizio nei confronti dei medici donne contro cui doveva lottare in continuazione. Ma nel frattempo aveva capito. Quelle persone vedevano in lei una donna che si occupava di loro come una madre fa con i propri figli.

Ricarda visitò la donna e constatò che si era procurata un'ernia inguinale. Siccome la paziente era ancora giovane e i suoi tessuti ancora elastici, Ricarda per il momento riuscì a sistemarla spingendo l'ernia in dentro e facendola rientrare nella cavità addominale. «Non sollevate pesi e andate in ospedale prima possibile, altrimenti continuerà a darvi fastidio» disse riaccompagnando l'operaia in sala d'attesa.

Ricarda non aveva assunto nessuna aiutante per quel piccolo studio interno all'azienda e si era occupata lei anche dell'allestimento delle quattro stanze. C'erano due sale d'attesa, una per le donne e una per gli uomini, abbastanza grandi da evitare che si creasse la fila fuori come nell'ambulatorio della Biberti e della Solm a Berlino. Ricarda chiamava i pazienti alternando uomini e donne. Stavolta, affacciandosi alla sala d'attesa maschile, vide Georg con in braccio Giorgetto.

«Papà va via» disse il piccolo di due anni con la sua dizione ancora un po' goffa.

«Giorgetto, di' a papà che torni a casa sano e salvo il prima possibile.»

«Giorgetto, di' alla mamma che papà lo farà senz'altro.»

Il bambino guardò ora un genitore ora l'altro senza capire. Non essendoci nessun altro nella stanza, Georg baciò sua moglie per salutarla, altrimenti quell'arrivederci si sarebbe svolto in modo molto più formale.

Uscirono insieme e raggiunsero la carrozza con Xaver già seduto a cassetta. Quell'uomo accompagnava il suo datore di lavoro alla caccia autunnale da anni, ormai. Una volta arrivati, lui si ritirava in un albergo per il tempo concordato, finché non venivano richiesti di nuovo i suoi servizi. Era la sua vacanza annuale.

Nella carrozza c'erano i due cani ad attendere il padrone. Max, il cane da ferma tedesco color cioccolato, era seduto in posizione di allerta, mentre Moritz, il bassotto castano, uggiolò di agitazione nel vedere Ricarda. Lei si chinò per accarezzare le loro belle teste. «E voi due badate al vostro padrone. Qua la zampa, Max.» Le piaceva quel cane. Era il ritratto della tranquillità.

Per qualche motivo, Ricarda si sentiva malinconica. «Georg, sapevi che i canederli di patate con crauti si possono mangiare anche senza il gulasch di capriolo?» scherzò.

«Forse in Prussia. Un bavarese ha bisogno di carne come si deve. Ed è proprio ciò che intendo procurarvi.»

Georg indossò il cappello di feltro che usava sempre per andare a caccia. Era decorato da un pennacchio di setole di camoscio tenute insieme da un cono di argento lucido. Georg una volta le aveva raccontato che quello era il suo portafortuna per la caccia.

Giorgetto indicò il pennacchio di camoscio. «Accarezzare» disse.

Georg si tolse il cappello e permise al figlio di sfiorare le setole lunghe e abbastanza morbide, anche se un po' ispide sulla cima. «Questo lo ha legato tuo padre da sé» disse. «Anche Giorgetto vorrebbe un bel pennacchietto?»

Il piccolo proruppe in un festoso: «Sì!».

«Allora abbatterò un camoscio solo per te e ti costruirò un bel pennacchio, figlio mio» disse Georg. Poi mise giù il bambino e salì in carrozza.

Ricarda e Giorgetto salutarono con la mano in direzione della vettura che procedeva sull'acciottolato per uscire dalla fabbrica.

Il vecchio faceva del suo meglio per tenere una postura degna di un conte. Henriette dovette lottare contro le lacrime quando lo vide in quello stato. Dopo poco più di tre anni di reclusione alla prigione di Moabit, i primi passi da uomo libero di suo fratello erano decisamente traballanti. Le sue mani, rese nodose dalla gotta, stringevano tutto ciò che gli restava: un bastone e una valigia di cartone. I suoi capelli erano grigi e radi, la barba incolta. Henriette aprì dall'interno la portiera della carrozza presa a noleggio. Salire gli alti gradini gli procurò un dolore evidente. Il conte Raimund Von Freystetten aveva solo cinquantasette anni, ma la prigionia lo aveva reso vecchio. Si sedette di fronte a Henriette con espressione scontrosa, evitando il suo sguardo.

«A questo punto potevi evitarti il disturbo di venirmi a prendere» disse.

«Le ho tentate tutte per farti uscire» rispose la sorella. Comprendeva la sua amarezza e in parte capiva anche che la sfogasse su di lei. Su chi altro poteva sfogarla? Non aveva più nessuno.

«Dove andiamo?»

«A Freystetten. Non saprei dove altro andare.»

Henriette capì subito che il fratello non la riteneva una buona idea.

«Tanto la mia vita sociale in questa città è morta.» Raimund si strinse nelle spalle avvilito.

Dovettero attraversare mezza città per raggiungere la stazione Schlesisch, dove avrebbero preso la Ostbahn fino a Freystetten.

Nessuno dei due pronunciava parola. Il fratello di Henriette guardava fuori dal finestrino con aria pensierosa.

«Hai sentito Florentine, di recente?» domandò Raimund alla fine.

«Non la sento da tanto, perché me lo chiedi?» rispose Henriette.

«È andata come ho sempre pensato. Florentine è tornata da Zurigo dopo le sue nozze sfortunate. I miei amici soggiornavano nella sua casa nella Behrenstrasse e il giorno dopo ha pensato bene di andare a denunciarmi. È stata lei, Jette. Lo so.»

«È un'accusa terribile. Dovresti avere delle prove prima di lanciarla.»

«Conosci Maurice. Lo hai incontrato anni fa a Freystetten. È un pittore. E molto bravo, anche. Ha incontrato Florentine alla stazione di polizia» proseguì Raimund. «Lei non te lo ha raccontato?»

«È impossibile che l'abbia riconosciuta» lo contraddisse Henriette.

Raimund le rivolse un sorriso amaro. «Infatti non l'ha riconosciuta. Pensava fossi tu, perché la chiamavano "contessina Freystetten". Quando mi ha spedito in carcere un ritratto della testimone che aveva denunciato lui e me, ho capito il malinteso.» Raimund scoppiò in un'aspra risata. «Tradito dalla mia stessa famiglia. Più in basso di così non si può cadere.»

A un tratto Henriette capì perfettamente come doveva sentirsi il fratello. Aveva perso ogni cosa.

Alla fine la carrozza si fermò di fronte alla stazione e i fratelli riuscirono a prendere il treno per un soffio.

«Mi ricordo benissimo del tuo amico Maurice» disse Henriette quando ormai viaggiavano da un po'. Non c'era nessuno seduto vicino a loro, per cui decise di parlare apertamente:

«Aveva ritratto il nostro castello durante quel fatidico Natale, non è vero?»

«Sì. Un lavoro straordinario.» Raimund le lanciò un'occhiata irritata. «Perché fatidico?»

«Tu, Maurice e altri uomini avete fatto baldoria quella sera, Raimund. Avete fatto un buco nel ghiaccio. Un buco in cui la mattina dopo è annegata una bambina. Antonia, la figlia del giardiniere.»

«Ma che sciocchezze.» Raimund fece un gesto sprezzante con la mano.

«Non te lo ricordi più?» Forse i fiumi di champagne che era solito bere all'epoca gli avevano obnubilato il cervello, o forse semplicemente non gliene importava niente. «Sarebbe morta anche Florentine, se Ricarda non l'avesse tirata fuori dall'acqua gelida.»

«E questa Ricarda adesso chi è?» Raimund scosse la testa irritato. «Non fa niente. È passato tanto di quel tempo.»

«Quindi il passato non ha importanza, dal momento che il tuo presente è così squallido? Semmai è il contrario: hai sempre e solo raccolto ciò che seminavi.» Henriette si sentiva invasa da una rabbia che non provava da tempo. Aveva sacrificato tutta se stessa per aiutare il fratello. Perché era convinta che fosse l'unica cosa giusta da fare. Ma si era sbagliata.

La neve cadeva talmente fitta che Ricarda riusciva a malapena a vedere qualcosa. Con la testa coperta dal cappuccio della sua pesante mantella di loden, raggiunse e aprì la porta del suo ambulatorio. Erano passate da poco le otto di mattina e c'erano già due donne ad attenderla.

«Stamani ho fatto un po' tardi» disse.

«Non fa niente, Madre Kögler» rispose una delle due donne.

«Con questo tempaccio non viene neanche voglia di uscire di casa. Quest'anno l'inverno è arrivato in anticipo.»

«Ho sentito dire che in montagna ci sono già due metri di neve» intervenne l'altra donna.

A Ricarda quelle parole tornarono in mente solo la sera, quando Henny, e soprattutto Giorgetto, le chiesero notizie del padre. Il piccolo non vedeva l'ora di avere il suo pennacchio di camoscio. Georg era a caccia da oltre una settimana ormai e ogni sera in casa si svolgeva il rituale delle preghiere con cui i bambini chiedevano al Signore di proteggere il padre.

«Raccontaci ancora una storia della buonanotte, mamma» la implorò Henny.

Ricarda aveva preso quell'abitudine dopo il loro ultimo soggiorno a Freystetten. O meglio, aveva dovuto prenderla, dato che sua madre ogni sera raccontava favole ai bambini per almeno un'ora. Finché non si addormentavano tutti, nonna inclusa.

Dopo la storia, Ricarda lasciò la stanza che i due bambini dividevano perché Giorgetto aveva paura a dormire da solo; si stropicciò gli occhi stanchi. All'improvviso sentì suonare il campanello. Guardò l'ora. Quasi le nove. Sentì lo stomaco contrarsi senza alcun motivo apparente.

Udì la voce di una domestica alla porta: «Buonasera, signor Cavaliere del Lavoro. La signora…»

«Sono qui.» Ricarda corse giù per la rampa di scale che divideva il primo piano dall'ingresso.

In piedi sul pavimento di marmo bianco c'era Rupert, con un cappotto di loden nero e il cappello in mano. Accanto c'era Xaver, anche lui con il cappello in mano. Dagli abiti di Xaver gocciolava acqua, che era andata a raccogliersi in una piccola pozza sotto di lui. Il vetturino alzò lo sguardo su Ricarda, aveva gli occhi arrossati. Forse per il freddo, forse per il vento.

«Hai della genziana, Rica?» domandò Rupert.

«Prendi del liquore, per favore» chiese Ricarda alla domestica.

Devi mantenere il controllo, disse una voce dentro di lei. Aveva due bambini piccoli, era la padrona di quella casa immensa, era Madre Kögler. Eppure era convinta di non poter reggere alle parole che Rupert stava per pronunciare, per quanto le avesse già scritte in faccia.

Xaver non volle sedersi e non toccò neanche il liquore di genziana. Il racconto di quell'uomo gentile e dal volto rotondo procedeva a rilento. La sera prima era a bere una birra nell'albergo dove alloggiava, quando uno dei cacciatori si era precipitato nella stanza come un turbine.

«Il signor Consigliere di Giustizia portava sempre con sé a caccia sei uomini del villaggio, perché lo aiutassero con la selvaggina» spiegò Xaver pensieroso.

«Va bene, Xaver» intervenne Rupert. «Perché non racconti alla dottoressa cos'hai visto il mattino dopo, non appena sei arrivato alla baita?»

«I cacciatori avevano adagiato il signor Consigliere di Giustizia sul suo letto.» Si interruppe, sembrava rivivere quei tragici istanti.

Neanche Ricarda avrebbe più voluto sentire niente. Rivide Georg davanti a sé, pensò a quanto era felice nella sua baita, udì di nuovo la sua voce che le diceva: *Se un giorno tu dovessi cercarmi, puoi sempre trovarmi qui*. In qualche modo era rimasto lassù, nel silenzio e nella solitudine.

Tornò in sé solo quando Xaver stava dicendo: «Max aveva scovato un camoscio e gli stava correndo dietro. Durante l'inseguimento il cane è caduto in una gola, il signor Consigliere di Giustizia lo ha seguito per salvarlo, ma è precipitato. La neve non smetteva di cadere. Alla fine il bassotto Moritz ha trovato il suo padrone, ma gli altri cacciatori ci hanno messo molto tempo a tirarlo su. Non hanno potuto fare niente per aiutarlo.»

Il vetturino fissava il pavimento in silenzio.

«Grazie, Xaver. Torna pure a casa adesso» disse Rupert. Non appena furono rimasti soli, si avvicinò a Ricarda e le posò una mano sulla spalla: «Mi dispiace tanto, Rica». Aveva gli occhi gonfi di lacrime. «Hai due bambini. Dovrai essere forte per loro.»

Ricarda sentì le gambe cedere. Ma non poteva lasciare che i suoi sentimenti avessero il sopravvento. «Grazie, Rupert. Anche tu dovrai essere forte. Eravate inseparabili.» Da quarant'anni.

Lei era stata sposata con lui per appena cinque anni. Ma quante cose erano successe in così poco tempo. Il suo amore per Georg era cresciuto ogni giorno di più. E proprio adesso che il suo affetto era più grande di quanto non fosse mai stato, doveva finire tutto così, all'improvviso.

Ricarda rimase per qualche minuto immobile, con lo sguardo fisso davanti a sé. Alla fine le venne in mente una cosa: «Rupert, sai se hanno trovato il cappello da caccia di Georg?».

«Intendi quello col pennacchio di camoscio fatto da lui?» Rupert annuì. «Sì, è giusto che lo abbia tu. Farò in modo che ti venga portato.»

Più tardi Ricarda si ritrovò da sola a vagare nella casa silenziosa e buia. Le sue dita sfioravano i mobili a malapena usati e i suoi occhi scivolavano sul salone immerso nella penombra, quello stesso salone nel quale avrebbe dovuto organizzare dei ricevimenti. Non lo aveva mai fatto. Eppure Georg non l'aveva rimproverata per questo. A un certo punto – probabilmente dopo il suo rifiuto di farsi intestare la casa in Unter den Linden – aveva capito che l'alta società non era il suo mondo.

La villa era già enorme per la loro famiglia di quattro persone e tanto più lo era adesso che Georg non sarebbe mai più tornato a casa. Ricarda ebbe la sensazione che il cuore le si spezzasse nel petto. Si avvicinò alla finestra. I lampioni della Prinzregentenstrasse illuminavano la neve candida. Alla fine aveva attaccato anche in città.

Il freddo e la neve mi portano via le persone che amo, pensò.

Salì lentamente al piano di sopra e raggiunse la camera dei bambini. Li osservò dormire e si chiese come diavolo avrebbe fatto a spiegare loro che il padre non sarebbe mai più tornato.

Henriette lasciò cadere il telegramma che Rosel le aveva passato.

Non era la prima volta che era costretta a leggere una notizia inaccettabile raccolta in così poche parole: *Incidente di caccia. Georg morto. Funerale tra quattro giorni. Rica.*

«Credo che partirò per Monaco il prima possibile. Avrà bisogno di tutto il sostegno possibile» disse Henriette.

La sorella di Ricarda annuì. «Ditele che può venire qui con i bambini quando vuole. Noi ci saremo sempre per lei, Henny e Giorgetto. Sono certa che capirà che non posso affrontare un viaggio così lungo, nelle mie condizioni.»

La giovane contessa era alle ultime settimane di gravidanza. Il suo terzo figlio sarebbe venuto alla luce a dicembre, come il primo.

«Lo capirà senz'altro» confermò Henriette. Poi andò a cercare Raimund per salutarlo.

Friedemann aveva concesso all'odiato padre due belle stanze. Gli era costato molto, ma l'ultimo argomento di Henriette lo aveva convinto a cedere: «Pensi di poter fare i conti con la tua coscienza se tuo padre morisse in un ricovero per i poveri?»

Non trovò Raimund nella sua stanza e mentre stava per uscire, Henriette fece caso al dipinto del suo amico Maurice, appeso in bella vista sopra il camino. Rappresentava il castello e il lago ghiacciato con una scala appoggiata sopra. Henriette si soffermò a osservare l'immagine per qualche minuto. A quanto pareva era stata realizzata proprio il giorno in cui prima Florentine e poi Antonia, la figlia del giardiniere, erano cadute nel ghiaccio. Si notavano distintamente i contorni di un buco ricoperto da un leggero strato di ghiaccio. Il dipinto aveva cristallizzato per sempre quel dramma spaventoso.

Henriette lasciò la stanza a passi svelti. Alla fine trovò suo fratello nella limonaia. Un tempo quella non era stata solo una serra in cui far svernare le piante tropicali. Il giardiniere Petersen vi aveva creato un suo piccolo mondo, mentre adesso la serra veniva usata soltanto per conservare le palme, le agavi e le altre piante decorative che soffrivano il freddo.

Per terra giaceva una statua spaccata in tre pezzi. Raimund l'aveva scolpita da giovane e avrebbe dovuto avere il volto del fratello Friedrich, ma dopo la sua morte la statua era rimasta incompleta. Henriette si chinò sui frammenti sparsi a terra. Accanto alla testa c'erano martello e scalpello, gli strumenti usati per distruggere quel volto incompiuto.

«Avevi ragione, Jette. Ho raccolto ciò che ho seminato.»

Henriette girò intorno ai detriti e dietro un'agave monumentale scovò Raimund rannicchiato su una poltrona, coperto di sporcizia e polvere dalla testa ai piedi. Nella mano malferma e sanguinante teneva un bicchiere di champagne, che lasciò cadere distrattamente.

«Con queste mani gottose non riesco nemmeno a finire la migliore statua che abbia mai scolpito» disse con voce impastata.

Ne avresti avuto tutto il tempo, pensò la sorella. Avrebbe dovuto provare compassione per lui, ma era troppo scossa per la notizia della morte di Georg per condividere il dolore del fratello. *Il marito di Rica era un brav'uomo, nonostante il suo attaccamento agli affari*, pensò. *Purtroppo sono sempre i migliori ad andarsene per primi.*

«Il quadro sul camino. Toglilo, per favore» disse Jette. «Non voglio vederlo mai più in questa casa. Vado a Monaco. Non bere così tanto.»

Henriette gli voltò le spalle e stava quasi per inciampare nei frammenti della statua. Piena d'amarezza, pensò che quel caos fosse perfettamente calzante alla situazione. Un passato in frantumi. Menomale che suo nipote Friedemann e sua moglie Rosel Freystetten avevano costruito un futuro nuovo.

Raimund le gridò dietro qualcosa, ma Henriette non lo ascoltò.

L'ironia del caso volle che proprio quel giorno di metà novembre fosse talmente tiepido che gli uccellini riempirono l'aria con il loro cinguettio. Ricarda, seduta in carrozza con i suoi due figli, pensò che quello sarebbe stato il clima perfetto per celebrare la vita, non certo per piangere la scomparsa di una persona cara. Il tragitto fino alla chiesa di Bogenhausen non era lungo. Le campane iniziarono a suonare, coprendo il canto troppo allegro degli uccelli.

Quattro donne e due bambini stavano stretti nella carrozza, anche se Ricarda era felice di avere un po' di sostegno. Di fronte a lei erano sedute Käthe e la contessina, che manteneva un perfetto contegno come al solito. Käthe invece sembrava schiacciata dal dolore per la perdita dell'amato cugino. Il suo volto, nascosto dietro la veletta nera, era a malapena riconoscibile. Da quando aveva ricevuto la ferale notizia non faceva che scoppiare in lacrime di continuo.

Henny teneva la testa appoggiata sulla spalla della madre, mentre Giorgetto era seduto in collo a Fanny. Ricarda era certa che lui non si rendesse conto dell'effettivo significato di quel giorno, mentre non sapeva bene cosa pensare di Henny. Sua figlia non parlava da giorni, anche se lei, presa com'era dal lutto e dalle questioni pratiche da sbrigare, ci aveva fatto caso solo dopo che glielo aveva fatto notare Fanny. Ricarda tentò di stringere la mano della figlia, che però si ritrasse.

Il piazzale antistante la chiesa, già pieno in occasione del matrimonio di Ricarda e Georg, era talmente stipato di gente che le carrozze cariche di personalità illustri facevano fatica a farsi spazio nella calca. Ricarda aveva sentito da Rupert che avrebbe presenziato il principe reggente in persona, che in effetti tenne un discorso nella chiesa gremita di persone: «Georg Kögler si è impegnato anima e corpo per la sua città natale, Monaco. Qui davanti a me è seduto suo figlio Georg, che un giorno seguirà le importanti orme del padre. Il nostro stimato Rupert Kögler, il padrino, si occuperà di lui in qualità di suo tutore».

In un primo momento Ricarda fu lusingata di sentir menzionare suo figlio, ma subito dopo fu colta da una sensazione spiacevole.

Il principe reggente infatti continuò: «Noi terremo un occhio su di te, piccolo Georg. Perché i tuoi padrini ci hanno proposto di diventare i tuoi padrini d'onore.»

Ricarda lanciò un'occhiata interrogativa a Käthe, ma la sua amica era troppo concentrata a combattere le lacrime. Che cosa significava "padrini d'onore"? Il principe reggente faceva come sei lei, la madre, non esistesse nemmeno.

Anche nei giorni precedenti Ricarda si era sentita ignorata. Bernhard, l'avvocato di famiglia, le aveva anticipato che Georg non aveva lasciato un testamento: «Quindi il piccolo Giorgetto diventa erede di tutto ciò che gli apparteneva».

«Ma ha solo due anni» aveva obiettato Ricarda.

«È per questo che il tribunale dei minori ha nominato Rupert suo tutore fino al compimento della maggiore età» le aveva spiegato Bernhard.

«Quindi io non conto niente?»

Bernhard aveva alzato le spalle. «È la legge, Ricarda. Rupert e io ci occuperemo di te e dei bambini. Ce la faremo.»

Ricarda si sentiva perfettamente in grado di mantenere se stessa e i suoi figli, ma aveva avuto la netta impressione di essere stata tagliata fuori. Del resto, le cose stavano così: le donne non avevano niente da dire e, di conseguenza, niente da ereditare.

Tutti questi pensieri persero improvvisamente importanza nel momento in cui la bara adorna di fiori di Georg venne calata nella terra. Che senso aveva la proprietà, quando il dolore del lutto era così schiacciante?

«Henny, fai un bell'inchino» sussurrò la contessina, la più esperta in formalismi, quando il principe reggente si fermò a porgere le sue condoglianze.

«Sì, contessina.»

Ricarda si rallegrò più per la risposta della figlia, che fino a quel momento non aveva aperto bocca, che per la presenza del principe reggente. In qualche modo si sarebbe aggiustato tutto. O almeno lo sperava.

Ricarda aveva delegato a Käthe l'organizzazione del ricevimento in Prinzregentenstrasse. Rupert, insieme a sua moglie Magdalena e all'amico di famiglia Bernhard, avevano provveduto a invitare le persone giuste al banchetto funebre. Ricarda stringeva mani e ringraziava delle condoglianze, ma nel profondo si sentiva una perfetta estranea in casa propria.

«Questa casa è troppo grande per te» le disse a un tratto Magdalena. «Ho pensato che forse potrebbero usarla anche Marianne e Alois, ne ho già parlato con Rupert.»

Ricarda non aveva quasi mai visto il marito di Marianne, il commerciante di luppolo Alois. Dicevano che girava tutto il mondo per lavoro, motivo per cui Magdalena passava quasi tutto il suo tempo con Marianne, che nel frattempo aveva due figlie, Sophie e la piccola Babette di un anno e mezzo, ed era di nuovo incinta.

«E secondo te dove dovremmo andare a vivere noi?» le chiese Ricarda sorpresa.

«Guarda, questa casa è immensa. C'è posto per tutti.» Magdalena le posò una mano sulla spalla con fare conciliante. «Noi ti staremo vicini in tutti i modi. Hai così tante preoccupazioni, poverina! Vogliamo semplificarti le cose il più possibile.»

«Molto premuroso da parte vostra» rispose Ricarda.

Il velo di tristezza che nelle settimane precedenti l'aveva schermata dalla spietata realtà si era improvvisamente strappato. «Voglio essere coinvolta nelle decisioni che riguardano il futuro mio e dei miei figli.»

«Noi vogliamo solo il meglio per te, Ricarda.»

Ricarda le voltò le spalle. Doveva assolutamente parlare con Käthe. Georg l'aveva protetta, ma la sua morte l'aveva lasciata vulnerabile come quando portava in grembo un figlio indesiderato.

Ricarda cercò di uscire dalla camera con un rapido bacio della buonanotte. Non aveva le forze per dedicarsi alle favole.

«Una storia!» protestò Giorgetto.

Quel desiderio le ricordò che i bambini dipendevano dalle sue cure, adesso più che mai. Lesse loro una favola e, una volta che il piccolo si fu addormentato, posò un bacio sulla fronte di Henny. «Dormi bene.»

«Mamma, Fanny dice che papà è dal buon Dio in cielo, ma che non può più tornare indietro, è vero?»

«Hai ragione, Henny. Chi è dal buon Dio resta con lui per sempre.»

«Ma non è un Dio buono, se ci porta via il papà.»

Deve aver ereditato il mio senso logico, pensò Ricarda. «Noi uomini siamo troppo piccoli per capire la volontà di Dio, Henny.»

«Se il buon Dio si comporta così non voglio capirlo mai, mamma.»

L'onestà dell'opinione della figlia commosse Ricarda fino alle lacrime. «In effetti è una cosa molto difficile.»

Ricarda trovò Käthe e la contessina nel saloncino, alla luce tremolante del camino. Si sedette con loro e raccontò della cognata che aveva minacciato di portarle via la casa.

«Rupert ti vuole bene» la tranquillizzò Käthe. «E poi ha bisogno di te. Fai un ottimo lavoro come medico del birrificio. Lasciala parlare, la Magdalena. Sai che le piace darsi delle arie.»

«Non lo so, Käthe. Rupert è molto influenzato dalle opinioni della moglie.»

«Ma ci sono anche io qui» osservò Käthe fiduciosa.

La contessina si schiarì la voce. «C'è un altro aspetto che rischia di diventare spiacevole per noi, Rica. La casa in Unter den Linden l'aveva comprata Georg. Adesso appartiene a Georg Junior, ma di fatto è Rupert a disporne, no?»

Doveva essere il mio regalo per te. Ricarda sentì riecheggiare in testa le parole di Georg. E anche la sua risposta: *Io non la voglio.*

Tutto a un tratto Ricarda si rese conto dell'errore che aveva commesso. Se la casa fosse stata intestata a lei, nessuno avrebbe potuto portargliela via. E Käthe e la contessina non avrebbero più dovuto preoccuparsi del loro futuro. E lei nemmeno.

«Non ci resta che sperare che Rupert sia generoso come Georg» disse Käthe.

Ma per Rupert Berlino è lontana e la contessina una sconosciuta, pensò Ricarda.

La contessina bevve un sorso di porto e tenne il bicchiere sospeso davanti al camino ardente, facendone scintillare il contenuto rosso rubino. «Temo che ci attendano tempi burrascosi, mie care. Sarà meglio correre ai ripari.»

Per me i tempi burrascosi sono già cominciati, pensò Ricarda guardando le fiamme di quel fuoco che non riusciva a scaldarla.

Il letto accanto a Ricarda era sempre rifatto. La cameriera fino a quel momento non aveva ricevuto istruzioni diverse. Da giorni e giorni Ricarda si sdraiava vicino a quel letto vuoto e rimuginava per ore fissando le coperte. I suoi erano pensieri senza senso, giacché al momento non poteva fare niente per cambiare la propria situazione. Aveva trentadue anni ed era vedova.

La mia vita è finita, pensava in quelle ore buie che sembravano dilatarsi all'infinito.

Le erano state portate via le fondamenta non solo di quella casa, ma della sua intera esistenza. Ogni mattina si svegliava, si faceva portare all'ambulatorio del birrificio, curava i pazienti, tornava a casa, cenava con i bambini, leggeva loro una favola della buonanotte e Henny la avvisava se stava per leggere la stessa storia della sera prima.

Käthe e la contessina erano tornate a Berlino, per cui non aveva nessuno con cui poter scambiare due parole. Eppure non voleva lasciarsi andare all'idea che quella fosse la fine, per cui si alzò, accese la luce e si sedette alla scrivania inutilizzata del suo ambulatorio.

Cara Rosel, la contessina mi ha detto che i bambini e io saremmo i benvenuti a Freystetten. Mi piacerebbe poter passare il Natale da voi. Tra poco nascerà il tuo bambino e stavolta vorrei poterti assistere.

Poi rilesse le lettere che le aveva spedito Kumari dall'Africa Orientale. Ormai erano anni che era stato costruito un piccolo ospedale vicino alla piantagione. Kumari le raccontava:

Ci manca un medico. Tra i neri non ne esistono e i bianchi non si avventurano fin qui. Purtroppo le mie conoscenze non bastano. Faccio del mio meglio, ma una gamba rotta qui è come una condanna a morte, perché le ferite si infettano subito. Non ci si può fare niente. Però non voglio lamentarmi. Questo posto è bello come il paradiso.

Ricarda rimase a fissare quelle parole ormai lette e rilette. Poi prese la lampada a petrolio e si fece luce fino a quello che era stato lo studio di Georg, dove lui amava ritirarsi con i suoi ospiti per un cognac e un sigaro. Al centro della stanza, ristagnante di fumo freddo, troneggiava un gigantesco mappamondo di pelle magistralmente dipinta che poggiava su un'imponente base in legno. Il grande mondo in un capolavoro d'artigianato. Ricarda girò la sfera. Com'era lontana l'Africa Orientale da Monaco! Dove rompersi una gamba significava morire. Il caldo ovviamente favoriva il proliferare dei batteri. Era una cosa che aveva visto succedere al microscopio.

Quella volta.

Il ricordo la investì con una tale violenza che Ricarda si lasciò cadere sulla sedia di Georg.

Eccolo qui, lui è mio cugino! Ricarda sentì la voce di Siegfried risuonare davanti al lazzeretto della Seconda Guarnigione a Tempelhof, fuori Berlino. Si era travestita da studente, perché le donne non ci potevano entrare. E pensare che lei e Siegfried non volevano far altro che analizzare tessuti al microscopio. Vedere cosa succede quando i batteri si riproducono. Quella visita a Tempelhof era stata l'inizio di quello che sarebbe diventato un grande amore. Un amore che non era mai giunto a compimento, a differenza del suo desiderio segreto di diventare dottoressa.

Qualcosa era andato storto. Terribilmente storto. Sarebbe dovuto andare tutto in modo diverso e invece un solo e unico telegramma aveva distrutto tutto. Che avesse ragione Lore? Era stata una codarda a non dare a Siegfried neanche una chance? Questa domanda continuava a riaffiorarle da un passato che aveva fatto di tutto per dimenticare, ma da quando Georg era morto non era più riuscita a ignorarla.

Che Siegfried fosse tornato nelle colonie tedesche in Africa, in quello che un tempo agognavano entrambi come il loro "posto al sole"?

Ricarda si proibì di dare adito a quei pensieri. Era per l'Africa Orientale e per Kumari che se ne stava seduta di fronte al mappamondo. Nel frattempo quasi tutti i medici sapevano cosa fosse una cancrena o una sepsi. Neanche in Germania esistevano ancora delle cure, ma almeno si sapeva che la ferita andava tenuta pulita. Mentre nell'Africa Orientale ci si affidava ancora alle forze della natura.

Questo posto è bello come il paradiso.

Ricarda si alzò di scatto. Doveva smettere di sognare a occhi aperti. Per quanta nostalgia avesse della sua amica, non poteva viaggiare fino in Africa Orientale con due bambini. Avrebbe esposto Henny e Giorgetto a pericoli imprevedibili.

Non appena ebbe spento la luce nello studio, sentì un dolore improvviso al basso ventre. Conosceva quella fitta. Le veniva ogni mese. Il fatto che l'avesse anche adesso significava che non avrebbe avuto un altro figlio da Georg e che l'ultima meravigliosa notte passata insieme non aveva avuto conseguenze. Salvo nei suoi ricordi, dove sarebbe rimasta per sempre come un dolore senza fine.

Si raccoglie ciò che si è seminato

Dicembre 1895

Il dolce paesaggio collinare del Brandeburgo riposava sotto un manto di neve. Ricarda amava quella vista. Intorno a lei Franz, Henny, Ferdinand, Victor e Giorgetto giocavano scatenati. Quattro bambini e una bambina, anche se Henny non aveva nulla da invidiare alla turbolenza dei maschi. Si tiravano palle di neve tra risate e grida di giubilo, e correvano su per l'unica collinetta vicino al lago, dalla quale era possibile scendere con lo slittino.

Proprio in quel momento il piccolo Victor, di tre anni, si era preso una palla di neve in piena faccia ed era scoppiato a piangere. Nonostante fosse la più distante, Henny fu la prima ad accorrere in suo aiuto.

«Gli vuole così bene» osservò nonna Karla. «È come se Henny percepisse che, in pratica, lui non ha genitori.»

«Ma Florentine non si è mai fatta vedere?»

Karla Petersen allargò le braccia in un gesto di finta rassegnazione. «Forse è ancora in America o chissà dove. Lo sa il cielo. Il suo bambino è così amoroso. Ma questo non le interessa. Che colpa ne ha Victor se suo padre è un buono a nulla?»

«Be', sei stata anche troppo gentile, mamma.» Ricarda guardò i due fratellastri. *Esiste davvero quella che si definisce "la voce del sangue"?*, si chiese. *Possibile che Henny percepisca istintivamente il suo legame con Victor?*

Henny prese il piccolo e lo mise su uno slittino, poi si sedette dietro di lui e partì. Un attimo dopo erano scomparsi dalla visuale.

«Sono scesi verso la casetta. Dobbiamo portarli via di lì» disse Karla.

La "casetta" era una piccola baita in pietra costruita in un avvallamento del parco e circondata da alti abeti rossi. Ricarda ricordava che suo padre, allora giardiniere di Freystetten, aveva ideato quel romantico nascondiglio quando lei aveva all'incirca l'età di Henny.

Le due donne raggiunsero i bambini nello stesso momento. «Non potete stare qui» li sgridò nonna Karla.

«Nonna, guarda, la porta della casetta è aperta.»

Forse qualche boscaiolo o dei vagabondi l'avevano usata come riparo. Il marito di Rosel non aveva mai assunto un nuovo amministratore, per cui alcune parti della proprietà non venivano tenute sotto controllo.

Ricarda non ricordava l'ultima volta che era stata in quel posto. «Allora richiudiamo la porta, sennò va a finire che ci entra una volpe o un lupo» disse.

«O un orso, zia Rica» esclamò Franz raggiungendoli insieme a Ferdinand e Giorgetto.

I bambini erano già partiti di corsa, quando Ricarda notò le tracce di sangue nella neve attorno alla casetta.

Ricarda e sua madre erano riuscite per un soffio a tener lontani i bambini. Adesso procedeva da sola negli ultimi cinquanta metri che la dividevano dalla casetta, mentre sua madre riportava indietro i nipoti.

Quel posto, con i suoi abeti schiacciati verso terra per il peso della neve, sarebbe stato di una bellezza straordinaria se le tracce di sangue non gli avessero dato un'aria tanto inquietante. Ovunque c'erano impronte fresche di animali che Ricarda non riusciva a identificare. Impronte umane non ne vedeva, ma lo strato di neve fresca caduto nella notte aveva coperto quasi tutto. Accanto alla casetta era accatastata della legna. Ricarda ne prese un pezzo per essere armata contro l'animale che doveva nascondersi all'interno e con la punta del ramo aprì piano la porta.

«C'è qualcuno?»

Nessuna risposta.

Tenendo il ramo teso davanti a sé, entrò nella casetta. Sembrava non esserci nessuno, anche se erano ben visibili i resti di una notte di bagordi. Il pavimento era disseminato di bottiglie vuote. Ricarda sentiva il cuore batterle forte per l'agitazione. Uscì dalla casetta e seguì le tracce di sangue. Non appena ebbe raggiunto l'angolo, impietrì. Nella neve giaceva il corpo nudo di un uomo.

Ricarda aveva visto molti cadaveri in vita sua, e alcuni li aveva anche sezionati. Ferite aperte e sangue non la impressionavano di certo. Ma la ferocia degli animali affamati aveva ridotto quell'uomo in uno stato pietoso. Le ferite che gli avevano inferto sembravano fresche. Quasi fossero stati interrotti da poco. Probabilmente erano scappati sentendo le voci dei bambini.

Si guardò intorno. Drizzò le orecchie. Niente. Un silenzio spettrale.

Di cosa non erano capaci gli animali! Del resto era inverno e avevano fame.

Ricarda tremava come una foglia, ma si chinò comunque sul morto per capire se lo conoscesse. Aveva i capelli grigi e radi, ma il volto non era più riconoscibile.

Forse è un boscaiolo, pensò. Ma perché nudo? Gli avevano forse rubato i vestiti?

Di certo non poteva lasciare il cadavere in quelle condizioni, per cui tornò nella casetta, dove durante la rapida occhiata di poco prima aveva visto delle pelli distese sul pavimento. Ricarda sperò che fossero sufficienti ad avvolgere il corpo per poterlo così trascinare all'interno prima di correre a chiamare aiuto.

Rientrando nella casetta gelata, si guardò intorno con più attenzione. Sull'unico tavolino della stanza c'erano un bicchiere da champagne e uno da acqua, con dentro quel poco che restava di un liquido verde chiaro. Accanto erano distese diverse bottiglie. Una di queste era di assenzio, un liquore ad altissima gradazione alcolica. A quanto si diceva, lo bevevano gli artisti per riuscire a librarsi sulle immense vette della loro creatività. Ma l'erba contenuta nella bevanda provocava delle allucinazioni tali che potevano portare alla pazzia. Vicino al camino spento giaceva una sciabola che doveva esser stata usata per aprire le bottiglie spezzandole al collo.

Ricarda tornò dal cadavere portandosi dietro la pelle più grande che aveva trovato e con immensa fatica riuscì a farci rotolare sopra il corpo. Nel farlo gli aveva afferrato una mano e notato che portava al dito un anello con lo stemma dei Freystetten con le spade incrociate e l'aquila. Ricarda sussultò. Chi era? Non conosceva uomini anziani che avrebbero potuto indossare quell'anello. Possibile che il malcapitato avesse rubato alcol e anello dalle cantine del castello? Questo avrebbe spiegato la presenza delle bottiglie della cantina Heidsieck, che Ricarda sapeva essere la favorita delle "loro signorie" da tempo immemore.

Fu solo allora che vide la lettera. Giaceva sul tavolo in mezzo al caos. Iniziava con le parole: *Cara Jette, avevi ragione. Si raccoglie ciò che si è seminato.* Per un attimo Ricarda si chiese se potesse andare avanti, ma poi si diede il permesso di farlo.

Ricarda e sua madre dormirono al castello, come le notti precedenti. I cinque bambini stavano tutti insieme nella stanza accanto alla loro, cosicché le due donne poterono finalmente parlare di quanto accaduto alla casetta nel parco. Ricarda non vedeva il conte da anni e sua madre le spiegò che la reclusione in carcere lo aveva trasformato in un vecchio. Ma la lettera che aveva trovato era la prova inconfutabile che quello che un tempo era stato il conte rosso aveva messo fine alla sua vita in modo decisamente eccentrico.

«Alcol in quantità e freddo glaciale, anche questo è un modo per suicidarsi. Di certo però il conte non aveva considerato gli animali selvatici» disse Ricarda a conclusione del suo racconto.

«Non credo che gliene importasse. A lui non importava di niente» osservò Karla Petersen con una punta di amarezza. «Io sono una donna di fede. Ma c'è stato un periodo in cui l'ho odiato con tutta me stessa.»

«Perché dici così, mamma?» Ricarda non si era mai fatta un'opinione precisa su Raimund. In un certo senso provava anche pietà per lui, per la terribile fine che aveva fatto.

«È tempo che tu sappia cosa ci ha fatto il conte.» Karla Petersen si avvicinò alla figlia. «Ti ricordi il Natale di diciannove anni fa?»

«E come potrei dimenticarlo!» L'indelebile ricordo del giorno in cui era morta sua sorella continuava a riaffiorare nei suoi incubi.

«La notte dopo l'incidente mi dicesti che nel lago c'era un buco richiuso solo con un sottile strato di ghiaccio, che si era spaccato all'improvviso. Ci era caduta dentro prima Florentine e poi la nostra Tonja, che aveva cercato di aiutarla. Io mi rifiutavo di crederlo, perché il laghetto era ghiacciato da tanto tempo, per cui la mattina dopo sono andata a controllare. E lì ho visto che avevi ragione. Qualcuno aveva fatto un buco nel ghiaccio di proposito senza però mettere in sicurezza l'intera zona. Sarebbe bastato anche solo qualche ramo appoggiato intorno come avvertimento. Tua sorella Tonja è dovuta morire a soli quattordici anni perché nessuno si era preso la briga di farlo.»

«E pensi che il conte c'entrasse qualcosa?» domandò Ricarda.

«C'erano delle impronte nella neve» proseguì sua madre. «Le ho seguite e mi hanno condotta alla casetta, dove c'erano sparse un'infinità di bottiglie di champagne aperte con la sciabola, proprio come quelle che mi hai descritto tu. Anche la notte prima della morte di Tonja il conte si era dato ai bagordi lì dentro.»

Ricarda, incredula, fissò sua madre. «Mi stai dicendo che il conte Raimund è il responsabile della morte di Antonia?»

«Indirettamente, sì» confermò la madre.

«E chi sa di questa storia?» domandò Ricarda esterrefatta. «Hai raccontato a qualcuno della tua scoperta?»

Karla Petersen scosse la testa. «Io ero solo una domestica.»

«E allora, mamma? Avresti dovuto dirlo comunque.»

Ricarda guardò la madre e nel suo volto lesse una grande tenerezza. «Dopo la morte di Tonja, il mio cuore era spezzato. Non ero in grado di combattere. Non riesci a capirlo, figlia mia?» Karla Petersen congiunse le mani in grembo. «Era meglio se continuavo a tenerlo per me.»

«Hai fatto bene a parlarmene, mamma. Te ne sono grata. Ma non hai mai voluto che la morte di Tonja venisse punita?»

«Fare giustizia non l'avrebbe riportata in vita. Il conte Raimund era un mostro. Ma era anche il padre di Friedemann. E Friedemann è un uomo di grande cuore che rende felice Rosel e insieme hanno dei figli straordinari. Perciò anche un uomo pessimo come lui ha lasciato qualcosa di buono a questo mondo. Promettimi di non rivelare mai a Rosel quello che ti ho detto. Getterebbe un'ombra sulla sua felicità.»

Ricarda si prese il tempo di metabolizzare quelle parole. A suo tempo, la morte di Tonja aveva quasi tolto il senno alla madre. Adesso il responsabile delle sue infinite notti insonni era morto, liberandola da qualsiasi rancore. Dopo quasi vent'anni. Quanto tempo ci era voluto per far rimarginare quella ferita così profonda. Per poter dire: «È rimasto anche qualcosa di buono». Se ci era riuscita sua madre, anche Ricarda avrebbe provato a vederla in quel modo.

«Certo che possiamo parlare in privato, Rica» disse Henriette, chiudendosi la porta della camera alle spalle. Era appena arrivata al castello e non la sorprendeva il fatto che Ricarda volesse parlare con lei delle novità degli ultimi mesi. Ma vedendo che le passava due fogli ripiegati, rimase interdetta.

«Contessina, purtroppo non ho buone notizie. Leggete questa, prima che continuiamo a parlare» disse Ricarda, dando l'impressione di essere agitata e ferma allo stesso tempo.

Henriette riconobbe subito la scrittura del fratello. Dopo le prime righe, cercò con la mano una sedia e vi si lasciò cadere sopra. «È morto, Rica?» domandò. Rica annuì senza parlare. «Da quanto tempo?»

«Presumibilmente da un paio di giorni.»

«Che significa? Dov'è Raimund?»

«L'ho lasciato nella casetta. Dove l'ho trovato.»

«Chi altro lo sa?»

«Per ora nemmeno vostro nipote. I giovani conti sono così felici per il bambino che sta per arrivare. Non volevo sottoporli a un simile shock. La casetta l'ho barricata.»

«Ma certo.» Henriette tornò a concentrarsi sulle parole d'addio di Raimund.

Anche tu conosci la sensazione di voler essere qualcuno che non puoi essere. Solo che tu sei stata forte, e io troppo debole. Tu vivi, io sono morto. In caso mi fossi scordato di ringraziarti per tutto quello che hai fatto per me…

La scrittura di Raimund si faceva sempre più illeggibile, tanto che Henriette aveva difficoltà a decifrarla.

Ti lascio il quadro del nostro castello. So che non ti piace. Non lo distruggere. Le opere di Maurice, adesso che è morto… Ah, ma tu non lo sapevi… Si è buttato nella Senna da un ponte… Quel cretino non sapeva nuotare… acquisiranno molto valore. Se un giorno avrai bisogno di soldi, il suo quadro potrà riparare ciò che è stato rotto. Son qui che scherzo, perché voglio provare ad andarmene con un sorriso. Forse mi si congelerà sulle labbra, perché ho sempre cercato di ridere della stupidità del mondo.

Henriette lasciò cadere la lettera. «Rica, ma che significa?»

Dopo che Ricarda ebbe condiviso con lei la sua ricostruzione dei fatti, Henriette andò alla finestra e osservò il parco innevato. Era un pezzo di natura governata dalla mano dell'uomo, ma gli animali selvatici vi avevano comunque accesso. Perché Raimund aveva scelto proprio quella morte? Non sapeva che d'inverno i lupi si avvicinano alle zone abitate? O era proprio questo che voleva? *Raccogliere ciò che si è seminato...* Il conte reietto era finito in pasto ai lupi. Henriette rabbrividì.

«Condoglianze, contessina» sentì dire a Ricarda, subito prima che qualcuno bussasse con violenza alla porta.

«Non adesso!» esclamò Henriette.

«Il bambino sta nascendo!» gridò Hildchen da dietro la porta con voce agitata.

«Ora spingi non appena senti la contrazione. Sei bravissima.» Ricarda tamponò il sudore dalla fronte della sorella.

Il bambino era nella posizione perfetta, i suoi battiti cardiaci erano regolari come anche quelli di Rosel. Il piccolo sarebbe venuto alla luce al massimo in mezz'ora.

«Hildchen, quell'acqua non è troppo calda?»

«No, Rica, ho appena fatto la prova del gomito.»

«Molto bene» disse Ricarda tornando a concentrarsi sulla magia della nascita imminente.

Si aprì la porta e comparve anche la contessina, con in mano la sua borsa da medico. *Dall'esterno nessuno capirà cosa ha appena saputo*, pensò Ricarda.

«Ho portato il forcipe in via precauzionale» disse la contessina.

«Sono fiduciosa che sarà una nascita da manuale» rispose Ricarda.

«Il battito è buono?» domandò la contessina.

«La fate sempre così lunga?» ansimò Rosel.

«Rosel e io ce l'abbiamo fatta anche da sole» si intromise nonna Karla.

A Ricarda venne da ridere. Sua madre aveva ragione. I medici si prendevano sempre troppo sul serio. Per fortuna quel giorno stava andando tutto per il meglio.

Poco dopo il neonato era venuto al mondo.

«È un bambino sano» osservò Ricarda raggiante. «Ha tutto ciò di cui un piccolo conte ha bisogno.»

Nonna Karla scoppiò a ridere. «Certo che l'hai detto proprio bene, Rica.»

Rosel, esausta, sorrise. «Friedemann vorrebbe chiamarlo Florian.»

Ricarda delegò alla contessina le operazioni successive al parto, mentre sua madre si occupava del piccolo. Lei invece uscì da suo cognato Friedemann, al quale doveva dare due notizie. Una bella e una brutta. Esisteva il modo giusto di comunicare a qualcuno che nello stesso giorno la vita e la morte si erano prese per mano?

Il buon nome di una signora

Aprile 1897

Nonostante fossero appena le sei e mezzo del mattino, il sole entrava già caldo nella camera da letto. Ricarda era seduta alla sua toeletta e si pettinava i capelli che avrebbe poi stretto in una crocchia sulla nuca. Indossava un abito nero, come ogni giorno. Aveva compiuto trentaquattro anni da un mese. Non aveva ancora rughe, ma il suo incarnato era pallido e gli occhi spenti. Si diede qualche colpetto sulle guance per farle arrossire. Non stava bene che una donna in lutto usasse la cipria. Stava per alzarsi, quando notò lo sguardo di Henny. Sua figlia, che ormai aveva sei anni, era seduta dietro di lei e la osservava con attenzione, giocando con un foulard di seta dorata.

«Mamma, sei sempre così triste. Mettiti questo. È bello luminoso.» Henny si alzò e le posò sulle spalle il quadrato di tessuto leggero.

Ricarda non sapeva dove lo avesse trovato, glielo aveva regalato Georg anni prima. Si voltò verso sua figlia. «Grazie. Oggi è una bellissima giornata di primavera e non voglio certo essere da meno.»

Da circa un anno, lei, Henny e Giorgetto dividevano la villa in Prinzregentenstrasse con Marianne e la sua famiglia. All'inizio aveva accettato con riluttanza la proposta di sua cognata, ma nel frattempo si era convinta che per i bambini fosse meglio vivere in una casa piena di vita. Per due famiglie con cinque bambini in tutto lo spazio era più che sufficiente. Fanny si occupava dei piccoli, che ormai erano quasi come fratelli. Il figlio minore di Marianne, il piccolo Berthold, era adorato da tutti. *Alla fine è andato tutto per il meglio*, pensava Ricarda quando li vedeva tutti e cinque insieme. Lei e Marianne non si incontravano quasi mai, perché conducevano due vite completamente diverse, mentre suo marito Alois era quasi sempre via.

Anche quella mattina, dopo una colazione veloce, Ricarda si accingeva a uscire di casa insieme a Henny, che nel frattempo frequentava la seconda elementare, quando vide Magdalena scendere le scale. Capitava spesso che restasse a dormire e Ricarda ne immaginava il motivo: era evidente che il matrimonio tra lei e Rupert non fosse felice.

«Buongiorno, zia Magda!» esclamò Henny allegra.

«Dovresti toglierlo, Ricarda» disse Magdalena senza neanche rispondere al saluto.

Ricarda si fermò e alzò lo sguardo sulla cognata, di dodici anni più grande di lei. «Che cosa?»

«Il foulard. Non va bene. Sei ancora in lutto. O almeno lo spero.»

Ricarda esitò. Davvero un foulard giallo chiaro poteva sminuire il suo lutto per Georg? Alla fine però decise di toglierlo, lo piegò con cura e lo appoggiò su una credenza. «Vieni, Henny. Siamo in ritardo.»

Madre e figlia salirono sulla carrozza che le attendeva davanti a casa.

«La zia Magda non è gentile con te, mamma.»

«A volte gli adulti sono di cattivo umore al mattino.»

«Allora per zia Magda è mattino tutto il giorno» ribatté Henny.

A Ricarda piaceva il sorrisetto di sbieco che faceva sua figlia dopo un'osservazione sfacciata. «Come vedova, devo vestirmi di nero per cinque anni. Funziona così in Baviera. Ma a me non cambia niente, perché il lutto per tuo padre lo porto nel profondo del mio cuore.»

«Il tuo cuore non vede mica se indossi un foulard giallo, mamma.» La carrozza si fermò e la bambina saltò giù per andare a scuola.

«Al birrificio, Xaver.»

«Come sempre, dottoressa.»

Dopo la morte di Georg, Xaver aveva capito subito, ancor prima di Ricarda stessa, che era iniziata una nuova era.

Quando Ricarda rientrò in casa, quella sera, il foulard giallo chiaro era ancora sulla credenza dove lo aveva lasciato. Erano quasi le otto, come sempre. Stava già per correre su per le scale a dare la buonanotte ai bambini, quando la fermò una delle domestiche.

«Dottoressa, avete una visita. C'è un uomo che vi attende.»

«Lo conosco?»

La domestica le passò un biglietto da visita su un vassoio d'argento.

«Offritegli qualcosa da bere. Arrivo tra poco» disse Ricarda, salendo le scale. *Chi si presenta inatteso a quest'ora deve mettere in conto di aspettare un po'*, pensò, lanciando un'occhiata fugace al biglietto da visita:

Giacomo Cossata d'Aperi, Consigliere.

Da quanto ne sapeva, era stato condannato. Non aveva notizie di un suo rilascio. Per un attimo perse l'equilibrio e dovette reggersi al corrimano per non cadere.

Perché questo mostro non può lasciarmi vivere la mia vita in pace?, si chiese. Si sentiva furiosa e arresa allo stesso tempo. Per un istante ebbe la tentazione di tornare indietro per cacciarlo direttamente di casa. Ma poi continuò a salire lentamente le scale, per andare dai suoi bambini che la aspettavano. Il rito familiare prevedeva una storia della buonanotte e non sarebbe stato certo quell'uomo a impedirle di compierlo.

«Buonasera, dottoressa.» Cossata d'Aperi si alzò per andare incontro a Ricarda.

«Rimanete dove siete.» Ricarda alzò una mano in gesto di difesa.

«Sempre il solito charme.» L'uomo accennò un inchino e si fermò dov'era.

I suoi folti capelli neri erano venati di ciocche argentate, le tempie già completamente bianche. Indossava un completo scuro avvitato, abbinato a una sciarpa bianca. A Ricarda sembrava pronto per andare all'opera. La mano destra calzava un guanto ed era visibilmente rigida. Un ricordo imperituro del suo duello con Georg.

«Di che si tratta?» Ricarda rimase in piedi al centro del salone.

Cossata la squadrò sprezzante e si mise a sedere, un gesto che nessun uomo educato avrebbe fatto. Come se non bastasse, bevve un sorso di cognac.

«Voglio vedere mia figlia» disse.

«Non so proprio a chi vi riferiate.»

«Katharina Henriette Kögler. Questo è il nome con cui viene chiamata mia figlia a scuola. Ma qui si chiama solo Henny.»

«Cosa vi porta a credere che Henny sia vostra figlia?» domandò Ricarda sforzandosi di mantenere il controllo.

«Un tempo ci siamo molto amati, dottoressa. Ve lo siete dimenticato?»

Amati? Come si permetteva quel mostro anche solo di pronunciare quella parola?

Sul tavolino accanto a Ricarda c'era una statuina di legno scuro e massiccio. Raffigurava Atena, la dea della saggezza e della guerra. Gliel'aveva regalata la contessina tempo addietro. Ricarda la afferrò per il collo e la sollevò in aria. Com'era comoda la presa! La testa di Cossata era ad appena un metro da lei.

«Dottoressa, il signore sarà nostro ospite a cena?» domandò in quell'istante la domestica, che Ricarda non aveva sentito entrare.

«No, se ne sta andando.» Riappoggiò la statuetta sul tavolo e fece un bel respiro. «Che significa "Consigliere"?» domandò in tono colloquiale, assicurandosi che la domestica potesse ancora sentirla mentre usciva.

Cossata le sorrise. «Significa che mi si chiedono consigli. E che io li do. E ci guadagno dei soldi.»

«Quanti soldi?» domandò Ricarda senza girarci intorno. Quella sua visita non poteva che essere legata a una richiesta di soldi.

«Cinquanta.»

«Cinquanta cosa?»

«Cinquantamila.»

«Voi siete completamente matto.»

«Assennato. Mi pare che si addica meglio. Ho trascorso quattro anni in carcere. Ho avuto molto tempo per pensare a come sorprendere una cara amica come voi.»

«Siete una zecca, una sanguisuga. Questa cosa non vi fa stare male?»

«Diciamo che tra una settimana esatta vorrei stare molto meglio di come sto ora. Vi basta come risposta?» Vuotò il suo bicchiere, si alzò e si diresse verso la porta. «Buonanotte. Salutatemi mia figlia» disse con un sorriso.

Negli ultimi mesi i bambini avevano preso l'abitudine a entrare nel letto della mamma a metà nottata. Di solito il primo ad arrivare era Giorgetto, seguito poco dopo da Henny. All'inizio Fanny li riportava nei loro letti prodigandosi in mille scuse, perché non stava bene che i bambini andassero nel letto della mamma. Ma a Ricarda piaceva sentirli vicini. Sentiva di dar loro un senso di protezione e la cosa era reciproca. Anche adesso le stavano raggomitolati addosso, mentre lei non trovava pace.

Fin dove sarebbe arrivato Cossata? E soprattutto: che prove aveva per dimostrare le sue affermazioni? E comunque che importanza aveva? Probabilmente gli sarebbe bastato trascinare il suo nome nel fango.

Che gioco insidioso! L'aveva violentata, messa incinta e adesso la ricattava proprio per questo. E lei non poteva difendersi. Se Magdalena le rimproverava di mancare di rispetto alla propria vedovanza per aver indossato un foulard colorato, cosa avrebbe combinato venendo a sapere della paternità di Cossata?

Ricarda strinse istintivamente il braccio attorno a sua figlia.

Qual era la via d'uscita? Come poteva proteggere se stessa e Henny? Cinquantamila marchi! Non ne possedeva neanche cinquecento. Rupert le pagava uno stipendio per il suo lavoro di medico al birrificio, ma era una cifra simbolica. In fin dei conti, lei faceva parte della famiglia e in famiglia ci si aiutava a vicenda.

Ma Ricarda sapeva fin troppo bene quanto può essere fragile una famiglia e adesso non le restava altro che mettere questa fragilità alla prova.

Il titolo con cui le si rivolse il segretario dell'ufficio legale Kögler&Althuber era rimasto invariato: «Buongiorno, signora Consigliera di Giustizia. Avviso subito il Sommo Consigliere di Giustizia del vostro arrivo.»

Sommo Consigliere di Giustizia, pensò Ricarda. Non aveva saputo di questo aumento di prestigio di Bernhard. Probabilmente anche Georg, nel frattempo, sarebbe stato promosso a Sommo Consigliere di Giustizia.

«Come stai, Ricarda?» la accolse Bernhard con allegria. «Cosa ti porta da me?»

Ricarda aveva trascorso tutta la notte rimuginando su come spiegare la situazione all'amico di suo marito. Se solo Georg le avesse lasciato due righe scritte in cui dichiarava che non era stato ingannato riguardo alla sua paternità di Henny!

«Ti ricordi dell'uomo che ha sfidato Georg a duello?» iniziò a dire. «È ricomparso e mi sta ricattando.»

Bernhard si chinò in avanti con aria concentrata. «Cos'ha contro di te?»

«Hai mai parlato di Henny con Georg?»

Bernhard scosse la testa senza capire. «Perché avremmo dovuto farlo?»

«Georg era l'uomo più generoso che si potesse desiderare. Lui non mi ha sposata *sebbene* fossi incinta, ma *proprio per questo.* Mi amava e voleva proteggermi.»

Il cambiamento d'espressione del Sommo Consigliere di Giustizia Bernhard Althuber fu talmente minimo che Ricarda lo notò soltanto perché era concentrata a studiare l'effetto delle proprie parole. Era come gli fosse calato sul volto l'accenno di un'ombra. Si limitò a dire: «Sì, lui era così». Poi rimase in attesa.

«Henny non è sua figlia. Eppure non mi ha mai chiesto chi fosse il padre. Diceva che l'unica cosa che contava era che fosse figlia mia» continuò Ricarda.

Bernhard la guardò fissa e chiese: «Deduco bene che stai cercando di dirmi che lo sfidante a duello di Georg è il padre di Henny?»

«Sì.»

«Ed è ciò che minaccia di rivelare, se non lo paghi? Quanto chiede?» Ricarda gli disse la cifra e Bernhard rimase completamente impassibile. «Quell'uomo sa cosa c'è in gioco per te.»

«Non mi sono concessa volontariamente, Bernhard» disse Ricarda. «Lui... mi ha violentata.»

Stavolta Bernhard sussultò. «Che tragedia.» Poi si appoggiò allo schienale. «E Georg non l'ha mai saputo?» Ricarda scosse la testa. «Perché non gliel'hai mai detto?»

«Credevo di dover proteggere Henny.»

«Questo adesso peggiora le cose, Ricarda. Non hai niente a riprova della tua versione dei fatti. Non fraintendermi: io non ho alcun motivo di non crederti. Sei una donna rispettabile. Ma sono in pochi qui a conoscerti e a saper interpretare l'amore di Georg per te in modo corretto.»

«Cosa intendi dire?»

«L'amore non è una prova legalmente valida e Georg è morto.» Bernhard sospirò.

«Tu sei un avvocato. Cosa mi consigli di fare?» domandò Ricarda.

«Dobbiamo denunciare questo mostro. Capisco che volevi proteggere tua figlia, ma in questo modo resterai ricattabile per sempre. Dobbiamo mettere fine a questa storia.»

Dopo l'incontro con Bernhard, Ricarda si fece accompagnare dalla carrozza al birrificio, dove passò la giornata a curare i suoi pazienti. Ma non era concentrata, l'unica cosa a cui riusciva a pensare era come uscire da quella trappola. Perché la sua conversazione con Bernhard Althuber le aveva lasciato un'unica certezza: ci sarebbe stato uno scandalo. E le sue conseguenze non le avrebbe subite il ricattatore e stupratore, bensì lei e Henny.

Fu solo durante il tragitto verso casa che le venne in mente una possibile via di salvezza.

Rupert si presentò alla casa in Prinzregentenstrasse quella sera stessa. «Mi ha chiamato Käthe» disse subito dopo i saluti di rito. Normalmente era un uomo calmo, ma in quel momento sembrava molto agitato.

Ricarda lo condusse nello studio e si chiuse la porta alle spalle. Si costrinse a mantenere la calma. Ovviamente anche a lei era venuto in mente di coinvolgere il cognato. Rupert era un uomo disponibile e di certo non le voleva male. Il problema era sua moglie. Per questo Ricarda aveva chiamato Käthe a Berlino. Lei e la contessina erano le uniche a sapere la verità e le avevano consigliato di parlare apertamente con il cognato.

«Sai cosa mi disse Georg, quella volta? "Avrei dovuto spararagli, a Cossata d'Aperi." Ha usato queste precise parole.» Rupert buttò giù in un unico sorso la grappa che Ricarda gli aveva offerto. «E in effetti avrebbe dovuto» insistette Rupert. «Ma dal momento che non l'ha fatto, garantiremo noi per il tuo buon nome.»

«Sono molti soldi, Rupert.»

«Ne vale la pena. Pensa a che scandalo verrebbe fuori, se quell'uomo iniziasse a raccontarlo in giro. Verrebbe trascinata nel fango tutta la famiglia. Per non parlare di Henny. La gente direbbe che hai rifilato a Georg una bastarda.» Fece un cenno in direzione della grappa e Ricarda gli riempì il bicchiere senza dire una parola. Rupert lo svuotò di nuovo in un sorso solo.

«Ti ringrazio, Rupert. Non lo dimenticherò mai» disse Ricarda.

«Mia cara cognata, Georg avrebbe fatto la stessa identica cosa. Non ho dubbi al riguardo.» Gli occhi di quell'uomo grande e grosso si riempirono di lacrime.

Ricarda abbracciò suo cognato. «Anche a me manca ogni minuto del giorno.»

«Guarda guarda che succede qui!» La voce di Magdalena fendette l'aria della stanza come una coltellata.

Rupert e Ricarda si separarono dal loro breve abbraccio. «Non succede un bel niente» disse Rupert. «Ricarda ha un problema. E ne stavamo discutendo.»

«Non ha un uomo. Ecco il suo problema. E sappiamo tutti come risolvono questi problemi le donne come te, Ricarda» sentenziò Magdalena.

A un tratto Ricarda capì il malinteso. «No, Magdalena» disse. «Non sai quello che dici. Stavamo parlando di Georg e ci siamo abbracciati per un secondo. Se ci hai visto qualcosa di più, è frutto della tua immaginazione.»

«Altro che immaginazione. Vieni, Rupert. Non hai motivo di stare qui. O vuoi forse la separazione?» Magdalena scoppiò in una risata sprezzante. «Ti posso garantire che ti costerebbe molto cara.»

Rupert si versò un altro bicchiere di grappa e lo tracannò in un sorso. Poi, trascinando i piedi, seguì sua moglie fuori dalla stanza.

In quel periodo, all'ambulatorio medico del birrificio arrivavano stranamente tanti bambini con la tonsillite. Ricarda, presa com'era dai suoi problemi, ci fece caso solo vedendo arrivare la piccola Andrea, una bimba di tre anni, accompagnata dalla madre. Il collo della bambina era lievemente gonfio, aveva febbre e dolori in tutto il corpo. Le tonsille erano coperte da una patina bianco-giallastra.

Ricarda ebbe un sussulto. Certo, a una visita superficiale poteva sembrare tonsillite, ma a una visita più approfondita si ritrovava la stessa patina in alcune zone ancora circoscritte della faringe. A un tratto Ricarda si rese conto di cosa aveva di fronte. Quel giorno aveva avuto altri due bambini con sintomi simili, ai quali aveva consigliato riposo e impacchi al collo, e prescritto pasticche Formamint per uccidere i batteri. Chi poteva permettersi i limoni, doveva spremerli e far fare i gargarismi ai bambini con il loro succo.

Prescrisse le stesse cose anche alla piccola Andrea, ma aggiunse: «Riportatemela domani. E non fatela stare a contatto con altri bambini. Quanti figli avete?»

«Andrea è la più piccola, ne ho altri due di tre e quattro anni.»

«Anche loro hanno mal di gola?»

«Sì, ma loro sono maschi. Possono resistere. E poi devono andare a scuola.»

«Devo vederli oggi» disse Ricarda con fermezza.

«Ma Madre Kögler, cosa credete che abbiano?»

«Ho un sospetto, anche se spero di sbagliarmi. Per favore, fate come vi dico.»

La madre guardò Ricarda con occhi sgranati per la paura. «Santa Madonna, credete che sia l'angelo sterminatore?»

«Non facciamo gli uccelli del malaugurio. Un passo alla volta.»

«Certo, Madre Kögler, vado subito a prendere i bambini a scuola.»

La donna uscì di corsa con la figlia e Ricarda si fermò in sala d'attesa. «Chi di voi ha bambini col mal di gola?» domandò alle donne presenti.

C'erano sette pazienti in attesa, quattro delle quali avevano bambini piccoli in collo. Tutte e quattro alzarono la mano.

«Le altre pazienti dovranno tornare un'altra volta, mi dispiace» disse Ricarda.

Poi iniziò a visitare i bambini. Avevano tutti gli stessi sintomi. Sette casi solo in una mattina e in quel piccolo ambulatorio! Non poteva essere un caso. I suoi pensieri andarono immediatamente a Henny e Giorgetto.

«Non ne sono ancora certa» disse alle madri «ma i vostri figli potrebbero essere altamente contagiosi. Se il mal di gola peggiora, dovete andare in ospedale. Oppure venire immediatamente qui.»

Poco dopo, Ricarda entrava nell'anticamera del cognato. L'accolse il segretario Mayr, un uomo alto e magro con un'accuratissima scriminatura in testa, al quale chiese di parlare con il signor Cavaliere del Lavoro Kögler.

Rupert si sporse da dietro la sua massiccia scrivania di quercia. «Che sorpresa, Ricarda. Mi dispiace tanto per Magda. La sua gelosia è così imbarazzante.»

«Non è certo colpa tua, Rupert.»

«Ho parlato con Bernhard. Penserà a tutto lui, non devi preoccuparti.»

«Grazie.» Per un attimo Ricarda si sentì sollevata, ma poi si ricordò il motivo per cui era lì: «Oggi però sono qui per un'altra ragione. Ho paura che siamo di fronte a un'epidemia di difterite. Devo chiamare gli ospedali della città per avere conferma della mia ipotesi. Posso usare il telefono? Altrimenti dovrei ripassare da casa, ma dopo devo tornare comunque all'ambulatorio.»

«Ma certo!» Rupert la guardò terrorizzato. «È una cosa pericolosa?»

«Per i bambini può essere fatale.»

«Santo cielo!» Rupert la accompagnò dal suo segretario. «Mayr, la dottoressa deve telefonare. Fate tutto quello che vi chiede.»

«Certo, signor Cavaliere del Lavoro!»

Ricarda iniziò a telefonare agli ospedali di Monaco. Un'ora dopo, i suoi sospetti avevano trovato conferma. Erano oltre cento i bambini portati in ospedale quella mattina per una presunta tonsillite. Ma non avevano destato sospetti, perché nessun ospedale sapeva nulla degli altri.

«È una cosa terribile, Ricarda» disse Rupert. «E adesso cosa facciamo?»

«Probabilmente questa non è che la punta dell'iceberg» rispose lei. «Molti genitori non si preoccupano facilmente.» Poi ebbe un sussulto. Si stava quasi dimenticando dei suoi, di bambini.

Si fece mettere in collegamento col numero di casa propria. «Passatemi Fanny, per favore.»

«Subito, dottoressa.»

Dopo una breve attesa tornò al telefono la cameriera: «Fanny non può venire in questo momento. I bambini hanno tutti la febbre alta».

«Vengo immediatamente a casa» disse Ricarda. Poi si rivolse a Rupert: «Temo l'abbiano presa anche i tuoi nipoti. Hai qualcuno che possa fare il giro delle farmacie e degli ospedali di Monaco? Abbiamo bisogno del siero antidifterite. Ce ne serve il più possibile e molto in fretta.

«Che cos'è?» domandarono Rupert e il suo segretario all'unisono.

«L'unico farmaco che può salvare i bambini» rispose lei.

«Ma anch'io ho tre bambini!» esclamò Mayr. «Vado subito!»

«Vi aiuto io, Mayr» disse Rupert. «Ce la faremo.»

Ricarda apprezzava il loro ottimismo, ma nutriva forti dubbi sul fatto che la loro missione sarebbe stata facile. Questa medicina, il rimedio miracoloso che aveva reso celebre in tutto il mondo il suo inventore, il medico della Charité Emil Behring, era difficile da reperire e molto caro. Behring veniva definito a ragione il "salvatore dei bambini", ma senza il suo farmaco i bambini continuavano a morire sotto la micidiale mano dell' "angelo sterminatore".

Ricarda corse in casa con la sua borsa da medico in mano. Nell'ampio ingresso incrociò le domestiche che stavano portando delle ciotole di acqua fredda nelle stanze dei bambini.

«Menomale siete qui, dottoressa. Giorgetto non fa che chiedere di voi» disse una delle ragazze.

Per potersi occupare di tutti i bambini contemporaneamente, Fanny aveva riunito Georg Junior e i tre figli di Marianne in un'unica camera, che sembrava una stanza d'ospedale. *Una grande famiglia*, pensò Ricarda. Mancava solo Henny, l'unica che andava già a scuola.

I quattro bambini più piccoli, tra i cinque e i due anni, giocavano tutto il giorno insieme e si erano ammalati contemporaneamente. Fanny faceva loro gli impacchi al collo e ricambiava spesso l'aria, ma oltre questo non sapeva cosa fare. Tutti e quattro i bambini avevano trentanove di febbre e presentavano gli stessi sintomi di quelli all'ambulatorio del birrificio.

«Domani è il mio compleanno, mamma» disse Giorgetto con voce gracchiante. Avrebbe compiuto quattro anni. «Quindi sarò guarito per forza» aggiunse con l'ottimismo tipico dei bambini.

La forma più grave l'aveva presa il figlio minore di Marianne. Il piccolo Berthold aveva già la caratteristica tosse secca alla quale sarebbe seguita la fase più pericolosa della malattia: il gonfiore al collo che portava i bambini a soffocare tra atroci sofferenze. Berthold era un bambino gracile, per cui aveva poche risorse da opporre alla malattia. Le pasticche di Formamint che Ricarda aveva portato con sé non sarebbero servite a molto.

Da ragazza Ricarda aveva già combattuto contro un'epidemia di difterite a Berlino. Nei quartieri operai della città la malattia si diffondeva con una rapidità impressionante. All'epoca non esisteva ancora un rimedio e in pochi giorni erano morti migliaia di bambini. Il panico da contagio aveva paralizzato la vita cittadina. Mentre ci ripensava, a Ricarda venne in mente una soluzione nel caso in cui Rupert fosse tornato a mani vuote.

Poco dopo era al telefono con Käthe nella casa in Unter den Linden e le chiese se non le potesse procurare lei l'antitossina in grado di uccidere i batteri.

«Hai ragione, Rica» rispose Käthe. «Non c'è tempo da perdere. Provo subito a sentire se riesco a procurarmi qui il siero. Anche se, da quanto ne so, Behring non lavora più alla Charité. Ma lascia che mi informi!»

Ricarda riagganciò il telefono vagamente sollevata, mentre le si faceva incontro Marianne. «Cosa succede?» le chiese ingenuamente.

«Temo che i bambini abbiano la difterite. Soprattutto Berthold è molto debilitato.»

«Difterite? No, Ricarda, ti sbagli senz'altro» rispose Marianne. «Quella è una cosa che prendono solo i bambini poveri.»

In quanto medico, Ricarda aveva dovuto combattere spesso contro quel genere di pregiudizi. «I batteri entrano in tutte le case, Marianne. A prescindere che siano ricche o povere.»

Era evidente che Marianne non le credeva. Del resto, non era neanche mai stata nel suo ambulatorio al birrificio. Prese la cornetta del telefono e si fece mettere in collegamento con la casa di sua madre in Karolinenplatz.

«Mamma, Ricarda mi vuole spaventare riguardo ai bambini» gridò agitata nel telefono, senza neanche essere passata a vedere i figli malati.

Magdalena si presentò la sera stessa, come Ricarda aveva immaginato. «Sono dei sani bambini bavaresi. Sconfiggeranno una tonsillite. Non darti tante arie» disse con sufficienza.

Poco dopo telefonò Rupert. «Niente da fare, Ricarda. La maggior parte degli ospedali non sa niente di un siero contro la difterite. Un farmacista al Marienplatz lo conosceva, ma ha detto che a Monaco non è ancora arrivato e che comunque i bambini sarebbero morti lo stesso. È vero?»

I sintomi dei bambini che Ricarda aveva visitato al mattino si erano aggravati, come temeva. E c'erano molte altre madri in attesa. Limitatamente alle risorse di cui poteva disporre, che di fatto non erano molto più di quelle usate dalla Solm e dalla Biberti nel loro ospedale berlinese, Ricarda si era preparata. E in effetti già quel giorno dovette eseguire la prima tracheotomia su un bambino.

A mezzogiorno Ricarda chiuse l'ambulatorio e andò da Rupert per metterlo al corrente. «Puoi mica chiedere al signor Mayr di telefonare di nuovo a tutti gli ospedali per...»

Rupert la interruppe. «Lo ha già fatto di sua iniziativa. La situazione è catastrofica. Ci sono stati centinaia di casi in un solo giorno. Ci sono già dei morti.»

«Devi contattare il sindaco, Rupert. La gente deve sapere il pericolo che corre.»

Rupert annuì. «Mayr, mettimi in collegamento con il sindaco!»

Ricarda corse a casa dai suoi bambini. Quella notte anche Henny aveva manifestato i primi sintomi, ma essendo la più grande e la più robusta, il suo corpo stava reagendo con maggior vigore alla malattia.

«A scuola mancano tantissimi bambini» raccontò. «La gente

dice che di difterite si può anche morire.» Henny stranamente non sembrava affatto spaventata all'idea.

«Vi proteggerò io» le promise Ricarda.

«Hai una medicina, mamma?» domandò Henny.

«Ancora no, ma ce l'avrò presto.»

La domestica bussò alla porta e fece capolino con la testa. «C'è la dottoressa Hausmann al telefono.»

Ricarda corse giù per le scale. «Käthe, grazie al cielo! Ti prego, dimmi che hai buone notizie!»

«Mi dispiace, Rica. Non posso fare niente da qui. Il dottor Behring fa produrre l'antitossina a Francoforte» disse Käthe con voce abbattuta. «Però ho telefonato e a quanto pare ti contatterà qualcuno dell'entourage di Behring.»

Sembra una prospettiva alquanto vaga, pensò Ricarda delusa. «Grazie lo stesso, Käthe.»

«Non perderti d'animo, Rica. Non appena mi libero, vengo da te. Ma al momento la Solm è gravemente malata e io la sto sostituendo. A dire la verità, temo che dovremo chiudere l'Ospedale Femminile, prima o poi. Ma questa è un'altra storia. Mi faccio viva il prima possibile!»

Ricarda aveva tanto sperato in buone notizie.

Dopo aver sistemato i suoi bambini e averli affidati alle cure di Fanny, tornò al suo piccolo ambulatorio.

Di fronte all'ingresso la attendeva un uomo, che le rivolse parola non appena fu scesa dalla carrozza. «Con permesso, mi chiamo Knorr, Alfons. Sono un giornalista della *Gazzetta di Monaco*. Voi siete la signora Kögler? La dottoressa?» Ricarda annuì. «Quanto è grave questa epidemia di difterite?» domandò l'uomo. «Ho ricevuto il compito di scrivere un articolo sull'argomento.»

«Bene» rispose Ricarda. «Vi spiegherò tutto quello che dovete sapere.»

In quell'istante le piombò addosso una donna. «Madre Kögler! Presto! Aiutate il mio bambino! Sta soffocando!»

«Venite con me, signor Knorr» disse Ricarda con fermezza. «Quello che state per vedere vale più di qualsiasi parola.»

Per quelle notti, Ricarda aveva fatto spostare i letti dei bambini in camera sua. Lei stessa non riusciva a dormire bene, nonostante sentisse il corpo sfibrato dalla pressione. Ogni volta che scivolava in un sonno leggero, sognava delle mani calzate in guanti neri che stringevano il collo di Giorgetto, e saltava su spaventata. Il bambino di ormai quattro anni emetteva sibili a ogni respiro. Il giorno prima era stato il suo compleanno, ma non aveva richiesto neanche una torta. Ricarda aveva tentato con tutti i rimedi che conosceva, o meglio di cui disponeva, ma la prognosi restava disastrosa. Se non fosse successo un miracolo, suo figlio sarebbe morto entro un paio di giorni.

«Scrivete, signor Knorr: i bambini di Monaco hanno bisogno del Siero Behring. Altrimenti ancora a maggio registreremo innumerevoli vittime. E altrettante madri che piangeranno per i loro figli.» Gliel'aveva messa così, al giornalista. Non prima di averlo fatto assistere alla tracheotomia che aveva dovuto eseguire come estremo rimedio sulla piccola Andrea, di soli tre anni. «Andrea è la paziente che mi ha aperto gli occhi sull'inizio dell'epidemia» aveva spiegato al giornalista. «Ma come medico, valgo esattamente quanto l'efficacia del farmaco che mi viene messo a disposizione.»

Cambiò gli impacchi rinfrescanti al collo di Giorgetto e tornò a distendersi.

Fanny aprì la porta. «Dottoressa, siete sveglia? Vi prego, venite. Ho paura che Berthold non ce la faccia.»

Ricarda si rimise subito in piedi. «Marianne è con lui?»

«No.»

«Allora andate a chiamarla, per favore. Se devo fargli una tracheotomia, ho bisogno del suo consenso.»

Il piccolo si contorceva nel letto. Boccheggiava in cerca di ossigeno con la testa rovesciata all'indietro. Ricarda lo prese in braccio e lo portò di sotto, nel suo studio medico, dove aveva preparato tutto l'occorrente per quell'evenienza. Marianne e sua madre Magdalena, entrambe in camicia da notte, la raggiunsero ancora sulle scale. Fanny, che le sarebbe tornata utile per l'operazione, non era con loro.

«Che vuoi fare al bambino?» domandò Magdalena furiosa.

«Se mi date il permesso, salvargli la vita.»

«Ma sei impazzita?! Faccio chiamare il dottor Lang» esclamò Magdalena. Nonostante fossero le quattro del mattino, una domestica stava già correndo fuori.

«Magdalena, Berthold sta soffocando. Solo oggi ho eseguito altre due tracheotomie. So quello che faccio» disse, nel tono più pacato che riuscì a tirar fuori. Nel frattempo, le luci accese misero in mostra le labbra ormai blu del bambino.

«Non farai quella cosa al mio bambino!» sentenziò Marianne decisa. «Vero, mamma?»

«Certo che no, Marianne.»

«Pensate bene alla vostra decisione» disse Ricarda. «Il collo si gonfierà sempre di più. Con un taglietto posso inserirgli un tubicino e farlo tornare a respirare. In bambini così piccoli la ferita si richiude in poco tempo.»

Gli occhi di Marianne si rigirarono, le ginocchia cedettero. Ricarda teneva tra le braccia il bambino ansimante. «Prendila!» gridò a Magdalena.

Ma la donna, sopraffatta dagli eventi, era completamente paralizzata, per cui sua figlia cadde a terra andando a sbattere la fronte contro il lettino. Sul pavimento si formò una piccola chiazza di sangue.

«Sta morendo!» urlò Magdalena isterica.

«Datti un contegno, Magdalena» disse Ricarda. «Marianne perde solo un po' di sangue. Lo sistemeremo in un baleno. Alzati e dammi una mano! Tra poco per Berthold sarà troppo tardi.» Non sarebbe mai riuscita a operare da sola un bambino che si agitava tanto convulsamente. Aveva bisogno di qualcuno che tenesse fermo Berthold. Ma dov'era Fanny?

«Non azzardarti a toccare il bambino. Dallo a me» disse Magdalena con sguardo allucinato. «Tu sei una persona cattiva che fa cose cattive.»

Finalmente le raggiunse Fanny. «Il dottore sarà qui tra poco» disse rivolgendo a Ricarda uno sguardo che implorava comprensione.

«Va bene, Fanny. Aspettiamo il dottore» rispose Ricarda. *Speriamo che faccia in tempo*, pensò.

Il medico arrivò un quarto d'ora dopo, un tempo che sembrò infinito.

«Ho già sentito parlare di voi» disse il dottor Lang a Ricarda, al posto di un saluto. Era un uomo anziano, con radi capelli bianchi. Poi si rivolse a Magdalena: «Il piccolo Berthold se la caverà». Poi vide Marianne, che si premeva una garza sulla fronte con aria intontita. «Santo cielo, ma cos'è successo qui? E voi sareste un medico?» domandò rivolgendosi a Ricarda.

Berthold non riceveva quasi più ossigeno. Ricarda teneva stretto il bambino che lottava per sopravvivere per non farlo cadere dal lettino.

«Non potreste mettervi al lavoro, una buona volta?» esclamò Ricarda indignata.

«E secondo la vostra autorevole opinione, che cosa dovrei fare, di preciso?»

«Una tracheotomia. Come prescrive l'arte medica nei casi di rischio di soffocamento.»

Il dottor Lang osservò Berthold con maggiore attenzione. «No, deve andare in ospedale. Io non la faccio» sentenziò. «Se voi foste in grado di capirlo, lo avreste fatto da un pezzo.»

«Allora tenetelo fermo. La faccio io. Ne ho già fatte due, oggi.»

«Cosa dite?! Io vi denuncio! Non potete farlo!»

«Sono un medico da anni. È ovvio che salvo una vita, se è necessario.»

«Ma voi siete pazza. Una donna non sa fare queste cose!»

Berthold tentò ancora una volta di inspirare ossigeno. I rantoli che emise nel farlo mettevano i brividi. E poi collassò su se stesso. Tutti i suoi muscoli collassarono.

«L'hai ucciso!» gridò Magdalena.

Per una frazione di secondo, Ricarda sentì un'ondata di rabbia montarle dentro. Poi posò lo sguardo sugli strumenti per la tracheotomia. E si tranquillizzò all'istante. Indossò i guanti di gomma e spostò Magdalena con una spallata.

«Fanny, venite qui!» disse. Forse sarebbe riuscita a far tornare il bambino alla vita. Rovesciò la testa di Berthold all'indietro. «Tenetelo così, Fanny.»

«Sì, dottoressa.»

Posizionò il bisturi sotto la faringe e tagliò, veloce e precisa. Poi inserì il tubicino d'argento nell'apertura, premette sulla cassa toracica del piccolo e gli alzò le braccia per far ripartire la respirazione.

Dopo che Ricarda ebbe ripetuto le operazioni un paio di volte, Berthold inspirò l'ossigeno con un gorgoglio. E poi tossì fuori dal tubicino il tappo di muco scuro che gli aveva bloccato le vie respiratorie.

«Berthold, piccolo mio!» Marianne si avvicinò per prima a Ricarda e Fanny. «Pensavo che saresti morto!»

Il dottor Lang si schiarì la gola. «Ci saranno delle conseguenze» disse minaccioso, prima di precipitarsi fuori dallo studio medico.

Magdalena scaraventò una copia della Gazzetta di Monaco sul tavolo di cucina al quale Ricarda stava facendo una rapida colazione a base di pane e tè.

«Devo dire che sei proprio un bel tipo!» sibilò.

Ricarda non capiva a cosa alludesse. Era esausta e in ritardo dopo la terribile nottata che aveva trascorso. Berthold era ben lungi dall'essere fuori pericolo, la tracheotomia non era che un rimedio temporaneo per farlo respirare. Non avrebbe certo ucciso i batteri della difterite. Aveva bisogno dell'antitossina Behring. Proprio come tutti gli altri bambini.

Ricarda allontanò il giornale irritata. Le cadde l'occhio sul titolo: *La battaglia di Madre Kögler contro la difterite.*

Non era questo che si era immaginata. Lei come persona non c'entrava niente. L'unica cosa che contava era ottenere l'antitossina. Ma scorrendo rapidamente l'articolo, si accorse che veniva ritratta come un'eroina. Come la persona che aveva messo in guardia tutta Monaco dall'epidemia.

Ricarda conosceva le conseguenze che ci sarebbero state: si sarebbe inimicata tutti i medici della città. Tanto per cominciare in quel settore si ragionava per gerarchie, e dunque sarebbe spettato a un professore affermato mettere in guardia dall'epidemia, non certo a una piccola dottoressa aziendale. E qui veniva il secondo problema. *Ma voi siete pazza. Una donna non sa fare queste cose!*, le aveva abbaiato addosso il dottor Lang, ergendosi a difensore della rappresentanza maschile dei medici. E sicuramente la pensavano così anche tutti i suoi colleghi.

«Stai solo cercando di farti pubblicità, per far finalmente ingranare il tuo studio privato» la rimproverò Magdalena.

«Certo, come vuoi» disse Ricarda rassegnata, prima di raggiungere Xaver per farsi accompagnare al birrificio.

Era già quasi mezzogiorno. Ricarda aveva un mal di testa lancinante, ma in sala d'attesa c'erano ancora pazienti. Una donna a cui aveva fasciato una mano slogata era appena uscita dall'ambulatorio chiudendosi la porta alle spalle e Ricarda stava scrivendo un breve appunto sul suo fascicolo, come faceva sempre.

Thea, che la assisteva quel giorno, bussò alla porta ed entrò. «Dottoressa, qui fuori c'è un signore che chiede del dottor Kögler. Dice che è urgente.»

«Cosa vuole?»

Thea alzò le spalle senza sapere cosa rispondere. «Ha due grosse valigie con sé. Lo faccio entrare?»

«È malato?»

«A vederlo non si direbbe.»

«E va bene, fatelo entrare. Dite agli altri pazienti che riprenderò subito le visite.»

Ultimamente era capitato spesso che qualche rappresentante cercasse di venderle pomate o rimedi miracolosi. Ogni tanto aveva trovato anche qualcosa di utile e i campioni omaggio li regalava ai pazienti. Thea uscì e Ricarda finì in fretta e furia di prendere i suoi appunti.

«Buongiorno. Sto cercando il dottor Kögler.»

«Era mio marito. Ma era un giurista» rispose Ricarda senza alzare lo sguardo.

«Capisco. E voi chi siete?»

Ricarda posò la penna stilografica. «Io sono la dottoressa...» Ma non riuscì ad andare oltre, vedendo chi era entrato nel suo ambulatorio.

«Siegfried?» chiese incredula.

«Rica?» chiese lui di rimando, lasciando cadere le due valigie che teneva in mano. «Ricarda? Tu sei il dottor Kögler? Oh, mio Dio! Non ci posso credere!» Si avvicinò lentamente a lei.

Ricarda strinse il bordo della scrivania per avere un appiglio. O forse per assicurarsi di non sognare, per avere la certezza che quell'incontro assolutamente incredibile stava avendo luogo davvero.

«Vengo diretto da Marburg» disse Siegfried un po' impacciato. «Il sindaco di Monaco aveva chiamato Behring perché un certo dottor Kögler... Allora non è stato un *dottor* Kögler... Sei stata tu a lanciare l'allarme dell'epidemia?» Siegfried scosse la testa, poi scoppiò a ridere. «Non sei cambiata affatto. Sempre un passo avanti.»

«Be', veramente qui ci sono dei bambini che muoiono. Purtroppo arrivo sempre troppo tardi.»

Ricarda lasciò andare il bordo del tavolo. Desiderava con tutta se stessa gettarsi tra le sue braccia. E non solo perché era lì davanti a lei, in carne e ossa. Ma anche perché aveva con sé il rimedio che avrebbe salvato molti bambini.

Cercò di dominare il turbinio di sentimenti che l'aveva travolta e di tornare alla lucidità. Erano passati molti anni ed erano successe molte cose. Non poteva semplicemente abbracciarlo, come se fosse il Siegfried che aveva perduto a suo tempo. Lei era diventata un'altra persona. E lui chi era diventato? Il suo volto non lasciava trasparire una risposta. Non faceva altro che fissarla, come se non credesse neanche lui a cosa stava guardando. Era invecchiato, ma il passare del tempo lo aveva reso più attraente. Il suo fascino giovanile era rimasto, solo che adesso aveva l'aria di un uomo che sa quello che vuole. I suoi folti capelli castani erano appena un po' troppo lunghi e una rasatura non avrebbe guastato, ma il suo sguardo scoppiava di vita e di energia. Non c'erano dubbi che fosse lo stesso uomo di cui si era innamorata...

Ricarda si portò istintivamente una mano all'acconciatura. Probabilmente aveva un aspetto orribile, un'aria stanca e stremata. Probabilmente? Di sicuro! Anzi, chissà se l'avrebbe riconosciuta, se lei non gli avesse detto niente.

«Madre Kögler! Il mio bambino!» Una paziente si era precipitata nell'ambulatorio.

Siegfried sorrise appena. «Madre Kögler» ripeté.

La donna, senza aspettare istruzioni, adagiò il figlio sul lettino. Aveva un braccio rotto. Siegfried osservò in silenzio Ricarda mentre lo steccava con movimenti esperti.

«Come mai vieni da Marburg?» gli chiese senza smettere di lavorare alla steccatura. «Pensavo insegnassi ad Amburgo.»

Siegfried sorrise. «In realtà sono appena tornato dal Sudafrica» rispose. «Ho accompagnato il Professor Koch in una spedizione durante la quale abbiamo avuto dei problemi con il tetano. Saprai senz'altro che la ricerca di Behring è pionieristica anche su quel fronte. E poi siamo amici.» Siegfried rise di nuovo. «Per quanto si possa essere amici di un misantropo come lui. Perciò sono andato a trovarlo a Marburg e mentre ero lì ho saputo della richiesta di aiuto da Monaco. Behring mi ha chiesto se potevo occuparmene io, perché il suo siero contro la difterite viene usato sempre in modo sbagliato. Spesso viene somministrato in un dosaggio troppo alto o troppo basso. Il problema principale è che a volte il dosaggio sbagliato del siero procura degli shock.»

Ricarda medicava il bambino e ascoltava l'uomo che era stato l'amore della sua vita, e all'improvviso la situazione le parve stranamente familiare. Analizzare batteri sui vetrini. Per stare accanto all'uomo che amava. Era assurdo che già all'epoca non potessero dirsi cosa stava accadendo dentro di loro. Entrambi facevano finta che il punto centrale fosse la medicina, proprio come adesso.

«Certo che hai viaggiato davvero tanto» disse Ricarda, rendendosi conto solo dopo che era stata proprio quella la ragione per cui non erano rimasti insieme.

«Sì, è vero» si limitò a rispondere Siegfried, e Ricarda immaginò che anche lui stesse pensando la stessa cosa.

Fissò le due valigie piene della salvifica antitossina. Non sapeva che al siero fossero state attribuite delle controindicazioni fatali, anche perché non aveva alcun contatto con la comunità medica. D'altra parte, però, a casa c'erano cinque bambini affetti da una malattia potenzialmente letale. Era di vitale importanza che Siegfried la istruisse sull'uso del siero. Gli avrebbe dovuto chiedere di seguirla nel posto che ora era casa sua.

La cameriera corse incontro a Ricarda sulla soglia.

«Dottoressa, quel signore è tornato.»

La ragazza le porse il vassoio con il biglietto da visita posato sopra. *A quanto pare, Cossata d'Aperi ha il dono di scegliere sempre il momento più sbagliato*, pensò Ricarda. Come gli era venuto in mente di presentarsi a casa sua in quel momento di caos?

«Anche il Cavaliere del lavoro Kögler e il Consigliere di Giustizia Althuber hanno annunciato il loro arrivo» aggiunse la cameriera.

«Conoscete gente importante, dottoressa» disse Siegfried.

Dandole del voi, Siegfried dimostrò di aver capito la situazione: quella era casa sua, sì, ma non il luogo dove mettere a nudo la sua vita privata.

In quel momento varcarono la soglia Rupert e Bernhard, il quale aveva in mano una valigia di pelle. *Perché lo fanno qui?*, si chiese Ricarda. *Sarebbe stato meglio se la consegna del denaro fosse avvenuta nello studio legale.*

«Scusatemi, dottor Thomasius. Non ci vorrà molto. Devo proteggere il mio buon nome» disse senza sapere neanche lei perché gli offrisse quello spiraglio sui propri problemi personali. Forse perché era talmente felice di vederlo da voler dimenticare che nel frattempo si era trasformato in un estraneo. Ma non era esattamente così, perché nel suo cuore aveva la sensazione che il tempo fosse tornato indietro.

Siegfried sembrava confuso, per cui Ricarda si affrettò a fare le presentazioni. «Il dottor Thomasius porta l'antitossina indispensabile alla guarigione» spiegò. «Quindi perdonatemi, se rimarrò solo lo stretto indispensabile.»

«Dottore, avete la nostra più profonda gratitudine» disse Rupert, stringendo la mano dell'impreparato Siegfried.

Ricarda lo fece accompagnare nel salone e seguì in tutta fretta il cognato e il suo amico nello studio, dove li aspettava Cossata d'Aperi.

Entrando a passi fermi nella stanza, Ricarda per la prima volta sentì di non avere alcuna paura di quell'uomo. Una paura che l'accompagnava da anni e che, adesso se ne rendeva conto, aveva sempre represso e nascosto dietro a una facciata di disinvoltura. E quell'uomo l'aveva capito benissimo.

Si sedette di fronte a lui senza salutare e drizzò la schiena. Si limitò a fare le presentazioni, poi tacque. Le subentrò Bernhard, che posò un documento sul tavolo.

«Leggetelo e firmatelo, per favore» disse asciutto.

Cossata d'Aperi lesse le poche righe, sorrise e mise una firma un po' goffa con la mano sinistra. Ricarda se ne meravigliò. Un ricattatore non rischia forse di autoaccusarsi, ammettendo la sua estorsione? Possibile che Bernhard avesse trovato qualcosa contro di lui?

Cossata d'Aperi lanciò un'occhiata alla valigia, ringraziò e uscì.

Il documento era ancora sul tavolo. Ricarda lo prese e notò con sconcerto che era la calligrafia accurata di Georg.

Pagamento una tantum al signor Cossata d'Aperi. In futuro, il signor Cossata d'Aperi rinuncia a ricontattare in qualsiasi forma la Dottoressa Ricarda Kögler, nata Petersen. L'astensione da rapporti di ogni genere vale anche nei confronti di Henriette Katharina Kögler.

«Georg mi aveva dato questo documento sigillato in una busta poco dopo la nascita di Henny» disse Rupert. «Lo avevo messo in cassaforte e mi è tornato in mente solo ieri. *Caso Cossata* c'era scritto, e conteneva istruzioni precise su come procedere.»

«Abbiamo dovuto inserire solo la cifra» aggiunse Bernhard. «Georg aveva anche predisposto il denaro. Lo aveva investito in alcuni immobili che adesso rivenderemo.»

«Mi dispiace di essermene scordato. Ma alla fine è andato tutto per il meglio» disse Rupert.

Dunque Georg immaginava davvero che Cossata fosse il padre di Henny? Le precauzioni che aveva preso sembravano portare a quella conclusione. *Il suo amore disinteressato è sopravvissuto persino alla sua morte*, pensò Ricarda profondamente commossa.

Ma non c'era tempo per i sentimenti. I bambini dovevano prendere subito l'antitossina. Avevano già perso molto tempo prezioso.

Quando Ricarda entrò, Siegfried stava osservando i dipinti a olio che decoravano il salone, la maggior parte dei quali erano stati appesi dopo l'ingresso in casa di Marianne e della sua famiglia. Il ritratto più imponente rappresentava Georg in abiti tradizionali bavaresi, con il fucile e i due cani Max e Moritz.

«Questo è tuo marito?» domandò Siegfried.

«Georg è morto in un incidente di caccia un anno e mezzo fa.» A quel punto Ricarda avrebbe potuto, o forse dovuto chiedergli di Lore, ma non voleva rischiare di riaprire vecchie ferite.

Siegfried la fissò come se volesse leggerle la verità in viso. «Tu stai bene?»

Se anche non stessi bene, cosa potresti fare per cambiare le cose?, si chiese lei. «In Baviera la gente risponde sempre "Non c'è male"». Ricarda si sforzò di sorridere. «Com'era l'Africa? Stavolta, intendo.»

Lui fece spallucce. «Non c'è male.»

Scoppiarono entrambi a ridere. Ma era una risata impacciata, perché tra loro c'erano troppe cose non dette e non esprimibili. «Diamo il farmaco ai bambini» disse Ricarda.

«Sì. E poi riparto. Devo passare da tutti gli ospedali della città.»

«Peccato» le scappò detto.

«Già, ci sono così tanti bambini ammalati.»

«Infatti, era quello che intendevo» si corresse lei.

«Lo so.» Un accenno di sorriso increspò quelle labbra che Ricarda aveva baciato con passione in un tempo ormai troppo lontano.

La valigia era piena di fialette marroni scure. Siegfried le indicò e disse: «Ce ne sono tre tipi. Quelli con l'etichetta verde hanno il dosaggio più basso. Se ne inoculate un quarto di fiala proteggete i bambini sani e gli adulti dal contagio per quattordici giorni».

L'utilizzo del voi in presenza di estranei risparmiava loro di dover dare spiegazioni complicate.

La valigia conteneva poi delle fiale con etichetta bianca per curare i casi di difterite esordiente e quelle con etichetta rossa, che avrebbero dovuto salvare un bambino ormai condannato a morte. Un bambino come Giorgetto, ad esempio, che annaspava già in cerca di ossigeno.

Siegfried svuotò l'intero contenuto della fialetta in una siringa, sotto lo sguardo attento di Fanny e dei due bambini. «Volete fare voi l'iniezione a vostro figlio, cara collega?»

«No, mi sta bene che la facciate voi, dottor Thomasius.» Ricarda prese il figlioletto in braccio. «Guarda, Giorgetto, c'è uno scoiattolo davanti alla tua finestra, è venuto ad augurarti buona guarigione.»

Il piccolo si voltò come gli aveva suggerito la madre e quando gridò per la puntura, l'antitossina gli stava già scorrendo nel sangue. Henny aveva seguito attentamente tutta l'operazione. «La voglio anch'io!» La sua voce era già piuttosto gracchiante.

Siegfried la visitò e decise di inocularle il siero a dosaggio intermedio. «Sei una bambina forte. Come tua madre. Anche a te piacerebbe diventare medico?»

Ricarda non aveva mai posto quella domanda a sua figlia.

Henny annuì convinta e osservò ogni singolo movimento di quell'uomo sconosciuto. «Voglio che sia la mamma a farmi la puntura.»

«Hai ragione, Henny. È giusto così. Io e te controlleremo se c'è uno scoiattolo alla finestra.»

Ricarda sorrise. Aveva dimenticato quanto Siegfried ci sapesse fare con i bambini. La luce in camera da letto le rivelò una fitta rete di piccole rughe intorno ai suoi occhi.

«Mamma, non c'è nessuno scoiattolo alla finestra. Puoi

cominciare» disse Henny. Ricarda la punse e la bambina non emise un lamento.

«È stato bello conoscervi.» Siegfried chiuse la sua valigia.

«Perché?» chiese Giorgetto.

«Perché siete due bambini meravigliosi. Domani potrete alzarvi e a tutti quelli che incontrate dovete spiegare il motivo per cui siete guariti così in fretta. Me lo promettete?»

«E cosa dobbiamo dire? Che è perché siete venuto voi?»

Siegfried scoppiò a ridere. «No, dovete dire che è grazie al Siero Behring.»

«Arrivederci, signor Siero Behring» disse Giorgetto con la sua vocina ancora flebile, salutandolo con la mano.

Quando Siegfried e Ricarda entrarono nella camera degli altri bambini, trovarono Magdalena, Marianne e il dottor Lang ad attenderli. Le espressioni truci che avevano in volto la dicevano lunga sulla loro opinione riguardo all'imminente iniezione. Anche Siegfried doveva essersene accorto, anche se non lo diede a vedere, limitandosi ad aprire la sua valigia.

«Io sono il dottor Lang, medico della famiglia Kögler. E voi chi siete, giovanotto?» disse il vecchio dottore in tono severo.

Siegfried si presentò come Ufficiale Medico e assistente del Professor Koch.

«Senti senti: Koch. Io lo chiamo Tubercolino.» Lang scoppiò in una risata sprezzante. A quanto pareva, del luminare ricordava solo il vecchio fallimento riguardo al vaccino contro la tubercolosi, una malattia non ancora debellata. I successi che il batteriologo famoso in tutto il mondo aveva messo a segno da quel momento in poi sembravano interessargli molto meno: ad esempio il fatto che Koch fosse stato il primo a scoprire che bastava un solo agente patogeno a scatenare una malattia.

Siegfried ignorò la sua osservazione e passò a spiegare come aveva in mente di intervenire sui tre figli di Marianne, gravemente colpiti dalla malattia. Sophie, Babette e Berthold avrebbero ricevuto l'antitossina al dosaggio più alto.

La reazione di Lang fu distruttiva: «Non mi sento di consigliare questa terapia alla famiglia Kögler. Di certo, caro collega, sarete a conoscenza del caso del piccolo Ernst Hanfeld.»

Ricarda non aveva idea di cosa parlasse. E Lang fu abbastanza vigile da cogliere il suo smarrimento: «Nonostante avesse ricevuto la somministrazione, quel bambino di un anno e mezzo è morto tra indicibili tormenti. Giorni e giorni dopo. E questo nonostante suo padre fosse un medico. Come lo spiegate, esimio collega?»

«È proprio per questo che viaggio con il siero in valigia, dottor Lang. Per mostrare il modo corretto di somministrarlo. I figli della dottoressa Kögler lo hanno appena ricevuto e stanno bene.» Siegfried si chinò su Berthold. «Questo bambino ha urgente bisogno di aiuto. La sua tracheotomia, caro collega, è stata eseguita a regola d'arte» disse Siegfried, convinto che l'operazione fatta da Ricarda fosse opera del dottor Lang «ma in un caso così grave, non basterà a salvare il bambino.»

Berthold annaspò in cerca d'aria con un rantolo straziante.

«Marianne, ti scongiuro, lasciaci provare. Possiamo aiutare il piccolo Berthold» disse Ricarda.

«Non se ne parla nemmeno» decise Magdalena. «Noi ci fidiamo del dottor Lang. Chissà che ci hanno messo, in quella roba.»

«Come credete.» Siegfried richiuse le sue valigie. «Devo proseguire. Arrivederci.» Così dicendo, lasciò la stanza seguito da Ricarda.

Mentre scendevano le scale, Siegfried le disse a bassa voce: «Domani sera il bambino sarà morto. E si potrebbe evitare. Ti lascio qualche fiala, se la tua famiglia cambia idea somministrane una rossa al bambino, e anche agli altri due ovviamente.» Poi si fermò. «Rischiano tutti e tre la vita.»

«Lo so, Siegfried. Ma hai sentito mia cognata. In questa casa la sua parola è legge.»

Per un attimo sembrò che Siegfried volesse ribattere qualcosa, ma poi evidentemente ci ripensò. Si recarono nello studio medico di Ricarda al pian terreno, dove Siegfried le lasciò le fiale di siero per i suoi pazienti al birrificio.

«Dovrò mandarti una fattura. Le rosse costano dieci marchi, le altre cinque. Puoi pagarle?» domandò.

Doveva aver avuto l'impressione che Ricarda contasse ben poco, in quella villa sontuosa.

Lei lo accompagnò alla porta. «Rimarrai a Berlino? O tornerai in Africa?» domandò.

«Ancora non lo so.» Le rivolse un sorriso enigmatico. «È stato…» Esitò. «Sì, è stato bello vederti.»

«Magari ci rivedremo» disse Ricarda, sentendosi sopraffare dalla nostalgia.

«Già, il mondo è più piccolo di quanto si pensi.»

Non le tese neanche la mano perché teneva strette le due valigie. Ricarda rimase sulla soglia e lo guardò salire sulla carrozza del birrificio e andarsene via.

La notte che seguì fu stranamente tranquilla, anche se Ricarda si svegliava in continuazione per andare a controllare Giorgetto e Henny e posare loro una mano sulla fronte. Al mattino la febbre era scomparsa. Era come un miracolo. Il miracolo nel quale aveva sperato con tanta forza. L'antitossina funzionava davvero.

A quanto pareva, Siegfried aveva salvato la vita dei suoi figli. Avrebbe voluto ringraziarlo, anche se non aveva idea di che forma potesse assumere una simile gratitudine. Rivederlo aveva riaperto con violenza la ferita che aveva sempre tenuto sepolta in fondo al cuore. Un po' se ne vergognava, perché sentiva di dovere molto a Georg e sentiva che il lutto per lui sarebbe durato ancora a lungo. Aveva l'impressione che una forza celeste si divertisse a giocare con lei a un gioco in cui non poteva vincere.

Si avvicinò alla camera dei figli di Marianne in punta di piedi. Il rantolo con cui annaspavano in cerca d'aria era percettibile anche da dietro la porta chiusa. Ricarda la aprì con cautela ed entrò. Fanny dormiva su una sedia. Ricarda si chinò su Berthold, ormai completamente apatico. A un tratto le sorelle si misero a tossire e Fanny saltò su sulla sedia.

«Povere creature» sospirò la bambinaia. «Che stupidaggine.» Non disse di chi parlava nello specifico, ma il riferimento era evidente.

Ricarda bussò alla camera di Marianne e le disse che i suoi bambini dovevano andare immediatamente in ospedale.

Marianne aveva la voce impastata di pianto. «Mia madre dice che ce la faranno anche così. Perché sono bambini forti.»

«Ma sei tu l'unica responsabile dei tuoi figli, Marianne. Lasciati aiutare. E soprattutto lascia che aiutiamo i bambini. Henny e Giorgetto stanno già bene. Il dottor Lang si sbaglia sul siero.»

«Come faccio a sapere chi di voi ha ragione, Ricarda?» chiese Marianne piano piano.

Ricarda arrivò all'ambulatorio del birrificio con un cesto di vimini carico di siero. Le sale d'attesa erano piene di bambini a stadi differenti della malattia. Ricarda si accorse subito che il siero sarebbe bastato solo per quella settimana, se non avesse scelto con attenzione a chi somministrarlo e a chi no. Ma non ebbe il coraggio di negare il farmaco a nessuno, e di certo quella di proteggere più bambini possibile dalla soffocante mano dell'angelo della morte era la scelta più giusta da fare.

Lavorava senza sosta da ore e ore, quando a un tratto le voci in sala d'attesa si fecero più forti. La gente sembrava in agitazione e tutti si parlavano addosso. *Sarà arrivato un caso molto grave*, pensò Ricarda uscendo dall'ambulatorio.

Vide due poliziotti che cercavano di raggiungerla e le pazienti in attesa che glielo impedivano. «Siete voi la signora Ricarda Kögler?» domandò uno dei due poliziotti.

«Sì, certo.»

«Siete in arresto!»

In quel momento arrivò Rupert, che era stato chiamato in soccorso. «Avete un mandato che convalidi l'arresto?» Lesse il documento e guardò la cognata con aria rassegnata. «Devi per forza seguirli, Ricarda. Ti mando subito Bernhard.»

«Quali sono le accuse?» domandò Ricarda.

«Qui ci sono solo i numeri degli articoli» disse Rupert impotente.

Poco dopo, Ricarda si ritrovò di nuovo su una vettura della polizia. Le era già capitato nella vita, ma la prima volta era successo quando era una ragazzina e nessuno la conosceva. Stavolta era successo sotto gli occhi delle sue pazienti, quelle stesse pazienti che la chiamavano rispettosamente "Madre". Era stata un'umiliazione. Ricarda era convinta che, chiunque si nascondesse dietro a tanta meschineria, aveva proprio questo in mente.

Bernhard Althuber scattò subito in piedi quando, il giorno dopo, Ricarda fu condotta nella sala visite della prigione al Mariahilfplatz, poco lontano dal birrificio Kögler.

«Come stanno Henny e Giorgetto? Sono guariti del tutto?» domandò come prima cosa Ricarda.

«Oh, sì. Io non sono stato a trovarli, ma Rupert sì. Giorgetto ha già ripreso a correre di qua e di là.»

«E i bambini di Marianne?»

Bernhard deglutì a fatica. «Berthold è morto ieri all'ora di pranzo. Rupert, contro la volontà di Magdalena, ha fatto portare le bambine in quell'ospedale dove hai lavorato tu.»

«Nella Goethestrasse. Lì sono in buone mani.»

Bernhard scosse la testa. «Per la piccola Babette era già troppo tardi, Ricarda. È morta stamattina. Il siero non bastava per tutti i bambini che ne avevano bisogno. Sophie sta lottando, almeno lei dovrebbe farcela.»

La figlia maggiore di Marianne a soli cinque anni aveva perso due fratelli. Ricarda era convinta che quella tragedia sarebbe stata evitabile. Si rivide con Siegfried al capezzale dei bambini a supplicare Magdalena e Marianne di cambiare idea. Ma non voleva addossare la colpa alle due donne. Nessuno può essere diverso da com'è. La colpa era principalmente del dottor Lang, che aveva fatto un cattivo uso della sua influenza.

«Apriranno un procedimento giudiziario contro di me?» domandò.

L'avvocato annuì. «L'accusa è di lesioni personali multiple e dolose.»

«Cos'è, uno scherzo di cattivo gusto?» Ricarda scoppiò in una risata di disperazione. «In questo caso dovrebbero denunciare ogni chirurgo, dopo un'operazione.»

«Non è proprio così. Tu eri un medico di base, non un chirurgo in ospedale» le fece presente Bernhard. «Il procuratore ha scoperto in un decreto regio, valido solo in Baviera, un articolo che vieta ai medici di famiglia di eseguire interventi chirurgici. In realtà era un paragrafo pensato per contrastare l'operato dei ciarlatani di un tempo.»

Ricarda fissò sconcertata il suo avvocato. La stavano paragonando a un medico del medioevo? A una persona che tagliuzzava ulcere senza alcuna conoscenza scientifica? Certo, quelle cose le aveva studiate. I pazienti morivano di setticemia. Ma lei aveva eseguito delle tracheotomie basandosi sulle sue competenze. E di certo non era a conoscenza di questi vecchi cavilli legali. Il dottor Lang invece…

«Dietro a questa storia c'è un complotto della comunità medica» le spiegò Bernhard. «Un paio di personalità molto influenti non hanno apprezzato che fosse proprio una donna a individuare e fermare un'epidemia. Tanto più una di Berlino laureata a Zurigo.»

No, in quella città non sarebbe mai stata felice, ormai era assodato. «Non avrebbero osato farlo se Georg fosse ancora in vita» disse Ricarda, parlando più a se stessa che a lui.

«Può darsi» concordò Bernhard. «Ad ogni modo il processo ci sarà sicuramente. E altrettanto sicuramente lo vinceremo. Ma…» Fece una breve pausa. «Fino a quel momento ti tengono qua dentro.»

«E quanto tempo ci vorrà?» domandò Ricarda inorridita.

«Non lo so. Settimane. Mesi.» Bernhard estrasse un foglio dalla borsa e glielo mise sotto gli occhi. «Però il procuratore si è fatto venire in mente un'idea. E il giudice sarebbe disposto ad accettare il compromesso.»

Ricarda lesse il documento e scoppiò in una risata forzata. «Bernhard, te lo dico in parole povere: questa è una porcheria. O credi che io meriti un trattamento simile?»

«Certo che no.» L'avvocato scosse la testa. «Non fraintendermi, io vorrei andare a processo, perché ti fanno causa basandosi su una norma non più attuale al solo scopo di arrecarti danno.»

Ricarda pensò a Henny e Giorgetto, rimasti tra le grinfie di Magdalena mentre la loro madre se ne stava a marcire in carcere aspettando l'inizio di un processo assurdo…

«Una firma e sei libera» disse Bernhard. Posò la sua penna stilografica di fronte a lei. Non doveva fare altro che prenderla.

Un'altra epoca

Luglio 1897

Il rumore regolare delle ruote sui binari la tranquillizzava. Dopo le convulse settimane che si era lasciata alle spalle, Ricarda si godeva quella rassicurante monotonia. Fuori dal finestrino scorreva un paesaggio florido, i campi di cereali erano di un inteso color oro, i prati verdi e l'orizzonte mosso da morbide colline. *La Baviera è bella*, pensò. *Forse avrei dovuto impegnarmi un po' di più per amare la patria di Georg.* Ma guardando indietro agli ultimi sette anni, il paesaggio che vedeva era costituito principalmente da terra bruciata.

Il viaggio era lungo e Henny ingannava il tempo giocando con un filo di lana, al quale dava sempre forme diverse. Il piccolo Georg si era addormentato stretto a Ricarda. Era soprattutto lui ad aver accusato gli avvenimenti delle ultime settimane. Piangeva spesso e cercava costantemente sua madre. Mentre Henny andava a scuola e si faceva delle amiche, Giorgetto era sempre rimasto a casa con Fanny. Dopo la morte di Berthold e Babette, i due figli di Marianne, la villa in Prinzregentenstrasse era diventata un luogo ancora più triste e silenzioso.

Ricarda e Marianne non avevano trovato l'occasione di chiarirsi, prima della sua partenza con i figli e Fanny. *Cosa mai avremmo potuto dirci?*, si chiedeva Ricarda. *Dopo la morte di due bambini, è triste avere ragione.*

Aver salvato la vita a tanti bambini e perdere comunque l'abilitazione a esercitare era certamente ingiusto. Ma quando Bernhard le aveva messo la penna davanti, l'unica cosa che aveva pensato era stata: *Basta, non voglio più combattere contro i mulini a vento.*

Con quella firma aveva rinunciato a esercitare la professione di medico sul suolo bavarese. Di fatto quel gesto aveva assunto il peso di un'ammissione di colpa, ma Ricarda non aveva avuto altra scelta. Gli uomini sapevano che non avrebbe potuto scontare la sua pena in carcere, perché a casa la aspettavano due bambini che erano già orfani di padre. Henny e Georg erano stati usati per distruggere la sua carriera medica. Che follia.

Anche ripensare alle conclusioni che dal suo fallimento aveva tratto suo cognato Rupert le faceva rabbia. Ma forse era più corretto dire che era stato costretto a trarle.

«Cosa ne farai adesso dell'ambulatorio nel birrificio?» gli aveva chiesto Ricarda.

Rupert ci aveva riflettuto un istante. Poi aveva risposto: «Ho assunto un medico, Rica. Tu ci hai dimostrato che entrambe le parti hanno bisogno di un ambulatorio aziendale: il Birrificio Kögler e i suoi dipendenti». Sorridendo, aveva aggiunto: «Sai che hanno iniziato a farlo anche i nostri concorrenti? Chi se lo può permettere, assume un medico. Alla fine dei conti, è un risparmio».

«Mi fa piacere» aveva risposto Ricarda, evitando ulteriori commenti.

Le battaglie perse non si possono più vincere, è ora di accettarlo, pensò. Tutto ciò di cui le importava era chiuso in una dozzina di valigie. Aveva deciso che a Monaco non ci sarebbe tornata più. La città non le aveva portato fortuna.

Accanto al piccolo Georg era posato un cappellino di feltro

che Rupert gli aveva dato come regalo d'addio. Ci aveva fatto attaccare sopra un pennacchio di camoscio decisamente troppo grande per un bambino. Era quello che decorava il cappello da caccia di suo padre.

«Per Giorgetto quel cappello è il tesoro più prezioso» disse Fanny. Ricarda era felice che la bambinaia avesse deciso di andare con loro.

«In futuro vorrei che venisse chiamato Georg» disse Ricarda.

Fanny rimase interdetta per un attimo, ma poi disse con un sorriso comprensivo: «Avete ragione. Giorgetto non si addice molto a un bambino prussiano».

La carrozza non si era ancora fermata del tutto davanti al castello di Freystetten, che già Henny e Georg erano saltati giù per correre incontro alla nonna. Come sempre, negli ultimi anni, Karla Petersen era circondata di bambini e raggiante di felicità. Ammirò i forti capelli neri di Henny e fu felice di vedere quanto fosse cresciuto Georg. Henny raggiunse subito il suo adorato Victor, che viveva ancora a Freystetten, per scatenarsi nei giochi.

Karla osservò meravigliata i domestici che scaricavano i molti bagagli di Ricarda. «Sei venuta per restare?» chiese a sua figlia con un tono di speranza nella voce.

«Di certo mi fermerò un bel po', mamma.» In realtà Ricarda non sapeva bene cosa avrebbe fatto. La vita al castello le avrebbe restituito un po' di serenità, questo era certo, ma era anche vero che non si sentiva una donna di campagna ormai da tanto tempo.

Il giorno dopo, mentre i bambini si avventavano sulla grande torta di fragole della nonna, Ricarda con la sorella e la madre se ne stavano sedute sotto i meli.

«Che ingiustizia!» si indignò Rosel dopo che Ricarda le ebbe raccontato delle sue peripezie a Monaco. «Ma se avevi le migliori intenzioni!»

«Infatti per una donna non ha alcun senso studiare medicina» commentò la madre. «Almeno finché saranno gli uomini a decidere, cosa che non cambierà mai.»

Ricarda scosse la testa. «Io non credo, mamma. Le cose stanno cambiando per noi donne, anche se lentamente. Sono convinta che Henny non avrà alcuna difficoltà a lavorare come medico.»

«È quello che vuole fare?» domandò la nonna.

«Non è questo il punto, mamma» sbottò Rosel senza smettere di imboccare con le fragole il figlio minore Florian. «L'importante è credere nel futuro. E nel fatto che in futuro le donne non serviranno solo per mettere al mondo bambini.»

Ricarda guardò sua sorella con aria sorpresa. Questa sì che era una novità! *Spero solo che Rosel tiri su i propri figli con questo spirito*, pensò.

La tranquillità dei giorni trascorsi in campagna le fece un gran bene. Si rintanava nell'accogliente biblioteca del castello a leggere qualsiasi cosa le capitasse tra le mani e passava più tempo possibile con Henny e Georg. Finalmente anche il piccolo aveva ripreso a dormire tutta la notte. La "dottoressa fuori servizio", come aveva deciso di considerarsi almeno per un po' di tempo, non poteva che essere d'accordo con nonna Karla quando affermava, dall'alto della saggezza dei suoi anni, che il tempo guariva tutte le ferite.

Nel frattempo era arrivata la metà di agosto e quel giorno Ricarda era andata con sua madre, la bambinaia e tutti e sei i bambini alla riva del laghetto di Freystetten, dove l'acqua era più bassa. Qui, protetta da occhi indiscreti, Henny poteva indossare un costume da bagno ed entrare nell'acqua. Aveva già imparato alcuni rudimenti del nuoto, ma la sua ambizione reclamava di più: «A fine estate riuscirò ad attraversare il lago a nuoto, mamma. Come fa Franz.»

Il figlio maggiore di Rosel aveva otto anni ed era senza dubbio il capobanda dei bambini di Freystetten.

«Lo so fare anch'io, zia Rica!» esclamò Victor buttandosi in acqua.

Con suo grande disappunto, Henny lo raggiunse subito e lo tirò su: «Sei troppo goffo, Victor» lo rimproverò.

Ricarda, Karla e Fanny, che avevano assistito alla scena, non poterono fare a meno di ridere.

Ora che il volto di Victor stava assumendo i tratti da bambino più grande, la fossetta sul mento uguale a quella di Henny si era fatta più marcata. A eccezione di questa, i due fratellastri dai capelli folti e scuri non avevano somiglianze evidenti. Ricarda era abbastanza certa che nessuno sospettasse che avevano lo stesso padre.

In quell'istante videro due signore camminare dal castello verso di loro, a qualche centinaio di metri di distanza. Erano ancora troppo lontane per essere riconoscibili.

«Chi sono?» chiese nonna Karla.

Rosel strizzò gli occhi. «Credo che sia la contessina» affermò. «Non sapevo che sarebbe venuta.»

«E l'altra chi è?» domandò Ricarda, per poi riconoscerla un istante dopo. «Henny, Victor, uscite dall'acqua, per favore» disse.

«Non voglio!» protestò Victor.

«Invece devi uscire» ripeté Ricarda, stavolta con più fermezza.

«E va bene, zia Rica.»

«Fanny, asciugate Victor, per favore» disse poi prendendo

Henny, mentre sua madre e Rosel si occupavano degli altri bambini.

Nel frattempo le signore, che si proteggevano dal sole con due ombrellini, avevano raggiunto il gruppetto. I bambini dapprima le guardarono meravigliati, ma poi Franz si precipitò ad abbracciare la sua prozia Henriette. La contessina coccolò il nipote e i suoi fratelli, mentre la sua accompagnatrice rimase in piedi accanto a lei con aria impacciata.

Intanto Victor era di nuovo vestito e guardava l'elegante visitatrice con curiosità. «Chi sei?» le chiese.

«Sono tua madre» rispose Florentine, che sui capelli ramati portava un lezioso e romantico cappellino color albicocca decorato con fiori di seta bianca.

«Io non ho una madre!» gridò Victor correndo via tanto veloce quanto le sue gambette gli consentivano.

Hildchen sparecchiò gli ultimi piatti, mentre un'altra cameriera accendeva le fiaccole sulla terrazza del castello. La cena con cosciotti d'anatra, insalata e purè, nonostante fosse stata improvvisata per l'arrivo inaspettato delle due ospiti, era stata eccellente.

«Certo, sono grata a Karla per aver trattato Victor con affetto» stava dicendo Florentine in quel momento. «Ma cerchiamo di non dimenticare chi sarà, un giorno, questo bambino. Non vorrei che negli anni a venire raccontasse che a quattro anni ha provato a nuotare in questo lago.»

Hildchen servì la composta di ciliegie con gnocchetti all'uovo. Florentine avvicinò la lorgnette agli occhi per osservare meglio il dessert e la riappoggiò da una parte senza dire una parola. Ricarda non sapeva se quegli occhiali dalla lunga impugnatura fossero un'effettiva necessità o se li utilizzasse per un vezzo estetico. Di certo l'effetto che davano era piuttosto affettato.

«Cosa avresti da ridire di preciso sul fatto che Victor sguazzi nel laghetto?» domandò Rosel. Ricarda non si era accorta dell'ondata di rabbia che stava montando nella sorella, anzi la ammirava per come, in determinate circostanze, fosse in grado di applicare il codice di comportamento comitale che evidentemente doveva aver interiorizzato e ben nascosto da qualche parte.

«Non sta bene, cara cognata, che un giovane conte giochi con anatre e pesci.»

«In effetti è importante insegnare ai bambini a non giocare con il cibo» disse Ricarda con un sorriso.

Tutti risero, solo Florentine rimase con un'espressione torva in volto. «Che compagnie frequentavi a Monaco, Rica?»

«Flora, ti stai rendendo ridicola» ribatté Ricarda. «Tuo figlio sta bene qui. E anche tu sei stata bene senza di lui. Non stare tanto a criticare.»

«Non sono stata a divertirmi, in caso tu stessi insinuando questo. Io ho lavorato in America, Rica.»

A quel punto intervenne la contessina a supportare la nipote: «Ha scritto il suo primo libro, l'ho visto con i miei occhi. Me l'ha portato a Berlino.» La contessina fece una pausa, si schiarì la voce. «Purtroppo abbiamo scordato di portarlo.»

Ricarda sentì che quel libro aveva qualcosa che non si addiceva a una conversazione a tavola e, proprio per questo, domandò: «Come si intitola?».

«*La vita sessuale della donna*» rispose Florentine scrutando le altre commensali da dietro i suoi occhialetti. «Siamo già alla nona ristampa, il che rende l'idea di quanto interesse susciti questo argomento considerato ingiustamente un tabù. Il mio libro è una guida per la donna moderna.»

Ricarda non poté fare a meno di osservare: «Forse sarebbe

utile che anche qualche uomo venisse a conoscenza delle conseguenze delle proprie azioni.»

«Mi hai tolto le parole di bocca, Rica. Il mio prossimo libro è dedicato alla vita sessuale degli uomini.»

«Non volevi scrivere un libro dal titolo "*La donna, medico di famiglia*" o qualcosa del genere?» chiese Ricarda, che ricordava benissimo quel vecchio progetto di Flora.

«Già, e a me sembrava un'ottima idea» confermò anche la contessina.

Florentine posò la lorgnette sul tavolo. «Grazie per averlo menzionato. In effetti sono solo all'inizio della mia carriera di scrittrice di successo. Per questo tornerò in America, lì ho molte più possibilità. Ma stavolta porterò Victor con me.»

«Davvero?» domandò Rosel.

Ricarda sapeva quanto sua sorella si fosse affezionata al bambino, soprattutto perché lui e il suo quasi coetaneo Ferdinand andavano molto d'accordo. E poi le dispiaceva per Henny.

«Questo non me lo avevi detto» si intromise la contessina. «Pensavo che saresti rimasta a Berlino.»

Florentine scosse la testa. «Zia Jette, cosa potrei mai fare a Berlino? È un posto in cui non mi sento a mio agio.»

«E quando vorresti ripartire?» chiese la contessina. Ricarda le lesse la delusione in faccia.

«La mia nave salpa da Southampton tra cinque giorni. In estate le traversate non sono così turbolente, il piccolo Victor si divertirà.»

E così Flora è venuta a Freystetten solo per riprendersi il figlio, ne concluse Ricarda. Ma giusto in quel momento, la contessina stava già dicendo: «Mi è appena venuta un'idea. Una proposta che vorrei fare a voi due, Flora e Ricarda. Potremmo discuterne domani in biblioteca, per favore?»

Le due donne, che il destino aveva spesso legate l'una all'altra contro il loro volere, si scambiarono uno sguardo sorpreso.

«Ma non fissiamo troppo tardi, perché partiamo di buon'ora» disse Florentine.

A Ricarda piaceva la piccola biblioteca del castello, con le sue pareti ricoperte di libri fino al soffitto. In quei giorni era stato spesso un rifugio per lei, un luogo dove ritagliarsi un po' di tempo per se stessa. Per una conversazione a tre le sembrava un tantino angusta, ma era convinta che la contessina avesse le sue buone ragioni per averla scelta.

Al suo arrivo a Berlino, Ricarda per comodità aveva preso una carrozza che conducesse lei, i bambini e Fanny direttamente dalla stazione Anhalt alla stazione Schlesisch. Per questo il suo incontro del giorno prima con la contessina era stato il primo dopo tanto tempo.

Poco dopo, la raggiunse la sua ex mentore. «Prima parleremo io e te, Rica. Poi chiederò a Flora di raggiungerci.»

In quella casa erano tutti abituati al fatto che la più anziana della famiglia si facesse vedere di rado, ma che in quelle poche occasioni prendesse delle decisioni alle quali tutti dovevano adeguarsi. E questo Ricarda lo sapeva. «Avete stuzzicato la mia curiosità, contessina.»

«Vorrei che mi raccontassi qualcosa di più riguardo all'ingiustizia che hai subìto a Monaco. Ma prima di tutto devo metterti a conoscenza del fatto che la casa in Unter den Linden è da poco stata venduta.»

Per Ricarda fu come un pugno allo stomaco. «Mi dispiace, contessina!»

«Tuo cognato aveva una certa fretta di trasformarla in denaro contante.» Fece un sorriso amareggiato, ma la sua schiena rimase dritta come un fuso. «Il che è anche comprensibile, dal suo punto di vista. L'angolo tra la Friedrichstrasse e Unter den Linden è la zona più ambita della città.»

Soldi veloci… Ricarda sentì rovesciarsi lo stomaco.

Georg aveva anche predisposto il denaro. Lo aveva investito in alcuni immobili che adesso rivenderemo. A Ricarda tornarono in mente le parole di Bernhard. E poi rivide Cossata andarsene ringraziando, con il sorriso sulle labbra e una valigia piena di soldi in mano.

Una casa ricca di tradizioni, nonché epicentro della vita sociale della città, era stata venduta per mettere a tacere un delinquente.

«Quindi voi e Käthe non ci abitate più?»

La contessina scosse la testa.

Era assurdo il modo in cui si erano incrociati i fili del destino, il suo e quello della contessina. La sua benefattrice si era indebitata per colpa del fratello, era intervenuto Georg ad aiutarla, Ricarda avrebbe dovuto ricevere la casa, ma aveva rifiutato, poi Georg era morto ed era ricomparso Cossata. Ricarda si vergognava di essere la causa di tutto quel trambusto che aveva posto fine a un'intera epoca. Per quanto lei non ne avesse alcuna colpa.

«Per fortuna io e Käthe abbiamo trovato un nuovo appartamento, poco lontano e molto adatto. E nello stesso edificio possiamo anche ricevere i pazienti. Non devi preoccuparti, mia cara.» La contessina le sorrise. «Per fortuna negli anni passati sono stata abbastanza lungimirante da consigliare a Florentine di investire parte dell'immensa ricchezza avuta in seguito al primo divorzio in una casa con più appartamenti a Berlino.»

Florentine doveva la sua vita lussuosa e le sue ville di Nizza e Zurigo alla separazione dal suo primo marito, che i giornali dell'epoca avevano definito un "baronetto delle ferrovie". Per un periodo avevano persino vissuto a Freystetten. Per la sua infedeltà, aveva poi dovuto pagare a Florentine milioni di dollari di risarcimento.

«La casa si trova nella Behrenstrasse, e lì abbiamo anche il nostro studio medico» aggiunse la contessina.

«Con tutto quello che è successo, mi sembra una buona soluzione» osservò Ricarda. Dunque Käthe e la contessina vivevano nella casa di Florentine, quella stessa in cui il conte Raimund organizzava le orge che lo avevano portato alla rovina.

La contessina suonò un campanello e una domestica si affacciò alla porta. «La contessina Florentine può unirsi a noi.»

La cameriera lasciò la stanza con un piccolo inchino.

«Il motivo per cui è stato necessario vendere la casa in Unter den Linden deve rimanere tra di noi, Rica. Per questo ne abbiamo parlato qui, dove non può sentirci nessuno» disse la contessina.

«Ma certo.» *Mantenere il contegno*, pensò Ricarda ammirata.

Un attimo dopo, Florentine stava già varcando la soglia. Era raro vederla con un sorriso insicuro come quello che aleggiava adesso sul suo volto. «Incontri cospirativi dell'ultimo minuto?» domandò. «La mia carrozza sta già aspettando.»

«Non c'è nessuna cospirazione, cara. Come ho già anticipato ieri, voglio solo farvi una proposta. Si tratta della casa nella Behrenstrasse. Io adesso vivo nell'appartamento che era di Raimund, mentre il tuo, sullo stesso piano, è inutilizzato da anni perché, con mio sommo dispiacere, i tuoi soggiorni a Berlino si limitano al minimo indispensabile. D'altra parte, Ricarda e i suoi figli hanno bisogno di un posto dove stare. Lei deve ricominciare a lavorare come medico.»

Florentine alzò le spalle con aria disinteressata. «Ma certo,

Rica. Puoi vivere in quell'appartamento fin tanto che vorrai o che ne avrai bisogno.»

Ricarda pensò che fosse molto strano che Flora si dimostrasse così disponibile.

«Purché tu non ci organizzi delle orge!» La sua risata cristallina riempì la stanza.

«Flora, questa battuta è di cattivo gusto, oltre che poco spiritosa!» la rimproverò la contessina.

«Appunto, zia. Come tutto ciò che riguarda la casa nella Behrenstrasse.» Si alzò di scatto, nonostante si fosse seduta solo pochi istanti prima. «Addio, mie care. Non tornerò tanto presto. Statemi bene.» Distribuì dei rapidi bacetti sulle guance e se ne andò lasciandosi alle spalle il fruscio del suo vestito e una nuvola di profumo alla rosa.

«Grazie, contessina. Apprezzo molto il vostro aiuto.» Ricarda avrebbe voluto abbracciarla. Aveva procurato a lei e ai bambini una casa a Berlino. Certo, riceveva del denaro dai Kögler come mantenimento per lei e per i suoi figli, ma nessuno avrebbe affittato una casa a una giovane vedova sola con due bambini piccoli in una città già carente di alloggi.

Era la fine di un'epoca, ma anche l'inizio di una nuova vita per lei e per i suoi bambini.

L'erede

Maggio 1898

Ormai era quasi un anno che Ricarda percorreva quel tragitto. Dalla Behrenstrasse, dove dall'estate precedente viveva insieme ai figli e a Fanny nell'appartamento di Florentine, percorreva un breve tratto in Unter den Linden e da lì svoltava nella Friedrichstrasse, dove prendeva il tram per scendere una fermata dopo, alla stazione Borsa. Da lì percorreva gli ultimi duecento metri fino all'Ospedale Femminile. Quando, nell'autunno precedente, Ricarda era passata davanti alla casa in Unter den Linden per la prima volta, aveva avuto un tuffo al cuore. Era deserta. Nel giro di un paio di settimane si era abituata a quella triste vista e anche all'idea che ciò che un tempo era stato un epicentro di vita sociale adesso fosse un edificio del tutto insignificante. Verso la fine dell'inverno degli operai avevano chiuso il viottolo di accesso con una staccionata.

Nel frattempo era di nuovo maggio e della casa in Unter den Linden non restava che qualche misero calcinaccio. Era stata demolita senza alcuna pietà.

«Molte case costruite a regola d'arte solo pochi decenni fa stanno facendo la stessa fine. I tempi cambiano» disse la contessina fingendo indifferenza di fronte alla perdita della sua dimora, ma tradendosi con un impercettibile tremore del mento.

Anche per Ricarda quei resti rappresentavano una specie di monito dal passato.

Se quando Georg voleva intestarmi l'immobile avessi agito con buonsenso, anziché con il cuore, adesso Henny e Georg potrebbero crescere nella casa di Unter den Linden, pensò.

Anche la Behrenstrasse era una delle strade migliori della città. La parallela di Unter den Linden non aveva certo la sua stessa maestosità ed era decisamente più tranquilla, ma l'appartamento di Florentine aveva spazio in abbondanza. Lei ci aveva vissuto solo qualche settimana, per cui Ricarda vi aveva trovato pochissimi effetti personali. Nel frattempo Fanny e i bambini l'avevano resa molto accogliente. Dall'altra parte del pianerottolo vivevano la contessina e Käthe. Al piano terra, dove un tempo c'era la galleria d'arte del defunto conte Raimund, ora sorgeva lo studio medico che le due dottoresse dividevano. Le loro pazienti provenivano dall'alta borghesia e qualcuna addirittura dal gran mondo.

«Questa città dimentica in fretta» aveva giustamente osservato la contessina. Non lo diceva in senso negativo, dato che anche il suo prestigio personale era calato in seguito allo scandalo che aveva investito suo fratello. Eppure, quando le sedeva di fronte durante le cene che condividevano regolarmente a casa dell'una o dell'altra, Ricarda non poteva fare a meno di notare che lo spirito combattivo della sua mentore si indeboliva ogni giorno di più.

Anche in quella soleggiata giornata di maggio, come spesso accadeva negli ultimi mesi, Ricarda aveva sostituito Emilie Solm. Fino a quel momento avevano sperato tutti che la cofondatrice dell'ospedale per donne indigenti sarebbe potuta tornare al lavoro, prima o poi.

«La Solm non guarirà più, purtroppo se n'è dovuta rendere conto» le stava dicendo adesso Franziska Biberti, mentre Ricarda puliva gli strumenti.

Ricarda sapeva cosa significava. Se lei non avesse preso il posto di Emilie, sarebbe successo ciò che già si paventava: sarebbero state costrette a chiudere. Per Emilie Solm quello era il capolinea della carriera di medico, una carriera per la quale aveva combattuto strenuamente opponendosi a innumerevoli difficoltà. Un giorno si era contagiata con l'influenza, che poi si era trasformata in una sofferenza polmonare cronica. La dottoressa, ad appena cinquantasette anni, riusciva a malapena a respirare e doveva andare a vivere fuori città il prima possibile.

«Andrà a stare vicino a Monaco» disse Franziska Biberti.

E così Ricarda sarebbe subentrata ufficialmente a Emilie Solm. Per quanto la sua malattia la rattristasse, era anche molto felice di avere di nuovo un suo ruolo e di poter esercitare la professione in pianta stabile. Non che questo le avrebbe dato alcun vantaggio economico, giacché gli introiti dell'ospedale erano troppo esigui per pagare uno stipendio alle dottoresse. Motivo per cui Franziska Biberti, che non si era mai sposata, a cinquantacinque anni suonati viveva ancora da suo fratello, che possedeva a sua volta un florido studio medico. Ricarda stessa poteva permettersi di lavorare lì solo grazie ai regolari invii di denaro da parte dei Kögler. Inoltre non poteva che sperare che Florentine rimanesse in America il più a lungo possibile, altrimenti lei e i bambini sarebbero rimasti senza un tetto. Fino a quel momento, però, era riuscita a evitare il pensiero di quanto fossero precarie le basi della sua nuova esistenza.

«Puoi sostituirmi per un po' allo studio medico?» domandò Käthe entrando a casa di Ricarda, quella sera. «Devo andare a Monaco.»

Le sostituzioni allo studio medico erano l'unica possibilità di guadagnare dei soldi, per cui si rese immediatamente disponibile a farlo. «Hai voglia di respirare un po' l'aria di casa, Käthe?»

La sua amica la guardò con aria preoccupata. «Ha telefonato Magdalena. Poldi è morto in modo inaspettato.»

«Non sapevo che fosse malato» disse Ricarda. «Cos'aveva?»

«Esuberanza giovanile, ecco cos'aveva!» rispose Käthe. «Ha avuto un incidente in automobile.»

Poldi aveva solo vent'anni! Che un ragazzo così giovane potesse essere strappato alla vita in quel modo era una vera tragedia. Ricarda in realtà aveva avuto ben poco a che fare con il nipote di Georg. Il ricordo di lui che più aveva impresso era di quando lei e suo padre Rupert lo avevano portato all'ospedale pediatrico. E ricordava anche che spesso non era in grado di badare a se stesso.

Ricarda non aveva mai sentito parlare di un incidente mortale in automobile. Stavano appena testando i primi bus a motore, che però puzzavano, facevano scappare i pedoni impauriti e seminavano panico e terrore.

«Mi dispiace tanto per la famiglia» disse Ricarda. «Magdalena e Rupert gli erano così affezionati.»

Käthe sospirò. «E poi a così breve distanza dalla morte di Nonno Rupert. A volte il destino è davvero spietato.» Il patriarca era morto all'inizio dell'anno, alla veneranda età di settantanove anni. «Con la morte di Poldi,» proseguì Käthe «Rupert perde il suo ultimo erede maschio.»

Ricarda aveva sempre evitato di discutere sulle questioni dell'eredità, motivo per cui ascoltò a malapena Käthe, mentre diceva: «Marianne ha appena venticinque anni. Ed è di nuovo incinta. Farà un altro maschio.»

«Ma certo» disse Ricarda, sollevata all'idea di non dover più avere a che fare con la famiglia di birrai. Per quanto volesse bene a Käthe, non tollerava di sentirla parlare in quel modo. Da come la metteva lei, sembrava che i matrimoni esistessero all'unico scopo di mandare avanti l'albero genealogico.

«Penso che resterò in Baviera un paio di settimane» disse Käthe. «Vuoi che porti Georg con me? Almeno rivedrebbe i suoi padrini e Sophie.»

Ricarda esitò. In linea generale non c'era niente di male a mandare il bambino in villeggiatura a Monaco. Ma il suo istinto le diceva di non farlo. Non voleva che i Kögler avessero troppa influenza su di lui, soprattutto Magdalena.

La donna, esile come un giunco, riuscì a malapena a entrare nell'ambulatorio sulle sue gambe. I suoi vestiti erano molto curati, per quanto indossasse un semplice abito senza corsetto e un piccolo cappello di paglia. Non sembrava particolarmente benestante, eppure quella mattina si era presentata allo studio medico di Käthe. Ricarda suppose che avesse all'incirca la sua età, anche se i suoi lineamenti erano duri e segnati dalla fatica. *Un'insegnante*, la spinse a dedurre la sua conoscenza del genere umano.

«Ma voi non siete la dottoressa Hausmann» disse la donna come prima cosa. «Io volevo vedere lei.»

«La sostituisco io. Siete già paziente della dottoressa Hausmann?»

«No. Mi è stata consigliata. E voi chi siete? Non sembrate una dottoressa.»

Ricarda indicò i suoi attestati, che teneva appesi alla parete dello studio come aveva sempre fatto anche all'ambulatorio del birrificio. «Non vogliamo scoprire se posso essere di aiuto anch'io?» domandò, presentandosi con un sorriso.

La donna le rivolse un'occhiata scettica. «Mi chiamo Marta Schwarz.» Si abbassò una calza. «Ho un bozzolo nel polpaccio che diventa sempre più grosso. Ormai riesco a malapena a camminare. Mi fa molto male.»

Ricarda le visitò la gamba e capì subito che non si trattava di una comune infiammazione con un grosso focolaio di pus, ma di una malattia rara. Al centro del bozzolo c'era un minuscolo foro circondato da un alone leggermente infiammato. Esaminandolo alla lente d'ingrandimento, vide sottopelle una specie di sottilissimo frammento di filo. Ricarda non aveva idea di che tipo di infezione fosse.

«Non riesco a classificarla» ammise. «Mi dovrete aiutare voi. Raccontatemi della vostra vita, magari trovo qualche indizio.»

«Almeno siete onesta» disse la signora Schwarz. «Faccio l'insegnante e sono originaria di Schwerin.» Le rivolse un timido sorriso. «Ho sempre desiderato viaggiare e un bel giorno ho letto che cercavano insegnanti per la scuola tedesca in Togo.» Sorrise di nuovo, stavolta più rilassata. «Sono stata l'unica a candidarsi. Poi sono partita per il Togo e ho insegnato lì cinque anni. Sono sicura che non sapete neanche dove si trova.»

Ricarda aveva sentito un brivido lungo la schiena solo a sentir pronunciare quella parola.

Guarda sul mappamondo dove si trova, amore mio. Mi mancherai anche lì, come in ogni angolo del mondo, le aveva scritto Siegfried prima di partire per il Togo. E si rivide da studentessa a Zurigo, mentre girava il grande mappamondo della biblioteca dell'Istituto Geografico per cercare la minuscola colonia tedesca.

«Dottoressa, vi sentite poco bene?» domandò la paziente. «Sì, so che non ha un bell'aspetto.»

«Quando siete tornata dal Togo?» domandò Ricarda.

«Sei mesi fa.»

Quindi la signora non poteva aver incontrato Siegfried, ne dedusse Ricarda, perché secondo i suoi calcoli lui ci era stato dieci anni prima.

«Credo che abbiate preso un parassita. Serve un medico che si intenda di queste cose» disse Ricarda.

«Era quello che immaginavo. In Africa ci sono delle malattie terribili» rispose la signora Schwarz. «Ma come faccio a trovare un medico che mi possa aiutare, qui a Berlino?»

Partendo dalla Behrenstrasse non era una gran deviazione passare dalla Charité, prima di recarsi all'Ospedale Femminile per il turno pomeridiano. E infatti non era per quello che Ricarda sentiva il cuore gonfio di sentimenti contrastanti, mentre facevano il loro ingresso nell'immensa area costellata di piccoli edifici in mattoni come in un villaggio. Fino a quel momento non aveva avuto motivo di andare alla Charité, l'ospedale in cui qualche decennio prima era stata scritta la storia della medicina. Uomini dall'espressione severa, in completo nero, cappello e bastone, passavano accanto a lei e alla sua paziente Schwarz. Finalmente riuscì a trovare il tabellone sul quale erano ben tratteggiate le indicazioni per i singoli reparti.

Che Siegfried era tornato a lavorare alla Charité glielo aveva detto Hildchen oltre un anno prima e non poteva far altro che sperare che fosse ancora lì. E anche se fosse stato quello il caso, poteva permettersi di presentarsi da lui così, senza preavviso?

Ricarda seguì le indicazioni a passi decisi. No, non c'era niente di disonorevole nel far visita a un collega, se una paziente aveva bisogno di aiuto. «Venite, signora Schwarz. Credo di conoscere qualcuno qui.»

L'istituto per le malattie infettive era ai confini del complesso della Charité. L'ingresso al cosiddetto "edificio triangolo" era presidiato da un portiere dall'aria severa e con una bella uniforme.

«Dove posso trovare il dottor Thomasius?» gli chiese Ricarda.

«Non so se è ancora qui» disse il guardiano. «Il dottore parte oggi per raggiungere il professore in Italia.»

In quel posto il "professore" non poteva che essere il capo, Robert Koch, che Siegfried aveva accompagnato in molte delle sue spedizioni.

Per quasi un anno lei e Siegfried erano stati a Berlino, così vicini. *Perché non ho mai pensato di fargli visita?*, si stava chiedendo adesso. La risposta la sapeva: aveva paura di rinnamorarsi di lui. Proprio ora che lo aveva quasi ritrovato, lui stava per ripartire. Siegfried, l'eterno viaggiatore.

«Ci provo lo stesso» disse decisa al portiere. «Dove lo troverei, se ci fosse?» chiese sforzandosi di sfoderare un sorriso allegro.

«Eccolo che scende le scale» disse il guardiano.

Ricarda si voltò. Siegfried aveva di nuovo due grosse valigie con sé e correva a testa bassa verso l'uscita posteriore.

«Siegfried!» gridò a voce talmente alta da far sussultare la povera signora Schwarz, già intimorita.

Siegfried rimase come impietrito. Si voltò lentamente. «Rica» disse sorpreso. Le si avvicinò lentamente. Ricarda sentì il cuore battere all'impazzata, le sembrava di essere tornata la ragazzina di un tempo. «Sei a Berlino?» domandò lui come prima cosa. «Come mai?»

«È una storia lunga» si limitò a rispondere Ricarda, non sapendo come fare a spiegargli la cosa in modo adeguato.

«Stai benissimo.»

«Grazie. Mi serve il tuo aiuto.»

«Ma certo. Cosa posso fare per te?»

«Lei è la signora Schwarz.»

«Cosa? Come?» Siegfried sembrò riemergere da un sogno. Fino a quel momento non si era neanche accorto della paziente accanto a Ricarda. Poi gli sfuggì una sorta di sospiro: «Oh».

«La signora Schwarz è stata in Togo come te» disse Ricarda. «Credo che abbia preso un parassita, ma io non lo conosco.»

«Allora vediamo se riesco a capirci qualcosa così su due piedi» rispose lui, visibilmente deluso.

Siegfried si chinò sulla gamba della signora Schwarz con una lente d'ingrandimento in mano. «Si tratta senza dubbio di *Dracunculus medinensis*» disse più a se stesso che alle due signore presenti. Poi si rivolse alla paziente e chiese: «Ricordate se vi è mai capitato di bere acqua non filtrata o non bollita?»

La signora Schwarz annuì. «Un paio di volte non sono riuscita a evitarlo.»

Siegfried guardò Ricarda. «È interessantissima questa storia del verme di Guinea, come viene chiamato.» Intanto che concludeva la sua spiegazione, fece riempire un secchio d'acqua: «Nell'acqua che si beve da quelle parti si trovano dei minuscoli crostacei chiamati anche Cyclops. Non si vedono a occhio nudo. Questi animaletti ospitano le larve del verme, che una volta entrate nel corpo umano si sviluppano e si riproducono. I maschi muoiono, mentre le femmine fecondate crescono nell'organismo ospitante, che in questo caso è la signora Schwarz. Esistono esemplari che diventano lunghi più di un metro. Si muovono per mesi all'interno del corpo umano e spesso raggiungono la superficie della pelle solo una volta arrivati alle braccia o addirittura alla pianta del piede.»

La signora Schwarz, che era pallida fin dall'inizio, sembrò sul punto di svenire. «Morirò?»

«Ma no, signora. Sono pochissimi i parassiti che uccidono il loro ospite. In fin dei conti, ne hanno bisogno» spiegò Siegfried con il sorriso di un medico che intende dare una buona notizia.

«Ne sono felice» disse la signora Schwarz, col respiro ormai debole e rapido.

«Adesso attiriamo il verme fuori da lì e lo faremo con l'acqua.» Siegfried posò il secchio pieno d'acqua di fronte alla signora Schwarz. «Infilate la gamba qui dentro. Il parassita non aspetta altro, perché ha bisogno dell'acqua per deporre le sue uova. In modo che torni un nuovo animaletto a mangiarle e ricominci tutto il ciclo dall'inizio non appena qualcuno berrà quell'acqua. Non sono affascinanti le vie che scova la natura per far sopravvivere le sue creature?»

La signora Schwarz scosse la testa con forza.

Siegfried indicò il bozzolo immerso nell'acqua. «Ecco, esce già la testa.»

Un verme sottilissimo e bianco come la neve iniziò ad attorcigliarsi fuori dalla gamba della paziente. Siegfried indossò dei guanti di gomma, prese una bacchettina di metallo e passò i sali a Ricarda dicendo: «Credo che la signora Schwarz ne avrà bisogno tra poco».

Con una pazienza da certosino, Siegfried fece arrotolare il verme di Guinea sulla bacchettina man mano che usciva, mentre Ricarda cercava di evitare che la signora Schwarz svenisse.

Siegfried guardò l'orologio. «Ci vorranno delle ore qui. Per favore, Ricarda, puoi chiamare uno dei medici assistenti perché mi sostituisca? Io devo assolutamente andare.»

Ricarda accompagnò fuori Siegfried, mentre la signora Schwarz dovette rimanere in ospedale, dove un altro medico si sarebbe occupato del suo verme ancora per un po'.

«Sei sempre in viaggio, questa cosa non è cambiata col passare degli anni» disse Ricarda. Non riusciva quasi a star dietro al suo passo, nonostante lui trasportasse anche due pesanti valigie. «Ti ho fatto fare tardi?»

«Il treno per Roma parte tra mezz'ora. Quando ci siamo incontrati, stavo giusto andando a mangiare qualcosa in un caffè.»

«Adesso ti tocca viaggiare a stomaco vuoto.»

«Però ho visto te. Che è molto più importante.»

Ricarda si bloccò, costringendo anche lui a fermarsi e a guardarla. «Io voglio rivederti, Siegfried. Ci sono così tante cose di cui dobbiamo parlare.»

Siegfried abbassò lo sguardo. «E dove ci porterebbe, Rica?»

«Non lo so. Ma potremmo scoprirlo. La vita è troppo breve per continuare a ignorarci.»

A quel punto Siegfried alzò lo sguardo e la fissò dritta negli occhi. «Sì,» disse «è possibile.» Poi riprese a camminare ancora più in fretta di prima.

All'ingresso della Charité lo aspettava una carrozza. Siegfried si voltò di nuovo verso di lei. «Torno tra un paio di settimane. Ti cercherò, promesso.» Poi salì in carrozza con le valigie. «Alla stazione Dresda, presto!» gridò al vetturino.

Ricarda rimase immobile. Sentiva il cuore leggero come non le capitava da moltissimo tempo. Gettò indietro la testa e volteggiò lentamente su se stessa. Sopra di lei le chiome verde chiaro degli ippocastani innalzavano i loro fiori a forma di candela. Possibile che ci fosse una seconda opportunità, per lei e Siegfried? *È troppo bello per essere vero*, pensò, senza vergognarsi dei suoi sentimenti. Aveva a che fare con la morte quasi ogni giorno. Quand'è che la vita avrebbe finalmente avuto giustizia?

Decise di tornare all'Ospedale Femminile a piedi, per schiarirsi le idee. In fondo non era tanta strada. In quel momento le venne in mente che non aveva detto a Siegfried dove abitava. Come avrebbe fatto a trovarla, in quella città immensa?

Henny era emozionatissima. «Voglio fare il bagno, mamma! Per favore!»

«Oh, sì! Il bagno, mamma» le fece eco Georg, che con i suoi cinque anni copiava tutto quello che faceva la sorella.

Fino a quel momento, Henny e Georg non si erano poi goduti molto l'estate. Se non avesse acconsentito a sostituire Käthe, Ricarda sarebbe tornata volentieri a Freystetten con i bambini, ma avendo due impieghi le era stato impossibile venire via.

Quella domenica, però, aveva acconsentito a prendere il tram a cavalli fino al sobborgo berlinese di Mariendorf, dove era stato allestito il cosiddetto Seebad, una delle attrazioni più innovative della metropoli. Quando arrivarono a destinazione, l'area pullulava già di bambini. La stazione balneare, circondata da portici in cui gli adulti godevano dell'ombra e gli uomini trovavano delle cabine per cambiarsi, era dotata di due lunghe vasche in cemento. L'acqua al loro interno era pulita perché aveva un ricircolo costante. Georg doveva stare nella vasca per principianti, perché era ancora insicuro nel nuoto, e alle donne non era permesso fare il bagno. Henny invece poté entrare nella vasca di cento metri dedicata ai nuotatori e dimostrare così quello che aveva imparato durante l'estate precedente.

Rientrarono nella Behrenstrasse solo a sera, con i bambini esausti. Non appena Henny e Georg furono a letto, qualcuno bussò alla porta. Era Käthe, rientrata dal suo soggiorno a Monaco. Ma la sua espressione era tutt'altro che felice.

«Dobbiamo parlare, Rica. Porto brutte notizie.»

«Quando sei tornata? Entra.»

«Vieni tu da noi, per favore.» Ricarda indugiò e Käthe aggiunse: «Capirai subito».

Nel salotto trovò ad attenderla la contessina, che contrariamente alle sue abitudini aveva già in mano un bicchiere di cognac. Come ogni volta che nell'aria c'era qualcosa di esplosivo.

Ricarda era decisa ad andare subito al sodo ed espresse quello che era il suo più grande timore: «Sta per tornare Florentine, contessina? Dobbiamo andarcene?».

«No, Rica. Non preoccuparti. Flora si è fidanzata di nuovo, stavolta è un uomo della costa orientale degli Stati Uniti, di Boston. Non tornerà tanto presto» rispose la contessina.

Ricarda si sentì sollevata. Era contenta che Florentine avesse trovato di nuovo la felicità, nonostante avesse con sé il piccolo Victor. Una donna separata con un figlio faceva paura alla maggior parte degli uomini. Mentre formulava questo pensiero, a Ricarda venne in mente che per una vedova con due figli come lei valeva esattamente la stessa cosa.

«Allora di che si tratta? È successo qualcosa a Monaco, Käthe?» domandò Ricarda.

Käthe annuì. «Questo è un anno nero per i Kögler, di quelli che capitano a tutte le famiglie, almeno una volta. Prima muore il nonno, poi Poldi. E adesso questa cosa con Marianne.»

«Cosa le è successo? È di nuovo incinta, no?»

«Hai conosciuto quel dottore, no? Lang, il medico di famiglia.» Käthe scoppiò in una risata sprezzante. «Quello che ti ha denunciato. Avevo consigliato a Marianne di farsi seguire da me per il parto, ma Magdalena era contraria: "No, Käthe, non ci pensare nemmeno. Noi ci fidiamo del dottor Lang. Lui è un medico esperto".» Käthe aveva vissuto quel rifiuto come un gesto di tale violenza che non fu più in grado di proseguire il racconto.

La contessina andò avanti al posto suo. «In breve: il feto era posizionato male e avrebbe dovuto essere girato con grande cautela. Il dottor Lang non l'ha capito, perché a quanto pare non ha grandi competenze in campo ginecologico.»

«In qualche modo è riuscito a tirar fuori il bambino» riprese

Käthe. «Ma l'utero di Marianne si è lacerato e dopo la nascita l'hanno dovuta portare in ospedale.»

«Oddio!» esclamò Ricarda. L'avevano sempre fatta arrabbiare i matrimoni contratti al solo scopo di generare eredi, e adesso Marianne non avrebbe mai più potuto avere figli. «Almeno ha avuto il tanto agognato figlio maschio?»

«Sì.» Käthe fece un profondo sospiro. «Ma è morto durante il parto.»

Che tragedia, pensò Ricarda. Naturalmente provava molta pena per Marianne. Aveva sposato Alois a soli diciotto anni. Non conosceva alcuna alternativa a un'esistenza di moglie e di madre. Erano quelle le sue ragioni di vita. E lo stesso valeva per tantissime donne come lei.

Käthe posò un braccio attorno a Ricarda come per consolarla. «Ma non è tutto. Si tratta di Georg.»

Ricarda fissò la sua amica senza capire. «Cosa c'entra Georg?»

La contessina svuotò il bicchiere in un unico sorso. «È incredibile» disse dominando a stento la collera.

«Rupert è il tutore di Georg. E il tutore decide sulla domiciliazione del minore» disse Käthe.

«Sì, lo so.» Ricarda presagiva la sciagura imminente, ma non riusciva a capire dove volesse andare a parare Käthe.

Käthe sospirò di nuovo. «Georg deve vivere a Monaco» disse senza giri di parole. «Rupert e Magdalena vogliono così.»

«E tu sei stata mandata qui a comunicarmelo?» Ricarda si ritrasse con delicatezza dall'abbraccio di Käthe. «A che gioco state giocando?»

«I Kögler hanno bisogno di un erede, Ricarda» disse la contessina. «Qualcuno che prenda le redini della famiglia» aggiunse implacabile.

«Non sono stata mandata qui a comunicartelo, Rica! Tutto al

contrario. Ho detto a Rupert che non può fare una cosa simile» disse Käthe.

«Che non può fare cosa?» domandò Ricarda senza fiato.

«Costringerti a vivere con Georg a Monaco per far crescere il bambino da bavarese. Con le persone della sua famiglia.»

«Siamo noi la sua famiglia!»

«Ma sì, certo, però anche loro lo sono. Ti offrono di tornare a vivere nella Prinzregentenstrasse con i bambini. Però sarà Rupert a tirarlo su.»

«E Magdalena» aggiunse Ricarda.

«Questo sarà inevitabile, è pur sempre sua moglie» osservò Käthe con evidente rassegnazione nella voce.

«E se mi rifiutassi?»

«Bernhard farà in modo che accada comunque.»

«Non ci credo. Bernhard mi vuole bene, Käthe. Non me lo farebbe mai. Lui sa che ho dovuto rinunciare per sempre alla possibilità di lavorare a Monaco.»

«Credo che da un punto di vista umano non lo farebbe mai» concordò Käthe. «Ma come avvocato deve curare gli interessi della famiglia.»

«A cosa dovrebbe portare tutto questo? Io sono la madre di Georg, mi occupo io di lui e qui ha tutto quello di cui ha bisogno!»

La contessina si sedette di fronte a Ricarda, le rivolse un sorriso di sufficienza e disse: «Però il bambino appartiene ai Kögler, Ricarda».

Dopo una notte insonne, Ricarda tornò di buon mattino nell'appartamento della contessina, che aveva un telefono, e si fece mettere in collegamento con Bernhard Althuber. Era decisa a non farsi travolgere dagli eventi.

Non si stupì affatto di sentirlo rispondere con voce trattenuta: «Oh, Ricarda. Come stai?».

«Non molto bene, Bernhard. Al suo rientro, ieri sera, Käthe mi ha raccontato una cosa che ha dell'incredibile.»

«Sarebbe?»

«Magdalena vuole costringermi a vivere a Monaco?»

«Non la metterei su questo piano, Ricarda. Lo sai che vogliamo tutti il meglio, per te.»

«Scusa tanto se io e te non abbiamo la stessa percezione al riguardo. Il "meglio" per me sono i miei figli.»

Ricarda lo sentì ridere all'altro capo del telefono.

«Non mi trasferirò a Monaco con i bambini. Io lavoro a Berlino. Henny e Georg si sono ambientati qui» disse. «Non potresti spiegare a Magdalena che Georg qui da noi sta benissimo? Abbiamo una sistemazione ottimale e lui è in buona salute.»

«Senti, Ricarda, a dire la verità non potrei neanche parlarci, con te. Il mio cliente è Rupert. Ma ti spiegherò comunque la situazione in nome della nostra amicizia. Il domicilio del bambino dev'essere là dove vivono i suoi padrini e il suo tutore. Perché lui erediterà tutto ciò che i Kögler possiedono e tu sai che non è poca cosa. Lo aspetta una responsabilità immensa. Dovrà diventare il proprietario di un birrificio e Rupert deve insegnargli come si fa. Ma non può farlo se Giorgetto sta a Berlino.»

«Ma è ancora così piccolo, Bernhard!»

«È proprio questo il punto, Ricarda. Adesso ha cinque anni. La prossima primavera inizierà la scuola. È il momento giusto per farlo tornare a casa. Sii ragionevole, Ricarda. Non vorrei dover prendere iniziative legali contro di te.»

«Davvero lo faresti, Bernhard?» domandò Ricarda pur conoscendo la risposta.

«Gli interessi della famiglia vengono sempre prima della volontà del singolo. Che ci piaccia o no, le cose stanno così.»

«E se mi rifiutassi di vederla in questo modo, Bernhard?»

«Ricarda, non rendere le cose inutilmente più difficili per tutti.»

«Non lo faccio, Bernhard. Però io non sono solo la madre dei miei figli, sono anche un medico. Georg lo sapeva questo e mi aveva promesso che avrei potuto lavorare. Se stai gestendo la sua eredità, dovresti pensare anche a questo» ribatté lei.

Per un attimo all'altro capo del telefono regnò il silenzio. Poi l'avvocato disse: «Be', sì, anche questo è un punto su cui si potrebbe discutere: le circostanze in cui è avvenuto il matrimonio tra te e Georg».

Ricarda si sentì pervadere da un'ondata di calore, mentre si rendeva conto dell'arma che la famiglia Kögler sarebbe stata disposta a impugnare. «E con questo cosa vorresti insinuare?»

«Lo sai benissimo, Ricarda.»

«Ma a quanto pare voi lo sapete ancora meglio. Dunque dillo.»

Bernhard si schiarì la voce. Poi rimase in silenzio per un po'. Era evidente che stava soppesando ogni parola con la massima attenzione. «Si potrebbe nutrire il sospetto, nonché in ultima analisi provare, che il tuo matrimonio sia stato contratto con l'inganno.»

«Georg mi amava! Non avrebbe mai permesso che tu mi parlassi in questo modo!»

«Ricarda, te l'ho già detto una volta: l'amore non è una prova valida agli occhi di un giudice» ribatté Bernhard.

«Ma cosa stai dicendo! Tu sai benissimo che le cose non stanno così!»

«Mi dispiace, Ricarda, ma non c'entra niente quello che penso o sento come persona. Io rappresento il mio cliente, non me stesso. Prima che io chiuda questa conversazione, voglio darti un ultimo consiglio da amico: torna a Monaco con il bambino, prima che tutta la faccenda assuma proporzioni che né io né te vogliamo che assuma. Ti prego, Ricarda.»

La cornetta gracchiò. «L'utente a Monaco ha riagganciato» disse la signorina del centralino.

Malwine Merger, che si occupava della casa della contessina e di Käthe anche nella Behrenstrasse, riagganciò la cornetta e si inginocchiò sul pavimento accanto a Ricarda. «Oh, dottoressa Ricarda. Riuscirete a superare anche questa. Ne avete passate tante. Gliela farete vedere a quello lì.»

«Mi portano via il piccolo Georg, signora Merger.»

«Ma no, dottoressa. Troverete una via d'uscita. Ho fatto il caffè, venite con me in cucina.»

Poco dopo anche Käthe raggiunse Ricarda che, sopraffatta dalle emozioni com'era, non riusciva più a pensare lucidamente.

«Ti ho sentito telefonare» disse.

«Ha detto che gli interessi della famiglia sono più importanti dei singoli individui, Käthe.» Lo sconforto di Ricarda cedette il posto alla disperazione. «Perché la famiglia ha lasciato che Poldi, l'erede, se ne andasse in giro con l'automobile? Un'automobile che non possiede ancora nessuno e con la quale è andato a morire? E perché hanno lasciato che il dottor Lang si occupasse di Marianne? Se è vero che il benessere della famiglia viene prima di tutto? Tu sei in grado di spiegarmelo, Käthe? In fin dei conti sei una Kögler anche tu.»

«Questo è ingiusto, Rica.»

«Contro chi altro dovrei rivolgere la mia disperazione? In fin dei conti è grazie a te che ho conosciuto Georg.»

Käthe posò la sua tazza di caffè e prese Ricarda tra le braccia.

«Sì, hai ragione. Ma devi riconoscere che non potevo prevedere niente di tutto questo.»

«Non so neanche se posso considerarti mia amica, Käthe. Bernhard ha detto che conta solo la famiglia.»

«Sciocchezze. Tu sei come una figlia per me. Io non potrei mai tradirti, Rica, e non lo farò mai. È per questo che ti ho subito raccontato tutto.»

Ricarda dovette ammettere che era vero. «Ma allora cosa dovrei fare? Andare a Monaco?»

«Ovviamente non cederai al ricatto» disse Käthe. «Sono stata io a far incontrare te e Georg, e io ti aiuterò a fare in modo di non soffrirne. Fidati di me, Rica.»

Solo quando fu rientrata nel suo appartamento, dove Henny e Georg facevano colazione con Fanny, Ricarda fece caso alla scelta di parole di Käthe. Aveva detto: «Sono stata io a far incontrare te e Georg». Non aveva mai considerato le cose da quel punto di vista. Aveva sempre creduto che fosse stato il buon cuore di Georg a salvarla da una situazione senza vie d'uscita. Possibile che si fosse sbagliata?

«Mamma, perché mi guardi in quel modo?» domandò Henny. «Ho fatto qualcosa che ti ha fatto arrabbiare?»

«No, Henny, niente affatto. Va tutto bene, ho solo avuto una conversazione molto poco piacevole» disse Ricarda dando alla figlia un fugace bacio sulla testa.

No, pensò, *i figli non devono pagare per gli errori dei genitori.* Ma questa non era altro che la sua opinione personale e temeva che non interessasse a nessuno.

L’amore della sua vita

Gennaio 1899

Ricarda trasalì, sentendo bussare con forza alla porta. Stava facendo una rapida colazione con Fanny, mentre Georg dormiva ancora. Fuori era buio e il lampione acceso illuminava una debole nevicata.

«La signora Merger avrà scordato di comprare il latte?» scherzò Henny, che a quell’ora era molto più sveglia di sua madre. Poi bevve un sorso della sua cioccolata calda.

«Vado a vedere» disse Fanny, dirigendosi verso la porta. Un istante dopo, Ricarda la sentì esclamare: «Ma cosa vi viene in mente di irrompere qui a quest’ora? È una barbarie!»

«Zitta, donna. Facciamo solo il nostro dovere» rispose un’imperiosa voce maschile.

Ricarda raggiunse di corsa il corridoio. Tutto a un tratto era sveglissima. Eccoli lì, i fantasmi che l’avevano perseguitata negli ultimi sei mesi. Stavano irrompendo nell’appartamento sotto forma di due brigadieri di Berlino, uno dei quali teneva stretta Fanny per le braccia.

«Lasciate stare la mia bambinaia» disse Ricarda. «Non opporremo nessuna resistenza e seguiremo le vostre istruzioni.»

In quell’istante entrarono prima Bernhard, poi Rupert e infine Magdalena.

Ricarda sbarrò loro la strada. «Prima voglio vedere la delibera del tribunale, signori miei.» Dall'esterno simulava tranquillità, ma quando le passarono il foglio non riuscì neanche a leggerlo, da come le tremavano le mani.

«Sai già cosa c'è scritto, Ricarda» disse Bernhard. Il suo loden nero era coperto di neve. «Lo sai da settimane. Te l'ho detto fin dall'inizio: non rendere tutto inutilmente più difficile.»

«Infatti non lo faccio, Bernhard. Avevo proposto che si venisse in visita a Monaco più volte l'anno, per coltivare i rapporti» disse Ricarda. «Ma c'è qualcosa di profondamente sbagliato nell'imporre a una vedova il posto in cui deve vivere con i suoi legittimi figli. Voi non siete né il padre né la madre di Georg. Però volete togliergli la madre e la sorella. Che razza di persone siete?»

«Noi siamo una famiglia, Ricarda» intervenne Magdalena.

«Se voi siete la mia famiglia, non ho bisogno di altri nemici» sbottò Ricarda.

«Ne abbiamo già discusso abbondantemente» si inserì Bernhard. «Il tutore sta solo esercitando il suo diritto.»

«Consegnate il bambino spontaneamente o dobbiamo andare a prenderlo?» domandò uno dei poliziotti.

«Mio figlio dorme. Devo prima andare a svegliarlo» disse Ricarda.

Ed ecco che la porta in fondo al corridoio si aprì e comparve il piccolo Georg che si stropicciava gli occhi. «Perché tutto questo rumore, mamma?»

La risposta giusta sarebbe: ti portano via da me, pensò Ricarda avvicinandosi a suo figlio. «Zio Rupert è venuto a prenderti, tesoro.» Queste poche parole furono le uniche che riuscì a proferire.

«Non voglio andare a Monaco. Voglio rimanere con te e Henny.»

A quel punto intervenne Bernhard con un gesto energico.

«Direi che basta così. Ricarda, hai avuto tempo a sufficienza per preparare tuo figlio. Da qui in poi ci pensiamo noi.»

«Il tuo comportamento è irragionevole, Bernhard. Qui non è stato commesso alcun crimine. Almeno non da me. L'amore non ha alcun valore giuridico. Sono parole tue. Io sono convinta che quello che stai facendo non piacerà a mio figlio neanche tra vent'anni. Ma questa è una cosa con cui dovrà fare i conti la tua coscienza.» Poi alzò lo sguardo su Rupert e Magdalena. «E anche la vostra. Sempre che ce l'abbiate, una coscienza. Non si divide di proposito un figlio da sua madre! Il padre di Georg non avrebbe mai permesso che accadesse.»

«Calmatevi, donna!» tuonò uno dei due poliziotti.

«Non chiamatemi donna!» sibilò Ricarda. «Sono la dottoressa Ricarda Kögler.» Poi prese Georg per mano. «Vai a vestirti per favore, Georg.»

«Ma io non voglio, mamma.»

«Invece devi farlo, amore. Non possiamo più discuterne. Te l'ho già spiegato tante volte. Adesso vai, per favore» disse Ricarda con voce più serena possibile, nonostante le si stesse per spezzare il cuore nel petto.

«Lo aiuto io» disse Fanny scomparendo in camera di Georg.

«Quindi Fanny viene con noi?» domandò Magdalena dalla soglia.

«Ha già fatto i bagagli» rispose Ricarda. Quella era stata l'unica concessione che aveva strappato ai Kögler, in modo che a Georg rimanesse almeno una persona cara accanto. Da parte sua, Fanny era felice all'idea di tornare a Monaco, per cui aveva acconsentito di buon grado.

Bernhard infilò la mano nella tasca del suo cappotto e ne estrasse una busta che tese a Ricarda. «Come concordato. È l'unica copia esistente» si limitò a dire.

«Cosa le stai dando? Sono soldi?» domandò Magdalena. «Non le spettano!»

«Nel tuo mondo ruota tutto intorno ai soldi, non mi stupisce che mi reputi capace di vendere mio figlio» disse Ricarda strappando in due la busta senza neanche aprirla. I poliziotti la fissarono con tanto d'occhi.

Poco dopo, Fanny uscì dalla camera di Georg con il bambino. Lo stava praticamente trascinando. Vedendo i suoi occhi rossi di pianto, Ricarda sentì montare le lacrime. Gli schioccò due baci sulle guance.

«Vedrai che starai bene, amore» disse.

Georg scosse la testa senza dire una parola e abbracciò la madre.

«Adesso basta. Abbiamo anche altro da fare, noi» disse uno dei due poliziotti.

Henny, che dalla porta aveva assistito senza fiatare a tutta la scena, abbracciò il fratellino. «Ti vorrò sempre bene, Georg.»

«Anche io ti vorrò sempre bene, Henny!» Il piccolo scoppiò di nuovo in lacrime.

«Da noi sarai sempre la benvenuta, Rica» disse Rupert che fino a quel momento non aveva aperto bocca. «Mi dispiace.»

Ma lei non rispose. Se quello che diceva era vero, avrebbe dovuto far qualcosa per impedirlo.

Poi il gruppo uscì dall'appartamento, lasciando Ricarda e Henny da sole. Tutto a un tratto in casa regnava un silenzio inquietante.

«Io odio Rupert e Magdalena» disse Henny con il volto rigato di lacrime. «Li odierò per tutta la vita. Lo giuro.»

«No, Henny. L'odio è un sentimento che finisce per distruggerti. Non odiare.» Ricarda si era domandata spesso quale fosse il modo migliore per spiegare una simile ingiustizia a una bambina di otto anni. «Sono convinti di agire per il bene di Georg.»

«Ma siamo noi la sua famiglia!»

«E lo resteremo per sempre, ma anche loro sono la sua famiglia.»

Ricarda teneva ancora tra le mani la busta strappata. Bruciava come il fuoco.

«Adesso preparati per andare a scuola, Henny. La nostra vita deve andare avanti.» Sapeva quanto dure suonassero le sue parole, ma le cose stavano proprio così.

Ricarda andò in camera sua e posò sulla scrivania le due metà del foglio contenuto nella busta, avvicinandole l'una accanto all'altra. E vi lesse ciò che già si aspettava.

Io, Giacomo Cossata d'Aperi, con la presente dichiaro di essere il padre di Henriette Katharina Kögler. Io e Ricarda Kögler, nata Petersen, l'abbiamo concepita di comune accordo dopo una lunga storia d'amore. In seguito la signora Kögler conobbe suo marito Georg, al quale attribuì falsamente la paternità della bambina che lui accettò di riconoscere.

Il testo vergato su quel foglio non era un'iniziativa di Cossata, su questo non c'era dubbio. Gli era semplicemente stato dettato. E solo Bernhard poteva averlo fatto. Bernhard, l'amico che sia lei che Georg avevano mal giudicato, aveva messo i suoi figli uno contro l'altro. La famiglia prima di tutto.

Con questa mossa perfida aveva indotto Ricarda a cedere nella battaglia per Georg: «Se mostro questo pezzo di carta a Rupert, lui può toglierti tutti i contributi finanziari ai quali hai diritto come vedova. È questo che vuoi?» Ecco cosa le aveva detto durante un incontro che aveva avuto luogo a dicembre in un ristorante di Berlino, al quale lei aveva acconsentito di buon grado, convinta di ricevere una proposta amichevole.

«Il giorno in cui lascerai Georg a Rupert riceverai questo documento» le aveva detto.

«Tu non guardi in faccia nessuno, Bernhard.»

«È così che fanno i buoni avvocati» le aveva risposto lui.

Ricarda accese un fiammifero e lo tenne sotto il pezzo di carta. Poi lo lasciò cadere in una scodella di vetro e aspettò che il fuoco lo consumasse fino a non lasciarne traccia. Henny era libera, una volta per tutte. Ma il prezzo della sua libertà era stato il suo fratellino. Di questo la bambinaia non aveva alcuna idea e Ricarda giurò a se stessa che sarebbe rimasto un segreto per sempre.

Andò in camera di Georg e si sedette sul suo letto. Carezzò le coperte con le mani e se le portò al viso. Percepì un rimasuglio di calore che il corpo di suo figlio vi aveva lasciato. Accanto al letto era rimasto il suo cappellino verde di feltro con attaccato il vaporoso e decisamente troppo grande pennacchio di camoscio approntato da suo padre. Lo stesso che portava sul cappello il giorno in cui era morto. Georg doveva averlo scordato in quella partenza precipitosa.

Ricarda sbrigava ogni giorno il suo lavoro. Era inverno e la maggior parte delle donne arrivavano all'Ospedale Femminile con fratture scomposte dovute alla crudeltà della metropoli. L'acqua sporca delle pulizie veniva infatti gettata distrattamente sul marciapiede e c'era sempre qualche malcapitata che scivolava sullo strato di ghiaccio che si formava nel giro di pochissimo tempo.

Spesso arrivavano anche madri che imploravano un aiuto per i figli che non respiravano. E ogni volta tornava la paura che l'angelo sterminatore li uccidesse. Eppure era evidente che i casi di difterite in città stessero gradualmente calando. Ormai nella capitale veniva iniettato il siero al primo sospetto. Anche all'Ospedale Femminile lo tenevano sempre in magazzino durante i rigidi mesi invernali. Ogni tanto, quando lo iniettava, Ricarda non poteva fare a meno di pensare a Siegfried. Dall'estate precedente non aveva più avuto notizie dall'instancabile viaggiatore. Si sarebbe davvero fatto vivo come aveva promesso? Lui conosceva l'Ospedale Femminile e avrebbe potuto cercarla lì, se davvero avesse voluto.

Adesso, viaggiando sul tram in direzione della Friedrichstrasse, i pensieri di Ricarda andarono a suo figlio Georg. Non riusciva a dominare i suoi sentimenti. Si chiedeva in continuazione come stava, se piangeva spesso o se si comportava da bambino coraggioso. Rifletté se non fosse il caso di alzare il telefono e chiamare la villa nella Prinzregentenstrasse. Lo aveva già fatto un paio di volte. Anche la settimana passata.

Fanny l'aveva tranquillizzata, o almeno ci aveva provato. «Gioca molto con Sophie» le aveva detto la bambinaia in tono rilassato.

«Potete passarmelo al telefono?» le aveva chiesto Ricarda.

«Non posso, dottoressa. La signora Kögler dice che Giorgetto deve prima ambientarsi. Non gli farebbe bene parlare con voi.»

Giorgetto. I bavaresi si erano ripresi il piccolo Georg. Avrebbero fatto di tutto per spingerlo a dimenticarla. Quanto meno le era rimasta Henny, che soffriva quanto lei per l'assenza del fratellino. Ricarda trascorreva con la figlia ogni minuto libero, anche perché Henny non aveva voluto una nuova bambinaia. «Ormai sono troppo grande, mamma.» D'altra parte a Ricarda faceva comodo risparmiare i soldi di uno stipendio, giacché da quando Georg si era trasferito a Monaco, gli alimenti che riceveva erano stati quasi dimezzati.

Henny aveva manifestato il desiderio di pattinare sul ghiaccio, e così un fine settimana Ricarda aveva preso la figlia ed era andata con lei a Mariendorf, dove d'inverno la zona balneare veniva trasformata in pista da pattinaggio.

Da quando sua sorella era morta nel lago ghiacciato, Ricarda non aveva mai sentito il bisogno di pattinare, per cui se n'era rimasta avvolta in una coperta e con in mano una tazza di tè caldo, a osservare Henny che volteggiava leggiadra.

Da lontano vide la figlia parlare con una ragazza e poi pattinarci insieme. In un primo momento pensò che fosse un'insegnante, ma poi vide che si dirigevano verso di lei.

«Guarda chi ho incontrato, mamma! Anche Hildchen vive a Berlino, adesso.»

Ricarda saltò su. «Che gioia vederti!» esclamò, avvicinandosi.

La sorella di Siegfried ormai non era più una bambina poco appariscente, ma si era trasformata in una ragazza molto carina. Lei e Ricarda non avevano più avuto occasione di vedersi a Freystetten da quando Hildchen si era trasferita a Francoforte sull'Oder per frequentare la scuola di economia domestica.

«Noi pattiniamo ancora un po'» disse Hildchen. «Guarda, sta arrivando Siegfried. Voi due avrete sicuramente molte cose da raccontarvi.»

Ricarda si voltò e per un attimo temette che il cuore le si fermasse in petto.

Bardato com'era – con un pesante cappotto invernale e il cappello a tesa larga ben calcato sul viso – Ricarda probabilmente non lo avrebbe riconosciuto. E neanche Siegfried l'avrebbe riconosciuta, visto che era imbacuccata nella coperta per ripararsi dal freddo. Adesso, però, era immobile di fronte a lei e la fissava; sembrava cercare le parole giuste da dire.

«Mi stavo proprio chiedendo con chi chiacchierasse Hildchen» disse alla fine. «Quella è tua figlia? Santo cielo, com'è cresciuta.»

Ricarda si sentiva a disagio con quella coperta buttata sulle spalle e se la scrollò di dosso più in fretta che poté. Siegfried la riprese al volo e se la appoggiò addosso.

«Soffri il freddo in Germania» scherzò lei.

Siegfried annuì. «Questo clima non va più bene per me. Il gelo mi penetra nelle ossa. Devo tornare al caldo.»

«Fammi indovinare: fai da accompagnatore alle uscite della tua sorellina» disse Ricarda.

«È stata Hildchen a trascinarmi fuori di casa. Adesso viviamo insieme, lei ha finito la scuola di economia domestica.»

Mentre lui le raccontava ogni possibile dettaglio su Hildchen e sul loro nuovo appartamento in Luisenstrasse, vicino alla Charité, Ricarda non poté fare a meno di pensare alle ultime parole che le aveva detto davanti alla carrozza: *Ti cercherò, promesso*. Che avesse provato davvero a mettersi in contatto con lei? Era il caso di chiederglielo? Le ultime due volte che si erano incontrati, tra di loro si era creata un'atmosfera ambigua, a metà tra la confidenza e l'estraneità.

«E...» cominciò a dire Ricarda «quando pensi di ripartire per il grande mondo?»

Siegfried fece finta di non aver sentito la domanda. «Stai gelando» disse, posandole di nuovo la coperta sulle spalle. Poi la guardò dritta negli occhi. «Ti ho pensato molto.»

«Mi hai cercata?»

Lui dondolò la testa. «Sì e no. Il palazzo della contessina non esiste più, questo l'ho notato. Sarei potuto andare nella Alte Schönhauser Strasse, in quel minuscolo ospedale dove lavoravi un tempo. Ma ho lasciato perdere. Non ero sicuro che fosse una buona idea.»

«Lo è, Siegfried. Lo è senza dubbio.»

Sulle labbra di lui comparve un sorriso esitante. «Davvero? In che senso?»

Lei lo prese a braccetto e insieme passeggiarono intorno alla pista da pattinaggio. «Di recente ho visto una foto in una rivista – se non sbaglio era il *Feierstunden*, che la contessina prende in abbonamento per le sue pazienti. Un conte inglese si è fatto fare un labirinto di siepi in giardino. Al centro c'è una statua di sua moglie, morta ormai da tempo. Me lo immagino aggirarsi per quel lungo sentiero della memoria nel quale di certo continua a perdersi. Allora mi è venuto da pensare a noi. Non credo che dovremmo finire così.»

«Un'immagine calzante» rispose Siegfried. «Hai ragione. Dovremmo smettere di perderci.»

«Cioccolata calda come ai vecchi tempi? Vogliamo ricominciare da lì?»

Siegfried annuì convinto e si strofinò le mani congelate. «Ottima idea.»

«Quel verme che hai estratto dalla gamba della paziente!» Ricarda scoppiò a ridere. «Credo tu sia l'unica persona al mondo a ritenerla una situazione del tutto normale.»

Siegfried alzò le spalle. «Non è stato niente di che. Solo che qui non lo conosce nessuno. Ti ha dato fastidio?»

«No, per niente. Ero troppo preoccupata per la salute della mia paziente.»

Le loro mani riposavano vicine sulla superficie di marmo del tavolo del caffè in Unter den Linden. Intorno a loro regnava il caos tipico di un sabato pomeriggio qualsiasi.

«Se non fosse stato per la paziente, non saresti venuta?»

«Probabilmente no» ammise Ricarda, per poi correggersi

subito: «Senza "probabilmente". Non ne avrei avuto il coraggio.»

«Perché l'immagine del labirinto non ti aveva ancora aperto gli occhi?»

Ricarda sorrise per quel rimando alla sua similitudine e bevve un sorso della cioccolata ormai fredda. «Sono successe così tante cose. Ho saputo della morte di Lore solo un anno dopo che era successo, da Hildchen. Sono rimasta molto turbata.»

Era strano invitare la morte al tavolo con loro, in quel primo appuntamento dopo tanti anni.

Lo sguardo di Siegfried si incupì. «Ce l'ho avuta con me stesso per tanto tempo, Rica.»

«Ma tu non avevi nessuna colpa, no?»

Siegfried si torceva le mani. «Sai, quando ci si sposa, si promette all'altra persona di percorrere insieme il sentiero della vita. Nella buona e nella cattiva sorte. Finché morte... eccetera eccetera. Sono formule. Poi, quando ci si ritrova davanti alla bara di una persona che ti ha seguito davvero, ci si chiede: qual è la mia colpa, in tutto questo? Lore era un'infermiera. Nel suo e nel nostro lavoro corriamo sempre il rischio di infettarci. Ma la questione per me era: senza di me, Lore non sarebbe mai finita in una zona colpita dal colera, perché a Berlino ormai sono anni che l'acqua di scolo viene fatta defluire nei campi, fuori dalle porte della città. Ma ad Amburgo questo non accadeva, lì gettavano ancora tutta la sporcizia nell'Elba e nell'Alster. Perciò Lore si è ritrovata in trappola allo scoppio di un'improvvisa epidemia di colera durante quell'estate torrida.»

«Ti sei mai perdonato?» domandò Ricarda.

Lui annuì. «Sì, mi sono perdonato, Rica. Per quanto riguarda Lore, mi sento a posto con me stesso.»

Io invece no, pensò Ricarda. Non ci sarebbe stato bisogno di mentire all'amica, avrebbe dovuto fidarsi di lei e della sua capacità di gestire lo scomodo segreto circa il padre di Henny.

«A Monaco ho visto anche un altro bambino. Giorgetto, giusto?» disse Siegfried. «Mi piaceva quel soprannome. E il modo in cui sei riuscita a distrarlo con quella storia dello scoiattolo è stato commovente. Come sta lui?» Siegfried vide che le si riempivano gli occhi di lacrime. «No, non dirmi che il siero non ha fatto effetto!»

«Sì, sì. Ha fatto effetto. Tu gli hai salvato la vita. E a tanti altri bambini come lui. Nessuno ti ha mai ringraziato per questo.»

«È il destino di noi medici» disse secco lui. «Allora che è successo a Giorgetto?»

«Me l'hanno portato via» rispose Ricarda.

«So che le donne non hanno praticamente diritti. Ma qui ci dev'essere qualcosa di grosso dietro. Per come ti conosco, sono certo che conduci una vita morigerata. Di cosa ti accusano?» Gli venne istintivo di prenderle la mano. «Povera, mi dispiace tanto.» Poi si rese conto di quel contatto improvviso e ritrasse la mano per salvaguardare il decoro.

Ricarda percepì quanto fosse sincero il suo dispiacere. E le tornò in mente Lore. *No*, decise, *niente più scuse. Basta bugie per mascherare le malefatte degli altri.* Da quel momento in poi avrebbe detto sempre e solo la verità. A quel punto fu lei a tendere le mani per afferrare le sue.

I tavoli vicini erano ormai quasi tutti vuoti. I camerieri lucidavano il marmo e ogni tanto lanciavano un'occhiata in direzione di Ricarda e Siegfried. Ma li lasciavano in pace. Avevano due intere vite da raccontarsi, con la speranza che forse ne potesse sbocciare una nuova, condivisa. I due si tenevano le mani da un pezzo e le loro spalle quasi si sfioravano.

«Quel "no" nel tuo telegramma, con cui mettevi fine a tutto

ciò che ci aveva unito per tanti anni, mi ha spezzato il cuore» disse Siegfried. «E poi ti ho visto a braccetto col tuo futuro marito e tutto a un tratto avevi una figlia. Non ho potuto fare a meno di concludere che mi avevi tradito. Ero così pieno di rabbia, Rica. Mi dispiace. Non potevo sapere di tutte le ingiustizie che avevi subìto.»

Ricarda si era resa conto da un pezzo che anche lei aveva commesso una grande ingiustizia nei confronti di Siegfried, non provando nemmeno a lottare per un futuro insieme. Adesso che lui era lì e la ascoltava con tanta comprensione, le fu chiaro che i suoi sentimenti per lei non si erano mai affievoliti. «Mi fa bene sapere che ho il tuo perdono» gli disse.

«Io non ho niente da perdonarti, Rica. Dovevi proteggere te stessa e la tua bambina.»

«Ho raccontato la storia di Henny una sola volta, perché avevo bisogno di aiuto. Ed è stata usata subito e senza scrupoli per ricattarmi.»

«Pensi che Cossata si rifarà vivo?»

Ricarda si era posta quella domanda un'infinità di volte. «Non lo so» rispose. «Ma solo sapere che esiste questa possibilità è come un'enorme spada di Damocle sulla mia testa» ammise.

«A nessuna persona normale verrebbe in mente una simile cattiveria» disse Siegfried carezzandole dolcemente una mano. «Commette un reato e riceve anche dei soldi in cambio. Mentre tu, di fatto, non godi di alcun diritto. Ed è per questo che sei in balìa di gente come Cossata e come Bernhard. Tutto questo deve finire. Se togliessimo a Cossata la possibilità di avanzare qualsiasi pretesa, in futuro ogni suo tentativo cadrebbe nel vuoto.»

«Che vuoi dire?»

«Dico di fare esattamente quello che ha fatto Georg. Con la sua morte, Henny ha perso qualsiasi forma di protezione.

Se qualcuno adottasse Henny, Cossata non avrebbe più alcun potere, né su di te, né su di lei.»

Ricarda rise. «Ma Siegfried, come credi che sarebbe possibile?»

Lui le prese la mano e la sfiorò con un bacio. «Davvero non riesci a immaginarlo? Non eri tu che avevi inventato la logica, per così dire?»

«Dovrei sposarmi e mio marito dovrebbe adottare Henny. Questo sarebbe l'unico…» Ricarda si interruppe e rimase a fissarlo. «No, Siegfried, non puoi farlo.»

«Perché no, Rica? Eravamo già a buon punto, col matrimonio. Siamo stati fidanzati per anni.»

«Ma è passato tanto tempo.»

«La domanda è: ne è passato troppo? Mi vuoi ancora?»

Ricarda sentì la stanza intorno a lei girare. Afferrò le mani di Siegfried e le strinse forte. Le aveva appena fatto una proposta di matrimonio? Così, in un caffè nel quale erano ormai gli ultimi ospiti? Come delle rimanenze, per così dire? Era una cosa assurda!

«Sì» disse. Nient'altro. Un tempo era stato l'amore della sua vita e poi lo aveva perduto. Ma adesso lo aveva ritrovato. Be', non è che l'avesse proprio trovato, anche la fortuna ci aveva messo del suo. Ma di certo non lo avrebbe più lasciato andare.

I due si allontanarono a braccetto dal caffè, che subito spense l'insegna alle loro spalle. A un tratto si ritrovarono al buio in Unter den Linden. Nessuno vide le loro labbra unirsi in un bacio.

Diciassette anni

Luglio 1899

Posso mettere a confronto due amori?, si chiedeva Ricarda uscendo dalla chiesina di Freystetten al braccio di Siegfried, in quella calda giornata d'estate. Dei nuvoloni bianchi si rincorrevano nel cielo di un azzurro profondo e una brezza leggera scuoteva le foglie degli alberi antichi. Henny, con indosso un vestitino bianco come la neve, spargeva petali di rose rosse sul viottolo di ghiaia. Al loro passaggio facevano ala Rosel, Friedemann e i loro tre figli, oltre che la contessina, Käthe e nonna Karla, che si asciugava gli occhi lucidi di commozione. Accanto a lei c'era Hildchen, bellissima.

Questa felicità è così diversa dalla precedente, pensò Ricarda. *Per certi versi più giusta, più vera.* Del resto, non poteva fare a meno di pensare al suo primo matrimonio.

«Ricarda, devi lanciare il bouquet!» gridò una ragazzina del villaggio.

Erano venuti quasi tutti gli abitanti di Freystetten. La maggior parte di loro conosceva anche Hildchen, la sorella dello sposo, che quel giorno faceva una splendida figura nella sua uniforme da ufficiale medico.

Ricarda guardò i volti radiosi attorno a sé, poi si voltò verso la vecchia chiesina di pietra. Contò fino a tre e lanciò con forza il bouquet alle sue spalle. Le giovani donne presenti applaudirono e gridarono di gioia. Il bouquet era stato preso da Hildchen, che si guardava intorno sconcertata, come se non avesse idea di come ci fosse riuscita.

Siegfried guardò sua moglie con occhi innamorati. «Una felicità condivisa è una felicità doppia.»

Chi sarà il fortunato al fianco di Hildchen?, si chiese Ricarda.

Friedemann si sistemò la rosa che teneva all'occhiello come tutti gli altri uomini e si guardò intorno. «Cara cognata Ricarda, non mi sarei mai immaginato di potermi ritrovare qui, un giorno, a farti i miei auguri per un felice matrimonio. Grazie per averlo fatto organizzare a noi, è un grande onore per me. Io e mia moglie, tua sorella Rosel,» disse stendendo un braccio verso di lei, che fece un aggraziato cenno di assenso con il capo «abbiamo parlato moltissimo di te, nei giorni scorsi.»

Nel giardino d'inverno del castello di Freystetten si era raccolto uno stuolo di invitati, la maggior parte dei quali aveva il volto illuminato da un sorriso.

«Io ho una zia» proseguì Friedemann, con un leggero inchino in direzione della contessina Henriette, seduta in prima fila «che è decisamente fuori dal comune. Del resto, a Freystetten siamo abituati alle situazioni fuori dal comune.»

I presenti colsero l'allusione e risero con disinvoltura. Ricarda sapeva a cosa stavano pensando: finalmente un conte che prende gli scandali familiari con ironia.

«Ma Ricarda, la nostra sposa, è ancor più fuori dal comune. Ha percorso una via lunga e disseminata di ostacoli. Io l'ho sempre seguita da lontano. E non ci ho mai capito niente.» Friedemann rise. «Una volta ho sentito dire: Ricarda analizza cose al microscopio. E che cosa vorrebbe dire?, mi sono chiesto. Ci ho messo tanto tempo a capire di cosa si occupa. Che per esempio, osserva come fa una cosa molto piccola a diventare molto grande. È per questo che siamo qui, oggi: per celebrare l'amore di Ricarda e Siegfried, sbocciato davanti a un microscopio dell'ospedale militare di Tempelhof. Per quanti anni si sono cercati, questi due…»

Ricarda sapeva con esattezza quanti anni erano passati dal loro primo fidanzamento. Dodici anni. Era stato nell'estate del 1887, di fronte alla gabbia del leone dello zoo di Berlino…

Friedemann sollevò il bicchiere di champagne. «E adesso beviamo alla salute di questi due sposi felici, Ricarda e Siegfried!»

Friedemann si chinò su Henny, che in piedi accanto a lui aspettava il suo turno per parlare. «Anche Henny vorrebbe dire qualcosa.»

Ricarda era consapevole del fatto che lei stessa, all'età di sua figlia, non sarebbe riuscita a tirar fuori una sola parola in circostanze simili. Piuttosto sarebbe scappata. Henny cercò il suo sguardo e Ricarda sentì il cuore fermarsi. Era così fiera di sua figlia.

«Siegfried, tu sei il mio nuovo papà. Ancora non ti conosco molto bene, ma la mamma dice che sarai gentile con noi. Quindi adesso sono felice anch'io» disse Henny. Guardò i volti delle persone raccolte intorno a loro, alcune delle quali si asciugavano le lacrime. Henny sorrise. «Volevo dire solo questo.»

Mentre tutti applaudivano, Ricarda corse da sua figlia e le schioccò un bacio sulla guancia. «È stato il più bel discorso che potessi sognare, Henny.»

Alla coppia di sposi non erano state riservate le stanze del vecchio conte Franz, morto ormai da tempo, nelle quali Ricarda aveva soggiornato più volte con Georg. Anche se erano le stanze più belle del castello. Nessuno aveva parlato della cosa, Rosel aveva semplicemente disposto così e Ricarda le era stata grata per quella dimostrazione di sensibilità. Anche quella stanza era luminosa e bella, ed era stata decorata con i fiori estivi del vivaio comitale. Rosel e Friedemann avevano fatto del loro meglio, dopo che Ricarda aveva confessato loro che Siegfried era riluttante a sposarsi a Freystetten. Non aveva mai perdonato la contessina Henriette per il modo brusco con cui lo aveva scacciato dopo che lui si era scapicollato dall'Africa per impedire le nozze con Georg.

Prima del gran ballo serale, la coppia di sposi ebbe finalmente qualche ora tutta per sé. Le carezze di Siegfried dimostrarono a Ricarda l'armonia che li legava. Lui esplorò il suo corpo fin quando la loro passione non raggiunse il compimento. Il sole del tardo pomeriggio cadeva sulle lenzuola di seta, quando Siegfried si chinò su un oggetto che Ricarda non aveva notato fino a quel momento.

«Questo è il mio regalo di nozze per te, Rica» disse posando tra sé e lei un pacchetto dall'aspetto anonimo. Dello spago e semplice carta da pacchi nascondevano un tesoro di inestimabile valore.

Ricarda lo fissò come ipnotizzata. «Non lo hai mai aperto?»

«No.»

«Come fai a sapere che è mio?»

Lui lo girò. Sul fondo, in una calligrafia esile e familiare, c'era scritto: *Di Ricarda.*

«Oh, Siegfried, sono stata così ingiusta con Lore!» sbottò Ricarda. L'amica aveva custodito il pacchetto con tanto amore che il segreto che conteneva era sopravvissuto persino alla sua morte. In quel momento ebbe la certezza che anche la verità sul padre di Henny sarebbe stata al sicuro con lei. «Era una persona meravigliosa.» Ricarda si strinse a Siegfried e lasciò libero sfogo alle lacrime, mentre il marito la teneva tra le braccia condividendo in silenzio il suo dolore. Entrambi avevano amato Lore, anche se ognuno a modo suo.

Alla fine Ricarda aprì il pacchetto. Era giusto che Siegfried fosse presente, dal momento che il contenuto li riguardava entrambi. Dentro c'era una scatola di metallo piena di lettere e in mezzo a queste ritrovarono un angioletto di legno e l'anello di fidanzamento.

«Oh, santo cielo!» Siegfried scoppiò a ridere e prese in mano l'angioletto. «Questo te l'ho regalato quel giorno alla stazione. Stavo quasi per scordarmene, da quanto ero emozionato. Quanto tempo è passato!»

«Era il Natale del 1882» rispose lei, che non avrebbe mai dimenticato quel giorno.

Lui la guardò attonito. «Veramente? Ci sono voluti diciassette anni per poter vivere il giorno del nostro matrimonio?» La attirò a sé e le diede un bacio appassionato.

In realtà ci erano voluti altri cinque anni, prima che lei potesse indossare l'anello di fidanzamento in quella scatola. Quando glielo fece notare, Siegfried scosse la testa.

«Non è possibile, Rica. A partire da oggi non ci separeremo mai più. Ce lo promettiamo?» domandò.

Non chiedo altro, pensò Ricarda. D'altra parte, sapeva anche che era facile fare quel genere di promesse nell'impeto dei sentimenti, ma che la dura realtà avrebbe rischiato di non farle mantenere. Soprattutto nel caso di due persone come loro, che avevano nel sangue la passione per le terre sconosciute. Nonostante questo, Ricarda lo promise.

Poi prese l'ultima lettera dalla scatola, che Siegfried aveva spedito a Zurigo nel marzo del 1890. Lei portava già Henny in grembo e stava vivendo il periodo più buio della sua vita. Fu allora che aveva ricevuto quella lettera. Ma ormai era troppo tardi.

«Leggimi queste righe a voce alta» disse Ricarda indicandogli la parte finale. Era convinta che, se l'avessero riletta adesso, la maledizione del passato sarebbe stata sconfitta una volta per tutte.

Siegfried osservò quelle parole scritte tanti anni prima, ma le emozioni ebbero il sopravento e la voce gli venne meno. Si schiarì la gola e poi ricominciò: «Quando ti penso, sento che il tuo cuore batte insieme al mio. Non vedo l'ora che arrivi il giorno delle nostre nozze. Con tutto il mio amore, Tuo Siegfried.»

Si baciarono con passione. *Alla fine la vita ci ha voluto bene*, pensò Ricarda guardando l'angioletto di legno sul comodino.

Il giorno prima di lasciare Freystetten, Ricarda andò con Rosel, la madre e i quattro bambini al lago. Franz, Ferdinand, Florian e Henny avevano voglia di sguazzare allegramente nell'acqua. Mentre i figli di Rosel giocavano beati, Henny prese sua madre per mano. Sembrava triste.

«Anche a Georg sarebbe piaciuto stare qui con noi» disse. «Vorrei andare a Monaco a trovarlo.»

Da quando il piccolo Georg era stato strappato alla sua famiglia, Henny si era sempre dimostrata forte. Raramente le capitava di avere dei momenti di malinconia. Ma a Freystetten, dove in mezzo a una grande famiglia aveva trascorso i giorni più felici della sua infanzia, la nostalgia per il fratellino la colpiva in modo particolare.

Del resto, Georg era una ferita aperta anche per Ricarda. Fino a quel momento i Kögler si erano rifiutati di farli incontrare, nonostante all'inizio fossero stati possibilisti al riguardo. Ricarda aveva capito i loro intenti solo dopo aver incontrato Bernhard a Berlino, qualche settimana prima del matrimonio.

«Se davvero vuoi che il tuo secondo marito adotti Henny, c'è solo un modo per farlo» le aveva detto. Ricarda presagì che una nuova ingiustizia giuridica stava per abbattersi su di lei. Poi lui aggiunse: «Devi rinunciare a tutti i tuoi diritti.» Con il secondo matrimonio, il diritto al mantenimento in quanto vedova sarebbe decaduto comunque. Ma non era questo che intendeva Bernhard: «Devi lasciare che Rupert adotti il piccolo Georg. Solo così Rupert rinuncerà ai suoi diritti su Henny e permetterà al tuo nuovo marito di adottarla.» Non era giusto, anche perché i Kögler non avevano alcun interesse per quella bambina che aveva condotto al "matrimonio con inganno". «Rinuncerai a ogni velleità di vedere o far visita a Georg" disse l'avvocato. Come già aveva fatto una volta in carcere, posò la sua penna stilografica di fronte a lei. «Devi solo firmare qui.»

«E se non lo faccio?»

La sua risposta le confermò che la tenevano in pugno. Se voleva vivere una vita autonoma insieme a Henny, l'unico modo era cedere a quel ricatto. «Altrimenti il tutore di Henny resterò io e avrò potere decisionale su tutto quello che fa. Finora non abbiamo avuto niente in contrario al fatto che vivesse con te a Berlino, ma le cose possono sempre cambiare…» le aveva detto Bernhard.

Ricarda non era in grado di spiegare a sua figlia la spietata ferocia degli adulti. Un giorno avrebbe comunque saputo la verità, ma non era ancora giunto il momento.

I tre cugini di Henny la chiamarono per andare a giocare con loro. La bambina corse via e la sua risata cristallina riecheggiò sopra il lago. Sembrava quasi essersi scordata della sua domanda sul fratello. Anche se Ricarda sapeva che presto ne avrebbe poste molte altre.

Un posto al sole

Dicembre 1899

Avrebbe organizzato una festa con tantissimi invitati. Henriette lo aveva in mente già dall'estate. Perché il San Silvestro del 1899 sarebbe stato un giorno di grande importanza per tutti quanti. Da mesi si discuteva se la fine del diciannovesimo secolo sarebbe coincisa con la fine del mondo, come aveva profetizzato un famoso scrittore di Schöneberg, o se la Germania sarebbe finalmente diventata la potenza mondiale che non solo il suo imperatore sognava, ma anche l'esercito, che aveva conquistato una colonia dopo l'altra. Ed era anche la speranza delle banche, che non facevano che finanziare progetti di ampliamento delle ferrovie e delle linee navali, oltre che le nuove industrie automobilistiche.

Era certo che il ventesimo secolo avrebbe spazzato via il vecchio e maleodorante passato, di questo era convinta anche Henriette. E ancor di più ne era convinta Käthe, che continuava a lottare per i diritti delle donne con immutata energia. Henriette la ammirava per quel suo slancio che non dava cenno di affievolirsi, mentre dal canto suo accusava sempre di più il peso degli anni. Ormai ne aveva compiuti cinquantasette, anche se la sua perfetta forma fisica ricordava quella di una donna giovane. Lei stessa attribuiva tutto il merito alla ginnastica che faceva ogni giorno nella sua spaziosa camera da letto, dalle sei e mezzo alle sette e mezzo del mattino.

Nonostante questo, si rendeva conto che nel suo corpo stavano avvenendo dei cambiamenti sospetti. Le capitava di mancare la presa di qualcosa o di far cadere un vaso quando avrebbe voluto semplicemente spostarlo. Di recente aveva incontrato difficoltà a inserire il divaricatore a una paziente alla quale doveva estrarre un dente. Piccole défaillance alle quali non era abituata. Il suo corpo aveva sempre funzionato come un orologio ben caricato. Fino ad allora, quei sintomi erano sempre scomparsi in poco tempo, ma la frequenza con la quale capitavano era diventata irritante. Le preannunciavano un degrado che Henriette detestava immaginare e che tentava di combattere con tutta se stessa.

Si guardò allo specchio. Sua madre era morta giovane. Si chiese se avrebbe avuto il suo aspetto, se fosse arrivata alla sua età. I folti capelli bianchi raccolti in alto, un cappellino discreto e un sorriso accattivante sempre stampato in faccia. Bene, che avesse inizio lo spettacolo di San Silvestro. Il gran finale.

Malwine Merger aveva preparato le pietanze più pregiate. Zuppa di tartaruga, salmone del Reno con salsa olandese, astice delle isole Helgoland con salsa tartara, fagiani di Boemia, gelato in coppa. Il profumo nell'aria era inebriante e il tutto aveva un aspetto regale. Gli ospiti erano attesi per le diciotto. L'unico inconveniente era non poter disporre delle ampie sale della casa in Unter den Linden; per questo non aveva potuto invitare più di venti persone, e selezionarle si era rivelato piuttosto difficile. Lo scandalo legato a suo fratello era ormai acqua passata e tutte le signore dell'alta società erano tornate a cercare la sua compagnia. Alla fine Henriette aveva deciso di invitare sia le persone a cui era affezionata, sia quelle che godevano di una certa influenza e che dunque sarebbero risultate utili nel corso del nuovo secolo che stava per cominciare.

Ricarda e il suo nuovo marito furono i primi ad arrivare. Con grande rammarico di Henriette, dopo il matrimonio Ricarda aveva lasciato la casa di Florentine e si era spostata insieme a Henny nell'appartamento che Siegfried divideva con sua sorella. Henriette riteneva quella sistemazione del tutto inadeguata per una coppia di medici, per quanto si trovasse a pochi passi di distanza da casa sua. Aveva solo quattro stanze e si affacciava sul cortile interno, per di più al secondo piano. Tutte queste cose Henriette le sapeva solo grazie a Rica, giacché pensava che sarebbe stato compromettente andare a trovarla. La contessa riteneva che una dimora così semplice rappresentasse un notevole passo indietro nella gerarchia sociale. Del resto, la modestia dello stipendio di un medico militare era nota a tutti.

«Contessina, avete un aspetto incantevole» la salutò Ricarda. Henriette trovò che fosse una frase piuttosto banale, per quanto sincera.

L'aria sofferente che Henriette aveva notato nella sua ex protetta negli anni addietro era completamente scomparsa durante gli ultimi mesi. Ricarda aveva l'aspetto di chi ha ritrovato la felicità. Nel frattempo aveva compiuto trentasei anni, un'età in cui qualunque donna deve avere bene in mente i propri piani futuri. Tanto più lei, con un uomo nuovo al suo fianco...

Suo marito era venuto in uniforme, cosa che Henriette trovò alquanto sgradevole. Per quanto in quei giorni se ne vedessero a ogni angolo, la contessina continuava a non trovare niente di speciale nelle uniformi militari. Oltretutto, il fatto che la indossasse un medico le pareva una contraddizione. Si rendeva conto che per Siegfried, figlio di un guardiano della chiusa, farsi finanziare gli studi dall'esercito era stata l'unica possibilità e grazie al cielo il suo aspetto non lasciava trasparire le sue origini. Quell'uomo aveva un atteggiamento sicuro di sé e non c'era da meravigliarsene, dato che l'esercito l'aveva mandato in giro per il mondo intero. Henriette sapeva che non l'avrebbe mai perdonata. Ma non le importava. Era ancora fermamente convinta che quel giorno aveva fatto l'unica cosa giusta da fare.

«Abbiamo una notizia da condividere» le sussurrò Ricarda.

«La sera di San Silvestro è un'ottima occasione per farlo» rispose Henriette, certa di sapere di cosa si trattasse.

Ricarda conosceva i sontuosi ricevimenti della contessina fin dalla sua adolescenza e ormai ci aveva fatto l'abitudine. Non le erano mai piaciuti, neanche ai tempi in cui era stata la "signora Consigliera di Giustizia". E il suo giudizio non sarebbe certo cambiato quella sera di San Silvestro. Il tavolo era pieno di bicchieri, porcellane di Meissen e posate, e gli accuratissimi biglietti segnaposto preannunciavano un menù a nove portate. Com'era possibile godere di una tale quantità di leccornie, volendo rendere giustizia a ognuna di loro? Ricarda non aveva mai trovato risposta a questa domanda. Era felice che lei e Siegfried fossero d'accordo anche su questo punto: loro due non avrebbero mai organizzato ricevimenti così sfarzosi!

Ricarda si sentiva nervosa. La prima notizia l'avrebbe comunicata Siegfried. Funzionava così in quelle occasioni. Per quanto fossero entrambi medici, i grandi annunci spettavano all'uomo. Su questo non si discuteva. Poi sarebbe stato il suo turno di entrare in scena. Ma senza pubblico. E a quel punto avrebbe dovuto studiare bene la reazione di Siegfried. In effetti, era questa la vera ragione del suo nervosismo.

Ma prima toccava ai discorsi conviviali. La contessina aveva invitato, tra gli altri, un banchiere con la sua signora. Era il finanziatore della ferrovia di Baghdad, come lui stesso non mancò di sottolineare con vanto. «Bisogna aiutare quei poveri diavoli del Bosforo a rimettersi in piedi» disse. Ma a Ricarda non interessava quel che accadeva nella lontana Turchia. «Quello che si conclude è un secolo pieno di orgoglio e la sua fine accompagna il nostro ultimo passo dall'antica oscurità verso una nuova luce.» Il banchiere sollevò la coppa di champagne, che brillò dei suoi riflessi dorati alla luce delle candele. «Una nuova, grande, straordinaria epoca!»

Tutti bevvero, mentre Ricarda non avvicinò neanche il bicchiere alle labbra. L'odore di alcol che saturava l'aria le bastava e avanzava. Le era tornata quella ipersensibilità. Come a suo tempo con Henny. *Strano*, pensò, *con Georg non mi è successo.*

Poi fu il turno di Siegfried, che si alzò in piedi per fare il suo discorso. Ricarda sapeva che era a suo agio in situazioni simili. Non si era neanche scritto degli appunti. «La gente ha bisogno di eroi» le aveva detto a casa un'ora prima, mentre lei gli stirava i pantaloni. «E noi glieli daremo.» Poi l'aveva baciata con un gran sorriso.

Diede qualche colpetto al bicchiere. «Stimate signore e stimati signori, mia moglie e io vogliamo comunicarvi che lasceremo Berlino. La nostra meta è l'Africa Orientale Tedesca. Quelle fertili terre baciate dal sole sulle quali la nostra patria ripone le sue speranze per un futuro radioso. Gestirò un ospedale a Dar Es Salam, mentre la dottoressa Ricarda Thomasius sarà a capo della scuola per ostetriche che verrà presto inaugurata. Ci mettiamo entrambi al servizio della patria, allo scopo di aumentarne la gloria. Sarà un periodo straordinario per tutti noi.»

Gli ospiti applaudirono e augurarono loro buona fortuna. Solo negli occhi della contessina, Ricarda lesse della malinconia. Non era questa la notizia che si aspettava. Tutto a un tratto le sembrò invecchiata. Proprio in quel giorno, quando doveva iniziare il futuro. Ma il futuro avrebbe portato a una separazione, e non solo da lei.

Ricarda e Siegfried lasciarono la casa a braccetto. Al vecchio secolo restava appena un'ora di vita e la strada brulicava di gente. Sembrava che tutta Berlino si stesse dirigendo verso la Porta di Brandeburgo. Il tempo era stato clemente e tutti indossavano i loro abiti migliori per quella giornata di festa che avrebbe dovuto diventare indimenticabile. Dai balconi volavano stelle filanti che andavano poi a impigliarsi tra i rami degli alberi spogli. Già si udivano i primi suoni delle trombe, delle armoniche a bocca e i cosiddetti "tamburelli del diavolo", piccoli strumenti a percussione che facevano un chiasso infernale.

I signori, che ai loro cappotti pregiati avevano abbinato il cilindro, ricevevano, già dopo pochi passi, un colpetto sulla testa con un bastone da passeggio che schiacciava i loro slanciati cappelli. Uno scherzo molto amato dagli uomini, che suscitava l'ilarità di entrambe le parti. La città si trovava in una condizione del tutto eccezionale e a ogni angolo stazionavano poliziotti con le uniformi blu e gli elmi a punta che con occhi vigili e per niente festosi sorvegliavano la folla scatenata. Ogni tanto, quando la situazione rischiava di degenerare, volteggiavano in aria i loro manganelli. Ricarda sentiva i tappi di spumante schioccare nei locali stracolmi di Unter den Linden. C'era troppo rumore, troppa gente e troppo trambusto per i suoi gusti, ma d'altro canto festeggiare l'inizio di un nuovo secolo non era cosa da tutti i giorni. E poi nel giro di poco tempo si sarebbero ritrovati in un mondo completamente diverso e molto più silenzioso.

Ricarda e Siegfried avevano deciso che sarebbero partiti per l'Africa in quattro: oltre a Henny, sarebbe andata con loro anche

Hildchen, per gestire la casa e occuparsi della bambina. In inverno, quando dai camini fuoriuscivano i miasmi dei riscaldamenti domestici, la sorella di Siegfried tornava a soffrire di attacchi di tosse. In Africa non avrebbe più avuto quel problema.

In realtà, dire che sarebbero partiti in quattro non era del tutto corretto. E per Ricarda era giunto il momento di condividere la notizia col marito. Ma prima aspettò che i cannoni portati nel Lustgarten salutassero l'arrivo del nuovo secolo. Poi toccò alle campane, che rintoccarono tutte all'unisono. A tutto questo si mescolava il frastuono sempre più forte di trombe, fanfare e tamburelli, oltre che dei canti spensierati delle persone intorno a loro.

«Ti amo, Ricarda, e ti auguro un secolo meraviglioso» disse Siegfried dandole un bacio.

«Anch'io. Ma devo anche dirti che ti aspettano delle grandi responsabilità.»

«La gestione di un ospedale in Africa non mi spaventa. Avrò te al mio fianco, Rica.»

«Non diventerai solo primario, tesoro. Diventerai anche padre.»

Lui la fissò a bocca spalancata. «Davvero? Rica! Oh, che felicità!» L'abbracciò e la strinse forte a sé, mentre intorno a loro la città era in tripudio.

«Ci aspettano tempi magnifici. Il nostro bambino sarà un piccolo africano. Non è fantastico?»

«Un africano?» domandò lei. «Credi che sarà un maschio?»

«Una bambina mi andrebbe benissimo lo stesso!» si corresse subito Siegfried. «Quando avrà l'età giusta per studiare, le donne potranno farlo anche qui a Berlino. Perciò può tranquillamente essere femmina.»

«Sei proprio convinto che nel nuovo secolo andrà tutto meglio, vero?» ribatté Ricarda baciandolo. In quel momento anche lei si convinse che sarebbe stato così.

La prua del regio battello postale *Kanzler* faceva schizzare verso l'alto l'acqua turchese e trasparente del Mar Mediterraneo. Ricarda non si stancava mai di quella vista. Aveva tentato spesso di immaginarsi come doveva essere navigare verso porti lontani e adesso si rendeva conto che la sua fantasia non era stata all'altezza della realtà. Era molto più stupefacente! Proprio in quel momento un branco di delfini stava accompagnando la nave facendo emergere e sparire di nuovo nell'acqua i loro magnifici dorsi.

Da quando erano salpati da Amburgo, anche Henny aveva trascorso la maggior parte del suo tempo sul ponte. Ricarda era grata a ogni singolo delfino che si era fatto vedere da Gibilterra in poi, che rappresentava la miglior distrazione possibile per sua figlia.

A un tratto la bambina si fece scura in volto e chiese, dal nulla: «Mamma, Georg è stato cattivo? Per questo non è potuto venire con noi?»

«No, Henny, niente affatto. I bambini piccoli non possono essere cattivi.»

«Riderebbe un sacco a vedere i delfini. Tu non credi?»

«Prima o poi vedrà anche lui i delfini.»

«Dici sempre così, mamma. Prima o poi farà questo, prima o poi farà quello.»

«Le cose stanno così. Non si può portare in Africa un bambino così piccolo» rispose Ricarda. Di fatto, non avrebbe potuto portarlo mai più da nessuna parte.

Quando era venuto a prenderselo, Rupert aveva promesso che madre e figlio avrebbero potuto continuare a vedersi, ma il successivo accordo di Bernhard non ne aveva tenuto conto. Quando seppe che Georg avrebbe iniziato la scuola, aveva telefonato a Rupert per chiedergli di poter presenziare a quel momento importante. Il segretario Mayr, di solito così gentile, non l'aveva neanche messa in collegamento col suo datore di lavoro e lei aveva dovuto farsi raccontare quella giornata importante da Käthe.

Se Ricarda pensava a tutti i grandi passi nella vita del figlio che si sarebbe persa, le si spezzava il cuore. Ogni tanto sentiva il bisogno di un appoggio per evitare di precipitare nell'abisso dei suoi sentimenti. In quei casi, e lo fece anche stavolta, stringeva Henny un po' più forte a sé.

Henny si divincolò, percependo chiaramente che quell'abbraccio non era destinato a lei. «Non ci sono bambini su questa nave, mamma. Non ne esistono in Africa?»

Dei novanta passeggeri a bordo della nave, oltre a Ricarda e a Hildchen c'erano solo altre quattro donne ad affrontare quella traversata di oltre un mese. Erano diaconesse che andavano a lavorare negli ospedali di Tanga e Dar Es Salam. Per il resto c'erano solo ufficiali, soldati e commessi viaggiatori, uomini dallo sguardo serio che ingannavano il tempo con partite infinite a skat.

«In Africa vivono milioni di bambini» disse Ricarda. «Troverai delle amiche.»

«Ma non un fratello» rispose Henny, dando prova della sua logica ferrea.

Ricarda le prese con dolcezza una mano e se la posò sulla pancia. «Un tempo qui dentro c'eri tu» disse. «Quando eri ancora molto piccola. Poi sei uscita e sei diventata grande.»

Henny guardò sua madre con aria scettica. «Vuoi che torni piccola così mi puoi trasportare con più facilità? Non credo si possa fare, mamma.»

Ricarda strinse a sé la bambina. Lo spirito ribelle della piccola era impegnativo da gestire, ma era bello osservarla mentre scopriva la propria forza di volontà. «Questo no. Ma potresti immaginare che ci stia crescendo un altro bambino.»

«Non parli di Georg.»

«No, un fratellino con cui vivrai in Africa.»

«Io non voglio un altro fratello. Non gli vorrò mai bene come a Georg» esclamò Henny furiosa, un attimo prima di scappare via.

Ricarda la seguì con lo sguardo e pensò che forse aveva scelto il momento sbagliato per darle quella notizia. Henny non doveva pensare che questo nuovo bambino avrebbe preso il posto di Georg.

Ricarda si strinse a suo marito nella cabina di seconda classe. «Non avrei mai pensato che un giorno saremmo davvero andati in Africa insieme» gli disse dandogli un bacio. «Il nostro grande sogno si realizza. E allo stesso tempo sei riuscito a far felice tua sorella.»

Siegfried rise. «Non credo che avesse previsto una simile conseguenza, quando ha preso al volo il tuo bouquet!»

Si riferiva al fatto che la maggior parte degli uomini a bordo erano scapoli e alcuni di loro sarebbero rimasti in Africa per molti anni. Un viaggio per mare di quattro settimane rappresentava l'occasione ideale per stringere qualche, seppur fragile, legame.

«È già successo che durante la navigazione il capitano officiasse dei matrimoni» le raccontò Siegfried che aveva affrontato quel viaggio diverse volte. «Ma spero che la mia sorellina mantenga il sangue freddo.»

Di questo Ricarda era abbastanza certa. «Scambiare la mia

nuova libertà con un anello nuziale?» le aveva detto Hildchen solo pochi giorni prima. «Neanche per idea. E poi non potrei mai fare una cosa simile a Henny. Lei avrà bisogno di me.»

In effetti, i due dottori Thomasius avrebbero avuto il loro bel da fare. In qualità di dirigente dell'Ospedale Imperiale del Governatorato a Dar Es Salam, giovane capitale della colonia dell'Africa Orientale Tedesca, Siegfried avrebbe avuto la responsabilità di tutta la struttura. Il Ministero degli esteri non aveva voluto assegnare un posto da medico nella colonia anche a Ricarda, ma come futura direttrice della scuola per ostetriche non sarebbe stata solo la moglie del medico, avrebbe guadagnato anche dei soldi suoi. Ecco perché sfruttava ogni minuto libero per studiare il suo dizionario di swahili, in modo da imparare almeno i rudimenti della lingua locale. D'altra parte, a bordo non vedeva nessun altro concentrarsi tanto sull'obiettivo del viaggio, motivo per cui a volte si sentiva un po' troppo scrupolosa.

In realtà, dietro quella sua solerzia si nascondeva la preoccupazione di non essere all'altezza del compito che la attendeva. Fondare una scuola non era certo come lavorare da medico. E poi c'era il piccolo che stava portando in Africa nel suo ventre. Ascoltando il battito regolare del marito, che dormiva tranquillo nonostante la prospettiva di quella nuova avventura, Ricarda sperò di riuscire a non strapazzarsi troppo. A quanto pareva, tutti lì stavano per affrontare il viaggio più importante della loro vita.

L'aria in cabina era talmente soffocante che Ricarda non resisteva più. Le avevano detto che in Africa faceva caldo, ma nessuno le aveva fatto parola dell'afa tropicale durante il viaggio per mare. Aveva di nuovo dormito male e fatto il solito incubo, nel quale il piccolo Georg, tutto solo, la guardava e la cercava senza mai trovarla. Anche quella notte si risvegliò con il volto bagnato. Forse erano le lacrime versate nel sogno, o forse era solo sudore.

Perderò i miei ricordi di Georg, con l'arrivo di questo bambino?, si chiese, convincendosi al contempo che non avrebbe mai permesso che ciò accadesse. Quel lungo viaggio per mare era una tregua che la vita le concedeva. La vita in Africa, quel posto al sole che tanto aveva desiderato, non sarebbe certo stata un'amaca tesa tra due palme. Viaggiava con una famiglia eterogenea, composta da marito, cognata, figlia e nascituro. Moglie, madre, direttrice incinta di una scuola in un continente sconosciuto…

Non resisteva più lì sdraiata, così si alzò piano, facendo attenzione a non svegliare Siegfried. Le onde erano appena percettibili, ma Ricarda si resse comunque alle pareti di metallo che vibravano al rullio dei motori.

A quell'ora della notte le sdraio sul ponte erano vuote. Ne scelse una e vi si abbandonò per godersi il cielo cristallino. Le stelle che lo ammantavano erano talmente tante da sembrare una spolverata di zucchero. Quando si risvegliò, il cielo stellato era sempre lo stesso, sembrava essere passato solo poco tempo. Eppure c'era anche qualcosa di diverso. Lo percepiva, anche se non avrebbe saputo dire cosa fosse. Quando tastò il pavimento coi piedi nudi in cerca delle pantofole, ebbe la risposta: i motori. Erano spenti.

Il vento giocava con le strutture e i cavi vibravano. Tutto era quieto e bellissimo come in una traversata a vela. A un tratto, nel silenzio si fece strada lo sferragliare della catena dell'ancora, un rumore che Ricarda aveva sentito in ogni porto dove avevano attraccato. Eppure a vista d'occhio non c'era traccia di luci. Il mare tutto intorno era nero come la pece. Le onde, che adesso arrivavano di lato, si infrangevano sullo scafo, dando l'impressione di far oscillare con forza la nave. Una cosa alquanto strana per un battello di oltre cento metri di lunghezza. Sembrava un guscio di noce in balìa della corrente. Eppure Ricarda sapeva che le macchine a vapore di quella nave generavano una potenza di millenovecento cavalli, lo aveva letto su una targhetta appesa a bordo.

Quella mattina il *Kanzler* aveva superato il Gibuti, nella Somalia francese, e ora si trovavano nel Golfo di Aden; il mattino seguente avrebbero dovuto circumnavigare il Corno d'Africa, prospettiva della quale erano tutti entusiasti.

All'improvviso vicino a Ricarda comparve Siegfried ancora mezzo addormentato. «Perché gettiamo l'ancora? Hai parlato con qualcuno dell'equipaggio?» domandò. Aveva fatto talmente l'abitudine alle vibrazioni della nave che la loro interruzione lo aveva svegliato. Quando Ricarda gli rispose di no, aggiunse: «Vado a chiedere cosa succede».

Tornò dopo quasi mezz'ora. «Un piccolo guasto al motore» disse. «È saltata la testa di un cilindro.» Ricarda sperò che fosse una cosa innocua come sembrava a sentirla.

Il sole rosso fuoco fece capolino all'orizzonte, andando a illuminare gli scogli a picco sul mare della costa a ovest, che si ergevano come strisce luminose. A quel punto anche Henny e Hildchen si erano unite a Ricarda e Siegfried per ammirare lo spettacolo. Sul ponte alcuni signori camminavano nervosamente su e giù, discutendo animatamente.

«Ah, Thomasius, eccovi qui. Vi stavamo cercando» si rivolse uno di loro a Siegfried. «Voi avete circumnavigato spesso il Corno d'Africa. Vi è mai capitato di gettare l'ancora qui?»

Ricarda guardò suo marito e capì che lo metteva a disagio dover condividere la sua valutazione delle circostanze. «Per gli uomini ci sono i medici, per le macchine ci sono i meccanici» scherzò.

«Forse devono pescare?» azzardò un giovane con un paio di occhiali dalla montatura nichelata e un completo bianco che gli davano un'aria da intellettuale. «Ho sentito dire che ci sono gli squali qui.»

«È più facile che loro mangino noi, anziché il contrario» osservò Hildchen.

«Forse il nostro dottor Andresen non disdegnerebbe l'idea di pescare direttamente qui sul ponte» intervenne un altro.

Hildchen divenne visibilmente rossa in volto e Ricarda capì cosa stava succedendo: la battuta riguardava la bella sorella di Siegfried.

«Andiamo a bere una tazza di tè, signorina Thomasius» disse Andresen prendendo Hildchen a braccetto.

Non appena i due giovani furono abbastanza lontani, Ricarda chiese: «Sai per caso chi è questo Andresen, Siegfried? È forse un medico?»

Siegfried alzò le spalle perplesso. «Di certo non è un medico militare, altrimenti lo saprei.»

«Lui scende a Tanga» disse Henny. «È diretto sui Monti Usambara, da dove provengono le violette.»

«Quante cose che sai, Henny!» Ricarda si stupiva spesso di quanto fosse sveglia sua figlia.

«Si chiama Stefan Andresen ed è medico in uno stabilimento di cura» aggiunse la bambina con sussiego.

Ricarda e Siegfried si scambiarono uno sguardo sorpreso. «E come fai a sapere tutte queste cose?» le chiese Siegfried.

«Perché è da quando siamo partiti che rincorre Hildchen come un gatto col topo.»

Siegfried si limitò a rispondere con un: «Oh».

A Ricarda venne da ridere. «Almeno adesso sappiamo che non tutti sarebbero contrariati, se questo contrattempo dovesse allungare la durata del viaggio.»

«Bah, non saprei» rispose Siegfried pensieroso.

«Ci siamo già avvicinati molto alla costa» osservò Henny quello stesso pomeriggio.

«Abbiamo il vento sfavorevole» spiegò Siegfried. «Ma andrà tutto bene.»

Quando Henny si fu allontanata, Ricarda disse: «È gentile da parte tua non farla preoccupare. Ma il capitano avrà di certo le sue risorse per evenienze come questa. Per caso ci hai riparlato?»

Si vedeva benissimo quanto Siegfried si stesse sforzando di non rivelare le sue conoscenze in merito. «È più complicato di così. Il capitano ha gettato l'ancora non appena si è manifestato il danno al motore. Dice che si fa sempre così. Ma il mare qui è profondo qualche migliaio di metri, perché ci sono due placche terrestri che si incontrano. Mentre la catena dell'ancora è lunga appena duecentocinquanta metri.»

Non ebbe bisogno di spiegare cosa significasse. Ricarda lo aveva capito da sola. Con i suoi millenovecento cavalli di potenza fuori uso, la nave opponeva al mare la stessa resistenza di un tronco d'albero alla deriva.

«I suoi uomini lavorano giorno e notte, a quanto dice.»

«Siegfried, dimmi la verità. Siamo in pericolo?»

Lui prese le sue mani e le baciò. «Io confido nel fatto che non lo siamo.»

Mentre lo diceva, a Ricarda tornarono in mente le sue parole riguardo la morte di Lore. *Quando ci si ritrova davanti alla bara di una persona che ti ha seguito davvero, ci si chiede: qual è la mia colpa, in tutto questo?* Non valeva forse lo stesso ora per Henny e Hildchen? Le avevano esposte a dei rischi che non erano in grado di controllare? E il bambino che portava in grembo? Avrebbe mai visto la luce?

Tutto a un tratto, Ricarda si rese conto di come stavano le cose e quel viaggio non le parve più solo un'avventura. Erano impotenti, in balìa del destino.

Passata un'altra notte, la costa era talmente vicina che Ricarda riusciva a riconoscere distintamente gli scogli gialli. Nel frattempo il vento era cresciuto ancora e le onde si infrangevano con violenza sullo scafo della nave. Molti passeggeri avevano iniziato a soffrire il mal di mare e qualcuno di loro trovò sollievo nei sali che Ricarda e Siegfried avevano portato con sé.

Hildchen non aveva bisogno di niente del genere, giacché il dottor Andresen le stava sempre accanto, avendo cura di tenerla all'oscuro del pericolo che stavano correndo. Una volta che si ritrovarono tutti insieme nel salone, anche Ricarda ebbe l'occasione di fare qualche domanda a quel signore elegante.

«Wilhelmstal sui Monti Usambara? È questa la vostra meta? Il nome richiama molto quello del nostro imperatore.»

«È appena stata fondata, gentile signora. E il sanatorio è completamente *à la mode*, consigliabilissimo.»

«Be', se ci lavorate voi!» Ricarda non riuscì a evitare la frecciatina.

«Hilde mi ha detto che siete un medico» disse Andresen. «E che una volta le avete salvato la vita.»

Ricarda si sentì a disagio. Non aveva piacere che Hildchen parlasse di quell'avvenimento. «Non sono stata io a salvarla. All'epoca ero solo un'infermiera, alla fine mi ha raggiunto una vera dottoressa.»

Siegfried si unì al gruppetto. «Ci sono momenti che non si scordano mai» disse. «Io ero presente quel giorno ed ero convinto che mia sorella non ce l'avrebbe fatta. E ancora oggi, quando sento che non c'è via d'uscita, ripenso a come è sopravvissuta lei quella volta e mi convinco del fatto che la vita vince sempre.» Poi prese la mano di Ricarda. «Sono venuto perché sta per svolgersi un'esercitazione.»

«Di che genere?» domandò Hildchen.

«Indosseremo dei giubbotti salvagente. Hanno un aspetto molto buffo.»

Henny sbiancò. «Non è vero!»

«Fuori c'è qualcuno che l'ha già indossato» disse Siegfried. «Andate a vedere.»

«Il battello rischia di schiantarsi contro la costa?» domandò Henny.

«Come ho detto, Henny: la vita va avanti. Devi crederci con tutta te stessa» rispose Siegfried. «Me lo prometti?»

Henny annuì convinta, mentre il dottor Andresen posava un braccio attorno a Hildchen con fare protettivo. Siegfried prese Ricarda per mano e la fece alzare.

«Sono qui con te» le sussurrò all'orecchio.

Alcuni signori si erano tolti la giacca che fino a quel momento avevano sempre avuto cura di tenere addosso, nonostante il caldo. Al suo posto, sulla camicia, si erano legati i giubbotti salvagente fatti di sottili strati di sughero, senza ovviamente rinunciare alle cravatte. I militari a bordo, tra cui anche Siegfried, avevano invece indossato il salvagente sopra l'uniforme. Adesso toccava a Ricarda, Henny e Hildchen.

Quest'ultima sembrava la più tranquilla, anzi le venne persino da ridere mentre il fratello le faceva indossare il giubbotto di salvataggio. «L'ultima moda per la donna di mondo» scherzò.

Henny era taciturna già da qualche ora, ma la sua domanda circa il possibile naufragio aveva già dimostrato quale fosse il suo stato d'animo.

Ricarda si rimproverava seriamente di aver esposto sua figlia a un simile pericolo. Possibile che, una volta che si è madri, finisca il tempo delle grandi avventure? Del resto, Siegfried e lei avevano sempre sognato il loro posto al sole e nessuno le aveva mai detto quanto potesse essere pericoloso raggiungerlo. Aveva avuto solo un piccolissimo monito riguardo ai potenziali pericoli: il verme nella gamba della signora Schwarz. Ma dal momento che Siegfried lo aveva estratto senza alcuna difficoltà, Ricarda non lo aveva preso per un segnale.

«Per fortuna abbiamo imparato a nuotare» disse in uno slancio di umorismo nero.

«Se a voi il salvagente non serve, io me ne prendo volentieri un secondo» disse Hildchen.

«Sono qui con te» disse Siegfried. «Noi quattro sopravvivremo a tutto questo. Promettiamocelo. Datemi le mani e ripetete con me: noi siamo forti. Noi non affondiamo mai.»

Com'è solenne, pensò Ricarda. Fino a quel momento aveva sperato che l'equipaggio riuscisse a riparare il battello. Ma in quel momento tutti i presenti a bordo si resero conto che la loro nave si chiamava *Kanzler II* e che il *Kanzler I* era affondato.

I marinai stavano sciogliendo le cime che tenevano le scialuppe di salvataggio. Ricarda aveva già calcolato che queste non avrebbero potuto portare tutti i passeggeri. Erano troppo poche.

Ed ecco un'altra onda che si infrangeva contro lo scafo sospingendo la nave senza governo verso la costa. Le diaconesse, sedute strette le une alle altre, pregavano da ore. Alcuni uomini bevevano cognac per esorcizzare la paura. Nessuno diceva più una parola. Fu proprio per questo che tutti furono in grado di percepire la vibrazione che attraversò improvvisamente il corpo della nave dopo giorni di inerzia.

I passeggeri si scambiarono sguardi meravigliati.

Le vibrazioni si fecero più intense, fino a diventare perfettamente regolari. I millenovecento cavalli si erano risvegliati dal loro torpore e stavano riportando la prua della nave in direzione del mare aperto. L'ancora, che aveva invano cercato il fondale, venne ritirata su con un gran sferraglio.

«Alleluia! Sia lodato il Signore!» esclamarono le diaconesse. Gli altri passeggeri fecero loro eco.

Siegfried strinse Ricarda tra le braccia e la baciò. «Lo dicevo, io, che sarebbe andato tutto bene» disse.

Ce la siamo cavata anche stavolta, pensò Ricarda.

Avrebbe voluto fare in modo di non ritrovarsi mai più in situazioni simili. Ma come poteva ripromettterselo?

Il profondo rombo dei colpi di cannone con i quali la cittadina portuale di Tanga dava il suo benvenuto al *Kanzler II* vibrò come un tuono su tutta la baia.

«Dalla Germania arriva una nave ogni due settimane» disse Siegfried. «Per la gente del posto è sempre un grande avvenimento.» Indicò una zona sulla destra, dove su un pendio si intravedevano dei tetti di case dietro le palme. «Quello è il primo lazzaretto tedesco dedicato ai soldati delle truppe coloniali che sia stato costruito. Io ci ho lavorato per qualche mese.»

Ricarda osservava quel paesaggio pittoresco. I promontori dei Monti Usambara, avvolti da una nebbiolina azzurrognola, arrivavano fin quasi sul mare e sotto di loro si estendeva la spiaggia bianca punteggiata di palme che ondeggiavano alla brezza. Il mare luccicava nei toni del verde e dell'azzurro sotto il sole del mattino. L'acqua era talmente limpida che sembrava di poter toccare i pesci che vi nuotavano. Di fronte alla città si estendeva un'isola coperta di boschi, sulle cui spiagge si infrangevano le onde spumose.

Henny appoggiò la testa sulla spalla di Ricarda. «Mamma, hai mai visto niente di più bello? E che profumo che c'è» disse estasiata. «L'aria è dolce e salata allo stesso tempo. Mi piace l'Africa.»

L'entusiasmo di sua figlia commosse profondamente Ricarda, che dal canto suo non aveva ancora dimenticato l'incidente sfiorato qualche giorno prima. In effetti era risaputo che i bambini sono più veloci a rimuovere le esperienze sgradevoli. Forse Ricarda aveva un po' esagerato con le preoccupazioni per aver esposto sua figlia a chissà quale grave pericolo. Magari tutto questo faceva semplicemente parte dell'essere madre. La vita era come un viaggio per mare: imprevedibile e piena di sorprese, belle o brutte che fossero. Ma anche per lei in quel momento si stava avverando un sogno e il loro posto al sole era bello come una favola.

Dalla stiva del *Kanzler* tirarono fuori ceste e sacchi della posta, che poi vennero distribuiti sulle barche che nel frattempo avevano raggiunto il grosso battello, costretto a rimanere al largo per via del suo pescaggio profondo. I passeggeri, una volta montati sulle scialuppe che venivano calate in acqua con movimenti a scatti e ondeggianti, salutavano le persone con cui avevano stretto amicizia nel corso di quelle quattro settimane di viaggio e che proseguivano verso Dar Es Salam. Anche l'elegante dottor Andresen era tra questi. Hildchen agitò graziosamente la mano salutandolo con tutta la decenza che la platealità del momento richiedeva.

Per Hildchen un medico non sarebbe una cattiva scelta, pensò Ricarda. Quanto meno Andresen sembrava essere una brava persona. Ma a dividerli c'era un intero giorno di viaggio lungo la costa e non era affatto sicuro che Hildchen avrebbe avuto occasione di rivedere il suo corteggiatore. *Volere è potere*, si augurò Ricarda per sua cognata.

Il giorno dopo anche Dar Es Salam salutò il *Kanzler* a suon di colpi di cannone. La città sorgeva su un'ampia foce circondata da palme e alberi di mango nella quale la nave gettò l'ancora. Ricarda era al parapetto con Siegfried e osservava le barche che accostavano al battello, ancora più numerose del giorno prima. Le tante ceste che lei e Siegfried avevano portato dalla Germania venivano adesso caricate su delle canoe. Una di queste imbarcazioni oscillò in modo preoccupante, ma il suo timoniere, che indossava solo un perizoma, la governava con movimenti esperti, e anzi fece cenno di caricargli una seconda cesta di quelle destinate all'ospedale. Ma la cassa contrassegnata dalla croce rossa atterrò con tanta malagrazia che finì per volare in acqua.

«Non mi pare di buon auspicio» osservò Ricarda.

«Ti abituerai presto ai piccoli drammi della vita quotidiana di questo posto» la rassicurò Siegfried. «Questa è l'Africa.»

Alcuni giovani si tuffarono dietro alla cassa e Ricarda sperò ardentemente che riuscissero a recuperarla.

Poco dopo una scialuppa trasferì Ricarda e la sua piccola famiglia dal battello alla spiaggia, dove furono accolti da un signore in un elegante completo bianco che Siegfried presentò come il dottor Sotomori. Siegfried le aveva parlato di lui. Erano stati entrambi assistenti del dottor Koch a Berlino e avevano lavorato insieme a Tanga anni prima. Da quel momento in poi, il medico giapponese sarebbe stato il suo vice. I due uomini salirono su un risciò, mentre Ricarda, Henny e Hildchen li seguirono su un altro.

La città, che costeggiava il corso del fiume, era a forma di mezzaluna e aveva un aspetto nuovo e moderno. Le case dai muri bianchi e i tetti rossi risplendevano sotto il sole. In mezzo sorgevano delle capanne coperte da foglie di palma. Nel cielo svettava il campanile di una chiesa in stile tedesco e una seconda era in costruzione. La strada sterrata era costeggiata da palme da cocco slanciate e imponenti alberi di mango di un verde intenso. Man mano che si addentravano nella città, questa assumeva un aspetto sempre più accogliente. La zona del mercato coperto brulicava di attività.

Un uomo con abiti variopinti e un cappello in testa passò loro accanto cavalcando un mulo, che colpiva sul didietro con un bastone piuttosto corto. Le donne tiravano su da pozzi profondi dei secchi di legno e ne versavano il contenuto in contenitori capienti, che poi portavano via in equilibrio sulla testa. In giro era pieno di uomini accovacciati sui talloni o appoggiati alle pareti. La maggior parte delle persone aveva la pelle scura, ma c'era anche moltissima gente di altri paesi lontani.

Poi incontrarono una fila di africani scarni e vestiti di stracci capeggiati da un pingue uomo bianco coperto di sudore. Ognuno dei facchini portava sulla schiena una zanna gigantesca. «Buongiorno, signore» gridò loro il commerciante d'avorio in perfetto dialetto berlinese, asciugandosi il sudore dal volto.

Due donne africane avvolte in abiti dai colori sgargianti se ne stavano sul ciglio della strada ad arrostire della carne su un fuoco improvvisato.

«Mamma» disse a un tratto Henny «se il Kilimangiaro è la montagna più alta della Germania e si trova qui nell'Africa Orientale… significa che tutti gli abitanti di questo posto sono tedeschi?»

Ricarda non sapeva bene cosa rispondere e carezzò la figlia

sulla testa. «Siamo qui per prenderci cura degli indigeni e per aiutarli.»

Le strade erano costeggiate da graziose villette a un piano circondate da verande dall'aspetto nuovo e molto curato. Avevano un'aria molto più tedesca che africana.

Il conducente fermò il suo risciò di fronte alla più grande di queste, un edificio dalle pareti intonacate di bianco. Sull'ingresso campeggiava un'insegna a lettere dorate: *Ospedale del Governatorato*.

«Sembra molto chic» osservò Hildchen.

L'ospedale si trovava appena fuori città e non si affacciava sull'insenatura a mezzaluna del fiume, bensì sull'Oceano Indiano. Dal mare aperto spirava una brezza costante che risultava più gradevole dell'aria nelle zone vicine al corso d'acqua.

Un'africana sorridente andò loro incontro. «*Karibu, mama mkubwa*» disse per salutare Ricarda con un inchino.

«*Asante sana*» rispose Ricarda sotto gli sguardi sbigottiti di Henny e Hildchen, guadagnandosi un sorriso colmo di gratitudine da parte della donna africana. Purtroppo le sue conoscenze non andavano molto oltre queste formule di saluto imparate durante la traversata. La donna si presentò come Sorella Nyota. Ricarda pensò che dovesse avere poco meno di cinquant'anni.

In quell'istante le raggiunse Siegfried, che le aveva anticipate di poco. Era raggiante di felicità. «È bellissimo qui. *Karibu!*» esclamò. «Il nostro appartamento è bellissimo.»

Come prima cosa diedero un'occhiata alle spaziose camere dell'ospedale con i loro letti a capanna protetti da grandi zanzariere. La brezza marina entrava attraverso le alte finestre aperte. L'ospedale era riservato esclusivamente ai bianchi.

Dopo aver attraversato il pianterreno, si fermarono di fronte a una porta sulla quale campeggiava l'insegna: *Appartamento del direttore*. Siegfried spalancò la porta. «Purtroppo non abbiamo ancora i mobili» disse in tono sorprendentemente rilassato.

Ricarda e Hildchen si scambiarono un'occhiata allibita. Henny invece attraversò a corsa l'immensa stanza che un giorno sarebbe potuta diventare un salone e si diresse alle grandi porte finestre che si affacciavano su un selvaggio giardino tropicale.

«Com'è carino!» esclamò. Prima che Ricarda avesse il tempo di accorgersene, la bambina teneva in braccio un cucciolo di cane.

Siegfried si precipitò su di lei. «Henny, no!» gridò, tentando di toglierle l'animale. «Questi cani potrebbero essere malati. Non puoi prenderli in braccio.»

Henny si rabbuiò di colpo e si voltò per impedire a Siegfried di toglierle il cane. «Tu sei un medico. Guarisci questo cagnolino.»

«Io sono un medico delle persone!» Scoppiò a ridere, pensando che si trattasse di una battuta.

«Abbiamo fatto un viaggio lunghissimo e la prima cosa che mi piace di questo posto non posso toccarla» disse la piccola stringendo a sé il cagnolino. Anche Ricarda lo riteneva molto carino, per quanto un po' arruffato. «Lui è mio.»

«In un ospedale non c'è spazio per un cane, Henny» osservò Ricarda.

«Ma questo è il nostro appartamento, mamma. Quindi Karibu può viverci.»

«Vuoi chiamarlo Karibu?» le domandò Hildchen. In effetti, non fu l'unica a stupirsi della rapidità con cui Henny aveva dato un nome al cane.

«Vuol dire "benvenuto"» disse la bambina in tono molto serio. Ricarda capì che la sua straordinaria figlioletta aveva curiosato di nascosto nel suo libro di swahili. Era tipico di Henny ostentare il proprio sapere nell'esatto momento in cui le era più utile farlo. Persino a Siegfried venne da ridere e sembrava ormai pronto a cedere.

La Compagnia dell'Africa Orientale Tedesca possedeva uno degli edifici più antichi della Kaiserstrasse, che portando il nome dell'imperatore non poteva che essere la via principale della capitale della colonia.

«Un deplorevole malinteso, dottor Thomasius.» Il direttore della compagnia, un uomo magro, intorno ai quarantacinque anni e con un'aria da perfetto prussiano, non riusciva proprio a darsi pace. «Qui ammiriamo tutti il vostro impegno per la patria. E senza mobili voi, vostra moglie, vostra figlia e vostra sorella è come se foste in mezzo a una strada! Sono desolato.» L'uomo aveva il volto paonazzo per l'agitazione. «Per fortuna abbiamo delle camere che possiamo mettervi provvisoriamente a disposizione.»

Sulla veranda ombreggiata erano rimaste un paio di poltrone in bambù libere. Tutte le altre erano occupate da signori in completi bianchi, dietro ai quali stavano in piedi dei servitori africani che li sventolavano con enormi ventagli. La calura di mezzogiorno li aveva talmente infiacchiti che a malapena alzarono lo sguardo all'ingresso di Ricarda, Hildchen e Henny.

Mentre le più giovani si mettevano comode sulle poltrone predisposte ad accogliere la più alta rappresentanza degli interessi economici della Germania, Ricarda decise di dare un'occhiata al suo futuro posto di lavoro, la scuola per ostetriche.

«Dovresti riguardarti, tesoro» la mise in guardia Siegfried. «Fa molto caldo. C'è un motivo se qui la gente non alza nemmeno un dito a quest'ora.»

Ricarda si legò il leggero cappello a tese larghe con un foulard di garza. «Ma io non sono di qui» disse ridendo. «Non devo attenermi ai costumi del luogo.»

Il conducente del risciò che l'aveva condotta fin lì se ne stava seduto nel suo mezzo, all'ombra di una palma. Si tirò su con un verso scorbutico e portò Ricarda e Siegfried di fronte a un edificio composto da pareti con mattoni a vista e il pavimento di terra battuta. Tutto intorno non c'erano che erbacce secche.

«Lì dentro è pieno di serpenti, ratti e altri animali che non vorresti mai incontrare» la mise in guardia Siegfried.

Ricarda tese l'orecchio, udì un fruscio e vide correr via dei grossi ratti. A un tratto comparve dal niente una scimmietta che fissò i due intrusi ed emise un grido stridulo. Subito sbucarono altri suoi simili, il più imponente dei quali si mise in piedi con aria minacciosa.

«Be', per ora credo che se la caveranno bene anche senza medici» disse Ricarda ritraendosi spaventata.

«Mi dispiace, tesoro. La partenza non è certo delle migliori. Ma almeno c'è lo scheletro di un edificio, è già qualcosa. Di solito quando arrivavo in un posto bisognava imbracciare il machete per farsi largo nella sterpaglia, prima di poter procedere al disboscamento.»

Ricarda baciò la guancia mal rasata di suo marito. «Allora vai a procurarti un machete, perché ne avremo bisogno anche qui.»

«Sei delusa, lo capisco.» Siegfried le rivolse uno sguardo dal quale traspariva anche la sua, di delusione. «Ma credimi, tra sei mesi avrai dimenticato l'aspetto che ha oggi questo posto.»

Sei mesi? Ricarda provò un senso di vertigine a pensare a tutto il lavoro che la aspettava prima di poter assumere il suo ruolo di medico in Africa.

Bibi Karibu

Luglio 1900

Ricarda si godeva la vista sul giardino dalla sua sdraio nella veranda. La stagione delle piogge era terminata da un paio di settimane e adesso era tutto fiorito e l'aria profumata. Per quanto difficile fosse stato l'inizio a Dar Es Salam, nel frattempo Ricarda aveva imparato ad apprezzare il paradiso verde nel quale viveva. I mobili essenziali per l'appartamento del primario erano stati procurati nel giro di due mesi, mentre i lavori alla scuola per ostetriche procedevano ancora molto a rilento.

«Siamo in Africa. Qui si fa tutto *polepole*» le aveva spiegato Siegfried. Cioè: sempre con calma.

A Ricarda pesava quell'inattività forzata. La nostalgia di casa le spezzava il cuore, mentre Siegfried, in qualità di direttore dell'ospedale, lavorava giorno e notte per curare i suoi pazienti, tutti rigorosamente bianchi. Hildchen era indaffaratissima nella gestione della casa e si occupava di Henny con una premura commovente.

La bambina aveva appena chiesto a sua madre di raccontarle per l'ennesima volta dell'Isola dei Pavoni, nella cui serra aveva visto la sua prima palma. Ricarda era felice che a Henny piacesse ascoltare le sue storie su Berlino, perché ormai erano passati più di sei mesi da quando erano partiti da casa. La sua speranza era che il nuovo bambino in arrivo avrebbe finalmente fatto spostare lo sguardo dal passato verso il futuro. Si accarezzò la pancia rotonda.

«Posso sentirlo di nuovo?» chiese Henny posando l'orecchio sul ventre della madre.

Ricarda non aveva mai avuto una gravidanza tanto impegnativa. La stagione delle piogge, durata da marzo a giugno, con le sue giornate a 35 gradi e l'umidità costante, era stata molto pesante per lei. Neanche di notte le temperature scendevano molto. La cosa peggiore, però, erano state le zanzare. Tutta la città ne era stata infestata e Siegfried raccontava di innumerevoli casi di malaria. Solo adesso, con l'aria meno umida e le temperature un po' più basse, era possibile stare all'aria aperta di giorno senza protezione contro gli insetti.

«Le frittelle di patate sono pronte. Tu le vuoi sempre senza niente, Rica?» Hildchen le preparava il più spesso possibile. Per l'appunto in questa gravidanza sua cognata aveva costantemente voglia di frittelle di patate, ma questi ortaggi, che a Berlino rappresentavano un alimento di base, in Africa Orientale erano difficili da reperire e molto cari.

«Ti va un altro bicchiere di limonata?» le domandò Henny mentre correva già a procurarglielo. Karibu se ne stava all'ombra, disteso su un fianco con le zampe allungate. Quando i raggi del sole lo colpivano obliquamente come adesso, il suo lungo mantello risplendeva di riflessi aranciati. I suoi genitori, probabilmente un setter e un pastore, dovevano essere stati importati dall'Europa chissà quando. Per fortuna alla fine era risultato sano, come aveva potuto accertare Siegfried dopo una visita accurata.

Henny aveva iniziato a fare ritratti del suo cane per ingannare il tempo. Siegfried, che a sua volta amava molto disegnare, le aveva insegnato qualche trucco e l'aveva incoraggiata con qualche cauto elogio. In effetti, Henny sembrava piuttosto dotata.

A un tratto risuonò la sirena del battello postale e Karibu sollevò la testa per sentire meglio.

«Posso andare al porto e vedere se c'è posta per noi?» domandò Henny, già pronta con il suo blocco da disegno in mano.

Ricarda non era preoccupata a mandarla in giro da sola, anche perché Karibu non si allontanava mai dal suo fianco. All'inizio andava anche lei insieme alla figlia nell'ufficio di smistamento della posta. Ma aveva smesso con l'inizio della stagione delle piogge, perché l'umidità dell'aria la lasciava subito senza fiato. Per avere notizie sull'andamento dei lavori alla scuola per ostetriche chiedeva a Siegfried. L'ultima volta le aveva detto che, con un po' di fortuna, avrebbero potuto aprire i battenti ad agosto.

«Sono curiosa di sapere chi ha scritto» disse Ricarda a Hildchen.

«Vieni, Karibu!»

Henny chiuse la porta dietro al cane. Per uscire di casa usava sempre la porta che dava sul giardino racchiuso da mura ad altezza d'uomo, per cui non vedeva mai niente di cosa succedeva all'interno dell'ospedale. Adesso camminava lungo una strada dove non passava quasi nessuno. Nel loro quartiere abitavano più che altro i *wazungu*, i bianchi, e i ricchi commercianti arabi. Ai due lati della via si innalzavano mura intonacate di bianco, nel frattempo già macchiate da una muffa grigiastra, dietro alle quali si nascondevano immensi appezzamenti di terreno. A volte da sopra il muro spuntavano dei fiori colorati. A Henny piacevano soprattutto le bouganville, che si arrampicavano ovunque, di colore rosa, bianco o arancione.

In generale, le piaceva la vita a Dar Es Salam. Anche se non lo diceva mai, perché intuiva quanto alla mamma mancasse

Berlino, motivo per cui raccontava spesso le vecchie storie. Henny era contenta lì, perché a differenza di prima poteva avere la mamma tutta per sé ogni volta che voleva. E poi la gente in quella città era molto più amichevole che a Berlino. C'era sempre qualcuno che chiacchierava o che se ne stava seduto o sdraiato con aria sognante, e tutti le rivolgevano un sorriso quando la vedevano passare insieme al suo cane.

Henny percorse le strade sabbiose che conducevano al porto, dove i pescatori ricucivano le reti. «*Habari gani, bibi Karibu?*» chiese un vecchio rivolgendole un sorriso. L'aveva chiamata "Signorina Benvenuto", perché girava sempre insieme al suo cane, e le aveva domandato che novità ci fossero. *E che cosa mai potrebbe esserci di nuovo?*, si chiese Henny. A dirla tutta, a lei piaceva quel tempo sospeso. «*Ugoigoi!*» esclamò per tutta risposta con un sorriso. Le piaceva quella parola, perché aveva un suono allegro e significava "ozio".

Le sue lezioni erano state interrotte due mesi prima, quando Sorella Ernestine si era ammalata di malaria. Ma studiare a casa insieme alla mamma, potendola al contempo coccolare quanto voleva, le piaceva ancora di più. Soprattutto la matematica, che entrambe amavano molto. E poi se ne stava volentieri giù al porto a disegnare. Si sedeva su una cassetta di legno rovesciata e si guardava intorno finché non trovava qualcosa da ritrarre. Stavolta aveva individuato un gabbiano che aveva catturato un pesce. Quando scendevano i passeggeri, le cose si facevano ancora più interessanti, anche se a quel punto doveva disegnare molto in fretta, perché camminavano tutti a passo svelto.

«Come sta tua madre, *bibi* Karibu?» le domandò Badili, l'aiutante del responsabile della posta. Il suo arrivo aveva fatto scappare via il gabbiano, per cui Henny decise di prendere un nuovo foglio bianco.

«Il bambino sta per nascere» rispose Henny.

«Allora tu sorella grande. Tu felice!» disse Badili con un gran sorriso.

Ma di questo Henny non era ancora pienamente convinta. Il bambino avrebbe spazzato via la quiete alla quale si era abituata. Scacciò subito quel pensiero e si mise a disegnare le barchette che circondavano l'imponente battello appena arrivato. Ma quello schizzo l'aveva annoiata ancor prima di averlo finito.

Badili si sedette accanto a lei, su un'altra cesta rovesciata. «Responsabile posta di nuovo malato. Badili fa tutto da solo» disse. «Molti *wazungu* bere troppo.»

Henny, nonostante avesse appena dieci anni, aveva già sentito parlare dei problemi di alcolismo tra i bianchi. Papà Siegfried di recente aveva parlato di come molti uomini soli, senza famiglia, fossero troppo dediti al whisky e al cognac. Infatti due di loro erano morti d'infarto durante la torrida e afosa stagione delle piogge. Uno per l'appunto era l'architetto francese grassoccio e simpatico, che avrebbe dovuto finire di costruire la scuola per ostetriche della madre.

La prima scialuppa del battello scaricò i suoi passeggeri sulla terraferma. Come ogni volta, Henny scrutò con attenzione i volti di ognuno di loro. In quel caso, erano membri delle truppe coloniali tedesche, come si chiamavano i soldati da quelle parti. A Henny sembravano tutti uguali. Li abbozzò tutti come figure asciutte, pallide, magre e di media altezza, con i baffi e lo sguardo serio. Badili si fece una grande risata, vedendo il disegno.

Dalla seconda scialuppa sbarcarono due giovani suore, una delle quali fissò Henny come se fosse uno strano animale, per poi rincorrere l'altra dicendole qualcosa in tono concitato. Henny conosceva quello sguardo inorridito che i nuovi arrivati le rivolgevano ogni volta che se ne stava seduta lì con Badili, come una specie di comitato di benvenuto. E le piaceva. La faceva sentire orgogliosa, anche se non avrebbe saputo spiegare di preciso il perché. Semplicemente la divertiva sentirsi una locale.

Poi fu la volta della canoa carica di sacchi della posta, per cui Badili si alzò per andare all'ufficio smistamento a prenderla in consegna. Dalla terza scialuppa scese il dottor Andresen. Henny aveva scommesso sul suo arrivo. In Africa non era uso avvisare prima di una visita. Una lettera impiegava settimane a raggiungere la colonia, quindi tanto valeva presentarsi di persona e suscitare il doppio della gioia. Andresen indossava di nuovo il suo completo bianco e il suo viso si illuminò di gioia al vedere Henny.

«Hilde sarà molto contenta» disse lei. «Come state, dottore?»

«Oh, Henny, come vuoi che stia, se sono qui a farvi visita? Benissimo!» Lanciò un'occhiata fugace al suo blocco da disegno, dove Henny aveva iniziato a ritrarre una delle due suore.

«Siete fortunato, finalmente è passato il tormento delle zanzare» disse.

«Infatti avevo invitato voi e tua madre a Wilhelmstal. Noi non abbiamo avuto neanche una zanzara» rispose il corteggiatore di Hildchen.

«Sapete com'è, la mamma non vuole viaggiare in questo periodo.» Per via della gravidanza, a quanto diceva, ma Henny un giorno aveva sentito parlare sua madre e Siegfried, che per la sorella aveva adocchiato il suo collega giapponese Sotomori. La mamma non era d'accordo, le sembrava troppo vecchio per Hildchen. Quella era stata la prima volta in cui Henny li aveva visti in disaccordo su qualcosa. Ovviamente lei era dello stesso avviso della madre, anche se non capiva affatto l'entusiasmo di Hildchen per il dottor Andresen. Forse il vero problema era che in quel posto gli uomini di bell'aspetto scarseggiavano.

«Dovrete avviarvi da solo, dottore» disse. «Io aspetto ancora la posta.»

«Perché non lasci che lo faccia un *boy*, Henny?»

Questa domanda era uno dei motivi che glielo rendevano antipatico: doveva sempre esserci qualcuno che *faceva* qualcosa per lui.

Andresen se n'era andato da un pezzo, quando Badili le passò finalmente una pila di lettere e giornali talmente pesante che riusciva a malapena a trasportarla. Con una rapida occhiata si rese conto che c'era anche la lettera che aveva tanto desiderato.

«Vieni, Karibu, guardiamo un po' che novità ci sono a Berlino.»

Il rituale era sempre lo stesso: il battello portava le attesissime lettere dalla patria. Dato che la nave faceva anche il servizio di spola lungo la costa, arrivavano sempre anche amici e conoscenti da Tanga.

«Devi aspettare, Henny. Prima dobbiamo occuparci del nostro ospite» disse Ricarda, nonostante avesse notato la lettera di Käthe e finalmente anche una da Kumari. La cosa più singolare era la presenza di una lettera dalla lontana America. Per Ricarda, tormentata dalla curiosità, fu particolarmente difficile dedicarsi al dottor Andresen con la cortesia necessaria.

«Almeno la lettera della zia Käthe, mamma!»

Alla fine Ricarda cedette, in fin dei conti era quella che stava più a cuore anche a lei. Prima di passarla a Henny, scorse velocemente il suo contenuto per assicurarsi che non ci fosse niente da tener nascosto alla bambina.

«È stata a trovare Georg a Monaco?» le chiese Henny pressante. «Come sta?»

Ricarda interruppe a metà la lettura e si lasciò cadere su una sedia. Aveva l'impressione che il pavimento si spalancasse sotto ai suoi piedi.

«Mamma! Che succede? Dimmelo!»

«Georg non è più a Monaco. Magdalena lo ha mandato in un collegio religioso, ma a Käthe non hanno detto né quale sia, né dove si trovi.»

«E cosa ci fa lì? Non possono farlo!» esclamò Henny indignata.

A quanto pareva, la bambina si era resa conto della conseguenza di tale gesto: se neanche Käthe aveva più sue notizie, lei avrebbe perso definitivamente i contatti con il fratello. E così avrebbero perso di vista il piccolo Georg, che nel frattempo aveva compiuto sette anni, una volta per tutte. Ed era stata Ricarda stessa a dare ai Kögler questa possibilità, firmando il documento che Bernhard le aveva sottoposto. Le avevano strappato il figlio con la scusa che doveva vivere con la sua famiglia di Monaco. Ma allora qual era la logica dietro alla decisione di farlo crescere lontano dai Kögler?

Henny corse da Karibu e lo abbracciò stretto per nascondere le lacrime nel suo manto dorato.

Ricarda continuò a leggere. Käthe spiegava più nel dettaglio i motivi che avevano spinto Magdalena a prendere quella decisione. A quanto dicevano, il piccolo si era rivelato un "ribelle":

Ha detto che non vuole avere niente a che fare con il birrificio. Che vuole solo tornare da sua madre, nient'altro. Mi dispiace di non darti buone notizie, Rica. Ma cerco di vederla in questo modo: ha le sue proprie opinioni ed è un combattente, proprio come te. Devi essere fiera di lui!

Ricarda si meravigliò molto del punto di vista di Käthe: in fin dei conti era pur sempre una Kögler.

Cosa ne sarebbe stato della fragile anima di quel bambino, se veniva trattato con tanta freddezza dalla sua stessa famiglia? Decise che non sarebbe rimasta con le mani in mano. Anche se non poteva fare poi molto, oltre a scrivere dalla lontana Africa per chiedere delucidazioni a Rupert. Quell'uomo aveva un cuore e lei doveva appellarvisi. O quanto meno ci avrebbe provato.

La cena che Hildchen aveva preparato era stata improvvisata, come sempre quando si presentava un ospite inaspettato. Nel corso dei sei mesi precedenti, Hildchen si era abituata a fronteggiare simili sfide. Minestra di frittata, uno striminzito pollo arrosto che fino a poco prima beccava i chicchi di grano in giardino e purea di frutta produssero un lauto banchetto.

Quando venne servito il dessert, Andresen si schiarì la voce e si tamponò nervosamente la bocca con il tovagliolo, prima di rivolgere la parola a Siegfried. «Esimio collega Thomasius, devo e voglio approfittare di questa occasione per chiedervi la mano di vostra sorella» disse alla fine. «Spero di poter contare su una risposta affermativa.»

Ricarda osservò suo marito. La domanda non lo coglieva certo impreparato. Aveva già parlato con Hilde del suo amico e collega Sotomori, che Siegfried riteneva la scelta migliore per lei, ma la sorella aveva reagito con un netto rifiuto.

D'altra parte, Andresen non era un cattivo partito. Per quanto brutale potesse sembrare il ragionamento, a Berlino Hilde, governante di suo fratello, non avrebbe mai potuto sposare un medico, perché la differenza di estrazione sociale sarebbe stata troppa. Ma nella lontana Africa valevano altre regole. Ricarda non avrebbe saputo dire se queste avessero più a che fare con l'amore, rispetto a quelle di Berlino. Poteva solo sperare che un matrimonio celebrato in Africa riuscisse a sopravvivere anche dopo il rientro a casa, in Germania, dove tornavano a valere le vecchie regole…

Siegfried rispose: «Mi piacerebbe sapere qualcosa in più sulla vostra famiglia, caro collega».

«Mio padre possiede una clinica specializzata in malattie polmonari a Lubecca e dei sanatori sui monti dello Harz e sull'isola di Norderney, dottor Thomasius. Di recente ha fondato un nuovo sanatorio a Wilhelmstal, del quale mi ha affidato la direzione. Spero di soddisfare le vostre aspettative» disse Andresen facendo il gesto di portarsi una ciocca immaginaria di capelli dietro l'orecchio.

Hildchen aveva l'espressione orgogliosa di chi è riuscita ad attirare un uomo di buona famiglia, ma Ricarda capì che Siegfried stava pensando la stessa cosa che pensava anche lei: non è quello giusto!

«Per favore, datemi una notte per riflettere sulla vostra proposta» disse Siegfried, nonostante lo sguardo di Hildchen lo supplicasse di non fare giochetti strani con l'uomo dei suoi sogni.

«Posso accompagnare il dottore al suo albergo?» domandò Hildchen. Una vecchia norma popolare definita "Paragrafo Lenocinio" proibiva alle coppie non sposate di passare la notte sotto lo stesso tetto. Se Siegfried e Ricarda non avessero rispettato questa regola sarebbero stati perseguibili penalmente. E quella piccola comunità tedesca era oltremodo vigile sulle cose di quel genere.

«Vi accompagneranno Henny e Karibu, se vogliono» disse Siegfried.

«Grazie, papà!» esclamò Henny entusiasta.

Non appena i tre furono usciti di casa, Ricarda si spostò di nuovo sulla sdraio per stare più comoda. «Come pensi di spiegarle che è l'uomo sbagliato?» domandò.

Siegfried si sedette nell'unica poltrona che era riuscito a procurare per l'appartamento. «Figlio di un medico» disse. «Esattamente quello che temevo.»

«Non era poi così difficile da immaginare» scherzò Ricarda. Quasi tutti gli studenti di medicina che aveva conosciuto provenivano da famiglie di medici. «Forse è solo per questo che Andresen non ci piace. Noi abbiamo dovuto lottare per ciò che abbiamo, mentre a lui è caduto tutto dal cielo. Dobbiamo fare attenzione a non giudicarlo basandoci sull'invidia.»

Siegfried si alzò di scatto e colse Ricarda di sorpresa con un bacio sulla bocca. «Ti amo, Rica. Anche se sembrava di sentir parlare la tua cattolicissima mamma… quel che è giusto è giusto. Concediamo a Hildchen il suo Andresen.»

Henny lasciò a Hilde e Andresen un po' di vantaggio. Vederli così in confidenza le dava una sensazione spiacevole. Lei conosceva Hildchen da tutta la vita e per quanto avessero passato lunghi periodi separate, non appena lei tornava a Freystetten ritrovavano subito la loro complicità. Adesso Henny sentiva che stava per perderla per colpa di quell'uomo dal completo bianco che per qualche motivo non riusciva a sopportare. In definitiva, quella appena trascorsa era stata una giornataccia, soprattutto se ripensava alla notizia di Georg.

«Henny, dove sei rimasta?» la chiamò Hildchen.

Allora non mi ha ancora dimenticata, pensò Henny.

«Allora, signorina, non hai paura a girare di sera in questa città straniera?» le chiese Andresen.

«No. E voi avete paura?» ribatté la bambina.

«In effetti tu sei di Berlino. Dicono che sia una città sfrenata» cercò di scherzare Andresen.

«Mio padre dice che ci sono più poliziotti a Berlino che soldati delle truppe coloniali qui in Africa» rispose Henny. «Voi non siete mai stato a Berlino?»

«Solo per un breve periodo, Henny. Non mi piacciono le città così grandi. Se Hilde e io ci sposeremo a Wilhelmstal, vedrai quanto è bella la natura.»

«Ma lo sa già, Stefan» intervenne Hildchen. «Henny e io abbiamo vissuto in campagna. In un castello.»

«Però a Wilhelmstal ci sono anche le montagne» si vantò il giovane medico. «E pensa: solo poche sere fa ho intravisto un leopardo.»

«Mangia gli uomini?» domandò Henny.

«Lui non più. Gli abbiamo sparato.»

«Che peccato» osservò Henny. «Allora non potrò vederlo.»

«Lo abbiamo fatto scuoiare» proseguì il medico. «Adesso se ne sta sul pavimento, completamente inoffensivo.»

Henny pensò che fosse un'immagine terrificante. Un animale selvatico calpestato da tutti. Più cose veniva a sapere di questo dottore e meno le piaceva.

Florentine si era sposata per la terza volta. *Questo è davvero il mio ultimo matrimonio, Rica*, scriveva dall'America con inedita euforia. *Se un giorno avrai voglia di venire a trovarci a Boston, negli Stati Uniti, tu e la tua famiglia sarete sempre i benvenuti.*

«Siamo stati invitati a Boston» disse Ricarda a Siegfried, intento a studiare la pila di giornali appena arrivati per scoprire le ultime novità.

«Io preferirei andare a Parigi» rispose, dopo che Ricarda gli ebbe spiegato i retroscena. «Hanno realizzato la costruzione più alta del mondo, in occasione dell'Esposizione Universale. Si chiama Torre Eiffel. È fatta tutta in ferro battuto e misura oltre trecento metri. Te lo immagini?»

«Se è così alta, non ci metterà molto a crollare» rispose Ricarda prima di tornare a concentrarsi sulla lettera di Florentine.

La cosa che mi rende più felice è che mio marito Jeremy ha adottato il piccolo Victor. Victor Vandenberg. Non ti sembra che abbia un suono straordinario? Victor è già un vero e proprio americano e parla la lingua come me.

Ricarda lasciò cadere la lettera con aria pensierosa. Sia lei sia Florentine erano riuscite a evitare che i loro figli portassero il nome del padre biologico. *Cosa ne sarà stato di lui?*, si chiese per un istante, scacciando subito i ricordi che iniziavano a riaffiorare. Henny era diventata una bellissima persona ed era questa l'unica cosa che contava.

E poi devo dire che sono diventata una scrittrice molto solerte. Il mio manuale La donna, medico di casa, *sarà terminato già l'anno prossimo. Ti ricordi? Ho avuto l'idea ormai dieci anni fa. Del resto, presto e bene non stanno insieme.*

Ricarda chiuse gli occhi e si rivide salire la scalinata della sontuosa villa di Florentine a Zurigo. In un sari di seta. Era in quel periodo che Flora parlava con entusiasmo del suo libro Ma il ricordo che vi legava lei non era certo dei migliori.

«Ehi, Rica, qui c'è una notizia che ti interesserà di certo» disse Siegfried. «A partire da questo semestre, alla facoltà di medicina dell'università di Vienna verranno accettate anche le donne.»

«Allora Henny non dovrà più andare a Zurigo, ma solo a Vienna, se vorrà diventare dottoressa» rispose Ricarda. «Siamo sicuri che sia tanto più vicino? Dico, partendo dall'Africa.»

Sentì Siegfried ridere e prese in mano la lettera di Kumari. *Qui sì che ci sono belle notizie*, pensò mentre leggeva.

«Sei il miglior fratello che si possa avere!» Hildchen strinse Siegfried forte tra le braccia.

«Posso solo sperare che sia quello giusto, Hilde» disse Siegfried.

«Lo è! Vogliamo sposarci a Natale. Saresti d'accordo?» Hildchen era euforica.

«Tu che ne dici, Rica?» domandò Siegfried.

Ricarda non era molto concentrata sull'argomento. Era in vestaglia, seduta nella sdraio imbottita accanto a Siegfried con le gambe allungate. Nella sua pancia stava accadendo qualcosa, ma non nel modo che conosceva. Durante il giorno aveva avuto qualche leggera doglia, che aveva preso per normalissime contrazioni preparatorie. Ma in quell'istante gliene venne una talmente dolorosa che credette di non resistere. Le si ruppero le acque.

«Siegfried, sarà un parto precipitoso» si sentì dire con una tale obiettività che la cosa sembrava non riguardarla minimamente.

«Che cosa, amore mio?» domandò Siegfried. Solo dopo si rese conto di cosa stava accadendo. «Oh, santo cielo! Intendi...»

Grazie alla sua esperienza non ebbe neanche bisogno di uno specchio, le bastò tastare con una mano per sentire la testina.

«Hildchen, acqua bollita. Henny, teli puliti. Siegfried, la mia borsa da medico» esclamò e tutti quanti corsero via, dopo un primo istante di panico. Lei invece rimase sulla sdraio e sperò che questa si dimostrasse all'altezza di un parto precipitoso.

Con la contrazione successiva spinse fuori il neonato. Uscì con tale slancio che lo dovette letteralmente prendere al volo. Alla contrazione successiva era uscita anche la placenta. Tenne quella creatura tra le braccia e ammirò il miracolo sanguinolento che la natura le aveva regalato, stavolta senza troppo dolore. Era una bambina.

Siegfried sollevò con cautela la neonata e la posò dolcemente sui teli che gli stava passando Henny. Poi tagliò con decisione il cordone ombelicale, sembrava averlo fatto centinaia di volte. Ricarda diede qualche colpetto sulla schiena a sua figlia e la piccola emise il suo primo vagito.

Hildchen era subito andata a chiamare Sorella Nyota in ospedale. La capo infermiera fece come prima cosa un rapido segno della croce su quell'esserino coperto di sangue e mormorò qualcosa in swahili, prima di prenderlo in braccio e fargli il bagnetto in una tinozza. Per tutto il tempo gli parlò fitto fitto nella sua lingua.

«Benedizioni e canti propiziatori» le spiegò Siegfried. «Hai fatto veramente molto in fretta, amore» aggiunse poi rivolto a Ricarda. «Altro che *polepole!*» E scoppiò in una risata.

«Al terzo figlio può succedere» rispose Ricarda. «Aiutami ad alzarmi, mi fa male la schiena.»

Non appena fu in piedi, la sdraio si spezzò in due con un gran fracasso.

Lo schianto della sdraio investì Henny con una tale violenza che ebbe come l'impressione di risvegliarsi da un sogno. Aveva un nuovo fratello o una nuova sorella! Semplicemente così! Era incredibile quanto fosse stato rapido e facile.

Si avvicinò a Nyota che stava tirando fuori la creaturina dalla tinozza di zinco in cui l'aveva lavata. Con sua sorpresa vide che era un esserino gonfio e deforme. Era decisamente brutto. Per non parlare di tutto il sangue che era uscito dalla mamma! Henny sapeva che nel giro di pochi istanti le avrebbero chiesto cosa ne pensasse e se non lo trovasse carino. In quel preciso istante decise che lei non avrebbe mai fatto niente del genere.

«Portare da tua mamma» le disse Nyota in un tono che non ammetteva repliche.

Henny sentì il cuore batterle all'impazzata, mentre la donna africana le metteva in braccio quel minuscolo essere, piegandole le braccia come se fosse lei stessa una bambola. Se adesso le fosse cascato… Si incamminò con tutta la cautela di cui era capace verso la camera dei genitori.

Non appena la vide arrivare, Siegfried saltò su. «Sei bravissima, Henny» le disse con un gran sorriso. «Posala accanto alla tua mamma. Tra poco inizierà a poppare.»

«È una bambina?» domandò Henny.

«Non lo sapevi?» domandò Siegfried sorpreso.

Henny scosse la testa. Come poteva saperlo? Non si vedeva che pelle rossa dappertutto.

Era una buona notizia che fosse femmina? Henny non sapeva cosa pensare.

«Ha persino già un nome, Henny» continuò Siegfried. «Si chiama Antonia. Ti piace?»

Henny ricordò che molto tempo prima sua madre le aveva raccontato di aver avuto una sorella di nome Antonia. Glielo aveva detto al laghetto di Freystetten, dove su una pietra c'era un'incisione in sua memoria. La madre le aveva anche raccontato che era annegata nel lago, e Henny ricordò di essersi ripromessa proprio in quell'occasione di diventare una brava nuotatrice.

Ad ogni modo, Antonia le sembrava un nome troppo ingombrante per una creatura così piccola e decise che Toni sarebbe stato molto più carino. Ma questa osservazione la tenne per sé, giacché non aveva mai visto suo padre Siegfried tanto felice.

Karibu aveva pazientemente aspettato Henny all'ombra del muro della scuola, come sempre. Anche quel giorno, alla fine delle lezioni, la salutò scodinzolando. Henny non aveva voglia di tornare direttamente a casa. A volte la vita a Dar Es Salam le sembrava estremamente monotona. Con la sorellina non poteva fare poi molto, se non guardarla dormire e mangiare. Sua madre aveva ripreso la vita frenetica che conduceva anche a Berlino. La scuola per ostetriche aveva aperto da poco, Ricarda si occupava delle sue prime studentesse africane e tornava a casa solo di tanto in tanto per allattare Toni. Suo padre lavorava costantemente, perché lui e il dottor Sotomori erano gli unici medici rimasti, dopo che due colleghi erano dovuti tornare in patria a causa di una malattia molto strana. «Delirio tropicale» l'aveva definita papà Siegfried con tono sprezzante, lamentandosi della quantità di pazienti che ne erano affetti.

Al porto succedeva sempre qualcosa e quella piccola deviazione le era permessa. Quel giorno spirava una brezza più fresca del solito e di conseguenza il fiume pullulava di dau, le tipiche imbarcazioni a vela dei commercianti arabi che potevano arrivare fino alla spiaggia per il carico e lo scarico delle merci. Un uomo gridò qualcosa in direzione di Henny, che però capì soltanto la parola *samaki*, che significava "pesce". La bambina chiese quanto costava, nel frattempo il suo livello di swahili le bastava non solo per fare quella domanda, ma anche per comprendere la risposta. L'uomo per tutta risposta fece un ampio sorriso, le passò un lungo pesce argentato e disse che era un regalo per il *bwana mkubwa*, il "grande uomo", cioè suo padre

Siegfried. Henny non poteva certo rifiutare, oltretutto il pesce sembrava freschissimo.

Intanto, uno dei piccoli battelli che navigava lungo la costa stava scaricando i suoi passeggeri sulle scialuppe. Quelle navi arrivavano regolarmente ogni due giorni, motivo per cui il loro arrivo non suscitava lo stesso interesse dei grandi battelli che giungevano dall'Europa. Si trattava di un servizio di navetta che percorreva i settecento chilometri di costa dell'Africa Orientale Tedesca e che rappresentava l'unico collegamento nord-sud, perché il passaggio via terra, attraverso la giungla, poteva durare delle settimane.

Le barche a remi cariche di passeggeri scivolarono sulla spiaggia sabbiosa che fungeva da molo. «Vieni, Karibu. Oggi c'è pesce» disse Henny al cane, che si leccò i baffi.

«Per caso tu sei Henny Thomasius?» sentì chiedere a un tratto a una voce femminile.

Henny si voltò e vide una donna piuttosto bassa e pingue. Anche se parlava tedesco, aveva l'aspetto di un'indiana, come ne vivevano moltissime a Dar Es Salam. Però non indossava i loro abiti, era vestita all'europea, con un cappello a tese larghe e un ombrellino parasole.

«Tua madre mi ha scritto talmente tante cose su di te, che ti ho riconosciuto. Mi chiamo Kumari» disse la sconosciuta.

«Voi siete Kumari?» chiese Henny sorpresa. «La Kumari della mamma, della Kurfürstenstrasse?»

«Sì, anche se è passato tanto tempo!» La donna sorrise e ai lati della bocca le si formarono due fossette a forma di mezzaluna. «Io vengo dal nord, dove vivo da molto tempo in montagna insieme alla mia famiglia» disse ridendo. «Allora tua mamma ti ha già raccontato di me.»

«Alla mamma mancate molto, questo lo dice spesso.»

«Volevo venire a trovarvi molto prima» disse Kumari. «Ma non era facile, perché ho tanto da fare.»

Un facchino che trasportava le due grosse valigie di Kumari le seguì lungo la strada che portava all'ospedale.

«Potrete restare per un po'? Mia madre ne sarebbe felicissima» disse Henny.

Kumari la guardò raggiante di gioia. «Oh, sì, mi piacerebbe. Sai, l'ultima volta che ci siamo viste tu non eri neanche nata. E adesso hai quasi dieci anni. Ti piace la scuola qui?»

Henny scosse la testa. «Non imparo niente di nuovo. Mia mamma mi ha già insegnato quasi tutto a casa.»

Kumari scoppiò a ridere. «Le somigli molto. Ti ha raccontato che senza il suo aiuto non mi sarei mai saputa orientare, all'inizio della scuola?»

L'amica di sua madre parlò come un fiume in piena dei bellissimi anni della scuola a Berlino. E Henny per la prima volta provò una forte nostalgia per la Germania.

Ricarda avrebbe riconosciuto quella risata cristallina e gutturale tra mille. Era tornata a casa da poco e aveva appena cambiato Antonia.

«Mamma, guarda un po' chi ti ho portato!» esclamò Henny entusiasta.

La prima cosa che Ricarda pensò, al vedere sua figlia accanto alla sua amica, fu: *Henny è già alta quasi quanto Kumari!* Sentì una fitta al cuore. Dov'era volato il tempo? Poi strinse l'amica tra le braccia e non la lasciò più andare. Ricarda era sempre stata più alta e più snella di Kumari, che nel frattempo aveva assunto l'aspetto di una dolce *mama*, come dicevano gli africani. Una donna nelle cui vicinanze ci si sentiva subito bene.

In quell'istante le raggiunse anche Hildchen, con l'intenzione di prendere il pesce di mano a Henny.

«Hildchen, lei è Kumari» disse Ricarda. «Ma tu non puoi ricordarti di lei, vero?»

Sua cognata scosse la testa perplessa, mentre Kumari, sopraffatta dai ricordi, si asciugava le lacrime dal volto. «Vederti così sana e bella è un miracolo» disse. «L'ultima volta che ti ho vista avevi cinque anni.» Kumari quasi non riusciva a parlare dall'emozione che stava provando. «Ed eri quasi morta.»

Hildchen conosceva fin troppo bene le storie legate alla sua infanzia, quando era quasi morta soffocata per la tosse da crup. Ricarda poteva capire la sua riluttanza a ricordare quel periodo. Era stato un anno folle, assurdo, lo stesso nel quale la sua strada e quella di Kumari si erano divise. L'amica era stata costretta a lasciare Berlino per tornare a Ceylon e sposarsi. L'unica cosa che all'epoca era riuscita a consolare Ricarda di quella perdita era stato l'amore per Siegfried, scoppiato all'incirca nello stesso periodo.

Antonia fece sentire la sua voce stentorea dalla camera da letto, guadagnandosi subito tutta l'attenzione.

«Devi ritenerti molto fortunata ad aver avuto un bambino ancora alla nostra età» disse Kumari.

«Perché, siamo così vecchie?» Ricarda scoppiò a ridere.

Kumari alzò gli occhi al cielo. «Chiedilo a mio marito» buttò lì, senza dare ulteriori spiegazioni. «Tu non mi credesti quella volta, in hotel» aggiunse quasi per inciso.

«È vero. E invece avevi ragione» ammise Ricarda.

Era incredibile che dopo così tanto tempo le due amiche si capissero come se non si fossero mai lasciate. Bastava che una accennasse a qualcosa e l'altra sapeva esattamente a cosa si riferisse. A Pasqua del 1889 Kumari era andata in visita a Berlino e in quell'occasione aveva letto la mano a Ricarda. Le aveva predetto tre figli. E tre uomini, dei quali uno «completamente sbagliato». Ricarda le fu grata per non chiederle se avesse avuto ragione anche su quello.

«Hai l'aria stanca ma felice» le disse Kumari. «Ho pregato tanto perché tu e Siegfried vi ritrovaste. Come si chiama la piccola?» domandò osservando la bambina da vicino. Dopo averlo scoperto, osservò: «Il presente cura le ferite della tua anima, Rica».

«Be'» si schermì Ricarda «è solo che mi piace come suona: Antonia Thomasius, Henriette Thomasius e Ricarda Thomasius.»

«Non ti credo!»

In effetti non poteva pensare di ingannare la sua vecchia amica. «Hai ragione, Kumari. Doveva nascere una nuova Antonia, perché mia sorella trovasse finalmente la sua pace. Ma adesso tocca a te! Raccontami dei tuoi figli e della tua piantagione di tè tra le montagne.»

Le due amiche si sedettero in veranda. Ricarda allattava la bambina e Kumari raccontava. Suo figlio Lal aveva quattordici anni, sua figlia Yanthi tredici, ed entrambi frequentavano un collegio a Nairobi, la capitale del protettorato dell'Africa Orientale Britannica. «La settimana scorsa sono dovuti tornare a scuola, ma è stato così bello averli un po' con me.» Kumari si fece seria. «Ti ho già scritto com'è la situazione da noi in montagna. Non riesco a far arrivare un medico per le nostre lavoratrici e i nostri lavoratori della piantagione. Non hai idea di quanto i britannici siano arroganti con i loro lavoratori di colore. Neanche fossero bestie.»

Dalle sue parole traspariva anche tutta la frustrazione

per quello che era stato il suo destino, in quanto originaria di Ceylon. Ricarda si ricordò di uno strano incontro avuto a Berlino poco dopo aver conosciuto Kumari a scuola: la zia di Kumari, giunta a Berlino per essere esposta allo Zoo Umano. All'epoca Ricarda l'aveva trovata una cosa a dir poco bizzarra, ma adesso vedeva il tutto con occhi diversi.

«C'è un'unica soluzione» continuò Kumari. «Dovrò occuparmi io stessa delle nostre lavoratrici, Rica. Ho pensato di frequentare la tua scuola per ostetriche, così potrai insegnarmi tutto quello che riesco a memorizzare. Nell'ultima lettera mi hai scritto che l'avresti aperta a metà mese. Ci sei riuscita?»

Ricarda sospirò. «Be', sì. *Polepole*, come si dice da queste parti. Per ora ho solo tre studentesse, hanno tutte la nostra età e sperano di poter guadagnare qualche soldo come levatrici.»

«Perché hai così poche allieve? Non vogliono imparare da una donna bianca?» La sua amica aveva centrato in pieno il problema.

«Proprio così, Kumari. Ed è una cosa che non avevo minimamente preso in considerazione. La maggior parte delle donne qui prega Allah. Dicono che la vita e la morte di un bambino stanno nelle mani di Dio. *Inshallah.* Quindi non hanno interesse per ciò che potrei raccontare loro sull'igiene.»

«Anche da noi funziona così, Rica. Le donne non contano niente» rispose l'amica. «Neanche le madri si fanno grossi crucci se muore una loro figlia femmina. Fanno semplicemente un altro figlio. Non cambia niente, che siano musulmane o che preghino gli dèi della natura. Ormai sono dieci anni che vivo in montagna e sai cos'ho fatto? Ho detto a mio marito che parlasse lui con gli altri uomini. Con gli anziani del villaggio. E lui gli ha detto: "Non potete sapere se vostra moglie vi partorirà un maschio o una femmina. Nel dubbio, volete che il bambino viva o che muoia?"

E ha funzionato. Certo, le donne devono comunque lavorare fino a poco prima del parto. Ed è un lavoro molto duro. Una donna deve tagliare venti chili di foglie di tè al giorno come minimo. E quasi sempre stando in piedi su un terreno in pendenza. Ma io capisco sempre quando arriva il momento per una donna e mi faccio trovare pronta. Perdiamo solo un bambino su due.»

Ricarda la guardò esterrefatta. «Un bambino su due?»

«Ovviamente è ancora troppo, ma siamo oneste: all'epoca in cui davamo una mano all'Ospedale Femminile della Biberti e della Solm, nei quartieri poveri di Berlino le cose non erano poi tanto diverse. Per questo le donne erano costantemente incinte.» Kumari le rivolse un sorriso stanco. «Sono sicura che le cose stanno ancora così.»

Ricarda non poté far altro che darle ragione.

«Più che altro» proseguì Kumari «devo imparare alcuni trucchi. Come faccio a girare il feto nell'utero? Che cosa faccio in caso di problemi al cordone ombelicale? Capisci, Rica, io so che c'è un modo per aiutarle, ma non sono in grado di farlo perché mi mancano le competenze. Quante madri mi sono morte tra le braccia, quando invece avrebbero potuto vivere. Per questo sono qui. Aiutami ad aiutare.»

«Sono moltissime le cose che dovrei insegnarti» le fece presente Ricarda.

«Mio marito mi permette di rimanere qui fino a Capodanno.»

Ricarda si posò Antonia su una spalla e le diede qualche colpetto sulla schiena per farle fare il ruttino. «Bene,» disse rivolgendo all'amica un sorriso di incoraggiamento «allora inizieremo oggi stesso.»

Nel momento in cui aveva accettato Kumari come quarta studentessa, Ricarda non si era resa conto del doppio beneficio che la cosa le avrebbe portato. Non solo poteva trascorrere tutto il giorno insieme alla sua amica, ma, cosa non meno importante, Kumari parlava fluentemente swahili e poteva fare da interprete alle altre studentesse quando le competenze linguistiche di Ricarda non bastavano. E poi non era bianca, ma di colore come le altre, cosa che nell'arco del mese che Kumari aveva già trascorso a Dar Es Salam aveva spinto altre quattro donne del posto a iscriversi alla scuola. Fino a quel momento, Ricarda si era limitata a fare lezioni teoriche, per le quali mesi prima si era fatta mandare tramite il battello della posta del materiale illustrativo: grandi disegni con rappresentazioni grafiche e persino uno scheletro.

«Le studentesse musulmane non potrebbero neanche guardarle» disse Kumari, rientrando a casa per pranzo insieme all'amica. «Dicono che il Corano vieta le rappresentazioni umane. Però ne sono molto affascinate. Io ho detto loro di non dire niente ai mariti.»

«Come si fa a trasmettere un sapere, se devi infrangere costantemente dei tabù?» domandò Ricarda.

«I tabù esistono anche in Germania. Oppure i medici non visitano più da dietro un telo, palpando senza guardare?»

«Sì, la maggior parte dei colleghi fa ancora così» ammise Ricarda. «Ma le cose stanno cambiando.»

Hildchen aveva preparato del carré affumicato con crauti marinati da lei. Non cucinava mai ricette africane. Suo fratello arrivò tardi, come spesso accadeva. A Ricarda bastò un'occhiata, per capire che Siegfried era angosciato per qualcosa.

Dopo mangiato, chiese a Ricarda di seguirlo nel suo studio e le passò un documento dell'Ufficio Affari Coloniali. L'avevano promosso a medico capo di tutta l'Africa Orientale. «Finalmente un compito che mi richiederà un bell'impegno. In fin dei conti, a che cosa mi sono dedicato qui negli ultimi mesi? Fratture da steccare, malaria, diarrea, rabbia e morsi di serpenti. Di recente un maresciallo si è sparato in una gamba per sbaglio, mentre puliva il fucile. Non che io mi senta sprecato, ma da ora in poi oltre al lavoro che svolgo qui avrò anche la responsabilità dell'assistenza sanitaria di tutto il protettorato.»

Ricarda si rendeva conto di quanto questo nuovo incarico lo riempisse di orgoglio. «È una regione grande il doppio dell'impero tedesco» gli fece notare. «Significa che dovrai viaggiare anche nelle zone più remote della colonia?»

Certo che avrebbe dovuto farlo, Ricarda glielo leggeva in faccia! Suo marito, il grande appassionato di viaggi, in futuro avrebbe girato in lungo e in largo quell'immenso paese del quale lei conosceva soltanto la capitale.

«Intanto la cosa importante per voi è che rimarremo a vivere qui» disse lui. «Perché ufficialmente rimango primario qui a Dar Es Salam, anche se d'ora in poi sarà Sotomori a sbrigare gran parte del lavoro, perché io non ne avrò più il tempo.»

«E non avrai più tempo neanche per noi» aggiunse Ricarda.

«Oggi, insieme al governatore ho studiato a lungo la carta geografica del paese, Rica» disse Siegfried con un profondo sospiro. «Ci troviamo di fronte a problemi difficilmente risolvibili. Oltre al battello che fa da navetta lungo la costa, non abbiamo né vie di comunicazioni né mezzi di trasporto. Gli inglesi, nell'Africa Orientale Britannica, ci dovrebbero essere di esempio. Bisogna costruire ferrovie, se vogliamo rendere accessibili queste terre. Ad esempio, nella zona di Mwanza sul Lago Vittoria ci sono delle piantagioni di cotone di cui l'Impero ha urgente bisogno, se non vogliamo perdere terreno nella competizione con l'Inghilterra sul mercato tessile. Ma alle persone che vi lavorano servono con urgenza medicine e Mwanza si trova a oltre milleduecento chilometri da qui. Se volessi andare fin lì...»

«...impiegheresti sette settimane solo per arrivarci» calcolò al volo Ricarda, grazie alla sua passione per la matematica. «Se rimanessi lì due settimane, alla fine saresti stato via quattro mesi.» Scosse la testa. «E questi sono solo numeri» aggiunse. «Che succederebbe se ti ammalassi tu?»

Siegfried la abbracciò senza dire niente. Non sapeva cosa rispondere. Era chiaro che il loro posto al sole stava pretendendo il suo tributo.

Mentre rimetteva in ordine la classe con Kumari, Ricarda raccontò all'amica le minacciose novità: «All'inizio Siegfried visiterà le zone costiere e si occuperà delle questioni organizzative. Ma prima o poi dovrà partire per un cosiddetto "safari", e allora starà via per mesi.»

Kumari batté un piede per terra, indignata. «Non puoi permetterlo, Ricarda!» Tra gli occhi le si disegnò una ruga orizzontale di collera. «Siegfried è un padre di famiglia. E l'Ufficio Affari Coloniali lo sapeva quando ha deciso di metterlo a capo del sistema sanitario di tutta l'Africa Orientale. Che irresponsabili. Dovrebbe rifiutarsi.»

«Ma non lo farà, Kumari. In fondo non è altro che un soldato che compie il suo dovere.» Ricarda sapeva che la sua era solo una mezza verità. Nel profondo del suo cuore, Siegfried desiderava guadagnarsi il rispetto delle alte sfere.

Quella sera le due amiche si ritrovarono sedute in veranda, con la casa immersa nel silenzio e intorno a loro solo i canti delle cicale. Kumari prese la mano di Ricarda e la voltò con delicatezza a palmo in su. «Posso?»

Ricarda capì. Ma voleva davvero che Kumari le leggesse di nuovo il futuro? A cosa aveva portato, l'ultima volta? Tre figli, tre uomini, si era avverato tutto e Ricarda non aveva potuto fare niente per influenzare il corso degli eventi. «Se nella vita mi aspetta una tempesta, questa si abbatterà comunque, che io lo voglia o no» disse.

Le premeva molto di più mettere finalmente al corrente Kumari delle motivazioni che l'avevano spinta a sposare Georg. «Quante notti passo a chiedermi se ho fatto bene a sposare Georg per proteggere Henny. Ma almeno così Siegfried era libero di sposare Lore. Poi Georg muore in un incidente di caccia per me completamente insensato. E Siegfried perde Lore. Così alla fine io e lui siamo di nuovo liberi di ritrovarci. Ma in tutto questo è il piccolo Georg a pagare il prezzo più alto. Proprio lui, che non c'entra niente con tutto questo caos. Che senso ha, Kumari? Perché è successo tutto questo?»

«La vita non *ha* senso» rispose l'amica. «La vita *è* il senso.»

Quando, molti anni prima, Kumari le aveva letto la mano, le aveva anche detto che era stata la sua nonna di Ceylon a insegnarle quelle arti segrete.

«Non credo di capire.»

Kumari sorrise. «Noi siamo la somma di tutto ciò che di bello ci accade e anche di ciò che non ci piace. Proprio come nella tua amata matematica. Tu non ti chiedi mica perché uno più uno fa due. Lo impari da bambina e lo sai per sempre. Fa due. Punto. Tuo figlio se la caverà bene. Perché anche lui imparerà ciò che abbiamo imparato tutti.»

Ricarda posò la testa sulla spalla dell'amica, tanto più bassa di lei. Avrebbe voluto che restasse per sempre.

Henny aveva la sensazione di essere ammalata. Non le faceva male la testa, né nessun'altra parte del corpo, e non si era né slogata né rotta niente. Niente che un medico potesse curare.

Aveva semplicemente questo dolore, nella gola e nella pancia. E se ci pensava, le veniva da piangere. Si costringeva a non farlo, perché sua madre contava su di lei.

Ma quella sera, quando la mamma le posò un rapido bacio della buonanotte sulla fronte anziché leggerle una storia, decise di farle la domanda che tanto le premeva: «Mamma, perché se ne vanno sempre tutti via?»

«In che senso, tesoro?» domandò Ricarda, quasi sulla soglia.

Era evidente che sua madre fosse afflitta per qualcosa, Henny nel frattempo aveva imparato a capirlo dal suo atteggiamento. Di solito, quando aveva qualcosa che non andava, era presente solo con il corpo. Proprio come in quel momento, perché altrimenti le sarebbe stato chiarissimo cosa intendesse dire Henny: «Ieri è partito papà e starà via a lungo. Tra poco Hildchen si trasferirà a Wilhelmstal per sposarsi. E anche Kumari se ne andrà presto. E Georg è a Monaco o in chissà quale altro posto che non sappiamo. E nonna Karla, zia Rosel, Franz, Ferdinand e Florian sono a Freystetten, mentre la zia Käthe e la zia Henriette sono a Berlino. Mi mancano tutti così tanto, mamma!»

Mentre Henny parlava, Ricarda si era messa a sedere su una sedia accanto al letto e le aveva preso la mano. «Anche a me mancano, Henny.»

La bambina sentì che non era tutto quello che la madre avrebbe voluto dire sull'argomento, nonostante alla fine non avesse aggiunto altro.

«Non vuoi loro neanche un po' di bene?» chiese Henny a sua madre.

«Il mio cuore ha molte stanze. In ogni stanza abita una persona. Alcune stanze in questo momento sono chiuse, ma posso rientrarci ogni volta che voglio. Ormai è da tanto tempo che il mio cuore è fatto così» rispose Ricarda.

Con poche e semplici parole, la figlia aveva individuato alla perfezione il grande dolore di tutta la sua vita. Ricarda aveva perso le sue vere radici quando era stata costretta a lasciare Freystetten, a tredici anni.

«Prova a non pensare a ciò che è stato, ma a ciò che deve ancora avvenire. Domani è un altro giorno. Antonia ti sorriderà. E tu potrai darle un bacio.» Ricarda si chinò sulla figlia. Profumava di nuovo di mare.

La moglie di Badili frequentava la scuola per ostetriche e le aveva riferito che Henny e suo marito passavano molto tempo seduti al porto a veder partire le barche. Adesso Ricarda era in grado di comprendere a pieno quell'informazione: Henny aveva nostalgia di casa.

«Non manca molto a Natale» disse Ricarda. «E allora rivedremo papà e festeggeremo il matrimonio di Hildchen. E tu sarai la damigella d'onore.»

Il volto di Henny si illuminò. «Porterò fortuna a Hildchen, mamma.»

«Tu porti fortuna a tutti, tesoro» rispose Ricarda dandole un bacio.

Natale nella giungla

Dicembre 1900

Ritrovarsi a bordo del battello postale Kanzler dava un po' la sensazione di tornare a casa. Kumari sarebbe scesa a Mombasa, nell'Africa Orientale Britannica, mentre Ricarda e le bambine sarebbero sbarcate già a Tanga, dove le aspettava Siegfried. Lui e Ricarda non si vedevano da sei settimane, perché era stato a ispezionare i presidi sanitari di Tanga e della sua regione. La prospettiva di poterlo riabbracciare leniva il suo dolore per la separazione da Kumari. Gli ultimi mesi insieme a lei erano passati troppo in fretta.

«Non facciamo passare di nuovo degli anni, prima di rivederci» la implorò l'amica.

La presenza di Kumari le aveva dato forza. Si capivano senza bisogno di parole, ma allo stesso tempo potevano passare ore a parlare di sciocchezze. Stare con lei le aveva fatto bene. E poi c'era il loro interesse comune per la medicina! Ricarda si era stupita di quante cose sull'ostetricia avesse imparato da sola la sua amica. La formazione con Ricarda aveva dato a Kumari la conferma che stava facendo la cosa giusta.

Alla fine Ricarda, Henny e Antonia furono invitate a salire sulla scialuppa per essere calate in mare; Kumari non riusciva ad arginare il fiume di lacrime.

«Non vedo l'ora di incontrare gli elefanti!» esclamò Henny.

Ricarda era felice che il suo entusiasmo aiutasse Henny a scacciare la malinconia di quella separazione. Sperò che avrebbero trovato davvero gli elefanti che le avevano promesso. *I Monti Usambara sono alti quasi quanto le Alpi tedesche*, pensò Ricarda mentre saliva sulla scialuppa che le avrebbe portate a riva.

La piccola Antonia dormiva sazia e beata e non si accorse nemmeno di tutte quelle manovre dondolanti. Ormai aveva sei mesi e stava crescendo benissimo. All'inizio Ricarda aveva pensato di portare con sé la nuova bambinaia Atija, istruita da Hildchen. Ma alla fine aveva deciso di partire da sola con le figlie. In fin dei conti, Henny era già in grado di assolvere a diversi compiti. Hildchen aveva raggiunto il suo fidanzato già due settimane prima, per organizzare il matrimonio.

Ricarda sentì un tuffo al cuore nel vedere Siegfried sulla spiaggia che le salutava con la mano. Era in compagnia di altri due uomini, anche loro in uniforme bianca. Non appena la barca scivolò con la carena sulla sabbia, Siegfried le prese Antonia dalle braccia e aiutò lei e Henny a scendere. L'inseparabile compagno di Henny, Karibu, saltò fuori con un abile balzo, mentre dei portantini prendevano in carico le voluminose valigie per portarle direttamente alla stazione.

«Sei magnifica» disse Siegfried facendo seguire alle sue parole un perfetto baciamano. Poi le presentò i due uomini che erano con lui: «Il signor Kreile è il vicegovernatore e il signor Passow è il suo aiutante di campo.»

I due batterono i tacchi in segno di saluto, un gesto che, com'era prevedibile, non fece un grande effetto sulla sabbia. Ricarda sorrise fra sé. I formalismi erano gli stessi che in Unter den Linden, solo che si trovavano su una spiaggia africana. Il tutto risultava abbastanza assurdo.

«I signori ci accompagneranno a Wilhelmstal» la informò Siegfried.

Ricarda non fu molto felice di saperlo. Le sarebbe piaciuto ritrovarsi di nuovo loro quattro, dopo tanto tempo.

«Il signor Kreile ha una buona notizia per te, Ricarda» proseguì Siegfried.

«Be', dottoressa Thomasius, in realtà si tratta di un'ottima idea avuta da vostro marito» puntualizzò Kreile, un uomo tozzo e sudato, dalle guance malsanamente arrossate, ma con un sorriso amichevole. Faceva il caldo umido tipico del clima tropicale, il classico tempo da infarto.

Ricarda si era fatta tutta orecchi. L'aveva chiamata «dottoressa Thomasius». Dato lo smisurato orgoglio di Siegfried per la moglie, era sicura che Kreile non considerasse quel titolo come acquisito con il matrimonio. Era curiosa di sapere quale buona idea avessero escogitato quei due.

Il treno partì con un fischio acuto, lasciandosi alle spalle la minuscola stazione iniziale della linea ferroviaria dei Monti Usambara. Kreile, il vicegovernatore, stava spiegando che quella stessa ferrovia un giorno avrebbe raggiunto i quattrocento chilometri e sarebbe arrivata fino al Kilimangiaro. Per il momento erano stati approntati i primi ottanta. Il vagone somigliava a un piccolo salotto su ruote. Aveva rivestimenti in legno, lampadari in ottone e pesanti tendaggi alle finestre. Tra le panche fissate ai lati c'era un lungo tavolo con le bevande, soprattutto alcoliche, a disposizione dei viaggiatori. Henny e Antonia erano le uniche due bambine a bordo, però c'erano altri due signori che viaggiavano in compagnia del loro cane.

Gli operosi coloni tedeschi avevano piantato agavi lungo i due lati della ferrovia, che si alternavano a boschetti di bambù, canne da zucchero e campi di mais. Ogni tanto svettavano dei panciuti alberi di baobab e snelle palme da cocco, che sembravano finite lì per caso. Alcuni coloni si erano costruiti delle imponenti fattorie, le cui strade d'accesso erano costeggiate da banani. Coppie di buoi aravano il terreno fertile e donne avvolte in stoffe dai colori sgargianti trasportavano l'acqua dal pozzo a casa tenendo i recipienti di terracotta in bilico sulla testa e i loro neonati legati dietro la schiena. I bambini più grandi governavano maialini scuri e capre nei villaggi indigeni, costituiti da capanne angolari fatte d'argilla.

Henny stava seduta al finestrino per ammirare tutti quei panorami nuovi. «Mamma, in quel campo c'è un'intera orda di scimmie. Guarda che carine, con i loro cuccioli attaccati al collo. Guarda!»

«Vanno ammazzate tutte. Distruggono le coltivazioni» commentò asciutto l'aiutante Passow.

«Mi sembra che tutto il protettorato pulluli di scimmie» disse Siegfried. «Avrete il vostro bel da fare, maresciallo Passow.»

Il vicegovernatore si aprì il primo bottone dell'uniforme bianca e si sventolò con un ventaglio, mentre Passow gli allungava un cognac.

«Il piano è questo, dottoressa» iniziò a dire Kreile. «Vostro marito ha constatato che ci sono troppi autoctoni che non godono di alcuna assistenza medica. Questo genera malumori soprattutto nella fetta di popolazione che lavora per noi, ovvero gli askari e le loro tribù.» Gli askari erano i soldati indigeni, per lo più armati di manganelli e solo in rari casi di fucili. «Ho intenzione di richiedere un permesso a Berlino per farvi prendere in gestione il reparto femminile dell'ospedale per indigeni di Dar Es Salam. Sarebbe un'utile integrazione alla scuola per ostetriche. Voi sareste disposta a farlo?»

Ovviamente Ricarda non avrebbe potuto desiderare di meglio, anche se quella proposta aveva un suo strano retrogusto. Anche i medici per gli europei scarseggiavano, ma in quanto donna lei non avrebbe potuto curarli, lì come in patria. Mentre nessuno si faceva scrupoli a farla lavorare con la popolazione nera. Ecco cosa le comunicava quella proposta. Ad ogni modo decise che non sarebbe stato saggio dare voce alle sue rimostranze in quel momento.

«Ma certo. Sono a disposizione» rispose, pur pensando che sarebbe stato bello se lei e Siegfried avessero potuto parlarne prima a quattr'occhi. In quel momento, come spesso accadeva, lui era un medico militare, e non un padre in partenza per le vacanze di Natale con moglie e figlie.

Dopo aver risalito i pendii dei Monti Usambara, il treno proseguì la sua corsa costeggiando un fiume reso marrone-rossastro dai detriti che l'acqua trascinava via dal fondo. Aironi bianchi se ne stavano tra i flutti sulle loro zampe lunghe, immergendo rapidamente la testa in acqua e tirandola fuori con un pesciolino guizzante nel becco. In una delle numerose anse del fiume, un gruppo di ippopotami banchettava a sazietà, mentre delle piccole bufaghe beccavano i parassiti dai loro corpi grassi. Un rapace fece ritorno nel suo nido sulla cima di un albero spoglio. Poco più lontano, dei bufali d'acqua brucavano l'erba con le loro corna arcuate.

Tutto a un tratto, Henny interruppe il regolare e soporifero sottofondo del treno e disse: «Non abbiamo un albero di Natale, mamma».

Dopo due ore e mezzo di viaggio, il treno li scaricò in una verdeggiante prateria in mezzo al niente, dove trovarono decine di bambini che osservavano i passeggeri europei come se fossero animali strani. I bianchi erano attesi anche da un'infinità di portantini e carri trainati da asini. Siegfried comunicò la destinazione nel suo swahili fluente. I due signori che li avevano accompagnati fino a quel momento li seguirono su un altro carro. Ricarda fu lieta di essersene liberata.

«Papà,» disse Henny non appena furono partiti, stringendo forte Karibu «non credo che quel signore mi piaccia molto. Perché viene in Africa se vuole ammazzare tutte le scimmie? Poteva restarsene a Berlino, lì le scimmie non ci sono.»

«Sì che ci sono, nelle gabbie dello zoo» rispose asciutto Siegfried.

Henny lo guardò per un istante senza sapere cosa ribattere, poi scoppiarono tutti e tre in una fragorosa risata.

Vicino alla strada di sabbia rossa, degli operai stavano posando i binari per il prolungamento della linea ferroviaria. Dietro di loro si innalzavano i Monti Usambara coperti di ogni possibile sfaccettatura di verde, mentre dall'altra parte sorgeva la boscaglia nella quale andava a perdersi il fiume Pangani. A un tratto sbucò un ippopotamo che trotterellò attraverso il sentiero. Il conducente gli passò accanto molto lentamente, prima di far schioccare la frusta per riprendere un'andatura più sostenuta. Ricarda e Henny osservarono sbigottite un secondo ippopotamo uscire dalla boscaglia.

«Meglio che allo zoo» disse Henny ridendo.

«Il padre di Kumari un tempo commerciava in animali selvatici» raccontò Ricarda. «Una volta aveva portato due leoni a Berlino, ma la carrozza che li trasportava si era rotta e così li aveva sistemati nel suo cortile sul retro, nelle stalle dei maiali.»

«Poveri leoni. Chissà che fame gli sarà venuta» rispose Henny. Ricarda dovette sorridere. A lei non era mai venuto in mente un simile pensiero.

Col passare del tempo, Ricarda iniziò a sentirsi a disagio. L'ora di pranzo era già passata da un pezzo. L'asino procedeva più a rilento, adesso che il sentiero era in salita. Chiese al vetturino quando sarebbero arrivati e questi le rispose con le parole in swahili *punde baada ya*, che significavano "tra poco". Questa era una formula che Ricarda aveva sentito usare un sacco di volte, quando nel corso di quell'anno le era capitato di chiedere un riferimento temporale su un evento futuro. Motivo per cui a un certo punto aveva smesso di chiedere. Ma qui le cose erano diverse. Lei e Siegfried stavano attraversando un luogo selvaggio insieme a due bambine. Per il momento era tutto molto interessante, ma lo sarebbe stato anche una volta calata la notte?

Il sole era tramontato, e ciò significava che in quella parte di mondo, in breve, tutto quanto sarebbe sprofondato nella più completa oscurità. «*Punde baada ya*» ripeté il vetturino.

«Sono sicuro che ci siamo quasi» tentò di rassicurarla Siegfried. «In Africa funziona così.»

Ricarda tirò fuori una giacca imbottita che aveva comprato per Henny a Dar Es Salam, da un commerciante arabo. La strada continuava a inerpicarsi tra le montagne e l'aria si era fatta fin troppo fresca. Finalmente comparvero delle fiaccole a far loro strada nel crepuscolo. Ricarda sentì che anche Siegfried emetteva un sospiro di sollievo.

Santo cielo, pensò, *e Hildchen dovrebbe vivere qui per anni!* Dalla costa ci voleva un intero giorno di viaggio. Eppure sembrava proprio che si fosse affezionata al dottor Andresen e in fin dei conti due persone innamorate potevano vivere ovunque.

Il carro si fermò di fronte a un edificio le cui dimensioni non erano distinguibili nell'oscurità che aveva avvolto ormai ogni cosa. Sull'ingresso campeggiava l'insegna *Sanatorio Prato Verde.*

«Buon Natale» udirono i nuovi arrivati come benvenuto. «Abbiamo un albero di Natale per voi, bambine!» aggiunse poi il dottor Andresen, che indossava il suo solito completo bianco.

Dopo il faticoso viaggio per sentieri sconnessi su quella carretta priva di cuscini, Ricarda aveva tutti i muscoli e le ossa indolenziti. Dall'oscurità riecheggiavano suoni strani. In Africa i rumori erano completamente diversi che in Europa e Ricarda nel frattempo vi si era abituata, ma quelli non li aveva mai sentiti prima. «Che cos'è?» chiese.

«Sono gli elefanti. Stasera sono in una zona della giungla molto vicina a noi» rispose Hildchen, uscendo di casa. Era raggiante e coccolò con amore Henny e Antonia prima di salutare Ricarda e il fratello.

«Elefanti?» domandò Henny. «Allora è vero che qui ce ne sono?»

«Ce ne sono moltissimi, Henny. Vedrai. Avete fame?»

«Certo che hanno fame, tesoro» rispose Andresen. «Vostra sorella ha già imparato a cucinare l'antilope, mio caro collega Thomasius. E i miei genitori non vedono l'ora di conoscervi.»

In mezzo all'ingresso del sanatorio era stesa una pelle di leopardo che fissava i nuovi arrivati col suo muso dai denti affilati.

«Abbiamo tutto sotto controllo qui» disse il dottor Andresen con una risata, sollevando la testa della fiera con la punta della scarpa.

Le due bambine, sfinite dal viaggio, si addormentarono in un batter d'occhio. Quando Ricarda raggiunse il refettorio del sanatorio, sui tavoli ardevano quattro candele su originali corone dell'avvento che sembravano fatte di liane intrecciate. A ogni tavolo erano seduti degli ospiti. Siegfried era insieme a una folta compagnia, della quale faceva parte anche il vicegovernatore, che a quanto pareva non aveva più bisogno dei servizi del suo aiutante per quella sera.

Siegfried presentò a Ricarda un'elegante coppia tedesca: i futuri suoceri di Hildchen. Ricarda trovò che il vecchio Andresen avesse l'aria aristocratica tipica dei proprietari di un castello.

«Sogniamo tutti un posto al sole» disse sua moglie. «Qui non ce ne sono poi così tanti, ma in compenso l'aria è ideale. E non solo per i malati di tubercolosi.»

«Voi vivete qui in pianta stabile?» le domandò Ricarda.

«Oh, no, mia cara» rispose la signora Andresen. «Abbiamo comprato queste terre dieci anni fa, perché mio marito aveva avuto una visione sull'Africa. Siamo rimasti qui per due anni, il tempo di costruire tutto, ma ora ci veniamo solo in vacanza. Questo adesso è il regno di Stefan.»

«Vostro marito ci ha detto che siete un vero medico?» domandò il suocero di Hildchen osservando Ricarda con un sopracciglio sollevato. «Com'è possibile?»

Ricarda avrebbe voluto rispondere: *Grazie allo studio, proprio come per voi.* Ma Siegfried la anticipò: «Grazie allo studio, mio caro collega». Avrebbe voluto abbracciarlo.

Lo sguardo di Ricarda si posò su Hildchen, seduta in silenzio accanto al suo futuro marito. Lui aveva appoggiato una mano sulla sua. Quasi a volerla tenere lì. Ma forse era solo un'impressione sbagliata, magari voleva semplicemente difenderla dai suoi genitori.

Ricarda si guardò furtivamente intorno. C'erano sia uomini che donne tra gli ospiti e a un tavolo erano persino sedute quattro diaconesse. Il viaggio di ritorno a casa nella terza classe del battello costava duecento marchi, praticamente un anno di stipendio di una diaconessa. Un periodo di riposo al sanatorio degli Andresen costava senz'altro meno. Ricarda dovette ammettere che il vecchio Andresen aveva avuto un'idea geniale.

«In pratica siamo sempre stati al completo, fin dal primo giorno. Il clima sulla costa è deleterio per la salute e chi aveva bisogno di ristabilirsi non era più costretto a viaggiare fino in patria» spiegò raggiante il fidanzato di Hildchen.

«Io sono stato qui già due volte» intervenne il vicegovernatore.

«In quanto membri della famiglia, sarete sempre i benvenuti» disse la suocera di Hildchen rivolgendosi a Siegfried e Ricarda.

«Alle nostre famiglie che si sono riunite in circostanze tanto liete» disse il vecchio Andresen sollevando un bicchiere di vino rosso. «Essendo il più anziano, penso io a rompere il ghiaccio. Io sono Konrad.»

«Alla salute… Konrad. Io sono Siegfried.»

Ricarda osservò suo marito intrappolato in quelle dinamiche familiari e si rese conto di quanto si stesse sforzando per nascondere i suoi veri sentimenti.

Poi toccò alla futura suocera alzare il calice. «Ricarda, posso chiamarti così? Io sono Edeltraut. Voglio brindare non solo alla nostra parentela, ma anche all'amicizia che un giorno ci legherà.»

«Volentieri» disse Ricarda, affrettandosi poi ad aggiungere: «Edeltraut».

Lo sposo si raschiò la gola per chiedere la parola. «Cari genitori, io e Hilde vi renderemo dei nonni orgogliosi. Presto, lungo questi corridoi scorrazzeranno molti, moltissimi Andresen.»

Come sono contorte, certe volte, le vie del destino, pensò Ricarda. La prima volta che l'aveva incontrata, Hildchen era in fin di vita ed era stata portata all'Ospedale Femminile da sua madre. Era cresciuta al Krögler, che all'epoca era uno dei quartieri più poveri della capitale. Ricarda non avrebbe mai pensato che un giorno quell'esserino si sarebbe trasformato nella splendida donna che era oggi.

Un suono lancinante la fece sussultare.

«Gli elefanti» disse Edeltraut Andresen, con uno strano sorriso.

«Sono di nuovo in giardino. Scusatemi» aggiunse suo marito, facendo un cenno al figlio.

«Vado subito» disse Stefan afferrando un fucile appeso alla parete. Aprì la porta con gesto deciso e scomparve nell'oscurità. Si udirono voci di autoctoni parlare le une sulle altre. Poco dopo nell'aria riecheggiarono diversi spari.

L'abete arrivava fin quasi al soffitto e, pur essendo un po' secco, era decorato con moltissimi fili argentati e con tante candele accese. Di fronte all'albero era stato allestito un piccolo altare con una pelle di zebra davanti. Ai due lati c'erano degli alti candelabri con lunghe candele bianche. Il tutto aveva un aspetto vagamente eccentrico, ma decisamente solenne. Tutti gli ospiti del sanatorio erano stati invitati al matrimonio e si erano sistemati sulle sedie disposte a semicerchio. Ricarda era in prima fila con in collo Antonia, che nel frattempo aveva iniziato a stare seduta. Tutti gli altri componenti della sua piccola famiglia avevano dei compiti da svolgere. Siegfried accompagnava la sorella all'altare e Henny, in quanto damigella d'onore, li anticipava spargendo petali di rosa sul pavimento. Intanto qualcuno suonava al pianoforte la marcia nuziale tratta dal *Lohengrin* di Wagner. Persino alcuni signori si asciugavano furtivamente gli occhi dalle lacrime di commozione. Poi il vicegovernatore, che aveva l'aria esausta di chi ha fatto le ore piccole, celebrò il matrimonio.

Mentre fuori regnava un clima estivo, sotto l'abete del saloncino di legno del sanatorio *Prato Verde* l'ospite d'onore era la Germania. Forse era proprio questo ossimoro a donare alla piccola cerimonia la sua particolarissima dignità.

Siegfried tornò al suo posto accanto a Ricarda, le rivolse un cenno impercettibile e le strinse la mano. Stavano pensando entrambi la stessa cosa: era passato un anno e mezzo da quando si erano sposati e Hildchen aveva preso al volo il bouquet. Anche se a Ricarda sembrava che fosse passato molto più tempo.

«E adesso facciamo la foto di nozze!» esclamò Konrad Andresen.

Tutta quanta la compagnia fu invitata a uscire in giardino, di fronte a un magnifico cespuglio di ortensie rosa. Il fotografo fece sistemare il gruppo e chiese a tutti di tenere il sorriso stampato in faccia finché non li avesse liberati con un segnale, non appena le lastre della sua macchina fotografica fossero state illuminate a dovere. Nel frattempo Ricarda fece vagare il suo sguardo. Era la prima volta che vedeva la futura casa di Hildchen alla luce del giorno.

Era un edificio costruito con pietre chiare, a due piani e con la facciata ricca di frontoni. Non sembrava tipico né della Germania del sud, né del Brandeburgo, pur avendo un'estetica spiccatamente tedesca. Il giardino era sia ornamentale, sia allestito a orto, anche se l'incursione notturna degli elefanti aveva distrutto quasi tutti i suoi frutti. Alcuni operai si stavano dando da fare per salvare il salvabile. L'assalto a un orto che in quella landa desolata avrebbe dovuto servire gli oltre venti ospiti di Natale, doveva essere il peggior incubo di qualsiasi cuoco. Eppure i padroni di casa sembravano inspiegabilmente rilassati.

Ricarda si accomodò in una delle verande del sanatorio. Cercopitechi grigio-verdi si arrampicavano sulla balaustra e di tanto in tanto saltavano sui tavoli alla ricerca di qualcosa da mangiare. Non appena se ne andavano, uccelli variopinti davano loro il cambio. Ricarda avvertiva la bellezza del luogo, ma anche la difficoltà di vivere in un posto così selvaggio.

Un carretto trainato da due asini si fermò di fronte al *Prato Verde*. A cassetta erano seduti due giovani bianchi. Ricarda stimò che l'uomo dovesse avere poco meno di trent'anni, mentre la ragazza sembrava molto più giovane. Pensò che fosse una coppia di coloni.

«*Hodi, Prato Verde*» esclamò il tizio saltando giù dal carretto e aiutando la ragazza a scendere a sua volta. Portava i capelli biondo scuro sciolti sotto un cappello di paglia e indossava abiti trasandati come il suo accompagnatore.

«*Hodi,* Hanns!» Stefan Andresen salutò i nuovi arrivati con la loro stessa formula in swahili. «Amelie, sei di nuovo a Salama? È bello rivederti.»

I tre si abbracciarono, sembravano amici.

«Come vanno gli studi?» domandò Andresen.

«Oh, Zurigo è così fredda e rigida. Il mio cuore si apre solo quando torno in Africa» rispose la giovane donna.

Ricarda tese le orecchie. Quella ragazza veniva da Zurigo? Eppure l'accento svizzero era completamente diverso, Ricarda nei suoi anni di studio aveva imparato a conoscerlo bene.

Stefan Andresen fece caso solo allora a Ricarda, che stava scendendo le scale della veranda. «Amelie» disse con un sorriso raggiante «devi conoscere la dottoressa Thomasius. Si è laureata a Zurigo e ha salvato la vita a mia moglie. Ricarda, lei è Amelie Von Freyer. E lui è Hanns, suo fratello. Possiedono una fattoria poco lontano da qui. *Salama*, "la pacifica". Per un breve periodo io e Hanns abbiamo frequentato insieme la scuola tedesca a Tanga, cercando di imparare qualcosa. Poi io sono tornato a Lubecca, mentre lui è rimasto qui.»

Il fratello, un gigante biondo, si tolse il cappello a tese larghe che portava in testa. «Siamo venuti a salvare gli Andresen» disse indicando le ceste di verdura che i domestici stavano scaricando dal carretto. «Quando passano gli elefanti, è già tanto non lasciarci le penne.»

«È da tanto che vivete qui tra le montagne?» chiese Ricarda.

«Quasi dieci anni. Siamo arrivati insieme agli Andresen» rispose Hanns. «Nostro padre è medico e antropologo.» Scoppiò in una risata giovanile. «Non devo certo spiegarvi che il suo lavoro consiste nello studio delle persone.» Rise di nuovo. «Anche se le sue ricerche non riguardano noi. Ha molta più affinità con i selvaggi che vivono nella giungla. Per questo ci ha trascinati qui da ragazzini.»

«Mio fratello coltiva caffè» disse la ragazza.

«Be', o meglio ci provo» la corresse Hanns Von Freyer. «Per ora cerchiamo di sopravvivere coltivando verdure.» Fece un sorriso sfacciato e aggiunse: «In questo, l'attacco dei vostri elefanti ci è stato di grande aiuto!».

Stefan Andresen, che a confronto con quel fattore imponente appariva mingherlino, gli posò una mano sulla spalla. «Ho birra fredda. Vieni. Brinda con me al mio matrimonio.»

«Tua moglie, Stefan! Voglio conoscerla subito. Quale donna potrebbe mai innamorarsi di te?» I due scomparvero in casa ridendo.

Le due donne rimasero indietro, guardandosi con una certa curiosità. «Ci sediamo in veranda?» propose Ricarda.

«Vostro fratello è un uomo fuori dal comune» iniziò a dire Ricarda.

«Oh, Hanns è un selvaggio. Non potrebbe più vivere in città. Ma anche io ho qualche difficoltà. Purtroppo ho solo una settimana, poi devo tornare.» Si chinò sulla culla di Antonia. «È vostra figlia?» chiese a Ricarda rivolgendole un'occhiata sfuggente.

Ricarda sapeva bene come interpretare quello sguardo. Con i suoi trentasette anni, non era la più giovane delle madri. «La mia terza» disse.

«Dottoressa e madre?» chiese la signorina Von Freyer. «Come fate? Io pensavo di dover scegliere una delle due cose.»

«Cosa studiate a Zurigo?»

«Giusto, non ve l'ho neanche detto. Studio medicina, come mio padre. Sono ancora all'inizio, al latino e tutto il resto. Voi sapete benissimo di cosa parlo.» Guardò Ricarda con occhi sgranati. «Ma ditemi: avete il permesso di esercitare in Germania? Io ho una gran paura che non potrò fare il mio lavoro.» Afferrò la mano di Ricarda e la strinse. «Non datemi false speranze. Siate sincera con me.»

Ricarda si sentì pervadere da una sensazione strana. Le piaceva l'esuberanza di quella ragazza conosciuta per caso, ma allo stesso tempo si era sentita improvvisamente vecchissima. Era come se fosse scivolata nel ruolo della contessina. Raccontò, a quella che fino a poco prima era stata una perfetta sconosciuta, tutto il suo percorso, per filo e per segno. E nel farlo menzionò anche le sue due mentori.

A quel punto Amelie intervenne: «Käthe Hausmann, avete detto? Anche un'amica della mia famiglia si chiama così. Ed è medico a Berlino. È stata lei a incoraggiarmi a studiare medicina. Non vi sembra una coincidenza straordinaria?»

Probabilmente non lo è affatto, pensò Ricarda. Si muovevano un po' tutti negli stessi ambienti e spesso le persone di una determinata cerchia avevano molti interessi in comune. In questo senso, il mondo poteva sembrare più piccolo di quanto non fosse.

Amelie Von Freyer la abbracciò con forza. «Mi è venuta un'idea. Scriviamo una lettera alla nostra conoscente comune Käthe Hausmann! In fin dei conti è da lei che tutto ha avuto inizio.»

«Sì,» rispose Ricarda commossa «è un'idea bellissima. Una lettera di Natale dalla giungla.»

Neanche un raggio di sole raggiungeva il terreno ricoperto da un spesso strato di foglie imputridite su cui aveva i piedi Henny. La bambina guardò in su. Gli alberi erano talmente alti che era impossibile vederne le cime. Tutto intorno a lei era un groviglio di cespugli, arbusti, felci, radici aeree e liane attorcigliate. E in mezzo troneggiavano questi giganteschi alberi, talmente grossi che una mano posata sulla loro ruvida corteccia risultava piccola come un insetto.

«Quanti anni credi che abbiano questi alberi, papà?»

Siegfried scosse la testa. «Non ne ho idea, Henny. Di sicuro qui cresce tutto molto in fretta, grazie all'umidità e al calore. Ma immagino che questi abbiano già qualche secolo.»

«Questo posto mi inquieta un pochino» disse Henny.

«Hai paura?»

«Stefan ha già visto un leopardo.»

«E tu non vorresti vederne uno?» le chiese Siegfried.

«Perché non torniamo al sanatorio?» ribatté lei, invece di rispondere. Non aveva neanche voglia di tirar fuori il suo album da disegno.

Siegfried indicò i due askari che Stefan Andresen gli aveva messo a disposizione per accompagnarli. Erano armati di fucili. «Loro ci difendono.»

Si sentiva frusciare ovunque, anche se era impossibile stabilire da dove provenissero di preciso i rumori. Quanto era grande un leopardo? Con le sue macchie, non era praticamente impossibile distinguerlo dalla boscaglia? Henny era sicura che gli askari vedessero esattamente quanto lei.

Riecheggiò un grido, Henny sussultò. Proveniva dall'alto, dal groviglio di rami e liane sopra di loro.

A un tratto a Henny venne da pensare a Freystetten. Alla casina di sua nonna, a tutta la neve che doveva ricoprire i campi, dato che in Germania era pieno inverno. Ai biscotti alla cannella della nonna. E alle sue mele in forno! Il concerto al castello, l'albero di Natale di un verde intenso. Pattinare con Franz, Ferdi e Florian. Le battaglie di palle di neve. Forse persino con Victor, se un giorno fosse tornato a trovarli.

«Non mi piace la giungla» disse Henny con voce flebile.

Siegfried si chinò su di lei e le asciugò le lacrime dal viso. «Va bene, Henny. Non fa niente. Pensavo ti facesse piacere, ci tenevi così tanto a vedere la giungla.»

«Ora l'ho vista.»

Siegfried la prese per mano. «Hildchen ha promesso che la sua crostata di rabarbaro sarebbe stata pronta al nostro ritorno» disse. «Vediamo se ha mantenuto la parola.»

Henny fece un sospiro di sollievo. Mentre rientravano, si ripromise di chiedere a Hildchen se la giungla le piacesse. Adesso che ci abitava così vicino. E che si trovava così lontana da casa.

«Henny riuscirà a superare la nostalgia di casa, Rica» disse Siegfried. Aveva la voce assonnata. Erano appena passate le nove di sera, ma erano già a letto.

«Nei Monti Usambara la gente spegne la luce intorno alle

otto» aveva spiegato il vecchio Andresen una mezz'ora prima, rompendo le righe dell'allegra compagnia con gesto patriarcale. «In compenso però ci si alza alle cinque e mezzo.»

«Non credo che quello di Henny sia solo un capriccio» lo contraddisse Ricarda. «In fin dei conti siamo qui da molti mesi, ormai, e il modo in cui parla mi fa pensare che soffra di una nostalgia cronica.»

Siegfried la attirò nella sua metà del letto. «Se è cronica, significa che si può cercare una terapia. Quale suggerisci?»

Ricarda gli diede dei pugni scherzosi sul braccio. «Stupido dottore! Di certo la giungla non ha aiutato. Non voglio che Henny soffra solo perché a noi due piace vivere in paesi lontani.»

«Ma non possiamo neanche tornare indietro per lei, Rica.»

«Certo che no.» Ricarda aveva la sua scuola per ostetriche e il nuovo incarico di gestire l'ospedale per indigeni di Dar Es Salam, mentre Siegfried avrebbe dovuto girare in lungo e in largo l'immenso protettorato. Henny doveva convivere con ciò che sarebbe venuto. Un bambino deve vivere nel luogo in cui vivono i suoi genitori. Si chiama destino.

Il cane e il serpente

Marzo 1903

«Santo cielo! Dove avete trovato le mele?» Ricarda osservava la torta sul tavolo del salotto come un miracolo. E c'era anche la panna. La calura dava alle quaranta candeline che decoravano la torta un aspetto un po' stanco.

«Le mele le ho ordinate in Germania l'autunno scorso» disse Siegfried.

«Ma la torta l'ho fatta io» sottolineò Henny.

«Anch'io!» intervenne Antonia con un gridolino. «Io *auta*!»

«A parte Toni, non mi ha a-iu-ta-to nessun altro» disse Henny scandendo bene le parole e guardando la sorellina.

Le due bambine erano il regalo più prezioso che Ricarda potesse chiedere per il suo quarantesimo compleanno. Oltre a Siegfried, naturalmente. Suo marito aveva un aspetto raggiante. Aveva la pelle abbronzata e i capelli folti, per quanto attraversati dalle prime ciocche argentate. Nei suoi occhi c'era uno scintillio che testimoniava delle avventure vissute e allo stesso tempo prometteva alla moglie trascurata le notti che sognava da settimane.

Siegfried era tornato pochi giorni prima da una spedizione nell'area centrale del protettorato. Durante il viaggio verso il Lago Niassa aveva visitato numerose missioni e basi governative. I coloni di quell'area paludosa nel sud del protettorato combattevano contro le epidemie dei greggi e la malaria. Trovare una soluzione a questi problemi rientrava tra i compiti di Siegfried.

«Soffia le *caldeline*, *mama*!» esclamò Toni.

La piccola non l'aveva mai chiamata "mamma", aveva scelto fin da subito la variante africana con una sola "m". Da quando Ricarda aveva preso in gestione l'ospedale per indigeni, tutti la chiamavano così e questo riportava a galla i dolci ricordi del periodo in cui a Monaco era stata Madre Kögler. La sensazione di non essere solo un medico, ma di occuparsi amorevolmente dei propri pazienti, le dava serenità. Purtroppo questo le costava molto più tempo di quanto non ne avesse a disposizione, giacché le donne erano abituate ai loro guaritori tradizionali, che richiedevano loro di spiegare prima tutto quanto nel dettaglio. Solo dopo poteva occuparsi come medico della ferita rimasta a infettarsi per giorni sotto il sole, dell'ulcera sulla pancia o di una gravidanza trascurata. Il leggendario verme di Guinea, invece, lo aveva incontrato solo due volte…

Ricarda inspirò profondamente, ma riuscì a spegnere solo un quarto delle candele.

«Aiutiamo tutti la mamma!» esclamò Siegfried mettendosi a soffiare a sua volta.

Ricarda pensò che un tale momento di normalità, che tanta gente viveva nella propria vita quotidiana, per la sua piccola famiglia rappresentava un'occasione rara.

Tagliò la torta, distribuì le fette e su ciascuna ci fece cadere un ricciolo di panna, che nel frattempo si era già quasi liquefatta. La panna ai tropici era un po' come la neve d'estate. In compenso, però, sapeva di casa.

Mentre fuori imperversava l'ennesimo acquazzone tropicale e le pale attaccate al soffitto distribuivano l'aria calda all'interno della stanza, Ricarda se ne stava sdraiata con la testa appoggiata sulla spalla di Siegfried, carezzandogli il petto quasi glabro con aria assorta. Per essere un medico aveva un corpo molto muscoloso, senza un filo di grasso. Lo vedeva fare ginnastica tutti i giorni, le flessioni e i piegamenti sulle gambe. Era un uomo di quarantatré anni, la stessa età del vicegovernatore Kreile, che aveva celebrato il matrimonio di Hildchen e che sembrava tanto più anziano di lui.

«A volte ho paura di invecchiare molto prima di te» disse Ricarda.

Lui la guardò con occhi pieni d'amore e le spostò una ciocca di capelli dal viso. «Il nostro amore resterà giovane per sempre, Rica. Non importa quanti anni abbiamo.»

«Questo lo dici tu. Sono già molto più vecchia di quanto non fosse la contessina quando mi ha strappata alla mia vita per portarmi con sé a Berlino. Questa cosa mi terrorizza, Siegfried.»

«La gente di queste regioni non conosce il calendario. Questo lo sai» le rispose lui stringendola con dolcezza tra le braccia. «Me ne sono reso conto anch'io, quando a Langenburg, sul Lago Niassa, ho chiesto a un vecchio magro e muscoloso quanti anni avesse. Mi interessava la sua risposta: come si parla del tempo, quando non si hanno degli intervalli prestabiliti? Le sue parole mi hanno lasciato di stucco: ho l'età che desidera *Kalunga*.»

«E chi è?» domandò Ricarda.

«Nella lingua dei Bantu che abitano in quelle zone significa Dio.»

«Dunque siamo nelle mani di Dio» disse Ricarda scoppiando a ridere e dandogli un bacio. «Complimenti, signor Thomasius. Ora che non ho più mia madre a ricordarmi che c'è qualcuno che vigila costantemente su di noi, ci pensi tu a farlo. Mi hai fatto sentire di nuovo una ragazzina.»

«Era quello che volevo.» La baciò con passione. «Tu sei giovane, Rica. E lo sarai sempre. Non può essere altrimenti. E se te ne scorderai, ci sarò io a ricordartelo: ti amo.»

«E così torno subito giovane?»

«Sì, tesoro mio. Questa è l'essenza del nostro amore. Per un po' rimane congelato come i dinosauri nel ghiaccio. Dimenticato sotto enormi strati geologici. Poi lo ritiriamo fuori e lo facciamo tornare in vita.»

«Come sei furbo, signor ufficiale medico» rispose Ricarda, carezzandogli dolcemente una guancia.

«Henriette, concentrati per favore!»

Henny sussultò. Si era persa a osservare le gocce di pioggia sulla finestra, mentre le sue mani tenevano in mano i ferri e la lana come qualcosa di completamente estraneo. Non sopportava il lavoro a maglia, ma era costretta a fare due ore al giorno di lavori manuali. Controvoglia, riprese da dove aveva interrotto.

Il giorno prima era stata all'ospedale per indigeni e vi si era introdotta di nascosto, usando la porta laterale. Sua madre le aveva proibito di andarci, perché diceva che gli ospedali sono pieni di batteri pericolosi. Aveva visto la mamma che fasciava la gamba purulenta di una vecchia donna nera. Sembrava molto concentrata su quello che faceva, nonostante allo stesso tempo facesse conversazione in swahili con la sua paziente.

È proprio quello che voglio fare anch'io, pensò Henny tornando a perdersi tra le gocce di pioggia sul vetro. Perché mai doveva lavorare a maglia, quando poteva fare qualcosa di utile come sua madre?

A un tratto l'insegnante, una suora con la tonaca color tortora, le fu accanto e le strappò di mano il lavoro a maglia. «È storto, Henriette, è tutto storto! Disfalo!»

Henny posò i ferri. «Confezioniamo giacche di lana nella torrida Africa, sorella Ernestine. Non riesco proprio a capire il senso di questa attività.»

La suora rimase talmente sconvolta dalla sua reazione, che aprì e chiuse la mascella in un modo che a Henny ricordò un pesce che tenta di respirare fuori dall'acqua. «Non devi chiederti che senso abbia, Henriette. Lavorare a maglia è il tuo compito.»

«Non riesco a fare una cosa che non ha senso, sorella Ernestine.»

«Esci immediatamente dalla classe! Il tuo comportamento non resterà impunito.»

Spero che mi vietino di frequentare questa scuola, pensò Henny. Tanto in quel posto non avrebbe imparato niente comunque. Però la sensazione che provò passando di fronte alle sue compagne per uscire fu terribile. La guardavano tutte come se fosse una criminale.

Quando Henny gli raccontò in breve la sua malefatta, Badili si piegò in due dal ridere.

«Badili mai andare a scuola» disse con quel suo buffo tedesco, mentre smistava la posta nel suo ufficio.

«Ma tu sai leggere. Altrimenti non potresti fare il tuo lavoro.»

Badili scoppiò a ridere. «Badili imparato da solo. Ma postino capo aiutato Badili.»

«Non volevi andare a scuola?»

«Badili voleva!» rispose l'uomo indignato. «Ma non c'era scuola per Badili. Badili indigeno.»

Henny tornò pensierosa verso casa, con Karibu che la seguiva come un'ombra. Per fortuna l'acquazzone era finito, anche se dei grossi nuvoloni neri e grigi incombevano ancora minacciosi sul fiume. L'aria profumava di pioggia e di fiori.

Henny pensò che quando, prima o poi, sarebbe tornata a Berlino l'unica cosa che avrebbe saputo fare erano i lavori manuali. Anzi, nemmeno quelli. Avrebbe incontrato Franz, Ferdinand e Florian. Forse persino Georg. E mentre i ragazzi le avrebbero raccontato del lavoro dei loro sogni, lei si sarebbe battuta il petto e avrebbe detto:

«Henny indigena di Africa».

Senza farlo apposta, si ritrovò di nuovo all'ingresso laterale dell'ospedale per indigeni. Si trovava ai margini della città e quasi tutti gli africani che avevano bisogno di aiuto passavano da quella porticina secondaria. Henny disse a Karibu di aspettarla fuori, come sempre. Camminò lungo i corridoi stretti dai quali si stava scrostando di nuovo la vernice bianca, nonostante fossero stati pitturati di fresco appena un anno prima. C'erano delle finestre, ma nessuna aveva i vetri, solo delle inferriate a maglie larghe dalle quali i gechi entravano e uscivano indisturbati. Erano dappertutto. Per qualche motivo, l'ospedale per gli indigeni aveva sempre un'aria fatiscente.

Henny sentì sua madre impartire ordini da dietro una porta chiusa. Chiedeva panni puliti e acqua bollita. La porta si spalancò e ne uscì una donna che scomparve subito da qualche parte. A quel punto Henny aveva la visuale sull'interno della stanza e sul lettino vide una partoriente con il volto contratto dal dolore. A una delle allieve ostetriche scivolò di mano il forcipe, che cadde per terra. La donna lo tirò su e lo passò a Ricarda, che glielo prese e fece per usarlo.

Sua madre non si era accorta di quell'errore madornale!

«Mamma, il forcipe! Non è più sterile!» Il grido di Henny fendette l'aria della sala parto disadorna.

Sua madre si fermò con la mano a mezz'aria, si voltò in direzione di Henny e scosse la testa con aria accigliata. «Henny, cosa ci fai qui? Perché non sei a scuola?» chiese, restituendo il forcipe all'aspirante ostetrica.

Ma le urla di dolore della partoriente impedirono che la conversazione proseguisse.

Karibu non era al suo solito posto, di fronte all'ingresso laterale. Era successo già altre volte che andasse a cercare un posticino all'ombra. Ma quel giorno il cielo era coperto di nuvole.

«Karibu, dove sei?» lo chiamò Henny.

Nessuna risposta.

«Karibu, vieni subito qui!»

Fu allora che lo sentì uggiolare. Tese le orecchie per capire da dove provenisse la sua voce. Qualcosa le diceva che il cane era in pericolo.

Di fronte alla porticina secondaria era stato da poco piantato un palmeto che confinava con il cimitero arabo. Davanti al palmeto c'era una boscaglia di rovi incolti e Henny sentì che il guaito di Karibu proveniva proprio da lì. Era spaventosamente debole.

Henny si accovacciò per guardare fra i cespugli. Vide soltanto la testa di Karibu, aveva gli occhi gonfi e sporgenti. Il suo grazioso corpo rosso fuoco era tenuto stretto dal serpente più grosso che Henny avesse mai visto. Era immenso, di colore cangiante tra il marrone chiaro e il grigio, con strisce quasi nere, e si mimetizzava talmente bene con i rami del cespuglio che era quasi impossibile distinguerlo.

Il serpente doveva già essere qui quando sono arrivata, pensò Henny inorridita. «Aiuto!» gridò. «Vi prego, ho bisogno di aiuto! Qualcuno mi sente? Aiuto! Sono qui!»

Tentò di allungare una mano nel roveto, graffiandosi le braccia, e sentì la pelle fredda e squamosa dell'enorme serpente, ne tastò i muscoli duri come l'acciaio. Era impossibile fermare la presa micidiale di quel gigante. Karibu non emetteva più alcun suono.

Henny saltò su e corse più in fretta che poté da Badili per raccontargli tutto. Aveva le guance rigate di lacrime. «Tu hai un machete, Badili. Taglia in due quella bestiaccia. Tira fuori Karibu! È ancora vivo! Ti prego, Badili, fai presto!»

Quell'uomo alto e forzuto la guardò perplesso. «Badili ci prova.» Poi prese il suo machete e la seguì.

Poco dopo, Badili aveva distrutto il roveto fendendolo con dei violenti colpi di machete. Il serpente, che rasentava i cinque metri di lunghezza, se ne stava indifeso di fronte a loro. Nel frattempo, Karibu era definitivamente scomparso all'interno dell'animale. Di lui non restava che un rigonfiamento allungato.

Henny individuò il punto esatto in cui Badili avrebbe dovuto colpire. Era la parte più stretta, subito dietro la testa a trapezio che confluiva nella punta della bocca.

Badili era affannato e coperto di sudore. «*Nyoka*» disse.

«Lo so che è un serpente, Badili. Ma che specie è?»

«In vostra lingua si chiama Pitone delle Rocce. Per gente di questo paese serpente sacro. Nessuno uccidere *nyoka*.» Badili si voltò per andarsene, il machete puntato a terra.

«Badili, ti prego!» gridò Henny disperata.

«Troppo tardi per Karibu. Tu avere altro cane.»

Ricarda trovò sua figlia accoccolata in posizione fetale sul divano, il loro posto preferito di tutta la casa. Era sporca dalla testa ai piedi e altrettanto il divano.

«Henny! Ma che significa? Perché hai portato in casa tutta questa sporcizia? Adesso dovrai ripulire tutto.»

Sua figlia non si mosse di un millimetro. In quell'istante nella stanza entrò Atija, la domestica. «Sorella Ernestine vorrebbe parlare con voi.»

Ricarda guardò sua figlia senza capire. Che cosa accidenti poteva essere successo? Aveva visto Henny poche ore prima, quando, come un angelo custode, l'aveva messa in guardia contro un terribile errore in sala parto. E poi era scomparsa. In quel momento si pentì di essere stata tanto brusca con lei.

Sorella Ernestine, l'insegnante, se ne stava nell'ingresso, dritta come un fuso e con le mani giunte.

«Un bicchier d'acqua, sorella?» domandò Ricarda con educazione. Non aveva una gran simpatia per l'insegnante di sua figlia, ma sapeva anche di non avercela con lei personalmente. Per quanto avesse cercato di combattere questo suo pregiudizio, tendeva sempre a mantenere una certa distanza dalle persone che anteponevano la fede ai dati di fatto. E comunque Henny era costretta a frequentare quella scuola, che in città era l'unica destinata alle ragazze bianche. Tutte le figlie dei coloni tedeschi, dei soldati o dei commercianti del protettorato frequentavano la scuola missionaria, che aveva anche un suo convitto.

«Signora Thomasius, vostra figlia durante le lezioni è sempre assente o poco concentrata. Oggi ha detto che per lei non ha senso andare a scuola.»

L'insegnante sapeva benissimo che Ricarda era laureata in medicina, ma per qualche motivo si rifiutava ostinatamente di chiamarla con il suo titolo di studio. Ricarda era convinta che l'antipatia fosse reciproca. «Cosa stavate studiando, quando Henny è giunta a questa conclusione?» domandò.

«Lavori manuali. Realizziamo una giacca a maglia.»

«Non è un po' troppo caldo per le giacche di lana, sorella?»

Ricarda si accorse che la donna si stava sforzando di mantenere il controllo. «Dovreste fare del vostro meglio per sostenere il lavoro della scuola, signora Thomasius.»

«E cosa vi fa credere che io non lo faccia?»

«Avete detto la stessa cosa che ha detto vostra figlia.»

Ricarda si trattenne dallo scoppiare a ridere. «Affronterò la questione con mia figlia, sorella» disse. «Adesso scusatemi. Sono appena tornata dall'ospedale.»

La suora se ne andò e Ricarda rifletté sul fatto che Henny aveva davvero bisogno di cambiare scuola. Uno spirito ribelle di tredici anni non si sarebbe certo accontentato di lavorare a maglia. *Mamma, il forcipe non è più sterile*, risentì dire a Henny nella sala parto. C'era solo un unico, irrisolvibile, dilemma: dove trovare una scuola migliore per sua figlia?

Ricarda trovò un punto del divano non imbrattato accanto alla testa di sua figlia e vi si sedette, carezzandole la schiena con dolcezza. «Non aver voglia di lavorare a maglia non giustifica questo disastro, lo sai, vero?» domandò.

«Karibu è morto.»

«Cosa?» A Ricarda venne spontaneo andare verso la terrazza e aprire la porta. La cesta dove a quell'ora dormiva sempre era vuota. «Dov'è?» chiese.

«Te l'ho detto. È morto.»

Ricarda guardò sua figlia raggomitolata sul divano. «Perché Henny? Com'è possibile che il cane sia morto così, tutto a un tratto?»

Henny si tirò su leggermente e Ricarda notò che aveva il viso gonfio di pianto. «Perché un gigantesco Pitone delle Rocce lo ha ingoiato come un mostro infernale. L'Africa è l'inferno! Ma ti sei vista, mamma? Hai visto l'ospedale in cui lavori? Noi viviamo all'inferno. E io me ne sto seduta a fare la maglia come una stupida scimmia. Per non sentire freddo in questo inferno bollente. È questa la mia vita, mamma!»

Ricarda fissò Henny senza riuscire a capire una parola di quello che diceva. Era in piedi dalle sette e aveva la testa vuota. Aveva condotto innumerevoli conversazioni con una miriade di persone. Aveva fasciato, steccato, vaccinato e fatto nascere bambini. Non aveva le forze per opporsi alla tempesta che Henny stava per scatenarle contro.

«Va bene, andiamo per ordine, Henny. Cerchiamo di capire bene. Dov'era il pitone?»

Henny le raccontò tutto, a tratti esitante e a tratti come un fiume in piena. Ricarda non aveva mai sentito parlare di una sacralità dei serpenti. Ecco perché aveva parlato di inferno. La ragazzina era intelligente, si vedeva che a scuola aveva imparato ben più che il solo lavoro a maglia. «Lo sai che i serpenti sono molto attivi durante la stagione delle piogge e che di giorno possono addirittura entrare nelle case.» Questa fu l'unica risposta che le venne in mente. Almeno in quel momento. Aveva bisogno di un tè.

«E questa informazione in che modo mi aiuta, mamma?»

«Be', da una parte parli tanto dell'inferno, ma dall'altra parte pur avendo fatto questa valutazione non prendi nessuna precauzione. Non avresti dovuto essere lì a quell'ora, Henny. Se tu non ci fossi stata, il tuo cane non sarebbe morto.»

«E tu avresti contaminato una partoriente con dei batteri letali!»

«Sii ragionevole, Henny. Un conto è un'azione pianificata, un conto è una coincidenza. Tu avresti potuto evitare di esporre il cane a un pericolo letale. Ed è proprio questo il punto: come conduciamo le nostre vite? Diamo la colpa agli altri quando qualcosa va storto? O ci chiediamo che cosa abbiamo fatto per arrivare a questo punto?»

Il volto di Henny si contrasse per la rabbia. «Ah, è così? Allora è colpa mia. In effetti ho scelto io di vivere a Dar Es Salam. Ho scelto io di avere tredici anni. Certo, dovrei chiedermi cosa posso farci. Hai perfettamente ragione, mamma.»

Per un attimo fissò Ricarda dritto negli occhi. Poi sentì arrivare le lacrime, ma era troppo orgogliosa per mostrare la sua sconfitta. Henny corse via dalla stanza come una furia.

Dopo aver bevuto un tè nero dal gusto intenso, Ricarda andò da Antonia e le lesse una fiaba, anche se non riusciva a smettere di pensare all'infelice conversazione avuta con Henny. Dopo aver augurato la buonanotte a Toni con un bacio sulla fronte, andò a bussare alla porta della figlia maggiore. Per fortuna si sentì rispondere con un flebile «Avanti». La trovò distesa sul letto, le persiane della finestra erano chiuse e la stanza era quasi buia.

«Mi dispiace, Henny. Non ti ho ascoltata come si deve. Ci ho pensato e adesso so perché ho reagito nel modo sbagliato: è stato tutto troppo improvviso. Io ero convinta che ti piacesse stare qui. Conduci una vita libera. Hai degli amici.»

«Degli amici, mamma? Io non ho amici. Avevo Karibu, e adesso ho solo Badili con cui parlare di tanto in tanto. I miei amici sono a Freystetten.»

«E le compagne di scuola?» domandò Ricarda.

«Oh, mamma. A loro piace lavorare a maglia. Lo adorano. E pregano anche volentieri. Be', anch'io prego volentieri.» Henny si interruppe per un singhiozzo. «Ma solo con la nonna.»

Ma certo, la nostalgia, pensò Ricarda. Per tanto tempo era andato tutto così bene che aveva finito per dimenticarla. Ma perché quel serpente aveva dovuto ingoiare il cane?! Avrebbero dovuto prendere un cane nuovo? Ricarda scartò quell'idea. Nessun essere vivente poteva essere rimpiazzato, ognuno è unico.

«A volte capitano delle brutte giornate, Henny. È così e basta. Adesso cerca di dormire.» Le diede un bacio sulla fronte. «Niente abbraccio?»

«No» rispose Henny. «Non ne ho bisogno. Non serve a nulla.»

Per l'appunto Siegfried rientrò molto tardi quella sera. Ricarda vide subito che era stanco. L'ospedale governativo, di cui era rimasto primario nonostante la sua nuova responsabilità nei confronti di tutto il protettorato, era solo a una porta di distanza da casa, ma rappresentava comunque un mondo a sé, al quale nessuno accedeva senza un motivo. E Ricarda rispettava questa cosa. D'altra parte, Siegfried non aveva ancora mai messo piede nell'ospedale per indigeni dove lavorava lei. In effetti non era di competenza sua, ma dipendeva direttamente dal governatore.

«Perforazione dell'appendice. Ovviamente alle sei di sera» disse Siegfried lasciandosi cadere sul divano. «Una porcheria colossale. Ma questo lo sai anche tu. Abbiamo ancora di quel buon vino rosso?» Si alzò di scatto. «Perché il divano è bagnato?»

«È sopravvissuto?»

«Chi?»

«Il tizio dell'appendice.»

«Non credo che supererà la notte. È stato portato in ospedale troppo tardi. Non mi stupisce. Gli ci sono volute ventiquattr'ore di viaggio su un carro trainato da buoi per arrivare da noi. Chi mai potrebbe sopravvivere? Insomma, ma perché il divano è bagnato? È piovuto dentro?» Siegfried se ne stava in piedi in mezzo alla stanza con aria smarrita.

Ricarda gli passò il bicchiere di vino che gli aveva versato. Lei, dal canto suo, non aveva mai bevuto.

«Il divano è bagnato perché Atija ha passato due ore a lavarlo. Perché non ho avuto il cuore di costringere Henny a farlo, anche se avrei dovuto.»

Siegfried le rivolse un'occhiata che sembrava trapassarla da parte a parte. In effetti le sue parole dovevano sembrargli bizzarre. «Sì, insomma, tutto questo è successo perché un pitone di cinque metri che qui è ritenuto sacro ha ingoiato Karibu.»

Siegfried buttò giù un sorso di vino, prima di rispondere: «Per caso hai bevuto?».

«Siegfried, abbiamo un grosso problema con Henny» disse Ricarda. «Ha nostalgia di casa e in qualche modo posso anche capirla. L'ospedale per indigeni è terrificante.»

Siegfried le si avvicinò e la attirò con il braccio libero per baciarla. Ricarda si voltò dall'altra parte. Quell'odore! Non riusciva a sopportarlo neanche su suo marito.

«Scusami, non ci ho pensato.» Si sedette sulla sedia a dondolo alla quale era stato tolto il cuscino, perché veniva costantemente divorato dalle tarme. «Divano bagnato, pitone che divora il cane, nostalgia di casa, ospedale terrificante. Tesoro sono veramente esausto per mettere insieme tutti i pezzi » Poi si sollevò spaventato. «Aspetta un attimo, significa che Karibu è morto? Oh, santo cielo! Povera Henny!»

Ricarda gli spiegò cosa era successo, poi aggiunse: «In certi momenti non posso che dar ragione a Henny».

«Be', questa è l'Africa!»

«Ma dài, Siegfried. Questo non è un argomento, ma un sospiro di disperazione. Qui stiamo parlando delle nostre vite. Che cosa vogliamo farne?»

«Ma la nostra vita qui è appassionante.» La guardò senza riuscire a capire. «Viviamo in un mondo affascinante che la maggior parte dei nostri connazionali non avrà mai l'occasione di conoscere. Nessuno ci dice come comportarci. Siamo entrambi liberi di esercitare la professione come riteniamo meglio.»

Ricarda non aveva argomenti per controbattere. Era esattamente questo che le piaceva di Dar Es Salam. Ma ancor di più le sarebbe piaciuto avere quella stessa libertà professionale a Berlino. Per esempio.

«Hai ragione» disse.

«Ma?»

«La gente arriva qui con la nave, viaggiando in prima, seconda o terza classe. Noi abbiamo viaggiato in seconda classe. Perché la nostra vita è di seconda classe» disse Ricarda.

L'atteggiamento rilassato di suo marito cambiò di colpo. Appoggiò il bicchiere a terra con tale impeto, che parte del vino traboccò. «Tu hai vissuto in Unter den Linden per tanto tempo, Rica. Io non ho mai vissuto in un palazzo, ho passato decenni in una caserma.» Allargò le braccia. «Io sono molto felice qui. Ho un incarico importante, ho te, ho le bambine. E anche tu hai tutte queste cose. È un errore metterle in discussione. Siamo nel luogo in cui volevamo essere quando ci siamo conosciuti. Abbiamo trovato il nostro posto al sole. Se ha dei difetti? Certo che li ha. È uno schifo quello che è successo con il serpente e il cane. Ma non mette in discussione la nostra vita qui. Al contrario, Rica: ci mostra cosa rischiamo di perdere, se non facciamo attenzione.»

Ricarda lo fissò, era ancora in piedi con le braccia aperte e la sua uniforme bianca che teneva abbottonata fino in cima anche alle dieci e mezzo di sera. Aveva un misterioso scintillio negli occhi. Quello era l'uomo per il quale aveva deciso di vivere dall'altra parte del mondo. Un uomo che bruciava di passione per il suo lavoro e che era disposto a tutto, pur di svolgerlo fino in fondo.

Andò da lui e lo abbracciò. Ma dentro di sé non smetteva di chiedersi: *E Henny? Che ne sarà di lei?*

Fino a quel momento, la prima cosa che Henny andava a cercare con lo sguardo appena apriva le persiane al mattino era Karibu, che dormiva acciambellato nella sua cesta. Quando lei si avvicinava alla finestra, lui si alzava e si stiracchiava in una specie di inchino al nuovo giorno. Poi andava da lei, ancora un po' insonnolito ma agitando già la coda, si sollevava su due zampe per raggiungere il davanzale al quale arrivava giusto giusto per farsi coccolare la testa da Henny. Quella mattina, però, la sua cesta era vuota.

Henny non si accorse nemmeno del sole che splendeva nel cielo facendo scintillare le gocce d'acqua sulle foglie come milioni di stelle cadute dal cielo.

Si era svegliata nel cuore della notte in preda a un incubo, per poi doversi render conto a fatica che era successo davvero. Non era più riuscita a riaddormentarsi e alla fine aveva preso una decisione. Nella sua testa aveva preso forma il testo di una lettera, parola per parola.

Si sedette al tavolo in camera sua e annotò tutto su un foglio di carta. Poi infilò la lettera in una busta, la nascose nella cartella, mangiò qualcosa per colazione e andò da Badili. Lo trovò seduto su una cassetta rovesciata di fronte al gabbiotto della posta che si stuzzicava i denti. «Badili trova nuovo cane» la accolse.

Henny scosse la testa. «Niente più cani, Badili.» Gli consegnò la lettera. «Non ho i soldi per il francobollo. Puoi prenderla lo stesso, per favore? E darla al battello che torna in Germania? Arriva oggi, no?»

Badili guardò l'indirizzo del destinatario. «Berlino. Tutte le lettere a Berlino. «Dr. Käthe Hausmann» lesse a voce alta. «È donna o uomo?»

«È la mia salvezza, se Dio vuole» rispose Henny un attimo prima di correre via.

Hildchen mescolava la zuppa di carote con tale lentezza, che sembrava doversi reggere al mestolo. «Io gli voglio bene. Questo è certo» disse. «È solo che non rimango incinta, Rica. Che cosa posso fare?»

Sua cognata era arrivata la sera prima da Tanga con il piccolo battello che faceva il servizio di navetta lungo la costa. Si era bagnata fin nelle ossa. Metà aprile non era un buon periodo per viaggiare, per via delle continue piogge torrenziali. Hildchen era spaventosamente magra e talmente pallida che nessuno avrebbe mai detto che era un'*africana bianca*, come si definivano i coloni tedeschi.

Ricarda sentì dall'odore che la zuppa stava bruciando; fece spostare Hildchen da una parte e la tolse dal fuoco.

«Mi dispiace, Rica. Mi succede continuamente. Stefan perde sempre la pazienza con me.»

Le due donne si sedettero a pranzare in veranda. Henny era a scuola, o almeno così aveva detto, e Siegfried era ancora in ospedale.

«Per far funzionare un matrimonio bisogna essere in due» le fece cautamente notare Ricarda.

«Forse non posso avere figli» disse Hildchen «perché sono cresciuta nella miseria.»

«Dice Stefan» aggiunse Ricarda.

Non aveva forse intuito fin da subito che la differenza di classe sociale sarebbe stata un problema? Perché si era messa a fare grandi discorsi sui pregiudizi da dover superare, anziché dar retta al proprio istinto? *Se non hai niente, non sei niente*, era questa la realtà, Ricarda lo aveva imparato a Berlino.

Hildchen annuì. «Ormai avremmo dovuto avere almeno un figlio da tempo.»

«Dice Stefan» ripeté Ricarda, sentendo crescere dentro di sé la lieve avversione che aveva sempre provato nei confronti del marito di Hildchen.

«Stefan l'anno prossimo compie quarant'anni. Lui dice che sarebbe ora. E comunque anch'io ho già ventisei anni» continuò la sorella di Siegfried.

Ricarda mangiò un cucchiaio della minestra preparata da Hildchen e vi aggiunse sale e pepe, che mancavano completamente.

Hildchen posò una mano sulla sua. «Posso restare qui con voi per un po', Rica? Lo sai che non ho molte pretese. Mi renderei utile, non mi faccio certo servire e riverire.»

«Hildchen, ma cosa stai dicendo? Questa è casa tua.»

La ragazza era talmente abbattuta, che Ricarda non poté fare a meno di provare pena per lei. Che razza di uomo aveva sposato? Perché né lei né Siegfried si erano accorti che non aveva buone intenzioni?

«Tu sei un medico, Rica, no? Non potresti fare qualcosa?»

Ricarda ci pensò su, poi le fece le domande che qualsiasi ginecologa le avrebbe fatto, ma le risposte non furono di nessun aiuto. «E Stefan, ehm, ha tutto quello che un uomo dovrebbe avere?»

Hildchen arrossì. «Credo di sì» rispose incerta.

«Come ti senti a *Prato Verde*?» le chiese allora Ricarda. «Ti sei ambientata bene?»

Lo sguardo fisso nel vuoto di Hildchen valeva più di qualsiasi risposta. *Ecco un'altra persona che non riesce ad abituarsi all'Africa*, pensò Ricarda. All'arrivo di Hilde, la sera prima, Henny le aveva buttato le braccia al collo singhiozzando. Poi con le ultime patate rimaste avevano preparato delle frittelle, parlando tutto il tempo di Freystetten.

Non si può andare avanti così, pensò Ricarda. Doveva prendere una decisione. Per Henny, per Toni, per Hildchen e per se stessa. Anche se avesse significato andare contro Siegfried.

La salvezza di Henny

Settembre 1903

Da quando aveva spedito la lettera a Berlino, Henny non si perdeva mai l'arrivo del battello dalla Germania. Lasciava il porto solo dopo che anche l'ultimo passeggero era stato portato a riva. Non ne aveva parlato con nessuno e neanche Badili ormai se ne stupiva più. Il responsabile della posta e gli ufficiali doganali la consideravano la mascotte del porto che non smetteva mai di disegnare. Eppure per Henny era sempre doloroso doversene tornare a casa senza una lettera di Käthe. Era come una sensazione di fame, un buco nello stomaco. Ma mangiare non serviva a niente, ci aveva già provato. Quanto meno Hildchen era ancora con loro e aveva un aspetto molto meno triste di quando era arrivata dalla giungla, quasi quattro mesi prima.

Sull'insenatura del fiume dove sorgeva il porto riecheggiò l'ennesimo colpo di cannone in segno di saluto. I gabbiani si sollevarono dai banchi di sabbia, contagiando anche gli aironi. A Henny quello schianto suscitò il solito senso di speranza misto alla paura di restare delusa. Possibile che Käthe non avesse mai ricevuto la lettera, nonostante Badili le avesse giurato e spergiurato di aver fatto tutto nel modo giusto?

Henny se ne stava seduta sulla cesta rovesciata, immobile come il gabbiano accanto a lei. In mano teneva il suo blocco da disegno, anche se non vi aveva tracciato neanche una linea.

Quella era la terza scialuppa che portava a riva i passeggeri. Ne mancavano altre due. Poi anche la quarta scivolò sulla sabbia. Una donna, seduta davanti, si alzò. Aveva una fitta chioma bianca e nessun cappello, solo un ombrellino parasole. Si guardò intorno come se stesse cercando qualcuno. Henny sentì il cuore batterle all'impazzata, saltò su come una furia e il gabbiano accanto a lei spiccò il volo con un grido di spavento.

«Zia Käthe!» gridò Henny talmente forte che tutta la gente del porto si fermò per guardarsi intorno.

Un sorriso illuminò il volto di Badili. «Salvezza» mormorò.

Henny corse incontro alla sua elegantissima zia con tale veemenza che per poco non la fece cadere.

«Oh, Henny» si limitò a dire Käthe stringendo forte a sé la ragazzina, ormai alta quasi quanto lei. Rimasero così per un po', senza dire una parola. E nonostante gli abiti di Käthe sapessero di mare e di salsedine, in fondo in fondo Henny riuscì a percepire il profumo che aveva sempre amato tanto nella sua madrina e che tuttora non sarebbe stata in grado di definire.

«Sei diventata grande. Santo cielo! Un'adolescente. E anche carina.»

«Grazie per essere venuta, zia Käthe.» Henny le baciò con entusiasmo la mano calzata nel guanto di pizzo.

«Purtroppo non sono riuscita a venire prima, Henny. Tutte le navi sono al completo per mesi. Alla fine ho trovato un posto solo perché ho continuato a chiamare la compagnia armatrice ad Amburgo. Se un passeggero non si fosse ammalato prima del viaggio, non sarei potuta partire prima di dicembre.»

«Per l'amor del cielo!»

«Non ci crederai, Henny, ma vogliono tutti venire in questo posto dal quale tu vuoi scappare.» Si guardò intorno. «E in effetti sembra bellissimo, devo proprio dirlo.»

Henny si spaventò. «Non mi porti con te a Berlino?»

«Un passo alla volta, bambina mia! Prima di tutto devo parlare con i tuoi genitori.»

«La mamma sarebbe felice se me ne andassi» si affrettò a dire Henny.

«Che sciocchezze. Lei ti vuole molto bene.» Käthe guardò verso l'ufficio postale. «E chi è quel gentile signore nero che ti guarda con aria così raggiante?»

Henny si accorse solo in quel momento che Badili le stava fissando. «Lui è Badili, il mio unico amico qui.»

«Ah, davvero?» chiese Käthe. «Interessante. E di che cosa si occupa?»

«Aiuta il responsabile della posta e ha imparato a leggere da solo. Però non ha voluto aiutare Karibu quando è stato ingoiato dal pitone.»

Käthe annuì: «Sì, me l'hai raccontato nella lettera».

«Qui sembra tutto bello, ma in realtà siamo all'inferno» disse Henny facendo del suo meglio per dare alle sue parole il tono più minaccioso possibile.

«Devi lavarti le mani prima di visitare la paziente» disse Ricarda all'allieva ostetrica, scandendo lentamente le parole. Poi, per accertarsi di essere capita, ripeté la frase anche in swahili. Doveva avere molta pazienza nel ricordare ogni volta alle sue studentesse i princìpi base.

«Allora è qui che sei finita.»

A un tratto Ricarda udì una voce familiare che le era mancata per tanto tempo e si voltò verso la porta. Non poteva credere ai suoi occhi. Eppure eccola lì, la sua amica, direttamente da Berlino. «Käthe? Ma cosa… E tu da dove sbuchi?»

«Dalla nave. Sono arrivata già da un paio d'ore.»

A quel punto da dietro Käthe fece capolino anche Henny. «L'ho chiamata io, mamma.»

Ricarda guardò la figlia, sbigottita. «Sei stata brava. Io ci provo da quando siamo venuti a stare qui» disse Ricarda. «Che trucco hai usato?»

«Credo che dovremmo parlarne in un'altra sede, Rica» disse Käthe con un sorriso ambiguo. «Henny mi ha detto che dirigi questo...» Sembrava cercare la parola più adatta.

«L'ospedale per indigeni e la scuola per ostetriche, sì, è così. O almeno ci provo. E a volte le cose funzionano...» Sorrise e si accorse solo allora che le sue quattro studentesse la stavano fissando a bocca aperta. La paziente era ancora sdraiata sul lettino, coperta da un telo. «Qui ne ho ancora per un po', ma poi vi raggiungo» disse voltandosi di nuovo verso le sue allieve. «Allora: lavarsi le mani. Eravamo rimaste qui.»

Mentre esponeva meccanicamente la lezione, i pensieri di Ricarda correvano a tutta velocità. Intuiva il motivo della visita di Käthe e aveva la sensazione che nella sua vita stesse per ripetersi qualcosa che aveva già vissuto. O quasi. Cambiavano i protagonisti, ma la storia era sempre la stessa. Una bambina stava per lasciare la propria casa. Faceva male pensare che stavolta sarebbe stata lei a rimanere.

Ricarda aveva deciso di rimandare la lezione alla scuola per ostetriche, quel giorno. E anche in ospedale non c'erano casi che non potessero essere rinviati all'indomani, per cui aveva preso un giorno libero e lei e Käthe si erano fatte portare con un risciò sull'altura che sovrastava il mare. Il termometro era stazionario sui trenta gradi da settimane, ma in quel punto tirava un tale vento che era quasi impossibile reggere l'ombrellino parasole. Infatti le due signore portavano in testa due ampi scialli di seta che avevano legato stretti sopra ai cappelli di paglia.

«Non è facile immaginarsi questo posto come l'inferno che descrive Henny» stava dicendo Käthe. «Fosse anche solo per questa luce! Non ho mai visto niente di più bello. Così morbida e delicata. Fa bene al cuore.»

Intanto Ricarda, senza farsi notare, osservava la sua amica, che quell'anno aveva compiuto sessant'anni. La pelle del viso non aveva quasi rughe e il contrasto tra quei tratti giovanili e i folti capelli bianchi le donavano un aspetto molto particolare.

«A proposito, a Berlino ho incontrato Amalia Von Freyer» le raccontò Käthe.

Ricarda ricordava bene la ragazza conosciuta sui Monti Usambara, che studiava medicina a Zurigo come aveva fatto lei. Insieme avevano scritto una lettera alla loro amica comune Käthe.

«Leggendo la vostra lettera, mi è sembrato strano che tu non ti ricordassi di Amalia. L'hai incontrata a Berlino, era una bambina che non voleva parlare. Tu eri venuta a trovarci da Zurigo e insieme a Siegfried l'hai accompagnata a una fiera» disse Käthe.

«Ah, è lei? Non lo avrei mai creduto possibile» osservò Ricarda. «A quella fiera incontrammo una nana africana. Si chiamava Kulle-kuk-kük, non lo scorderò mai. Amalia rimase talmente commossa da quella donna che disse la sua prima parola.» Dunque c'era già stato un primo contatto con l'Africa, che a quanto pareva aveva cambiato Amalia per sempre.

«Quando ho visto il tuo ospedale per indigeni mi è venuta in mente lei, Rica. Ho l'impressione che ti farebbe comodo un po' di aiuto» osservò Käthe. «I livelli di igiene non sembrano proprio dei più impeccabili.»

«Per usare un eufemismo» disse Ricarda con aria rassegnata. «In realtà ho già presentato varie petizioni al governatore. Ma non ho ricevuto né assistenti, né infermiere, né soldi a sufficienza dalla Germania.»

«Forse da Berlino sarà più facile ottenere qualcosa che da qui. Nell'Impero vengono raccolte moltissime donazioni a favore dei protettorati. Ne parlerò con Jette per capire come possiamo renderci utili.»

«Come sta lei? Le ho scritto varie volte, ma ormai non mi risponde da un po'.»

Käthe si fermò ed emise un profondo sospiro. «È inutile girarci intorno, Rica.» Fece un altro sospiro, ancora più profondo. «In realtà sta male. È possibile che a breve debba smettere di lavorare. Le sue mani hanno una sorta di tremore. Per questo non scrive più lettere. Abbiamo persino assunto un dattilografo allo studio medico, perché i farmacisti si lamentavano. Spesso la sua scrittura risulta illeggibile.»

«Per questo non ti ha accompagnato qui?»

Käthe annuì. «Neanch'io potrò rimanere a lungo quanto vorrei, Rica. Devo rientrare con il prossimo battello in partenza. Non posso lasciare Jette da sola per più di queste dieci settimane.»

«È così grave? Pensi che...?»

Käthe le posò una mano sul braccio con fare rassicurante. «No, non è tanto grave da dover temere per la sua vita.» Sorrise debolmente. «Altrimenti non sarei mai venuta, nonostante tutto l'amore per te e per Henny. Jette è solo spaventata perché al suo corpo sta succedendo qualcosa che lei non conosce e che non è in grado di controllare.»

Ricarda pensò con malinconia che erano più di tre anni e mezzo che non vedeva le persone a lei più care in Germania. Fino a quel momento non ne aveva sofferto troppo, perché aveva sempre avuto la sua piccola famiglia intorno a sé.

Tranne Georg. In aprile aveva compiuto dieci anni. Nei giorni intorno al suo compleanno, Ricarda si era letteralmente ammalata. «Quando l'hai visto l'ultima volta, Käthe?» domandò.

«L'anno scorso a Pasqua, quando ha ricevuto la prima comunione. È stata scattata anche una foto.» Käthe aprì la borsetta. «Sono riuscita a farmela dare da Rupert» si limitò a dire, passandole un'immagine più piccola del palmo di una mano.

L'immagine in bianco e nero ritraeva Rupert e Bernhard che tenevano ognuno una mano sulla spalla di un ragazzo che arrivava loro al petto.

Un gesto che avrebbe dovuto esprimere protezione. Ma a Ricarda diede l'impressione che Rupert e Bernhard volessero in realtà impedirgli di scappare. Poi guardò in faccia suo figlio. Aveva uno sguardo serio. Certo, bisognava restare immobili un bel po' per evitare che la foto venisse sfuocata, ma non era solo serietà ciò che il suo volto esprimeva. La madre credette di leggervi anche una profonda tristezza. Stranamente i suoi capelli un tempo biondi erano diventati scuri, anche se non proprio neri come i suoi, e contrastavano con il volto pallido contribuendo all'espressione malinconica.

«Sembra triste» disse Ricarda.

«L'apparenza inganna» la tranquillizzò Käthe.

«Lo dici per tranquillizzarmi o ci hai parlato?»

«Certo che ci ho parlato. Anche se mi conosce a malapena, cosa mai poteva dirmi, se non che stava bene? Ma sono convinta che sia vero. Il cugino Rupert è una brava persona, Rica, anche se tu hai l'impressione che non sia così. Di sicuro bada al ragazzo.»

«Badare non significa amare, Käthe!»

«Rica, io non ho un'influenza diretta sulle circostanze. Sono molto in difficoltà a ritrovarmi tra due fuochi. Da una parte la famiglia Kögler e dall'altra te. Che cosa dovrei fare?»

Ricarda ebbe l'impressione che Käthe non le stesse dicendo tutto ciò che sapeva sul conto di Georg. Forse perché credeva erroneamente di doverla proteggere dalla sgradevole verità.

«In pratica, potrai contare solo su te stessa.»

Henny aveva l'impressione di aver udito quella frase uscire un po' troppe volte dalla bocca di sua madre. Anche se non corrispondevano propriamente alla verità. «Zia Jette e zia Käthe sono le mie madrine, mamma» rispose con ancor più enfasi. «Loro ci saranno, per me. Ci sono state anche per te, quando avevi la mia età. Me l'hai raccontato tante volte. Proprio adesso che zia Käthe vuole portarmi con sé, questo non ha più alcun valore per te?»

«I tempi sono cambiati, Henny.» Ricarda era ai fornelli del cosiddetto "laboratorio" e bolliva gli strumenti. Quello e la lavanderia erano gli ambienti più caldi dell'ospedale, il vapore quasi le impediva di respirare e dall'esterno la calura filtrava attraverso le grate delle finestre. Ma a quanto pareva Henny doveva per forza affrontare la questione in quel momento. In effetti, non è che avessero tante altre occasioni per parlare indisturbate.

Henny fissò sua madre senza capire. «Pensi che siano troppo vecchie per occuparsi di me?» Era impossibile! La zia Käthe aveva i capelli bianchi, questo sì, ma era ancora così giovane! Aveva così tanti interessi! Henny non riusciva a capire le ragioni di sua madre. «Vuoi farmi ammuffire qui?»

Ricarda sapeva benissimo che sua figlia aveva ragione. E la metafora dell'ammuffire era particolarmente calzante. Dopo la conversazione con Käthe sulla scogliera, più di una volta aveva persino pensato di mollare tutto e tornare via con loro. Perché anche lei aveva l'impressione che la sua vita fosse in stallo. Certo, le sue figlie stavano crescendo e poter stare con loro la riempiva di gioia. Ma la sua carriera di medico era sacrificata. Anzi, peggio: l'ospedale per indigeni funzionava solo grazie all'improvvisazione. Come in quel momento. Pur essendo la direttrice della clinica, era costretta a sterilizzare da sola tutti gli strumenti perché le infermiere del posto, per qualche motivo, non si erano presentate.

«E Toni? A lei hai pensato?» domandò Ricarda senza riuscire a guardare sua figlia negli occhi. Sapeva che era scorretto giocare quella carta, perché sottoponeva Henny a una pressione psicologica che non meritava.

Henny si morse il labbro inferiore fino a sentire il sapore metallico del sangue. Lo faceva dal giorno in cui sua madre l'aveva accusata di non aver fatto abbastanza attenzione a Karibu. Aveva cominciato in quell'occasione, come un gesto autopunitivo. Sentì il sangue colare giù dall'angolo della bocca e se lo pulì con un gesto rapido.

Non ottenendo risposta, Ricarda sollevò lo sguardo dai suoi strumenti e guardò la figlia, notando così le tracce di sangue sul suo volto. Per un attimo rimase immobile, poi posò gli strumenti da una parte e le si avvicinò. «Cos'hai lì?»

«Niente. Avrò schiacciato una zanzara.»

«Sanguini dalla bocca, Henny. Apri un po'.»

«No!»

«Henny, ma cosa ti succede?»

«Tu non vuoi che io resti qui, ma non lo fai per me, lo fai per te. E per Toni. Io le voglio un bene dell'anima, mamma, ma devo andarmene da qui.» Si arrabbiò con se stessa per le lacrime che le uscivano inarrestabili dagli occhi. Se le asciugò furiosamente con le mani, accorgendosi solo dopo che il sangue che già aveva sulle dita era andato a spalmarsi su tutta la faccia.

Ricarda osservò il volto sporco di sangue di sua figlia e a un tratto ebbe l'impressione di risvegliarsi da un sogno. Era stata orribile con Henny, ancora una volta. Cercò di forzare la sua resistenza e abbracciarla, ma Henny la spinse via con una tale forza che la fece barcollare all'indietro. Riuscì a riprendersi all'ultimo secondo, afferrando la ringhiera intorno alla zona di cottura. Per poco non era andata a sbattere contro il pentolone di acqua bollente.

«E va bene, Henny, puoi andare.»

Henny non capì: «Adesso o in generale?».

«Käthe può portarti via con sé. Hai ragione tu. Torna in Germania. Frequenta le Scuole Crain, dove a suo tempo ho studiato anch'io. E salutami la mia ex insegnante Helene Lange, se lavora ancora lì.» Ricarda in effetti non lo sapeva, aveva perso i suoi contatti.

«Mi lasci libera, mamma? Così all'improvviso?» domandò Henny incredula.

Lasciarla libera. Santo cielo, siamo arrivati al punto che mia figlia pensa questo di me?, si chiese Ricarda. Si sentì squallida, aveva finito per manifestare alcune delle caratteristiche che più odiava negli altri.

«Fammi vedere la tua bocca, per favore» disse.

Henny scosse la testa. «Guarirà. E poi non succederà più» rispose uscendo dalla stanza e chiudendosi la porta alle spalle. Una volta fuori, fece un respiro lento e profondo. *Ce l'ho fatta*, pensò espirando l'aria. Era libera.

Il dottor Andresen aveva atteso vari mesi prima di andare a trovare la sua Hilde a Dar Es Salam.

«Non posso stare senza di te» disse a sua moglie. Le aveva addirittura portato un mazzo di rose rosse dai Monti Usambara. «Ti prego, perdonami e torna da me.»

Siegfried e Ricarda si scambiarono una lunga occhiata. Riguardo a Stefan avevano la stessa opinione: tutto sommato, Hildchen stava meglio senza di lui. D'altra parte, Hildchen parlava così spesso di lui che Ricarda era quasi arrivata a credere che si stessero sbagliando. Magari quella lunga pausa dal matrimonio aveva fatto loro bene e alla fine sarebbe anche arrivato il tanto agognato figlio.

«Io ci sarò sempre per te» sussurrò Ricarda all'orecchio della cognata, quando questa ripartì con il suo Stefan.

Siegfried, Toni e Ricarda accompagnarono Henny e Käthe al porto. Henny aveva con sé solo una valigia e una borsa. Sarebbero arrivate ad Amburgo a novembre, ma di fatto non possedeva alcun indumento invernale. Se la prese con se stessa per essersi rifiutata di lavorare a maglia con Sorella Ernestina e pensò che se ne sarebbe occupata durante il viaggio di ritorno. Aveva pur sempre una mezza giacca già pronta, non le restava che confezionarne l'altra metà durante la traversata.

La cesta capovolta sulla quale aveva passato ore e ore a sognare e a chiacchierare con Badili giaceva abbandonata di fronte all'ufficio postale.

Il giorno prima Henny era stata da Badili e per un bel po' avevano chiacchierato del più e del meno come sempre. Solo alla fine gli aveva detto che sarebbe salpata con il battello dell'indomani per tornare in Germania. «Tua salvezza» le aveva risposto lui, prima di scomparire nel suo ufficetto. Henny aveva pensato che sarebbe stato bello dargli almeno la mano per salutarlo.

«Tornerai presto, Henny?» chiese Toni, guardando la sorella con gli occhioni spalancati.

«Sì, Toni» rispose lei. Ma poi pensò che no, non potevano lasciarsi con quella bugia, per cui si chinò su di lei e disse: «Anzi, ho un'idea migliore, Toni. Verrai tu da me a Berlino. Così saremo di nuovo insieme.»

Toni piegò la testa da un lato, come faceva sempre quando c'era qualcosa che non le tornava. «E come faccio?»

A quel punto si intromise Ricarda: «Ci sono il papà e la mamma che ti possono aiutare in questo».

Henny cercò invano di capire dall'espressione di sua madre cosa intendesse dire con quella frase. «Mi mancherete» disse, provando il violento impulso di mordersi il labbro e punirsi per il dolore che arrecava a tutti quanti con la sua partenza.

«Va tutto bene, tesoro» la rassicurò Ricarda. «Tu vuoi e devi partire. È così e basta. Fa male, sia a te sia a noi. Ma ti vogliamo bene, per cui capiamo che le cose devono andare così.»

Käthe strinse Ricarda tra le braccia. Le due amiche avevano già concordato tutto. Il resto della famiglia le avrebbe raggiunte, prima o poi. E avrebbero rivisto Georg. In qualche modo. Su questo, Ricarda aveva la parola di Käthe.

Henny si accorse subito con stupore che la cabina in cui avrebbero viaggiato lei e Käthe era molto più grande di quella che era stata assegnata alla sua famiglia per il viaggio di andata. Le valigie erano già dentro.

«Ti piace?» domandò Käthe. «Già che dovevamo affrontare una traversata così lunga, ho pensato che sarebbe stato più comodo viaggiare in prima classe.»

Già mentre le issavano a bordo con la scialuppa, Henny si era ricordata di cosa era successo durante il viaggio di andata.

Poi aveva visto un marinaio sistemare in bell'ordine i giubbotti salvagente di sughero e tutto a un tratto aveva sentito le gambe tremare. La nave non era ancora salpata; attraverso l'oblò vedeva la città nella quale aveva vissuto per quasi quattro anni. I dau facevano avanti e indietro. Alla fine la sirena diede il primo avvertimento della partenza imminente.

Henny non aveva il coraggio di lasciare la cabina, perché non era sicura che, una volta uscita, avrebbe trovato il coraggio di tornare a bordo. Tutto a un tratto la paura di un futuro incerto le aveva contratto lo stomaco come un pugno.

«Sei una ragazza coraggiosa, Henny» le disse Käthe posandole una mano sulla spalla. «La tua famiglia ti raggiungerà. Ne sono sicura.»

Henny non rispose niente, ma non era affatto certa che sarebbe successo, perché sapeva quanto suo padre Siegfried amasse l'Africa. Di recente lo aveva sentito discutere con la mamma, perché voleva ripartire per una spedizione entro un paio di mesi, nonostante lei non fosse d'accordo. Sarebbe rimasto via molto più a lungo del solito. A pensarci adesso, provava un po' di compassione per sua madre. Sarebbe rimasta in Africa forse per sempre, da sola con sua sorella Toni.

Bussarono alla porta.

«Avanti» disse Käthe.

Henny non credette ai suoi occhi: era Badili!

«E tu da dove spunti? Parti anche tu per la Germania con noi?» gli domandò.

«Badili ha regalo» rispose lui, passandole una piccola cesta. «Non aprire. Aspettare che nave salpare àncora.» Le rivolse un gran sorriso, prima di voltarsi in tutta fretta e sparire come un fantasma.

«Be', hai un grande ammiratore, non c'è che dire» disse Käthe.

Henny percepì che quella cesta aveva qualcosa speciale. Sentiva dei movimenti al suo interno. In quello stesso istante udì il rumore della catena dell'àncora che si riavvolgeva. Sciolse i nastri con cui Badili aveva accuratamente chiuso il suo pacchetto. Da dentro sentì un rumore che le sembrò familiare. Come uno squittio, ma molto flebile. Le sue mani volarono per tentare di sciogliere il nodo nel minor tempo possibile. Poi scoperchiò la scatola.

«Oh, santo cielo!» sentì esclamare Käthe.

Subito Henny le fece: «Sssh!»

Poi vide due occhi marroni scuri che la guardavano. Il minuscolo cagnolino le strisciò tra le braccia e le leccò la faccia.

«Come sei dolce» esclamò lei, coccolando l'animaletto. Era marrone chiaro come Karibu, ma più piccolo. Era un delizioso cucciolo. «Tu sei il mio Badili» gli disse.

«Ma è una femmina, Henny» le fece notare Käthe.

«Non importa. Si chiamerà Badili lo stesso.»

Poi si accorse del biglietto sul fondo della cesta. In una calligrafia incerta, c'era scritto: *Non dimenticare Africa.*

Una decisione difficile

Agosto 1905

Nonostante il termometro sulla veranda segnasse trentaquattro gradi, Ricarda tremava dalla testa ai piedi. Antonia le portò una coperta. Piccola e sottile com'era, non avrebbe portato molto sollievo dai brividi della febbre, ma Antonia fece comunque del suo meglio per tenere al caldo la madre, tirando la coperta da tutti gli angoli. Ricarda quasi non aveva le forze per ringraziare la figlia.

«Stupida *malleria*» imprecò Toni prendendosela con il nemico invisibile contro il quale sua madre lottava ormai da giorni. La piccola di cinque anni non aveva ancora imparato a pronunciare quella strana parola nel modo giusto.

Quell'anno la stagione delle piogge era stata più lunga e più intensa del solito. Poi l'acqua era ristagnata per mesi in pozze di ogni dimensione e nella calura le zanzare si erano riprodotte a una velocità sorprendente. A dire la verità, era un caso che fosse solo il secondo contagio da malaria che Ricarda contraeva da quando era arrivata a Dar Es Salam, ormai quasi sei anni prima.

Mentre la sua pelle iniziava a scottare e la temperatura corporea raggiungeva i quaranta gradi, vide Toni seduta vicino a lei sul fresco pavimento di pietra. La piccola giocava con la sua bambola, riproducendo tutto ciò che succedeva alla madre. Prima spogliava la bambolina bionda di tutti i vestiti perché sudava e poi glieli rimetteva perché aveva i brividi. In quel momento, Ricarda si sentì immensamente felice per il fatto che Toni non avesse ancora mai preso la malaria. Il prezzo da pagare era che la bambina doveva passare mesi e mesi chiusa nell'appartamento con le finestre tappate con la garza. Per fortuna Käthe le aveva portato quella graziosissima bambola di porcellana da Berlino.

Ricarda ormai aveva imparato a conoscere l'andamento della malattia e sapeva che nelle ore successive non sarebbe stata in grado di muoversi. A volte ai sintomi si aggiungeva anche il vomito. L'importante era che la febbre non superasse la soglia critica, provocandole delle allucinazioni. «Puoi andare a prendermi di nuovo dei panni freschi, Toni?» chiese alla sua bimba.

«Vado subito, *mama*.»

Ricarda si era resa conto che la piccola si inquietava molto meno per la situazione se poteva rendersi utile in qualche modo. Poiché a ogni giorno di febbre ne seguiva uno senza, sia a lei sia alla bambina restava la speranza che presto sarebbe andata meglio.

Ricarda trovava indicativo il fatto che Siegfried non ci fosse stato neanche durante il suo precedente attacco di malaria. In quell'occasione era partito per un'importante spedizione al Lago Vittoria. In salotto erano appese le impressionanti foto in formato gigante delle Rocce Bismarck, nei pressi di Mwanza. La fotografia, così come lo sviluppo e l'incorniciatura degli scatti che realizzava in tutta l'Africa Orientale, erano la sua nuova passione, per la quale aveva rinunciato al disegno. Ricarda sperava che, se mai un giorno fossero tornati in Germania, quelle foto lo avrebbero aiutato a superare la nostalgia. Al momento si trovava nella regione a sud di Dar Es Salam. Rispetto alle sue solite spedizioni era un viaggio breve, ad appena cinque giorni di cammino da lì. Eppure sarebbe dovuto essere a casa ormai da giorni. Ma lei era troppo debole per preoccuparsi.

Quella sera, quando la febbre era un po' scesa, Ricarda riposava sulla chaise-longue di legno in terrazza, sotto un nuovo ventilatore che le faceva arrivare un po' di aria fresca. La febbre l'aveva svuotata di qualsiasi energia.

La fronte del dottor Daiki Sotomori, che le misurava il polso, era imperlata di sudore. «Adesso va meglio, Ricarda» disse il medico giapponese nel suo strano modo di parlare, accompagnando ogni frase con un sorriso. «Ancora un paio di giorni e sarete guarita.»

«Daiki, voi sì che mi date coraggio.»

Sotomori le prelevò del sangue. Sul tavolo accanto alla sdraio c'era una tazza che Ricarda avrebbe dovuto bere fino all'ultima goccia. Il solo pensiero le faceva rivoltare lo stomaco.

«Avete notizie di Siegfried?» domandò.

Lui scosse la testa. «È sempre così.»

Solo per il viaggio al Lago Vittoria, Siegfried era stato via sei mesi. Lassù nel nord imperversavano delle epidemie che lui conosceva bene. Malattia del sonno, antrace, tifo… Per il responsabile sanitario di quella regione immensa, sviluppare le giuste strategie per contrastarle rappresentava un'impresa titanica. Per esempio aveva ordinato che venissero bonificate tutte le zone paludose che si estendevano per chilometri lungo la costa, dove proliferavano le zanzare che trasmettevano le malattie.

«Ora bevete il mio buon tè» disse Sotomori, passandole la tazza. Era tè al chinino, l'unico rimedio conosciuto contro la malaria. Aveva un sapore orribile. Per fortuna la loro cameriera Atija le passò subito il succo di limone zuccherato per mandar via il sapore tremendamente amaro.

«Credete che avrò una recidiva, Daiki?» domandò Ricarda.

Il collega annuì. «Il decorso della malattia fino a questo momento farebbe pensare a delle ricadute.»

A Ricarda tornarono in mente le terribili parole di Henny: «Noi viviamo all'inferno». Possibile che la bambina avesse inquadrato quel posto meglio di lei?

Prese la provetta di sangue che Sotomori le aveva prelevato e si incamminò lentamente verso il suo piccolo laboratorio, sostenendosi alle pareti per prevenire i capogiri dovuti alla debolezza.

La visita di Käthe, due anni prima, aveva portato grandi benefici all'ospedale per indigeni. Le donazioni destinate alla sua istituzione non erano molte, ma avevano comunque permesso di acquistare un tavolo operatorio, nuove strumentazioni, materiale di pronto soccorso e, tra le altre cose, anche un microscopio di alta qualità, davanti al quale si stava sedendo proprio adesso.

Il tempo trascorso in Africa l'aveva portata a conoscere alcune malattie tropicali, e con il microscopio aveva la possibilità di analizzarne i cambiamenti nel proprio sangue durante la malattia, con la speranza di poter sviluppare nuovi approcci di cura. In pratica, a causare la malaria era un parassita chiamato Plasmodio, che si insediava nei globuli rossi del sangue, e Ricarda voleva capire cosa vi combinasse. Firmare un articolo su un'importante rivista specializzata avrebbe di certo contribuito a ricordare il suo nome nella cerchia delle personalità di spicco di Berlino.

Perché quel nuovo attacco di malaria aveva rafforzato la sua convinzione di voler tornare a casa. Con Siegfried non ne aveva ancora parlato, ma era intenzionata a farlo non appena fosse rientrato dalla spedizione. Ne aveva abbastanza di quel presunto posto al sole.

Due giorni dopo, mentre Ricarda era di nuovo in preda alla febbre alta, Toni corse da lei tutta agitata dicendo: «C'è Hildchen. Piange tantissimo.»

«Toni, dille che non posso alzarmi e che deve venire lei in camera mia.»

Se il figlio già tanto agognato due anni prima fosse venuto al mondo, Ricarda e Siegfried lo avrebbero sicuramente saputo da tempo. Ma poiché così non era stato, e considerando che Toni le aveva appena annunciato l'arrivo della cognata in lacrime, Ricarda già si immaginava cosa fosse successo: o il dottor Andresen aveva buttato fuori di casa la moglie sterile, oppure Hilde aveva trovato la forza di andarsene da sola. In quel momento, con la mente obnubilata dalla febbre, per Ricarda era difficile decidere quale delle due opzioni augurarsi per Hildchen

«Oh, poverina» disse la cognata entrando nella camera e sedendosi accanto al letto di Ricarda. «Posso portarti qualcosa? Delle pezze fredde?»

«Toni me le ha appena cambiate.»

«È cresciuta così tanto. E ti somiglia.»

Era evidente che Hildchen cercasse di darsi un contegno, ma Ricarda non aveva le forze per sostenere le chiacchiere di circostanza, quando era ovvio che ci fossero cose più importanti di cui parlare. «Cos'è successo, Hildchen?»

«Stefan è morto» dichiarò asciutta, con il tono di chi non riesce a credere a quello che dice.

«Perché?» domandò Ricarda per tutta risposta, accorgendosi troppo tardi di quanto insensibile potesse sembrare. «Scusa…» balbettò.

«Non preoccuparti, Rica. So cosa volevi dire. Lo hanno ucciso» disse Hildchen con voce piatta.

«Santo cielo!» Ricarda lo rivide nel suo *Prato Verde*, quel piccolo paradiso ai margini della giungla. Un luogo così pacifico.

«Stefan stava aiutando i coltivatori di sisal giù al fiume» raccontò Hildchen tra i singhiozzi. «È scoppiata una lite, perché gli indigeni non volevano lavorare gratuitamente, e i rivoltosi lo hanno ammazzato.»

Ricarda aveva sentito parlare delle insurrezioni degli autoctoni contro le tasse che erano aumentate in modo esponenziale nel corso dell'anno. Ogni africano doveva lavorare senza retribuzione nei campi del governo per ventiquattro giorni all'anno, oltre a pagare una tassa pro capite e dover rispettare il divieto di caccia. Dal momento che queste normative colpivano soprattutto la popolazione rurale, fino a quel momento Ricarda non aveva avuto motivo di preoccuparsene più di tanto.

«Lo hanno sepolto subito per via del caldo. Non l'ho neanche potuto salutare come si deve.» Hilde scoppiò in lacrime.

Ricarda si sforzò di pensare lucidamente. Hildchen aveva bisogno di amore, di cure, di aiuto. Tutte cose che lei non poteva offrirle, considerando che riusciva a malapena ad arrivare in fondo alle sue giornate.

«Hai contattato i tuoi suoceri?» domandò.

«Ho consegnato oggi la lettera al postino.»

Tutti gli abitanti della colonia conoscevano a memoria i giorni in cui arrivava e ripartiva il battello. Il prossimo diretto ad Amburgo sarebbe partito di lì a una settimana e ne avrebbe impiegate altre quattro per arrivare a destinazione. Da lì, la lettera avrebbe dovuto raggiungere la sua meta finale, Lubecca.

«Resti con noi?» domandò Ricarda.

«Se posso.»

«Tu sei come una sorella per me» disse Ricarda.

Certo, per Hilde si era infranto il sogno di una vita: la felicità con Stefan. Ma Ricarda sapeva che c'era dell'altro: si trattava di sopravvivere in un posto che Henny aveva impietosamente definito “l’inferno”.

Dopo alcuni giorni consecutivi senza febbre, Ricarda aveva ripreso il suo lavoro all’ospedale per indigeni. Ma i suoi pensieri erano costantemente rivolti a Siegfried. La preoccupazione per il marito si era fatta più forte, dopo che Hildchen era tornata dall’ufficio postale del porto con notizie molto poco rassicuranti: «Quello che è successo a Stefan sta accadendo anche in tutto il resto del paese. Gli indigeni ci attaccano! Pensa, in diecimila hanno assalito una stazione militare.»

«Diecimila?» A Ricarda quella cifra sembrò assurdamente alta. «Hildchen, lo sai che non bisogna dar credito a ogni storia che viene raccontata.»

«Lo hanno telegrafato, Rica! Lo ha letto il postino in persona e me lo ha raccontato, proprio perché sapeva di Stefan.»

A quel punto Ricarda si allarmò. «Dove si è svolto l’incidente con i diecimila assalitori? Te l’ha detto?»

«A sudest. È la zona più colpita.»

Era proprio la regione in cui si trovava Siegfried! Hildchen non ne aveva idea ed era meglio che non lo venisse neanche a sapere.

Il vicegovernatore Kreile, con il quale la famiglia di Ricarda aveva festeggiato il Natale a *Prato Verde,* si abbandonò sullo schienale della sua sedia di legno tornito. «La signora Andresen ha sentito bene» ammise. «La situazione è critica, ma sotto controllo. I ribelli che hanno assalito la stazione militare a Mahenge sono stati uccisi. Questo lo so per certo.»

«E mio marito?»

«Lui è vivo.» Poi aggiunse, con una sfumatura di incertezza

nella voce: «In caso contrario, mi avrebbero avvisato, dottoressa. Al momento si contano solo due morti, compreso il buon dottor Andresen.»

«E quanti indigeni sono morti?»

«Ormai saremo intorno ai mille.» Mentre lo diceva, si accorse dell'espressione scioccata di Ricarda. «Sì, sì, loro fanno la guerra perché si sentono invincibili. Credono di avere un incantesimo che li protegge dalle pallottole tedesche. Lo chiamano *Maji Maji*.» Kreile accompagnò queste ultime parole con una risata beffarda.

Maji in swahili significava "acqua". Acqua contro le pallottole? Ricarda pensò che in quell'incantesimo dovesse esserci qualcosa di sbagliato. Ma in quel momento la cosa più importante era suo marito: «Siegfried doveva rientrare quattro settimane fa, eccellenza».

«Di certo non può abbandonare i suoi compagni in piena guerra» osservò Kreile. «Vedrò di farmi mandare notizie.»

Ricarda lasciò pensierosa la residenza adiacente all'ospedale governativo. «Loro fanno la guerra» aveva detto il vicegovernatore. Una parola grossa, in bocca a un uomo così importante. E Siegfried, che era pur sempre un medico militare, in quel contesto era un soldato. In altre parole: Siegfried era in guerra. Probabilmente nessun membro della sua famiglia si trovava al sicuro in quel posto.

«Già che siamo a Monaco, voglio almeno farti vedere le Alpi» aveva detto zia Käthe.

Nei quasi due anni trascorsi dal rientro di Henny dall'Africa, la ragazza non aveva mai smesso di farle intendere che voleva andare in Baviera. Naturalmente per vedere Georg. Avevano trascorso già una settimana a Monaco, in un hotel talmente elegante che Henny non osava neanche starnutire, ma non c'era stato alcun incontro con Georg.

Adesso si trovava accanto a Käthe, in un'auto chiamata Mercedes e guidata da Xaver. La destinazione era un lago incastonato in una magnifica posizione. Si chiamava Kaisersee, o qualcosa di simile. In fin dei conti era solo per Georg che era venuta fino a Monaco, ma con suo enorme dispiacere i Kögler non le avevano permesso di vederlo. E nessuna gita avrebbe potuto ripagarla per quella cocente delusione.

Non era la prima volta che Henny saliva su un'automobile. Quegli arnesi puzzolenti giravano già per tutta Berlino quando Henny vi aveva fatto ritorno. Persino lo zio Friedemann ne aveva una a Freystetten. Non grande come quella del Birrificio Kögler in cui era seduta adesso, ma comunque molto rumorosa. Certo, nel frattempo si era riabituata alla Germania, ma di quando in quando provava nostalgia per il silenzio africano. E naturalmente pensava spesso a sua madre, a Toni e a Siegfried. Per fortuna aveva la piccola Badili al suo fianco, che nel frattempo era diventata adulta. Era grande la metà di Karibu, cosa che in Germania risultava molto comoda. Badili poteva accompagnarla ovunque, e anche adesso se ne stava sulle sue ginocchia tremando come una foglia come ogni volta che saliva su un'automobile.

Viaggiarono per ore e solo a sera arrivarono a un hotel, anche questo decisamente troppo raffinato, a Berchtesgaden. Henny comprese solo il mattino successivo il motivo per cui la zia Käthe aveva voluto per forza andare fin lì. Il lago non si chiamava Kaisersee, ma Königsee, e in quella cristallina giornata d'estate riposava placido in mezzo alle montagne. Le due lasciarono Xaver alla macchina e salirono su una barca che le avrebbe condotte sulla riva opposta. In certi punti le ripide pareti rocciose si tuffavano nell'acqua. Henny osservava rapita il contrasto tra la superficie immobile dell'acqua e quegli scogli, che a tratti sembravano come incrostati, alle cui pareti si aggrappavano alcuni esili pini solitari. I monti sprigionavano una raggiante aura di maestosità che giustificava la scelta del nome di quel posto: il "lago del re".

«Sono stata ingrata, zia Käthe» disse Henny. «Per favore, perdonami. È meraviglioso qui.»

Käthe strinse la figlioccia a sé con dolcezza. «Capisco come ti senta, Henny. Infatti non è certo per le montagne che siamo qui. Né per il lago.» Käthe la guardò dritta negli occhi e sorrise. «Tra poco incontrerai tuo fratello, Henny.»

Il cuore di Henny batteva all'impazzata mentre scendevano dalla barca ormeggiata. Intorno a loro c'era solo una chiesa con absidi tondeggianti sovrastate da cupole, alla quale però Henny non prestò la minima attenzione. Si guardava freneticamente intorno per non rischiare di perdersi Georg.

«Non essere così nervosa, Henny. È tutto pronto per il vostro incontro» le disse zia Käthe.

Ma Henny nutriva ancora dei dubbi. Perché avevano dovuto viaggiare una mezza giornata in auto per poter incontrare Georg? In un luogo così isolato, per giunta? Zia Käthe le aveva detto che l'unico modo per raggiungerlo era la barca o una lunga camminata tra le montagne. Chi era la famiglia Kögler per costringerla ad arrivare fin quasi alla fine del mondo per vedere Georg?

Per fortuna aveva con sé il suo blocco da disegno. Doveva assolutamente fargli un ritratto! E spedirlo in Africa! Henny si sentiva venir meno per la tensione.

«Ci aspettano dentro la chiesa» disse zia Käthe.

Henny si mise a correre con Badili che la seguiva. La legò fuori in fretta e furia, spinse la vecchia e imponente porta di legno e riuscì a entrare. C'erano delle semplici panche di legno di fronte a un altare barocco. Due persone si voltarono nella sua direzione, un uomo e un ragazzo.

Tutto a un tratto Henny si sentì intimorita. Sembravano due estranei. «Georg?» domandò esitante.

«Henny, sei tu?» ebbe in risposta.

Henny non avrebbe mai riconosciuto suo fratello se lo avesse incontrato per strada. Aveva solo cinque anni, quando era stato portato via dalla casa nella Behrenstrasse. E nel frattempo ne aveva compiuti dodici!

L'uomo al suo fianco, invece, non era cambiato. In un passato che sembrava lontano anni luce lo aveva chiamato "zio Rupert". A quel punto Henny mise insieme tutti i pezzi. Una volta sua madre le aveva detto che Rupert in fondo era «un'anima buona», un'affermazione che Henny non aveva mai capito. Fino a quel momento.

Poi anche Käthe entrò nella chiesa e disse, rivolta a Rupert: «Vieni, mio caro, lasciamoli soli».

«Stai bene, Georg?» domandò Henny.

Suo fratello si limitò ad annuire.

«Mi sei mancato» disse lei.

«Anche tu. Come sta la mamma?»

I lineamenti di Georg le sembravano stranamente rigidi. Come se si stesse sforzando di nascondere i propri sentimenti. Un ciuffo di capelli gli cadde sul volto. Doveva assolutamente fargli un ritratto! «Sono ancora tutti in Africa.»

«Sono chi? Perché in Africa?» domandò Georg con l'espressione di chi non capisce una parola di quello che sente.

Solo allora Henny si rese conto che suo fratello non sapeva

niente. Né che sua madre aveva sposato Siegfried, né tantomeno che aveva avuto un'altra sorella, niente di tutto ciò che era successo in quegli anni.

I due fratelli stavano seduti su un tronco in riva al lago. Nelle due ore precedenti, Henny aveva concentrato tutta la sua abilità nel realizzare il ritratto del fratello. Alla fine glielo mostrò. Non era del tutto soddisfatta del suo lavoro, ma dopo un paio di tentativi andati male aveva dovuto accontentarsi di quello che aveva fatto, perché il tempo a disposizione era quasi finito.

«È maledettamente bello» disse Georg rivolgendole un immenso sorriso.

«In che senso, maledettamente?» domandò Henny scoppiando a ridere. Non era la prima volta che il fratello usava delle espressioni che lei non capiva.

Georg arrossì. «Insomma, è bello» si corresse. «Lo mandi alla mamma perché sappia come sono adesso?»

Henny annuì. Käthe e Rupert stavano andando loro incontro dalla chiesa. Tra poco sarebbe tutto finito. «Georg, voglio rivederti.»

«Anch'io.»

«Dove posso trovarti?»

«All'Abbazia di Ettal. Da aprile vivo e vado a scuola lì. Non è così male.» Si chinò su Badili e le carezzò la testolina con dolcezza. «Sei fortunata a poter avere un cane. Anche io ne vorrei uno.» Le rivolse un sorriso triste.

«Ti voglio tanto bene, fratellino.»

«Anch'io, sorellona.»

Georg e suo zio Rupert indossarono uno zaino da escursione dall'aspetto molto pesante e imboccarono un sentiero che si inerpicava tra le montagne. Nel giro di poco tempo, troppo poco, erano scomparsi tra gli alberi. Henny strinse forte a sé Badili e lasciò che la cagnolina la consolasse.

Ricarda stirò delicatamente con le mani il foglio di carta spiegazzato. Henny aveva sempre disegnato le persone non per come apparivano, ma per come interpretava il loro carattere. In suo fratello aveva messo in evidenza il ciuffo di capelli che gli ricadeva sul viso e sotto al quale si scorgevano due occhi svegli.

Dunque Georg era un ragazzo che amava nascondersi. La lettera che Henny aveva inviato in accompagnamento al ritratto confermava quella sua impressione, e le lasciò intendere che Rupert e Bernhard non erano riusciti a trasformare Georg in un fiero Kögler. Vi era scritto:

> *Georg dice che prima piangeva tantissimo. Adesso non lo fa più, perché tanto non serve a niente, In compenso prega tantissimo. Anche prima frequentava una scuola religiosa in un monastero a sud di Monaco, ma a quanto dice, lì non era bello come all'Abbazia di Ettal, dov'è ora. I Kögler non gli piacciono. Stava con Rupert in una baita e doveva tornarci a piedi il giorno stesso. Ci sarebbero volute altre quattro ore. Lui odia camminare. Georg mi fa molta pena.*

Ricarda a un tratto si ricordò della baita sopra Berchtesgaden. *Puoi sempre trovarmi qui*, le aveva detto Georg durante la loro romantica gita in mezzo alla quiete delle montagne…

Henny non diceva niente su come avesse fatto Käthe a convincere Rupert. Il mondo degli adulti rappresentava ancora un mistero per lei. Neanche Ricarda capiva perché Rupert avesse organizzato un incontro tanto misterioso tra i due fratellastri. Magari Käthe glielo avrebbe raccontato, un giorno o l'altro.

Ricarda incorniciò il ritratto e lo sistemò in bella vista nel salotto. «Chi è?» domandò Toni. Sentire quella domanda le spezzò il cuore. Quando spiegò ad Antonia chi stava guardando in quel disegno, la bambina di cinque anni le chiese: «E perché io non conosco Georg?».

L'anno successivo Antonia avrebbe cominciato la scuola religiosa di Dar Es Salam, la stessa che Henny si era lasciata alle spalle senza rimpianti.

Davvero voglio mandarci un altro dei miei figli?, si chiese Ricarda. E intanto Siegfried non era ancora tornato. Era vivo, questo almeno lo sapeva, perché adesso mandava un telegramma ogni tanto.

Siegfried tornò a casa tre mesi dopo. Era quasi Natale. Era molto magro e zoppicava al punto da aver bisogno di appoggiarsi a un bastone. I suoi folti capelli castani erano striati di ciocche grigie, ma negli occhi aveva ancora lo scintillio che Ricarda amava tanto in lui.

Fece per salutarlo con un abbraccio, ma lui si ritrasse. «Prima ho bisogno di un bagno.»

«Fatti strofinare la schiena» scherzò Ricarda mentre il marito era seduto nella vasca di zinco.

«No» ribatté Siegfried secco, per poi spaventarsi da solo della propria reazione. «Dammi tempo, Ricarda.»

Ricarda, non Rica. «Scusami» rispose lei, lasciandolo solo.

Più tardi, assaggiò a malapena qualche boccone del suo piatto preferito, il carré affumicato con i crauti, preparatogli da Hildchen. Non si pose neanche la domanda sul perché la sorella fosse lì.

A quel punto, Ricarda perse la pazienza. «In caso ti interessi, Siegfried: Stefan è stato ucciso.»

«Stefan?» Il marito alzò lo sguardo confuso. «Oh, Stefan, ma certo. Stefan. Mi dispiace, Hildchen.»

Sua sorella aveva gli occhi gonfi di lacrime, ma Siegfried non se ne accorse nemmeno. Si ritirò in camera da letto senza dire una parola.

«Papà non sta bene?» domandò Antonia.

«È molto stanco per il lungo viaggio che ha fatto» le rispose Ricarda. In realtà sperava che fosse così, ma nel profondo sapeva che c'era molto di più dietro.

Quella notte Siegfried si rigirò senza posa nel letto e Ricarda non riuscì a chiudere occhio. «Devi parlare di quello che hai vissuto, Siegfried» gli sussurrò nell'oscurità.

Durante l'assenza del marito, si era informata in giro e sapeva cosa stesse accadendo nel paese. Per quanto a Dar Es Salam non se ne accorgesse nessuno, nelle sconfinate steppe del protettorato erano morte migliaia di persone nella guerra dei neri contro i bianchi. Il governatore aveva chiesto l'intervento di altre truppe e le navi da guerra aspettavano minacciose al largo della costa.

«Sbucano dal niente» disse Siegfried. «Con archi e frecce, lance e asce. Soprattutto alle prime luci dell'alba. A noi bianchi non possono fare niente, perché ce ne stiamo nei *boma*, nelle fortezze. Ma in compenso massacrano i nostri soldati indigeni, gli askari.»

«Kreile mi ha detto che hai assistito al massacro di Mahenge.»

«Sì, quello è stato l'inizio. Erano convinti di essere invincibili, per cui sono semplicemente corsi incontro alla nostra pioggia di proiettili. Una carneficina terribile.»

«Anche tu sei rimasto ferito. Zoppichi. Per come cammini, scommetto che è il tendine. È guarito?»

«È stata una lancia. Non sono stato accorto, rimarrò con

l'articolazione anchilosata.» Sembrava parlare del corpo di qualcun altro.

«Non voglio continuare a vivere così» disse Ricarda. «E non posso neanche più farlo, Siegfried. Tra due settimane è Natale e tre giorni dopo parte un battello. Per fine gennaio potremmo essere ad Amburgo.»

«Io non me ne vado, Ricarda» rispose Siegfried senza la minima esitazione.

Ricarda ne aveva abbastanza. Si alzò e accese la lampada a petrolio. «Invece te ne andrai, Siegfried. Perché siamo marito e moglie. Perché hai una figlia che non è più al sicuro qui. E perché ci amiamo, o almeno così spero.»

Siegfried rimase sdraiato. «Quello che dici è giusto. Ma la conclusione che ne trai è sbagliata: non è vero che per questo devo partire. Anche io ti amo tanto.»

«Siegfried, ma cosa stai dicendo? Ti rendi conto che c'è in gioco il nostro matrimonio? Quello per cui entrambi abbiamo dovuto aspettare così tanto? Davvero l'Africa dovrebbe dividerci un'altra volta?»

Lui rimase in silenzio per un bel po', poi disse: «Tu non accetterai le mie argomentazioni».

«Almeno provaci.»

«Devo servire la mia patria» disse alla fine. «La colonia sta attraversando un periodo difficile. La battaglia contro gli indigeni non è finita. Abbiamo epidemie di proporzioni talmente inimmaginabili, che a breve ci raggiungerà anche il professor Koch. I coloni hanno bisogno di aiuto. Gli autoctoni muoiono per malattie che dobbiamo combattere. Queste persone sono la risorsa più importante del paese. Non possono essere sterminati a decine di migliaia. È una mia responsabilità.» La guardò dritto negli occhi. «È impensabile che io me ne vada.»

Ricarda sentì di non poter ribattere a tali argomenti. Le sue responsabilità contavano più dell'amore per lei o per la famiglia. D'altra parte, anche lei si era posta la stessa domanda: scuola per ostetriche e ospedale per indigeni, o tre figli che vivono in tre posti diversi senza conoscersi? Dopo due anni dalla partenza di Henny, la riposta non poteva che essere quella che diede anche a Siegfried: «I miei figli hanno bisogno della madre. Non ho intenzione di cedere, Siegfried.»

«Non mi aspettavo niente di diverso da te. Accetto il tuo punto di vista. La guerra in questo paese non finirà tanto presto. Questo posto non è adatto a crescere dei bambini.»

Ricarda spense la luce. «Mi dispiace per noi» disse nel buio della notte, sentendo gli occhi riempirsi di lacrime. Avrebbe tanto voluto stringersi a Siegfried, ma in quel momento nel suo letto non c'era l'uomo che amava, ma un soldato che metteva il proprio dovere al primo posto. Eppure non riusciva ad avercela con lui per questo. Siegfried indossava l'uniforme fin dalla prima volta si erano incontrati. E pensare che da ragazza le era sembrata così bella…

I tempi cambiano

Marzo 1907

Ricarda posò la penna e rilesse ciò che aveva appena scritto. Al suo rientro in Germania, l'anno precedente, si era ripromessa di scrivere a Siegfried almeno ogni due mesi. Ma poi si era resa conto che non aveva senso. Ormai a Berlino era la fine dell'inverno, mentre l'ultima lettera del marito risaliva all'estate.

In quel periodo si trovava nel nord dell'Africa Orientale Tedesca per combattere la malattia del sonno. Era partito per quella spedizione quando lei era salpata col battello diretto in Germania insieme a Toni e Hildchen. Insieme a Robert Koch, appena insignito del premio Nobel, Siegfried doveva combattere quell'infezione che spesso risultava fatale e che alla fine del suo decorso sprofondava le persone in uno stato di dormiveglia. Siegfried le aveva scritto:

Purtroppo il mio ex insegnante, il Professor Koch, ha un'opinione diversa dalla mia. Tratta i malati con un farmaco che non solo non li cura, ma ne aumenta la sofferenza. Gli indigeni capiscono le intenzioni di Koch di usarli come cavie umane e tentano di fuggire. Di conseguenza, lui rinchiude gli infetti in alcuni centri per evitare un'ulteriore diffusione dei contagi. Vegetano in condizioni miserabili finché non muoiono. Non potevo assumermi la responsabilità di tutto questo, ma nonostante il ruolo che ri-

copro qui, la mia parola non vale niente contro la sua. Per cui ho dovuto fare un passo indietro e le nostre strade si sono divise. Ti farò sapere di più non appena ci saranno novità.

Un dissapore col suo mentore Koch! Per quanto la cosa le dispiacesse, Ricarda aveva sperato che fosse l'occasione che spingeva il marito a tornare a Berlino. Ma lui non aveva detto niente al riguardo.

Proprio come negli ormai lontanissimi tempi in cui studiava a Zurigo e gli scriveva in paesi lontani, anche adesso le sue lettere rappresentavano una specie di diario quotidiano. Questa l'aveva iniziata con la buffa storiella di un ex detenuto che nel sobborgo berlinese di Köpenick aveva derubato la cassa comunale con l'aiuto di veri soldati che lo avevano scambiato per un capitano. Adesso era stato condannato a quattro anni di reclusione. *I giornali e il popolo considerano il calzolaio Voigt un eroe. Del resto, si sa: è l'uniforme che porta a definire una persona*, aveva scritto Ricarda.

Adesso riprese in mano la penna e arrivò al punto cruciale:

Siegfried, ti prego, torna a casa. Mi manchi. E manchi molto anche alle bambine. Ti stai perdendo i progressi di Antonia, cresce così veloce. Tra poco inizierà la seconda elementare. Ha imparato a scrivere molto in fretta, e solo perché tu fossi fiero di lei. Henny invece frequenta il Luisen-Gymnasium a Moabit. Ormai per le ragazze non è più un gran problema andare al ginnasio. I tempi cambiano! Ti stai perdendo così tanto… In Germania sono arrivati i film, delle immagini in movimento che raccontano una breve storia. Si chiama cinematografo. Henny adora andare nelle sale dove proiettano questi film. Piacerebbe molto anche a te. Oh, Siegfried, sei in Africa da così tanto tempo che ho paura tu possa dimenticarti di noi. Ma il tuo posto è a Berlino, insieme alla tua famiglia.

Ricarda osservò a lungo le ultime parole scritte. Poteva permettersi di essere così possessiva? «Tu sei mio marito» disse a mezza voce nella stanza illuminata solo dalla lampada sul tavolo, rispondendo da sola alla propria domanda.

Henriette evitava ormai da mesi di mangiare in compagnia di altre persone. La signora Merger aveva tagliato i cavoletti di Bruxelles molto fini, servendoli insieme al purè di patate e alle polpette. Ma per Jette persino un pasto semplice come quello rappresentava una sfida complessa.

Della sua malattia sapeva solo ciò che era stato scoperto fino a quel momento. Erano passati quasi cento anni da quando il britannico dottor Parkinson aveva diagnosticato per la prima volta il morbo che portava il suo nome. Riteneva che dipendesse dal midollo osseo, nel quale passavano i nervi. Henriette invece era convinta che a scatenare la sua malattia fosse stata una caduta da cavallo a Freystetten, quando era bambina.

La guarigione era impensabile, tutt'al più una mitigazione dei sintomi. Lei e Käthe avevano quindi preso una decisione della quale contavano di mettere a parte anche Ricarda durante quel pranzo nella Behrenstrasse.

Ricarda le aveva raggiunte al primo piano, salendo dallo studio medico al pian terreno. L'appartamento di Florentine era ancora vuoto, ma al suo rientro dall'Africa, Ricarda aveva deciso di tornare a vivere con Henny, Toni e la cognata nel modesto appartamento di Siegfried nella Luisenstrasse.

«Florentine ci mette a disposizione la sua casa in Costa Azzurra» stava dicendo Henriette.

La nipote viveva ancora negli Stati Uniti, ma suo figlio Victor era nato nel sud della Francia, sempre con l'aiuto della zia. In quell'occasione, la contessina era rimasta incantata da quel meraviglioso angolo di mondo.

«L'aria è sempre tiepida, non fa mai freddo.» Jette cercò di sembrare il più ottimista possibile. «Sono sicura che mi farà bene stare lì. Käthe e io mangeremo pesce fresco tutti i giorni. È molto salutare, a quanto si dice.»

«Sono molto felice per voi, contessina. Starete benissimo sul Mar Mediterraneo. Il clima è decisamente piacevole» rispose Ricarda.

Si nasconde dietro la retorica, pensò Henriette. *Chiunque tra i miei conoscenti avrebbe usato queste stesse formalità. Ma non certo la mia Rica! Quanto ha significato per me questa ragazza. Ma l'intimità si è trasformata in un rapporto superficiale. Non ho mai avuto il coraggio di farne la figlia che non mi è stato concesso di avere.*

Fissò a lungo la donna matura seduta al suo stesso tavolo, che aveva da poco festeggiato il suo quarantaquattresimo compleanno. La donna che viveva sola con la cognata e le figlie, che era un medico di successo e il cui ostinato marito non voleva rientrare dall'Africa. Ricarda ne soffriva, questo Henriette glielo leggeva chiaro in faccia. Non era tanto l'età, quanto questa sensazione di abbandono ad aver lasciato una traccia sul suo volto.

Henriette aveva notato quell'espressione tirata della bocca in molte altre sue amiche.

«Credo che partiremo a fine aprile, massimo a maggio» disse Käthe. Ultimamente aveva preso in mano lei le questioni organizzative che di solito delegava a Henriette.

«E così mi affidate definitivamente il vostro studio medico?»

domandò Ricarda. «Farò del mio meglio per rendere onore alla vostra reputazione.»

Ricarda provò una fitta di nostalgia al pensiero che anche Käthe lasciasse la professione. Con lei si dimetteva l'ultima di quattro grandi pioniere. Perché dopo Emilie Solm, anche Franziska Biberti aveva da poco smesso di lavorare e chiuso l'Ospedale Femminile. Ciò per cui le due amiche avevano lottato per tanto tempo era finalmente diventato realtà: negli ospedali venivano curate anche le donne che non potevano permettersi una visita medica privata. E così non c'era più bisogno di quella piccola clinica. Era la fine di un'epoca.

Ad ogni modo, e nonostante i suoi sessantaquattro anni, Käthe le sembrava ancora troppo intraprendente per andare in pensione. Era ovvio che non si trattasse tanto di lei stessa, quanto della sua amica, come già aveva accennato a Ricarda durante la sua visita a Dar Es Salam.

Henriette sembrò accorgersi della sua malinconia. «Mi sarebbe piaciuto restare a Berlino, Rica. Ma niente resta com'è per sempre. Dobbiamo adeguarci a ciò che la vita ci riserva. Anche se a volte è difficile.»

«Messa così sembra un addio, mia cara amica. Ancora siamo ben lungi da quel momento. Tornerai a sentirti meglio e a godere della vita» intervenne Käthe con eccessivo entusiasmo. «Rica ha seguito le nostre orme. Esiste forse una ricompensa migliore del poter trasmettere agli altri ciò che più abbiamo amato?»

Jette annuì. «A quanto pare, anche Henny è convinta di voler diventare medico.»

Fintanto che Ricarda era rimasta a Dar Es Salam, Henny aveva vissuto con le sue madrine e aveva instaurato un legame molto profondo soprattutto con Käthe. «Gli interessi di Henny sono molto eterogenei» disse Käthe. «Disegna, si interessa di politica e dei diritti delle donne. Di recente mi ha detto che tra pochissimo le donne otterranno certamente il diritto di voto. Non mi stupirei se Henny diventasse la prima donna a sedere nel parlamento tedesco.»

Ricarda scoppiò a ridere. «Oh, Käthe! Tu passi troppo tempo nelle organizzazioni femminili! È bellissimo che mia figlia combatta per i diritti delle donne, ma come dici sempre tu: un passo alla volta. Sarei già molto felice se Henny fosse una delle prime studentesse di medicina di Berlino.»

«E lo sarà! Su questo non ho alcun dubbio» sentenziò Käthe.

«Brindiamo alla salute di Henny e di tutte le donne che un giorno studieranno medicina a Berlino!» Henriette sollevò il suo bicchiere, che non veniva mai riempito per più di un quarto per evitare che ne versasse il contenuto.

In Germania sta cambiando tutto così in fretta, pensò Henriette. *Ma le mie forze vengono meno.* Sentiva che l'epoca moderna di cui tutti avevano sognato all'alba del nuovo secolo era finalmente cominciata. Ma senza di lei.

Il volto della giovane donna che Henny stava accompagnando nell'ambulatorio era compresso in una stretta cuffia da infermiera. Aveva un'aria timida, ma il suo sguardo scintillava di entusiasmo.

Alle sue spalle, Henny alzò gli occhi al cielo in un gesto di insofferenza. Ricarda sapeva che sua figlia non aveva molta stima delle ragazze che volevano andare a lavorare nelle colonie. Le considerava delle bacchettone. A suo parere, Henny era ingiusta con quelle infermiere ostetriche che si formavano in centri specializzati come l'Istituto di Malattie Navali e Tropicali di Amburgo. Queste donne erano in grado di far partorire in autonomia le pazienti delle regioni più isolate, dove non c'erano medici a disposizione. Un passo avanti che in Germania sembrava ancora lontano anni luce. Ma ormai tutto ciò che riguardava l'Africa mandava Henny su tutte le furie.

«Dottoressa Thomasius, voi siete un grande modello per me!» esclamò come prima cosa la giovane infermiera. Era lì per imparare da una fonte diretta tutto ciò che c'era da sapere sulle colonie. «Siate assolutamente sincera con me, non nascondetemi niente!»

Gli articoli sulle malattie tropicali che aveva scritto per alcune riviste e il suo piccolo vademecum per chi viaggiava in Africa erano valsi a Ricarda una certa fama tra le donne che intendevano partire per i tropici. Destava ammirazione soprattutto la sua schiettezza nel raccontare gli esperimenti che aveva condotto su se stessa durante gli accessi di febbre alta.

«Non avrete a che fare con tutte le malattie presenti in Africa» spiegò Ricarda a quell'infermiera ostetrica che non aveva mai lasciato la Germania. «Ormai sul posto trovate tutto l'aiuto necessario, in caso doveste ammalarvi. Il responsabile della sanità nel protettorato ha lavorato moltissimo in questo senso.»

«Chissà quanta nostalgia avrete di vostro marito!» La ragazza fissò Ricarda con uno sguardo rapito. «Quando pensate che tornerà a casa da voi?»

Ricarda se lo sentiva chiedere varie volte al giorno. «Deve compiere il suo dovere nei confronti della patria» rispose, come sempre.

«Posso comprare il suo manualetto, dottoressa?» domandò la giovane infermiera.

«Ve lo consegnerà mia figlia all'uscita» rispose Ricarda salutando la ragazza. «Buon viaggio.»

Poco dopo rientrò Henny. «Questa era l'ultima per oggi» disse. «Ha comprato ben tre copie della tua guida.» Poi aggiunse, in tono vagamente sarcastico: «Non fai che dispensare consigli di viaggio. Non serve essere medico per questo.»

«Questo è quello che potrebbe sembrare, Henny» la contraddisse Ricarda. «Ma sapere cosa ti aspetta in un paese straniero, può salvarti la vita.»

«Avremmo dovuto saperlo per Karibu.» Henny non era mai riuscita a digerire la morte del suo cane.

Ricarda ignorò quell'osservazione. «Tra poco iniziano le vacanze estive, che progetti hai?» domandò, prendendo a braccetto la figlia ormai adulta e uscendo insieme a lei dalla casa. «Se non sbaglio, hai ricevuto un invito dalle tue madrine. Hai voglia di raggiungerle nel sud della Francia?»

«Le zie non facevano che raccontarmi di quando eri ragazzina e le aiutavi allo studio medico in Unter den Linden. Ma io durante la scuola non ne ho quasi mai il tempo. Ti prego, insegnami quello che sai.»

«Allora sei proprio decisa a studiare medicina. Mi fa piacere, Henny. Ma perché tanta fretta?»

Henny si fermò in mezzo alla Behrenstrasse e guardò la madre negli occhi. «Se davvero succederà che le donne potranno studiare alla Charité, gli uomini faranno di tutto per farle passare da stupide. Ma tu puoi aiutarmi a sbugiardarli.»

Ricarda sorrise soddisfatta. Era felicissima di poter appoggiare Henny in quella sua dichiarazione di guerra.

Appena giunta a Freystetten, Henny si sentì pervadere da un senso di malinconia. E non solo in occasione di quel fine settimana che aveva deciso di passare lì insieme alla madre, la sorellina e Hildchen. Le era successo ogni volta che c'era stata, durante i due anni trascorsi dal suo rientro da Dar Es Salam. Nessuno dei suoi cugini viveva più lì. Come ogni giovane aristocratico che si rispetti, frequentavano la Scuola per Cadetti di Berlino-Lichterfelde. Il più grande, Franz, aveva ormai ventun anni e aveva terminato il percorso in quel prestigioso istituto con la licenza superiore, per poi intraprendere la carriera militare come suo padre Friedemann. Adesso si trovava di istanza a Potsdam.

Per fortuna che c'era nonna Karla. Nonostante fosse una donna piuttosto alta, Henny l'aveva ormai superata di dieci centimetri buoni.

«Buon compleanno» disse alla nonna, tirando fuori dal suo cesto di vimini una torta rimasta calda grazie ai molti strati di lino in cui era stata avvolta con cura. La posò sul tavolo sotto al melo, sul retro della casa del giardiniere dove Karla Petersen aveva sempre vissuto.

La nonna posò un bacio sulla fronte di Henny. «Grazie, bambina mia. Saresti stata un'ottima cameriera, se non ti fossi fissata col voler fare il medico.»

Henny rimase interdetta qualche secondo, poi scoppiò a ridere. «Oh, nonna! Mi stai prendendo in giro.»

Karla fece cenno alla figlia, alle nipoti e a Hildchen di avvicinarsi. «Devo raccontarvi una cosa. È ancora un segreto» sussurrò. «E ha a che fare con la padrona del castello.»

«Avrà un bambino?» chiese subito Henny.

«Ma tesoro, tua zia ha quarantadue anni» disse Ricarda.

«E invece ha ragione Henny, Rica» disse Karla. «Per il mio sessantacinquesimo compleanno, Rosel mi fa un regalo che mi manterrà giovane ancora per un po'. Ebbene sì, è incinta.»

Stavolta speriamo che sia una femmina, pensò Henny. In fondo, sua zia aveva sempre desiderato una figlia.

In quell'istante Rosel raggiunse il gruppetto di donne raccolte a festeggiare il compleanno della nonna. Henny trovò che fosse bellissima e che sembrasse molto più giovane della sua età.

«Oh, mamma, gliel'hai già detto» disse Rosel in tono divertito. «Glielo leggo in faccia.»

Ricarda strinse la sorella tra le braccia per farle gli auguri. E solo quando vide le due sorelle così vicine, Henny si rese conto di quanto sua madre sembrasse vecchia, rispetto alla zia di soli due anni più giovane.

«Perdona la mia impazienza, Rosel» disse la nonna. «Sono così felice che a Freystetten arrivi una nuova vita. Non dovrà mai più regnare il silenzio, qui.»

Ogni mattina alle sette e mezzo Henny e Ricarda andavano allo studio medico, dove trovavano già le prime pazienti in attesa davanti alla porta, nonostante l'ambulatorio aprisse alle otto. Quel giorno Henny si era appena seduta alla scrivania quando squillò il telefono.

«Studio Medico Behrenstrasse. Sono Henny Thomasius.»

«Segreteria del direttore Kögler, del Birrificio Kögler, Monaco. Qui parla Mayr. Il Cavaliere del Lavoro Kögler desidera parlare con la dottoressa Hausmann.»

«Un attimo, prego.» Henny chiamò la madre: «Monaco. Birrificio Kögler!» Era troppo agitata per farsi da parte in modo discreto. Che si trattasse di Georg?

In un primo momento, Ricarda rimase senza parole al sentire il segretario di Rupert all'altro capo del telefono. Si ricordava bene di quanto l'avesse aiutata a combattere l'epidemia di difterite a Monaco. «Che piacere sentirvi. Come state?»

Preso dai ricordi com'era, il buon Mayr stava quasi per dimenticare il motivo della sua telefonata. «In realtà dovrei mettere il direttore Kögler in collegamento con la dottoressa Hausmann.»

«La dottoressa Hausmann è nel sud della Francia, signor Mayr. Non ha il telefono lì.»

Ci fu qualche secondo di silenzio. «Be', allora credo sia meglio che il signor direttore parli con voi. Ve lo passo.»

«Ah, sei tu, Ricarda» disse Rupert. Poi andò dritto al punto: «Volevo comunicare a Käthe che ieri è morta mia moglie Magdalena».

«Le mie più sentite condoglianze, Rupert. Era troppo giovane per morire» disse Ricarda in tono formale.

Nonostante fosse convinta che la moglie di Rupert fosse stata la forza trainante nel progetto di portarle via Georg, le sembrava comunque molto triste che qualcuno dovesse morire a soli cinquantasei anni.

«Era cancro.» Rupert sembrava molto controllato.

Käthe non aveva mai accennato al fatto che Magdalena fosse malata.

Rupert si schiarì la voce. «Questa nostra conversazione capita a proposito, Ricarda. Magdalena e io non eravamo sempre della stessa opinione, su ciò che ti riguardava. Ma siamo pur sempre una famiglia. E questo lo ha sempre detto anche lei. Per cui sarei felice di poterti stringere la mano al suo funerale.»

Dopo aver riattaccato, Ricarda rimase a fissare il vuoto per qualche minuto. In così poche parole, quell'uomo aveva delineato un'incredibile svolta!

La raggiunse Henny. «Mamma, è successo qualcosa a Georg?»

Mentre Ricarda cercava di spiegarle le conseguenze della telefonata di Rupert, si sentì sopraffare dai propri sentimenti. «Dopo tutto quello che i Kögler ci hanno fatto, ora lui vuole stringermi la mano» disse incredula.

Henny sedette sulla sedia solitamente riservata alle pazienti. «Mamma, questo significa che rivedremo Georg? In fondo Rupert è un'anima buona, come hai detto tu una volta.»

Ricarda sorrise per l'acume della figlia. Era giunta subito alla conclusione giusta.

Il fitto tetto di foglie degli antichi castagni gettava la sua ombra sulla piazzetta di fronte alla chiesa di San Giorgio a Bogenhausen. A Ricarda sembrava di essere tornata indietro nel tempo, in un passato quasi dimenticato. Lì prima aveva sposato e poi sepolto Georg. In entrambe le occasioni era presente una gran folla di persone. In quel giorno di fine agosto regnava un silenzio grave. Al rintocco delle campane, i partecipanti vestiti di nero entrarono in chiesa. Ricarda e Henny aspettarono di fronte all'ingresso. Lei, che un tempo era stata Madre Kögler, non riconosceva quasi nessuno e nessuno fece caso alla sua presenza. Ricarda concentrava tutta la sua attenzione nella ricerca del figlio. Aveva guardato così tante volte il ritratto che Henny gli aveva fatto, che ormai ritrovava una qualche somiglianza in ogni ragazzo della sua età che le capitava di vedere. Sentiva il cuore esploderle nel petto, mentre nella mano stringeva il pennacchio di camoscio che suo figlio aveva scordato in camera in quella sventurata mattina.

Poi vide Bernhard e sua moglie scendere da una carrozza. Lo scaltro avvocato sollevò appena il cappello ed entrò nella chiesa con espressione impassibile.

A un tratto Henny disse: «Ecco che arriva Georg».

Ricarda vide prima Rupert, ormai con i capelli grigi, smagrito e leggermente gobbo. Accanto a lui c'era la figlia Marianne con una ragazza che doveva essere Sophie. Accanto a Sophie, quasi fosse suo fratello, c'era Georg. Una famiglia a lutto. Ricarda provò una fitta al cuore a quella vista.

Suo figlio era altissimo, aveva quasi raggiunto la statura dello zio. Un occhio era coperto da una ciocca di folti capelli neri, proprio come nel ritratto di Henny. In quel preciso istante si tirò indietro la ciocca. Com'era pallido! E decisamente troppo magro.

Ricarda mantenne il contegno e aspettò come ipnotizzata al suo posto, accanto al portone della chiesa. Ormai l'aveva quasi raggiunta, ma lo sguardo era ancora puntato a terra, insicuro.

Rupert guidò il gruppetto in direzione di Ricarda e Henny. A quel punto Georg alzò gli occhi e la guardò. Il suo sguardo vacillò di insicurezza, prima di scivolare via in cerca di un appiglio e fermarsi su Henny, un'apparizione per lui più familiare grazie al loro incontro di non troppo tempo prima. Un sorriso esitante gli increspò le labbra.

«È bello che siate venute» disse Rupert con la sua cadenza bavarese, tendendo la mano a Ricarda. Poi anche Georg le tese la mano.

Formale. Educato. Estraneo.

Ricarda riuscì a dire solo una parola, prima che il groppo che le stringeva la gola la lasciasse senza fiato: «Georg...»

«Salve, signora madre.»

Ricarda si schiarì la voce. «Salve a te, figlio mio.»

«Ciao, Henny.»

«Buongiorno, fratellino.»

Il saluto di Henny lo fece sorridere.

Ricarda, tesa come una corda di violino, gli passò il pennacchio di camoscio che un tempo suo padre aveva portato sul cappello. C'erano così tante cose che avrebbe voluto dirgli, se solo un dolore bruciante non le avesse impedito di proferire parola. Ma il sorriso schivo del figlio, accompagnato da un «Grazie», le fece capire che lui ricordava ogni cosa.

«Dopo il funerale ci vediamo tutti a casa, nella Prinzregentenstrasse. Siete attese anche voi» disse Rupert, invitando Marianne e Sophie a entrare con lui in chiesa. Georg seguì lo zio come un'ombra.

Dopo la messa e l'inumazione di Magdalena nel mausoleo dei Kögler, Ricarda riuscì solo a fatica a tenere sotto controllo i propri sentimenti. Il villaggio di Bogenhausen, dove aveva vissuto con il marito Georg, era talmente cambiato che quasi non lo riconosceva. Proprio di fronte alla sua ex abitazione era stato costruito il pomposo edificio bianco del Teatro Prinzregent. Tutta la via era diventata il prestigioso viale che Georg sognava quando vi aveva fatto erigere la sua villa.

Durante il viaggio, Henny aveva posto alla madre molte domande circa la loro vita a Monaco, e Ricarda aveva soddisfatto ogni sua curiosità con grande pazienza. Ora stavano entrando nella Villa Kögler, dove vivevano Marianne e la sua famiglia.

«Questa casa è enorme» commentò Henny colpita. «E adesso appartiene a Georg?»

Non appena compirà diciott'anni non gli verrà intestata solo la casa, ma anche il più grande birrificio della città, pensò Ricarda, meravigliandosi del fatto che Marianne e sua madre Magdalena non avessero cambiato quasi niente, in tutti quegli anni. Si domandò per l'ennesima volta cosa ne sarebbe stato di Georg, se lei fosse rimasta a Monaco insieme a lui e a Henny.

Durante la cerimonia non aveva mai distolto gli occhi dal figlio. Lui aveva partecipato a ogni canto. Alla tomba aveva ricevuto le condoglianze al fianco di suo zio. Aveva quattordici anni e aveva in tutto e per tutto l'aspetto dell'erede di quella grande dinastia. Se fosse rimasto con la madre, avrebbe vissuto in Africa come Henny e fatto esperienze completamente diverse.

Proprio in quel momento Georg e Sophie stavano scendendo

fianco a fianco le scale che conducevano all'ingresso. La figlia di Marianne aveva un anno più di Georg e Ricarda dovette riconoscere che era molto carina.

«Possiamo parlare con un po' di calma, Georg?» domandò Ricarda.

Suo figlio annuì serio. «Certo. Sono a casa mia, qui.»

«Intendevo solo io e te» si corresse Ricarda.

Henny andò in aiuto alla madre con un leggero cenno della testa in direzione dell'uscita posteriore. «Magari potreste andare in giardino?»

«Non hai portato con te il tuo cane?» domandò Georg di rimando.

Gli occhi di Henny scintillarono ingegnosi, mentre con la mente stava già elaborando un piano. «Toni è rimasta in albergo con Badili.»

Georg chiese stupito: «Anche la tua sorellina è a Monaco?»

«Toni è anche tua sorella, Georg. Andiamo da lei!» si affrettò a dire Ricarda.

Un sorriso illuminò il volto di Georg. «Sì, signora madre, sarebbe bello.» Poi fece cenno a una delle cameriere. «Fate preparare l'auto davanti a casa. Quella grande.» Parlava come suo zio.

«Certo, signore» rispose la domestica, una ragazza che doveva avere più o meno l'età di Georg.

A Sophie invece disse: «Per favore, riferisci allo zio che accompagno un attimo mia madre in albergo».

«Puoi andartene così?» domandò Ricarda.

Lui la guardò con aria sorpresa. «E perché non dovrei potere?»

Se solo questo istante potesse durare per sempre, pensò Ricarda, seduta tra i due figli. E invece l'auto avrebbe raggiunto la meta nel giro di pochi minuti. Se solo avesse potuto fermare il tempo.

«Vado volentieri alla scuola religiosa di Ettal» stava dicendo Georg in quel momento. «È un posto bellissimo in cui studiare e crescere. Mi piacciono sia i monaci che i miei compagni e gli insegnanti.» In quella sua risposta, Ricarda riconobbe distintamente la voce di Rupert.

«Devi andare spesso in chiesa e pregare molto?» gli chiese Henny.

«In che senso "devi"? Il Signore Iddio mi sta vicino, Henny. Senza il Signore Iddio saremmo tutti soli a questo mondo. Lui mi ha sempre aiutato. Ho pregato perché veniste. Ed eccovi qua!» Le guardò con occhi felici.

«Ricordi ancora qualcosa della nostra vita a Berlino?» domandò Ricarda.

Georg abbassò lo sguardo e non rispose niente.

«A me piaceva quando andavamo tutti insieme a Freystetten» disse Henny.

A quel punto il volto di Georg si illuminò. «Nonna Karla. Di lei mi ricordo bene. Come sta?»

«Le manchi e chiede sempre di te» rispose Ricarda.

«Quelli erano bei tempi. E i miei cugini, Franz, Ferdinand e Victor. Cosa fanno loro?» Sembrava che i ricordi gli riaffiorassero piano piano, un frammento alla volta.

«Perché non vieni a trovare noi e zia Rosel a Freystetten?» domandò Ricarda, sforzandosi di sembrare il più disinvolta possibile pur sapendo che Rupert non avrebbe affatto apprezzato una simile proposta.

«Non lo so, signora madre. È un viaggio molto lungo» si affrettò infatti a rispondere Georg. Sembrava che avesse imparato quella frase a memoria. Probabilmente era lo stesso argomento con il quale fin da piccolo gli avevano proibito i viaggi verso il nord del paese.

Henny scoppiò a ridere. «Un viaggio lungo è quando vai in nave fino in Africa. Ci vuole più di un mese!»

Il ragazzo annuì. «Sì, i monaci all'abbazia ci hanno raccontato anche questo. Uno di loro è stato in missione nell'Africa Orientale Tedesca.»

«Quindi non è un problema di distanza» osservò Ricarda.

Erano quasi arrivati all'hotel Vier Jahreszeiten.

«Lo chiederò allo zio, signora madre.»

«Georg, puoi farmi un piacere?»

«Quale, signora madre?»

«Chiamami semplicemente "mamma".»

Georg arrossì. «Non sarebbe giusto. Un figlio deve portare rispetto alla propria madre.»

Ricarda sospirò. Le ci sarebbe voluto molto tempo per riavere indietro suo figlio.

Badili saltò giù dalle gambe di Antonia, abbaiò e corse incontro a Georg scodinzolando.

«Ti ha riconosciuto!» esclamò Henny sollevata.

Georg si inginocchiò per terra e si mise a coccolare la cagnolina. *Proprio come farebbe il ragazzino che è in lui*, pensò Ricarda.

La piccola Antonia se ne stava in piedi in mezzo alla stanza con aria smarrita. Ricarda le si avvicinò e la prese per mano. «Lui è Georg, tuo fratello» disse.

Lui saltò su spaventato e si fece tutto rosso. «Scusate, mi ero dimenticato» disse imbarazzato, con lo sguardo rivolto a terra.

Ricarda ricordò che anche lei alla sua età diventava rossa in continuazione. Era una cosa che odiava. «Qui sei con la tua famiglia, Georg. Non devi scusarti» disse. «Noi ti vogliamo bene.»

Georg rimase come pietrificato e gli occhi gli si riempirono di lacrime. Si gettò sulla madre e strinse la testa contro la sua spalla. Tremava come una foglia. Lei lo abbracciò, chiuse gli occhi e lo tenne stretto a sé. In quell'istante, il tempo finalmente si fermò.

«Sei alto quasi quanto la mamma» disse Antonia rompendo il silenzio. «Mamma dice sempre che noi siamo tutti alti. Anch'io sarò presto alta quanto lei.»

Georg si liberò con dolcezza dall'abbraccio della madre. Aveva il viso ancora bagnato di pianto, quando chiese: «A proposito, quanti anni hai, Antonia?»

Gli occhi della bambina scintillarono di orgoglio. «Ne ho già sette. È stato da poco il mio compleanno. Tutti mi chiamano Toni. Puoi farlo anche tu.»

«Toni è un nome da maschio.»

«Perché è un nome da maschio?»

Georg sorrise. «Qui in Baviera è così.»

«Tu sei bavarese, Georg?»

«Sì, Toni, sono un vero bavarese!» Scoppiò a ridere.

«E perché tu sei bavarese e io no?» domandò Toni.

Un bambino è in grado di tirare in ballo complicatissime relazioni familiari con immensa semplicità, pensò Ricarda.

Il piacevole dondolio dell'asse del vagone contro le traversine dei binari fece sprofondare Antonia in un sonno profondo poco dopo la partenza da Amburgo. Henny osservava la madre, che era seduta sul sedile di fronte a lei e guardava fuori dal finestrino con aria triste. Teneva in collo Toni, proprio come lei teneva in collo Badili. Henny si era accorta benissimo di quanto fosse rimasta scossa dall'incontro con Georg.

«Mamma, credi che Georg stia bene dai Kögler?»

Anche Ricarda si stava facendo la stessa domanda. Ma a un tratto le tornò in mente una cosa che le aveva detto Kumari in

Africa. A suo tempo, Ricarda non aveva voluto capire fino in fondo la saggezza apparentemente molto semplice dell'amica. *Noi siamo la somma di tutto ciò che di bello ci accade e anche di ciò che non ci piace. Proprio come nella matematica. Tu non ti chiedi mica perché uno più uno fa due. Lo impari da bambina e lo sai per sempre. Fa due. Punto. Tuo figlio se la caverà bene. Perché anche lui imparerà ciò che abbiamo imparato tutti.*

«Rigiriamo la domanda, Henny» disse allora Ricarda. «A te è sembrato che tuo fratello stesse male?»

Henny rimase interdetta. No, non aveva avuto affatto quell'impressione. Non sapeva bene cosa rispondere.

Ricarda si accorse dell'incertezza della figlia. «Anni fa qualcosa è andato diversamente da come avremmo voluto. Eppure Georg sta bene. È semplicemente diverso da come avrebbe potuto essere. E non è cresciuto accanto a noi. Credo sia per questo che ci fa tanto male» disse.

Ricarda guardò sua figlia e si stupì ancora una volta di quanto si fosse fatta intelligente e bella. E del fatto che ci fossero stati giorni e settimane strazianti, nella sua vita, durante i quali si era chiesta se volesse tenerla, quella bambina. E se sarebbe riuscita ad amarla.

«A proposito, sai quanto sono felice di averti?» le domandò.

Henny sorrise alla madre e con quel sorriso ancora sulle labbra chiuse gli occhi e si abbandonò ai propri pensieri. Quando si erano salutati, aveva strappato al fratellino una promessa della quale la mamma non sapeva niente. Adesso non vedeva l'ora che arrivasse il giorno in cui l'avrebbe mantenuta.

Il ritorno a casa

Ottobre 1908

Ricarda si godeva le placide serate autunnali nell'accogliente appartamento nella Luisenstrasse. Nonostante vivesse con la sua piccola famiglia nella via parallela alla vivacissima Friedrichstrasse, nella loro casa sul retro regnava una piacevole quiete. Hildchen e Antonia erano sedute l'una vicina all'altra al tavolo da cucito in salotto. Hilde, con grande pazienza, stava insegnando alla nipotina come attaccare un nuovo colletto al suo abito preferito, ma la bambina non riusciva ancora a cucire nel modo giusto. Al tavolo accanto, Henny stava scrivendo un breve saggio sulla composizione del sangue.

Aveva iniziato i suoi studi in medicina proprio quel mese. Insieme a una manciata di altre ragazze, era riuscita a entrare nella famosa facoltà della Charité, a pochi passi da casa. Se Ricarda ripensava al proprio percorso, le sembrava impossibile che adesso le donne potessero studiare in quella scuola. *Henny ci aveva visto giusto nel prevedere questo sviluppo*, pensò con orgoglio. Purtroppo era anche vero che né i compagni di studi né tantomeno i professori prendevano ancora sul serio le studentesse femmine. In fondo, erano *solo* donne. Ma Henny era decisa a non lasciarsi scoraggiare.

Ricarda mise da parte il libro che stava leggendo, i *Buddenbrook* di Thomas Mann. Tanto non riusciva comunque a concentrarsi. Il suo sguardo continuava a tornare sulle foto scattate da Siegfried alle Rocce Bismarck, che si stagliavano pittoresche sul Lago Vittoria. Non aveva portato a casa e incorniciato quelle immagini per se stessa, ma per lui. Perché si sentisse a suo agio una volta tornato a Berlino.

A Natale sarebbero stati tre anni che lei e Toni avevano lasciato Dar Es Salam. E otto anni che Siegfried viveva nell'Africa Orientale Tedesca. Troppo tempo, e non solo perché la sua famiglia era costretta a vivere senza di lui, ma anche perché un soggiorno tanto prolungato ai tropici era nocivo per la salute. L'organismo degli Europei, aveva letto Ricarda su una rivista specializzata, non era in grado di sopportare condizioni climatiche tanto diverse da quelle a cui era abituato. Per lo meno nella sua ultima lettera Siegfried la informava che un altro valido dottore specializzato in medicina tropicale lo avrebbe sostituito nella lotta contro le numerose malattie che infestavano la colonia, e un'altra buona notizia era che le truppe coloniali avevano di recente vinto la guerra contro gli indigeni rivoltosi. Ricarda sperava con tutta se stessa che suo marito sarebbe tornato a casa con uno dei prossimi battelli in partenza, ma vivere in quell'incertezza la snervava.

Henny emise un sospiro. «Ho finito, mamma. Ti va di leggerlo per vedere se ho scritto tutto giusto? Nel frattempo porto fuori di nuovo Badili.»

«Vengo con te, Henny» rispose Ricarda. Muoversi la aiutava a far fronte all'inquietudine che aveva dentro. E poi non le piaceva che Henny passeggiasse da sola con il cane, la sera.

L'affitto dell'appartamento era basso, perché alle famiglie non piaceva vivere tra due stazioni, un ospedale e la sede del parlamento. Era una zona in cui il pulsare frenetico della città non trovava mai pace. Il centro di Berlino era visitato da gente di tutto il mondo. Qui le brillanti menti del prestigiosissimo ospedale si incontravano con il *demi-monde* e con l'iridescente vita bohémien del teatro, del varietà e del circo che sorgeva lì accanto.

Appena uscita di casa, Henny guidò Badili in una direzione diversa dal solito giro che passava dalla Charité e andava verso la Sprea. L'inaspettata compagnia della madre le aveva fatto prendere una decisione improvvisa. Avrebbe camminato in Schumannstrasse fino alla piazzetta nella quale sorgeva il più importante teatro della capitale.

In un certo senso, Ricarda ci era cresciuta tra quelle strade, in fin dei conti la casa in Unter den Linden si trovava a pochi passi da lì. Ma mandare la sua bella figlia in giro da sola per il quartiere era tutta un'altra storia. Ormai la preoccupazione per la sua sicurezza prevaleva sul divertimento nell'osservare i personaggi notturni che popolavano la zona dopo il tramonto.

Proprio in quel momento, un signore con frac e pince-nez passò accanto a loro. Aveva la testa voltata in direzione di una signora elegante che indossava un cappello ampio come la ruota di un carro e un boa di struzzo. La donna, che sarebbe benissimo potuta essere la nipote dell'uomo, non degnò di uno sguardo il vecchio e rivolse invece un gran sorriso a Ricarda. «'Sera, dottoressa» le disse in tono civettuolo. A quel punto Ricarda ricordò che era venuta qualche giorno prima allo studio medico nella Behrenstrasse. Era preoccupata per la sua salute, perché diceva che un sifilitico le si era avvicinato un po' troppo. Poi arrivò un altro cicisbeo con decisamente troppa brillantina sulla testa e un paio di curatissimi baffi alla Menjou, salutò la ragazza con due bacini à la *française* sulle guance e la portò con sé dentro un bar.

La coppia che incontrarono di lì a poco, invece, era facilmente riconoscibile: Ricarda e Henny l'avevano vista sui manifesti affissi in città. Un uomo di statura piccola, che procedeva a passi corti e rapidi, e una signora magra e di almeno tre spanne più alta. Erano l'attrazione di un numero di vaudeville e probabilmente stavano andando proprio a esibirsi.

Una grossa limousine sfrecciò per la stradina suonando il clacson, e un ragazzo vestito di stracci insultò il conducente sollevando il pugno per aria. Uno strillone gridava le novità del giorno: «Leggete! Fatevi furbi! Il fratello di Sua Maestà si è inventato un tergicristallo per automobili!»

Henny si fermò di fronte al Deutsches Theater. «Che cosa vuoi fare?» le chiese Ricarda.

«Volevo mostrarti il teatro.» Henny le indicò un annuncio. *Cercasi comparsa.* «Mi piacerebbe candidarmi, mamma.»

«Stai scherzando!» Ricarda conosceva bene l'ostinazione della figlia, che di lì a pochi giorni avrebbe compiuto diciott'anni. Ma quello era decisamente troppo! «Hai appena iniziato i tuoi studi in medicina. Che cosa vuoi farci, in teatro?» Stava quasi per aggiungere che le attrici condividevano la stessa dubbia reputazione delle ragazze di facili costumi.

«Potrei fare la parte di una cameriera. Mi piacerebbe molto. È una pièce molto decorosa. Il titolo è addirittura *Morale*. L'autore è un autentico bavarese.»

«Un bavarese?» Ricarda non poté fare a meno di sorridere. «Come se questo cambiasse qualcosa.» Guardò la figlia. «Quindi hai già parlato con quelli del teatro?»

Henny annuì. «È un teatro bellissimo. Il direttore si chiama Max Reinhardt. A quanto dicono, il signor Reinhardt sta reinventando il teatro. E questo spettacolo non è mai stato messo in scena prima. Per questo sarebbe tanto emozionante farne parte!»

«No, Henny. Non se ne parla nemmeno» disse Ricarda con

fermezza. «È stata modificata una legge per dare la possibilità alle ragazze come te di studiare a Berlino! Come puoi desiderare di mettere a repentaglio un privilegio ottenuto con tanta fatica? E poi credevo volessi continuare ad assistermi allo studio medico.»

«Posso portare avanti tutto insieme, mamma. Mi sono fatta un piano ben preciso.»

In quel momento un ragazzo dagli abiti trasandati passò loro accanto ed entrò in teatro. Ricarda non lo avrebbe neanche notato se Henny non lo avesse seguito con lo sguardo. Non portava neanche un berretto a coprire la sua massa di riccioli scuri e spettinati.

«Anche quel giovanotto rientra nel tuo piano?» domandò Ricarda tagliente.

La piazzetta di fronte al teatro era abbastanza illuminata dai lampioni da mostrarle il volto della figlia che arrossiva.

«Lui è solo l'aiutante del tecnico delle luci» disse Henny. Si chinò su Badili e le carezzò la testa, nel tentativo di cambiare argomento. «Allora, hai fatto tutto, piccola?»

Henny aveva già conosciuto l'aiutante del tecnico delle luci! Dove si sarebbe arrivati? Comunque Ricarda decise di far decantare la cosa per un po'. Henny, come tutti i giovani, aveva un sacco di grilli per la testa, ma normalmente sparivano in fretta come erano arrivati. E poi Ricarda dubitava fortemente che lo studio le avrebbe lasciato il tempo di lavorare in teatro. Le due tornarono lentamente verso casa.

Madre e figlia erano a poche abitazioni da casa, quando videro una carrozza a cavalli che si fermava. Un soldato in uniforme bianca scese dalla vettura, posò a terra la valigia, alzò lo sguardo sull'edificio e si stirò la giacca con la mano. Poi si avviò verso la porta con passo zoppicante.

Ricarda si mise a correre. Quando gli fu davanti, aveva il cuore che le batteva all'impazzata, come a una ragazzina.

«Siegfried! Sei tornato!» Suo marito si voltò e guardò Ricarda con aria sorpresa. Poi spostò lo sguardo su Henny, poi su Badili. «Allora è questo il cane africano» osservò.

«Buonasera, papà.»

«Buonasera, Henny.»

Ricarda non poteva credere ai propri occhi: le stava tendendo la mano come un perfetto estraneo. Poi, tutto a un tratto, si rese conto che suo marito stava tornando da un mondo lontano e completamente diverso. Aveva l'aria di un sonnambulo.

Ricarda aprì la porta di casa e lo prese a braccetto. «Intanto entra, Siegfried. Finalmente sei tornato.»

Per un attimo lui rimase immobile sulla soglia, come se non fosse del tutto certo di doverla varcare. Il suo sguardo cercava lei, sua moglie. «Rica… Stai benissimo.»

Ricarda avrebbe voluto dire la stessa cosa di lui. Ma sarebbe stata una bugia. Anche alla debole luce dell'androne si vedeva quanto fosse dimagrito e che occhiaie profonde gli solcassero il volto.

Senza dire una parola, Ricarda fece cenno a Henny di salire in casa per avvisare Hilde e Toni dell'arrivo di Siegfried. Henny corse su per le scale, seguita da Badili. Dal piano di sopra si udì riecheggiare un grido e Hilde si precipitò incontro al fratello. Dalla forza con cui gli si scagliò addosso, per poco non lo buttò in terra. La sorella lo strinse a sé come se non volesse lasciarlo andare mai più, ma suo fratello rimase inerte, come un pupazzo.

«Vuoi che ti cucini qualcosa di buono, Siegfried?»

«Fammi finire di arrivare, Hildchen. Non ho fame.»

«Ma sembri uno scheletro!»

«Tecniche di guerra. Così scansi meglio le frecce.»

Hildchen lanciò a Ricarda uno sguardo scioccato, ma poi si sforzò di ridere a quella battuta che, considerato il suo aspetto, non aveva niente di divertente.

Toni, che ormai aveva otto anni, era sulla soglia e aspettava intimidita l'arrivo del padre. Teneva ancora sul braccio il vestito al quale voleva attaccare il colletto e osservava attonita Siegfried. Quell'uomo un tempo così sportivo non aveva neanche la forza di salire fino al secondo piano senza fermarsi a più riprese per fare una pausa.

Una volta arrivato, posò la valigia che non aveva voluto farsi prendere. «Antonia, piccola mia, come sei cresciuta.» Allargò le braccia e strinse a sé la figlia che piangeva di gioia. Toni lo accompagnò dentro l'appartamento.

Questo non è il mio Siegfried, pensò Ricarda, *questo è un uomo sputato dall'inferno.*

Il mattino seguente, Ricarda aprì le tende della finestra in camera da letto. Il cielo era grigio, la vista sul cortile posteriore desolante. Se ne rendeva conto solo adesso, nonostante avesse guardato fuori da quella finestra un'infinità di volte. Perché il ritorno di Siegfried le aveva ricordato Dar Es Salam, l'opulenza dei suoi giardini illuminati dalla luce africana che riempiva il cuore di speranza e della quale all'improvviso sentiva la mancanza. Aprì un'anta della finestra per far entrare un po' d'aria. La raggiunsero gli schiamazzi dei bambini che giocavano in cortile, un suono che lei amava molto perché la faceva pensare alla vita e al futuro. Poi si voltò verso il marito, che dormiva disteso nel letto.

Era la prima volta che lo osservava alla luce del giorno e quello che vide la spaventò a morte. Gli occhi infossati e circondati da ombre scure, gli zigomi alti e sporgenti, la barba quasi grigia e incolta. Ma la cosa che la preoccupò più di tutte fu il colorito del suo volto. La pelle di Siegfried era gialla. La sera prima, alla luce delle lampade, non se n'era potuta rendere conto. Era un uomo di quarantotto anni, ma ne dimostrava sessanta. Un vecchio. Anzi, si corresse, un vecchio malato.

Ricarda era esperta di malattie, comprese quelle tropicali, ma in quel caso anche un perfetto ignorante avrebbe capito di cosa soffrisse il reduce: ittero, indice di una grave malattia del fegato. Ricarda conosceva il sintomatico incarnato giallastro per via delle donne che andavano da lei allo studio medico. Nel caso delle sue pazienti si trattava quasi sempre di malanni dovuti al lavoro. L'alcol scorreva a fiumi nella vita notturna del *demi-monde*. Non era certo il caso di Siegfried, che non si concedeva mai più di un bicchierino ogni tanto, la sera. Ma l'ittero poteva avere numerose altre cause. Soprattutto in Africa, tanto più se sei un medico…

Siegfried avvertì lo sguardo turbato di Ricarda su di sé e aprì gli occhi. Anche i suoi bulbi oculari erano gialli. Cercò di mettersi a sedere, ma lei gli posò una mano sulla spalla ossuta con fare rassicurante.

«Ti aiuterò a guarire, Siegfried. Te lo giuro» disse. Lui tentò di protestare, ma lei gli chiuse le labbra screpolate con un dito. «Questa da ora in poi sarà la nostra battaglia. E la vinceremo. Mi hai sentito?»

«Ci vorrà molto tempo, Rica.»

«Lo so.»

Ricarda pensò che, se tutto andava per il meglio, la guarigione di Siegfried avrebbe impiegato lo stesso tempo della loro separazione: diversi anni. Se andava male, la morte avrebbe drasticamente messo fine alla loro vita insieme, perché non gli sarebbero rimasti che pochi mesi.

«Dormi ancora un pochino. Io preparo un paio di cose» disse Ricarda, richiudendosi la porta alle spalle senza fare rumore. Una volta fuori, si appoggiò allo stipite e non desiderò altro che scoppiare in lacrime. Ma piangere non sarebbe servito a nulla. Non le era mai servito a nulla, anzi aveva sempre e solo peggiorato le cose.

Ogni mattina Hilde preparava la colazione in modo che Toni non facesse tardi a scuola, era il loro accordo. Quel giorno, quando Ricarda entrò in cucina, sua cognata stava spalmando i panini per la merenda, mentre Toni mangiava i fiocchi d'avena. Henny teneva stretta la sua tazza di caffè di cicoria, che tanto amava. Ricarda si ritrovò con tre paia di occhi puntati addosso, che formulavano in silenzio la domanda che solo Toni ebbe il coraggio di esprimere: «Papà guarisce, vero?».

«Ma certo! La mamma è un medico» rispose Henny senza un attimo di esitazione.

«Lo chiedo solo per via del suo aspetto orribile, Henny» rispose Toni. «Non sembra neanche papà.»

«Ieri sera non ha praticamente mangiato, Rica» disse Hilde. «Avevo dello stinco avanzato, ma ha preso solo un po' di crauti. Come farà a rimettersi in forze?»

Ricarda prese posto a tavola tra le due figlie. «Hildchen, siediti un attimo qui con noi. Dobbiamo parlare.»

La cognata fece come le aveva chiesto.

«Siegfried non ha mangiato lo stinco perché non riesce più a sopportarlo. È un alimento troppo grasso.»

«Ma è ridotto a pelle e ossa!» protestò Hilde.

«Ha una grave malattia epatica e da ora in poi dovrà seguire una dieta rigidissima. E questo non è niente. Dovremo darci molto da fare per farlo tornare in salute» annunciò Ricarda.

La terapia che stava per spiegare alla sua famiglia avrebbe dovuto essere somministrata in ospedale. Come soldato, avrebbe avuto a disposizione numerose cliniche, ma Ricarda non prese in considerazione l'idea neanche per un secondo. Erano stati separati già troppo a lungo.

«Dovremo fargli impacchi caldi con pezze umide più volte al giorno. Avrà bisogno di una vasca e bagni di vapore, massaggi e ginnastica riabilitativa.» E questo non era che una parte di ciò che lo aspettava. «Ci divideremo i compiti.» Ricarda guardò tutte e tre negli occhi. «Ci vorrà tempo. Ma se teniamo duro, torneremo a ridere spensierate insieme al nostro Siegfried.»

«Scrivimi cosa devo comprare. Io penso a cucinare» disse Hilde.

«Io preparo i primi panni caldi per papà al mattino» disse Toni.

«Come sono felice che viviamo proprio di fronte alla Charité» sospirò Henny. «Tra una lezione e l'altra potrò sempre venire a casa e occuparmi di papà. Starà bene qui con noi.»

Ricarda pensò alla parola "paziente" e al suo significato letterale. *Peccato che la pazienza non sia certo tra le qualità più sviluppate di Siegfried*, rifletté.

Le file di sedie inerpicate lungo le ripide pareti della sala di anatomia erano gremite di giovani signori che fissavano con aria seriosa il cadavere sul tavolo operatorio. Henny si trovava a pochi metri da quella salma pallida e grassoccia. Accanto a lei era seduta un'altra delle pochissime ragazze che avevano avuto il coraggio di iscriversi alla Charité in quel primo semestre aperto alle studentesse.

Anche Cornelia Herz, come Henny, si era appena diplomata. Da un punto di vista puramente estetico, era l'esatto opposto di

Henny. Era esile, bionda e con il nasino all'insù, e i compagni di corso si voltavano sempre a guardarla. A Henny era bastata un'occhiata per capire che anche Cornelia, proprio come lei, non era affatto una ragazzina bisognosa di protezione, ma una donna sicura di sé.

Ed era esattamente ciò che veniva loro richiesto in quel momento, mentre il professore affondava il suo bisturi sulla parte destra dell'addome del defunto. Organi insanguinati affiorarono in superficie.

Il professore si interruppe a metà dell'incisione. «Le signore presenti in sala non apprezzeranno questo disastro dell'esistenza umana. Dunque, in caso vogliano lasciare di corsa l'aula, questa è la loro ultima occasione prima che io estragga il *corpus delicti* responsabile della morte di questa creatura.» Il professore guardò divertito in direzione di Henny e Cornelia.

Furono pochi i compagni di corso maschi che reagirono all'affermazione con una risatina beffarda. La maggior parte di loro stava combattendo contro la nausea.

Il professore terminò l'incisione. L'addome del defunto era aperto sul tavolo. In mezzo a tutto quel grasso, gli organi erano a malapena riconoscibili. Il professore fece un altro taglio e sollevò un grumo di carne più grande della propria mano.

«Il fegato, signori miei – e signore mie, *pardon*, l'ordinanza di Sua Maestà mi vieta di dimenticarle – è l'organo che l'essere umano sottovaluta più di tutti. La cistifellea riceve tutti i suoi liquidi. Se il fegato non può svolgere le sue funzioni, il corpo si avvelena. L'ingiallimento della pelle è il segnale esteriore di quale malattia?»

Il professore indicò Henny col dito sporco di sangue.

«Insufficienza epatica, signor professore. E l'ittero può esserne un indizio.» Mentre rispondeva, Henny si sentì venire meno. Osservava quell'organo di vitale importanza nelle mani del patologo, opaco e di un grigio privo di qualsiasi possibilità di vita.

Il professore guardò Henny con interesse. «Ah, lo sapete? Qual è il vostro nome?»

«Henriette Thomasius, signor professore.»

«Allora, Thomasius, visto che lo sapete, perché non ci dite quanto tempo può vivere una persona affetta da cirrosi epatica?»

Henny si sentiva talmente scossa che non fu in grado di proferire parola. Probabilmente quell'organo non più irrorato di sangue nelle mani del professore aveva lo stesso aspetto del fegato di Siegfried, e quell'immagine agghiacciante le aveva fatto aprire gli occhi sulle sue reali condizioni. In quel momento prese una decisione.

Qualche ora dopo, Henny e Cornelia fecero il loro ingresso in teatro e chiesero del direttore. Lo trovarono nella prima fila della platea, che prendeva appunti appoggiato a un leggio.

«Mi dispiace tanto, signor Reinhardt. Mi sarebbe piaciuto collaborare, ma purtroppo non sono disponibile» disse Henny.

«Non fa niente, ragazzina» Rispose Max Reinhardt. «La città è piena di giovani donne che vogliono entrare nel mondo del teatro.»

Henny si voltò verso Cornelia. «La mia amica si vorrebbe candidare per il ruolo.»

Il direttore del teatro si passò una mano tra i folti capelli neri che mostravano le prime ciocche grigie. Sembrava un po' impaziente, le prove del nuovo spettacolo sarebbero iniziate a breve. «Allora proviamo con te» disse. «Però non c'è cachet.»

«Grazie, signor direttore» disse Cornelia accennando un inchino.

In quello stesso momento il fascinoso aiutante del tecnico delle luci passò loro accanto facendo l'occhiolino a Cornelia, che subito arrossì.

Henny lasciò il teatro sollevata e delusa allo stesso tempo. Un piccolo sogno si era appena infranto. E poi il direttore Reinhardt aveva fatto un'affermazione che non riusciva a togliersi dalla testa. Che c'erano molte donne desiderose di entrare nel mondo del teatro. Nell'aula di anatomia, invece, erano solo in due: lei e Cornelia. *In questa città sarò sempre e comunque una fra tanti*, pensò. Proprio per quello era importante poter abbracciare una professione tanto speciale.

Era la prima volta che Siegfried stava seduto nella vasca. Il vapore dell'acqua calda aveva appannato i vetri della finestra. Guardò la moglie con un sorriso colmo di gratitudine. «Mi dà un tale sollievo…»

Il loro appartamento sul retro si era ben presto rivelato inadatto all'attuazione delle terapie necessarie a un malato tanto grave. Siegfried aveva bisogno di bagni caldi e loro non avevano una stanza da bagno. Per cui era costretto a disdicevoli bagni in cucina, in una vasca di zinco, e a usare il gabinetto esterno alla casa, mezza rampa di scale più in basso. Non che se ne fosse mai lamentato, abituato com'era alla vita spartana. Ma quando Ricarda venne a sapere che si era liberato uno degli appartamenti sul davanti, dotato di quelli che un tempo venivano considerati dei comfort di lusso, non ci pensò due volte a traslocare, anche se l'affitto era più alto. Da quando Siegfried era tornato, Ricarda stava attenta a ogni centesimo, perché il regime alimentare che il marito era costretto a seguire costava caro. Contemporaneamente aveva dovuto accorciare l'orario di lavoro, in modo da potersi prendere cura di lui. Ad ogni modo, il trasloco nell'appartamento al primo piano, sul davanti della casa, rappresentò per tutti quanti il primo passo verso un futuro migliore.

Ricarda aiutò il debole Siegfried a uscire dalla vasca e lo avvolse usando spessi asciugamani. L'obiettivo era quello di far spurgare i veleni al corpo attraverso la pelle, e per riuscirci erano necessari anche dei massaggi specifici. Attraverso queste intense manipolazioni, i due coniugi tornarono finalmente ad avvicinarsi anche da un punto di vista fisico, per quanto le motivazioni fossero esclusivamente mediche.

«Mi sei mancata tanto, Rica.»

«È per questo che sei tornato a casa così presto?»

«Sei ingiusta.»

«No, Siegfried, non sono ingiusta. So che il tuo lavoro è molto importante per te. Ma la tua salute lo è ancora di più. Perché senza salute non puoi lavorare.»

«Nessuno sfugge al famoso senso logico di Ricarda Petersen.» Siegfried sorrise.

«Thomasius, prego» lo corresse lei, senza farsi distrarre dal massaggio che gli stava praticando.

«Rica, ho portato degli appunti con me. Anzi, è un vero e proprio libro sulla lotta contro le tre malattie più catastrofiche che martorizzano l'Africa Orientale. L'ho scritto quasi tutto durante il viaggio di ritorno.»

Sistemando le sue cose, Ricarda ovviamente aveva notato i due grossi quaderni con le pagine riempite dalla sua calligrafia minuta.

«Va trascritto tutto a macchina. Non può passare troppo tempo, altrimenti rischio di perdere terreno rispetto a Robert Koch.» Dunque anche il famoso professore aveva in mente un progetto simile.

Ricarda capì subito dove voleva andare a parare. «Siegfried, dove trovo il tempo? Già adesso le mie giornate sono di quarantott'ore.»

«Lo so. Volevo solo chiederti se puoi procurarmi una macchina da scrivere.»

«Vuoi startene seduto a scrivere per settimane e settimane?» Ricarda sospirò. «Allora posso interrompere le cure anche subito. Se ti sottoponessi a un simile sforzo, ogni progresso verrebbe spazzato via in un baleno.»

«Lo chiederei a Hildchen, ma lei non è tanto brava a scrivere. Potremmo chiedere a Henny?»

Ricarda ripensò al desiderio della figlia di fare l'attrice. La ragazza viveva al centro del quartiere più vivace di Berlino e aveva fame di vita. Solo poco tempo prima le aveva consigliato di concentrarsi sullo studio. Era giusto, adesso, chiederle di fare da segretaria al padre adottivo?

Siegfried stringeva i due quaderni nelle sue mani ossute. «Questi scritti sono molto preziosi, Henny. Se accetti di trascriverli, non fai solo un piacere a me, ma contribuisci alla diffusione del sapere.»

Questo lo so, avrebbe voluto rispondere Henny. Come studentessa, ormai aveva dovuto studiare su molti volumi e ognuno di loro a un certo punto doveva essere passato dalla fase in cui era adesso quello del padre.

Henny gli prese di mano i due quaderni e fece scorrere le pagine fruscianti con il pollice. Ci sarebbero voluti mesi. E avrebbe dovuto imparare come si usa una macchina da scrivere. Anche se era una conoscenza che poteva tornare molto utile acquisire, questo lo sapeva per certo. Le macchine da scrivere rappresentavano la modernità, ormai nessuno poteva più sottrarsi a quegli apparecchi ticchettanti.

«Sì, papà, lo faccio» disse Henny.

Quando quella sera tornò sua madre, le raccontò subito che aveva accettato.

«Me lo immaginavo, Henny. Sono fiera di te. Imparerai un sacco di cose.»

Quella era esattamente la risposta che Henny si aspettava da sua madre. Anche se avrebbe comunque preferito un vero e proprio "grazie".

«Ci ho pensato» disse Ricarda. «Se tu fai la tua parte, anche io farò la mia. Ci daremo il cambio per battere a macchina il libro. Che ne dici?»

Henny abbracciò la madre, sollevata. «Allora intanto dobbiamo imparare tutte e due come si usa una macchina da scrivere.»

«Guarda cos'ha lasciato qualcuno nel mio studio medico.»

Su un biglietto stampato a caratteri eleganti, c'era scritto: *Dita Leste – Come una donna moderna può imparare a scrivere a macchina.* Era la pubblicità di un corso di dattilografia. *Fate felice vostro marito e guadagnatevi uno stipendio lavorando come segretaria.*

Madre e figlia scoppiarono a ridere. Ma Henny tornò subito seria. Anche a quattro mani, la trascrizione del libro avrebbe impiegato un bel po' di tempo. Chiese scusa e si ritirò nella sua stanza. Aveva appena deciso di scrivere una lettera.

Il caldo palpito del cuore

Agosto 1910

Le dita di Henny volavano sui tasti della macchina da scrivere. Dopo aver avuto quell'idea entusiasmante, le sembrava di non riuscire a battere abbastanza in fretta le lettere sulla pagina bianca.

Conoscete, mia cara lettrice, l'Isola Pitcairn? No? Neanch'io la conoscevo. Ma alla fine, con l'aiuto di una buona lente d'ingrandimento, sono riuscita a scoprire quest'isoletta sul mappamondo, nel bel mezzo del Pacifico. A migliaia di chilometri di distanza dalla Nuova Zelanda, e dunque dalla parte diametralmente opposta del mondo, l'Isola Pitcairn da settant'anni a questa parte ha superato Berlino in una cosa: lì le donne possono votare. Questo significa che non si limitano a scegliere il colore dei loro abiti e dei loro cappelli, ma che hanno il diritto di scegliere chi le governa.

Squillò il telefono e Henny dovette interrompersi. Alzò la cornetta, ascoltò e rispose: «Mi dispiace, Minna. Ho potuto iniziare l'articolo solo adesso. Ma finirò entro stasera. Sì, faccio in fretta». Riagganciò e guardò l'orologio. Erano già le otto passate. Fino alle quattro era stata a lezione e poi aveva aiutato sua madre e Käthe allo studio medico.

Si chinò di nuovo sulla macchina da scrivere. La telefonata della sua redattrice le aveva fatto perdere la concentrazione. Stava per riprendere, quando Käthe uscì dall'ambulatorio.

«Hai finito l'articolo sul diritto di voto alle donne?» chiese anche la zia.

«Ho appena cominciato» sospirò Henny.

Käthe si mise dietro di lei per massaggiarle un po' le spalle. «Fai troppe cose contemporaneamente, Henny» la rimproverò in tono amorevole.

«Mi hai suggerito tu di scrivere per il periodico femminista *Die Frauenbewegung*. E io sono felicissima di farlo.»

«L'inizio si legge bene. Le lettrici adorano il tuo stile fresco.»

Al suo primo articolo era seguito un numero insolitamente alto di lettere, per cui Minna Cauer, la direttrice della rivista, aveva deciso di coinvolgere Henny come collaboratrice regolare. Anche in questo caso il testo sarebbe stato corredato da un suo disegno umoristico, che ora Käthe stava osservando divertita.

Persino dopo un'intera giornata di lavoro allo studio medico quella donna di ormai sessantasette anni aveva l'aria più fresca e riposata di quando era tornata alla Behrenstrasse, quasi due anni prima. All'epoca Henny e Ricarda avevano acconsentito a trascrivere gli appunti di papà Siegfried, un'impresa che si era ben presto rivelata titanica. Ed era stato proprio questo il motivo per cui avevano chiesto a zia Käthe di lasciare il sud della Francia per tornare a Berlino.

«Domattina vado a Freystetten, Henny» disse zia Käthe. «Pensi di poterti unire a noi?» E con "noi" non intendeva solo nonna Karla, zia Rosel e sua figlia minore, ma anche la contessina, che dopo aver lasciato la Costa Azzurra aveva trovato nel castello di famiglia un rifugio in cui sentirsi protetta.

«Mi dispiace» disse Henny. «Sono indietro con lo studio e devo rimettermi in pari.»

Il che era sicuramente la verità. Anche se non tutta.

«Posso versarvi dell'altro tè, contessina?» domandò Karla Petersen, rincalzando la coperta sotto le gambe ormai esili di Henriette. La contessina era seduta in penombra, sulla terrazza del castello, e gelava nonostante l'aria calda dell'estate.

La madre di Ricarda aveva la sua stessa età. Molti decenni prima la contessina si era preoccupata per lei, che all'epoca era la cuoca della famiglia comitale, perché la morte della figlia maggiore Antonia aveva rischiato di farle perdere il senno. Alla fine, in un certo senso, un senso che Jette non riusciva pienamente a comprendere, era stata la fede in Dio a salvare Karla. E adesso, con l'avanzare della vecchiaia, i loro ruoli avevano finito per invertirsi. La contessina Von Freystetten era talmente debole da non essere più in grado di badare a se stessa. Karla, al contrario, era rifiorita grazie al suo ruolo di nonna. Nel frattempo il più grande dei suoi nipoti, Franz, era diventato ufficiale e la più piccola, Frieda, avrebbe compiuto tre anni il mese successivo.

Tutto questo sollevava una domanda che affliggeva Jette sempre di più, soprattutto adesso che sentiva avvicinarsi l'ora della morte. Aveva dedicato la vita al suo lavoro e per questo aveva affrontato molte rinunce: l'amore di un uomo, dei figli e una famiglia propria. Ma non rimpiangeva nessuna di quelle che, nella vita di una donna, venivano normalmente considerate delle "lacune", perché non aveva mai sentito la mancanza delle cose che definivano le donne della sua generazione. Al contrario: le sue giornate erano sempre state piene di gratificante curiosità. Soprattutto per la medicina, certo, ma anche per i cambiamenti sociali ai quali aveva assistito. Lo studio medico e i suoi ricevimenti in Unter den Linden! Il presente non le avrebbe mai portato via i ricordi felici dei due grandi interessi coltivati durante i suoi anni d'oro.

Ma la domanda restava: era abbastanza? Non aveva figli, non aveva nipoti.

«Perché non si è mai felici degli obiettivi raggiunti?» domandò Henriette.

«Cosa intendete dire, contessina?» ribatté Karla, porgendole una tazza di tè su un vassoio.

Henriette sapeva che avrebbe dovuto bere molto di più, ma detestava sporcarsi come una bambina piccola per colpa delle mani tremanti.

«Siediti accanto a me, Karla» la pregò.

Karla chinò il capo. «Grazie mille, contessina» disse, pur rimanendo in piedi con la tazza di tè in mano.

In un primo momento, Henriette pensò di ripeterle il suo invito a una chiacchierata tra donne, ma poi si rese conto che non sarebbe certo bastata qualche frase a cambiare un rapporto decennale. Osservò Karla con il suo abito grigio senza corsetto e i capelli bianchi stretti in una crocchia sulla nuca. Quella donna dall'aspetto tanto semplice era la nonna di tre conti e, nonostante questo, era sempre rimasta una cuoca.

«Sei soddisfatta della tua vita, Karla?»

Il viso di Karla si illuminò, andando a sottolineare le parole con cui rispose: «Dio è stato generoso con me, contessina».

Il che non risponde esattamente alla mia domanda sulla sua soddisfazione personale, pensò Jette. *Forse è proprio questa la differenza tra noi due: io mi sono sempre aspettata che la vita fosse buona con me, mentre Karla considera un periodo felice come una ricompensa inaspettata. Possibile che sia tutto così semplice? Che basti pretendere poco dalla vita e gioire di tutto ciò che si riceve in più? Se è così*, ne dedusse, *allora io ho vissuto nel modo sbagliato, perché ho sempre preteso troppo dall'esistenza. Ed è per questo che adesso non tollero di diventare ogni giorno più impotente.*

«Bevete, contessina, vi prego» disse Karla Petersen.

Altrimenti mi prosciugo, pensò Jette. *Sarebbe poi tanto male morire come un fiore che nessuno annaffia più? Staccarsi semplicemente dalla terra, senza fare rumore...*

La contessina chiuse gli occhi per dare a intendere che voleva restare sola.

Nonostante volesse stendersi solo un minuto accanto a Siegfried per riposarsi, Ricarda aveva finito per addormentarsi tra le sue braccia. Fu risvegliata dalla calda luce del sole pomeridiano, che metteva in evidenza l'aspetto di nuovo sano del marito. Per fortuna non portava più la barba grigia da vecchio con la quale era rientrato dall'Africa e anche il suo peso era tornato quasi normale. Anche se era ben lungi dall'aver recuperato l'imponenza che ci si aspetterebbe da un professore, ruolo che Siegfried ricopriva ormai da ottobre. In un uomo di quel rango, il panciotto avrebbe dovuto tendersi sul ventre prominente, mettendo in mostra la catena d'oro dell'orologio da taschino. Ma Ricarda era dell'avviso che un aspetto simile non si addicesse a Siegfried neanche fosse stato perfettamente sano.

Gli sfiorò la guancia con un bacio e fece per alzarsi, ma lui la trattenne. «Mi sono accorto che mi stavi osservando. Sei soddisfatta dei miei progressi, dottoressa?»

Ricarda lo carezzò dal petto verso l'addome, che nel frattempo aveva ripreso a tonificare con la ginnastica. «Questo è stato un grande progresso, dottor Thomasius. Avete appena fornito una brillante dimostrazione che da una malattia ritenuta fatale è possibile guarire e tornare alla vita.»

La mano di Siegfried le carezzò dolcemente la nuca, scendendo lungo la schiena. Ricarda sentì di nuovo il caldo palpito del suo cuore, di cui per tanti anni aveva sofferto la mancanza.

«Dottor Thomasius, dovremmo verificare se possiamo ritenerci soddisfatti di questo progresso. Come sapete, potrebbe anche trattarsi di una casualità. Dovremmo condurre un secondo esperimento nelle stesse condizioni ambientali del primo.»

«Suggerimento legittimo, esimia collega. Dovremmo andare subito in fondo alla questione» disse con il sorriso birichino che non sfoderava da tempo. «Ti amo, Rica» disse attirandola a sé.

«E questo mi fa sentire benissimo, amore mio» gli sussurrò lei all'orecchio.

Quando Cornelia prorompeva nella sua risata cristallina, era come se qualcuno accendesse una lampadina elettrica. Scintillava negli occhi e brillava sulle labbra dei giovani uomini che la veneravano come la nuova dea del teatro. L'amica di Henny, seduta a uno dei tavoli tondi del Cheval Rouge, si fece versare un altro bicchiere di champagne. Le lampade, schermate dai vetri rossi, gialli e azzurri di quel bar gremito di gente, facevano sembrare la cortina di fumo di sigari e sigarette come nuvolette sottili che avvolgono la cima dell'olimpo della cultura.

«Sei stata magnifica, Nelly» esclamò uno dei suoi ammiratori, tutti un po' alticci.

«Una stella nel cielo del teatro!» la osannò un altro.

Henny se ne stava seduta un po' in disparte e si sentiva felice per la sua amica. In soli due anni era riuscita a passare dal ruolo di comparsa a vera e propria attrice. Il mondo del teatro girava talmente in fretta che Nelly era già arrivata alla sua terza parte da protagonista. Dei tempi in cui studiava medicina, però, non era rimasto nulla, salvo la sua amica Henny.

«Henny!» esclamò Nelly. «Ma non hai più champagne nella tua coppa!»

Quella chiamata in causa la mise a disagio, perché si ritrovò all'improvviso con tutti gli occhi puntati addosso. Aveva fatto del suo meglio per adeguarsi a quell'ambiente artistico decorando il cappello con una piuma sbarazzina, ma cosa poteva mai quella semplice decorazione al cospetto del nutrito mazzo di piume di struzzo rosso fuoco che ornavano il cappello di Cornelia?

«Perché non versi da bere alla mia migliore amica? Lo sapete che non sarei mai diventata la vostra Nelly se Henny non avesse creduto in me?»

«A Henny!» gridarono gli ammiratori, sollevando i bicchieri.

Henny si sentiva fuori luogo. Quel posto non faceva per lei e lo sapeva, ma aveva deciso di andare comunque alla festa per la prima dello spettacolo di Nelly. E avrebbe continuato a farlo anche alle prossime. L'amica aveva realizzato un desiderio che un tempo era stato il suo, sebbene nel frattempo Henny si fosse resa conto chiaramente che quella non era la vita per lei. Anche adesso, in quel momento di festa, la attanagliava il senso di colpa per non essere china sui libri a studiare.

«Ma suo bicchiere continua a essere vuoto» osservò qualcuno.

«Non fa niente, tanto devo andare» rispose Henny senza neanche guardarsi intorno per capire chi avesse parlato.

«Vi prego, non andate» disse lo sconosciuto riempiendole il bicchiere. «Raccontatemi invece: perché voi creduto in Nelly?»

Il giovanotto dall'aria sbarazzina aveva uno strano modo di parlare. Le sue frasi erano quasi corrette da un punto di vista formale, ma le pronunciava con un pesante accento che Henny non riconosceva. «Non è importante» cercò di ritrarsi lei.

«Voi siete attrice! È vero?»

Henny scosse la testa. A vederlo bene, era un ragazzo molto carino. Aveva il volto magro, le labbra piene e i riccioli scuri che tanto le piacevano negli uomini.

«E allora di che cosa vi occupate?» domandò il giovane.

«Studio medicina. È lì che io e Cornelia... cioè Nelly, ci siamo conosciute.»

Il ragazzo, che Henny reputava intorno ai vent'anni, la guardò stupefatto: «Quindi Nelly voleva diventare dottore? È incredibile! Sono contento che non è diventata». Sorrise.

Henny si irritò. Come se il mestiere di medico valesse meno di quello di attrice. A volte si rimproverava ancora oggi di aver presentato Cornelia al direttore del teatro, quando lei si era ritrovata a dover trascrivere il libro di suo padre. «A settant'anni si può ancora lavorare come medico. Di un'attrice si può dire lo stesso?» chiese con aria di sfida.

«La vita è troppo bella per fare troppi piani. Sempre tutto diverso da piano. Allora meglio scordare piani.»

«Avete un accento straniero. Da dove venite?» gli domandò Henny.

«Vengo dagli Stati Uniti» rispose lui orgoglioso. «Trovate che il mio tedesco non tanto buono?» Scoppiò a ridere e si versò un altro bicchiere. «Io devo bere di più e così parlare meglio.»

Il giovanotto dava l'impressione di essere alquanto caotico, ma per qualche strana ragione a Henny piaceva. «E cosa fate qui a Berlino?»

«Cerco un'attrice per film» rispose lui.

La stava prendendo in giro? Henny era stata diverse volte nel primo cinema aperto in Germania, proprio a due passi da casa sua, in Unter den Linden 21. Ma nei film venivano sempre rappresentati degli oggetti, tipo una barca in navigazione, non avevano dei veri attori. Lo fissò con aria scettica. Di sicuro aveva bevuto troppo champagne.

Il ragazzo si accorse che non gli credeva. «Io faccio solo proposte. Mio fratello fa decisione. Credo che io proporrò Nelly.»

Henny si sentì indignata per il modo in cui si prendeva gioco di lei, per cui si alzò e disse: «Grazie mille e buona fortuna per il film!».

«Adesso ve ne andate! Che peccato» si lamentò lui, illuminandosi in tutto il volto un attimo dopo. «In pochi giorni facciamo prove di riprese con Nelly all'Hotel Adlon. Voi dovete venire, per favore!» Infilò una mano nel taschino dello smoking e le passò un biglietto da visita. Lei lo guardò appena, ma l'ambiente era troppo buio per decifrare cosa vi era scritto.

«Chiedete di Maurice e mi troverete» disse quel giovane fuori dal comune.

«Vedremo.» Henny salutò la sua amica, uscì in strada e fece un bel respiro profondo. *Che strano ragazzo*, pensò. *Quella cosa del film, poi… Che sia vero?* Tirò fuori il suo biglietto da visita e andò sotto un lampione per leggere meglio.

Maurice Vandenberg, New York Motion Picture Company.

Non aveva idea di cosa significasse, perché non conosceva una parola d'inglese, a differenza del latino, del francese e un po' di greco. Piuttosto confusa, fece scivolare il biglietto in borsa.

Era già l'una passata. Ricarda si stropicciò gli occhi stanchi. La sua pausa pranzo sarebbe durata poco, perché era una di quelle giornate in cui le pazienti dello studio si susseguivano ininterrottamente. Non che le fosse mai capitato niente di interessante, ancora, e a volte pensava con un po' di invidia a Siegfried, che in qualità di professore di medicina tropicale poteva almeno concentrarsi sulla ricerca. Come medico invece non poteva esercitare, per via dell'ittero, e così il loro sogno di aprire uno studio medico insieme era andato in fumo.

Con questi pensieri un po' malinconici per la testa, Ricarda entrò nella sala d'aspetto, dov'era seduto un signore da solo. Indossava una finanziera e teneva il cappello posato sulle ginocchia. Quando si alzò, il cuore di Ricarda ebbe un sussulto.

«Signora madre» disse Georg. «Buongiorno.»

Quello che era stato il suo piccolo Georg era diventato un uomo di un metro e novanta, con un accenno di peluria sopra il labbro. Ormai Ricarda gli arrivava a malapena alla spalla.

«Che bello vederti. E che sorpresa» disse.

«Perdonatemi, se sono venuto senza preavviso. È stata un'idea di Henny» disse Georg con la sua adorabile cadenza bavarese. «Mi ha detto di non dire nulla, di venire e basta.»

«Sei qui da solo?»

«Al momento, sì. Ma lo zio Rupert è venuto con me a Berlino. Io non mi ci oriento proprio. E poi domani dobbiamo proseguire per Amburgo.»

«Tanto meglio, allora, possiamo avere un po' di tempo. Hilde ha cucinato. Vieni a casa da noi per pranzo?»

«Sì, volentieri!»

«Ti va di prendermi a braccetto, Georg?»

Lui annuì entusiasta. «Anche con Sophie camminiamo a braccetto» le raccontò con disinvoltura.

«E così ha architettato tutto Henny, eh? Non mi aveva detto niente.»

«Al funerale di zia Magdalena mi aveva fatto promettere che sarei venuto a Berlino. Pensavo di riuscirci molto prima e invece sono passati tre anni. Be', così è.» Si mise a ridere, poi le raccontò il vero motivo del loro soggiorno a Berlino. «Mio padre aveva comprato un birrificio qui.»

Ricarda rammentò che poco prima del loro matrimonio, Georg senior le aveva accennato all'affiliazione con un altro birrificio. Con il suo senso degli affari, non la stupiva che alla fine la faccenda si fosse trasformata in qualcosa di più grosso.

«Lo zio vuole che impari a conoscere tutto ciò che appartiene alla nostra famiglia» le raccontò il figlio.

«E hai già visto molte cose?»

«Oh, madre. Papà era un uomo così operoso e zelante. Sono felice di avere zio Rupert e zio Bernhard, altrimenti non saprei proprio cosa farci, con tutti quei birrifici.»

Te lo insegneranno, ragazzo mio, pensò Ricarda con amarezza. Ma poi gli chiese: «Hai qualche ricordo di tuo padre?».

Lui abbassò lo sguardo su di lei e sorrise incerto. «Solo il pennacchio di camoscio.»

Per il quale suo padre era morto. Il ragazzo ne era consapevole? Di certo lei non glielo avrebbe mai chiesto.

Henny sa come organizzare le cose, questo devo riconoscerglielo, pensò Ricarda.

Henny era riuscita a riunire tutta la famiglia. Ma solo Hilde sapeva che sarebbe venuto Georg, in modo che potesse preparare un pranzo adeguato all'occasione. Alla fine, giunse il momento in cui Siegfried e Georg si ritrovarono faccia a faccia nel salotto dell'appartamento nella Luisenstrasse. Il diciassettenne era di poco più alto del secondo marito di sua madre. A Ricarda quell'immagine parve quasi irreale, perché nella sua mente l'incontro di quei due uomini a lei tanto cari rappresentava la sintesi di due fasi della sua vita.

«L'ultima volta che ci siamo visti eri molto più piccolo» disse Siegfried con un sorriso. «Avevi quattro anni ed eri disteso a letto con la gola gonfia. Eri gravemente ammalato.»

Georg sgranò gli occhi nel rendersi conto a chi stava stringendo la mano. «Siete voi? Lo zio me lo ha raccontato così tante volte.» Gli si riempirono gli occhi di lacrime e, prima che potesse rendersene conto, afferrò la mano di Siegfried e la baciò. «Se sono vivo è solo perché voi mi avete salvato, dottore. Come posso dimostrarvi la mia gratitudine?»

Siegfried sorrise commosso. «Non devi. Ho fatto solo il mio lavoro.» Poi si interruppe un istante, prima di aggiungere: «Anzi, in realtà so come potresti dimostrare la tua gratitudine.»

«Ah, sì, dottore? Vi ascolto.»

«Un giorno tu sarai un uomo molto influente, Georg. Sfrutta questa opportunità per aiutare chi non può occuparsi di se stesso. Fallo nel modo in cui preferisci, ma ogni volta che sentirai che c'è bisogno del tuo aiuto, ricordati di questa nostra conversazione.»

Georg annuì con aria seria. «Lo prometto, dottore.»

«A furia di convenevoli farete freddare la minestra» si intromise Henny. La piccola Badili la seguiva come un'ombra e Georg si chinò per accarezzarla.

«Posso sedermi accanto a Georg per mangiare?» domandò Antonia.

«Starà in mezzo a noi due» decise Henny.

Quando tutta la famiglia fu riunita a tavola, Siegfried sollevò il suo bicchiere d'acqua: «A questa famiglia fuori dal comune!».

Poi prese la parola anche Ricarda: «Henny, grazie di cuore per aver portato Georg qui da noi. Sei stata bravissima.»

Più tardi, Toni chiese al fratello maggiore: «Henny e io saremo dottoresse. Anche tu diventerai un medico?».

«Io diventerò avvocato come mio padre» rispose Georg.

A quel punto la bambina lanciò un'occhiata confusa alla madre, che però non disse nulla. Ma Ricarda sapeva che avrebbe preteso delle spiegazioni sulla composizione della loro famiglia.

Quella sera Henny si stava dedicando all'aggiornamento dello schedario delle pazienti e alla contabilità, due attività che non amava affatto. Era sola nello studio, quando suonò il telefono.

«Sono io, Nelly!» esclamò la sua ex compagna di studi tutta eccitata. «Henny, tu sei il mio amuleto porta fortuna. Devi assolutamente esserci domani, quando poserò davanti a una cinepresa!»

All'improvviso a Henny riaffiorò il ricordo dell'incontro con il bell'americano dai riccioli scuri. Quel giovane estroso era circondato da un'aura di mistero, che non aveva niente a che fare con le sue origini newyorkesi o col fatto che lavorasse nel mondo del cinema. Era qualcosa di diverso, qualcosa a cui Henny non riusciva a dare un nome. L'unica cosa di cui si rendeva conto era che i battiti del cuore aumentavano. Proprio come era successo nel momento in cui Cornelia le aveva parlato delle riprese del film.

«Ci sarai?» le domandò Nelly.

Henny glielo promise e dopo aver riagganciato infilò una mano in borsa. Trovò subito il biglietto da visita. «Maurice» disse a mezza voce. Trovò che il nome gli calzasse a pennello.

Da quando, tre anni prima, era stato inaugurato alla presenza di Sua Maestà l'Imperatore, l'Hotel Adlon aveva sempre rappresentato un centro nevralgico della mondanità. Henny non aveva alcun interesse per le feste da ballo che vi venivano organizzate, motivo per cui fece il suo ingresso nell'hotel – il primo in città ad avere acqua corrente, riscaldamento e luce elettrica in tutte le camere – senza sentirsi particolarmente in soggezione. Una volta dentro, si accorse con stupore che, in quanto a eleganza, quell'edificio pieno di velluti e di ottoni splendenti non era solo all'altezza del castello di Freystetten, ma anzi lo superava di gran lunga! Nonostante questo, era comunque decisa a non lasciarsi intimorire. Si rivolse al portiere, che la indirizzò verso una suite. Henny bussò alla porta e le aprì un vigoroso uomo sui trentacinque anni.

«Cerco il signor Maurice Vandenberg» disse Henny.

«*I am Maurice. Who are you, lovely lady?*» disse lo sconosciuto con un sorriso seducente.

L'unica cosa che Henny capì fu che quello era l'uomo sbagliato. «Perdonatemi. Dev'esserci stato un errore.»

«*Morrie, it's Miss Henny. Let her come in!*» disse una voce giovanile da dentro la stanza.

L'altro uomo si fece da parte e subito Henny vide il ragazzo conosciuto al bar correrle incontro. In quella luminosa camera d'albergo sembrava molto più giovane di quando lo aveva visto la prima volta. Henny si sentiva nervosa.

«Nelly ha detto che voi pensate di passare. L'ultima volta io non mi ho presentato. *Sorry.* Io sono Vic Vandenberg» disse il ragazzo tendendole la mano.

«Non Maurice?» Era delusa. Maurice suonava così romantico.

«Lui è mio fratello Morrie. È lui boss qui.»

«Boss?» domandò lei, non conoscendo quella parola.

«Morrie fa film a New York da un bel pezzo. Otto – che è l'uomo laggiù – vuole che lui lo aiuta. È questo il punto» spiegò il nuovo conoscente di Henny.

L'uomo presentato come Otto era un signore corpulento e dal sorriso gentile che se ne stava seduto su una sedia a osservare Nelly che, con un bastone bianco da passeggio in mano, fingeva di non vedere. Henny trovò che il tutto avesse un aspetto un po' strambo.

«Il film racconta di ragazza cieca e di amore» disse Vic.

«Lei si innamora di un cieco?»

«No.» Vic scosse la testa. «Lui è oculista e si innamora di lei. E lei di lui. Lui la può operare e togliere cecità. Ma ha paura che suo aspetto la ripugni. Perché lui crede che è brutto.»

«Mi piace» disse Henny. «È vostro fratello che si è inventato questa storia?»

«No.» Vic la attirò in un angolo dove potevano parlare indisturbati. «Morrie è *business man*.»

«Cosa significa?»

«Scusate, devo migliorare la mia lingua. Morrie fa affari. Io penso storie per film.»

«Lui è più grande di voi?»

«Morrie è dell'altro matrimonio di nostro padre. Nostro padre ha molti soldi e Morrie dice che film sono il futuro. Perciò ha avuto soldi per futuro da nostro padre.» Poi scoppiò a ridere come un bambino.

Durante il loro incontro al bar, Vic le era sembrato uno spaccone, ma adesso non le dava più quell'impressione. Al contrario: le piacevano i suoi modi semplici. «Come mai sapete il tedesco?» gli chiese. «A New York lo insegnano nelle scuole?»

Vic scosse la testa con aria seria. «Io sono cresciuto a Boston. Lì non possibile studiare tedesco. Mia madre è tedesca, ma a casa parliamo solo inglese.» Si diede dei colpetti sulla testa. «A proposito: voi sarete medico. Anche mia madre è medico.» Il suo volto si adombrò. «Ma lei non lavorare come medico, perché non sopporta vedere sangue. Lei solo scrive libri.» Poi continuò, ridendo: «Noi non parliamo insieme. Io non la vedo da molti anni.»

In quel momento, Nelly si precipitò da loro in lacrime. «Vic, tuo fratello non mi dà la parte. Ti prego, chiedigli perché.»

Vic andò dal fratello, mentre Henny strinse l'amica tra le braccia per consolarla. Poco dopo Vic tornò da loro: «Vuole ragazza con capelli scuri. Mi dispiace».

Nelly rispose, sforzandosi di sorridere: «Ma voi sapevate che ero bionda».

«Colpa mia, Nelly. Ti prego, scusami.»

«Non fa niente.» Nelly salutò in fretta e furia l'amica e si precipitò fuori dalla stanza.

Vic emise un profondo sospiro. «Lei triste. Io le ho fatto male.»

«Ma per favore, Vic. I capelli si possono anche tingere» osservò Henny.

Lui annuì. «Lo so. Ma così è meglio. Io non volevo dire lei cosa ha detto Morrie.»

«Perché, cosa ha detto?»

«Voi siete sua amica.» Sorrise. «Io tengo segreto.» Vic le prese la mano con aria intimidita. «Morrie vuole che noi andiamo a New York tra una settimana. Io vorrei vederla ancora una volta. È permesso?»

«*Victor, what about the girl you're holding hands with? Can't she do the job?*» La domanda di suo fratello Morrie sferzò l'aria come una lama.

«*I already asked her. She says no*» rispose a tono Vic.

«*So get me another actress!*»

«Vostro fratello sembra arrabbiato. Cosa dice?»

«Se volete voi la parte. Ma io ho risposto già no. Comunque io devo andare. Noi rivediamo?»

«E a che scopo? Io non sono un'attrice e voi tra poco ve ne sarete andato.»

«Questo vero.»

Aveva un'aria così afflitta, che Henny avrebbe voluto abbracciarlo.

«Avete ragione. Noi non rivedremo.» A un tratto il suo voltò si illuminò. «Però possiamo festeggiare questo.»

«Il fatto che non ci rivedremo?» domandò lei senza capire.

«Oh, no! Questo momento noi festeggiare. Per questo io desidero prendere voi tra le braccia solo questa volta. Al posto di tutte le altre volte che non posso farlo. Siete d'accordo?»

Henny annuì, completamente sopraffatta. Che ragazzo straordinario! Il suo cuore non aveva mai battuto così forte. Poi lui la strinse forte e lei rispose al suo abbraccio. Sentirsi vicina a quell'uomo giovane, selvaggio, folle e amorevole le suscitò una sensazione magnifica.

Ma fu solo un istante, un istante fuggevole, un pensiero che appena formulato era già finito.

Poco dopo, Henny si ritrovò di fronte all'Adlon senza sapere cosa fare. Il suo cuore batteva ancora all'impazzata. In teoria sarebbe dovuta andare a casa, ma in quel momento non riusciva a fare niente di quello che avrebbe fatto in un giorno normale. Sorrideva e accennava inchini a tutti i perfetti sconosciuti che incrociavano la sua strada, poi attraversò la Porta di Brandeburgo e si avviò verso il Giardino zoologico.

Com'era possibile innamorarsi di un giovane pur sapendo che non lo avrebbe mai più rivisto? Per qualche motivo a lei ignoto, la risposta a quella domanda non le interessava affatto. Pianificare, calcolare sempre tutto in anticipo: che sciocchezza. A cosa servono i piani, se all'improvviso si può incontrare una persona che in quei piani non ci rientra?

Victor Vandenberg. Che nome altisonante. E che bella storia

che si era inventato, con quella ragazza cieca. Non aveva mai conosciuto un uomo simile.

Henny sospirò e si lasciò cadere su una panchina vicino al Giardino Zoologico. E adesso come avrebbe fatto a toglierselo dalla testa?

Terremoto dell'animo

Novembre 1912

Durante la malattia di Siegfried, Ricarda aveva osservato ogni minimo cambiamento del suo corpo, per non rischiare di perdersi possibili segnali, soprattutto quelli relativi a un eventuale peggioramento delle sue condizioni di salute. Di conseguenza aveva anche imparato a riconoscere ogni oscillazione del suo umore, come il sismometro che è in grado di rilevare le scosse sotto il suolo terrestre. Di recente, Ricarda aveva letto su una rivista specialistica di questa nuova invenzione dei geologi. Grazie a quello strumento, sarebbe stato possibile prevedere i terremoti.

E quello era proprio uno di quei momenti: Siegfried era in piedi di fronte allo specchio della camera da letto che cercava di annodarsi la cravatta. Si apprestava a riprovarci dopo due tentativi falliti, aveva il respiro affannato. Le cravatte erano il simbolo della sua vita borghese da professore. Quando era soldato, Siegfried non le aveva mai indossate perché la giacca dell'uniforme aveva solo un'abbottonatura stretta che arrivava fino al collo.

D'altra parte non gli piaceva farsi aiutare da sua moglie. Diceva sempre che non era un bambino da vestire. Ricarda imputava questa ruvidezza alle lunghe cure mediche che gli aveva dovuto prestare e immaginava che adesso avesse voglia di affermare la propria autonomia.

«Detesto questo affare» disse Siegfried scagliando la cravatta a terra.

Ricarda la raccolse, gli si avvicinò da dietro e gliela posò intorno al collo. Incredibilmente, Siegfried non reagì. «Che succede?» gli domandò lei. «Hai qualcosa che ti ribolle dentro come un vulcano. Lo sento. Parlami, Siegfried. Voglio starti vicino quando rimugini in questo modo. Magari potrei addirittura esserti di aiuto.» Gli sorrise attraverso lo specchio. «Fatto.» La cravatta era al suo posto, perfettamente annodata.

Siegfried si voltò verso sua moglie. «Rica, io ti amo. Ma non mi sopporto. Perché non posso amarti come dovrei.»

«Che sciocchezze. Perché, come dovresti amarmi?»

Lui si prese un attimo per cercare le parole giuste. «Tu hai bisogno di tranquillità e sicurezza. Ma io non posso condurre questa vita. Perdonami. Non mi piace questa scimmia rileccata che vedo nello specchio, alla quale dovrei annodare una cravatta al collo. Questo non sono io, Rica. Mi dispiace tanto. Perdonami.» Fece una breve pausa, prima di aggiungere: «Non posso continuare così. Mi serve un nuovo incarico.»

Era professore di medicina tropicale da due anni. Le sue lezioni erano sempre strapiene, perché l'Impero tedesco era avido di colonie e Siegfried Thomasius era stato "l'uomo della prima ora". Quello che aveva fatto spedizioni in Africa quando i suoi attuali studenti erano ancora in fasce.

«Bene» disse Ricarda in tono pacato e intanto pensava: *Sta per dirmi qualcosa che non voglio sentire.* Sempre mantenendo il controllo, gli chiese: «Un incarico di che genere?».

«Mi hanno fatto una proposta per l'Estremo Oriente.»

Nel profondo del suo cuore, i sentimenti di Ricarda si agitavano come un mare in tempesta, perché il suo sismometro interiore le aveva preannunciato una notizia di quel genere.

Esteriormente, però, manteneva il contegno. «Il compito di uno scienziato è fare ricerca» disse. «E questa non può essere un'attività fine a se stessa, Siegfried. Tu hai il dovere di trasmettere il tuo sapere.»

Ricarda notò un barlume di incertezza negli occhi del marito.

«Hai compiuto cinquant'anni due anni fa» proseguì. «Sei sopravvissuto a un grave ittero, non sono in molti a poter dire la stessa cosa. E la tua caviglia non ha ancora riacquisito la completa mobilità. La vita che hai condotto ha lasciato una traccia nel tuo corpo. Non puoi fare finta che tutto questo non sia mai successo.»

Siegfried passò con dolcezza un pollice sotto gli occhi di Ricarda, segnati dalla stanchezza.

«Vuoi dire che da ora in poi non potremo fare altro che voltarci indietro e guardare i meriti acquisiti in passato? Non possiamo anelare a niente di nuovo? Staremo solo qui e sopravvivremo finché la fredda mano della morte non verrà a prenderci?»

Ricarda attirò a sé il marito. «Professor Thomasius, le tue espressioni poetiche non mi impressionano neanche un po'. Ti rifiuti di riconoscere quanto hai ottenuto dalla vita. Quello che vorresti fare è tornare indietro nel tempo.»

«No, è solo che non voglio restare fermo» rispose lui, afferrando la borsa con gli appunti che avrebbe letto durante la lezione. «Intendo accettare.»

«Senza tenere conto delle mie obiezioni?»

«Non sono convincenti» sentenziò Siegfried.

«Eccome se lo sono. Mano fredda della morte. Non restare fermo. Sono i *tuoi* argomenti a non essere convincenti» lo contraddisse Ricarda.

«Come vuoi. Ad ogni modo io ho deciso: in primavera partirò per la colonia tedesca di Tsingtao per studiare l'insorgere delle epidemie locali. È stato il direttore dell'Ufficio Colonie in persona a chiedermelo. È in gioco la vita di migliaia e migliaia di persone.»

Patria, onore, vite umane, pensò Ricarda. *La solita combinazione di fattori che annienta qualsiasi possibile argomento personale.* Cercò comunque di buttarla su una battuta, per quanto dettata dalla disperazione: «Non esiste un posto ancora un po' più lontano?».

Al tocco di Ricarda, il magnifico mappamondo in pelle girò lento sul suo perno. La Cina si trovava dall'altra parte del globo. Non nella regione che avevano conosciuto anche lei e le sue figlie, ma dall'altra parte. E molto più lontano. Per arrivare a Dar Es Salam servivano trentaquattro giorni di navigazione. Per raggiungere Tsingtao ci voleva molto più tempo. Si doveva circumnavigare l'India e attraversare l'Oceano Indonesiano e il Mar Giallo. Tutti luoghi che prima di allora non aveva mai nemmeno sfiorato sul mappamondo.

Che cosa andava a fare Siegfried laggiù? Perché la sua sete di terre sconosciute era così implacabile? Perché non riusciva a farsi bastare l'amore della sua famiglia? O addirittura l'amore per lei… Perché sentiva il bisogno di raggiungere ogni angolo del mondo?

Il mappamondo continuava a girare sotto le sue dita. Le sembrava di accarezzarlo, quasi a implorare il pianeta di essere clemente con suo marito.

«*Mama*, che fai?»

Ricarda sussultò, come se si riavesse da un sogno. Antonia era in piedi vicino a lei e osservava il mappamondo. Negli ultimi tempi, sua figlia era cresciuta come una pianta ai tropici e a soli dodici anni le arrivava già alle spalle.

«Rifletto.» Ricarda sperò che quella risposta bastasse a eludere la questione. Magari sarebbe ancora riuscita a convincere Siegfried a desistere dal suo folle piano.

«Vuoi tornare in Africa?» la incalzò Toni.

Ricarda si sentiva impotente. Non poteva proteggere il marito da se stesso, né tantomeno impedire che abbandonasse lei e le bambine.

«Papà vuole andarsene» dedusse Toni. Vedendo la madre che annuiva in silenzio, chiese: «E dove?».

«In Cina.»

«Mamma,» sentenziò Toni, chiamandola con quell'appellativo che non usava mai «io non voglio andare in Cina. Puoi dirlo tu a papà? Io non credo di averne il coraggio.»

Fino a quel momento, Siegfried non aveva mai specificato di volere la sua famiglia con sé.

«Tu invece vorresti andarci? Vero, Henny?» Gli occhi di Toni si riempirono di lacrime. In quanto bambina, doveva subire i progetti dei genitori ancor più di quanto non fosse costretta a fare Ricarda con i propositi del marito.

Se si fosse rifiutata, sarebbe successa la stessa cosa che avevano già vissuto una volta: lo smembramento della famiglia. Cominciò a togliere le foto dell'Africa dalle pareti. Non sopportava più la loro vista. Né poteva dire che fossero riuscite nel loro intento di placare la sete di terre sconosciute di Siegfried.

A Henny si chiudevano gli occhi. A un tratto sussultò, sentendo la fronte a contatto con l'oculare del microscopio Rialzò la testa di scatto e si sforzò di rimettere a fuoco l'immagine dietro la lente. Ma non riusciva a vederci niente lo stesso.

Si stropicciò gli occhi stanchi e tornò a chinarsi sulla lente d'ingrandimento.

«Come va qui, Henriette?» domandò il dottor Salomon entrando nel laboratorio.

Henny si voltò verso di lui. «Direi bene.»

«Intendete dire che la mia teoria è valida?»

«Sì, assolutamente. Per arrivare a un dato statisticamente rilevante devo esaminare qualche altro campione di riferimento, ma credo proprio che la vostra scoperta sia esatta» disse Henny.

«Grazie.» Il ricercatore era visibilmente sollevato. «Ma per oggi basta così.»

«Altri due campioni, Albert. Così ne avrò esaminati trenta.»

Albert Salomon spense la luce del microscopio. «Lavorare troppo a lungo porta a commettere degli errori. E oltretutto non fa neanche bene alla salute.»

In effetti erano già le nove di sera e Henny aveva passato tutta la giornata seduta su quella sedia. Salomon, un uomo dagli occhi infossati e i capelli radi, l'aiutò a infilarsi il cappotto. Nonostante avesse solo pochi anni più di lei, aveva già una discreta carriera di chirurgo alle spalle.

Henny si incamminò verso casa percorrendo le stradine che si snodavano tra gli edifici della Charité, immersa nella buia, umida e fredda notte. In tutto il giorno non aveva scambiato parola con anima viva. Rivide davanti a sé gli occhi di Salomon, con il loro aspetto sempre affaticato, come se guardasse ogni cosa attraverso l'oculare del microscopio. Pensò che avrebbe senz'altro portato a termine quel progetto di ricerca, ma che la vita di laboratorio non faceva per lei. Aveva bisogno di persone con cui parlare.

Aprendo la porta dell'appartamento nella Luisenstrasse, Henny udì tre voci che si urlavano addosso.

«Non puoi abbandonarci così su due piedi!» stava gridando Toni in quel momento.

«Toni, per favore, controllati» sentì urlare poi dalla voce autorevole della madre.

«Non posso far viaggiare mio fratello da solo, Toni. Siegfried ha bisogno di me» disse Hildchen nel suo modo discreto.

Henny sentì tutta la sua stanchezza scivolarle via dalle spalle come un pesante cappotto. Corse in salotto. «Papà vuole tornare in Africa?» domandò. Se la discussione verteva già sul dovere o non dovere accadere, significava che il padre aveva grandi progetti.

«Vuole andare in Cina» dissero sua madre, sua sorella e sua zia quasi all'unisono.

«Che vuole fare, curare l'imperatore cinese?» domandò Henny sfacciata, riuscendo a strappare un sorriso a tutte e tre. Dopo un'intera giornata chiusa in laboratorio, poter rasserenare delle persone in carne e ossa le dava una bellissima sensazione.

Poi, d'improvviso tutti i volti tornarono seri, mentre Siegfried faceva il suo ingresso nella stanza. Henny si accorse subito che aveva un aspetto diverso dal solito. Aveva un'aria intraprendente.

«Buonasera, Henny. Allora, è corretta la tesi di Salomon? Riesce a individuare il cancro al seno con le immagini dei raggi di Röntgen?» le chiese Siegfried.

«Promette bene, papà. Ma mi ci vorrà almeno un'altra settimana per finire di confrontare i campioni di tessuto con le immagini.»

Non la sorprendeva l'interesse del padre per il lavoro del collega Salomon, perché la speranza era che la combinazione del metodo di Wilhelm Conrad Röntgen per radiografare il corpo e la scoperta del dottor Salomon rappresentasse una svolta nella battaglia contro il cancro al seno femminile.

Tuttavia, in quel momento l'interesse di Siegfried per Henny aveva tutta l'aria di una manovra diversiva. «Tu e la mamma volete vivere in Cina? Ho capito bene?»

«Non proprio» rispose Ricarda. «Vostro padre ci andrà senza di me, ma con Hildchen. Il suo cuore è tenero, non come il mio che si rifiuta di acconsentire.»

Henny era sconvolta. Non aveva mai sentito sua madre esprimere tanto risentimento. Anche se sapeva benissimo che l'unico argomento sul quale ai due coniugi capitava di essere in disaccordo era proprio l'insaziabile voglia di viaggiare di Siegfried. «Come mai hai preso questa decisione, papà?» domandò Henny.

«Dove siamo qui, in un tribunale?» ribatté lui secco. «Ad ogni modo, va bene. La mia risposta è: il lavoro che svolgerò laggiù rientra nel mio campo di ricerca. E poi non resterò a lungo. Il contratto è solo per due anni.»

Henny vide le guance della sorellina inondarsi di lacrime. Toni non diceva una parola. Con i suoi dodici anni, non poteva fare diversamente. Ma Henny aveva dieci anni più di lei. Se tutto andava bene, l'anno successivo si sarebbe laureata e magari avrebbe addirittura passato l'esame per l'abilitazione.

«Due anni sono quelli che abbiamo passato a curarti, papà» disse. «Non credo che il termine "solo" inquadri un simile lasso di tempo in modo corretto. Buona notte.» Henny lasciò la stanza furiosa. Si sarebbe messa a urlare d'indignazione. Tornare ai tropici con il fegato distrutto esponeva il padre a un rischio letale. Davvero un ricercatore poteva spingersi a tal punto?

In teoria Henny non avrebbe più dovuto seguire la lezione di tecniche chirurgiche del professor Kalkfeld, ma quella settimana avrebbe parlato, tra le altre cose, anche del cancro al seno, citando la ricerca alla quale lavoravano lei e Salomon.

Henny non avrebbe mai dimenticato il professor Kalkfeld. Era stato lui che, all'inizio dei suoi studi, aveva sezionato un cadavere nell'aula di anatomia, mettendole sotto il naso il fegato rovinato. Faceva la stessa cosa anche con i pazienti vivi, operando i loro corpi nudi sotto gli occhi degli studenti. Non che qualcuno si scandalizzasse per il suo comportamento, che ormai era prassi comune in tutte le università. All'inizio Henny era rimasta scioccata dalla mancanza di tatto dei professori, che non mostravano alcun rispetto per il senso del pudore delle donne e degli uomini che esibivano. Ma poi sua madre le aveva assicurato che anche a Zurigo aveva avuto dei professori che agivano in quel modo. «In compenso ce n'erano altri che mostravano molto più rispetto» le aveva assicurato.

Quel giorno, quando Kalkfeld disse:

«Signori miei, oggi avrete voi stessi la possibilità di diagnosticare un caso evidente di cancro al seno» Henny sapeva già cosa stava per succedere.

In aula c'era solo un'altra studentessa oltre a lei e ormai si era abituata al fatto che Kalkfeld le ignorasse completamente.

«Fate entrare il cancro al seno» disse il professore al suo assistente.

Henny fissò come ipnotizzata il volto della giovane donna che era stata accompagnata nella stanza. Indossava una gonna, mentre la parte superiore del corpo era coperta da un telo bianco. Henny sentì il cuore fermarsi.

La ragazza davanti ai suoi occhi era Nelly.

Dopo la memorabile giornata all'Hotel Adlon, quando Nelly

non aveva ottenuto la parte nel film dei due fratelli newyorkesi, per un po' non aveva più avuto notizie dell'amica. Poi Nelly l'aveva invitata a qualche altra sua prima, ma alla fine le loro strade si erano separate e le due amiche si erano perse di vista. Una aveva il teatro, l'altra la medicina. Non c'era più alcun punto di contatto. Fino a quel momento, quando il cancro aveva fatto rincontrare l'attrice e la futura dottoressa.

Nelly era abituata a esibirsi di fronte a tanta gente e anche il quell'occasione si muoveva con una certa disinvoltura. Ma poi Kalkfeld si voltò e le strappò di colpo il telo bianco dal petto. Tutto a un tratto, la ragazza si ritrovò mezza nuda in un'aula piena di uomini. D'istinto, si coprì i seni con le braccia.

Kalkfeld indicò gli studenti in prima fila. «Cominciate voi quattro.»

I ragazzi chiamati in causa si alzarono dai loro posti. Appena il primo fu di fronte a Nelly, Kalkfeld le disse: «Non fate tante storie. Giù quelle braccia.»

Nelly fece come le era stato chiesto, ma voltò la testa di lato per la vergogna. Uno dopo l'altro, gli studenti le palparono il seno, mentre il professore diceva loro con esattezza dove e come toccare. Quando ritenne di aver dato l'opportunità a un numero sufficiente di studenti, continuò con la lezione. Espose la teoria del dottor Salomon senza curarsi minimamente di Nelly, rimasta in piedi accanto a lui tremante e imbarazzata.

Henny non resistette un secondo di più. Si alzò, raccolse il telo da terra e lo usò per ricoprire Nelly. «Mi dispiace» le sussurrò accompagnandola fuori.

«Henny! Grazie! Non ti avevo neanche vista» disse Nelly una volta uscite dall'aula. «Adesso cosa mi succederà?» domandò con espressione insicura.

Possibile che Kalkfeld non le avesse spiegato niente? Era inconcepibile! Henny le posò una mano sulla spalla. «Immagino che a breve verrai operata. Ma non conosco il tuo caso, Nelly. Io faccio solo ricerca sulla diagnosi, per questo ero lì.»

Nelly tirò via il telo bianco. «Senti anche tu. Qui. È cancro?»

Si trovavano in un'angusta anticamera dove i pazienti potevano cambiarsi. Henny si sentiva a disagio in quella situazione, che somigliava più a un gesto disperato che a un consulto professionale. Ma fece comunque ciò che Nelly le chiedeva. Sì, c'era qualcosa. Un nodulo. Già piuttosto grande e ben identificabile al tatto.

Nelly lesse lo sconcerto sul volto dell'amica. «Dimmi, Henny, è grave? Pensi che morirò?»

Il mattino dopo, Albert Salomon accolse Henny con una notizia sorprendente. Gli brillavano gli occhi, mentre le diceva: «Il professor Kalkfeld vi dà la possibilità di eseguire una mastectomia insieme a noi».

Henny aveva un brutto presentimento. «Su chi?»

Salomon la guardò stupito. «Su un cancro al seno, ovviamente» spiegò con il sereno distacco professionale tipico di ogni chirurgo.

Ti scongiuro, fa' che non sia Nelly, pregò Henny tra sé.

Cercare il modo di sconfiggere il cancro era una cosa. Togliere un seno con una mastectomia a una donna era tutta un'altra. E doverlo fare a un'amica era una prospettiva intollerabile. Henny sentiva le tempie pulsare. In quanto medico doveva essere in grado di anteporre il suo lavoro ai suoi sentimenti. Era l'unico modo per aiutare la sua amica.

Poco dopo, Henny si trovava nell'aula che fungeva da sala operatoria. Quando il lettino venne spinto dentro, le file di sedie erano già gremite di spettatori. Una giovane donna istruita e piena di fascino, talento e forza d'animo, era stata ridotta a un corpo nudo e inerme, puro oggetto dimostrativo al servizio della scienza.

«Signori miei…» come al solito Kalkfeld si rivolgeva solo agli studenti maschi, nonostante quel giorno in aula sedessero addirittura due donne. «Adesso procederemo con un'anestesia spinale. Girate il cancro al seno da un lato, prego» aggiunse rivolto a Henny.

A quel punto, il suo sguardo incrociò quello di Nelly. «Portami fortuna, Henny!» le sussurrò l'amica.

Henny annuì in silenzio, aveva la gola stretta da un nodo. Il dottor Salomon e altri due studenti tenevano ferma Nelly in una posizione mortificante. Doveva stare rannicchiata sul tavolo operatorio con la schiena ricurva, avendo addosso solo un camice bianco che le lasciava scoperta tutta la parte posteriore del corpo.

«Per l'anestesia uso la cocaina, signori miei. L'ho sperimentata su me stesso e, come vedete, sono in forma smagliante» disse il professore.

I presenti risero ammirati. La sperimentazione su se stessi rappresentava un notevole sacrificio personale. Anche Henny ne rimase colpita.

«Alla puntura si sente come una forte scossa che attraversa il corpo, signori miei. Ma l'operazione che segue sarà completamente indolore.» Kalkfeld inserì l'ago all'altezza della vertebra toracica mediana e premette sullo stantuffo svuotando il contenuto della siringa in un colpo solo.

Nelly dovette provare un dolore atroce, perché emise un urlo agghiacciante e tentò di divincolarsi. Ma gli uomini la tennero ferma con una forza brutale. Poco dopo, il corpo della paziente si rilassò. Nell'aula riecheggiò un sospiro di sollievo. A quel punto lasciarono la presa su Nelly e la voltarono supina. Dato che sarebbe rimasta cosciente per tutto il tempo, la legarono al tavolo operatorio con cinghie di cuoio.

Kalkfeld posizionò il bisturi e incise la pelle, facendo sgorgare il sangue. Henny lo tamponava e passava le graffe metalliche, mentre Salomon assisteva il chirurgo. Nelly non muoveva un muscolo, si limitava a fissare il soffitto. Non sembrava avere coscienza di che cosa stesse accadendo intorno a lei.

«Vedete? Nessun dolore» esclamò Kalkfeld trionfante. Il suo bisturi continuava a scivolare sulla pelle bianca, affondando nei tessuti. Tutti gli occhi erano puntati sulla ferita chirurgica sempre più ampia.

Nelly voltò la testa di lato. Aveva le guance rigate di lacrime. Poi chiuse gli occhi e Henny sperò dal profondo del cuore che la cocaina la liberasse, oltre che dal dolore, anche dalla consapevolezza dello strazio che stava subendo.

Il dottor Salomon passò il campione di tessuto ai raggi Röntgen quello stesso pomeriggio. Nel frattempo, mentre lui sviluppava e faceva asciugare l'immagine, Henny mise un campione di tessuto sotto al microscopio per osservarlo con cura.

Finalmente Salomon rientrò nel laboratorio con l'immagine sviluppata. Di solito un carcinoma mammario passato ai raggi Röntgen appariva come una nuvola scura, sfuocata e sfilacciata in ogni direzione, come se cercasse di stendere verso l'esterno le sue innumerevoli braccia. Anche in questo caso nell'immagine si notava una macchia scura, ma era circoscritta e non sembrava voler entrare in contatto con il tessuto circostante per potersi espandere. L'immagine confermava ciò che Henny aveva già notato al microscopio.

«Non è un tumore maligno» concluse Salomon. Il suo volto

era raggiante di soddisfazione: il suo metodo era in grado di cogliere la differenza.

Avendo passato ai raggi solo il seno asportato e non il torace di Nelly prima dell'operazione, quel suo successo non sarebbe stato di alcuna utilità per lei. Da quel giorno in poi sarebbe rimasta per sempre con un solo seno e avrebbe dovuto convivere con il dolore del tessuto cicatrizzato.

Era ormai sera quando Henny entrò nella camera che Nelly, appena operata, divideva con un'altra decina di donne. L'aria era soffocante e calda, c'era cattivo odore e le pazienti piangevano e si lamentavano per il dolore.

Nelly era sdraiata nel letto con gli occhi chiusi, la coperta tirata su fino al mento e il viso pallido come una maschera. Henny notò che la sua amica aveva dei lineamenti davvero particolari. Gli zigomi alti, le labbra chiare e ben definite, i capelli biondi che ricadevano morbidi. *Un'attrice può continuare a lavorare anche dopo una mastectomia*, si disse Henny. Con un abbigliamento adeguato, avrebbe potuto nascondere bene l'amputazione.

Dato che l'amica non sembrava ancora cosciente, si limitò a misurarle il polso e a carezzarle con dolcezza i capelli.

«Avrei preferito morire» disse a un tratto Nelly in un sussurro.

«No, non è vero» la contraddisse Henny. «Ti riprenderai. Riposati. Domani torno a trovarti.»

«Henny, ma perché doveva capitare proprio a me?»

Quella domanda continuò a tormentare Henny anche durante il tragitto verso casa, attraverso la fredda notte novembrina. La diagnosi con cui Salomon aveva escluso il cancro al seno era arrivata troppo tardi per Nelly, anche se era decisa a non condividere con lei questa informazione.

«Hai ragione, Nelly non deve venirlo a sapere» le confermò sua madre più tardi, dopo che le aveva raccontato tutto. «Prima o poi scopriremo un modo per analizzare i campioni prima e amputare solo in caso di effettiva necessità. Per quanto dura possa sembrare, Henny, le tue pazienti saranno comunque più fortunate delle mie.»

Il giorno dopo Henny riuscì ad andare a trovare la sua amica solo a fine mattinata. La trovò ancora a letto, apparentemente nella stessa identica posizione del giorno prima. Le infermiere erano affaccendate con le altre pazienti.

«Ho qualcosa che non va, Henny. Non mi sento le gambe e ho un mal di testa lancinante» si lamentò Nelly.

«Il mal di testa è normale dopo l'anestesia spinale. Ma alle gambe cosa succede?» Henny tirò via la coperta e la accarezzò delicatamente dalle cosce ai piedi, che erano gelati. «Forse posso aiutarti a metterti seduta. Dobbiamo far ripartire la circolazione.»

«Mi hai toccato le gambe? Dammi un pizzicotto.»

«Lo sto facendo.»

«Non sento niente.» Calde lacrime le correvano lungo le guance. «Quando il professore mi ha fatto la puntura nella schiena, ho sentito una scossa, era come se la testa mi stesse per scoppiare» le raccontò con la voce rotta dal pianto. «Ho sentito un male indicibile.»

Nella spina dorsale corrono le vie nervose, questo si sapeva. Era proprio quello il motivo per cui Kalkfeld vi aveva iniettato il farmaco, per anestetizzare i tessuti del seno. Ma non aveva forse affermato di aver imparato tutto sull'anestesia spinale grazie alla propria esperienza personale? Com'era possibile che le gambe di Nelly avessero perso sensibilità?

«Intanto cerchiamo di metterti seduta con le gambe fuori

dal letto, così posso visitarti meglio» le disse Henny sfoderando un tono ottimista.

Ma Nelly non riusciva neanche a muovere le gambe, per cui il suo proposito naufragò subito. Allora la punse in varie parti con la sua forcina. Il segno della pressione esercitata rimaneva, ma Nelly non reagiva in nessun modo.

«La solita nevrastenia femminile!» sbraitò il professor Kalkfeld il mattino dopo, durante la visita di controllo. Ormai quella parola greca che indicava la "debolezza di nervi" era assurta a parola magica in grado di spiegare qualunque cosa avesse a che fare con l'universo femminile. «Alzatevi!»

Ma Nelly, in preda alla disperazione, non ci riuscì neanche quel giorno.

«Thomasius, aiutatela!» ordinò il professore.

Henny le mise un braccio intorno alla vita e tentò di tirarla su per aiutarla a scendere dal letto.

«Lo vedete? Eccome se ce la fa. Adesso fatevi da parte, Thomasius.»

«Ma professore, la paziente rovinerà a terra.»

«Be', se vi ponete in questo modo i vostri figli non impareranno mai a camminare!» Scoppiò a ridere e gli altri uomini presenti gli fecero eco.

«Provaci, Nelly» le sussurrò Henny lasciandola andare. Ma Nelly cadde giù come una bambola inerte. All'ultimo secondo, Henny riuscì a farla atterrare sul letto.

«Fate uno sforzo!» tuonò Kalkfeld.

«Professore, se posso permettermi un'osservazione, la paziente non ha riflessi né alle gambe né ai piedi» disse Henny.

«Oh, ma che sciocchezza!» Il professore punse la gamba nuda della paziente con la punta del suo bisturi. Nelly non mosse un muscolo. «Niente di grave» disse il professore. «Tornerà tutto a posto.» Poi si voltò e si diresse al letto accanto.

Henny se ne stava rannicchiata sul divano a singhiozzare, con un fazzoletto zuppo di lacrime stretto nel pugno. «Non posso fare questo mestiere. È impossibile, mamma. Non posso assumermi questa responsabilità. Nelly è paralizzata. Capisci, mamma? Paralizzata. Per sempre. È come un giudizio divino ai tempi degli antichi greci. Mi ha detto che lo ha imparato da uno spettacolo teatrale. Comunque lei è così che si sente. E anch'io. Come medico dovrei sorridere e infonderle coraggio, in realtà non faccio che dirle bugie e imbrogliarla!»

Ricarda prese le mani della figlia nelle sue e sentì che erano gelate. C'era stato un tempo in cui anche lei si era sentita così. Eppure aveva continuato. Aveva semplicemente cercato di ignorare il terremoto che le scuoteva l'anima ogni volta che si chiedeva quale fosse il senso dietro a tutto questo. Quando era allo stesso punto degli studi in cui era adesso Henny, a Zurigo passava le notti a lavorare come infermiera per guadagnarsi i soldi per l'università. Sua figlia, invece, non aveva nessun problema finanziario, viveva in una famiglia di medici e, per quanto non navigassero nell'oro, non le mancava niente. D'altra parte, però, a Ricarda non sembrava giusto rinfacciarle questa differenza. In fin dei conti, lo scopo della sua battaglia era stato proprio quello di assicurare a Henny un futuro migliore. Ed era solo questo che doveva spiegarle.

«Cosa pensi di aver sbagliato, Henny?» le domandò.

«Non sono stata sincera con Nelly.»

«E la tua sincerità avrebbe cambiato qualcosa?»

«Ma si tratta della responsabilità che tutti i medici hanno. O forse mi sbaglio, mamma?»

«Non dobbiamo sentirci responsabili della verità, dobbiamo solo gestirla al meglio, Henny. Dobbiamo esercitare la nostra professione nel modo migliore possibile.»

Henny scoppiò in una risata isterica. «Nelly è paralizzata. E aveva solo un nodulo benigno al seno! Vuoi dire che non dovrei essere indignata?»

«Prima i medici sezionavano i cadaveri e poi usavano lo stesso coltello per recidere gli ascessi, senza neanche lavarlo. Un paio di giorni dopo il paziente era morto. E si domandavano come mai accadesse. Nessuno capiva la correlazione, perché nessuno conosceva i batteri. Finché Virchow e Koch non li hanno scoperti. Ma i medici di prima erano forse degli irresponsabili? No, erano semplicemente figli della loro epoca. Pensa a quando è stato scoperto l'etere come narcotico: i pazienti morivano per i dosaggi sbagliati. Arriverà un giorno in cui l'anestesia spinale sarà talmente diffusa che gli effetti collaterali saranno minimi.»

«Sì, ma Kalkfeld ha commesso un errore e tu stai cercando di assolverlo.»

«Alla fin fine non si tratta del signor Kalkfeld, Henny. Si tratta di decidere come affrontare i momenti bui della vita» disse Ricarda. «Perché ce ne saranno sempre. E non solo in questo mestiere, ma in tutti.»

Henny guardò la madre con aria interrogativa. «Tu hai avuto molti momenti bui?»

«Ne ho avuti diversi, sì» rispose Ricarda. Accarezzò con dolcezza la guancia della figlia. «Anche tu imparerai a conviverci. Nonostante tutto. Anzi, proprio per quello.»

Fu solo quando Siegfried montò sulla scala e tirò giù le sue valigie avvolte in dei teli, che Ricarda si rese conto di come in quegli anni i simboli della smania di viaggiare del marito fossero sempre stati in quella stanza, di fronte al loro letto. Erano tre pesanti valigie di pelle di bufalo d'acqua che Siegfried si era fatto confezionare nell'Africa Orientale Tedesca.

«Potevi almeno trascorrere il Natale ancora qui con noi» disse Ricarda, pensando soprattutto a Toni. Per molti versi, la figlia minore era ancora una bambina ed essendo cresciuta in Africa non c'era niente che amasse di più del Natale in Germania.

«A dir la verità siamo già troppo avanti con la stagione, Rica» rispose Siegfried. «Io avrei preferito prendere la nave da Amburgo, anziché dall'Italia, ma vorrei risparmiare a Hildchen le tempeste invernali sull'Atlantico.»

Ricarda lo osservò ripiegare le uniformi e due completi. Quella era una cosa che aveva sempre fatto da solo, a differenza degli altri mariti. Ricarda si chiese se non fosse rimasto uno scapolo nell'anima, nonostante la famiglia. Poi gli tolse di mano le camicie che stava tirando fuori dall'armadio e mettendo in valigia.

«Che fai?» le chiese.

«Questo è il momento di goderci ciò che non avremo più per molto tempo. Noi due» gli rispose lei, baciandolo.

«Oh, Rica» mugugnò lui. «Ma partiamo domattina.»

«Appunto.» Gli fece scivolare la vestaglia giù dalle spalle. «Vorrei che mi scrivessi regolarmente. Che tu mi dicessi sinceramente come stai. Me lo prometti?»

«Le lettere ci mettono un'infinità ad arrivare. Se ti scrivo che sono raffreddato, quando ti arriva la lettera sarò già più che guarito.»

«Questo lo so. Ma così almeno potrò essere partecipe della tua vita.»

Siegfried la baciò sul collo. «E va bene.»

Ma le sue parole non sembravano convincenti e non somigliavano neanche lontanamente a una promessa.

Il fattorino aveva già caricato le valigie di Siegfried e di Hilde sul carretto a mano ed era corso a piedi verso la stazione Anhalt, da dove sarebbe partito il treno per Monaco. Henny pensò che c'erano stati già troppi addii nelle loro vite e ormai solo la vista di una valigia le faceva venire la nausea.

Strinse un'ultima volta Hildchen tra le braccia. «Ti capisco, sai. Non dev'essere poi così entusiasmante cucinare per noi.» Pizzicò scherzosamente nelle guance la sua zia acquisita, che per lei era più come una sorella maggiore, e le fece un gran sorriso. «Magari finirai per sposare l'imperatore di Cina.»

Hildchen le diede un colpetto sul sedere. «Piccola impertinente! Sono troppo vecchia per il matrimonio, ormai non mi prenderebbe più nessuno. Tu, piuttosto, vedi di non fare come me. È arrivato il momento di trovare quello giusto.»

Hildchen aveva trentacinque anni, Henny ventidue, e in effetti l'argomento era stato affrontato più volte durante le loro chiacchierate in confidenza. Solo Hildchen era a conoscenza dei suoi brevi incontri con il giovanotto dai riccioli neri che viveva in America. Per cui Henny disse: «Lui non lo vedrò mai più».

«Le cose capitano quando meno te le aspetti» le rispose Hilde. «Ma se ricompare, non lasciarlo andar via di nuovo. Magari viene fuori che è davvero lui quello giusto.»

«Oh, Hildchen, quanto mi mancherai! Abbi cura di te» disse Henny tra le lacrime.

Ricarda, invece, sistemò il cappotto invernale di Siegfried nonostante fosse già assolutamente perfetto, in un gesto di completa impotenza. «Dovrebbero inventare un antidoto contro la smania di viaggiare in terre sconosciute» disse.

«Ma sarebbe un antidoto anche contro la curiosità» ribatté lui.

«Furbacchione.» Ricarda gli diede un bacio. «Torna a casa sano e salvo. Promettimi almeno questo.»

Ma anziché rispondere, Siegfried si limitò a rivolgerle un mezzo sorriso. Poi i due fratelli montarono sulla carrozza in attesa.

Antonia stringeva Badili tra le braccia per consolarsi. Le due ragazze rimasero insieme alla madre sulla Luisenstrasse, salutando con la mano la vettura che spariva nel traffico concitato dell'incrocio con Unter den Linden.

Ricarda si sentiva triste all'idea che Siegfried avrebbe passato i due anni successivi dall'altra parte del mondo. Qualche tempo prima in Cina c'era stata la cosiddetta rivolta dei Boxer, un altro conflitto in cui avevano perso la vita moltissimi europei. Ma neanche questa consapevolezza era valsa a far desistere Siegfried, che pure aveva già vissuto una guerra in Africa. Affermava di sapere come doveva comportarsi. Non che questo fosse di qualche consolazione per Ricarda, perché non c'era niente di peggio che sapere cosa sarebbe potuto succedere.

In quel momento cominciò a scendere un leggero nevischio.

«Natale si avvicina, bambine mie» disse Ricarda sforzandosi di sembrare allegra. «Vedrete che bella serata organizzeremo. Perché non cominciamo già oggi, preparando un bel dolce?»

«Io ho voglia di stelline alla cannella» disse Toni. «Hildchen mi ha fatto copiare la sua ricetta.»

Henny sapeva che la sua famiglia doveva restare unita in quel momento. Ma c'era un'altra persona che aveva ancora più bisogno di lei. «Io vorrei passare un attimo a trovare Nelly» disse. «Ve la prendete, se vi raggiungo un po' più tardi? Devo assolutamente raccontarle una cosa che forse le restituirà un po' di voglia di vivere.»

Poco dopo, Henny stava già scendendo dal tram in piazza Savigny. Dopo che la sua ex compagna di studi era stata dimessa dall'ospedale, aveva continuato a farle visita regolarmente a casa. Per ironia della sorte, quelle drammatiche circostanze avevano fatto riavvicinare le due amiche dopo che si erano perse di vista. Nelly era figlia unica e viveva con i genitori in un grande appartamento. In teoria le ampie finestre facevano passare molta luce, ma ormai le tende venivano tenute sempre chiuse e la madre di Nelly vestiva di nero come se la figlia fosse morta. Suo padre, invece, era il direttore di una scuola e Henny non lo incrociava mai.

«È così bello che non abbiate abbandonato la nostra Cornelia, signorina Thomasius. Sono sempre meno gli amici che vengono a trovarla» le disse la madre.

Henny avrebbe voluto rispondere che il teatro non era che pura illusione, che mal si sposava con i drammi della vita reale. Invece si limitò a rivolgerle un sorriso comprensivo. Quando entrò, trovò Nelly seduta sulla sedia a rotelle con un libro sulle ginocchia e un sorriso di circostanza sulle labbra. Gli occhi, però, erano rossi di pianto.

Henny, senza perdere tempo con i preamboli, tirò fuori dalla borsa un articolo di giornale e le espose il suo piano. «Credo di aver trovato un modo per aiutarti.» Poi le spiegò che esisteva una nuova cura, chiamata "osteopatia", ancora sconosciuta in Germania. «Il suo inventore è un medico americano secondo il quale ogni malattia non è che una reazione a qualcosa. La causa, però, risiede sempre nella parziale o completa incapacità dei nervi di guidare correttamente il fluido vitale. In altre parole: Kalkfeld ha provocato una reazione che, stando a questa teoria, dovrebbe essere reversibile.»

«Sarebbe fantastico! Ma come?»

«Be', la risposta a questa domanda purtroppo non ce la insegnano all'università.» Henny era sempre più entusiasta. «Questo articolo è stato scritto da una dottoressa di New York che ha imparato il metodo direttamente dal suo inventore. Lui ormai ha più di ottant'anni, ma la dottoressa Emma Hastings dovrebbe poterti aiutare.»

«E come può farlo? Vive così lontano da qui» esclamò Nelly disperata.

«Volere è potere. Dovresti andare a New York e fare la cura lì.» Sapeva che era una prospettiva difficile da immaginare per la figlia di un insegnante. «Sei troppo giovane, troppo intelligente e troppo bella per ammuffire in questa camera. Parla con i tuoi genitori, sono sicura che ti aiuteranno. Potresti almeno provarci…»

«Oh, Henny. Tu hai vissuto in Africa!» Nelly la guardò con aria triste. «Ma di solito le persone non viaggiano così facilmente per il mondo.»

«Ma qui c'è in ballo il resto della tua vita, Nelly» rispose lei. «Non puoi rinunciare così!»

«Forse hai ragione.» Nelly si asciugò le lacrime dal viso. «Apri il cassetto in alto a sinistra della mia scrivania. Lì dentro c'è una lettera che mi hanno consegnato tempo fa. Non ho mai nemmeno voluto aprirla. Mi ricordava i bei tempi passati e non riuscivo a sopportarlo.»

Henny fece quello che le aveva chiesto. L'indirizzo sulla lettera non era quello di casa di Nelly, ma del Deutsches Theater, con l'aggiunta: *Per la signora Nelly Herz*. Il mittente era Victor Vandenberg, da New York.

Henny sentì il cuore fermarsi. «Vuoi che la apra io?» chiese emozionata.

La sua amica annuì. Henny tirò fuori dalla busta due fogli

completamente pieni di una calligrafia dall'aspetto ingarbugliato. In cima alla lettera, Victor aveva segnato il suo indirizzo di New York.

Henny fece per passarla all'amica, ma questa si ritrasse. «Leggila tu, Henny, e dimmi se c'è scritto qualcosa di importante.»

Prima di sprofondare nelle parole di Vic, Henny disse: «Cerca di capire, Nelly: questa potrebbe essere la soluzione. Vic potrebbe trovarti questa dottoressa, vivono nella stessa città. E a quel punto tu potresti andare da lei».

«E perché dovrebbe farlo? Non abbiamo contatti da tantissimo tempo. E poi New York è sicuramente una città immensa, non la troverà mai.»

Henny si sedette vicino all'amica con la lettera in mano. «Un uomo capace di inventarsi una storia su una donna cieca sicuramente non ti pianta in asso.»

Nelly piegò gli angoli della bocca all'ingiù. «Ma era solo una stupida storia.»

Ma tra le migliaia di storie che si possono inventare, lui ha pensato proprio a quella, pensò Henny, prima di mettersi a leggere.

Le ci volle un secondo per capire che Nelly ci aveva visto giusto a non voler leggere la lettera. Parlava soprattutto di cinema e di teatro, e dunque di tutto quel mondo al quale Nelly non aveva più alcun accesso. Poi giunse a una frase che la agitò al punto che non riuscì più a starsene seduta in silenzio:

Prossima estate io torno in città per lavorare all'Operetta di Berlino. Io molto felice di rivederti. PS: Puoi darmi indirizzo della tua amica Henny? Io non so suo cognome. Io voglio scrivere lei che torno a Berlino.

Henny si sforzò di pensare lucidamente, nonostante sentisse il cuore pulsare nella gola.

«Allora?» chiese Nelly. «Di che si tratta?»

Henny aveva la mente in subbuglio al pensiero che quel ragazzo mezzo matto non si fosse scordato di lei. D'altra parte, però, si rendeva conto di dover misurare ogni singola parola se non voleva rischiare di ferire i sentimenti dell'amica, già di per sé convinta dell'ingiustizia della vita. «La notizia principale è che torna a Berlino l'estate prossima» rispose di getto.

«Non voglio che mi veda così» rispose subito Nelly. «Portati via la lettera. Se vuoi, puoi rispondergli tu.»

Quando, poco dopo, stava uscendo dalla casa dell'amica, Henny aveva già formulato parola per parola la lettera che avrebbe spedito a Victor Vandenberg a New York.

Come l'aria che respiro

Giugno 1913

Ricarda non riusciva ad abituarsi al traffico sempre più intenso che imperversava fuori dalle finestre della Behrenstrasse. Le automobili non facevano che suonare i clacson, perché si avvicinavano troppo velocemente ai carri trainati da cavalli che continuavano a fare da padroni sulla carreggiata. A quel punto, quando andava bene i cavalli si impennavano nitrendo, mentre quando andava male scappavano facendo gridare i pedoni. Tutto questo già alle sette del mattino, quando Ricarda non avrebbe desiderato altro che un momento di pace prima di essere fagocitata dai ritmi incalzanti delle sue giornate. Chiuse le finestre e guardò con un sorriso benevolo la piccola rivista stampata su carta giallastra.

Henny non desisteva. *Finita sotto gli zoccoli*: così titolava il suo ultimo articolo per *Die Frauenbewegung*. Lo aveva corredato di due disegni. Nel primo era rappresentata una suffragetta che, con in mano un cartellone con la scritta: *Io voglio votare*, sbarrava la strada a un signore barbuto a cavallo che somigliava vagamente all'imperatore. Sulla seconda vignetta erano entrambi sdraiati per terra, ma il cartellone era rimasto in piedi accanto a loro. Con quelle immagini, Henny aveva voluto fare la parodia di un episodio realmente avvenuto in Inghilterra, durante una corsa di cavalli. Un secondo riferimento alla cronaca riguardava la notizia secondo cui la Norvegia era il primo paese europeo ad aver introdotto il suffragio universale, quello stesso mese.

In quanto madre e donna indipendente, Ricarda appoggiava in pieno l'impegno politico della figlia. Era giunto il momento che le donne partecipassero alle decisioni che riguardavano il loro paese. E non era neanche l'unica a essere sempre meno soddisfatta dell'operato di Guglielmo II. L'imperatore aveva di nuovo incrementato l'effettivo dell'esercito, aumentando di conseguenza nel bilancio le spese per la difesa, e l'unico modo per far crescere le entrate era un ulteriore inasprimento delle tasse. Ricarda trovava anche giusto che esistesse un'imposta specifica per lo spumante, ad esempio, ma il problema era che i suoi proventi non venivano devoluti alla cura degli alcolizzati, bensì alla costruzione di navi da guerra. E intanto i dati sulla mortalità infantile erano ancora spaventosamente alti, e nei quartieri operai i bambini camminavano scalzi in ogni stagione dell'anno come decenni prima, perché i genitori continuavano a non potersi permettere le scarpe.

Ricarda richiuse la rivista con un sospiro profondo. Certo, era orgogliosa di quella figlia tanto eclettica. Henny non se ne stava a guardare con le mani in mano come aveva fatto lei alla sua età. Henny prendeva posizione. A farne in qualche modo le spese era lo studio, motivo per cui stava ancora scrivendo la sua tesi di laurea. Da un anno. A onor del vero, andava detto che la faccenda della sua amica Nelly aveva scosso Henny nel profondo, anche se alla fine sembrava che avesse trovato il modo di aiutarla. Peccato che non condividesse i suoi progetti con la madre. Nelly aveva avuto un destino tragico, ma cose come quella succedevano. D'altra parte, Ricarda riteneva sbagliato mettere Henny sotto pressione proprio adesso. Voleva dire che si sarebbe laureata un anno più tardi.

Ricarda si alzò dalla sua scrivania. Era tempo di aprire la porta e far entrare le pazienti. Come al solito, si rivolgevano a lei solo donne di estrazione sociale medio-alta, alcune delle quali la cercavano per avere consigli sull'Africa. La maggior parte, però, soffriva di malattie femminili. Käthe la aiutava ancora, ma proprio come all'inizio, quando la contessina Henriette esercitava ancora in Unter den Linden, non lavorava mai più di tre giorni a settimana.

Quel giorno entrò nello studio medico in compagnia di una donna giovane ed elegante che Ricarda aveva l'impressione di conoscere, pur non sapendola inquadrare precisamente.

«Ti ricordi di Amelie Von Freyer?» le domandò Käthe.

«Ma certo!» rispose Ricarda. «È passato molto tempo.» Tese la mano ad Amelie, rivolgendole un sorriso cordiale. «Ci siamo conosciute quella volta, al margine della giungla. Voi e vostro fratello avete salvato il cenone di Natale. Eravate agli inizi dei vostri studi in medicina a Zurigo e vi trovavate in Africa solo per una breve visita.» Il ricordo di quell'incontro avvenuto molti anni prima le fece capire come fosse volato il tempo. «Che bello rivedervi.»

«Anch'io sono felice di rivedervi. Come stanno vostro marito e i vostri figli?»

Ricarda la aggiornò su tutto e venne a sapere da Amelie che aveva deciso di lasciare l'Africa per sempre per stabilirsi lì a Berlino: «Ho avuto due gemelli che devono iniziare la scuola. Dal momento che mio padre è morto, possiamo vivere nel suo appartamento.»

Ricarda era troppo educata per chiedere del padre dei gemelli, ma poi fu Amelie ad aggiungere: «Sono costretta a mantenermi da sola, perché mio marito è morto prima che nascessero i bambini.»

«Mi dispiace» disse Ricarda. «Dev'essere molto difficile per voi.»

«È proprio per questo che ho pensato di proporti Amelie come mio successore» disse Käthe. «Ovviamente all'inizio la affiancherei io, così da ritirarmi in modo graduale. Che ne dici, Rica?»

Il fatto che l'amica avesse architettato quella mossa a sorpresa era un chiarissimo indizio del fatto che non aveva davvero più voglia di lavorare come medico. «Che vuoi che ti dica, Käthe? Mi mancherai.»

«Non vado mica dall'altra parte del mondo, Rica, il castello di Freystetten si raggiunge comodamente in treno.»

Käthe era amica della contessina da sempre e non aveva mai tenuto in gran conto che fosse nobile. A quanto pareva però, adesso si era fatta convincere da Rosel e da suo marito ad andare a vivere a Freystetten. In quel modo poteva stare vicino a Henriette, sia come amica che come medico.

«Allora sono molto felice per questo nuovo inizio qui allo studio medico» disse Ricarda. «Se non ricordo male, in Africa eravamo passate subito a darci del tu. Io ero e rimango Rica.»

«E io Amelie. Spero che sarai paziente con me, ho ancora l'Africa nel sangue.»

«Immagino che Berlino ti sembri troppo rumorosa e troppo frenetica. So come ti senti. Ma credimi: a questa città ci si riabitua più in fretta di quanto non si vorrebbe» disse Ricarda.

«Anche perché non c'è altra scelta» aggiunse Käthe «per chi si vuole affermare.»

«In Africa era ancora più difficile affermarsi. Ma a me piaceva tantissimo» ammise Amelie.

«Sento forse della smania di partire nella tua voce?» le chiese Ricarda. L'istinto a viaggiare di Siegfried le dava già dei bei grattacapi e non avrebbe sopportato un'altra persona affetta dalla stessa inquietudine, nella sua vita.

La sua nuova socia scosse la testa. «No, Rica, sono venuta nella mia città natale per rimettervi radici insieme ai miei due bambini.» Sorrise malinconica. «Anche se porterò sempre l'Africa nel cuore.»

La locomotiva, nascosta da una nuvola di fitto vapore, trascinava con lentezza i suoi vagoni dentro la stazione Lehrte. Henny dondolava nervosamente spostando il peso da un piede all'altro. E se non avesse riconosciuto Victor? In fondo tre anni erano tanti e lui era sicuramente cambiato.

Avrei dovuto chiedergli una foto, le venne in mente. *Di certo me la poteva spedire.*

Ovviamente conosceva benissimo il motivo per cui non gliel'aveva chiesta. Non stava bene che una signorina si prendesse certe confidenze quando stava semplicemente cercando aiuto per la sua amica paralizzata...

Negli ultimi sei mesi si erano scritti due volte e avevano parlato soprattutto del grave incidente subìto da Nelly. Alla fine della sua seconda lettera, Victor aveva scritto: *Ho trovato dottoressa Emma Hastings. Ha uno studio poco fuori New York. Sarebbe felice di aiutare Nelly.*

Come sarebbe successo era ancora un mistero. Ma adesso Victor stava finalmente arrivando di persona e forse a quel punto sarebbero riusciti a organizzare il trasferimento di Nelly a New York. I genitori si erano già informati sui costi del viaggio e la madre si era addirittura offerta di accompagnarla. La speranza di una guarigione aveva restituito la gioia di vivere a tutta la famiglia.

Ma la preoccupazione per la sua amica non riusciva a mitigare in nessun modo l'impazienza di Henny. Negli ultimi mesi non aveva fatto altro che ripensare a quel breve abbraccio all'Hotel Adlon. E non le serviva a niente ripetersi quanto fosse stato folle: con la sua ultima lettera, Victor aveva riattizzato il fuoco della sua immaginazione: *Spero prendervi nelle mie braccia presto.*

Henny si sentiva sempre più nervosa, mentre la marea di passeggeri scesi dal treno le passava accanto. Come avrebbe fatto a trovarlo in quella calca?

«Gentile signorina, voi guardate in direzione sbagliata!»

Henny si voltò. «Victor!» esclamò. «Non vi ho neanche… Com'è possibile…» Henny non riuscì a formulare nessuna frase di senso compiuto.

«Siete di fronte a treno da Colonia!» Victor le indicò il binario accanto con una risata. «Questo è Amburgo.»

«Che stupida che sono.»

Ma certo che l'avrei riconosciuto, pensò Henny in quel momento. Non si poteva certo dire che passasse inosservato. Si era fatto più adulto, maturo e snello, il che gli dava un aspetto molto più virile. I riccioli neri erano decisamente troppo lunghi, ma pur sempre intonati al suo abbigliamento vagamente dandy. Nonostante l'orario e la calura estiva, indossava finanziera e panciotto.

«Io pensavo che forse voi non esserci. Sempre ripetevo a Emma: "Dov'è Henny?"» disse Victor.

Emma? Henny pensò di aver capito male. Possibile che avesse portato la dottoressa con sé? In quell'istante vide una donna dall'aspetto simpatico che le tendeva la mano. Henny pensò che dovesse avere qualche anno più di lei. L'americana le rivolse un sorriso rilassato e si profuse in una cascata di parole in inglese.

«Emma dice che lei molto felice di essere nell'Impero. Vuole guarire Nelly e così fare famoso il suo metodo qui» tradusse Victor.

Henny fu colta un po' alla sprovvista, non era preparata all'arrivo della dottoressa e soprattutto non sapeva bene chi si sarebbe accollato i costi di tutta l'operazione.

Ma Victor si affrettò a dire: «Non fatevi nessuna preoccupazione per soldi, Henny. Mia famiglia felicissima di aiutare Nelly ed Emma.»

Henny non trovò le parole per esprimere tutto quello che le passava per la mente: «Siete davvero straordinario, Victor».

Lui era raggiante. «Io pensare a tutto questo.»

Grazie alla disponibilità finanziaria della sua ricca famiglia, Victor aveva prenotato due camere, per lui e per la dottoressa, in un hotel in piazza Savigny, in modo che Emma si trovasse a pochi minuti a piedi dalla sua paziente. Per non dare l'impressione di volere Victor tutto per sé, Henny insistette affinché rimanesse a disposizione della dottoressa americana come interprete. In questo modo, Emma avrebbe potuto concentrarsi esclusivamente sul trattamento di Nelly.

I due americani erano in città ormai da qualche giorno e a Henny quel suo gesto di generosità costava sempre più sforzo. Sapere che Victor era finalmente a Berlino e imporsi di non vederlo aveva sortito un unico effetto: passava ogni minuto del giorno a chiedersi se non fosse finalmente giunto il momento di farsi viva. Alla fine si presentò alla porta della famiglia di Nelly e suonò il campanello. Non appena la madre le aprì, Henny si accorse subito di come era cambiata quella casa, un tempo gravata da un'incombente atmosfera di lutto. Sentì il suono di un pianoforte riempire l'aria e vide che le tende erano finalmente state aperte.

«Non riusciamo ancora a crederci, signorina Thomasius!» esclamò concitata la madre di Nelly. «Quell'americana sa quello che fa. La nostra Nelly sta già molto meglio.»

La scena che vide entrando in salotto non aveva proprio nulla che ricordasse una consultazione medica. Nelly sedeva raggiante e con le guance leggermente arrossate di fronte alla finestra inondata di luce. Accanto a lei c'era Emma Hastings, mentre Victor suonava il pianoforte con disinvoltura. Non era un brano del repertorio classico, sembrava più che improvvisasse, che gli uscisse la melodia dalle dita sul momento. A Henny ricordò un pochino il loro primo incontro. Solo che qui non si trovavano allo Cheval Rouge, ma in casa di un dirigente scolastico con una figlia paralizzata che desiderava guarire. *Da dove attinge tanta leggerezza, Victor?*, si chiese affascinata Henny. Non riusciva a distogliere lo sguardo da lui. Alla fine, smise di suonare.

«Finalmente voi venuta, Henny!» esclamò. «Le signore vogliono di me liberarsi. Emma dice: "Noi non servono parole. Il corpo parla"». Si mise a ridere. «Allora io faccio musica per parlare con mio corpo.»

Henny non aveva capito una sola parola. «Che intende dire, Nelly?»

L'amica alzò le spalle. «La teoria di Emma è questa: il fluido universale non riesce a scorrere. Il motivo è un blocco a livello nervoso. Secondo lei il fattore scatenante è stato il modo violento in cui gli aiutanti del professore mi hanno trattenuto nella posizione per far entrare l'ago tra le vertebre.»

Ricarda fu scossa da un brivido al ricordo di quella visione terrificante.

«Quindi secondo lei non è stato lesionato il midollo spinale?» Henny non era mai giunta a una conclusione simile, perché la brutalità alla quale aveva assistito in quella sala l'aveva talmente scossa che non aveva mai immaginato nient'altro che il peggio per Nelly. Ma se Emma Hastings aveva ragione, esisteva davvero una possibilità di guarigione!

«Emma ha fatto qualcosa per liberare la linfa e il sangue» le spiegò Nelly. «E vuole continuare a farlo ancora per un po'.»

Henny aveva l'impressione che fosse tutto molto poco scientifico. «E senti già dei cambiamenti?» domandò.

Nelly si indicò raggiante i piedi nudi. «Guarda tu stessa!» Le sue dita si mossero come per salutarla.

Henny aveva sognato quel momento per anni e adesso che finalmente era arrivato, si sentiva completamente inerme. Passeggiavano in piazza Savigny con le mani che si sfioravano. Poi entrambi si misero a parlare nello stesso istante; scoppiarono a ridere e si guardarono negli occhi. Ed eccola di nuovo lì, quella sensazione indescrivibile che non aveva mai provato con nessun altro uomo. Victor era sì un estraneo, ma allo stesso tempo le dava un'impressione di familiarità, come se il loro ultimo incontro risalisse ad appena un paio d'ore prima.

«Suonate bene il pianoforte» disse Henny.

Victor fece un cenno con la mano come a declinare il complimento. «Per me è solo divertimento. Emma dice che aiuta Nelly perché musica fa rilassare. Voi suonate il piano?»

Henny scosse la testa. «Io disegno. Posso farvi un ritratto?»

«Chi poi tiene disegno? Voi o io?»

«Pensavo non faceste piani.»

Victor sorrise. «Voi vi siete ricordata di questo?»

Henny annuì.

Lui le sfiorò il dorso della mano con le dita, come per caso. Quel contatto sembrò attraversarla nel profondo. «La cosa dei piani – oggi vedo diversamente. Senza piani, non va.» La guardò in un modo che le fece accelerare i battiti.

«Voi avete grandi piani» disse Henny. Doveva sforzarsi molto per condurre la conversazione in modo da non tradire i propri sentimenti. In fin dei conti, doveva prima scoprire come stavano le cose tra loro. Aveva davvero una chance con lui? «Ho sempre pensato che voleste fare film e invece adesso vi interessate di operetta. Cos'è successo?»

«Morrie e io abbiamo avuto grande successo con piccolo film su ragazza cieca. Il film costato duecento dollari e incassato duemila. Allora vogliamo continuare così. Ma per questo devo imparare come funziona *entertainment*.»

«E cosa sarebbe?»

«Non conosco parola in vostra lingua. Si tratta di gente che si diverte in un teatro. Questo è *entertainment*» le spiegò, accendendosi una sigaretta. «Mio fratello e io andati via da New York. Abbiamo fondato uno studio cinematografico in California. Perché c'erano problemi con vecchia azienda di Morrie. Ma tutto questo noioso per voi. *Sorry*.»

California? Henny non aveva idea in che parte degli Stati Uniti si trovasse. Non appena si furono messi a sedere su una panchina sotto i castagni di piazza Savigny, lei iniziò subito a lavorare al ritratto. Si era già immaginata il disegno durante la passeggiata, adesso doveva solo riportarlo sulla carta.

«Voi veloce a disegnare.»

«Come fate a dirlo, se non lo vedete?»

«Sento il rumore di matita su carta.»

Mentre disegnava, Henny avvertiva su di sé il suo sguardo, che la rendeva ancora più nervosa. Per distrarlo, cercò di farlo parlare di sé. «Non so quasi niente di voi, Victor.»

«Vi ho raccontato che io vivere qui da bambino?» domandò.

«Davvero? E dove?»

«Speravo che io ricordare, l'ultima volta che sono stato qui. Ma non è venuto niente. Questa volta io resto a lungo. Forse troverò di nuovo il mio ricordo.»

«Quando ripenso alla mia infanzia, mi vengono in mente soprattutto dei volti. Anche per voi è così?»

Lui fece un tiro dalla sua sigaretta e si soffermò a osservare il fumo salire. «Non so. Io divento triste se penso a questo. Quindi non faccio.»

«Va bene, la smetto con l'interrogatorio. E comunque il vostro ritratto è finito.» Glielo mostrò.

Lui osservò il suo lavoro per un po', poi si limitò a un: «Oh».

«Non vi piace?» Henny si rimproverò subito per aver avuto l'idea di ritrarlo.

«Voi vedete dentro di me, Henny» disse lui, sforzandosi di suonare allegro.

«Siete arrabbiato con me, adesso?»

«No! Così deve essere arte. È molto bello. Ma io non mi piaccio così.» Poi le offrì il braccio. «Andiamo a bere caffè insieme. Venite.» Henny lo prese a braccetto.

Victor faceva passi troppo lunghi e Henny riusciva a malapena a stargli dietro. Alla fine si fermò.

«Non vi capita spesso di passeggiare in compagnia di una signora, vero?»

Lui la guardò con aria colpevole. «In realtà mai» ammise. «*Sorry*.»

«Dite spesso "sorri". Ma cosa significa?»

«Mi dispiace. Vostra vicinanza mi fa confondere.»

Per lei valeva la stessa cosa. «Perché non ci riproviamo più lentamente?»

«Sì, volentieri, Henny.» Le rivolse di nuovo quello sguardo

che le faceva provare caldo e freddo contemporaneamente.

«Dove andiamo?»

«In un caffè dove io andato con direttore di un teatro. Piace molto me. Ma sicuramente anche voi conosce Caffè Megalomania.»

Il nome non mi è nuovo, pensò Henny senza tuttavia collegarlo a qualcosa che avrebbe voluto conoscere. E poco dopo, il suo presentimento risultò corretto: signore del bel mondo con cappelli grandi quanto le ruote di un carro e agghindate con appariscenti boa erano sedute troppo vicino a uomini ben vestiti e ridevano in modo decisamente affettato. Sulla terrazza aleggiava una nebbiolina di fumo di sigaro e le persone ai tavoli parlavano tutte troppo forte. *Café des Westens*, riportava la grossa scritta al neon sull'edificio all'angolo con il viale Kurfürstendamm. Henny sapeva che le malelingue berlinesi chiamavano quel posto "Caffè Megalomania", anche se non ci era mai stata prima. Quando voleva andare da Nelly, prendeva il tram nella Friedrichstrasse e scendeva in piazza Savigny. Per lei Berlino iniziava e finiva con la zona intorno a Unter den Linden. Quello non era affatto il suo mondo.

Victor le indicò gli uomini di cui conosceva il nome. Compositori di operette, autori di romanzi e pittori. «Loro sono sempre qui, dice mio conoscente.»

L'unico che conosceva anche Henny era il direttore di teatro Max Reinhardt, che però non avrebbe mai potuto riconoscerla dopo tutto quel tempo. Ma almeno fu uno spunto di conversazione.

«Possibile che per un futuro autore di film, Berlino sia più interessante di Parigi o di Londra?» domandò Henny.

Victor le prese una mano e se la portò alla bocca con un sorriso: «Solo a Berlino c'è donna con cui voglio vivere».

Henny ritrasse la mano spaventata. «Victor, così mi compromettete!»

«Non conosco questa parola. Cosa vuol dire?»

Henny non sapeva bene come spiegarglielo. «Be', è una cosa che si dice… quando… Insomma… Quando una situazione non è opportuna.»

«Perché voi dite questo, Henny? Io innamorato di voi.»

Henny divenne rosso fuoco. «Ma non potete saperlo.»

«Io non deve sapere.» Le prese una mano e se la portò al cuore. «Io sento. Anche voi sentite?»

Henny si guardò intorno con aria scettica. Per il momento nessuno sembrava aver fatto loro caso. Al contrario, in quel locale tutti sembravano parlare in modo decisamente più intimo che altrove. Ma Henny provava una strana sensazione. «Ho la vaga impressione che stiate provando su di me quello che prima avete definito *entertainment*.»

«No, Henny. Non dite questa cosa! Io ho bisogno di voi come l'aria che respiro.»

Henny sentì il cuore fermarsi. «Va tutto troppo in fretta per me, Victor.» Afferrò la borsa. «Adesso devo andare a casa.»

«Vi prego, Henny, restate. Mi dispiace. Io di nuovo troppo veloce.»

La guardò con occhi supplicanti. Ma lei si era già alzata. A quel punto anche altri avventori del locale si erano voltati nella loro direzione. «Devo finire la mia tesi» disse Henny, perfettamente consapevole della goffaggine di quella scusa. Poi corse fuori dal locale.

Henny non era in grado di pensare lucidamente. *Io innamorato di voi! Io ho bisogno di voi come l'aria che respiro!* Aveva desiderato così tanto di rivedere Victor, ma il fatto che lui le dichiarasse il suo amore al primo incontro le sembrava semplicemente troppo per essere credibile. Che la stesse prendendo in giro?

Di recente aveva letto nella rivista *Feierstunden* di alcuni uomini che prima usavano questo piglio deciso con una donna e poi le spezzavano il cuore. Che anche lui fosse uno di quei rubacuori? Caffè Megalomania… di certo quel posto gli si addiceva. Un uomo che faceva cinema in California. E lei. C'entravano come la salsiccia con la marmellata.

Le venne da ridere. Probabilmente anche lui avrebbe apprezzato quella similitudine.

Che sciocchezze, si rimproverò tra sé. Ma non appena fu sul tram verso casa, si mise a riguardare il ritratto di Victor. Sua madre una volta le aveva detto che nei suoi disegna faceva emergere la vita interiore delle persone. Ma non lo faceva apposta. Che cosa gli aveva tirato fuori, con quel disegno? Non ne aveva idea.

«Ma che bel faccino birbante» commentò una donna anziana seduta sulla panca di legno accanto a Henny.

«Trovate davvero?» le chiese lei di rimando.

L'anziana osservò a lungo il ritratto, prima di commentare: «Ma dev'essere solo». Poi guardò Henny con un sorriso comprensivo. «Oh, vi piace. I birbanti hanno bisogno di donne come noi. Ma siate prudente.»

Perché prudente?, avrebbe voluto chiedere. Ma la donna si stava già alzando per scendere dal tram. «Buona fortuna, bambina mia.»

Durante quelle giornate d'estate, sembrava quasi che la gente preferisse godere del bel tempo, piuttosto che andare dal medico, motivo per cui Ricarda accettò con piacere la proposta di Amalia, la sua nuova socia allo studio, di prendersi il pomeriggio libero. Ma entrando nel suo appartamento nella Luisenstrasse, trovò solo stanze fredde e vuote ad accoglierla. Toni, dopo la scuola andava spesso a casa di un'amica. Delle attività di Henny, invece, ormai non sapeva quasi più niente. In compenso, vide che sulla scrivania c'erano due lettere. Siegfried e Hildchen! Ricarda aprì con gesti frenetici la lettera di suo marito, la prima da quando erano partiti, sei mesi prima.

> *Ho visto tanti paesaggi a questo mondo*, scriveva Siegfried. *E li ho visti prima che l'operosità tedesca vi portasse la civiltà, sottomettendo quei luoghi selvaggi. Anche qui in Cina ho la stessa identica sensazione. È vero che la marina tedesca – il governatore di qui è un capitano unico nel suo genere – è a Tsingtao già da tempo, ma è solo adesso che inizia a somigliare a un posto vivibile. Purtroppo sono stato costretto a prendere provvedimenti duri e a sottomettere i cinesi a regole molto rigide per riuscire a tenere lontane dalla città la peste e la dissenteria. Per cui la popolazione locale, che si lava solo in occasione del Capodanno, ha il permesso di entrare nella città tedesca per lavorare solo se segue delle ferree disposizioni. Ti dico una cosa, mia cara Ricarda, se il mondo potrà guarire dalle sue malattie, è solo grazie all'indole tedesca.*

La sua lettera era una sorta di diario scritto giorno per giorno, come quelle che le mandava dall'Africa. Man mano che leggeva, Ricarda aveva l'impressione che la colonia tedesca di Kiaociao, una regione di cinquantamila abitanti la cui capitale era Tsingtao, non fosse altro che un miscuglio tra una stazione balneare per i tedeschi che vivevano in Cina, una miniera di carbone e una base militare della Marina. Non le veniva alcuna voglia di conoscerla.

Da un lato era delusa, ma dall'altro si sentiva sollevata per il fatto che quella di rimanere a Berlino, tutto sommato, si fosse rivelata la scelta giusta. Se fosse partita con Siegfried avrebbe festeggiato i suoi cinquant'anni in Cina. Con un sorriso malinconico ripensò al suo quarantesimo compleanno in Africa, con la panna che si scioglieva ancor prima di riuscire a mangiarla. Era stata un'avventura. Ma le bastava aver vissuto quella, nella vita.

«Allora, Hildchen, tu come stai?» chiese nel silenzio della stanza vuota, mentre apriva la lettera della cognata.

Le bastò un'occhiata alla calligrafia di Hilde per capire che era successo qualcosa di strano. Le parole, normalmente vergate con precisione e accuratezza, erano state gettate sulla pagina come un fiume in piena. Al contrario di suo fratello, Hildchen non rappresentava gli autoctoni come degli incivili, ma anzi come delle persone amabili, cordiali e assetate di sapere

Qui bisogna avere un cuoco, altrimenti ti guardano tutti in modo strano. Per cui ho insegnato al nostro cuoco come fare una frittata. Ma il primo uovo era andato a male. Allora l'ho buttato fuori, dato che abbiamo il bidone della spazzatura proprio sotto la finestra. Da quel giorno il cuoco fa sempre così prima di preparare un piatto a base di uova. Credo che lo faccia per farmi piacere. Forse pensa che sia un'offerta per la mia dea. Ma la cosa migliore di tutta Tsingtao è Ernst. Io lo chiamo "l'Ernst della mia vita". Reggiti forte, Rica. Ci sposiamo.

«Oh, santo cielo!» sfuggì a Ricarda.

«Cos'è successo?» domandò Henny che stava rientrando in casa in quel momento.

«Hildchen si sposa» rispose lei ancora sbalordita.

«È una bella cosa» si limitò a dire la figlia.

Senza neanche finire di leggere la lettera, Ricarda si voltò a guardare Henny. Il suo intuito le diceva che la figlia aveva appena vissuto un'esperienza decisiva, ma la conosceva abbastanza bene da sapere che fare domande non avrebbe portato a niente.

«E che ne sarà di Siegfried? Chi si occuperà di lui?» domandò Ricarda.

«Se la caverà, mamma. Ne è perfettamente in grado e tu lo sai. Ha fatto tutto da solo per un bel po', prima che arrivassimo noi.»

Ricarda rimase senza parole. A pensarci bene, Henny non aveva tutti i torti. Ma a sentirla così suonava spietata. Ricarda riprese a leggere la lettera.

Ernst è un tipo molto raffinato al quale il destino ha giocato un brutto scherzo. La sua adorata moglie è morta di dissenteria a Tsingtao tre anni fa, quando erano appena arrivati insieme ai loro figli. Adalbert, Adam, Auguste e Adelgunde sono dei ragazzi meravigliosi, ai quali mi sono affezionata subito.

«Il suo futuro marito è vedovo e padre di quattro figli» disse Ricarda a Henny, che era rimasta appoggiata allo stipite della porta.

«Hildchen è fatta così» commentò la figlia.

«In che senso?»

«Lei adotta le famiglie.»

Ricarda rimase interdetta qualche secondo, poi scoppiò a ridere. «Henny, sei proprio un'impertinente.»

«No, mamma, non lo sono affatto. Anzi, sono anche troppo educata.»

Stavolta Ricarda non poté fare a meno di chiedere spiegazioni. «Cos'è successo, Henny? Sei così strana, oggi. Hai qualche problema con gli studi?»

«Oh, gli studi» disse Henny in un tono che a sua madre fece

pensare più a un fardello che a un arricchimento per la vita. «Hai mai sentito parlare di un certo Caffè Megalomania?»

Ricarda scosse la testa. «Che sarebbe?»

«Un posto che non fa per me» disse Henny. «Ma torniamo a Hildchen. In teoria dovremmo andare al suo matrimonio. Non scrive quando sarà?»

Ricarda scorse rapidamente la lettera. «La prossima primavera.»

«Dovresti andarci, mamma.»

«Non posso. Che ne sarebbe di te, di Toni e dello studio medico?»

«Mamma, quando vedesti papà Siegfried per la prima volta, al Krögel… Come facevi a sapere che eravate fatti l'uno per l'altra?»

«E questo cosa c'entra con Tsingtao?» domandò Ricarda. Ma poi capì. «Non dirmelo! Ti sei innamorata!»

«Che sciocchezza!» esclamò la figlia. «Volevo solo ricordarti che c'è stato un tempo in cui ti struggevi per tuo marito.»

Ricarda non capì bene il senso di quella frase. Sentiva che Henny, in realtà, avrebbe voluto chiederle tutt'altro, ma che all'ultimo secondo, per qualche motivo, ci aveva ripensato.

Come una volta a maggio

Marzo 1914

«Henny, puoi venire un attimo?»

«Sì, mamma!» Henny sospirò, ormai erano giorni che andava avanti così. A volte, da quanto era nervosa, sembrava che sua madre non avesse mai affrontato un viaggio. Ma forse era lei a essere ingiusta, perché era talmente presa da se stessa da non avere la pazienza necessaria ad affrontare l'ansia da partenza della madre. In effetti, era appena arrivata una lettera di Victor e Henny non vedeva l'ora di aprirla.

«Henny, per favore, mi serve il tuo consiglio!» si sentì chiamare di nuovo.

Ricarda si trovava in camera da letto; di fronte a sé aveva due valigie già quasi piene ma sul letto giaceva ancora una montagna di abiti. A Berlino era pieno inverno, mentre a Tsingtao avrebbe trovato primavera inoltrata. Nel mezzo c'era il viaggio in nave lungo la rovente costa africana.

«Dovresti portarti una terza valigia» decise Henny guardando l'orologio. Il treno per Monaco sarebbe partito tra un'ora e mezzo.

A Monaco sua madre avrebbe fatto visita a Georg, prima di proseguire per Genova, da dove salpava la nave per la Cina.

In realtà Ricarda non era affatto contenta di partire per la Cina. C'era qualcosa di strano nell'aria. Una tensione politica che spingeva molta gente a parlare di una guerra incombente. Nei Balcani erano appena terminati due conflitti e l'imperatore tedesco si era talmente inimicato i suoi omologhi d'Inghilterra e Russia, che c'era chi prevedeva lo scoppio di una guerra tra imperi. Anche la Francia faceva parte dell'alleanza antigermanica, motivo per cui l'impero poteva contare solo sull'appoggio degli austroungarici.

E lei avrebbe dovuto affrontare una traversata in nave proprio in quel periodo? I tempi non erano favorevoli, ma d'altra parte Ricarda aveva promesso a Hilde che sarebbe andata. E poi sperava con tutta se stessa di riuscire a riportare Siegfried a casa. In fin dei conti, la paura di una guerra imminente poteva anche rivelarsi infondata, considerando che i giornali non facevano che scrivere di quanto fossero potenti le forze armate tedesche. Chi mai avrebbe osato attaccare l'impero? Ricarda era convinta che i paroloni sfoggiati dai politici non avrebbero avuto conseguenze nei fatti. Ma sapeva anche che erano proprio questi ragionamenti a causarle tanta irrequietezza.

Henny passò alla madre una graziosa scatolina. «Puoi darla a Georg da parte mia?» Il giorno prima, all'Hotel Adlon aveva comprato delle praline. «Digli che anch'io andrò presto a trovarlo.» A un tratto sentì il cuore stringersi in una morsa. «Abbraccialo da parte mia.»

Ricarda stava posando il regalo di Henny insieme agli altri doni che aveva preparato, quando suonarono alla porta. «Dev'essere Käthe. È in anticipo.»

«A quanto pare, non vede l'ora di essere a Monaco» scherzò Henny andando ad aprire.

Per andare a Monaco, Käthe aveva indossato l'abito tradizionale bavarese. Veniva direttamente da Freystetten e aveva un'espressione preoccupata in volto. «Jette non sta affatto bene» disse non appena ebbe messo piede nell'appartamento. «Henny, promettimi che andrai presto a trovarla. Adesso sei un vero medico, sono sicura che la tua madrina si farà visitare da te.»

Henny si era laureata a gennaio con una tesi sul cancro al seno e i suoi nuovi metodi diagnostici. La contessina non aveva affrontato il viaggio nella capitale neanche per assistere alla discussione.

«Ma zia Käthe, starai a Monaco solo due settimane» disse Henny, pensando che mai e poi mai la contessina si sarebbe fatta avvicinare da lei, a prescindere dalla laurea. Per lei Henny era e rimaneva una bambina. Del resto, era lo stesso rapporto che aveva con sua madre. La zia, alla soglia dei settantadue anni, continuava a farsi chiamare "contessina", mentre lei la chiamava "Rica" come se fosse una ragazza.

«Henny, aiutami un'ultima volta, per favore» disse Ricarda. La terza valigia era troppo piena e non si chiudeva. Mentre madre e figlia si affaccendavano per riuscire nell'impresa, Käthe disse: «Sono così orgogliosa che ti assumerai la responsabilità dello studio medico, Henny».

A dirla tutta, Henny era abbastanza spaventata da quella prospettiva. Ma d'altra parte al suo fianco ci sarebbe stata Amelie Von Freyer, che sia Käthe che Ricarda stimavano molto. «Certo che tu e Käthe siete un modello difficile da eguagliare, ma ti prometto che farò del mio meglio.» Abbracciò la madre. «Torna a casa sana e salva! E salutami papà e Hildchen.» Le si ruppe la voce, gli occhi le si riempirono di lacrime. Quanto odiava gli addii!

Anche la tredicenne Toni era pronta a partire e stava salutando Badili. Suo fratello maggiore la portava a sciare per le vacanze invernali, come aveva fatto già altre volte. E, come sempre, sarebbe andata con loro anche sua cugina Sophie.

Henny prese in braccio la sorellina. «Non romperti niente, a sciare.»

Ricarda fu l'ultima a uscire di casa. Era evidente quanto sforzo le costasse trattenere le lacrime. «A presto, Henny» fu l'unica cosa che riuscì a dire.

«A presto, mamma.»

Dopo che tutta la famiglia se ne fu andata, Henny si appoggiò dietro la porta chiusa e lasciò libero sfogo alle lacrime. Sua madre diceva sempre "a presto", perché sapeva benissimo che Henny non aveva mai sopportato gli addii. Era per questo che non le aveva accompagnate alla stazione. Così, almeno, poteva cullarsi nell'illusione che tornassero subito. Badili era seduta di fronte a lei e la guardava con aria interrogativa.

«La lettera di Victor!» esclamò Henny, andando a sedersi alla sua scrivania.

Era passato molto tempo dalla tumultuosa dichiarazione d'amore di Victor al Café des Westens. Nonostante quella volta Henny fosse scappata in preda al panico, era convinta di non aver spaventato quel giovane folle al punto da farlo desistere. In fondo, aveva solo voluto mettere in chiaro che non era una con cui fare giochetti. I suoi sentimenti per lui erano già troppo profondi per scherzarci sopra.

Ma poi era andato tutto diversamente da come se l'era immaginato. Quando, una settimana dopo, era andata a trovare Nelly, le avevano consegnato una lettera di Victor per lei. Era partito! Henny aveva temuto che le scoppiasse il cuore. Aveva scritto che suo fratello Morrie lo reclamava in California, perché c'era bisogno di lui allo studio cinematografico. Henny non ci aveva creduto granché, in fondo le aveva detto che voleva imparare l'*entertainment* frequentando l'operetta. La spiegazione doveva essere un'altra: era scappato da Berlino perché lei gli aveva spezzato il cuore. E – cosa peggiore – così facendo aveva spezzato anche il proprio. Disperata, aveva cercato di lenire il suo dolore buttandosi a capofitto sulla stesura della tesi. Ma non era servito a niente. Alla fine era diventata un medico, ma era rimasta malata d'amore.

E lui non le aveva mai scritto, in tutto quel tempo. Ormai si era convinta che non lo avrebbe più rivisto. E proprio adesso, a mesi di distanza, teneva tra le mani un suo segno di vita. Sentiva il cuore batterle all'impazzata. Fu solo allora che si rese conto che la lettera non era affatto stata affrancata in America!

«Badili, Victor è in città!» esclamò Henny sollevata. Strappò nervosamente la busta.

Egregia signorina Henny, permettetemi di riportarvi alla mente mio ricordo. Spero tanto che vorrete farmi grande gioia di invitarvi. Io passa a prendervi. Del tutto vostro, Victor

Il raffinato biglietto pieghevole realizzato in carta a mano conteneva un biglietto del teatro. *Come quella volta a maggio, operetta di Walter Kollo al Teatro di Berlino.*

Georg se ne stava seduto sul divano con indosso un completo nero dal quale sbucava il colletto bianco alla coreana. La sua mano sinistra con l'anello di fidanzamento era posata sulla destra di Sophie. A Ricarda faceva uno strano effetto vedere suo figlio in quel modo.

Sophie era solo una cugina di secondo grado per Georg, ma Ricarda avrebbe comunque preferito che la scelta di suo figlio non fosse caduta sulla bella nipotina di Magdalena.

Erano seduti nel salone della casa nella Prinzregentenstrasse, le cui pareti erano decorate da un'infinità di trofei di caccia e corna che non c'erano mai state, finché ci aveva abitato anche Ricarda. C'era anche un'aquila impagliata, oltre a molti altri animali tipici del posto. *Come in un museo*, pensò Ricarda. In bella vista troneggiava il pezzo più prestigioso della collezione: un maschio di leone impagliato.

Toni gli accarezzò con delicatezza la criniera. «Magnifico» disse in tono solenne.

«Lo zio e io abbiamo seguito le sue tracce per tre giorni, nell'Africa Tedesca del Sud-Ovest. Ero sdraiato sulla pancia, il sole stava tramontando, ho mirato e premuto il grilletto. Un colpo, Antonia. Uno solo. Ma è andato a segno.»

«E non ti ha fatto neanche un po' di pena?» domandò Toni.

«E perché mai tuo fratello avrebbe dovuto provare pena?» chiese Sophie.

Era evidente che Sophie si fosse fatta bella per l'incontro con la madre e la sorellina del suo fidanzato. Indossava un abito dello stesso azzurro degli occhi e i capelli biondi erano stati pettinati a boccoli e raccolti dietro la nuca. Ricarda pensò che adesso, a ventidue anni, Sophie somigliasse più che mai a sua nonna Magdalena.

«Lascia stare, Sophie cara» disse Georg conciliante. «Anche tu, Antonia, avrai certamente studiato che l'uomo è il coronamento della creazione. Inseguire e sparare a un leone maschio dimostra una grande maestria nella caccia.»

Toni annuì, ma intanto ritrasse la mano dalla criniera del leone e fece vagare lo sguardo tra i trofei di caccia appesi alle pareti. Non disse più niente, si limitò a sedersi un po' più vicino alla madre. Ricarda ebbe la netta sensazione che da quel momento in poi Toni, amante degli animali com'era, avrebbe visto suo fratello maggiore con occhi diversi.

Si affrettò a cambiare argomento. «Grazie, Georg, che rimandate le nozze a ottobre. Per allora sarò rientrata.»

«Io non oserei mai affrontare un viaggio così lungo senza Georg» intervenne Sophie.

Nonostante avesse un anno esatto in più del fidanzato, la ragazza faceva di tutto per apparire infantile. Ricarda aveva il sospetto che somigliasse a Magdalena anche nel carattere. La sua bocca aveva un tratto di durezza che teneva ben nascosto dietro ai sorrisi. Ricarda conosceva appena la fidanzata del figlio, ma l'intuito le diceva che quel matrimonio rischiava di diventare complicato. Certo, Georg era un uomo determinato, ma in fondo era troppo tenero per Sophie. D'altra parte, aveva il diritto di parlare con il figlio della sua scelta?

«Se solo ne avessi il tempo, vi accompagnerei immediatamente in Cina, signora madre» disse Georg, riferendosi al fatto che gli mancava un intero anno per completare i suoi studi in giurisprudenza.

«Non ti permetterei mai di esporti a un simile pericolo» si affrettò a dire Sophie.

Poco dopo, Ricarda salutò Toni stringendola forte a sé. «*Mama*, voglio che riporti indietro papà dalla Cina» la implorò la figlia.

«Abbiate cura di voi, signora madre» disse Georg. «La gente dice che ci aspettano tempi irrequieti.»

«Tornerò in tempo per il tuo matrimonio» promise Ricarda.

Mentre l'automobile del birrificio partiva per accompagnarla alla stazione, Ricarda si voltò indietro. Georg era in piedi e la salutava. Ormai era diventato un uomo. *Tra non molto*, pensò Ricarda, *farà di me una nonna*. Le piaceva quella prospettiva.

Quando vide Victor, Henny non poté fare a meno di ridere. Impettito di fronte al condominio della poco elegante Luisenstrasse, dava un'impressione ridicolmente esagerata. Nonostante si fosse ripromessa di salutarlo con uno sguardo severo e con la domanda sul perché fosse scomparso in America per mesi dopo la dichiarazione d'amore a sorpresa, l'unica cosa che riuscì a pensare fu: *Tipico di Victor*.

Era in piedi di fronte a una carrozza bordeaux trainata da un cavallo bianco e non appena la vide arrivare, fece un inchino profondo e le fece un baciamano a dir poco perfetto. La sua *mise* – finanziera, cravatta e panciotto – era in realtà adeguata all'occasione, e in fondo anche Henny si era fatta bella, con un abito su misura color avorio e un cappello bianco, ampio ma semplice, che metteva in risalto i suoi folti riccioli neri.

«Il vostro posto è sul palco, non certo tra il pubblico» la lusingò subito Victor.

«Credevo che i palchi si calcassero grazie al talento, non alla bellezza» rispose Henny.

«A bella donna si perdona mancanza di talento.»

«In altre parole: certe signore sono troppo belle per poter dire loro la verità.»

«Vostra lingua è tagliante, Henny.»

«Si dice "affilata". Del resto dovrete essere indulgente con me, data la mia bellezza.»

«Con piacere.» Victor si mise a ridere e le tese una mano per aiutarla a salire in carrozza.

«La vostra sparizione improvvisa mi ha sorpresa almeno quanto la vostra ricomparsa» disse Henny. Non poteva far finta che non fosse successo niente.

«È stata bella sorpresa?»

«Pensavo che non vi avrei mai più rivisto, Victor.»

«Sarebbe stato male?»

Henny lo studiò. Stava di nuovo facendo i giochetti con lei? Doveva scoprirlo! «No» mentì. «Mi fidanzerò comunque.»

Victor deglutì. Questa non se l'aspettava. La guardò per un istante con aria seria. «Volete solo far arrabbiare me» disse in tono incerto.

«E se anche fosse? Ve lo sareste meritato!»

Lui annuì. «Sì. Avete ragione. Ma non potevo fare diverso. Morrie è *boss*. Lui ha telegrafato: torna subito. Mi dispiace, Henny. Vi prego di perdonarmi.»

«E perché Morrie aveva tanta urgenza di avervi con lui?»

Il volto di Victor si illuminò. «Nuovo film! Una storia di amore. Tantissima gente ha già visto film.» Poi si fece serio. «Ma io dovere migliorare.»

Nel frattempo avevano raggiunto l'estremità sud della Charlottenstrasse, dove sorgeva il Teatro di Berlino, famoso per le sue operette allegre che spesso trattavano i temi tipici di quella città.

«Perché mi siete passato a prendere alle sei, se lo spettacolo inizia solo alle otto?» domandò Henny. «Ci fermiamo prima in un caffè?»

«Avete permesso di dare occhiata dietro quinte. Io ho sorpresa per voi!»

Gli stretti corridoi dietro all'ingresso degli artisti pullulavano di attrici e attori, alcuni già in abiti di scena, altri vestiti per metà, i capelli raccolti e la sigaretta in bocca. C'era chi chiacchierava con altri e chi allenava la voce per prepararsi all'imminente entrata in scena. Henny aveva l'impressione di trovarsi in un manicomio, ma allo stesso tempo quell'atmosfera fuori dal comune la affascinava.

Victor bussò a una porta e non appena udì un allegro «Avanti» provenire dall'interno, l'aprì. «Guarda un po' chi portato con me» disse lui.

Henny non credette ai suoi occhi, quando riconobbe Nelly con indosso un imponente abito con tanto di corsetto. «Nelly! Sei tornata a recitare! Sono tanto felice per te!»

Le due amiche si abbracciarono con gioia. «Oggi è la mia prima esibizione, Henny. Ho avuto il posto all'ultimo secondo, perché l'attrice che interpretava la parte si è dovuta ritirare dopo il matrimonio.» Schioccò un bacio sulla guancia a Victor. «E lo devo a te, Vic. Tu mi hai restituito la vita.»

«Complimenti, Victor. Ottimo lavoro» lo lodò Henny.

«Io è lusingato che finalmente voi contenta di me.» Poi accennò un inchino e si ritirò lasciandole da sole.

Nelly si voltò verso lo specchio. «Allora, che ne dici?»

«Sei radiosa. Cadranno tutti quanti ai tuoi piedi» rispose Henny. Ovviamente sapeva bene che Nelly intendeva tutt'altro con la sua domanda, ma non sapeva bene come affrontare l'argomento.

«Non sto parlando dei piedi, Henny. Parlo di questo!» esclamò, spingendo il petto in fuori. «Non si vede niente. Il costume mi sta a pennello.» Poi si rimise seduta e continuò a truccarsi. «Di' un po', ma tu lo sai che Victor è tornato solo per te?» Nelly scoppiò a ridere.

«Macché» tagliò corto Henny sentendosi avvampare. «Da quanto tempo è tornato?»

«Da una settimana» disse Nelly. «Proprio mentre cercavano urgentemente un rimpiazzo per la parte che adesso è diventata mia. Vic mi ha detto: "Puoi farcela, Nelly, torna sul palcoscenico". Ha lavorato insieme a me ogni giorno. E adesso eccomi qui, Henny!»

«Victor ha fatto questo?» domandò Henny. Era sconvolta.

Ma allora quel giovane non era solo determinato, aveva anche un gran cuore. L'unica cosa irritante era tutto il polverone che tirava su ogni volta che si muoveva. *Del resto, lui è fatto è così*, si disse.

«Gli ho dovuto promettere che non ti avrei detto niente del mio debutto di oggi. La prima di stasera gli avrebbe dato l'occasione di invitarti a uscire» le spiegò Nelly.

«Davvero?» Henny sentì il cuore batterle all'impazzata.

«Sei cieca, per caso? Victor è innamorato perso di te, io non ho fatto altro che approfittarmi dei suoi sentimenti.»

«Che sciocchezze» si schermì Henny. Ma dentro di lei sperava tanto che l'amica avesse ragione.

Poltrone imbottite, al centro della prima fila. Erano i posti migliori del teatro, cosa che Henny aveva dedotto anche dai costosissimi abiti delle persone intorno a lei. Tutti ci tenevano a dimostrare, a suon di gioielli pregiati, che potevano permettersi i trenta marchi del biglietto. Il Teatro di Berlino, pur contando appena cinquecento posti in sala, aveva riscosso un successo incredibile in quella stagione e tutti parlavano di *Come una volta a maggio*. A Henny tutto quel clamore era passato inosservato e fu doppiamente stupita al sentire qualcuno che affermava di essere lì per la quarta volta. Nel programma di sala era stato inserito un biglietto che avvisava della presenza di Nelly come nuova interprete, cosa che fece storcere il naso a più di uno spettatore. Evidentemente l'attrice di prima doveva essere piuttosto brava. Anche il fatto che avesse ricevuto la proposta di matrimonio sul palco, avesse accettato e in seguito si fosse ritirata a vita privata era sulla bocca di tutti. E Nelly? Sarebbe stata all'altezza di tutto questo?

«Sembri così calma» le aveva detto Henny appena mezz'ora

prima. «Io morirei, se dovessi salire sul palco da un momento all'altro.»

«Morire? Nient'affatto! Io sto per rinascere!» le aveva risposto Nelly. «Stasera inizia la mia seconda vita.»

Da quando Emma Hastings era arrivata a Berlino, Henny aveva potuto osservare come, nel giro di pochi mesi, le condizioni di salute dell'amica fossero notevolmente migliorate. Se dopo due giorni era riuscita a muovere le dita dei piedi, dopo due mesi aveva potuto alzarsi dalla sedia a rotelle per la prima volta. A quel punto, però, era iniziata una lunga e difficile fase di rinforzo dei muscoli tramite della ginnastica quotidiana. Nel frattempo, Emma era stata invitata a presentare il suo metodo a Zurigo.

Si alzò il sipario e Nelly era lì. Interpretava la giovane contessina Ottilie, innamorata dell'apprendista fabbro Fritz. Delle disgrazie che le erano capitate non c'era più alcuna traccia. Nelly era raggiante e la sua voce era fresca e cristallina, mentre cantava di come il suo amore per Fritz fosse senza futuro, dato che il ragazzo aveva deciso di andare a cercar fortuna in America.

«Richiamata dieci volte su palco!» Victor era fuori di sé dalla gioia, mentre abbracciava Nelly dietro il palco. «Sapevo che tu ce la fai!»

Henny osservava quel frenetico viavai vagamente divertita, perché la gente di teatro aveva un modo tutto particolare di relazionarsi tra sé. Il pubblico aveva ripetuto il nome di Nelly un'infinità di volte e lei aveva continuato a uscire sul palco, prendere gli applausi e inchinarsi. Ed era proprio questo a dare la misura del suo successo. E anche, Victor venne acclamato dal proprietario del teatro come l'uomo che aveva scoperto quella nuova e assolutamente straordinaria Ottilie.

Il direttore del teatro, invece, un uomo alto e pingue, abbassò lo sguardo su Victor e gli chiese, con un sorriso d'intesa: «È lei?».

Per la prima volta, Henny vide Victor in imbarazzo. A quanto pareva non aveva parlato di lei solo con Nelly. Si schiarì la gola e guardò Henny dritta in faccia. «Sì, è lei» rispose. «Lei è donna della mia vita.»

A Henny girava un po' la testa, quando uscì a tarda notte dal bar sulla Friedrichstrasse dove lei, Nelly, Victor, gli altri attori e i musicisti dell'orchestra avevano festeggiato la serata trionfale. Ne erano usciti tutti alticci. Henny dovette prendere Victor a braccetto per affrontare la breve passeggiata verso casa con il contegno che si addice a una signora. L'aria tiepida preannunciava l'arrivo della primavera e di possibilità inesplorate che si spalancavano di fronte ai cuori avventurosi.

«Posso domani rivederti, Henny?» chiese Victor.

Avevano abbandonato il voi fin dal primo bicchiere di spumante, anche perché suonava strano in un ambiente in cui tutti gli altri si davano del tu.

«Purtroppo non è possibile. Domani vado con mia sorella a trovare la mia madrina. È malata.»

«Ma la sera avrai tempo.»

«Vive in un castello a due ore di treno da Berlino.»

Victor scoppiò a ridere. «Tu hai inventato!»

«No. È proprio come nella tua storia. Anch'io sono cresciuta in quel castello. Cioè, non ci sono proprio cresciuta, ma ci sono andata in visita molte volte. Mia zia e mia nonna vivono ancora lì.»

Victor si fermò e la guardò con uno scintillio birichino negli occhi. «Perché tu non porti anche me? Giuro solennemente che io mi comporta bene.»

Henny non sapeva cosa dire. Non si era mai presentata a Freystetten in compagnia di ospiti non annunciati. Ma d'altra parte la contessina non riceveva più visite, per cui non si sarebbe neanche accorta della presenza di uno sconosciuto. E Victor avrebbe potuto aspettare da nonna Karla, mentre lei andava a trovare la madrina.

«Allora, deciso?» Victor sorrise.

Che furbetto, pensò Henny. Eppure in lui c'era qualcosa di irresistibile. In quel momento le tornò in mente il motivetto che aveva cantato Ottilie con tanto ardore sul palco quella sera: *Gli uomini son tutti delinquenti. Il loro cuore è un antro oscuro. Ha mille stanze diverse. Eppure sono amabili, sì, sono amabili.*

Henny pensò che forse era arrivato il momento di scoprire se era vero.

Un'anta della finestra era stata lasciata aperta perché la contessina Henriette potesse sentire il cinguettio degli uccelli. *Tra poco tornerà la primavera*, pensò mentre cercava di sistemarsi meglio sulla sedia a rotelle per lenire il mal di schiena che la affliggeva. Ma ormai non era più in grado di affrontare nemmeno un movimento tanto semplice. Sembrava che le forze avessero abbandonato completamente il suo corpo. A quanto pareva, le sue membra avvizzite non erano più buone a nulla. Solo la sua mente era lucida com'era sempre stata e le comunicava che era giunta ormai all'inverno della sua vita. Che cosa ci faceva in quel posto? Aspettava solo una morte che tardava ad arrivare?

A un tratto, udì lo scoppiettio di un motore e poco dopo vide una grossa automobile entrare nella rotonda di fronte al castello. Gli alberi alti che la adornavano erano ancora spogli, per cui Henriette riusciva a vedere bene la vettura in arrivo. L'auto si fermò, il motore si spense.

Ah, quella che scende è Henny, pensò la contessina con allegria. *Sarà da me a momenti. Grazie a Dio, almeno mi racconterà che novità ci sono a Berlino. E c'è anche la sua sorellina. Ma chi è quel giovanotto con la pelliccia sul colletto? Per essere elegante, è elegante, questo è certo.*

Il cuore stanco di Henriette cominciò a battere un po' più veloce. *Possibile che lo abbia portato qui perché vuole fidanzarsi? Dovrei forse riceverlo? No, questo mai. Non posso mostrarmi in questo stato. Sono una rovina, un fantasma.*

In quel momento, Karla uscì dalla sua casina per abbracciare Henny e Toni, poi, dopo una breve e concitata conversazione, abbracciò anche il giovane visitatore. La contessina si stupì di quell'accoglienza tanto confidenziale. Purtroppo non riusciva a distinguere bene il volto del giovane, ma decise che avrebbe convocato Karla al più presto per farsi raccontare cosa ne pensasse.

Victor spense il motore della grossa Mercedes sulla rotonda di fronte al castello. «Allora è questa Freystetten!» Poi spalancò la portiera e fece scendere anche Henny e Toni. «In qualche modo sembra familiare a me. Io già stato in castello simile, solo più grande. È quello di cui sognato spesso. Nessun dubbio!»

Nonna Karla uscì dalla casa del giardiniere e dei domestici, che sorgeva a pochi passi dalla rotonda. Indossava il grembiule come sempre e corse ad abbracciare le sue nipotine.

«Nonna, abbiamo portato un ospite da Berlino. Lavora nel teatro e viene dall'America. È un po' agitato» le disse Henny sottovoce.

Karla Petersen osservò curiosa il visitatore e anche Victor fissava la nonna di Henny in modo strano.

«Lui è Victor Vandenberg. Victor, lei è...»

«Nonna Karla?» sussurrò Victor. «Sei tu, non è vero?»

La nonna annuì. Henny si accorse di quanto fosse commossa.

«Ecco perché io ha sensazione che già stato qui» disse Victor.

Henny scoppiò in una risata isterica. In *Come una volta a maggio*, il protagonista Fritz torna a casa a decenni di distanza, dopo aver fatto fortuna in America. Possibile che Victor stesse seguendo il copione dell'operetta?

Ma anche la nonna si comportava in modo strano. Sollevò una mano, ma non già per tenderla a Victor, quanto per carezzargli dolcemente una guancia. Aveva il volto rigato di lacrime. «Santo cielo, Henny! Perché non mi hai scritto per dirmi che avevi ritrovato Victor? Che sorpresa! Come sei diventato grande, figliolo!» riuscì giusto a esclamare.

Henny osservò senza parole Victor e sua nonna che si abbracciavano piangendo. Non ci capiva niente.

«Ti ricordi, Henny? I figli maggiori di tua zia Rosamunde facevano a pallate di neve e nessuno badava al piccolo Victor. Invece tu lo proteggevi come se fosse stato il tuo fratellino» disse la nonna.

«E io non ero ancora nata?» intervenne Toni con cautela.

Henny posò un braccio sulle spalle della sorellina, per non farla sentire esclusa da quei racconti del passato.

«Ferdinand» disse Victor a un tratto. «Vero?» Sembrava procedere a tentoni in mezzo alla nebbia dei ricordi. «E Franz!» esclamò con gli occhi che gli brillavano.

«E il terzo?» chiese la nonna. Ma Victor scosse la testa, arreso. «Giusto, Florian era un neonato, quando la contessa Florentine è venuta a prenderti.»

«La contessa?» Victor sorrise confuso. «Così chiamavate qui mia madre?»

La nonna scoppiò a ridere. «Ma certo! Lei lo è. Ma i rapporti con il fratello, Sua Altezza Friedemann, non erano buoni.»

«Ero conte, prima che io adottato?» Victor fissava la nonna con aria concitata.

«Non è detto» disse Karla. «Dipende dalla discendenza di tuo padre. Ma qui nessuno sa niente di lui. Dovresti chiedere a tua madre.»

Victor annuì pensieroso. «Io non parlato mai con lei di questa cosa. In fondo io aveva padre, Jeremy Vandenberg. Mia mamma non ha raccontato mai di nostra vita in Europa» spiegò. «Mia impressione sempre stata che lei chiuso con passato in Germania.» Poi sorrise. «Ma adesso io qui. Tu racconta ancora!»

Henny li osservava e ascoltava. L'operazione che sua nonna stava compiendo al tavolo del salotto era una sorta di intelaiatura a supporto della memoria. Ma Henny era combattuta, i suoi sentimenti oscillavano tra sua nonna e Victor in modo quasi tangibile. Finché non ce la fece più.

Era innamorata. Di un giovane americano un po' folle che aveva pronunciato la frase che chiunque sogna di sentirsi dire: «Tu sei la donna della mia vita». Peccato che da quando erano arrivati a Freystetten queste parole avessero assunto tutto un altro significato. Lei era la bambina che lo aveva protetto dagli altri piccoli conti. In un certo senso, si conoscevano davvero da tutta la vita.

Perché la nonna l'ha riconosciuto subito e io no?, si chiese. *Se davvero da piccoli eravamo così uniti…* Studiò il volto del giovane nel tentativo di rintracciarvi i lineamenti del fanciullo che era stato, ma invano. Non trovò alcuna somiglianza. Negli anni il bambino con cui aveva giocato e che aveva protetto non si era trasformato in una persona reale. Per un po' era rimasto come una specie di dolore sepolto nel profondo, che un bel giorno aveva superato.

«Vieni, Toni, lasciamoli crogiolare nei loro ricordi e andiamo a trovare zia Rosel e la contessina.»

Ma Toni non aveva voglia di far visita a quella donna anziana che conosceva a malapena. Per cui rimase da Rosel, mentre Henny andò da sola dalla sua madrina.

Henny trovò la contessina che dormiva seduta sulla sedia a rotelle. Era un'immagine che faceva male al cuore: una donna che era sempre stata così orgogliosa ridotta a un mucchietto d'ossa. Henny tossicchiò imbarazzata. Henriette aprì gli occhi e le ci vollero un paio di secondi per tornare a essere lucida come al suo solito.

«Henny! Che gioia vederti» disse. «Avvicinati. Siediti qui accanto a me e raccontami cosa c'è di nuovo. Ho visto che hai portato un giovanotto con te.»

Henny rifletté per un istante se spiegarle o meno chi fosse Victor in realtà, ma alla fine decise che era meglio aspettare e parlarne prima con sua nonna. Nella famiglia Freystetten i rapporti erano talmente complicati che il rischio di fare un passo falso era sempre dietro l'angolo. E così si limitò a raccontare in tono vivace e divertente di questo americano di nome Vic che era a Berlino per imparare come si lavora in teatro.

La madrina l'ascoltò per un po', prima di riappisolarsi con il sorriso ancora stampato in faccia.

La pesante automobile procedeva lentamente sulle strade lastricate di pietra, progettate per i carri trainati dai cavalli, della campagna brandeburghese. I fari squarciavano il buio della notte. Da quando erano ripartiti, Victor non aveva quasi aperto bocca. Henny non lo aveva mai visto così.

«Avremmo dovuto dormire a Freystetten. Il castello è così grande» disse Henny. *E vuoto*, aggiunse tra sé. I figli di zia Rosel, che Victor avrebbe rivisto volentieri, stavano facendo il servizio militare e la piccola Frieda frequentava un collegio a Berlino. Toni non era ripartita con loro, aveva preferito passare un altro giorno con la nonna.

«Avrei avuto incubi, Henny» rispose Victor dopo un po'. «Prima io devo digerire quello che ho saputo. Chi sono? Victor Vandenberg o Victor Von Freystetten?» Guidava sempre più lentamente, sembrava assorto. Poi scoppiò in una risata amara.

«Tu sei quello che sei dentro di te, nel profondo. Un folle, ma un folle che mi piace davvero tanto» gli disse Henny.

Victor fermò la macchina e spense il motore. Tutto a un tratto regnava un silenzio assoluto. Intorno a loro non c'era altro che la notte buia. Eppure Henny riconobbe il volto di Victor mentre si chinava su di lei. Trattenne il fiato, mentre la sua bocca si faceva più vicina. Alla fine le loro labbra si incontrarono in quel bacio che aveva tanto desiderato.

«Anche se un giorno tra noi non c'è più niente, noi ci abbiamo a vicenda, Henny. Per sempre. Io ti amo.»

Henny sentì di nuovo le labbra di Victor sulle sue. Godere di quel momento irripetibile le sembrava la cosa più emozionante e giusta che si potesse fare.

Eccola, finalmente! Henriette aveva atteso con ansia che Karla le portasse la colazione. La cosa che amava di più era la rosetta alla cannella che Karla preparava apposta per lei. Il rispetto che la contessina nutriva nei confronti della madre di Ricarda era cresciuto di anno in anno, soprattutto perché nonostante avesse raggiunto anche lei un'età di tutto rispetto, Karla era ancora attiva e vitale come un tempo. In particolare la pasticceria e la preparazione di determinati dessert erano rimasti suo appannaggio completo.

Quel giorno, però, Henriette non aspettava altro che le notizie che la nonna di Henny avrebbe potuto riferirle, anche perché le informazioni che le aveva dato la ragazza su questo americano di nome Vic le erano sembrate scarse. Sembrava quasi che considerasse la madrina troppo decrepita per riuscire a stare al passo con il presente. Certo, tendeva a stancarsi in fretta, ma non era certo decrepita!

«Perché ha portato con sé quel giovanotto, Karla?» le chiese non appena la sua ex cameriera le aveva posato il vassoio davanti.

«Oh, contessina, voi non credereste mai chi è quel ragazzo!»

«Suvvia, non tenermi sulle spine in questo modo!»

«È Victor, il vostro pronipote! Sono così carini insieme» disse Karla entusiasta.

«Il figlio di Florentine?» Henriette scosse la testa meravigliata. «Ma è incredibile. Quello sarebbe il piccolo Victor?»

La madre di Ricarda sorrise. «Be', contessina, non si può più dire che sia piccolo. È diventato un gran bell'uomo.» Ridacchiò. «E devo dire che i due insieme formano una coppia magnifica.»

Henriette rise. «Oh, Karla Petersen, hai già una figlia sposata con un mio nipote. Vuoi davvero che la stessa cosa si ripeta nella generazione successiva?»

«Non si può mai sapere cosa ha in serbo la vita per noi. Godetevi la colazione, contessina» aggiunse Karla, prima di ritirarsi.

Henriette, con il sorriso ancora stampato in faccia, addentò il delizioso e tiepido dolcetto alla cannella. Ma tutto a un tratto si sentì attraversare come da una scossa elettrica. Non riuscì a buttar giù neanche il boccone. Perché ci aveva messo tanto a capire le conseguenze di ciò che aveva appena saputo?

«Santo cielo, non è possibile» sussurrò. Henny e Victor… i due innamorati avevano lo stesso padre.

Cosa poteva mai fare? Doveva assolutamente impedirgli di stare insieme. Ma come? Doveva farsi venire in mente qualcosa. E lo avrebbe fatto. In fin dei conti, era pur sempre Henriette Von Freystetten.

Fino all'ultimo anelito

Agosto 1914

Ricarda non avrebbe mai dimenticato la prima escursione in montagna che aveva fatto con Siegfried. Era stato nelle Alpi Glaronesi, sopra il lago di Zurigo. «Ti ricordi? Abbiamo dormito in una baita» disse rivolgendo al marito uno sguardo tenero. Ormai erano quasi quattro mesi che lo aveva raggiunto in Cina. Il tempo era volato.

«Sopra di noi il cielo infinito, e poi le stelle cadenti» aggiunse Siegfried. Anche adesso, come allora, le stava tenendo la mano.

«Lo sai che sono passati quasi trent'anni?»

«Sì, è passato molto tempo. Quella è la notte in cui ci siamo messi insieme. Come mai ti viene in mente adesso?»

Ricarda fece vagare lo sguardo sul panorama. In quella lontana notte avevano di fronte il maestoso paesaggio dei ghiacciai. In quel momento, invece, ai loro piedi si estendeva la baia di Tsingtao. In primo piano la nuda pietra del monte Lao, che avevano appena scalato, e subito dietro le fertili terre della colonia tedesca Kiaociao, con la capitale Tsingtao affacciata sulla riva del Mar Giallo. Ricarda riusciva a vedere le creste bianche delle onde persino da quella posizione.

«C'è una tale pace qui. Forse è per questo che mi è venuto in mente.» Posò un bacio sulla guancia mal rasata del marito. «La verità è che le escursioni che abbiamo fatto insieme si contano sulle dita di una mano.» Si mise a ridere. «Probabilmente mi verrebbero in mente i ghiacciai delle Alpi anche se stessimo camminando in mezzo al deserto.»

«Povera, la mia moglie trascurata.» Siegfried sorrise e le tese una mano per aiutarla ad alzarsi. «Vieni, dobbiamo salire l'ultimo tratto. Voglio mostrarti il tempio taoista.»

Ricarda si separò a malincuore da quella vista magnifica. Le sarebbe piaciuto anche essere laggiù, su quel mare lontano accarezzato dalla brezza fresca.

Quella prima domenica di agosto era terribilmente afosa. Siegfried aveva con sé uno zaino, come anche trent'anni prima, solo che stavolta conteneva soprattutto borracce d'acqua. In quell'anno e mezzo trascorso a Kiaociao aveva già fatto diverse escursioni e grazie a tutto quell'esercizio aveva eliminato la zoppìa di cui non era riuscito a liberarsi a Berlino. Adesso era determinato a mostrare a Ricarda la sua scoperta. Della sua malattia al fegato non c'era più alcuna traccia visibile. Era tornato in forma e tonico. Per quanto odiasse ammetterlo, Ricarda pensò che alla fine avesse fatto bene a non dare ascolto a tutti i loro moniti contro i pericoli dei tropici.

Anche lei apprezzava la vita nella Cina orientale, che si svolgeva principalmente a Tsingtao come quella della maggior parte dei suoi connazionali. Somigliava in tutto e per tutto a una tranquilla cittadina tedesca, con la differenza che c'erano dei domestici cinesi a servizio nelle case. Le restavano ancora tre settimane da trascorrere lì con Siegfried, dopodiché sarebbe ripartita per essere sicura di non mancare alle nozze di Georg a Monaco.

Fortunatamente il tempio era circondato da alberi frondosi che procuravano una fitta ombra. Lei e Siegfried erano gli unici europei a far visita ai pochi monaci che abitavano quel luogo.

Siegfried li salutò con le formule in mandarino che aveva imparato e i due vennero accompagnati presso una statua di pietra che raffigurava un uomo con barba e capelli lunghi che se ne stava accovacciato per terra.

Uno dei monaci disse qualcosa in quella lingua che Ricarda non aveva ancora imparato a padroneggiare. «Il saggio Laozi ha chiamato la sua filosofia religiosa Tao» tradusse Siegfried. «Significa "la strada". Lui affermava che tutto quanto è soggetto a una trasformazione continua, anche senza il nostro intervento. Per questo diceva sempre: "Chi si adatta a ciò che accade, anziché volerlo plasmare con la propria volontà, vivrà in armonia con il mondo".»

«Allora noi stiamo facendo uno sbaglio in questa colonia» ne dedusse Ricarda, alludendo a tutte le fortezze armate che erano state erette sui poggi circostanti allo snodo commerciale di Tsingtao, per proteggerlo da possibili assalti.

«I militari dovrebbero essere gli ultimi a esprimere un'opinione su Laozi» rispose Siegfried.

«E tu da che parte stai?»

«Io sono un soldato e ieri l'altro il nostro imperatore ha ordinato la mobilitazione generale dell'esercito tedesco. Farò ciò che mi viene richiesto.»

«Quindi pensi che ci sarà davvero un conflitto?»

«Abbiamo dichiarato guerra alla Russia e penso che nessuno abbia intenzione di ritrattare.» Sospirò. «Godiamoci questo momento.»

Sembrava quasi voler aggiungere: *Perché potrebbe essere l'ultimo.*

Käthe posò il giornale di fronte alla sua amica Henriette, sul tavolo del salotto di Freystetten.

«La guerra?» chiese Jette sconvolta. «Davvero vogliono coinvolgere questo paese in una nuova scaramuccia?»

«L'imperatore dice che in autunno sarà tutto finito» la tranquillizzò Käthe.

Henriette sentì montare dentro di sé un senso di repulsione. «Sua Maestà incendia il suo stesso castello e non chiama neanche i pompieri perché gli piace il crepitio del fuoco» disse sprezzante.

«A te l'imperatore non è mai piaciuto.» Käthe ridacchiò.

Su questo punto erano d'accordo. «Puoi dirlo forte. E poi, Käthe, che conseguenze avrà questa guerra per i figli di Friedemann, che sono stati richiamati per la mobilitazione generale? I miei pronipoti sono tutti ufficiali dell'esercito.» Henriette sentì i battiti accelerare e diede voce al suo pensiero: «Ricarda è ancora in Cina da Siegfried. Non posso neanche pensare che possa accaderle qualcosa!»

Käthe emise un profondo sospiro. «Andrà tutto bene. Anche se Rica non ha ancora risposto alla mia lettera su Henny e Victor. Spero che le sia arrivata.»

Subito dopo il rientro di Käthe da Monaco, quattro mesi prima, le due amiche avevano scritto una lettera a Ricarda, nonostante sapessero che ci sarebbe voluto molto tempo per farla arrivare fino in Cina e ricevere poi una risposta.

«Chissà quando avremo sue notizie. Non possiamo starcene con le mani in mano per tutto questo tempo, Käthe. No, credo proprio che dovresti parlare con Henny.»

«Preferirei di no, Jette» rispose Käthe. «Credo che non dovremmo immischiarci in modo così diretto. Avvisare Rica è un conto, ma dire chiaro e tondo a Henny che Victor è il suo fratellastro… La sola prospettiva mi fa venire il mal di stomaco. Lo sai quanto si è impegnata Rica per non farlo sapere a nessuno. È una cosa che deve fare lei.»

Henriette doveva ammettere che, da un certo punto di vista, la sua amica aveva ragione. D'altra parte però, se Ricarda non era reperibile qualcosa doveva pur essere fatto. In quel momento le venne in mente la soluzione: «Florentine! Vorrà dire che contatteremo lei, Käthe, e le spiegheremo cosa sta succedendo con i ragazzi».

«Florentine non sa cos'è successo tra Cossata e Rica, Jette. Dovremmo rivelarle che i due sono consanguinei? È questo che vuoi? Ricordati di come ha reagito Rica quando le abbiamo proposto di sporgere denuncia contro quel delinquente!»

«È la nostra ultima chance, amica mia. Non possiamo restarcene senza far nulla, dobbiamo infrangere questo tabù per scongiurare una conseguenza ancora peggiore. Non abbiamo scelta» sentenziò Henriette.

Käthe sospirò. «E va bene. Hai l'indirizzo di Florentine?»

Solo in quel momento Henriette si rese conto di non averlo.

Vedendo Hilde in quella sua nuova veste di moglie, Ricarda aveva l'impressione che la cognata non avesse atteso altro per tutta la vita. Indossava un semplice e accollato abito estivo e un cappellino molto sobrio. Solo chi la conosceva bene come Ricarda poteva accorgersi della sua gravidanza di quattro mesi. Hilde aveva trentasette anni e la prospettiva di poter avere un figlio suo, nonostante tutto, la rendeva raggiante. Il fatto che in Africa non fosse riuscita a rimanere incinta aveva procurato delle fratture insanabili nel suo matrimonio con Stefan, e adesso, in Cina, il suo grande desiderio si era avverato subito dopo le nozze.

Quel lunedì pomeriggio Hilde, o meglio la signora Gerwein, aveva invitato alcune donne dell'alta società di Tsingtao per discutere dell'organizzazione della tombola a fine mese. Le signore, che si erano messe in ghingheri per l'occasione, erano decise a raccogliere fondi per i soldati che le difendevano. L'idea era quella di costruire per loro un nuovo campo sportivo. Un domestico cinese con un'uniforme blu e una lunga treccia che gli ricadeva sulla schiena portò loro il tè; poi le invitate si servirono della torta sistemata sul tavolo.

«Signora Gerwein, la vostra torta è eccellente. Né troppo secca, né troppo bagnata. Una vera delizia. Avete dato ottimi insegnamenti al vostro cuoco» la elogiò una donna alla quale Ricarda non dava più di venticinque anni.

«Anche se continua a buttare il primo uovo fuori dalla finestra!». L'osservazione di Hilde suscitò l'ilarità collettiva.

Nessuna delle signore di quella cerchia muoveva più un dito in casa, questo Ricarda lo aveva capito già a pochi giorni dal suo arrivo. Ognuna di loro aveva a disposizione almeno tre domestici. In fin dei conti, la vita non costava quasi nulla lì e i *boy* non guadagnavano più di ottanta marchi, cioè un quinto di quanto prendeva una cameriera a Berlino.

In quel momento, si unì alla compagnia il marito di Hilde. Il pastore Gerwein, che aveva oltre vent'anni più della moglie, era a capo della comunità cristiana evangelica del luogo, che disponeva anche di una chiesa dall'aspetto tozzo, ma dall'atmosfera accogliente. Ernst Gerwein, che con la sua barba grigia da profeta non passava di certo inosservato, avrebbe senz'altro portato Hilde in palmo di mano, se solo lei non fosse stata abituata a camminare sulle proprie gambe.

«Date le circostanze, vorrei invitare mio cognato, il professor Thomasius, a parlare con noi» disse. «Il dottore è appena stato da Sua Eccellenza il governatore.»

In quella cittadina che fungeva da capitale, le tre istituzioni principali – il palazzo del governo, l'ospedale e la chiesa – si trovavano a poche centinaia di metri l'una dall'altra.

Siegfried, nella sua uniforme bianca candida, andò subito al punto: «Signore, quest'oggi la nostra madrepatria ha dichiarato guerra alla Francia. Le truppe tedesche hanno invaso il Belgio per raggiungere il suolo francese. Dunque è molto probabile che anche l'Inghilterra, che ha promesso di proteggere il Belgio, entri nel conflitto. A questo punto, la nostra patria avrà come nemici la Russia e la Francia per le battaglie terrestri, mentre nei mari dovrà confrontarsi con la potente flotta inglese».

«E questo che ripercussioni avrà su Tsingtao, dottore?» chiese subito una delle signore presenti.

«La nostra piccola Tsingtao non è di nessun interesse per le potenze mondiali, signora Krüger» tentò di rassicurarla Siegfried, che conosceva per nome quasi tutti i tedeschi del luogo.

Ma più tardi, mentre passeggiavano per la tranquilla cittadina addormentata, Ricarda gli pose di nuovo la stessa domanda. E stavolta Siegfried rispose: «Basta dare un'occhiata al planisfero, Rica. Se ci mettiamo contro l'Inghilterra tutto il mondo andrà a ferro e fuoco. Perché gli inglesi hanno colonie ovunque. L'immensa India, l'Australia, il Canada, i possedimenti in Africa. Hanno il controllo sugli oceani. C'è chi sostiene che sarà una guerra come non se ne sono mai viste prima. Io spero che si sbaglino.»

«E tu? Vogliono che rientri a Berlino?»

Suo marito scosse la testa. «L'ordine è di far partire tutti i medici militari giovani, perché servono al fronte. Il mio posto quindi rimane qui.»

Incombeva la minaccia di una guerra mondiale! Ricarda si sentì prendere dal panico. Proprio adesso, che era separata dai figli. *Come se la caveranno Henny e Toni in tempi tanto incerti? E che ne sarà del matrimonio di Georg?*, si chiese Ricarda. E se fosse successo davvero quanto paventava Siegfried, cioè che gli inglesi avrebbero ottenuto il controllo degli oceani, come avrebbe fatto lei a tornare a casa? Sarebbe dovuta partire adesso, che a Tsingtao regnava ancora la pace. Ma poteva abbandonare così suo marito?

Henny e Victor, strizzati in mezzo a una folla esagitata di persone che si parlavano addosso, lessero il comunicato appeso alla colonna per le affissioni di Unter den Linden. *Al popolo tedesco. Il nemico ci aggredisce in tempi di pace. È il momento di accorrere alle armi! Qualsiasi dubbio o esitazione saranno ritenuti un tradimento alla madrepatria Germania. Uomini e destrieri si difenderanno fino all'ultimo anelito.* Come firma c'era solo un nome: *Guglielmo.*

Quasi tutti i presenti fecero tre evviva in onore dell'imperatore, che si faceva chiamare così dal suo popolo.

«Cosa vuole dire "ultimo anelito"?» chiese Victor.

Henny rimase impietrita. Quella formula le era passata inosservata. «Che l'imperatore si aspetta che i suoi sudditi muoiano» rispose concisa.

«I soldati muoiono per la loro patria, così stanno le cose» brontolò un vecchio che aveva sentito la loro conversazione.

«Sarebbe lo stesso, se si trattasse di vostro figlio?» chiese Henny.

Victor la prese per mano. «Vieni» disse. «Non si può discutere con patrioti. Questo uguale anche in America.»

Victor era andato a prenderla a casa, nella Luisenstrasse, e adesso stavano camminando insieme in direzione dello studio medico. In quella magnifica giornata estiva le strade pullulavano di automobili scoperte con dentro giovani che sventolavano i cappelli all'urlo di: «Abbasso la Russia!» oppure: «Abbasso la Francia!». Un gruppo di soldati marciava compatto davanti alla

Porta di Brandeburgo. Le donne correvano incontro alle truppe per offrirgli dei fiori che loro, raggianti di gioia, infilavano nelle canne dei fucili. Le persone inneggiavano all'imperatore; sembrava quasi che avesse fatto a tutti un regalo con quella dichiarazione di guerra.

«Tutto questo mi fa una gran paura» disse Henny stringendosi più forte al braccio di Victor.

«La Germania ha esercito potente» le disse lui cercando di consolarla.

«Ma Victor, adesso ci ha dichiarato guerra anche l'Inghilterra, con il suo impero mondiale. E anche i giapponesi sono dalla sua parte. I miei genitori sono in Cina! Come faranno a tornare?» Henny si asciugò le lacrime dagli occhi. «È un incubo! Come fa la gente a essere così felice per questa guerra spaventosa?»

Ormai erano quasi arrivati allo studio medico, quando Victor disse: «Henny, io pensato molto. Voglio tornare in America. Devo parlare con mia madre su mia vita e su tutto quello che successo».

Henny si fermò, come impietrita. Non poteva farle questo! Proprio adesso, mentre il mondo cadeva a pezzi intorno a loro. Sentiva di aver bisogno di lui, anche se ciò che gli disse fu tutto il contrario: «Lo capisco. In tempi come questi bisogna stare con la propria famiglia».

Victor le prese il mento con dolcezza e le sfiorò le labbra con un bacio. «Io espresso male. Io voglio che tu vieni con me.»

«Oh, Victor, ma questo non è possibile. Anche solo per Toni. E poi non so cosa ne è dei miei genitori. E comunque senza il permesso di mio padre Siegfried non potrei viaggiare comunque.»

«Allora noi sposiamo. Se tu mia moglie, tu puoi viaggiare.»

Sposarsi? Adesso e senza i genitori? Per motivi di necessità e non per amore? Henny non sapeva più cosa pensare.

Quella mattina, sulle scale di fronte allo studio medico, trovarono in attesa una signora dagli abiti costosi in compagnia del marito. A dir la verità, sua madre aveva stabilito che gli uomini non erano i benvenuti nel suo studio, ma trovandosi anche Henny in compagnia di Victor, per quella volta decise di chiudere un occhio.

«Il vostro nome e indirizzo, prego.» Henny aveva aperto il registro delle pazienti per prendere nota delle informazioni.

«Mia moglie non parla tedesco. Il mio nome è Conte Giacomo Cossata d'Aperi, da Milano» disse il signore. Anche lui indossava abiti molto eleganti, aveva intorno ai cinquantacinque anni e aveva folti riccioli color ghiaccio. Sua moglie, invece, doveva avere all'incirca l'età di Henny.

«Per favore, scrivete qui il vostro nome» disse Henny, passando il registro allo sconosciuto. La sua mano destra doveva essere paralizzata, perché scrisse le informazioni con la sinistra. Nonostante quell'uomo avesse un buon profumo, un aspetto impeccabile e un abbigliamento di classe, suscitava in Henny una sensazione sgradevole.

Quando chiese quale fosse il problema lamentato dalla moglie, l'uomo rispose: «Non fa che vomitare».

Dalla visita che seguì, venne fuori che la donna, anch'essa italiana, era in stato interessante. «Non preoccupatevi» disse Henny. «Vostra moglie è giovane e in salute.»

«Grazie» rispose lui, prendendo la moglie per mano.

«Un momento, dovete pagare la visita.»

«Non ho soldi tedeschi con me» rispose il signore, tirando fuori dalla tasca della giacca un mazzetto di grosse banconote variopinte. Poi le posò sul tavolo e disse: «Questi sono molti soldi. Andate in banca e fateveli cambiare. Arrivederci.»

In quel momento suonarono alla porta. Era Victor, che se n'era andato prima della visita. Sembrava confuso e andò a sbattere contro l'italiano, al quale nell'impatto cadde il portafoglio per terra. Ne fuoriuscirono delle banconote tedesche.

«Menomale che non avevate soldi tedeschi! Volevate imbrogliarmi!» esclamò Henny indignata.

Cossata d'Aperi non reagì e fece per andarsene trascinandosi dietro la moglie incinta.

Victor capì cos'era successo e bloccò loro la strada. «Noi chiamiamo polizia.»

Cossata tornò immediatamente sui suoi passi e posò cento marchi sul tavolo di fronte a Henny. I soldi erano anche più del dovuto, ma a quel punto Henny non si ritenne in obbligo di dargli il resto e lasciò che la coppia se ne andasse. «Degli imbroglioni non erano mai capitati qui» disse a Victor.

«Sai perché io ero tornato?» domandò lui. «Io scoperto adesso che in questa casa vive una famiglia Von Freystetten. Sono parenti di famiglia nel castello?» Si interruppe, per riformulare meglio: «Cioè, io sono parente con loro?»

«Può darsi» rispose Henny sovrappensiero. Il signore aveva scordato lì i suoi soldi italiani. Henny li fece scivolare nel cassetto della scrivania.

«Tu mai raccontato questo.»

A quel punto a Henny venne in mente una cosa che la fece sorridere: «Hai detto che tua madre scrive libri, no? Allora chiedile di raccontarti qualcosa su questa casa. In passato è stata al centro di uno scandalo incredibile». Abbassò la voce a un sussurro: «Si dice che tanto tempo fa un conte Von Freystetten vi organizzasse delle orge selvagge.» Henny abbassò ulteriormente la voce. «A quanto pare, vi partecipava anche il nostro imperatore. E c'erano solo uomini!»

Victor scoppiò a ridere. «Tu prendi me in giro!»

Per il momento, la sua curiosità circa gli abitanti di quella casa sembrava soddisfatta. Adesso gli premeva molto di più approfittare del momento di solitudine per baciare Henny sulle labbra.

La guerra aveva raggiunto il culmine della sua drammaticità molto più in fretta di quanto non avessero creduto tutti. Ci erano voluti solo undici giorni.

«Il Giappone si è alleato davvero con l'Inghilterra ed è deciso a sfruttare il momento favorevole per occupare lo strategico porto di Tsingtao» spiegò il governatore durante una riunione dei cittadini all'interno della chiesa. «Ci hanno dato un ultimatum: abbiamo una settimana per lasciare il Kiaociao. Il mio consiglio è che donne e bambini partano immediatamente. Entro la fine della settimana avremo a nostra disposizione un battello sul quale potrete imbarcarvi.»

Hilde era seduta accanto a Ricarda all'uscita laterale della chiesa e le teneva la mano. «Ernst dice che lui da qui non se ne andrà, qualsiasi cosa accada» sussurrò. «Io resto qui con lui e i bambini. E tu, Rica?»

Ricarda si limitò a stringere la mano di sua cognata. Non avrebbe saputo cosa rispondere. L'ultima volta che aveva deciso di partire senza Siegfried, si era vista tornare a casa un uomo gravemente malato. E di certo lui non sarebbe partito, finché non glielo avessero ordinato. Una volta soldato, per sempre soldato, adesso più che mai.

Dopo l'assemblea, Ricarda tornò con Siegfried verso l'appartamento situato accanto all'ospedale. «Non possiamo restarcene con le mani in mano» disse lui. «In caso di emergenza, avremo bisogno di donne che lavorino come infermiere e sostengano il nostro lavoro in ospedale.» Ricarda capì benissimo a cosa alludesse Siegfried, nonostante non l'avesse espresso chiaramente per rispetto dei civili impauriti: ci sarebbero stati feriti da assistere. «Puoi pensarci tu a coordinare e a formare le donne?»

Con questa proposta, Siegfried le aveva tolto il peso della decisione senza neanche chiedere la sua opinione. Sarebbe rimasta. In quel posto che nell'arco di pochi giorni si sarebbe trasformato in ciò che i soldati chiamano "il fronte". Quella era l'unica interpretazione possibile della richiesta di Siegfried.

«E le nostre figlie? E il matrimonio di Georg?» obiettò lei.

Ma la risposta di Siegfried le fece intendere che aveva ben altre preoccupazioni: «E di' a Hilde che chieda nel suo giro di amiche se ce n'è qualcuna disposta ad aiutare in ospedale».

Quello stesso giorno, con il cuore gonfio di tristezza, Ricarda scrisse una lettera al figlio. *Mio caro Georg, spero tanto che queste mie righe ti trovino in perfetta salute.* Dovette fare una pausa. La patria avrebbe avuto bisogno di soldati. Georg si sarebbe offerto volontario? Conosceva troppo poco suo figlio per poter rispondere a questa fatale domanda.

In realtà non era il periodo giusto per andare a teatro a vedere un'operetta divertente. Le strade di Berlino erano tappezzate di annunci che invitavano i giovani uomini a recarsi in una delle numerose caserme della capitale. E i giovani accettavano l'invito, entusiasti di poter servire la patria. Anziché uscire con le ragazze la sera, sembrava che la loro massima aspirazione fosse quella di andare in guerra.

Un tempo esisteva una sorta di "matrimonio d'emergenza", in modo che l'amata avesse diritto a una pensione da vedova di guerra, se le cose fossero andate diversamente da come programmate. Ma fino a quel momento dal fronte erano giunte solo notizie trionfali. Erano caduti migliaia di francesi.

Dieci minuti prima dell'inizio dello spettacolo una maschera entrò nella mensa del teatro dove Henny e Victor sedevano con qualche altro membro della compagnia. «Boss» disse rivolto a Victor, che veniva definito così da quando a lui stesso, tempo prima, era sfuggita quella parola nella sua lingua. Dal momento in cui Nelly era entrata a far parte della compagnia, il direttore del teatro aveva affidato a Victor la responsabilità di curare la regia dello spettacolo serale. «Boss, ci sono solo dieci persone in sala. E in orchestra mancano un clarinetto e due corni. Ah, sì, e anche un trombone. Che facciamo?»

«Che dice direttore?»

«Che si può fare.»

«Allora noi andare in scena!» decise Victor battendo le mani. «Cominciamo!».

A quel punto si alzò in piedi il ragazzo che interpretava Fritz. «Questa è la mia ultima rappresentazione.»

Nonostante l'attore avesse qualche anno in più di lui, Victor gli posò un braccio attorno alle spalle. «In guerra siete uno tra tanti» disse. «Qui voi siete artista.»

«Voi non siete tedesco» rispose l'interprete di Fritz, liberandosi dal suo abbraccio. «Cosa volete capirne?» Poi se ne andò per scaldare qualche minuto la voce.

«Ci serve nuovo Fritz» osservò Victor. «Allora se qualcuno conosce qualcuno...» Avrebbe voluto sfoggiare il suo bel sorriso giovane, ma non gli venne. Invece, si accese una sigaretta. «Mio fratello ha telegrafato che in California non si sa nulla di guerra in Europa» disse a Henny.

«In effetti la California è molto lontana» rispose Henny, dovendo ammettere a se stessa che la prospettiva di poter fuggire da quella guerra la allettava molto.

Come ogni sabato, Antonia stava per recarsi al mercato sull'Alexanderplatz per la spesa settimanale. Mentre usciva di casa, vide dei gendarmi che scortavano un gruppetto di signori ben vestiti alla stazione di polizia, mentre i passanti gridavano: «Tutti i russi sono delinquenti! Morte ai russi!» La ragazza si fece largo tra la folla inferocita.

Toni pensò che da quando c'era stata la mobilitazione generale, tre settimane prima, le persone si comportavano in modo assurdo.

Le strade pullulavano di gente che inneggiava al futuro trionfo della Germania e alla morte di francesi, russi e inglesi. La spintonavano da tutte le parti e nella calca le cadde in terra il cappellino di paglia, che poi fu calpestato dalla fiumana di persone. Come se non bastasse, faceva un gran caldo.

Toni avrebbe tanto voluto lasciare quella grande e sgradevole città. Freystetten, la nonna, pace e serenità, non chiedeva altro. Ma doveva aspettare la fine della scuola.

Quando finalmente ebbe raggiunto il mercato, all'esterno trovò un gruppo di uomini che manifestavano per la guerra e all'interno le donne si accalcavano attorno ai banchi. Normalmente a quell'ora c'era merce in abbondanza ovunque, ma quel giorno la gente sembrava voler fare scorte per mesi. E ogni chilo di roba costava un paio di centesimi in più. Alla fine, anche Toni acquistò dal suo banco di fiducia molta più farina, patate e carote di quanto non avesse in mente di fare. In fondo, se tutti avevano paura che in tempo di guerra non ci sarebbe stato abbastanza da mangiare, era meglio fare scorta.

All'ora di pranzo, Henny stava aiutando la sorellina a pelare le patate. «Pensa un po',» le disse «ieri volevo comprarmi un paio di scarpe, ma il negoziante non ha accettato le mie banconote di carta! Mi ha detto che non valevano più niente e che dovevo pagare con monete d'oro o d'argento. Secondo me stanno diventando tutti matti!»

«Voglio andare a Freystetten dalla nonna» replicò Toni a bassa voce.

Henny la strinse forte tra le braccia. «Non posso mollare lo studio medico così su due piedi. Alla mamma non piacerebbe.»

«Ma quand'è che tornano i nostri genitori?»

Henny carezzò sua sorella sulla schiena nel tentativo di rassicurarla. A quanto pareva, la piccola non aveva letto i giornali. *Grazie a Dio*, pensò Henny.

Che Dio ti benedica

Ottobre 1914

I colpi di artiglieria imperversavano ormai da ore. Le donne con la croce rossa al braccio, che le identificava come infermiere, si stringevano le une alle altre nella cantina dell'ospedale. Alcune di loro pregavano, altre tremavano.

«Perché non la smettono di sparare?» disse Hilde dando voce alla domanda che si stavano ponendo tutte.

I giapponesi assediavano Tsingtao da due mesi, ormai. All'inizio erano stati abbastanza discreti, considerato lo stato di guerra: le loro navi circondavano la penisola della città in un cordone impenetrabile ma facevano partire solo un colpo ogni tanto. A quel punto tutti sapevano che l'attacco sarebbe stato sferrato quaranta secondi dopo e avevano così il tempo di mettersi al riparo. Si trattava per lo più di offensive alle immense fortezze che proteggevano la città dalle colline circostanti. Poi le piogge autunnali avevano giocato a favore dei tedeschi, perché per sei settimane di fila le strade e i ruscelli si erano trasformati in fiumi impetuosi.

Ma adesso i giapponesi avevano esaurito la pazienza. Non si limitavano più a sparare un colpo ogni tanto dal mare, ma avevano invaso la città con un imponente dispiegamento di diecimila uomini che giungevano via terra, dove i tedeschi non avevano copertura d'artiglieria. Un distaccamento di appena quattromila uomini, di cui la metà civili, era costretto a combattere e uccidere corpo a corpo. Ormai il numero di morti e feriti era incalcolabile. Il governatore, temendo il peggio, aveva fatto scavare preventivamente delle fosse comuni. Ormai nessuno sperava più di potersi salvare. Le domande che Ricarda e le altre donne si ponevano era: *Che cosa ci faranno i giapponesi? E tra quanto?*

Dalla Cina, che circondava il Kiaociao su ogni lato, non c'era da aspettarsi alcun aiuto. Per il momento, quello sconfinato impero aveva deciso di rimanere fuori dalla guerra.

«Hanno portato dei feriti. Dobbiamo uscire dalla cantina. Qui non siamo di aiuto a nessuno» disse Ricarda, sentendo che i colpi rimbombavano in un'altra zona della città da un po' di tempo ormai.

Hilde, nel frattempo visibilmente incinta, la seguì e lo stesso fecero altre donne. A quanto pareva, un gruppo di soldati tedeschi era stato vittima di un'imboscata in una stretta valle. Non c'erano neanche barelle a sufficienza per trasportare tutti i feriti.

L'ospedale governativo era dotato di una sola sala operatoria e altre due erano state allestite in dei presidi improvvisati. In una lavorava Siegfried, nell'altra un medico della missione cattolica e nella terza Ricarda, che prima di arrivare a Tsingtao non aveva mai avuto occasione di curare ferite di guerra, né tanto meno di operare uomini. Per non aggiungere un ulteriore fattore di stress ai soldati, nascondeva il volto e i capelli prima di steccare, amputare e bendare i pazienti, che in questo modo non avrebbero mai scoperto chi si fosse occupato di loro. E il tutto con i colpi di artiglieria sempre nelle orecchie.

All'inizio, quando le capitava di stendersi esausta per una piccola pausa, era convinta che non sarebbe riuscita a chiudere occhio. E invece, mentre tutto intorno i giapponesi tentavano di conquistare Tsingtao, lei dormiva profondamente. Appena si svegliava il suo primo pensiero correva a Henny e Toni. Le figlie erano certamente al sicuro, a Berlino, altrimenti le sarebbe giunta voce persino laggiù, nella lontana Cina. Oltretutto non era neanche riuscita ad andare al matrimonio di Georg, nonostante glielo avesse promesso. Provava una tristezza infinita. Dopo la nascita di Georg era quasi morta dissanguata, cosa che le aveva fatto apprezzare ancor di più il poco tempo che avevano condiviso dopo.

E adesso non ne era rimasto niente. Georg, tra tutti, era quello che aveva beneficiato di meno del suo amore. E lei non poteva farci niente.

Victor era raggiante e sventolava in aria una lettera. «Tua idea era magnifica, Henny! Mia mamma ha risposto. Io non sono conte, perché adottato. Ma se tu mordi me, tu vedresti che mio sangue è blu.»

Henny scoppiò a ridere. «Be', allora vieni qui» gli disse attirandolo a sé per baciarlo con passione. «È vero, sai di blu.»

«Ho bevuto solo un bicchiere di champagne. Tu mai indovini dove.» Le prese una mano per trascinarla con sé e tirò fuori una chiave dalla tasca. Salirono di un piano e lì aprì una porta. «Voilà, mio appartamento!» Fece una giravolta. «Tutta la casa! È mia, Henny. Mia mamma intesterà a me appena torna in Svizzera per fare sci. Dice che non vive più qui da tanto tempo.»

«Lo so» disse Henny a bassa voce, mentre il ricordo del giorno più brutto della sua vita le tornava alla mente come un fulmine a ciel sereno.

Era come se i quadri volessero riemergere da sotto lo strato di polvere accumulata negli anni. Andò come in sogno fino alla cucina, dove si rivide bambina a far colazione con la cioccolata calda. Poi i due poliziotti, Rupert e sua moglie avevano fatto irruzione e si erano portati via per sempre il piccolo Georg. E sua madre, che le aveva detto: «Adesso vai a scuola, Henny».

Victor la abbracciò per consolarla. «Cosa è successo qui? Di' a me, ti prego, amore.»

Dopo avergli raccontato tutta la storia, Henny concluse: «Devo telefonare subito a Georg e dirgli che non può andare in guerra». Sperando che non fosse troppo tardi! L'ultima volta che si erano sentiti era stato quando lui aveva telefonato allo studio medico per avvisare che avrebbe rimandato il matrimonio per aspettare la madre. E Henny era stata così felice per quel gesto di riguardo di cui Ricarda non sapeva ancora niente.

Sollevò il ricevitore. Ma la linea telefonica di quel vecchio appartamento era stata staccata da un pezzo.

Sulla città aleggiava da giorni una densa e maleodorante nuvola di fumo. Nessuno aveva osato spegnere i barili di petrolio colpiti con i fucili e fatti incendiare nel porto. Erano tutti convinti che questa manovra servisse a tenere a terra l'aereo da ricognizione con cui i tedeschi spiavano i giapponesi fin dall'inizio dell'assedio. Nel frattempo era passata anche la prima settimana di novembre e l'umore all'interno della colonia era bassissimo.

I coni di luce dei fari perlustravano la città anche in piena notte, razzi sonori e luminosi sibilavano nell'aria, le innumerevoli esplosioni dei cannoni facevano tremare tutto, le granate e gli shrapnel esplodevano tutto intorno e le mitragliatrici crepitavano. Tra i tedeschi ormai non era più un segreto che la linea difensiva stava per cedere. Le munizioni erano praticamente esaurite. A Ricarda, che chiedeva perché non si arrendessero, rispondevano: «Un tedesco combatte fino al suo ultimo proiettile».

Siegfried operava senza posa da tre giorni, aveva gli occhi arrossati. «Dormi un paio d'ore, altrimenti finirai per commettere qualche errore» gli intimò Ricarda, incontrandolo nel cucinotto dell'ospedale.

«Forse hai ragione. Tanto più che adesso la situazione è relativamente tranquilla» rispose lui. «Faccio un salto a casa.»

Nello stesso istante in cui aprì la porta per uscire, Ricarda vide la nuvola di fumo bianco nell'aria e sentì l'impatto dei proiettili sparati dall'esplosione dello shrapnel. Siegfried non gridò. Emise appena un gemito, prima di cadere a terra, a faccia in giù. Il suo camice bianco si tinse immediatamente di sangue all'altezza della scapola sinistra.

Ma lo shock fece subito rialzare in piedi il ferito. Ricarda gli corse incontro, lo tirò in casa e sbatté la porta nello stesso istante in cui un secondo shrapnel faceva esplodere la sua carica di decine di pallottole di piombo a pochi metri da terra.

Lo sguardo di Siegfried vagava come disorientato, il tipico segno di un trauma. Ricarda lo costrinse a sedersi su una sedia poco lontana da loro. Mentre gli apriva il camice e la camicia che portava sotto, gridò: «Mi serve subito aiuto!».

«Oddio, ma è Siegfried!» La prima ad arrivare sul posto era stata proprio Hilde. «Cos'è successo?»

«Shrapnel» si limitò a rispondere Ricarda, sapendo quanti feriti aveva già causato quell'arma.

Il grido di Hilde fece accorrere un altro gruppetto di infermiere sbigottite.

«Ci vado da solo in sala operatoria» disse Siegfried a denti stretti.

«Non è una buona idea» gli rispose secca Ricarda. «Troppo sforzo. Perdi troppo sangue. Dobbiamo tenere l'arteria sotto controllo. Sdraiati sulla barella.»

Ricarda era perfettamente lucida e concentrata, e gli parlava da medico a medico. Sia lei che Siegfried avevano già curato diverse ferite simili negli ultimi giorni. All'inizio sembrava tutto relativamente sotto controllo, ma poi gli uomini erano morti dissanguati nel giro di pochissimo tempo.

Era bastata una frase sentita per caso a far venire l'idea a Toni. Si trovava di nuovo al mercato, dove per l'ennesima volta non aveva trovato altro che frutta ammaccata, e aveva sentito dire a una donna che in futuro sarebbe stato meglio vivere in campagna: «Lì c'è tutto quello che qui manca». Quello stesso fine settimana Toni se n'era andata da sola a Freystetten, portandosi dietro Badili. La ragazza si era sentita immensamente fiera di se stessa e adesso si faceva viziare dalla sostanziosa cucina della nonna.

«Ti piace il mio arrosto di cinghiale?» le chiese Karla. Già un paio di anni prima il conte Friedemann aveva fatto allestire delle enormi riserve di caccia all'interno del suo parco. «È stato davvero lungimirante» lo stava lodando adesso Karla. «I tuoi cugini lo hanno avvisato con largo anticipo che l'esercito si stava preparando a una grossa guerra. Da quel momento ha iniziato a organizzarsi. Tra un paio di mesi potremo cacciare il nostro primo daino.»

Toni drizzò le orecchie. «Vuole sparare ai cervi? Ma poveri animali!»

Nonna Karla non capiva cosa ci fosse di sbagliato. «Quando fai la fame, gli animali non ti fanno più tanta pena.»

Poco dopo, Toni si incamminò insieme a Badili verso la riserva dei cervi. L'autunno aveva dipinto il parco di Freystetten di mille colori, anche se il conte aveva trasformato molti dei prati in campi di patate, di cavolo e di mais. Accanto alla limonaia erano state installate grosse voliere con oche, tacchini e anatre.

La tenuta del castello si era trasformata in una specie di fattoria, c'erano persino dei polli che razzolavano liberi per il giardino.

I daini erano stati relegati in un recinto all'interno di uno dei boschetti, circondato da un'alta staccionata. Toni si sedette su un tronco d'albero con Badili sulle ginocchia e ammirò estasiata quegli animali tanto schivi. Il maschio più grande buttò indietro la testa ed emise un forte bramito. Poi tornò il silenzio, interrotto solo dal cinguettio degli uccelli.

Toni sarebbe rimasta in quell'angolo di pace per sempre. Era convinta di aver trovato il luogo più bello del mondo.

Ricarda si accorse di essere in un bagno di sudore solo una volta che fu tutto finito. Il suo camice era imbrattato del sangue di suo marito. Siegfried, pallido come un morto e intorpidito dalla morfina, se ne stava disteso a letto in una sala decisamente sovraccarica di pazienti. Un soldato ferito come tutti gli altri. *Proprio come vorrebbe lui*, pensò Ricarda. Eppure lui non era come tutti gli altri. Era un uomo di cinquantacinque anni con delle capacità fuori dal comune e una grossa responsabilità sulle spalle.

«Ce la farà, non è vero?» Hilde posò con dolcezza la testa sulla spalla di Ricarda.

La pallottola aveva mancato l'arteria, ma entrando in obliquo aveva danneggiato seriamente i tessuti muscolari e nervosi. Le conseguenze si sarebbero potute stimare solo più avanti. Ma al momento Ricarda non voleva discuterne con sua cognata, per non angosciarla con ulteriori preoccupazioni. «Siegfried ha avuto molta fortuna» disse.

Fuori continuavano a infuriare gli spari, ma Ricarda aveva smesso di sentirli già mentre operava. Tutto a un tratto la porta della camerata si spalancò e si precipitarono dentro due soldati giapponesi armati. A Ricarda parve una cosa talmente improbabile, che andò incontro ai due giapponesi portandosi un dito davanti alla bocca, come si fa per avvisare qualcuno di non fare rumore.

«*Hospital*» disse, accompagnando con dolcezza i due soldati all'uscita. Questi non solo glielo lasciarono fare, ma addirittura si inchinarono, prima di andarsene.

«E questo che significa? Abbiamo perso?» chiese la cognata con voce incerta.

«Non abbiamo mai avuto una vera chance di vincere» rispose Ricarda sfiorando con un bacio lieve la fronte del marito. «È tempo che ti rimandino a casa, Siegfried.»

Rupert Kögler tese la mano a Henny. «Non c'era bisogno che tu affrontassi un viaggio così lungo solo per questo.» Sembrava gioviale. «Spero che sia stato piacevole.»

«Grazie» rispose lei, secca.

I treni che aveva preso erano tutti pieni di ragazzi che inneggiavano all'imperatore e alla madrepatria. A dire la verità, i nervi di Henny erano a un passo dal cedere. Era andata lì per fare ciò che più odiava al mondo: dire addio.

«Hai notizie di tua madre?» domandò Rupert. «Sono sicuro che riconquisteremo Tsingtao al più presto.»

Henny non era arrivata fino a Monaco, alla villa nella Prinzregentenstrasse, per scambiare convenevoli con lo zio Rupert. Non le piaceva niente di lui. Neanche il fatto che ogni tanto si esprimesse in modo tanto amichevole. Anzi, era convinta che si trattasse di una sua strategia per assicurarsi la benevolenza di Georg. Si sforzò comunque di sorridere. «Mio fratello è ancora qui, vero?»

«Sì, certo. Si arruola domattina.»

Henny non riuscì più a trattenersi e la domanda che la tormentava le uscì di bocca come un fiume in piena: «Perché non l'avete impedito? Voi conoscete tutti in questa città, persino il re.»

«Henny, tu sei giovane e impetuosa. Ma credo che neanche tu possa accettare il fatto che un singolo si sottragga al destino comune.»

«Invece sì» rispose lei. «Georg è mio fratello. Il mio unico fratello.»

Rupert le posò una mano sulla spalla con fare paterno «Noi vinceremo la guerra. Questa campagna sarà una passeggiata. Vedrai, per Natale Georg sarà già tornato. Altrimenti non l'avrei mai lasciato partire. Su questo puoi fidarti di me.» Rupert sorrise e aprì la porta del salone. «E adesso salutalo.»

Georg indossava già l'uniforme. Era seduto sul divano, accanto alla sua Sophie. Henny notò immediatamente le fedi ai loro anulari destri. Un matrimonio d'emergenza! Anche Georg, dunque. Henny sentì un improvviso desiderio di piangere. Ma poi vide che già Sophie aveva gli occhi arrossati. A quanto pareva, l'opinione delle donne non contava niente, quando gli uomini decidevano di fare la guerra.

«E così vi siete sposati» osservò Henny. Poi aggiunse, in tutta fretta: «I miei più cari auguri».

«È stata Sophie a volerlo» rispose Georg.

«Non si sa mai» disse Sophie in un sussurro.

«La festa di matrimonio la faremo più avanti. Tanto per Natale sarò tornato» disse Georg, ripetendo le stesse parole dette poco prima da suo zio.

«E se invece non fosse così?»

«Ma che sciocchezza, Henny. Non mi accadrà niente.» Georg si fece coraggio con un sorriso.

Non credo che dipenda solo da te, pensò Henny. Ma non disse niente, perché sapeva che i rimproveri non erano di alcun aiuto quando una decisione potenzialmente fatidica era ormai stata presa. E così si ritrovò a dire una frase che mai nella vita avrebbe pensato di pronunciare, dal momento che non era credente. «Che Dio ti benedica, fratellino.»

Dei militari giapponesi passarono davanti alla chiesa scortando verso l'entroterra un gruppo di soldati tedeschi, che pur essendo coperti di polvere, sporchi e portando in spalla un fucile ormai inutile, non smettevano di dimostrare il loro valore camminando a schiena ben dritta. Alcuni di loro intonavano il vecchio inno prussiano: «*Ave a te nella corona della vittoria, o sovrano della patria! Ave a te, o imperatore! Senti nello splendore del trono la grande gioia di essere il favorito del popolo! Ave a te, o imperatore!*» Anche Ricarda sapeva che questo inno aveva la stessa melodia di *God Save The King*, l'inno dell'Inghilterra, alleata dei giapponesi. Era invece probabile che questi ultimi non conoscessero affatto quello strano particolare che accomunava i due paesi europei in guerra tra loro.

«Il governatore ha ordinato la resa assoluta e la cessazione di ogni mezzo di difesa» disse Padre Gerwein. Il marito di Hilde le teneva un braccio attorno alle spalle con fare protettivo. «I giapponesi non uccideranno nessuno, hanno sempre avuto grande rispetto per la Germania.»

Sentendo quelle parole, a Ricarda tornò in mente il dottor Sotomori, il collega di Siegfried a Dar Es Salam che era stato allievo del professor Koch.

«I nostri soldati saranno fatti prigionieri» proseguì Gerwein. «Mentre noi civili dovremo lasciare Kiaociao.»

«Mi sembra la soluzione migliore» osservò Ricarda.

«Vi sbagliate, dottoressa» la contraddisse il parroco con

un'espressione meravigliata in faccia. «La Germania sta per vincere la guerra, perciò non dobbiamo cadere in una simile trappola. No, noi resteremo dove siamo» insistette l'uomo di Dio, che non sembrava rendersi conto dello sguardo avvilito di Hilde.

Siegfried aveva la spalla sinistra ancora stretta nei bendaggi e assumeva morfina per il dolore. Non aveva ancora abbastanza forze per confrontarsi con ciò che stava accadendo intorno a lui, ma Ricarda temeva che anche lui avrebbe interpretato la situazione allo stesso modo del cognato. Che cosa sarebbe successo, a quel punto?

Nello studio medico della Behrenstrasse c'era un'incredibile affluenza di pazienti. Henny e la sua esperta collega Amelie iniziavano ogni mattina alle sette e mezzo e spesso non chiudevano prima delle nove di sera. Henny aveva l'impressione che almeno la metà delle sue pazienti fosse incinta. E la maggior parte di loro diceva frasi come: «Chissà come sarà felice mio marito, quando tornerà a casa per Natale». Henny lo aveva sentito ripetere talmente tante volte, che aveva finito per credere anche lei a un'imminente vittoria della Germania. I giornali confermavano la notizia e chiunque dicesse il contrario era punibile per alto tradimento.

Una sera di novembre, allo studio medico si presentò Käthe. Henny fu molto felice di quella sua visita inaspettata, anche se si accorse subito che aveva un'aria abbattuta. «In realtà sono qui perché devo parlare con il giovanotto.»

«Intendi Victor?»

«Dove posso trovarlo?»

Henny indicò il soffitto con un dito. Dal piano di sopra giungeva il suono di un pianoforte. «È nel suo appartamento. Ha invitato alcuni amici del teatro, la maggior parte di loro deve arruolarsi. Diamo una piccola festicciola d'addio.»

«Allora non è un buon momento» disse Käthe accingendosi ad andare.

«Ma ormai sei qui! E io comunque ho finito.»

Henny stava per aprire la porta, ma la madrina la fermò. «Henny…» Käthe si schiarì la voce. «Voi due state insieme?»

Henny la guardò stupita. Sua zia si comportava in modo strano. «Sì. Perché me lo chiedi?»

Di recente, lei e Victor avevano iniziato a scambiarsi delle tenerezze. Era la sensazione più bella che Henny avesse mai provato.

«Scusami, la cosa non mi riguarda.» Käthe cambiò argomento. «In realtà, sono qui perché Jette vorrebbe scrivere alla madre di Victor.»

«Perché non me l'hai detto subito? Il suo indirizzo posso dartelo anch'io» disse Henny sollevata. Prese una lettera dalla scrivania. «La madre di Victor mi ha scritto di recente. Verrà in Svizzera a breve e mi ha invitata a raggiungerla, perché vuole conoscermi.» Henny guardò raggiante la zia. «Perché Victor e io vogliamo sposarci.»

Käthe si fece pallida come la parete dietro di lei. «Volete… Ah…» balbettò prendendo rapidamente nota dell'indirizzo. Poi salutò Henny con un fugace bacio sulla guancia e corse via.

Strano, pensò Henny, *zia Käthe poteva dimostrare un po' più di entusiasmo.*

La medicazione che Ricarda aveva fatto alla ferita di Siegfried era riuscita bene. Tuttavia, non c'era niente di cui essere orgogliosa, considerando che il marito riusciva a malapena a muovere il braccio e la mano sinistra. La pallottola dello shrapnel doveva aver distrutto un nervo. Nessun medico sarebbe stato in grado di evitare le conseguenze di un danno simile, ma Ricarda sperava comunque di ottenere qualche miglioramento con dei massaggi regolari alla spalla per stimolare la funzionalità degli altri nervi.

All'improvviso un soldato giapponese si precipitò nella stanza. Non c'erano dubbi che si trattasse di un ufficiale, perché i conquistatori indossavano uniformi praticamente identiche a quelle tedesche. Sembrava molto agitato.

Dopo la conquista, i giapponesi avevano trasformato il Kiaociao in una loro colonia. La vita dei civili era rimasta praticamente identica, l'unica differenza stava nell'ingente dispiegamento di truppe nipponiche che si era riversato nel protettorato, assumendo il controllo di tutte le attività commerciali. Ma Ricarda non aveva mai più visto un giapponese all'interno dell'ospedale, dopo quella prima incursione da parte dei due gentili soldati di fanteria.

Invece quell'uomo, con un paio di occhiali dalla montatura nichelata sul naso, chiese in tono sgarbato: «Chi è capo qui?».

Siegfried, in canottiera, si alzò e gli rivolse il saluto militare con il braccio sano. «Sono il dottor Thomasius.»

«Adesso siete prigioniero di guerra» disse il soldato. «Venite con me!»

«Ma certo» rispose Siegfried sforzandosi di mantenere una postura eretta, mentre il suo braccio sinistro pendeva senza vita lungo il fianco.

Il giapponese se ne accorse ed emise una sorta di grugnito. «Cosa è successo al braccio?»

«Una ferita» rispose Siegfried. Poi si rivolse alla moglie: «Mi farò vivo. In qualche modo».

Ricarda era talmente sconvolta che non riuscì a proferire

parola. I due uomini lasciarono la stanza. Siegfried non si era neanche aggiustato la giacca dell'uniforme. L'immagine che offriva era desolante.

«Non lo so. L'agricoltura senza i cavalli? Com'è possibile?» domandò il vecchio Willi, lo storico vetturino dei conti di Freystetten che ormai aveva superato i settant'anni da un pezzo. Toni era in piedi accanto a lui di fronte alle stalle vuote. «Ieri mattina Sua Altezza ha dovuto portare i cavalli migliori a Potsdam per consegnarli all'esercito. Ci hanno lasciato con due vecchi ronzini e una giumenta incinta.»

A Berlino l'esercito aveva iniziato da tempo a confiscare cavalli sani e forti per il fronte, ma Toni scopriva solo adesso che l'ordine si era esteso fino a Freystetten. E pensare che era sempre stata convinta che il castello rappresentasse un luogo inviolabile.

Willi carezzò con le sue mani forti i fianchi rigonfi della bella cavalla bianca a chiazze grigie. «Ormai ci siamo quasi con Ilse. Vedrai».

In un angolo del box, Willi aveva preparato per la giumenta un morbido giaciglio di paglia. Dal posteriore della cavalla spuntava un unico zoccolo bagnato.

«Qualcosa non va» disse Willi. «Parla con lei, Antonia. Con i cavalli bisogna parlarci, sono quasi come persone. Dille che andrà tutto bene.»

L'animale la guardava con i suoi grandi occhi marroni scuro. A Toni sembrò quasi di riconoscervi un'espressione di paura, anche se non lo disse a Willi. D'altra parte, Toni non aveva avuto molto a che fare con i cavalli. Però sapeva ciò che le aveva detto un giorno sua madre: «Una donna non mette mai tanto a rischio la propria vita come quando ne mette al mondo un'altra». A biologia Toni aveva studiato che i cavalli erano mammiferi proprio come gli esseri umani. Possibile che il parto rappresentasse un pericolo anche per una giumenta? *Che sciocchezza*, pensò Toni, senza però smettere di parlare alla cavalla Ilse, mentre Willi la visitava.

Alla fine, il vecchio sospirò: «Il puledro è posizionato male».

«Che cosa significa?» chiese Toni.

«Dovrebbe avere la testa tra le zampe anteriori» le spiegò Willi. «Ma non è così.»

«E cosa possiamo farci?»

«Dobbiamo girarlo» rispose Willi. «Vai a chiamare Sua Altezza, Antonia. È il cavallo migliore che ci è rimasto.»

Mentre correva verso il castello, Toni non riusciva a togliersi dalla testa l'ultima frase di Willi. Intendeva forse dire che la cavalla rischiava la vita?

Zia Rosel stava confezionando un gilet di lana per il figlio minore Florian, ma non appena Toni le disse di Ilse mise subito giù il lavoro a maglia. «Purtroppo lo zio Friedemann non è ancora tornato da Potsdam. Lui è molto più esperto di me in fatto di cavalli e saprebbe certamente cosa fare.»

«Se Ilse fosse una persona, chiameremmo un medico» disse Toni, non potendo fare a meno di pensare alla madre e alla sorella, che le avevano raccontato di aver fatto nascere dei bambini posizionati male.

«Questa sì che sarebbe un'idea, Toni: la veterinaria » Zia Rosel scoppiò a ridere. «Sennò di queste cose deve occuparsi sempre tuo zio Friedemann.»

Toni non trovava che ci fosse molto da ridere. Ma era normale che zia Rosel non la prendesse troppo sul serio, aveva solo quattordici anni. Quando tornarono alla stalla, la giumenta era sdraiata a terra e Willi sembrava preoccupato.

«Deve alzarsi, Altezza» disse a Rosel. «Altrimenti non riesce a spingere.»

«Certo, avete senz'altro ragione» rispose lei senza sapere bene che fare.

Toni carezzava il bel muso della cavalla. «Non puoi morire, Ilse» le sussurrò all'orecchio. «Alzati. Spingi fuori il puledro.»

Toni sapeva bene che non poteva aver inteso la sua preghiera, eppure, qualunque fosse il motivo, la cavalla riuscì a fatica ad alzarsi.

«Non potete infilare dentro una mano e girare il puledro?» domandò Toni.

«No.» Willi scosse la testa. «Non l'ho mai fatto. E non ho intenzione di cominciare oggi.»

Toni annuì. Ormai le era chiaro che, a meno che non accadesse un miracolo, Ilse non sarebbe riuscita a mettere al mondo il suo puledro.

Ognuna delle quasi trecento donne rimaste a Tsingtao senza il marito sapeva dove andare a cercare i prigionieri. Portavano loro cibo e vestiti caldi, dato che anche lì in inverno le temperature potevano farsi rigide. Ma girava voce che gli uomini catturati sarebbero stati trasferiti ben presto in Giappone. Ricarda era determinata a evitare a Siegfried un simile destino.

Già il mattino seguente alla cattura si era messa in cammino insieme a un gruppo di altre donne. Camminarono verso ovest, attraverso paesaggi devastati dalla guerra. Ogni tanto, da sotto un cespuglio, Ricarda vedeva spuntare i cadaveri in decomposizione dei combattenti nemici. Si diceva che nel massacro per la conquista della colonia tedesca del Kiaociao fossero caduti diecimila giapponesi.

Ricarda non capiva come fosse possibile che un fazzoletto

di terra e il suo porto valessero la vita di migliaia di uomini tedeschi e giapponesi.

«Ci diamo il cambio per andare a trovare i nostri mariti, perché molte di noi hanno bambini piccoli» le spiegò una donna.

«E non avete pensato di tornare in Germania?» le chiese Ricarda.

«E di cosa vivremmo?» ribatté la donna. «È vero, anche qui riceviamo solo una pensione di guerra minima, ma almeno il costo della vita è molto basso.»

Ricarda pensò con apprensione a Hilde. Per fortuna suo marito non era stato catturato.

Dopo qualche ora di cammino, le donne raggiunsero un villaggio cinese abbandonato. Era circondato di filo spinato e sorvegliato da soldati armati. Subito dietro si intravedevano le capanne di argilla dal tetto di paglia abbandonate dai cinesi fuggiti. E centinaia di prigionieri tedeschi nelle loro luride uniformi della marina, un tempo bianche candide. Quei giovani un tempo atletici avevano adesso un aspetto spaventosamente inerme. Ricarda aveva scoperto che esistevano diversi villaggi come quello.

I soldati di guardia lasciarono passare le donne senza obiezioni. Naturalmente lì tutti conoscevano Siegfried e Ricarda fu subito accompagnata da lui da diversi prigionieri tedeschi.

Rimase terrorizzata nel vedere suo marito seduto su uno sgabello di fronte a una capanna di contadini. Aveva la barba lunga, l'uniforme sudicia, il braccio fuori uso tenuto su con uno spago. Solo il suo sguardo era combattivo.

«Ricarda, perché sei venuta? Non dovresti essere qui» le disse.

«Non posso mica abbandonarti.» I suoi modi bruschi la ferirono.

«Io sono un soldato. Per un verso o per un altro lo sono sempre stato, per tutta la vita.»

«Davvero ti stupisci che io voglia portarti via di qua?» Gli porse una pagnotta preparata la sera prima da Hilde e un pezzo di salame.

Lui li annusò e poi scosse la testa con un sorriso stanco. «Niente trattamenti di favore.»

«Invece sì» rispose lei secca. «La tua spalla ha bisogno di essere massaggiata, altrimenti perderai l'uso del braccio.»

«Non mi interessa.»

«Non ti interessa? Ma cosa significa? Ti arrendi?»

«Guardami, Ricarda.»

«Tu non sei solo un soldato, sei anche mio marito. Non conta niente questo?»

Siegfried tacque, ma avrebbe benissimo potuto dire: *Non mi basta.*

Questo momento è un esempio perfetto di quello che è stata la nostra relazione fin dall'inizio, pensò Ricarda. Per Siegfried erano sempre venuti prima l'esercito, i suoi commilitoni e il suo lavoro. Poi veniva lei. Col tempo si era abituata. «Non accetterò che tu venga deportato in Giappone come prigioniero, Siegfried» disse in tono deciso.

«In guerra è il vincitore a stabilire le regole. Come pensi di opporti?»

«Farò tutto ciò che è in mio potere» rispose lei.

Ricarda non lo aveva mai ammesso apertamente nemmeno a se stessa, ma nel profondo era convinta che lei e Siegfried da vecchi avrebbero condotto una vita pacifica, sarebbero diventati nonni e avrebbero goduto della reciproca compagnia. Adesso, vedendolo così avvilito, capì che forse tutto questo non sarebbe mai successo. No, la loro storia, che era iniziata così carica di speranze, non poteva finire in quella palude di sconforto.

La giumenta teneva la testa in grembo a Toni, che continuava ad accarezzarla nonostante non ci fosse più alcuna speranza. Il miracolo non c'era stato. Né Willi, né tantomeno Rosel avevano avuto il coraggio di girare il puledro nell'utero della cavalla.

«Se Ilse muore, sarà per colpa mia» aveva detto Willi.

«Io non vi muoverei alcuna accusa» gli aveva risposto Rosel, senza tuttavia riuscire a fargli cambiare idea.

Solo lo zio Friedemann avrebbe potuto salvare la cavalla, ma ormai era scesa la notte e il conte non era ancora rientrato. Nella stalla illuminata da una lampada a gas era rimasta solo Toni a far compagnia alla cavalla morente.

Si svegliò il mattino seguente, quando arrivò zia Rosel in compagnia di Badili, che era dovuta restare con lei. La cagnolina corse festosa incontro a Toni.

«Mi dispiace» disse zia Rosel. «Veder morire un animale è sempre una cosa difficile.» Le tese una mano per aiutarla ad alzarsi. «Vieni, hai fatto del tuo meglio.»

Toni lasciò la stalla a capo chino. *No*, pensò, *non ho fatto del mio meglio, perché non sapevo come farlo.*

«Come ti immagini la nostra vita insieme in California?» chiese Henny.

Se ne stava seduta vicino a Victor, avvolta in una grossa coperta e accoccolata di fronte al camino del suo appartamento. Victor aveva aperto una bottiglia di vino rosso, che scintillava nei calici di cristallo di fronte a loro. Era il momento ideale per sognare. Anche se sapeva che sarebbe durato poco, perché di lì a poco sarebbe tornata da Toni. La sorellina era rimasta profondamente turbata dopo aver assistito per la prima volta alla morte di un cavallo.

«Vivremo a Los Angeles, in una casa sulla spiaggia. Al mattino passeggiamo su sabbia fine e facciamo bagno in mare. Poi andiamo allo studio per girare film.»

«Una casa sulla spiaggia? Dici sul serio?»

«È molto economica! Mio fratello scrive che ne ha una anche lui. Lì splende sempre sole.» Le diede un bacio sulla guancia.

«Morrie dice che ci sono troppi pochi medici a Los Angeles.» Victor le carezzò le labbra con un dito. «Non hai voglia di imparare già un po' di inglese? *Come on*, ti insegno io.»

Henny sospirò. Era bello sognare con lui una vita in un paese di nome California, dove non faceva mai freddo. Ma andarci a vivere davvero? Henny non osava porsi seriamente quella domanda. Sarebbe stata così lontana da sua madre, da Toni e anche da Georg. Bevve un sorso di quel vino pregiato che sembrava far scomparire la realtà dietro a uno strato di nuvole rosa.

«*I love you, Henny*» le sussurrò Victor all'orecchio. Questa frase ormai la capiva benissimo.

L'ufficiale giapponese, nella sua uniforme sorprendentemente simile a quella tedesca, se ne stava seduto dall'altra parte della pesante scrivania, dritto come un fuso e con espressione impassibile. Fino a poco prima in quello stesso ufficio e a quella stessa scrivania stava seduto il governatore tedesco del Kiaociao. Ricarda era felice anche solo di essere arrivata fin lì.

«Mio marito è ferito. Vi prego di lasciarlo libero» disse.

«Abbiamo moltissimi feriti, gentile signora» rispose il giapponese dimostrando un'ottima conoscenza della lingua.

«Il dottor Thomasius non è più tanto giovane. Lui stesso

non vuole alcun trattamento di favore. Sono qui a nome mio, perché ho bisogno di lui.»

Il volto del suo interlocutore era rimasto impassibile.

«Mio marito non è venuto a Tsingtao come soldato. Era qui per fare ricerca. Combatteva le malattie. È questo il suo lavoro. Prima faceva ricerca insieme a Robert Koch.»

«Il professor Koch.» Per un istante, il volto dell'ufficiale giapponese fu attraversato da un barlume di comprensione.

Koch aveva girato il Giappone sei anni prima. I giornali tedeschi avevano riferito di un'accoglienza trionfale, da eroe. Durante la sua carriera il professore aveva insegnato a studenti di tutto il mondo, tra cui anche giapponesi, che poi erano tornati nel loro paese per diffondere le sue teorie.

Ecco perché Ricarda decise di aggiungere: «Il dottor Thomasius ha un amico e collega giapponese. Il dottor Daiki Sotomori, sono stati assistenti del professor Koch nello stesso periodo.»

L'ufficiale giapponese si inchinò, senza altre reazioni riconoscibili. «Potete andare.»

Poco dopo Ricarda stava scendendo la maestosa scalinata dell'edificio che un tempo era stata la sede del governatorato tedesco con la sensazione di non aver ottenuto niente.

Non appena arrivò nell'appartamento di Siegfried, che le avevano fatto tenere nonostante la sua prigionia, andò in bagno per rinfrescarsi; poi si pettinò i capelli di fronte allo specchio. Li aveva ancora folti e robusti, anche se nel frattempo erano diventati quasi del tutto bianchi. Era accaduto senza che lei se ne rendesse conto, da quando si era ritrovata in mezzo a quella guerra lì in Cina. Il suo volto si era fatto scarno, anche perché non riusciva quasi più a mangiare da quanto si sentiva logorata dentro.

Entrando in salotto si accorse di una lettera finita per metà sotto il tappeto. Era da un bel pezzo che non arrivava più posta dalla Germania. La sollevò e riconobbe immediatamente la scrittura di Käthe. La busta era ancora sigillata. Doveva essere scivolata a qualcuno dei loro domestici cinesi, ormai fuggiti tutti da tempo. La strappò e ne scorse il contenuto.

Poi prese una sedia, si sedette con gesti lenti e rilesse da capo quella notizia che aveva dell'incredibile. Il figlio di Florentine era a Berlino. Henny era intenzionata a sposare il suo fratellastro! Ricarda sentì mancarle l'aria. Doveva impedirlo, a ogni costo.

A ogni costo?

La vita di sua figlia si basava su una menzogna. Come avrebbe reagito quello spirito ribelle di Henny una volta scoperto che lei e Victor avevano lo stesso padre? Ormai era assolutamente necessario che lo sapesse. Ma questo significava svelare l'immenso segreto che aveva custodito gelosamente per tanti anni. Era un incubo. Ma senza la possibilità di svegliarsi e senza via d'uscita.

L'ultima nave per la Germania sarebbe salpata una settimana dopo per riportare a casa gli ultimi tedeschi intenzionati a lasciare il paese. Cosa doveva fare? Tornare a casa o restare? Scegliere la figlia o scegliere il marito?

Victor non aveva scordato il suo progetto di diventare regista cinematografico. Dopo che anche altri attori e musicisti dell'operetta se ne furono andati, si era messo alla ricerca di un nuovo lavoro e aveva da poco iniziato a fare da assistente a un regista che girava un film in un paesino vicino a Potsdam.

A Nowawes, in una gigantesca serra, si trovava il primo studio cinematografico della Germania. Gli attori però vivevano quasi tutti a Berlino e tra i compiti di Victor c'era anche quello di andare a prenderli in automobile e poi riportarli a casa, motivo per cui capitava spesso che rientrasse nella Behrenstrasse solo a tarda sera. Se vedeva che la luce nello studio medico era ancora accesa, si fermava a salutare Henny. Anche quella sera salirono insieme all'appartamento.

Vicino al guardaroba, Victor tirò fuori un revolver dalla tasca del cappotto.

«E questa che cos'è?» domandò Henny.

«Se viaggi con macchine preziose di questi tempi, devi essere armato» ribatté lui con leggerezza, coprendo con il cappello l'arma appoggiata sul tavolino. Con quella risposta, anche Henny ritenne chiuso l'argomento. Victor era di nuovo vestito come un dandy del cinema e lo trovava straordinariamente bello.

«Che ne dici se a Natale diamo notizia di nostro fidanzamento?» le domandò Victor abbracciandola.

«Sarebbe bellissimo.» Henny lo baciò. «Ma non so se mia madre sarà tornata, per Natale.»

Victor mise su un'espressione delusa. «Io avuto una idea» disse. «Tu hai raccontato che Georg ha potuto fare solo matrimonio d'emergenza con sua moglie. Ho pensato che quando ci sposiamo noi, anche loro possono recuperare loro festa. Un doppio matrimonio a Freystetten, a primavera. Con tutti annessi e connessi. Forse riesco perfino a far venire a Europa mio fratello Morrie.»

Henny pensò che quella sua fissazione col matrimonio fosse un po' strana, ma d'altra parte la sua proposta e il suo romanticismo la commuovevano. «Potremmo riunire tutte le nostre famiglie: i Thomasius, i Freystetten, i Kögler e i Vandenberg. Che grande festa sarebbe!» esclamò Henny entusiasta. Ma poi le venne in mente una possibile complicazione: «Credi che per allora la guerra sarà finita?».

Victor scoppiò a ridere. «Dovranno finire guerra per noi.»

Ogni volta che Ricarda andava a trovare Siegfried, lo trovava insieme ai suoi commilitoni in uniforme. Stavolta tra loro c'era anche un signore con un completo chiaro e perfettamente pulito. Mentre Ricarda si avvicinava, l'uomo si alzò, si tolse il cappello e le fece un inchino. «Ricarda, sono felice di ritrovarla in buona salute.»

«Daiki!» Ricarda non poteva credere di ritrovarsi di fronte il vecchio amico dei tempi dell'Africa. «Che benedizione avervi qui!» esclamò. «Come mai da queste parti?»

«Il nostro amico Daiki è il viceministro della Sanità giapponese» le spiegò Siegfried.

Il dottor Sotomori si inchinò con il suo tipico sorriso discreto. «Per questo dovevo dare un'occhiata all'ospedale della nostra nuova colonia Kiaociao. Poi sono venuto a sapere della prigionia di Siegfried e l'ho subito cercato. E adesso sto cercando di convincerlo a fare domanda di grazia.»

Anche Ricarda aveva sentito parlare di questa possibilità, ma le avevano anche spiegato che i soldati tedeschi erano tutti troppo orgogliosi per seguire quella strada. Non si abbandonavano i compagni. E Ricarda conosceva abbastanza suo marito da sapere che neanche lui avrebbe mai preso in considerazione quella eventualità, nonostante le sue condizioni di salute precarie.

«Daiki, state dicendo che siete favorevole a far tornare Siegfried in Germania?»

Sotomori annuì convinto. «Ma certo che sono favorevole. Anche se Siegfried verrebbe portato al campo di Fukuoka, che è nuovo di zecca, e sono certo che lo tratterebbero bene lì.» Poi si voltò di nuovo verso Siegfried. «Ma sarebbe più saggio se tu tornassi a casa e pensassi a rimetterti in salute, amico mio.» Gli posò una mano sulla spalla. «È un gran peccato ritrovarci su due fronti opposti. Ma prima o poi la guerra finirà e allora ti inviterò in Giappone come mio ospite, e non come prigioniero.»

Ricarda non aveva parole. A colpirla non era solo la profonda amicizia dimostrata da Sotomori nei confronti di Siegfried, ma anche il rispetto con cui un rappresentante del Giappone, un nemico che aveva pur sempre pagato la sua vittoria con un immenso tributo di sangue, trattava un tedesco.

«Ti sono molto grato per l'offerta. Sei un vero amico. Ma dammi un po' di tempo, Daiki.»

«Ma certo. Nessuno vuole metterti fretta.»

Ricarda non era d'accordo su questo punto, ma rimase in silenzio.

Alla fine Sotomori si alzò. «Devo tornare a Tsingtao.» Poi si rivolse a Ricarda: «Volete un passaggio?».

Ricarda esitò. Le restava un giorno soltanto per convincere Siegfried a cambiare idea. D'altra parte, però, Daiki era il suo unico alleato in questa missione. «Sì, volentieri» rispose.

L'autista di Sotomori guidava con attenzione per le strade danneggiate dagli ordigni della guerra. Ricarda era seduta sui sedili posteriori insieme al suo collega giapponese.

«Non ho detto a Siegfried proprio tutto quello che penso. In effetti, sono convinto che questa guerra sarà ancora molto lunga» disse Sotomori. «È come un fuoco che corre intorno alla terra per distruggere tutto quanto.»

Certo, era una prospettiva spaventosa, ma in un certo senso Ricarda si sentì sollevata del fatto che qualcuno avesse finalmente espresso un parere onesto al riguardo. Anziché parlare sempre e solo di vittoria. «Dicono che finirà presto» disse.

«Prima l'imperatore diceva che la guerra sarebbe finita in autunno. Poi ha detto a Natale.» Sotomori scosse la testa amareggiato. «L'imperatore tedesco si è fatto troppi nemici. È una cosa triste per il vostro bellissimo paese.» Sospirò. «Oh, ma cosa dico. È triste per il mondo intero. Quello non riusciremo a salvarlo, ma se siete d'accordo mi piacerebbe iniziare salvando Siegfried. Per come lo conosco, non farà mai domanda di grazia. Ma a vederlo così, sembrerebbe malato di ittero.»

Ricarda annuì. «È vero, Daiki. Ce l'aveva quando è tornato dall'Africa Orientale Tedesca ed è una malattia dalla quale non si guarisce.»

«In quanto medico coscienzioso, non posso permettere che un paziente affetto da ittero venga portato in Giappone» disse Sotomori accompagnando le sue parole con un occhiolino a malapena percettibile.

A Ricarda ci volle qualche secondo per capire. Poi sentì gli occhi riempirsi di lacrime di sollievo e di gioia. «Vi ringrazio!»

La macchina si fermò di fronte all'ospedale di Tsingtao e il dottor Sotomori le tese la mano. «Prima o poi ci rivedremo e spero che sarà in Giappone, molto presto e in circostanze migliori. So che non avete più piacere a viaggiare in paesi lontani, ma questo dovete promettermelo.»

«Tanto lo sapete, Daiki: dove va mio marito, vado anch'io.»

Sotomori si mise a ridere. «Ma prima dobbiamo fare in modo che succeda il contrario.»

Il Mar Giallo era talmente calmo, che a Ricarda faceva venire in mente i laghi brandeburghesi. La pace che la superficie d'acqua trasmetteva era in netto contrasto con la tempesta che imperversava ancora nel suo cuore. Fino a ventiquattr'ore prima non sapeva neanche se sarebbe riuscita a partire e di Siegfried lo aveva scoperto ancora più tardi. Una simile montagna russa di sentimenti non era certo facile da digerire. Forse non ci sarebbe riuscita mai. I contrasti con il marito per poco non le avevano fatto scordare di sentirsi grata per il semplice fatto di essere ancora viva. In fin dei conti, aveva trascorso dei mesi sul fronte di una guerra. E ne era uscita senza neanche un graffio. Almeno sul corpo.

Ricarda guardò suo marito, che se ne stava immobile su una sedia sul ponte da ore. Lei gli aveva sistemato la coperta sulle spalle e lui l'aveva lasciata fare, anche se il suo «Grazie» era stato più per educazione che per sincera gratitudine. Gli ci si sarebbe voluto un bel po' di tempo per fare pace con le nuove circostanze.

Probabilmente aveva passato gli ultimi giorni ad abituarsi all'idea della morte. Ma poi Sotomori aveva aggirato i princìpi inflessibili del suo amico con un'abile mossa. Tra i prigionieri, infatti, ce n'era qualcuno affetto da malattie contagiose e Sotomori, che aveva il compito di impedire l'importazione di malattie in Giappone, li aveva fatti scortare dalla polizia militare e fatti salire sull'ultima nave in partenza per la Germania. In questo modo aveva annientato ogni possibilità di obiezione ed evitato favoritismi nei confronti di Siegfried. E sulla nave il posto non mancava di certo: solo un terzo delle cabine era occupato. Nessuno voleva tornare in quel focolaio di guerra che era l'Europa.

Per salutare il fratello, Hilde era stata costretta a salire sulla nave insieme a suo marito Ernst. Quello fu l'unico momento in cui Ricarda aveva visto affiorare i sentimenti di Siegfried.

«Abbi cura di Hildchen, Ernst» aveva detto.

«Siamo nelle mani di Dio, Siegfried.»

I due uomini si erano abbracciati scambiandosi delle pacche sulle spalle, ma nessuno dei due aveva versato una lacrima, nonostante che da quel momento in poi ci sarebbe stato mezzo mondo a dividerli. Ma poi, quando sua sorella, ormai a fine gravidanza, lo aveva salutato con un bacio sulla guancia, Siegfried era stato costretto a voltarsi dall'altra parte per nascondere la commozione.

«Ti manderò una foto del nostro bambino» le aveva detto Hilde mentre Ricarda la stringeva un'ultima volta a sé.

«Avete già pensato a un nome?»

«Tu che dici?» Sua cognata aveva sorriso tra le lacrime di addio. «Non mi ci è voluto molto a decidere.»

Adesso, osservando la superficie piatta del mare, Ricarda rivide chiaramente davanti a sé il momento di quel saluto. Nel giro di poco tempo Daiki avrebbe aiutato Hilde a far nascere a Tsingtao un piccolo Siegfried o una piccola Ricarda.

Lei e Siegfried avrebbero trascorso molte settimane su quella nave. Un lungo viaggio per ritrovare non solo la loro casa, ma anche loro stessi. Per ritrovare la coppia che erano stati.

Ricarda tolse con dolcezza la coperta dalle spalle di Siegfried. «Dobbiamo continuare con il massaggio.»

La muscolatura della spalla era dura come pietra. Ci sarebbe voluto tutto il tempo del viaggio per fargli riacquistare almeno una parte della mobilità del braccio.

A un tratto Siegfried posò la mano sana su quella di Ricarda. «Grazie, Rica. Credimi, apprezzo molto quello che fai.»

Quelle poche parole e quel minimo contatto fisico significarono tutto per Ricarda. Era la prima volta da settimane che si accorgeva di lei. Fu come se la corazza di ghiaccio che l'aveva circondata per tutto quel tempo si frantumasse all'improvviso. Ricarda scoppiò in lacrime.

Siegfried si voltò verso di lei, spaventato. «Cos'è successo, amore? Scusami, se ti ho trascurata. Mi dispiace.»

«Non è solo questo, Siegfried. Penso che la preoccupazione per Henny mi farà diventare matta.»

«Per Henny? Cosa le è successo?» Siegfried si alzò in piedi e tentò di coprire entrambi con la coperta. A Ricarda tornò in mente quel giorno alla pista di pattinaggio vicino a Berlino, quando si erano rincontrati. Quel momento aveva cambiato tutto.

Dopo che Ricarda gli ebbe spiegato l'intricatissima trama di rapporti familiari dietro al problema, Siegfried si rese conto della gravità della cosa. «Se sono fratellastri non possono sposarsi! Devi assolutamente impedirlo. Ma siamo intrappolati su questa nave. Adesso capisco perché avevi tanta fretta di tornare.»

«Lei è mia figlia, è mio compito proteggerla!» La sua paura si sciolse in calde lacrime. «Che cosa farà Henny, una volta scoperta la verità?»

Solo uno sparo

Natale 1914

Henny e Victor viaggiavano nell'auto dello studio cinematografico, tutti imbacuccati nei loro cappotti, sciarpe e cappelli. Il tettuccio era di tela e non c'erano finestrini laterali. A poco servivano le coperte su spalle e ginocchia e gli occhiali da aviatore. Con i suoi sessanta chilometri orari, a Henny pareva che l'auto volasse attraverso i paesaggi innevati della campagna brandeburghese. Ormai non aveva notizie dei genitori da tanto tempo e quel pensiero la faceva stare male. L'unica consolazione era che, standо alle notizie, durante i combattimenti di Tsingtao non era rimasto ucciso nessun civile e la sua speranza era che i due fossero riusciti a imbarcarsi per il viaggio di ritorno a casa.

Mancavano due giorni a Natale. I sedili posteriori della macchina erano carichi di regali per zia Rosel, per il conte Friedemann, per la prozia, per Käthe e soprattutto per la nonna e per Toni. Sua sorella era partita con Badili in treno già due giorni prima. *Rivedere la mamma per Natale sarebbe il regalo più bello di tutti*, pensò Henny appoggiando la testa sulla spalla di Victor.

Il volante, enorme e sottile, vibrava forte tra le sue mani. Viaggiare in automobile era un'avventura, ma ostacolava ogni atteggiamento romantico. A un tratto si mise a nevicare e Victor rallentò la corsa fino a procedere alla velocità di una carrozza in estate, cosa che Henny trovò molto più piacevole.

All'improvviso sulla strada coperta di neve comparve un uomo, come dal niente. Agitava in aria qualcosa che somigliava a un bastone, ma che poteva anche essere un fucile. I suoi vestiti erano logori. Victor riuscì a sterzare all'ultimo e a evitare di investirlo. Contemporaneamente tirò fuori da sotto il sedile il revolver che Henny aveva visto nell'appartamento e se lo mise in grembo. Non appena lo sconosciuto si fu allontanato dalla strada e Victor poté riprendere velocità, rimise la pistola al suo posto.

«Perché l'hai fatto?» domandò Henny meravigliata.

«Fanno tante rapine» rispose lui. «Si dice che ci sono molti traditori di patria in giro. Ma in realtà sono solo poveracci che hanno lasciato esercito perché non vogliono morire al fronte.»

«Ma mica gli avresti sparato davvero?»

«Certo che no.» Victor si mise a ridere. «Io solo la agito un po'. Questo basta. Ma non posso neanche permettere che qualcuno ci prende vestiti caldi o macchina e ci lascia qui al freddo.»

A un tratto Henny si rese conto che neanche il Brandeburgo era più la zona pacifica che sembrava. La guerra si stava avvicinando da ogni direzione. Quando l'auto raggiunse finalmente la rotonda di fronte al castello di Freystetten, tirò un sospiro di sollievo.

«Vittoria! Vittoria su tutti i fronti!» Gli strilloni sbraitavano quella parola per vendere i loro giornali e anche le colonne per le affissioni sembravano urlare in faccia a Ricarda la stessa cosa. Anche i soldati alla stazione non facevano che ripeterlo, mentre salivano sui treni lasciando sulla banchina mogli e madri in lacrime. Ci volle più di un'ora per trovare un fattorino che portasse i loro bagagli dalla stazione Anhalt all'appartamento nella Luisenstrasse. D'altra parte, Siegfried e Ricarda non potevano portare tutte le loro valigie da soli. Siegfried era ormai in grado di muovere le dita della mano sinistra, un risultato che Ricarda non avrebbe mai osato sperare prima di ripartire da Tsingtao.

«Henny! Toni!» gridò, non appena lei e il marito furono entrati in casa. Ma non rispose nessuno. Sul tavolo di cucina trovò un biglietto scritto con la calligrafia di Henny.

Cara mamma, speriamo con tutto il cuore che possiate essere qui per Natale. Noi festeggeremo a Freystetten. Be', festeggiare forse è esagerato. Ci mancate.
Henny

«Prendo il prossimo treno!» esclamò Ricarda.

Guardò Siegfried e si rese conto che era esausto, anche se l'unica cosa che disse fu: «Ma certo, Rica. Andiamo».

Ricarda sentiva il cuore scoppiarle di gioia alla prospettiva di rivedere le figlie.

Il carro da fieno trainato dagli ultimi due cavalli rimasti a Freystetten raggiunse il cancello dello steccato. Toni saltò giù dalla cassetta per aprirlo. Da quando aveva iniziato a passare i fine settimana al castello, non perdeva mai occasione per dare una mano. I braccianti si erano tutti arruolati nell'esercito, per cui era il conte Friedemann in persona a guidare il carro. Willi era costretto a letto da un brutto raffreddore.

Da quella mattina la riserva dei cervi era ricoperta da uno strato di neve che si faceva sempre più alto. Appena ebbe aperto il cancello abbastanza da far entrare il conte, Toni sentì il guaito di un cane. La cosa la sorprese, perché quando andavano dai cervi il conte non portava mai i suoi weimaraner e neanche lei portava Badili.

«L'hai sentito?» le chiese il conte Friedemann non appena fu risalita in cassetta.

«Intendete il cane, Altezza?»

Il conte scoppiò a ridere. «Quello era l'ululato di un lupo. Di solito arrivano più avanti, soprattutto in anni come questo, in cui l'inverno finora è stato abbastanza mite. Dipende sicuramente dalla guerra. Dobbiamo ispezionare subito i recinti.»

A Toni piaceva che il conte non la trattasse da bambina e la coinvolgesse in ogni tipo di lavoro. «Credete che sia un lupo solitario?»

«Improbabile. Dovrò fare qualcosa.»

«Volete spararagli?»

Il conte annuì. Quando lavorava nel parco portava sempre a tracolla un fucile da caccia, così come adesso. In passato Antonia aveva sempre considerato il conte come un aristocratico altezzoso che faceva lavorare gli altri al posto suo. I cambiamenti imposti dalla guerra, però, glielo avevano reso molto più simpatico. La sua folta barba rossa stava incanutendo. Toni aveva l'impressione che il conte usasse tutta quella peluria in faccia per tentare di nascondersi.

«Non possiamo permetterci altre perdite» disse Friedemann. Toni ripensò a come si era arrabbiato quando aveva saputo della morte della giumenta Ilse. In quel caso aveva indirizzato la sua rabbia verso l'esercito, che aveva obbligato il proprietario terriero a consegnare i suoi cavalli a Potsdam in un giorno stabilito. «Il popolo deve fare i suoi sacrifici» aveva detto, prima di aggiungere con un sospiro: «Distruggono volontariamente una terra magnifica. Qui va a finir male».

Dopo aver distribuito il fieno nelle varie mangiatoie della riserva, Toni e il conte si misero a ispezionare le recinzioni, dividendosi per poi ritrovarsi all'ingresso.

«Fai attenzione se ci sono delle impronte per terra» disse Friedemann. «A volte i lupi si scavano un passaggio da sotto il recinto.»

Il silenzio e la neve incontaminata trasmettevano a Toni un senso di pace. Si muoveva lentamente per non spaventare i daini al suo passaggio. C'era solo l'ululato persistente del lupo a darle la percezione della minaccia che incombeva su quell'idillio invernale. A maggior ragione era importante individuare possibili falle nella recinzione di filo spinato.

Nonna Karla accolse Henny e Victor nel suo piccolo e caldo salotto con un buon pasto, torta di mele come dessert e un grazioso albero di Natale. Sotto l'albero aveva allestito il piccolo presepe che aveva costruito da sola molti anni prima.

«A casa tua il Natale profuma di infanzia, nonna» disse Henny, felice.

Osservando Victor, però, che se ne stava da una parte a bere il suo tè, si rese conto che non condivideva con lei questi sentimenti d'affetto. A Henny dispiaceva vederlo in quel modo, anche perché sapeva bene cosa gli passasse per la mente. Si avvicinò a lui e gli prese la mano.

Anche la nonna sembrò rendersene conto. «Come trascorrevi il Natale in America, Victor?» chiese.

«C'erano sempre un mucchio di regali» rispose lui senza alcuna traccia di allegria nella voce. «Quando arrivato con mia madre a Boston, vivevo con famiglia di mio patrigno. Tutto a un tratto avevo due fratelli grandi. Ma non conoscevo inglese. Mi trattavano come un cane o un gatto. Qualcosa per fare dispetti. O per giocare. Però io piangevo subito, così hanno perso interesse.» Victor fece un sorriso amareggiato. «Un giorno io capito che non mi volevano così come ero. E allora diventato un altro. Uno che fa ridere.» Sospirò. «A volte questo faticoso. Ma alla fine ce l'ho fatta.»

«Tua madre non ti ha mai aiutato?» domandò la nonna.

«Quando io aveva undici anni, lei ha lasciato mio padre adottivo. E anche me.» Fece un mezzo sorriso. «Comunque non è stata grande differenza. Anche prima lei c'era quasi mai.» Poi si rivolse a Henny e aggiunse: «Per me Morrie, che chiamo fratello, è stato come madre e padre. Prima di incontrare te, lui era unica persona di cui mi importava.»

Era già capitato che Victor si aprisse così con Henny, ma era la prima volta che lo faceva di fronte ad altre persone.

«Puoi venire da me ogni volta che vorrai, Victor» disse nonna Karla. «Io ci sono stata per te e ci sarò sempre. Tanto più adesso che è Natale. La tua prozia, la contessina, mi ha detto che vorrebbe vederti. Lei è...» La nonna fece una pausa per cercare la parola più adatta.

«Puntigliosa» intervenne Henny andando in suo aiuto.

«È una Freystetten. Ha il diritto di essere puntigliosa» la corresse la nonna in tono mansueto. «La contessina a volte si spinge un po' oltre, nei rapporti umani. Mettiamola così.» Sollevò le spalle. «Non ha mai avuto figli e credo che adesso le dispiaccia molto.»

«Noi avremo dei figli» disse Henny intercettando lo sguardo amorevole e benevolo di sua nonna, che sembrava voler dire: *Avete la mia benedizione*.

«Intanto vai tu dalla contessina, Henny. Ti aspetta già da un po'» disse Karla.

Sulla piazzetta antistante la stazione di Gusow un vento gelido spazzava la neve. Ricarda e Siegfried erano gli unici a essere scesi da quel treno carico di soldati diretti al fronte. Non si vedeva anima viva. Se Ricarda non fosse stata abituata alla sensazione di solitudine degli inverni brandeburghesi, avrebbe senz'altro pensato di trovarsi alla fine del mondo.

«Se non passano carrozze, dovremo andare a piedi» disse.

Siegfried si limitò ad annuire. «Sai già cosa ci aspetta.»

«Abbiamo affrontato di peggio» rispose lei.

Siegfried la guardò con quello scintillio negli occhi che lei amava tanto. La sua voglia di lottare era tornata. Mai arrendersi. «Allora, forza» disse. «Andiamo.»

Ricarda conosceva il tragitto a memoria. Lo aveva percorso un'infinità di volte, sia a piedi che in carrozza. Dopo un po' sentì persino che le faceva bene accorciare metro per metro, passo dopo passo, la distanza che la separava casa. Tutto a un tratto udì il rumore di un motore che si avvicinava in fretta. Si voltò e vide i fari di un'automobile che pochi secondi dopo sfrecciò loro accanto. Era una macchina molto grossa e di color argento. Ricarda non ne aveva mai vista una simile.

«Buon Natale!» Henny corse incontro alla prozia sorridendo.

La contessina, fresca di acconciatura, se ne stava al tavolino da tè del salotto, seduta sulla sua sedia a rotelle. *Ha mantenuto i suoi tratti aristocratici*, pensò Henny. In compenso, il suo sorriso le parve molto più riservato del solito, cosa che Henny imputò al decorso della malattia.

In quell'istante le raggiunse anche Käthe dalla stanza accanto e abbracciò Henny nel suo solito modo affettuoso. «Bellissima come sempre» disse.

«Davvero, Henny. Sei diventata una splendida giovane donna. Hai ventiquattro anni, vero?» domandò la contessina.

«Sì.» Henny percepiva che c'era qualcosa nell'aria. Qualcosa di diverso dal solito.

«Tu e Victor avete progetti per il futuro?» domandò la contessina.

Henny fece un sospiro di sollievo. Dunque si trattava di Victor. Quella non era certo una questione che riguardava la contessina, in fondo non era altro che la sua prozia. *Non è indispensabile che approvi la nostra unione*, pensò Henny. «Vogliamo sposarci.»

«E quando annuncerete il fidanzamento?» chiese zia Käthe.

«Victor lo farebbe anche subito. Ma io vorrei aspettare che tornino i miei genitori dalla Cina.»

La contessina e Käthe si scambiarono un lungo sguardo. Alla fine, Henriette disse: «Bambina mia, temo che questo sia impossibile.»

«Cosa intendete dire?»

Zia Käthe si sistemò l'acconciatura, già impeccabile, mentre la contessina faceva del suo meglio per cercare di placare il tremore alle mani. Le due si scambiarono un altro sguardo. Henny sentì crescere la sensazione che le due madrine stessero per rivelarle qualcosa di terribile. «Volete dirmi che non devo sposarlo? Perché non sono aristocratica?»

«Esatto.» Zia Käthe sembrava sollevata.

«Ma zia, la sorella della mamma ha sposato addirittura il conte! E Victor non ha neanche più il titolo. Sulla carta è una persona qualunque, proprio come me.» Ebbe un attimo di esitazione, perché non stava bene usare certi paroloni in presenza della contessina, ma poi decise che non poteva fare altrimenti. «Noi ci amiamo.» Ecco, lo aveva detto. Henny si sentì subito meglio. «E ci ameremo per il resto della nostra vita» aggiunse, con una leggera sfumatura di ribellione nella voce.

«Be', dovete finirla qui» disse la contessina. «Siete fratelli.»

«Fratellastri, per essere precisi» intervenne zia Käthe.

«Avete lo stesso padre» precisò la contessina. «Quindi Victor è tuo fratello.»

«Fratellastro» tornò a specificare Käthe.

Henny scoppiò in una risata isterica e guardò le due anziane signore, allibita. Che avessero perso la ragione? «Ma come fate a dire una cosa simile? Victor è americano ed è nato in Francia...» Henny iniziò a snocciolare tutte le informazioni che sapeva su di lui.

Le sue madrine la ascoltarono pazienti. Poi la contessina rispose: «Ciò che stai raccontando è quello che Victor sa sul proprio conto, Henny. Ma temo che non sia tutto. E non c'entra tanto Victor, quanto piuttosto il tuo vero padre».

«Georg Kögler» disse Henny. Non pensava a lui da tanto tempo. Forse l'ultima volta era stato durante la visita per salutare il fratello. Nella villa c'era un suo ritratto a olio in cui sembrava ancora più estraneo che nei suoi ricordi. «Cosa c'entra mio padre con Victor?» domandò con un misto di sorpresa e smarrimento.

«Tuo padre non era Georg Kögler, Henny. Lui ha sposato tua madre per proteggere la sua reputazione nella società» spiegò la contessina.

«Georg amava Rica, Jette. Questo voglio che tu lo sappia, Henny. E tua madre amava lui, e molto.»

«Gli era molto riconoscente» la corresse la contessina.

«Come mai parlate così di mia madre?» Henny era furiosa. Come aveva detto sua nonna? *La contessina a volte si spinge un po' oltre, nei rapporti umani.* Era esattamente ciò che stava facendo anche adesso. «Non ho intenzione di ascoltare queste scempiaggini» decise Henny. «Se c'è qualcosa da dire sui miei genitori, sarà mia madre a farlo.» Accennò un inchino. «Vi auguro una bella serata» disse correndo verso la porta.

«Non ti ho dato il permesso di andare, Henny.»

La voce della contessina risuonò affilata come una spada. Trovandosi già su un terreno molto incerto, Henny non aveva risorse da opporre a tanta durezza e restò ferma dov'era.

«Siediti. Devi ascoltare quello che ho da dirti» le ordinò la contessina.

Almeno all'ordine di sedersi, Henny riuscì a opporsi. Rimase in piedi, con le gambe che tremavano di rabbia e impotenza, a pochi metri dalla madrina che la guardava con espressione decisa dalla sua sedia a rotelle.

«Tua madre è stata vittima di una violenza. E tu ne sei il frutto. E due anni dopo lo stesso uomo ha reso madre Florentine, che lo ha sposato. Quindi tu e Victor avete lo stesso padre» disse la contessina. «Ecco perché è escluso che voi due possiate sposarvi.

Sotto gli alberi della riserva di caccia stava scendendo una tale oscurità, che Toni ritenne quasi inutile proseguire nella perlustrazione del recinto. Riconoscendo ormai i contorni del laghetto del castello, che sorgeva leggermente più in basso, aveva iniziato a fare meno caso al terreno davanti al recinto. Nel frattempo le era venuta anche un po' di fame e iniziava a sentire freddo.

Quando all'improvviso si ritrovò il lupo di fronte, non capì subito con cosa avesse a che fare. Poi si rese conto del pericolo che stava correndo e si stupì di quanto fosse piccolo quell'animale. Decisamente più piccolo del weimaraner del conte. Sembrava ancora giovane, era pelle e ossa e aveva il pelo infeltrito. Digrignava i denti e teneva la coda tra le zampe posteriori, inarcando la schiena.

«Ma tu hai paura» disse Toni al lupo, in tono pacato. Provava pena per lui, ma i cervi erano animali ancora più deboli e lui doveva assolutamente andarsene se non voleva finire ammazzato. Anche perché il conte non poteva essere tanto lontano da lì.

Toni si guardò intorno per capire da dove fosse entrato e vide che era successo esattamente ciò che il conte aveva immaginato: l'animale aveva scavato un passaggio al di sotto del filo spinato, dove erano rimasti impigliati dei ciuffi di pelo. Doveva essere successo da pochissimo: la neve non aveva ancora ricoperto le impronte, per cui era improbabile che il lupo avesse già mietuto delle vittime.

Toni si chinò a raccogliere un ramo da terra e lo usò per sollevare il filo spinato più in alto che poté.

«Scappa, corri» disse.

Il lupo esitò, ringhiando nella sua direzione. Toni conficcò il ramo per terra e spinse il lupo in direzione del recinto con un movimento delle mani. La bestia riconobbe la sua occasione, scivolò nella feritoia creata dal ramo nel recinto e scappò via. Toni cancellò in tutta fretta le sue tracce e calpestò la neve per renderla omogenea. Nel giro di poco il terreno ghiacciato sarebbe stato talmente duro che il filo spinato sarebbe bastato come protezione. O almeno così sperava.

Sconcertata, confusa e piena di vergogna, Henny sgusciò via dalla stanza. Sentiva che avrebbe potuto esplodere da un momento all'altro. Sentendosi mancare l'aria, si avvicinò a una delle alte finestre che si affacciavano sull'immenso parco. Ormai non nevicava più, la superficie bianca giaceva immobile, come morta. Non c'era anima viva. Solo quiete. Una quiete infinita.

Sentì aprire la porta alle sue spalle. «Henny, bambina mia, mi dispiace» le disse zia Käthe.

Sembrava sinceramente scossa, ma Henny non aveva voglia di parlare con lei. Sollevò le mani come per difendersi. «Lasciami stare.»

«Scusa se la mia amica ti ha raccontato la verità in modo così brutale. Ma purtroppo è tutto vero, le cose sono andate così. Tua madre ha fatto di tutto perché tu non scoprissi cos'era successo. Avresti dovuto sentirti per sempre la figlia di Georg. E dal canto nostro Jette e io abbiamo fatto di tutto per proteggere tua madre. E adesso faremo di tutto per impedire a te di commettere un errore. Tua madre ha subìto un'enorme ingiustizia, a suo tempo. E fui io a farle avvicinare mio cugino Georg, Henny. Sapevo già da anni che era segretamente innamorato di lei. Tutti noi abbiamo agito secondo le migliori intenzioni. Nei confronti di tua madre e nei tuoi, Henny.»

«Sono stata concepita con la violenza, zia Käthe. Non con l'amore. E non posso stare con l'uomo che amo» disse Henny con voce soffocata. «Che differenza possono fare le tue spiegazioni?»

Corse fuori dal castello con gli occhi accecati dalle lacrime. La macchina con cui erano arrivati era ancora parcheggiata lì davanti. Victor stava scaricando i regali dai sedili posteriori. A un tratto il viaggio in macchina per arrivare fin lì le sembrava appartenere a un'altra vita. Una vita che si era appena conclusa.

«A questo punto tocca a me andare da prozia» disse Victor ridendo. La sua voce parve a Henny così assurdamente estranea e lontana.

Fu solo allora che Victor, carico di regali, capì che qualcosa non andava. «Henny? Oh, *my God*, che succede? Stai piangendo?» domandò incredulo. «Ma perché, amore mio?»

«Vattene via!»

Victor fece un passo indietro, confuso. In quel momento

Henny vide l'impugnatura del revolver sbucare dalla tasca del suo cappotto. Afferrò la pistola senza dire una parola, si voltò e corse via in direzione del parco.

Victor lasciò cadere i pacchi e le corse dietro. «Fermati, Henny!»

Lei continuò a correre. Niente e nessuno l'avrebbe fermata, mai più. Doveva andare avanti, addentrarsi nel vasto e grigio niente del parco. Sentì il rollio del motore di una grossa macchina che imboccava la rotonda di fronte al castello, ma non se ne curò.

Victor l'aveva quasi raggiunta. «Che stai facendo?»

«È tutto perduto. Distrutto. È finita!» gridò lei.

«Niente è distrutto! Niente è finito!» La afferrò per un braccio cercando di fermarla.

Henny lo spinse via e gli puntò la pistola contro. Tutto a un tratto si sentì perfettamente calma. Aveva il revolver, poteva costringere Victor a lasciarla sola. «Vattene» disse, allontanandosi da lui.

Victor scosse la testa. «No.» Nella sua voce risuonava una risata incredula. «Smettila con queste *bullshit*. Che cosa ti ha detto la contessina, Henny? Devo saperlo.»

«Non possiamo amarci!»

«A me non interessa quello che dice lei!»

«Siamo fratelli.»

«Ma che sciocchezza!»

«Le zie non mi mentirebbero mai.»

«Ci deve essere errore. Ti prego, non fare stupidaggini, Henny.» Victor allungò una mano per toglierle la pistola con la quale cercava di respingerlo. Si avvicinò come se niente fosse, come se non ci fosse nessuna arma tra di loro.

Lui la amava, Henny non lo aveva mai percepito con tanta

chiarezza. La amava più della sua stessa vita. E questo rendeva tutta la situazione ancora più disperata.

No, non poteva sparare. Non a Victor. Henny si puntò la canna alla testa e premette il grilletto.

Il conte Friedemann caricò di cartucce la canna del suo fucile. «Ho trovato delle impronte di lupo. Devo andare alla torretta da posta. Ti dispiace tornare da sola con il carro al castello, Antonia?»

«Niente affatto, Altezza.»

Aveva già avuto modo di guidare il carretto un paio di volte. Era semplice da manovrare e i due vecchi ronzini conoscevano la strada di casa a memoria.

All'orizzonte, il sole che tramontava illuminava il morbido paesaggio collinare con la sua flebile luce gialla. *Che pace*, pensò Toni. *Non c'è niente di più bello del Natale al castello.*

In quell'istante vide il giovane lupo correre attraverso l'immensa superficie bianca. Correva in direzione opposta alla riserva, sembrava voler uscire dal parco. *È riuscito a scappare*, pensò Toni non senza una certa soddisfazione.

I due vecchi cavalli trottavano sicuri in direzione del castello. Toni vide due persone correre da lì verso il parco, ma erano troppo lontane per riconoscerle. Forse Henny e Victor erano già arrivati? *Sì, è possibile*, pensò Toni. Chi altro poteva essere?

Fece schioccare la lingua, ma i due ronzini non accelerarono di molto.

Toni aveva appena riconosciuto sua sorella e Victor che, a quanto pareva, si stavano azzuffando per gioco, quando uno sparo squarciò il silenzio.

Il vecchio Padre Gutschmid fermò la sua carrozza sulla rotonda di fronte al castello. C'erano due auto parcheggiate, una più grossa e una più piccola.

«Ricarda, siete arrivati a casa giusto in tempo» disse il prete. «Sono così felice di essere riuscito a vedervi.» Poco dopo che la strana automobile argentata – che adesso era parcheggiata davanti al castello – li aveva superati, avevano incontrato il prete che aveva dato loro un passaggio.

«Grazie di cuore, Padre» disse Ricarda scendendo dalla carrozza. «Buon Natale.»

Il parroco la minacciò scherzosamente con il dito alzato. «Ci vediamo alla messa, eh.»

«Ma certo, Padre» rispose Siegfried.

Mentre passavano accanto alle due auto parcheggiate, Siegfried indicò quella argentata e disse: «Guarda, questa viene dalla Svizzera. Di chi potrebbe essere?».

Ricarda capì subito di chi si trattava e provò un immenso sollievo. Stava per rispondergli, quando nell'aria rimbombò uno sparo. Nei mesi addietro avevano udito tanti di quei colpi, che Ricarda non sussultò neanche.

Ma poi un grido acuto riecheggiò per tutta Freystetten, e si dissolse lentamente nell'oscurità. Ricarda si sentì gelare il sangue. Era una voce femminile, su questo non c'erano dubbi. Lasciò cadere la valigia e corse nel parco, da dove era provenuto il grido.

Indice

LA DOTTORESSA

Il volume precedente

Edizione tascabile - pp. 528 - euro 9,90

Helene Sommerfeld

Il coraggio di sognare

Brandeburgo, 1876. Cresciuta nel castello di Freystetten come figlia del giardiniere, la giovane Ricarda sembra destinata a un futuro già scritto. Tutto però prende una svolta inaspettata quando, dopo aver salvato la vita alla figlia del conte, in segno di ringraziamento viene mandata a vivere a Berlino con la contessina Henriette. Nella sua sfarzosa residenza a Unter den Linden, entrano ed escono le signore dell'alta società, abituate a un'esistenza di agi, ricchezze e privilegi. Ma la contessa non è un'aristocratica come tutte le altre: dopo aver studiato medicina a New York, ha fondato il cosiddetto "Circolo bianco", un gruppo di donne indipendenti e istruite che lottano per l'autonomia femminile e la possibilità di accedere a mestieri riservati agli uomini. Al fianco di Henriette, Ricarda si ritroverà faccia a faccia con i lati più oscuri della città: bambini poveri in condizioni igieniche spaventose, donne malate che non possono permettersi cure adeguate, aborti clandestini… In lei si fa strada il desiderio di aiutare le persone bisognose e benché alle donne non sia consentito studiare medicina in Germania, Ricarda decide di lottare strenuamente per il suo sogno. Non sa che la volitiva contessa ha già dei piani precisi per la sua protetta. Ma a complicare la situazione ci penserà l'amore per un brillante studente di medicina, con cui condivide progetti e speranze, e un evento drammatico che sconvolgerà la sua vita…
L'ambizione, la passione, la lotta per l'indipendenza di una giovane donna in un'epoca ostile. Il primo avvincente capitolo di una trilogia bestseller.

MISTO
Carta da fonti gestite
in maniera responsabile
FSC® C115118

Stampato presso Elcograf S.p.A.
Stabilimento di Cles